Las Aventuras de Amina al-Sirafi

Las Aventuras de Amina al-Sirafi

SHANNON CHAKRABORTY

Traducción de Alicia Botella Juan

☾ UMBRIEL

Argentina • Chile • Colombia • España
Estados Unidos • México • Perú • Uruguay

Título original: *The Adventures of Amina Al Sirafi*
Editor original: Harper Voyager
Traducción: Alicia Botella Juan

1.ª edición: agosto 2023

ISBN: 978-84-19030-56-6
E-ISBN: 978-84-19699-14-5
Depósito legal: B-11.571-2023

Fotocomposición: Ediciones Urano, S.A.U.
Impreso por: Romanyà-Valls – Verdaguer, 1 – 08786 Capellades (Barcelona)

Impreso en España – *Printed in Spain*

Para todos aquellos padres en dificultades por pandemias, crisis climáticas o bajo ocupación. Para aquellos que luchan por seguir teniendo comida sobre la mesa y hacen malabarismos con múltiples trabajos y cuidados infantiles. Para todos aquellos que han dejado de lado sus propios sueños, por un instante o para siempre, para levantar los de la próxima generación.

NOTA DE LA AUTORA

Ten en cuenta que, en la época y el lugar en los que se desarrolla este libro, los cristianos latinos de Europa occidental se conocen como francos y los bizantinos como rums. Las sociedades mayoritariamente islámicas del siglo XII del litoral noroccidental del océano Índico que aparecen en la novela tenían su propio modo rico y fascinante de describir la antigüedad, sus contemporáneos y el mundo en general y, aunque he tratado de recrear eso aquí con la mayor precisión posible, se trata de una obra de ficción. Al final encontrarás un glosario con términos históricos y náuticos, así como sugerencias para otras lecturas adicionales.

Me aferro a la tabla de madera, mi único refugio en el mar agitado por la tormenta y me reprendo a mí mismo diciendo: «¡Simbad el marino, nunca aprendes! Después de todos tus viajes —el primero, el segundo, el tercero, el cuarto y el QUINTO, cada uno peor que el anterior— juras a Dios arrepentirte y abandonar estos viajes. Y cada vez mientes, te dejas llevar por la codicia y la aventura y vuelves al mar. ¡Así que toma el castigo que te viene, te lo mereces!»

De El sexto viaje de Simbad el marino

UNAS PALABRAS SOBRE LO QUE ESTÁ POR VENIR

E n nombre de Dios, el más misericordioso, el más compasivo. Bendiciones para su honorable profeta Mahoma, su familia y sus seguidores. Alabado sea Dios, quien, en su gloria, creó la tierra y su diversidad de territorios, idiomas y gentes. ¿No hay prueba de su magnificencia en estas vastas maravillas, tan numerosas que un ojo humano no puede captar más que un destello de ellas?

Y hablando de maravillas… deleitémonos con las aventuras de la nakhuda Amina al-Sirafi.

¡Sí! Esa capitana Amina al-Sirafi. La contrabandista, la pirata. La blasfema a la que los hombres de letras acusan de servir corazones humanos a su marido, una bestia marina, una hechicera (porque debe ser una hechicera, puesto que ninguna mujer podría manejar un barco con tanta destreza sin el uso de magia prohibida) cuya apariencia seduce y repele al mismo tiempo. Los mercaderes de nuestras hermosas costas advierten sobre pronunciar su nombre como si se tratara de una djinn que pudiera ser convocada así, aunque, curiosamente, tienen pocos escrúpulos cuando se trata de difundir crueles rumores sobre su cuerpo y su sexualidad: las cosas con las que se obsesionan los hombres cuando odian aquello que desean y desean aquello que no pueden poseer.

Seguro que has oído hablar de ella. Al fin y al cabo, es tradición que los hombres de nuestra umma compartan las maravillas del mundo creando relatos de sus viajes, sobre todo cuando esos viajes se ven animados con chismes sobre mujeres deshonestas e imponentes. Muchos de estos viajeros jurarán que sus relatos no están escritos para atormentar o entretener (¡Dios no lo quiera!), sino que están destinados, ante todo, a fortalecer los corazones de los fieles y a proporcionar evidencias del esplendor prometido de la creación de Dios. Y, sin embargo, como musulmanes, ¿acaso no se nos dice que hablemos con honestidad? ¿Que determinemos cuál es la verdad y nos andemos con cuidado para no difundir falsedades?

Y, queridas hermanas... qué falsedades.

Porque este escriba ha leído muchos de estos relatos y ha aprendido otra lección: que ser mujer significa que tu historia será olvidada. Descartada. *Deformada*. En los cuentos populares, las mujeres son o bien las esposas adúlteras cuya traición da inicio al descenso del marido a la locura asesina o bien las mujeres que sufren para dar a luz a auténticos héroes. Los biógrafos pulen los aspectos más duros de las reinas competentes e implacables para que sean recordadas como santas y los geógrafos advierten a los hombres creyentes de que se alejen de ciertos lugares con escandalosas historias de lugareñas lascivas que retozan en el mar y cautivan a los intrusos extranjeros. Las mujeres son las esposas olvidadas y las hijas sin nombre. Nodrizas y criadas; ladronas y rameras. Brujas. Una anécdota emocionante para contar a los amigos al volver a casa o una advertencia.

Hay muchas historias difamatorias de ese estilo sobre Amina al-Sirafi. Dicen que era demasiado implacable. Demasiado ambiciosa, demasiado violenta, totalmente inmoral y bueno... ¡vieja! Una *madre*, ¿puedes creerlo? Ah, sí, se espera cierto grado de rebeldía en la juventud. Por eso tenemos relatos de princesas que buscan tesoros y mujeres guerreras que acaban con alguna que otra alegría. No obstante, se espera que tengan un *final*, con el chico, el príncipe, el marinero, el aventurero. El hombre que les arrebatará la virginidad, que les dará hijos, que las convertirá en esposas. El hombre que las definirá. *Él* podrá continuar su epopeya (¡puede que incluso tome nuevas esposas y engendre más hijos!), pero se espera que las historias de las mujeres se disuelvan en una neblina de domesticidad... si es que se llegan a contar tales historias.

La historia de Amina no terminó. En realidad, la de ninguna mujer lo hace. Este humilde escriba... ah, debería presentarme: hay más cosas aparte de mi nombre, pero puedes llamarme Jamal. Jamal al-Hilli. Y he conocido a abuelas abriendo negocios, a reinas ancianas luchando en guerras de conquista, a madres jóvenes tomando una pluma para dibujar por primera vez. De hecho, es posible que solo tengamos la historia de Amina *porque* ella era madre. Durante el tiempo que pasamos juntos, hablaba constantemente de su hija. Y, aunque pueda ser una suposición audaz... le hablaba a su hija. Para que su niña pudiera llegar a comprender las decisiones que había tomado su madre. Porque cuando Amina decidió dejar su hogar y volver a su vida en el mar se convirtió en más que una pirata. Más que una bruja.

Se convirtió en una leyenda.

Puede que este relato parezca inverosímil. Podría reproducir las pruebas y documentos recopilados, pero, por lo que respecta a la nakhudha, este escriba opina que es mejor dejar que Amina hable por sí misma, resistir el impulso de moldear y aplastar sus palabras. Pero, por el bien de la honestidad, hay que confesar otra verdad. Sus aventuras no se cuentan como una evidencia de las maravillas de Dios.

Se cuentan para entretener.

I

Dios está de testigo, nada de esto habría sucedido si no fuera por esos dos tontos de Salalah. Por ellos y por su mapa.

¿Qué? ¿Qué quieres decir con lo de «No es así como empiezan las historias»? ¿Una biografía? ¿Quieres una biografía? ¿A quién crees que estás narrando, al gran muftí de La Meca? Mi gente no es tan poética con el linaje como la tuya. Ni siquiera somos Sirafi de verdad. Al padre de mi padre, un huérfano de Omán que se convirtió en pirata, le pareció que era un apellido romántico.

¿No te lo parece?

Como iba diciendo: dos idiotas y su mapa. Entiendo el atractivo de las búsquedas de tesoros, de verdad. Al fin y al cabo, construimos nuestras casas sobre las ruinas de ciudades perdidas y navegamos con nuestros barcos sobre palacios sumergidos de reyes olvidados. Todo el mundo ha oído algún relato de cómo un fulano desenterró una vasija de monedas sasánidas mientras sembraba sus campos o conoce a un buscador de perlas que vislumbró hordas de esmeraldas brillando en el fondo del mar. Me contaron que, en Egipto, la búsqueda de tesoros es tan popular que los participantes se han organizado en gremios profesionales y cada uno mantiene sus secretos... aunque, por el precio adecuado, alguien podría estar dispuesto a darte algún consejo. ¡Tal vez incluso se ofrezcan a venderte un mapa! Una guía que señala fortunas que apenas podrías imaginar.

Los mapas son (y no puedo poner el énfasis suficiente en esto) extremadamente fáciles de falsificar. Puedo incluso decirte cómo se hace: solo necesitas un pergamino y algo de tiempo. Se aplican tónicos para oscurecer y amarillear el papel, aunque, lamentablemente, la mayoría llevan orina y, en el mejor de los casos, bilis de murciélago. El mapa en sí debe dibujarse con cuidado, con detalles suficientes como para que algunas ubicaciones geográficas sean reconocibles (idealmente dirigiendo la marca en la dirección opuesta a aquella por la que pretende huir el cartógrafo). Se pueden extraer símbolos de una gran cantidad de alfabetos. Muchos falsificadores prefieren el hebreo por sus connotaciones místicas, pero, en mi opinión, el texto de una antigua tumba sabea tiene letras más misteriosas. Luego se arruga todo, se desgastan los bordes, se queman algunos agujeros, se aplica una capa fina de sandáraca para emborronar el dibujo y ya lo tienes. Tu mapa del «tesoro» está listo para ser vendido al mejor postor.

El mapa que tenían mis clientes aquella noche no parecía haber sido vendido al mejor postor. Aunque habían intentado ocultar el documento y su propósito (como si las excursiones a antiguas ruinas a medianoche fueran algo común) un vistazo había bastado para revelar que el mapa era una falsificación mediocre, tal vez un manuscrito de práctica de un joven delincuente entusiasta.

Pero me guardé mis opiniones para mí misma. Que me hubieran contratado para remar hasta allí había sido una bendición, un trabajo casual que había conseguido mientras pescaba. Debí parecerles una buena candidata para su misión: una lugareña solitaria con los dientes ligeramente demasiado largos y, probablemente, demasiado tonta para preocuparse por lo que estuvieran haciendo. Les solté la cháchara de siempre, advirtiéndoles de que se decía que las ruinas estaban encantadas por necrófagos y que la laguna circundante estaba maldita por djinn, pero esos jóvenes me aseguraron que lo tenían todo controlado. Como yo había pasado muchas noches pescando por esa zona y no me había encontrado nada supernatural, no me preocupé demasiado.

¿Perdona? ¿Cómo que fui bastante ingenua? ¿Es que no recuerdas cómo nos conocimos, hipócrita? Deja de hablar y cómete el guiso. El saltah aquí es excelente y apenas abultas poco más que la pluma que sostienes. Otra interrupción, Jamal, y puedes buscarte a otra nakhudha a la que acosar con tus historias.

Da lo mismo. Volvamos a esa noche. Por lo demás, era una velada encantadora. Habían salido las estrellas, algo bastante extraño durante el khareef, el monzón veraniego que normalmente nos envuelve en niebla. La luna brillaba con fuerza sobre el fuerte en ruinas al otro lado de la laguna, los ladrillos desmoronados son lo único que queda de la ciudad abandonada desde hace tanto tiempo y que, según los lugareños, una vez fue un bullicioso puerto comercial. Esta parte del mundo siempre ha sido rica, hubo un tiempo en el que los romanos nos llamaban Arabia Felix, «Arabia Bendita», por nuestro acceso al mar, a rutas comerciales fiables y a lucrativos bosques de incienso. Los lugareños también dicen que el tesoro de la ciudad perdida (todavía lleno de oro) yace oculto bajo las ruinas, enterrado durante un terremoto. Supuse que esa sería la historia que había atraído a los jóvenes hasta que uno de ellos me chasqueó la lengua como si estuviera llamando a una mula para que me detuviera mientras seguíamos todavía en la laguna.

—Para aquí —ordenó el chico.

Dirigí una mirada dubitativa al agua negra que nos rodeaba, con la playa todavía a bastante distancia. Durante el día, era un lugar encantador que atraía a flamencos y delfines. Cuando el viento y la marea eran los adecuados, el agua brotaba de las rocas en géiseres para el deleite de los niños y las familias hacían picnics. Pero durante la marea baja, en una noche tranquila como esta, el oleaje estaba calmado, se estrellaba suave y constantemente y se formaba una espuma blanca y brillante que hacía que costara diferenciar entre el mar y la costa. Si mis clientes creían que podían nadar hasta la playa apenas visible, es que eran más tontos aún de lo que yo pensaba. Y creo que he dejado claro lo ingenuos que me habían parecido.

—Todavía no hemos llegado a las ruinas —señalé.

—Estamos lo bastante lejos. —Estaban ambos acurrucados al otro extremo de mi pequeño bote con el mapa extendido sobre las rodillas. Un chico sostenía una lámpara de aceite para iluminar y el otro quemaba un manojo de jazmín seco.

—No lo entiendo —murmuró uno de los jóvenes. Llevaban toda la noche discutiendo en susurros. Aunque su acento se parecía al de Adén, no sabía sus nombres. Habían declarado que, en lugar de decirme sus nombres, me pagarían un dirham adicional por mi discreción y, como en realidad no me importaba, el dinero extra fue una grata sorpresa—. El mapa dice que es aquí... —Señaló el cielo y mi corazón se compadeció de él, puesto que lo que había escrito en ese mapa no se parecía en nada a ningún mapa estelar que hubiera visto nunca.

—Me habíais dicho que queríais ir a la ciudad antigua. —Señalé hacia la colina, o al menos lo intenté. Pero un espeso banco de niebla había descendido desde el uadi, el arroyo crecido por el monzón que alimentaba la laguna, rodeándonos, y ni las ruinas ni la colina eran visibles. En lugar de eso, mientras observaba, la costa se desvaneció por completo, de modo que parecíamos estar flotando en una laguna sin fin, envueltos en niebla.

Los muchachos me ignoraron.

—Hemos pronunciado las palabras —argumentó el que sostenía la lámpara de aceite—. Tenemos su pago. Debería aparecer.

—Aun así, no lo ha hecho —replicó el otro chico—. Te estoy diciendo que se suponía que debíamos...

Pero lo que se suponía que debían hacer dejó de preocuparme. En lo que dura una respiración, la brisa que había estado soplando toda la noche desde el mar cesó de repente. Me quedé quieta y una gota de sudor me cayó por la columna vertebral. Soy una marinera y hay pocas cosas que observe con más atención que el tiempo atmosférico. Levanté un extremo deshilachado de mi capa, pero el viento no movió el hilo. La niebla se acercaba, acompañada de un silencio sofocante que hacía que cada golpe del agua contra el casco del barco pareciera atronador.

Hay lugares en el mundo en los que tales señales podrían presagiar una tormenta violenta y peligrosa, pero los tifones que sufríamos ocasionalmente aquí no se manifestaban de manera tan inesperada. El agua permaneció calmada, la marea y la corriente no habían cambiado, pero aun así... notaba una sensación de malestar en el vientre.

Tomé los remos.

—Creo que deberíamos marcharnos.

—¡Espera! —Uno de los muchachos se levantó saludando a la niebla con entusiasmo—. ¿Ves esa sombra sobre la espuma del mar?

Entornando los ojos en la oscuridad, me di cuenta de que *era* espuma de mar. Tantos años de resplandor del sol sobre el océano habían empezado a pasar factura a mi visión y me costó ver con claridad en medio de la noche. Pero el chico tenía razón. No era solo niebla lo que se acercaba. Era espuma de mar apilada formando un montón tan alto que podría tragarse todo mi bote. A medida que se acercaba, se podía ver un tono amarillo rojizo en la sustancia y apestaba a carne podrida y pescado destripado.

—Págale —apremió el chico de la lámpara—. ¡Rápido!

—Olvidaos del dinero ahora y sentaos de nuevo —ordené mientras el segundo muchacho rebuscaba en su túnica—. Vamos a…

El chico sacó la mano revelando un gran pedazo de cornalina roja y sucedieron dos cosas muy rápido.

Una: me di cuenta de que no era a mí a quien querían pagar.

Dos: la cosa a la que querían pagar era lo que nos había arrastrado a la niebla.

El chico que sostenía la cornalina apenas tuvo tiempo de gritar antes de que la espuma se apresurara a consumirlo lamiéndole el cuello y el pecho y enrollándose alrededor de sus caderas como una amante ansiosa. Un aullido salió de su garanta, pero fue un grito que ninguna boca mortal debería ser capaz de emitir. En lugar de eso, se parecía más al rugido de un maremoto y a los gritos de muerte de las gaviotas.

—¡Khalid! —el otro chico dejó caer la lámpara por el asombro, y se apagó la única luz que teníamos.

Pero, por suerte (¿por suerte?), la espuma de mar en apariencia viva y posiblemente malévola estaba brillando. Era una luz tenue, pero bastaba para iluminar a Khalid mientras enseñaba los dientes como un lobo y se arrojaba sobre su compañero.

—No me poseeréis —siseó agarrándose al cuello del otro chico—. ¡Os maldeciremos! ¡Os devoraremos! ¡Os arrojaremos a las llamas!

El otro chico luchó por liberarse.

—¡Khalid, por favor! —espetó mientras más espuma (ahora del tono carmesí de la sangre) se extendía sobre ambos. Lenguas con colmillos aparecían en la superficie como tentáculos de un calamar monstruoso.

Me gustaría decir que no vacilé. Que al ver a los dos chicos en peligro mortal me lancé a la acción y no me planteé ni un instante que la malévola espuma de mar se saciaría solo con ellos y me dejaría a mí y a mi bote en paz. Pero sería mentira. Sí que vacilé. Pero luego los maldije profusamente, me puse en pie y busqué mi cuchillo.

Soy aficionada a los filos. El janyar que perteneció a mi abuelo y la perversamente hermosa cimitarra damascena que le robé a un noble que no la merecía. El pequeño cuchillo recto que ocultaba en una tobillera y el excelente disco afilado de mi segundo esposo, quien se acabó arrepintiendo de haberme enseñado a lanzarlo.

Pero solo hay un arma para este tipo de situaciones, una que encargué yo misma y que nunca se aleja de mi presencia. Hecha de hierro puro, no es mi hoja más afilada y su peso la hace difícil de manejar. El metal está manchado de gotas de óxido formadas por el agua sagrada del pozo Zamzam que salpiqué con mis bendiciones nocturnas, las escamas rojas complican distinguir los versos sagrados inscritos en el cuchillo. Pero no necesitaba que el cuchillo fuera bonito.

Necesitaba que fuera efectivo cuando fracasaban las armas más terrenales.

Agarré a Khalid por el cuello y lo arranqué del otro chico. Antes de que se aferrara a mi cuello, le puse la daga bendita en el suyo.

—Márchate —exigí.

Él se retorció salvajemente arrojando espuma de mar.

—No podréis poseerme. ¡No podréis poseerme!

—¡No quiero poseerte! Por el amor de Dios, ¡márchate!

Presioné el filo con más fuerza mientras la basmala salía de mis labios. Su carne chisporroteó en respuesta y luego se derrumbó. La espuma de mar que había envuelto su cuerpo flotó en el aire un instante y se arrojó sobre mí. Caí como si me hubiera golpeado un ariete y me golpeé la cabeza contra el fondo del bote.

Unos dedos helados con las puntas afiladas como huesos se me clavaron en los oídos, un enorme peso me inmovilizaba. Pero, por la gracia de Dios, todavía sostenía mi filo bendito. Golpeé como una loca y el cuchillo se *clavó* en el aire. Hubo un chillido, un sonido diabólico y antinatural, como garras rascando conchas marinas, y luego la monstruosidad escamada que había en mi pecho se onduló y pude verla. Sus ojos relucientes eran del color del agua de sentina y tenía el cabello sucio y pajizo enmarañado con percebes.

Volvió a gritar, mostrando cuatro dientes como agujas. Sus manos huesudas arañaron las mías mientras intentaba arrebatarme la daga hundida en su pecho de color vino. Sangre plateada burbujeaba y goteaba desde la herida, empapándonos a ambas.

Los dos chicos sollozaban y le rogaban misericordia a Dios. El demonio gritaba y se lamentaba en una lengua desconocida. Hundí más la daga y chillé para que se me oyera por encima de ellos:

—¡Dios! —grité—. «¡No hay más dios que Él! ¡El vivo! ¡El soporte de la vida!» —Sujetando la daga con fuerza, recité el *Ayat al-kursi*, el pasaje del Corán que me habían enseñado toda la vida que me protegería.

El demonio que tenía en el pecho aulló y se retorció de dolor, apartó las manos esqueléticas para cubrirse las orejas escaldadas.

—«¡No le afectan la somnolencia ni el sueño! A Él pertenece todo lo que existe en los cielos y en la Tierra». *¿Quieres soltarme?* —Le di un codazo a la criatura y me escupió en la cara—. «¿Quién puede interceder por alguien ante Él, si no es con Su permiso? Él conoce su pasado y su futuro, mientras que ellos no abarcan nada de Su conocimiento, excepto lo que Él quiera».

Con la piel humeante, el demonio debió decidir que ya tenía suficiente. Un par de alas de murciélago le brotaron de la espalda y, con un aleteo, se separó del filo y se marchó, desvaneciéndose en la noche.

Jadeando, me senté. La bruma ya estaba retrocediendo, los dos muchachos seguían aferrados el uno al otro en un extremo del barco. Sostuve la daga con fuerza, buscando entre la niebla por si aparecía algo más. Me atravesó un miedo espeso y asfixiante mientras esperaba esa risa conocida. Unos feroces ojos negros y una voz demasiado sedosa.

Pero no había nada. Nada aparte de la laguna salpicada de estrellas y el suave murmullo de la marea.

Me volví hacia los chicos.

—Me habíais dicho que buscabais un tesoro.

El chico con la lámpara de aceite se sonrojó y el color volvió a su piel blanquecina.

—El tesoro es un concepto abierto a... ¡no, espera! —exclamó mientras le arrebataba el mapa y el trozo de cornalina y los sostenía sobre el agua—. ¡No hagas eso!

Lancé la brillante gema roja y la volví a recoger con una mano.

—¡No finjas conmigo, muchacho! —lo advertí—. Vuelve a mentirme y os lanzaré a los dos por la borda. Habéis mencionado un pago y un nombre. ¿Qué intentabais convocar?

—No intentábamos... ¡a Bidukh! —confesó cuando acerqué el mapa hacia el mar—. Mi primo me habló de ella. Es... —Tragó saliva audiblemente—. Una de las hijas de Iblís.

Lo miré boquiabierta.

—¿Estabais intentando convocar a una hija del señor del infierno? ¿En mi bote?

—¡No queríamos causar daños! —La luz de la luna había vuelto y pude ver que estaba acobardado—. Se dice que, si la complaces, te susurrará los secretos del amor al oído.

Khalid se tambaleó en los brazos de su amigo.

—Estoy mareado.

—Vomita en mi bote y volverás nadando a la orilla. Una hija de Iblís... que os maldigan a los dos. —Arrojé el mapa y la cornalina a la laguna. Ambos objetos se desvanecieron con fuertes chapoteos entre las protestas de mis pasajeros.

—¡Oye! —gritó el chico—. ¡Pagamos mucho dinero por eso!

—Deberíais dar gracias a Dios por no haber pagado con vuestras vidas. —Puse un remo extra en sus brazos—. Rema. Tal vez trabajar un poco te devuelva algo de sentido común.

Estuvo a punto de dejar caer el remo y sus ojos se agrandaron cuando cambié de posición y mis movimientos revelaron las otras armas que llevaba ocultas bajo la capa. Limpié el cuchillo de hierro y lo volví a colocar en su funda antes de tomar mi propio par de remos.

Los dos jóvenes me miraron asombrados. No podía culparlos. Había luchado contra un demonio, había abandonado el encorvamiento que había estado fingiendo, revelando mi verdadera altura y ahora estaba remando con todas mis fuerzas. No me parecía en nada a la anciana pescadora encogida que había accedido a llevarlos allí a regañadientes.

—¿Quién eres? —preguntó Khalid con voz ronca.

El otro se quedó boquiabierto.

—¿Qué eres?

La laguna estaba retrocediendo, pero habría jurado que todavía se sentía la pesadez en el aire. Durante un momento, el agua que salpicaba la playa rocosa adoptó el amarillo carmesí de la ya desaparecida espuma marina, con las sombras bailando en los acantilados como tentáculos.

—Alguien que conoce demasiado bien el precio de la magia.

No dije nada más y tampoco preguntaron. Pero no les hizo falta hacerlo. Porque las historias cuentan, a pesar de que los jóvenes se avergonzaran de confesar sus propios planes, el relato de una modesta pescadora que luchó contra un demonio como una guerrera de Dios. Que se quitó la capa andrajosa y reveló todo un arsenal en su cintura y el cuerpo de una amazona.

Exageraciones, pero la verdad apenas importa cuando se trata de un buen relato. El tipo de historia que se propaga en tabernas y astilleros hasta harenes de mujeres ricas y las cocinas de sus sirvientes.

Hasta los oídos de una abuela desesperada en Adén.

2

Como puedes imaginar, ser testigo de cómo una malévola espuma de mar se apodera de un joven que intenta convocar a la hija de Iblís no es una experiencia que se olvide fácilmente. Sin embargo, no regresé para descubrir si habíamos despertado a una especie de espíritu vengativo en la laguna. En lugar de eso, volví a caer en la rutina de la familia y la cosecha, lo que significa que el día que retorné a una vida de desventuras estaba enfrascada en una batalla con el constante enemigo de mi retiro: mi techo.

Si me hubiera atenido al pago que había acordado con esos muchachos unas semanas antes, tal vez habría sido capaz de adquirir unas buenas tablas de un carpintero de Salalah, una ciudad que estaba a medio día de viaje. En lugar de eso, había llevado a los chicos de vuelta a la costa de manera gratuita, conmovida por su miedo y esperando que mi benevolencia comprara a cambio su silencio. Una decisión que maldije mientras colocaba una estera de juncos sobre la última fuga y me sentaba para evaluar mi trabajo.

No era una imagen inspiradora. Durante casi una década, mi familia había llamado hogar a esta casa de piedra en descomposición que había en las montañas junto al mar. Con vistas impresionantes tanto del océano como del campo, paredes lo suficientemente gruesas para bloquear flechas y un tosco túnel de escape en el suelo del almacén (con marcas de garras y manchas de sangre en sus estrechas paredes) podría haber sido el fuerte de un señor de la guerra mezquino y paranoico. Durante el khareef, la jungla se volvía tan densa que una capa de vegetación ocultaba la casa por completo y extraños siseos salían de los bananos cercanos. Había un cocotero que siempre estaba frío, demasiado frío y las olas que rompían en la estrecha playa sonaban como gritos de almas perdidas.

Si a eso le añades el ídolo de piedra con cuernos que había descubierto mi hermano mientras limpiaba el patio, estarás en lo correcto al asumir que los lugareños evitaban el lugar. Lo que lo volvía perfecto para mi propósito principal en aquella época: esconderme. Menos perfectas eran las interminables reparaciones que tenía que hacer yo misma, puesto que no podía sobornar a los trabajadores de las aldeas vecinas para que visitaran una morada tan embrujada. Lo peor de todo eran los agujeros del tejado. Como si no fuera suficiente haberme pasado toda la carrera intentando mantener un barco sellado, también me tocaba tener una casa que quería dejar paso a la lluvia y el aire marino, todo un fastidio durante la estación húmeda.

—¿Necesitas más juncos, mamá? —preguntó mi hija, Marjana, desde donde estaba hilando lana.

—No, cariño. —Me limpié el sudor de la frente porque me escocían los ojos—. Pero ¿podrías traerme un poco de agua?

—¡Por supuesto! —Marjana dejó caer el huso para salir corriendo y yo volví a mis nudos, intentando no desesperarme por el aspecto del tejado. Entre mis puntos de marinera y los juncos, parecía menos un tejado y más una barca que un tiburón hubiera devorado y vomitado.

Siempre como una bendición, Marjana volvió no solo con una jarra de agua, sino también con un cuenco de mango cortado.

—Que Dios te recompense, lucecita mía. —Me enderecé con cuidado, pellizcándome el ceño para impedir que me bailaran manchas negras ante los ojos. Las reparaciones de la casa y las tareas de agricultura me habían mantenido fuerte, pero a mi cuerpo no le gustaba que cambiara rápidamente de posición durante esas tardes tan húmedas que parecía que el aire se escurría. Me dejé caer en una hamaca húmeda colgada en el rincón y bebí directamente de la jarra.

Marjana se acomodó entre mis pies.

—¿Cuándo crees que volverán la abuela y el tío Mustafá?

—Al atardecer, si Dios quiere.

—¿Crees que la tía Hala vendrá con ellos?

—Si se encuentra lo bastante bien. —Incapaz de permitirse un lugar lo bastante grande para alojar su taller y a su familia, mi hermano pequeño Mustafá y su esposa Hala repartían su tiempo entre la casa de los padres de ella en Salalah y la nuestra en las colinas. Pero el viaje podía ser arduo y peligroso y, embarazada de seis meses y con otro niño a cuestas, Hala cada vez volvía menos.

Marjana movió los dedos de los pies.

—Si nos mudáramos a Salalah la veríamos todo el tiempo. Y yo podría ir a clase en la mezquita.

La esperanza que se reflejó en su carita me partió el corazón. Últimamente, Marjana había empezado a preguntar más por la escuela. Aunque trataba de minimizar sus aventuras en Salalah, mi madre hacía excursiones con ella al mercado y trataban con círculos de señoras chismosas.

—Es una crueldad aislarla así, Amina —comentaba—. Marjana se anima cuando está fuera de casa. No puedes permitir que tus miedos dominen su vida.

Ojalá mi madre conociera el alcance de mis miedos.

—No es seguro, Jana —respondí amablemente—. Tal vez en unos años.

Mi hija me miró con cientos de preguntas en sus ojos oscuros. Cuando era más pequeña, las formulaba todas con la insaciable curiosidad de los niños. «¿Por qué no nos marchamos de los acantilados?» «¿Nos busca gente mala?» «¿Te harán daño?» Sabía que mis respuestas tartamudeadas y llenas de evasivas no eran suficiente, así que cuando dejó de preguntar, me sentí todavía más culpable. Era demasiado joven para haberse rendido al destino.

—¿Por qué no jugamos a algo? —sugerí para animarla. A Marjana le encantan los juegos, inventar sus propias y complicadas versiones y diseñar tableros y peones con cualquier cosa que encuentre—. Ve a buscar tu tablero de mancala.

—¡Vale! —sonrió ampliamente olvidándose de la escuela y se marchó en un instante, sus trenzas rebotaban mientras se alejaba corriendo.

Me quité el pañuelo que me sujetaba el pelo y me sequé la cara. Se había levantado una suave brisa que intensificaba el olor del mar y de la tierra húmeda. El khareef estaba en pleno apogeo, había cúmulos de niebla cubriendo la cima de las colinas esmeralda. Si nunca has visto el khareef en esta parte del mundo, que sepas que es una maravilla. Las montañas y los valles experimentan una transformación asombrosa, los acantilados rocosos y los uadis completamente secos dan paso a los bosques más frondosos y a las cascadas más descomunales. La rapidez del cambio y el verde vívido omnipresente (un color divino que no se compara con ningún otro que yo haya visto) parece casi mágico, una prueba de la gloria de Dios.

Aun así, para mí, el khareef significa algo más. El paso de las estaciones. Porque si el mar era el corazón de nuestro mundo, los vientos eran su alma. Y cuando el khareef se levantara, también cambiarían los vientos, anunciando la llegada del monzón del norte. Mientras trabajaba en el techo, marineros desde Kilwa a Zeila cargarían el último de los barcos para dirigirse a Arabia y a la India con marfil y oro, tallos de mangle y todo tipo de baratijas; aprovecharían sus últimos momentos con sus esposas y niños. Los contables y los inspectores de mercado demasiado entusiastas de Adén, absortos en pergaminos de impuestos, acosarían a los recién llegados por si tenían algo que declarar, mientras que las flotas piratas resguardadas en Socotra izaban las velas de camino hacia lo imprudente y desprotegido. Al otro lado del océano, marineros en lugares como Cambay y Calicut esperarían su partida hacia el oeste pintando los cascos de sus barcos cosidos con capas de brea y aceite de tiburón, y revisando sus velas.

Marinero, empleado, contrabandista o comerciante, este calendario ha regido nuestras vidas y las de nuestros antepasados desde la antigüedad. Se dice que puedes encontrar bienes de todo el mar en las ruinas de templos paganos y reinos olvidados: sellos indios en Baréin y vidrio chino en Mombasa. Nuestras historias hablan de ciudades comerciales construidas y perdidas antes de la época del Profeta, la paz sea con él, y los cánticos de paz que entonamos para entretenernos mientras trabajamos en los barcos conmemoran las pérdidas de las incontables travesías fallidas. Mis antepasados sintonizaron sus vidas con el mar durante demasiado tiempo para que yo olvidara sus melodías.

Al menos, eso es lo que me decía a mí misma cuando me dolía. Cuando sentir los vientos que iban y venían y no poder seguirlos me llenaba el alma con un dolor abrasador que me hacía querer meterme en la cama. Peinar las colinas y trabajar en la tierra hasta que las manos me sangraran y el sudor me resbalara por las extremidades. Hasta que estaba demasiado cansada para revolcarme en mis recuerdos y en mi desesperación por no volver a ver la tierra alejarse desde el gran azul de nuevo.

Entonces volvió Marjana. Y, si bien el dolor no desapareció, se atenuó. Pero, a pesar de que tenía su tablero de mancala en las manos, no me miraba a mí. Se había detenido en las escaleras y miraba por encima del borde del techo.

—Mamá... —frunció el ceño—. Viene gente por el camino.

—¿Gente?

—Desconocidos.

Esa palabra hizo que me levantara y llegara a su lado en un instante. Nunca venían desconocidos. Nuestra ubicación era demasiado remota y estaba apartada de las rutas que conectaban Salalah con las aldeas costeras que atraían a la mayoría de los viajeros. Pero Marjana tenía razón. En el estrecho y sinuoso sendero que atravesaba los matorrales verdes había un pequeño palanquín transportado por cuatro hombres. Hombres armados con espadas en la cintura. Aunque, por supuesto, esa precaución era la norma. Abundaban los bandidos y algún que otro leopardo. Pero estos eran hombres grandes con un porte militar que no me inspiraba ninguna confianza. No había más animales de carga ni gente acompañando el palanquín, lo que sugería que, quien viajara dentro, hacía un trayecto corto.

¿Un trayecto corto hasta aquí? ¿Por qué?

Eché un vistazo a través del tejado. Tenía mi arco cuidadosamente escondido en un cofre hermético, regalo de un admirador de Sohari cuyas demostraciones eran más atractivas que su personalidad, y un carcaj que mantenía lleno de flechas. El arco no es mi arma preferida, pero soy rápida con él. Lo bastante rápida para poder matar a dos de esos hombres antes de que los otros lograran esconderse. Tal vez a tres.

—¿Mamá?

La voz de Marjana me trajo de vuelta al presente. No estaba en el mundo en el que primero se disparaba y después se preguntaba.

Con cautela, la aparté de la vista.

—Quédate aquí y prepara el tablero de mancala. Voy a ver qué quieren.

Tenía una expresión preocupada.

—¿Debería...?

—Te quedarás bajo este techo y no saldrás hasta que te llame, ¿entendido?

Ella asintió, todavía algo asustada, lo que me hizo echar un vistazo a mi arco. Pero dejé el arma donde estaba y decidí tomar el martillo que estaba usando para reparar el tejado. La casa estaba en silencio mientras yo me deslizaba por su interior, las paredes de piedra eran tan gruesas que resultaba casi imposible escuchar algo a través de ellas. A pesar del martillo que tenía en la mano, por un momento consideré el cuchillo bendito que llevaba en la cintura mientras me cubría el pelo.

Se ha ido, me dije a mí misma. *Está muerto. Lo enterraste con tus propias manos.* Intentando ignorar el nudo de terror que se me había formado en las entrañas, presioné una oreja contra la puerta de madera.

Quien estuviera al otro lado, decidió llamar en ese momento con tanta fuerza que salté. Pero no eran golpes de soldados preparándose para entrar a la fuerza. Era simplemente un pequeño grupo de viajeros llamando a mi puerta, algo perfectamente normal. Era yo la que estaba paranoica.

Con el martillo escondido detrás de la espalda, abrí la puerta.

—¿Sí?

Había dos hombres, uno con la mano levantada como si fuera a llamar por segunda vez. Lentamente, movió la mirada hasta encontrar la mía y abrió la boca formando una O de sorpresa. No supe si lo había desconcertado mi altura o mi rudeza. Ojalá una de las dos cosas lo convenciera para irse.

—Yo... la paz sea contigo —tartamudeó—. ¿Vive aquí Fatima la perfumista?

Pues resulta que sí, «perfumista» era uno de los muchos atributos de mi madre. Cuando mi familia se reasentó en esta tierra, mi madre y mi hermano eran lo bastante anónimos para mantener sus identidades. Yo no pude, aunque no importaba. Poca gente quería hablar con Umm Marjana, la gigante, la excéntrica viuda que rara vez salía de su casa y merodeaba por las colinas como si fuera un león enjaulado.

—Mi señora no está. —Estaba cubierta de ramitas y sudor, tal vez el disfraz de sirvienta seca e inútil los hiciera marcharse—. Puedo darle un mensaje.

Antes de que el hombre pudiera responder, se abrió la cortina del palanquín para revelar a su única habitante: una mujer envuelta en un jilbab de seda púrpura bordado con delicadas cuentas de ópalo que supe, con una sola mirada, que podría comprarme un nuevo tejado. Llevaba suficientes brazaletes de oro en las muñecas para comprar otro techo y también todo este terreno. Aunque permaneció parcialmente oculta a la sombra del palanquín, parecía mayor. El rostro estaba cubierto con el velo, pero el cabello que se le veía entre la sien y la cinta de la cabeza era blanco y tenía patas de gallo alrededor de los ojos.

Pasó la mirada de mis pies a mi cabeza antes de dejarla quieta en mi rostro con lo que parecía una expresión de satisfacción, como si hubiera estado considerando varias opciones en la carnicería y hubiera encontrado el cordero perfecto. Era una mirada profundamente irritante y la siguió algo peor: empezó a bajar del palanquín.

—Un mensaje no me sirve —declaró. Sus porteadores la ayudaron a ponerse de pie.

Me moví para impedirle el paso.

—Debería quedarse en su carruaje. Este aire tan húmedo…

—A mí me parece refrescante. —Ladeó la cabeza para mirarme bien—. Vaya, sí que eres alta.

—Yo… sí —tartamudeé extrañamente sin saber qué decir. La anciana aprovechó mi incertidumbre para pasar por mi lado y entrar por la puerta como una sultana entrando en su propio salón. Si lo hubiera hecho uno de sus hombres, le habría estampado la cabeza contra la pared y le habría puesto la daga en la garganta por tal atrevimiento, pero ante una anciana frágil me quedé indefensa.

—Sayyida —probé de nuevo—. Señora, por favor. Creo que ha habido un malen…

—Puedes llamarme Salima —dijo por encima del hombro—. Y te estaría muy agradecida si me trajeras un vaso de agua. ¿Te importa si mis porteadores descansan en vuestro patio?

Me importaba. Me importaba bastante. Sin embargo, no podía imaginarme un modo de echarlos que no creara una situación sospechosa. El derecho a la hospitalidad era sagrado en nuestra tierra. Tendría que haberle indicado a la anciana que entrara en mi casa a tomarse un respiro en cuanto la había visto embutida en un estrecho palanquín. Sus hombres estaban visiblemente más agotados, el sudor les caía por el rostro. Alguien inocente (y más siendo una sirvienta) se desmoronaría por ofrecerles alivio.

También existía la posibilidad de que fueran más vulnerables a los ataques mientras descansaban. Forcé una elegante sonrisa en mi rostro.

—Por supuesto que no. Por favor, pónganse cómodos.

Me llevó un tiempo acomodarlos. Les mostré a los hombres nuestro pozo y los dejé a la sombra de los árboles en el patio antes de acompañar a Salima a nuestro pequeño y triste recibidor. Como evitábamos activamente entretener a los invitados, no era un lugar muy acogedor. Había una gotera constante en el techo, el agua resonaba con fuerza cada vez que caía en el cubo de metal y la única luz procedía de una sola ventana polvorienta. Retiré sacos de arroz y lentejas, formé una pila de cojines para que se sentara y fui a buscar agua y refrigerios.

Cuando volví, Salima se había apartado el velo de la cara y había dejado a un lado su jilbab. Aparentaba tener la edad mi madre y la henna no había tocado su cabello plateado. A pesar de que sus delicadas facciones estaban ahora endurecidas y rojas por el esfuerzo, era evidente que durante su juventud debió ser una belleza. Vestía una túnica azul oscuro con dibujos de pájaros cobrizos y unos pantalones amarillos cuyos pliegues de los tobillos tenían unas costuras tan gruesas que quizás la modista habría tardado un año en terminarlos. Llevaba más joyas de oro bien trabajadas en el cuello y adornos con rubíes colgando de las orejas. Desde el corte de su ropa hasta el modo en el que dominaba la pequeña estancia con su presencia, todo en esa mujer hablaba de una riqueza y un poder que quedaban mucho más allá de mi conocimiento.

Y mucho más allá de lo que debería llevarla a buscar a mi madre. Ciertamente, durante los años que pasamos allí, mi madre se había formado un círculo de amistades, siempre lo hacía. Era una superviviente acostumbrada a que su vida fuera desarraigada en un instante y podía remendar ropa, pintar manos o preparar fragancias con una habilidad que le había asegurado tener siempre comida en el estómago cuando era pequeña. Pero no estábamos ni remotamente cerca de la clase de Salima, quien, si hubiera querido solicitar las habilidades de mi madre, habría enviado a un sirviente. Dejé fruta y agua y bajé la cabeza, resistiendo el impulso de examinarla con más detenimiento.

Salima tomó la copa murmurando gracias a Dios.

—¿Cuándo crees que volverá tu señora? —preguntó después de saciar su sed.

—No lo sé, Sayyida, podría ser muy tarde.

—¿Hay alguien más en casa?

Me picaba la piel.

—No. Como ya he dicho, me alegrará trasmitirle su mensaje.

Salima se encogió de hombros.

—Tal vez más tarde. Por ahora, prefiero tu compañía.

No era una petición que pudiera denegar si quería mantener mi fachada de servidumbre.

—Me honra —murmuré con recato maldiciendo internamente mientras me hundía en el suelo. Incluso sobre la pila de cojines, Salima seguía pareciendo muy baja a mi lado. Me había deslizado el martillo en la cintura y la cabeza de metal asomaba por la parte baja de mi espalda.

Se sacó un pequeño abanico de la manga y lo agitó ante su rostro.

—Un día bochornoso. Me habían prometido que esta parte de la costa era un reflejo del Paraíso durante el khareef, pero esta humedad…

—¿De dónde viene? —pregunté.

—De Adén.

Adén. El puerto más prominente (y más respetuoso con las leyes) de la región.

—He oído que Adén avergonzaría incluso a nuestro peor calor. ¿Su familia lleva mucho tiempo allí?

—Casi treinta años. Somos originarios de Irak, pero aquí había más oportunidades. —Suspiró—. Temo que, con la política tal y como está, pronto el esplendor de mi tierra natal solo existirá en los narradores de Bagdad.

Chasqueé la lengua en simpatía. Aunque no quería confiarle algo así a Salima, sospechaba que el historial marítimo de mi familia brotaba de días de gloria similares. Mi padre solía elogiar el esplendor de la antigua Bagdad y a sus gobernantes abasíes, cuando los marineros como nosotros viajaban de Basora a China trayendo sedas, libros y especias de un nuevo mundo, de tierras desconocidas que nuestra fe acababa de empezar a explorar.

Pero eso fue hace mucho tiempo. Bagdad ya no era el corazón de nuestro mundo ni la ciudad de leyenda que atraía a comerciantes y viajeros de todos los rincones de la umma. O tal vez nunca no lo fue; mi tierra natal siempre había mirado primero al mar y ese mar era inmenso. Tan vasto que se había vuelto poco común que los marineros árabes y persas viajaran más allá de la India, pues no era necesario. Ya había comerciantes aquí, muchos ahora también musulmanes, quienes conocían las aguas y las tierras mejor que nosotros.

Salima hizo ademán de volver a tomar su vaso, pero se tambaleó. Me acerqué para ayudarla y me agarró por la muñeca.

—Cuidado. —Señalé el plato de fruta—. ¿Por qué no come algo?

—Supongo que el viaje me ha afectado más de lo que pensaba. —Salima todavía seguía agarrada a mi muñeca—. Vaya, debió ser una herida horrible.

Seguí la dirección de su mirada. Se me había subido la manga revelando la cicatriz moteada que me cubría gran parte del antebrazo derecho.

—Fue un accidente de cocina —mentí.

Volvimos a nuestros asientos, pero Salima seguía mirándome fijamente. No podía culparla, soy todo un espectáculo. Como la mayoría de los de mi clase, tengo sangre de casi todos los que han navegado por el océano Índico. El padre de mi padre era árabe, un huérfano que cambió la búsqueda de perlas por la piratería cuando robó su primer barco; y la madre de mi padre, una poeta y cantante guyaratí que le robó primero el corazón y luego la riqueza. La familia de mi madre, aunque no tan escandalosa, no era menos global. La isla de Pemba, de donde provenían, era conocida por acoger a viajeros perdidos, incluyendo a un gran número de marineros chinos, entre ellos mi abuelo, quien decidió tomar la shahada y empezar una familia en una tierra amable en lugar de arriesgarse a volver a casa.

Poseo una mezcla de rasgos y hablo suficientes idiomas como para ser capaz de pasar desapercibida en muchas tierras. Pero yo no paso desapercibida. En ninguna parte. He viajado a más países de los que puedo recordar, y aun así no he conocido nunca a otra mujer que se acerque a mi estatura y solo a un puñado de hombres que pudieran superar mis fuerzas. Me hubiera retirado, pero en cambio hacía todo lo posible para mantenerme en forma: cambié el combate y los remos por la labranza de la tierra y los nados contra las olas cada mañana.

Salima se llevó una porción de coco a la boca.

—Tu padre debió ser un gigante. Sospecho que podrías levantar mi palanquín tú sola.

Vaya cumplido resaltando mi valía como transporte para su adinerado trasero.

—Soy más alta de lo que fue mi padre —solté secamente—. Pero si fuera necesario, también me alegraría de sacarla de la casa.

Arqueó la boca con lo que me pareció un sentimiento de triunfo, como si hubiera disfrutado sacándome por fin una réplica grosera. Fue inquietante porque, por primera vez, me fijé en que había algo que me resultaba familiar en Salima. En el modo en el que sus grandes ojos marrones brillaban divertidos y en la forma de sus finos labios. ¿Por qué me daba la sensación de que ya había visto su rostro antes?

Se recostó en los cojines.

—Esta es una casa muy… interesante. Pero está en un lugar muy apartado. ¿Tu señora no se siente sola?

El tejado eligió ese momento para empezar a gotear de nuevo y el agua resonó con fuerza en el cubo.

—Creo que disfruta de la soledad —espeté con toda la gracia que pude reunir.

Llamaron tímidamente a la puerta y Marjana se asomó.

—¿Mamá?

Ay, por el amor de Dios... la única vez que la niña decide desobedecer.

—Jana, te había dicho que te quedaras arriba —le recordé, haciéndole gestos para que se marchara.

—Lo sé, pero he traído comida. —Levantó una bandeja con una jarra de zumo y buñuelos de plátano recién hechos—. Me ha parecido que teníamos invitados.

Y, de repente, mi mentira empezó a desmoronarse.

Teníamos invitados. La propiedad de esa frase y la niña bien vestida que me llamaba «mamá».

En efecto, Salima dirigió su astuta mirada a Marjana, quien seguía de pie en el umbral.

—¿Es tu hija? —preguntó.

—Sí. —No podía negarlo, el parecido entre nosotras era evidente. Pero intenté salvar la situación mirando fijamente a Marjana—. Gracias por el zumo, cariño. Esta es Sayyida Salima. Ha venido buscando a la señora Fatima, pero le he dicho que la familia está fuera no sé hasta cuándo. Solo está descansando un poco antes de continuar.

—Ah, bueno, deberíamos hablar lo de continuar después... —Salima le hizo un gesto a Marjana—. Ven, querida, únete.

Marjana me miró con la confusión en sus ojos. A sus diez años, solo conocía los conceptos básicos de lo que llevó a nuestra familia a vivir tan aislada. Sabía que yo había navegado por muchos lugares, que había hecho trabajos que me llevaron a querer evitar a cierta gente. Sabía que, en caso emergencia, había escondites a los que se suponía que debía ir.

No le había contado nada más. Es complicado destruir la inocencia de tu hija, decirle que la madre a la que adora no es «la mejor madre del mundo», sino una persona real que ha hecho cosas terribles e imperdonables.

Se me había secado la boca.

—Siéntate, Jana —conseguí decir dando una palmadita a mi lado. Salima se lo había ordenado y ninguna sirviente osaría desobedecer a alguien tan noble.

Marjana dejó la bandeja con manos temblorosas antes de acurrucarse a mi lado. Noté la calidez de su cuerpo en la pierna. Salima la estaba estudiando con tal fascinación que me entraron ganas de apalear a la anciana.

—Vaya, es muy bonito —comentó Salima tocando la faja de Marjana—. ¿La has hecho tú? Es muy colorida.

Marjana asintió y se sonrojó pasando los dedos por las brillantes rayas azules y verdes que había elegido en lugar del rojo y negro tradicionales.

—Me gusta tejer.

—Y, claramente, tienes mucho talento para ser tan joven. Debe ser cosa de familia. —Salima me miró de nuevo—. ¿De dónde es tu marido?

De un lugar al que me gustaría enviarte a ti. No me gustaba la extraña sonrisa de superioridad de Salima y necesité todo mi autocontrol para no darle un manotazo que le apartara la mano de la cintura de mi hija.

—De mi aldea.

—¿Sí? —Volvió a mirar a Marjana—. Tu hija es bastante blanca. Había asumido que tu marido era un extranjero al que habrías conocido durante uno de tus viajes.

Me dio un brinco el corazón.

—No he viajado mucho.

—¿De verdad? —Salima me miró a los ojos arqueando las cejas con una expresión incrédula—. Me parece algo poco probable para una nakhudha.

Mierda.

—¿Nakhudha? —Solté una carcajada fuerte y falsa, rezando porque esa palabra hubiera sido solo un paso en falso. Los ancianos comenten ese tipo de errores a todas horas, ¿verdad?—. Me temo que ha acudido a la familia equivocada, Sayyida. Ni mi señora ni su hijo tienen mucha afinidad por el mar.

—¿Y la hija de tu señora? Amina, ¿verdad? He oído que era gigantesca. Morena, con los dientes afilados, colmillos cubiertos de oro y una cicatriz que le cubre el antebrazo derecho causado por nafta.

—Salima ladeó la cabeza—. Las historias acertaron en lo de tu estatura, aunque lo de los dientes me parece una exageración. Una lástima. Me habría gustado ver algo así.

Pues no había sido una equivocación de la vieja.

En otro momento, la caracterización de Salima podría haberme irritado. Pero en ese instante, me importaba una mierda cómo me hubieran descrito un puñado de escritores masculinos jadeantes. Marjana se había acercado más a mí y me miraba con nerviosismo. En el perfil de su rostro pude ver una sombra del bebé que había sido y me inundó una oleada de algo primitivo, feroz y capaz de estrangular a Sayyida Salima.

Sonreí ampliamente para revelar los incisivos de oro que habían iniciado ese estúpido rumor.

—Creo que esta visita ya ha durado lo suficiente. Está claro que nuestro clima está afectándole a la mente y la hace decir todo tipo de cosas peligrosas.

—Al contrario, me siento bastante bien, gracias a Dios —replicó Salima con aire desafiante—. No creo que quisieras rechazar a una invitada tan respetada. Es el tipo de grosería que provoca habladurías. ¿Y qué pensaría tu hija?

Salima le guiñó un ojo a Marjana y yo salté. La gente tiene esta idea de las madres, que somos amables, tiernas y dulces. Como si en cuanto me pusieron a mi hija sobre el pecho la frase «haría cualquier cosa» no hubiera adquirido una profundidad que nunca he podido entender con anterioridad. ¿Esta mujer pensaba que podía entrar en mi casa y amenazar a mi familia delante de mi hija?

No habría oído las historias correctas de Amina al-Sirafi.

—Jana. —Le toqué la mano—. Ve arriba y prepara el tablero de *mancala*. Esto no me llevará mucho tiempo.

Su mirada asustada pasó de Salima a mí.

—Mamá, ¿estás segu…?

—Ya, por favor.

Marjana se levantó rápidamente, murmuró una bendición para Salima y salió por la puerta.

Apenas había salido de la habitación cuando Salima se volvió hacia mí.

—Supongo que ahora ya podemos prescindir de las artimañas, capitana al-Sirafi.

Apreté las manos para evitar romperle la jarra de zumo en la cabeza.

—He intentado corregir sus ideas equivocadas. Seré más clara. Márchese.

—Tengo pruebas. —Sacó un fajo de papeles arrugados de su capa—. ¿Crees que he sacado todos estos detalles de la nada? Mi hijo sirvió en tu barco y lo escribió todo sobre ti. —Me arrojó los papeles—. Echa un vistazo.

¿Su *hijo*? Por el amor de Dios, ¿quién sería su hijo? Había navegado con montones de hombres en mi época, pero solo unos pocos tenían información privada sobre mi familia. Por si fuera una prueba, no hice ademán de tocar las cartas. La tensión aumentó entre nosotras, solo interrumpida por el ruido de la gotera y el trino de los pájaros al otro lado de la pared mientras contemplaba mis opciones. No tenía dudas de que podría hacer un trabajo rápido y silencioso con una sola anciana. Sus hombres serían más difíciles, pero estaban agotados y dormían ajenos a todo en el patio. No me gustaba la perspectiva, habían pasado años desde la última vez que había tomado una vida.

No obstante, habían entrado en mi casa. Habían amenazado a mi familia.

Pero Marjana lo sabrá. Mi hija no es tonta. Habría oído los gritos de muerte, me habría visto desde el tejado mientras yo me deshacía de los cuerpos. ¿Estaba dispuesta a ser una asesina ante los ojos de mi hija? ¿Estaba preparada para saludar a mi madre cuando volviera a casa con tierra de tumba en las manos?

Salima me llamó la atención.

—A juzgar por el brillo asesino de tu rostro, asumo que he encontrado a la persona adecuada, pero puedes ir olvidándote de esas ideas. He hecho copias tanto de estas cartas como de mis sospechas. Si no regreso a Adén a finales de mes, mis asistentes están advertidos para acudir a todos tus enemigos.

Me reí.

—¿Mis *enemigos*? ¿Soy tan rival para el califa que tengo enemigos dispuestos a atravesar las colinas por una supuesta dama pirata por lo que dicen las cartas maltrechas de una anciana?

—No por una supuesta dama pirata. Pero ¿por Amina al-Sirafi? Desde ya que sí. No subestimes tu notoriedad, nakhudha. Pareces haber conseguido el singular logro de convertirte en enemiga no solo de los demás cárteles piratas, sino también de mercaderes y sultanes desde Sofala hasta Malabar. Bueno, el emir de Ormuz todavía ofrece una recompensa por tu cabeza por los caballos que le robaste...

—Yo no robé nada. Recuperé la mercancía de un cliente.

—¿Y el incidente de la aduana de Basora?

—Hay incendios a todas horas. No tuvo nada que ver conmigo.

—Y supongo que tampoco fuiste tú la que envenenó el banquete de los acuerdos comerciales de Mombasa para robar a los asistentes mientras estaban atrapados en las letrinas.

—No he estado nunca en Mombasa. ¿Es bonito?

—Bien. —Los ojos de Salima reflejaron su fastidio—. ¿Quieres un ejemplo más reciente? Los rumores dicen que hace poco dos muchachos de Adén visitaron esta zona y fueron secuestrados en mitad de la noche por una monstruosa pescadera que los arrastró a una laguna encantada, los amenazó con un djinn del mar y se negó a devolverlos a la orilla hasta que le pagaron. Una mujer que tenía oro en los dientes y luchaba como un hombre.

Ah, ¿*eso* es lo que pasó en la laguna?

—Parece que tiene una obsesión con una práctica dental común.

Esa respuesta pareció romperla.

—¡Sé quién eres! —Salima sacudió las cartas con más furia—. He rastreado a tu familia una vez. Puedo volver a hacerlo y también pueden hacerlo otras personas si se enteran de lo que yo sé.

Me crují los dedos.

—Tiene que dejar de hablar así de mi familia. Cuando lo hace, parece que nos está amenazando. Y eso me pone bastante irracional, Sayyida.

Salima me miró como un halcón irritado.

—No tengo ningún interés en amenazarte. Quiero contratarte.

—¿Contratarme? —Volví a evaluar las lustrosas sedas de Salima y el dineral que llevaba en joyas—. Ay, Dios, ¿se puede saber para qué?

Ella cruzó las manos sobre su regazo.

—Han secuestrado a mi nieta. Necesito que la rescates.

Mostraba una mirada expectante, como si mi único deber en la vida fuera rescatar a nietas robadas. Cosa que debo aclarar que no es cierta. Los secuestros nunca han sido mi especialidad (ni atrapar a la gente ni devolverla). He intentado ser la secuestradora, pero ningún rescate compensa escuchar las quejas lastimeras de los ricos retenidos.

Aun así, estaba intrigada y me odié a mí misma por convertirme en su presa.

—¿Secuestrada?

—Sí, secuestrada. Mañana hará dos meses. —El primer indicio de emoción apareció en los ojos pétreos de Salima. Apretaba el borde de su shayla, arrugando la fina tela entre los dedos—. Se la llevaron de nuestra casa en mitad de la noche.

—¿No tiene guardias?

—Claro que tengo guaridas, acabas de conocerlos. Pero sus secuestradores lograron evitar ser detectados.

Mierda, tal vez matar a los hombres del patio habría sido más fácil de lo que pensaba.

—¿Cuántos años tiene?

—Dieciséis —respondió suavizando la expresión.

Dieciséis. Una niña, sí, todavía en el rubor de la infancia. Me tocaba demasiado de cerca y, por un momento, pensé en mi hija arrebatada por extraños en la oscuridad. Me la imaginé gritando mi nombre, completamente asustada. Aparté ese pensamiento al horrible rincón de la mente de una madre en el que moran los destinos incomprensibles que sabes que te destrozarían si se hicieran realidad. Esta nieta no era cosa mía. Pero, teniendo en cuenta la determinación con la que me había buscado Salima, pensé que lo mejor era dejarla hablar.

—¿Les han dicho algo? —pregunté—. ¿Alguna petición?

—No. —El odió apareció en el rostro de Salima—. Pero sé quién se la llevó.

—¿Quién?

—Falco Palamenestra. —Pronunció el nombre como si escupiera. Si es que era un nombre, porque a mí me parecía una palabra extranjera y sin sentido, y eso que hablaba seis idiomas.

—¿Balamanatrah? —repetí.

—Palamenestra. Es un franco, que Dios los maldiga. Un antiguo mercenario.

—¿Un franco? —No desconocía las guerras que se libraban en el norte, pero no había oído nunca que los francos hubieran llegado a nuestras tierras—. ¿Aquí? —pregunté, estupefacta—. ¿Se perdió por completo de camino a Palestina?

—No. Logró llegar a Palestina, pero parece que, tras luchar para ambos bandos, algo de lo que se muestra orgulloso, ahora busca el tesoro personal. Ha estado viajando por la costa, buscando artículos singulares sobre los que poner la mano.

Fruncí el ceño, confusa.

—¿Cómo sabe todo esto?

—Porque me buscó a mí. Mi familia… —La noble anciana hizo una pausa como si estuviera intentando elegir sus próximas palabras con mucho cuidado—. Somos afortunados de poseer una gran cantidad de artefactos y textos únicos de épocas antiguas. Normalmente, nos mostramos reacios a separarnos de ellos, pero, en alguna ocasión, cuando llega el comprador adecuado…

—¿Ha entrado en mi casa acusándome de pirata y, aun así, estaba dispuesta a vender reliquias familiares a un mercenario franco? —Señalé con la cabeza groseramente a sus joyas—. No parece andar necesitada de dinero.

La boca de Salima se tensó en una línea de indignación.

—No tenía ni idea de quién era. Hizo que un agente local le organizara una audiencia con un nombre falso. Cuando me di cuenta de que no solo era franco, sino que además estaba loco, lo expulsé. —Se le amargó la voz—. Tendría que haber hecho que lo arrestaran.

—¿Por qué no lo hizo? ¿No querría alguien con una posición de autoridad saber que había un mercenario franco husmeando por

Adén? —Es cierto que no me había mantenido al día con la política durante mi retiro (normalmente actúo bajo el principio de que todos los políticos son unos sabuesos corruptos y mentirosos), pero tenía la ligera idea de que los gobernantes de Adén odiaban a los francos. O estaban aliados con gente que odiaba a los francos. O tal vez aún tenían que establecer una sociedad comercial con los francos lo bastante ventajosa como para que valiera la pena olvidar la sangre musulmana derramada durante sus incursiones. Como ya he dicho, no pienso mucho en política. Al menos los piratas somos honestos con nuestros objetivos.

Salima suspiró.

—Entiendo que la respetabilidad podría no ser demasiado importante en tu mundo, pero seguro que puedes comprender que no quisiera hacer pública la noticia de que había entretenido a un posible espía franco interesado en los artículos ocultos que a mis antepasados les gustaba atesorar y que no deseara atraer la atención de las autoridades.

Esos antepasados me parecían fascinantes, pero daba lo mismo.

—¿Debo asumir que quiere esos artículos como rescate por su nieta?

—No. Como ya he dicho, no ha pedido ningún rescate. No... no ha habido nada de contacto.

—Entonces ¿por qué está tan segura de que la secuestró él? Podría simplemente haberse escapado.

—Ella nunca escaparía —declaró Salima en forma rotunda—. Dunya es buena niña. Era feliz en casa.

—Los niños de dieciséis años felices son más escasos que los reyes. —Suspiré—. Sayyida, ¿han pasado dos meses y no ha sabido nada? ¿Nadie vio a dónde fue? No pretendo sugerir esto a la ligera, pero si se la llevó como venganza...

—No está muerta.

Esperé, pero Salima no desarrolló sus palabras y eso mismo ya decía mucho. En un mundo como el nuestro, donde las enfermedades se llevan a los sanos sin previo aviso y donde los príncipes juegan a violentos sueños de poder con nuestra sangre, pocas veces hablamos con tal certeza. Invocamos la misericordia de Dios, expresamos nuestras esperanzas y temor con fe y oraciones, puesto que a menudo son lo único en lo que podemos confiar.

Pero ¿no diría yo lo mismo si se tratara de Marjana? Reduciría el mundo entero a cenizas para salvar a mi hija, pasaría por la quilla a cualquiera que le hiciera daño y haría todo lo que estuviera a mi alcance hasta saber sin un asomo de duda que ya no está entre nosotros.

Entonces los mataría a todos.

—Claramente, tiene usted muchos recursos —comenté con más amabilidad—. ¿Le ha preguntado al gobernador...?

Salima se tensó.

—No. Al gobernador no. No... no me atrevo. Mi esposo está muerto y no tengo a nadie en quien confiar para cumplir discretamente mi petición. Si la verdad sale a la luz, podría arruinarle la vida a Dunya.

—Podría salvarle la vida —argumenté, pero Salima se mostró aún más obstinada. Dios me libre de los nobles y sus tontas ideas sobre el honor—. Para que quede claro, ha venido desde Adén a acosar a una bandida retirada para que investigue un secuestro del que no tiene pruebas supuestamente llevado a cabo por un hombre que no lo ha reclamado. Sayyida, soy una mujer comprensiva, de verdad que lo soy. Pero no estoy en el negocio de los rescates...

—Encuentras cosas —interrumpió Salima—. Y lo más importante de todo... es que te sales con la tuya. La gente sigue contando historias de la astuta Amina al-Sirafi. Los enviados chinos que se quedaron dormidos en el gran barco de juncos y se despertaron en botes de remos a la deriva, sin su barco ni su cargamento. El tesoro de Cambay, saqueado ante la mirada de al menos una docena de soldados... —Se dibujó una ligera desesperación en su rostro y volví a sentir esa extraña sensación de haber visto antes esos rasgos—. Por favor. Puedo pagarte generosamente.

—No necesito su dinero.

Miró con intención mi recibidor agrietado y con todos sus crujidos. Algunos de los juncos que había usado para arreglar el tejado habían caído a través del techo, formando una masa húmeda parecida a un nido de pájaro en el suelo. El ruido del goteo era ahora más suave, pero solo porque el cubo estaba lo bastante lleno para absorber el golpe.

—Con todo respeto, nakhudha… no pareces haber encontrado una gran fortuna en tu retiro.

Fruncí el ceño.

—No necesito más enemigos. Me ha dado una lista de gente que se regocijaría viendo mi cuerpo colgado en la bahía de Adén y ¿cree que pienso añadir un mercenario franco al grupo? —Recogí la bandeja que había traído Marjana y me levanté con la intención de echarla. Noté una punzada de dolor que me atravesaba la rodilla derecha, el fantasma de una vieja herida que me recordaba mi edad, por si me estaba formando alguna idea rocambolesca.

—Seguro que podrías averiguar algo —persistió Salima con la voz quebrada—. Falco mencionó que tenía un barco. Necesitaría marineros, ¿no? Gente de tu clase. ¿Podrías al menos venir conmigo a Adén? ¿Preguntarles a tus compañeros si saben algo?

—No puedo involucrarme —insistí. La angustia de sus ojos me dolió en alma—. Lo siento, de verdad. Pero volver a ese mundo significaría poner en peligro las vidas de mi propia familia.

Salima me agarró de la manga.

—¿Y si nunca tuvieras que volver a preocuparte por ese mundo? ¿Y si te pagara lo suficiente para empezar una *nueva* vida para tu familia, más estable financieramente?

Negué con la cabeza.

—No hay cantidad…

—Un millón de dinares.

La bandeja se cayó al suelo. Ni siquiera fui consciente de dejarla caer. El número inconcebible que había pronunciado Salima formó un torbellino en mi cabeza.

—Usted… no puede tener tanto dinero —tartamudeé—. ¿Un millón de dinares?

—Un millón de dinares. Cuando me devuelvas a Dunya sana y salva —agregó Salima con más firmeza—, liquidaré cada uno de los bienes de mi familia si es necesario.

Por el Altísimo. Respiré profundamente con el corazón acelerado. Un millón de dinares era una suma que podía cambiarte la vida.

Mi familia no tendría que volver a preocuparse nunca más por el dinero. Ni siquiera mis bisnietos tendrían que volver a preocuparse por el dinero. Podríamos comprar una propiedad en algún lugar lejano y el personal y los guardias necesarios para mantenerla. Y Marjana...

Marjana nunca tendría que preocuparse por el dinero. Por una gotera en el techo o por su próxima comida, por la seguridad o por tener que inclinarse ante los deseos de una mujer rica que usa su riqueza como garrote. Incluso cuando yo me hubiera ido. Sin importar todos los años que ella viviera.

Sin importar en qué se convirtiera.

Salima debió ver la tentación en mi expresión y siguió presionando.

—Por supuesto, eres consciente de que el dinero no es lo único que puedes ganar. Falco lleva años saqueando, debe tener sus propios tesoros. Yo no soy pirata, nakhudha, no tengo interés en un botín robado, solo quiero que Dunya vuelva sana y salva. Todo lo que encuentres será tuyo.

Un millón de dinares *y* toda una embarcación que saquear. Como si fuera una burla cruel, entró un soplo de brisa por la estrecha ventana transportando el dulce olor del océano. Dios, había pasado mucho tiempo desde la última vez que había estado en el mar. La perspectiva de volver a estar de pie en el *Marawati* derramando riquezas ante los ojos asombrados de mi tripulación mientras hacía que ese franco lamentara el día que se había aventurado al sur y se había llevado a una de nuestras niñas... Era tentadora. Seductora.

Era yo. Siempre he tenido alma de jugadora, encontrar premios envueltos en el riesgo era algo absolutamente irresistible. Pero mi alma de jugadora había hecho que mataran a hombres inocentes. Mi alma de jugadora estaba ahora tan cargada de crímenes que Dios tendría que ser muy misericordioso para dejarme escapar del fuego del infierno.

—No puedo —contesté con voz ronca.

Salima me miró un largo momento antes de cambiar su expresión.

—No me has preguntado su nombre.

El cambio de tema me sorprendió.

—¿Qué?

Ella vaciló otro instante, como si la estuviera obligando a usar un peón que hubiera querido mantener oculto.

—Mi hijo, el que sirvió en tu barco, el que escribió sobre ti. No me has preguntado su nombre.

No, supongo que no, aunque en mi defensa aquello de «los bandidos francos han secuestrado a mi nieta y pagaré todo lo que gana un reino próspero en un año para recuperarla» me había distraído bastante.

—¿Cómo se llamaba?

Salima no apartó la mirada de mi rostro.

—Asif al-Hilli.

Ahí estaba.

Tomé aire. Tendría que haber sabido que el cambio de rumbo era una trampa y, sin embargo, ni siquiera yo tenía el talento de mentir para endurecer mi reacción. Asif. Una década después, su nombre seguía siendo un duro golpe. Por Dios, no me extrañó que Salima me resultara familiar.

—Supongo que lo recuerdas —dijo Salima con frialdad.

—Sí. —Luché por recomponerme—. Así que Dunya... ¿es su hija?

—Sí.

Oh, Asif, menudo bastardo.

—No... no lo sabía. Nunca me dijo que tuviera una hija.

Ella se apartó claramente dolorida.

—Supongo que ignorar nuestra existencia le facilitaba a Asif huir al mar.

Ante esa acusación, se encendió en mí una chispa de antigua lealtad.

—El hogar del que me habló Asif no era feliz, Sayyida. Su marido...

—Mi marido está muerto. —Salima temblaba ahora, ya no se molestaba en ocultar su dolor—. Y Asif no era ningún niño cuando se marchó. Era un hombre casado con responsabilidades. Su esposa murió cuando Dunya era bebé y desde entonces la he criado yo.

Dunya. Me había resultado más fácil soportar la historia cuando era una desconocida. Una tragedia, sin duda, pero son cosas que pasan. Ahora era la hija de Asif. Una niña que había quedado huérfana... por mi culpa.

Lo debes hablar con algunos de tus contactos. Es lo mínimo que puedes hacer. Y, sinceramente, dudaba que algún franco se hubiera adentrado en Adén, hubiera secuestrado a una niña noble y se hubiera marchado a algún lugar desconocido sin que nadie lo viera. Sin que lo viera alguien de mi clase, como había resaltado la Sayyida con tan poco tacto.

—Soy vieja —repliqué recordándomelo tanto a mí misma como a Salima—. Soy demasiado mayor para este tipo de aventura.

Ella levantó la barbilla.

—Yo te saco al menos dos décadas.

—Ya me he retirado. No tengo barco, ni tripulación...

—No puede ser que la Amina al-Sirafi de las cartas de mi hijo se haya deshecho de su barco.

Viejo murciélago perceptivo.

—Sayyida...

—Por favor. Eres mi última esperanza. —De repente, Salima me pareció más frágil, lo que fue peor que si hubiera vuelto a amenazarme; odio ver a mujeres reducidas a tales apuros. Las cartas arrugadas de Asif temblaron entre sus dedos.

Me aclaré la garganta.

—Déjeme ver esas cartas.

Salima me las entregó. Las tomé y caminé hasta el rincón del recibidor en el que había más luz solar. La marca de Asif en el final me resultó al instante familiar, al igual que su letra nítida y serpenteante. Mi caligrafía es horrible y él había sido un buen escriba.

Había querido ser mucho más que un escriba. Lo había deseado mucho, muchísimo, hasta llegar a niveles de deseo peligrosos. El tipo de deseo que atrae a los depredadores al igual que la sangre en el agua atrae a los tiburones.

—Sus cartas... —empezó Salima—. Justo antes de morir, se volvió... raro. —Se interrumpió, quizás esperando que yo completara el resto: que yo tuviera respuestas a las preguntas que llevarían atormentándola la última década.

Pero no hay poder en este mundo que pudiera hacerme decirle a la madre de Asif al-Hilli lo que realmente le pasó.

Tendría que haberla rechazado. Hasta el día de hoy, todavía no conozco lo suficiente a mi corazón para entender qué impulsó mi respuesta. ¿Fue la oportunidad inesperada de aprovechar una última aventura y ganar riquezas que asegurarían el futuro de Marjana? ¿Hacer lo correcto por la familia del joven al que condené? ¿Evitar la ira de Salima y que me entregara a todo un listado de enemigos?

Sospecho que solo Dios lo sabe. Y, tal vez, el día del Juicio, yo también lo sepa.

Arrojando las cartas pertenecientes al amigo cuya alma perdí para siempre, miré a su madre a los ojos.

—Le daré cuatro meses. Se ha presentado ante mí con poquísima información para continuar y no pasaré una eternidad cazando rumores. Cuatro meses y cien mil dinares, lo consiga o no. Espero que se paguen diez mil dinares a mi familia antes de marcharme y otros noventa mil si descubro dónde retienen a Dunya. Si la traigo de vuelta, me dará el resto.

Era una contraoferta ridícula. Podía mentir, asegurar que tenían a la niña en cualquier parte y esfumarme con cien mil dinares. Tal vez incluso yo misma esperaba que Salima me rechazara y acallara los peligrosos sueños que se arremolinaban en mi corazón.

No lo hizo.

—Cuatro meses, nakhudha. Te obligaré a buscar cuatro meses.

Una carta de un académico

Ha sido un tiempo excelente el que hemos pasado en Cambay, una ciudad muy próspera y amable. Allí se pueden encontrar muchos bienes, el mercado textil ofrece de todo, desde telas doradas y brocados de seda hasta algodón estampado con los tonos más llamativos.

Pero nuestro segundo día en el mar sucedió una calamidad. Fuimos asediados por una embarcación pirata que aprovechó la niebla del amanecer y pronto fuimos abordados por bribones que se reían y soltaban invectivas que harían que un hombre temeroso de Dios se perforara la lengua. Si un mercader de esas aguas todavía no ha tenido ningún encuentro con tales forajidos, se considera bendecido. Son los bandidos más violentos, compuestos por ladrones, rompedores de juramentos, adúlteros, envenenadores y estafadores. Sus hábitos de higiene son abominables; sus temperamentos, malditos y su lenguaje, un balbuceo incomprensible de todos los idiomas hablados en las costas del océano. Aunque algunos piratas hacen un débil esfuerzo por aferrarse al camino de la rectitud, las pautas de nuestra noble región son de las primeras en ser desechadas, con oraciones irregulares y retorcidas justificaciones para consumir lo prohibido.

La revelación de que al-Sirafi era una mujer causó un gran revuelo, ya que muchos de los hombres de mi barco protestaron asegurando que preferirían morir antes que sufrir el deshonor de rendirse ante una mujer. Tras muchas discusiones, durante las cuales esos canallas amenazaron con quemarnos con nafta y comerse nuestra carne asada (¡que Dios los maldiga!), finalmente nos rendimos, y perdimos la mayoría de nuestro cargamento y todas nuestras armas.

Había con nosotros un par de ancianas que pretendían hacer el hach. Afortunadamente, los piratas no las tocaron, pero parecían impresionadas por las desdeñosas artimañas de al-Sirafi, tanto que su chaperona las mantuvo sabiamente confinadas durante el resto del viaje para limpiar sus corazones. Lo que nos quedaba de trayecto se desenvolvió de manera más pacífica, gracias siempre a aquel cuyo reino dura para siempre y cuya protección no tiene igual.

3

La puesta del sol me encontró haciendo el equipaje. La señora Salima había contratado un cúter para que nos llevara a Adén lo más rápido posible, pero tenía que reunirme con ella en Salalah a primera hora del día siguiente. La velocidad sería esencial en todo lo que hiciéramos. Si los temores de Salima eran correctos y Dunya llevaba casi dos meses en las manos de este franco, podría haberse ido hacía mucho tiempo. Mis contactos eran buenos, pero el flujo constante de embarcaciones comerciales y de peregrinaje en nuestras costas movía a mucha gente. Solo podía rezar porque Falco hubiera causado suficiente impresión en Adén para provocar rumores entre los marineros y trabajadores.

Mi madre había guardado mi ropa, mis armas, mis herramientas (y todo lo que me convertía en la infame Amina al-Sirafi) y el hecho de desenterrar a la mujer que solía ser, cuidadosamente doblada y guardada por la mano de otra persona, fue desconcertante. Una vez me había deleitado en el color y el brillo, tenía la reputación de deambular con sedas reales, muselinas finas y tocados de plata que acabara de robar. En parte se trataba de cultivar la confianza que se necesitaba para sobrevivir a la profesión que había elegido, un punto de locura ayuda a la hora de convencer a los hombres de que podrías apuñalarlos si se pasan de la raya.

Pero ¿el resto? Había sido liberada. Era una vida de bandolerismo nacida de la tragedia, sí. Pero al elegirla había destruido cualquier esperanza de respetabilidad futura y me alegraba por ello. ¿Por qué no llevar perlas robadas y taparrabos de marineros? ¿Por qué no casarme con un remero al que apenas conocía solo porque era increíblemente guapo y quería tener sexo con él? ¿Por qué no beber vino robado destinado a un sultán de la otra parte del mundo y participar en duelos a medianoche?

Bien. Había muchas razones por las que no debería haber hecho esas cosas, ya no hacía esas cosas y me estremezco cuando rezo pidiendo el perdón del Único cuya compasión es tan abarcadora. Pero cuando pasé los dedos por una túnica carmesí bordada con rayos de sol verdes, recordé los momentos más dulces. La tela todavía olía a sal marina y a aceite, evocando las cuerdas de fibra de coco que brillaba con la espuma del océano, los cascos pintados con betún negro y las melodías de los marineros al son de un barril usado como tambor.

Salima te paga por tu discreción, ¿recuerdas? No para que te pasees con túnicas de color rojo sangre mostrando una sonrisa con dientes de oro. De mala gana, dejé a un lado las brillantes prendas y elegí opciones más sencillas. Entonces centré mi atención en asuntos mucho más importantes.

Las bisagras del cofre en el que tenía las armas se abrieron con un susurro aceitoso. El janyar de mi abuelo —la daga en forma de gancho que había usado hasta el día que murió— fue lo primero que atrajo mi mirada. Era una daga destinada a un pirata, su mango de marfil tenía tallado el rostro de un leopardo gruñendo con los ojos de rubíes. Con un historial todavía más salvaje que el mío, mi abuelo había sido conocido como el Leopardo del Mar, un apodo que había aceptado con orgullo. Formábamos una pareja extraña: la niña que no podía quedarse quieta y el pirata medio ciego y tullido por una dura vida en el mar, pero fuimos muy cercanos. Mi abuelo había sido el único que había tenido paciencia conmigo, el único que me había hecho saltar una y otra vez sobre esteras de hojas de banano o que había atado interminables nudos de cuerdas cuando yo no podía contener la energía frenética que palpitaba en mi sangre. Hablaba sin parar, pero no solo relataba historias de aventuras, también me enseñaba todo lo que sabía de navegación.

En aquel momento debía parecer inofensivo —un anciano aburrido hablando de tonterías con una niña que nunca necesitaría esas habilidades—, pero, a medida que fui creciendo, me pregunté si él habría visto algo que al resto de la familia se le pasó por alto. Si habría visto a mi padre esforzándose por escapar de la piratería a una posición más respetable, un sueño que no hizo más que sumar a nuestras deudas y me preparó discretamente para algún día meter el pie en la verdadera vocación de mi familia.

No lo sabré nunca, pero doy gracias a Dios por lo que me enseñó. Sostuve el janyar junto a mi corazón murmurando una plegaria para su alma. Debajo de él estaba mi espada, una preciosidad damascena robada, y mi escudo, regalo del único marido del que me había separado en buenos términos. Ambos artículos necesitaban cuidados: pulidos y fijaciones nuevas en los agarres. Pero podía hacer ese trabajo de camino a Adén y esa imagen podía disuadir a los demás de molestarme.

En el momento exacto en el que tenía los brazos cargados de armamento, entró mi madre.

Me miró de arriba abajo, inhaló como una flecha sacada hacia atrás y gritó:

—¿Has perdido la cabeza?

Dejé las armas.

—La paz sea contigo, mamá.

Me fulminó con la mirada.

—No me desees la paz cuando llego a casa y me encuentro con la noticia de que te marchas a cazar francos. ¿Qué está diciendo Marjana sobre que te ha contratado una extranjera de Adén?

Suspiré. El agudo oído de Marjana y su incapacidad para ocultar cualquier engaño formaban una peligrosa combinación. Su padre podría haber sido la criatura más traicionera que he conocido nunca, pero Marjana no podría mentir ni aunque su vida dependiera de ello. Mi madre seguía en el umbral, con ropa negra de viaje. Aunque ella y Salima tendrían aproximadamente la misma edad, mi madre no mostraba la fragilidad de la noble. Era alta como yo, delgada pero dura como el acero, como si los años hubieran evaporado todas sus debilidades volviéndola todavía más impresionante.

E intimidante, incluso para su hija adulta que había sido pirata. Miré más allá de su hombro.

—¿Dónde está Mustafá?

—Se ha quedado en Salalah. Hala no se encontraba bien, así que han decidido pasar la noche con sus padres.

Una pequeña bendición. No le deseaba mala salud a mi cuñada embarazada, pero conocía lo suficiente a mi hermano pequeño para saber que se habría puesto del lado de nuestra madre en la batalla que estaba a punto de tener lugar.

Mi madre cruzó los brazos sobre su pecho, mirando significativamente la alforja y el montón de armas.

—Explícate, hija.

Me esforcé por hacerlo.

—La desconocida de Adén es la madre de uno los últimos hombres de mi tripulación. Su hijo navegó muchos años en el *Marawati* y éramos bastante cercanos. Ha venido porque necesita mi ayuda... —Sin querer preocupar a mi familia, decidí evitar mencionar que originalmente Salima me había amenazado y le ofrecí la versión menos preocupante de un secuestro franco que pude lograr—. Lo único que me pide la Sayyida es que vuelva con ella a Adén y haga unas cuantas preguntas a mis viejos contactos.

—¿Que hagas preguntas sobre el paradero de uno de los asesinos de Palestina y Siria, un mercenario extranjero que ha logrado llegar hasta nuestras tierras? —Un auténtico temor coloreó el rostro de mi madre—. Rotundamente no. Los francos son animales, Amina. Animales que no dejan más que masacre y cenizas a su paso.

Temía ese tipo de reacción. Mi madre sí que se había mantenido al día sobre la política y ostentaba opiniones muy fuertes sobre las guerras del norte. Era pequeña cuando cayó Jerusalén y las historias de las atrocidades de los francos y las súplicas de ayuda de los supervivientes y refugiados habían llegado lejos en los círculos académicos y religiosos que frecuentaba su familia. De hecho, les afectó tanto que su amado hermano mayor se sintió movido a responder a la llamada de la yihad. Estuvo menos de un año en Palestina antes de que lo mataran y no salvando vidas musulmanas, sino como peón en una lucha de poder local entre los llamados príncipes musulmanes que estaban aprovechando el caos para expandir sus propios territorios. (¿Lo ves? Por eso no confío en los políticos.)

Por mi parte, yo nunca había conocido a ningún franco, su mundo estaba muy lejos del mío. Los intelectuales a menudo hablaban de ellos como bárbaros atrasados y yo sabía que sus ataques ponían nerviosos a los norteños porque iban en aumento. Casi todos los comerciantes locales con familia lejana tenían historias de parientes que se habían visto obligados a huir de las incursiones de los francos. Primero, habían empezado a caer ciudades en Al-Andalus. Luego Sicilia. Varias marchas por las tierras de los rum, pasando por Constantinopla hacia la casa del islam a una ciudad que los francos afirmaban que era suya. Una tierra que, según decían, habían profanado musulmanes, judíos y cristianos descarriados, como si no estuviera llena de familias que pronto serían borradas por sus manos ensangrentadas.

Ahora bien, no ignoro la guerra, las conquistas. Los reinos se alzan y caen, y son tragados y escupidos con diferentes formas tan a menudo que a veces no estoy muy segura de a quién debería pagar impuestos si me importara tal cosa. Pero la gente normalmente se queda. ¿Por qué no íbamos a hacerlo? Se pueden obtener más beneficios si vivimos aquí, pagamos tributo y comerciamos con los artículos de lujo que desean los nuevos gobernantes. No es algo limpio, hay muerte y casi siempre acaban pagando aquellos que no tienen elección. Y están los saqueos. Pero como pueblo, aguantamos.

Eso no pasó cuando llegaron los francos.

La primera invasión fue hace décadas y el derramamiento de sangre en Jerusalén y Antioquia fue tal que aún persiste. Sus líderes no se contentaron con asumir el poder como testaferros, en lugar de eso, sus ejércitos pasaron por la espada a pueblos enteros que se habían rendido y asaron a mujeres y niños en espetones. Se dice que los francos atrincheraron a la población judía en su templo, donde rezaron a Dios y llevaron a sus bebés y les prendieron fuego, que dejaron rastros de sangre musulmana en el Haram al-Sharif y hospedaron cerdos en sus pasillos sagrados. Incluso hay rumores de que torturaron y se comieron a las víctimas de Maarat an-Numat cuando la ciudad finalmente cayó.

Es una brutalidad que no me atrevo ni a intentar entender. No a manos de nadie. Tal vez sea porque yo soy una criminal sin lealtades políticas… o tal vez porque provengo de la clase de gente a la que se dejaría morir mientras sus líderes huyen. No me cabe duda de que, en sus lejanas patrias, tierras que se rumorea que son duras, frías e implacables, hay miles de personas que solo se preocupan por poner comida en el plato de sus hijos, personas que se horrorizarían al saber lo que han hecho los de su mismo credo. He viajado lo suficiente como para dudar de todo lo que se escribe de los «extranjeros» y para no juzgar a toda una comunidad por sus peores individuos.

Pero ¿el franco que visitó a Salima alardeando de haber luchado en ambos bandos? Era un hombre con sangre en las manos. Un hombre que ahora podría tener a la hija de Asif.

Pero nunca iba a convencer a mi madre de que luchar contra los francos era lo que debía hacer, no después de lo que le había pasado a su hermano. Así que dije lo único que podía decir:

—Salima me ha ofrecido un millón de dinares si recupero a la niña.

Mi madre se quedó quieta del asombro.

—Imposible.

—Yo he dicho lo mismo, pero me ha prometido liquidar todos sus bienes si era necesario. Es de una de esas antiguas familias iraquíes, de las que son ricas desde los tiempos de Harún al-Rashid. Tiene diez mil dinares esperando para pagarme en Salalah en mi partida. Cien mil si descubro dónde está la niña. No podemos rechazar ese dinero.

El rostro de mi madre se nubló con la sospecha.

—Podría ser mentira. Todo. Además, antes me has dicho que solo ibas a hacer unas preguntas a tus contactos. ¿Y ahora me hablas de recuperar a la niña?

Mierda, tendría que haber sabido que lo captaría. Levanté la mano en un gesto que esperaba transmitir tranquilidad en lugar de rendición.

—Amma, no deseo pelear. Si tengo la suerte de encontrar a este franco y retiene a Dunya en una situación de la que no la pueda sacar fácilmente, le venderé la información a Salima y me marcharé. Con cien mil dinares. De todos modos, hace tiempo que debía echarle un vistazo al *Marawati*. Iré a Adén, haré unas cuantas preguntas y volveré siendo una mujer rica.

Mi madre me dirigió una mirada plana.

—La última vez que fuiste a echarle un vistazo al *Marawati* huiste para convertirte en criminal y no te vi la cara durante quince años.

—Esto es diferente —intenté argumentar—. Lo juro.

Pero mi madre no estaba escuchando. En lugar de eso, se dio la vuelta para pasearse con nerviosismo y la ventana abierta captó su atención. No estoy segura de que mi madre se dé cuenta de cuán a menudo mira en dirección al mar. Tal vez se había convertido en un instinto tras tantos años esperando a que sus seres queridos volvieran.

—Tendría que haber vuelto a Pemba tras la muerte de tu padre —murmuró. Así empezaban siempre sus lamentaciones, deseando haber vuelto con los padres que la habían repudiado por casarse con él—. Tendría que haberlo intentado.

—Amma, han pasado décadas —contesté amablemente—. Habríamos perdido el *Marawati*. Y no me arrepiento de mi historia.

—¿Cómo puedes no arrepentirte? Yo podría haberte dado una vida normal. En lugar de eso, tienes sangre en las manos, crímenes en el alma y hombres en todas las costas extendiendo rumores tan crueles que ni siquiera soy capaz de decirlos en voz alta. Hombres que harían cualquier cosa para hacerte daño. —Mi madre parecía dividida entre querer protegerme y querer estrangularme con sus propias manos—. Que Dios maldiga a tu abuelo. A él y a todas sus historias.

Sin las historias de mi abuelo, habríamos sido indigentes. Y nunca habría tenido a Marjana, mi mayor bendición. Pero mi madre y yo llevábamos discutiendo el camino que había elegido desde la mañana que me había marchado con dieciséis años para implorar clemencia a los acreedores de mi padre y, en lugar de eso, había acabado robando un barco y su cargamento para pagar sus deudas. En ese momento, no me apetecía volver a esas discusiones.

Sobre todo, cuando la verdad era que estábamos teniendo problemas. Eso puede sorprenderte. Sé que las historias cuentan que Amina al-Sirafi saqueó barcos del tesoro y se retiró a un castillo de oro, pero lo que pasa con la fama es que a menudo se basa en mentiras. Nunca conocí la riqueza. Conocí el confort, el hecho de poder asegurarme de que mi familia tuviera un techo sólido (antes lo era), comida suficiente y educación, y aprendizaje para mi hermano. Pero los barcos son caros de mantener, sobre todo cuando te dedicas al contrabando en lugar de tener clientes fijos. Pagaba bien a mi tripulación, tanto porque era mi responsabilidad como nakhudha como porque necesitaba estar totalmente segura de que estaban felices con la capitana cuya cabeza tenía un precio. Teníamos resultados fabulosos y un montón de aventuras, pero me anduve con cuidado de no excederme.

Y también estaba el juego, pero cuanto menos diga de eso, mejor. Ahora estoy rehabilitada.

Si me hubiera retirado con más previsión, podría haber establecido las inversiones adecuadas en lugar de pagar a mis hombres, entregar mi barco y marcharme sin tener ningún plan. Pero estas lamentaciones pueden sumarse a una larga lista de arrepentimientos. Y ese era el camino que elegía ahora, a sabiendas de que mi madre tenía la mente más clara respecto de nuestra supervivencia.

—Amma, no estamos en posición de rechazar este dinero. Tinbu solo acepta trabajos legítimos con el *Marawati* ahora y esos ingresos no bastan para mantener a una familia. Cultivamos tierras que podrían sernos arrebatadas en cualquier momento y he construido un hogar en una casa de la que no tenemos los derechos. —Señalé el techo estropeado—. Y aun así se está desmoronando a nuestro alrededor. Con el nuevo bebé…

—Encontraremos el modo de hacerlo —insistió mi madre—. Hemos sobrevivido a situaciones mucho peores. Dios proporciona.

—¡Claro que lo hace! ¡Nos ha proporcionado a Salima y una fortuna que podría cambiarnos la vida! Amma, la cantidad que me ofrece solo por la información… cien mil dinares. Podríamos comprarle a Mustafá una casa y un taller en Salalah para hacer despegar su negocio. Contrataríamos tutores adecuados para los niños y que aprendan la profesión que ellos quieran. Podrían ser médicos, académicos, podrían prosperar de maneras que nosotras nunca lo hicimos. Tu descansarías en lugar de partirte la espalda en el jardín. —Dios mío, dolía incluso decir todo eso en voz alta, las ambiciones y sueños que había intentado apagar en mi corazón—. Amma, podríamos tener estabilidad y seguridad, seguridad de verdad. Marjana nunca tendría que preocuparse por el dinero. Nunca tendría que preocuparse por nada.

—Marjana tendría que preocuparse menos por el futuro si la dejaras vivir en el presente, ¡si le permitieras ir a la escuela y conocer a gente de fuera de nuestra familia! —estalló—. Amina, esta mujer te ha llenado el corazón con tantas fantasías que no ves los riesgos. ¿Por qué crees que te está ofreciendo tanto dinero?

Ignoré la primera parte (mi madre no tenía ni idea del alcance de mis preocupaciones respecto a Marjana) y respondí lo que pude.

—Porque Salima está desesperada por recuperar a su nieta sin tener que perder su reputación. Los ricos no son como nosotros, mamá. Arrojan todo el dinero que pueden a un problema asumiendo que, cuanto mayor sea la cantidad, más podrán confiar en que los proteja. Normalmente lo hace —agregué con algo más de amargura.

Mi madre me clavó con sus ojos oscuros llenos de preocupación y furia.

—¿Y si algo sale mal? Tú… Amina, cuando al final volviste estabas destrozada. Apenas hablabas. Apenas comías. Te quedabas todo el día en la cama mirando la pared. No eras la hija que me había escrito con tanta seguridad todos estos años.

Se me quedó la boca seca.

—Acababa de tener un bebé. Estaba agotada.

—Era algo más que haber tenido un bebé. Y lo sabes. Algo pasó allí y nunca has vuelto a ser la misma. Durante mucho tiempo, asumí… —Mi madre llevaba un rato paseándose por la habitación, pero de repente se detuvo como si se hubiera sobresaltado—. El hijo de Salima… ¿es el padre de Marjana? ¿Ese es el motivo por…?

—¡No! —Pero se había acercado bastante y era difícil no reaccionar, mi corazón estaba peligrosamente cerca de quedar al descubierto. Porque sí que había pasado algo. Pero era algo que no podía confesar si quería que mi madre siguiera mirándome del mismo modo—. Marjana no es hija de Asif. Pero él murió en mi barco y es algo que me pesa en el alma. Se lo debo a su familia.

—Dinero y honor, qué buenas motivaciones —añadió con acidez—. Qué argumento tan bien construido. Así, cualquier preocupación que yo pueda expresar suena como las inquietudes de una anciana. Como si no supiera la frecuencia con la que pules tus armas o lloras sobre las cartas de Tinbu. —La ira había desaparecido de su voz, reemplazada por la misma tristeza con la que Salima había hablado de Asif—. Como si no llevaras años buscando una oportunidad para dejarnos.

Bajé la mirada, avergonzada. Mi madre no estaba del todo equivocada. Ya tenía la mente en el *Marawati* y la sangre fluyendo con un entusiasmo que no había sentido en años. No hacía esto solo por Asif. Pero tampoco lo hacía por diversión y, durante un momento, sentí el impulso de querer confesarle la verdad, de compartir mis temores por Marjana con la persona a la que más respetaba en el mundo. La persona que menos quería que pensara que era una madre horrible por embarcarme en una misión tan peligrosa.

Pero no podía.

Respiré profundamente y junté las manos detrás de la espalda, estabilizándome como si ya estuviera delante de mi tripulación.

—Amma, te quiero. Respeto tu opinión, pero no dejaré que una bendición como esta se me escape de entre los dedos. Solo es un encargo. Un encargo y, si Dios quiere, nunca tendremos que volver a preocuparnos por el dinero.

Mi madre me sostuvo la mirada.

—Hablas de seguridad y lo entiendo. Entiendo lo que es querer el mundo entero para tu hija. Pero, Amina, Marjana solo te quiere a ti. —Había una advertencia en su voz—. Y quedaría destrozada si algo te llegara a pasar.

Extrajo las palabras con cuidado como si fueran flechas de su carcaj y dieron en el blanco cuando las disparó. Durante un momento, pude visualizarlo: mi madre colapsando ante la noticia, Marjana llorando por mí una y otra vez. Le partiría el corazón de un modo que no llegaría a sanar nunca por completo.

Pero esa visión fue reemplazada por otra. Marjana mayor y sola, la muerte habrá venido a por mí de todos modos. Marjana más vieja de lo que cualquier ser humano tendría derecho a ser, desconcertada y asustada, con una extrañeza que podría crecer. Una extrañeza que podría asustar.

Su vida sería mucho más fácil si fuera rica. Pese a que los piadosos afirman que el dinero no compra la felicidad, puedo atestiguar por experiencia personal que la pobreza no compra nada. Es un monstruo cuyas garras se vuelven más profundas y es más difícil escapar con cada estación que pasa, el más mínimo paso en falso te hace retroceder años, o incluso una eternidad. Añade el… linaje único de Marjana y se dibuja un futuro aterrador en el que no estaré siempre para protegerla.

Es por su bien.

—Sé cuidar de mí misma, mamá —dije con firmeza—. Este es mi mundo. He aceptado encargos más peligrosos. Si las cosas se ponen feas, saldré huyendo.

—Entonces no tenemos nada más que decirnos la una a la otra. —La expresión de mi madre mostraba tanta desilusión y tristeza que se me partió el corazón—. Preferiría no separarnos con sentimientos de ira entre nosotras, pero no tienes mi bendición. —Se dio la vuelta—. Te dejo que te despidas de tu hija.

Marjana estaba en el dormitorio que compartíamos, mi habitación favorita de toda la casa. Tenía tres ventanas que daban al mar y el suelo de madera era suave bajo los pies, chirriante por todas las veces que me había paseado por él intentado dormirla cuando era un bebé. Mi madre y yo pintamos las paredes, ella había seguido patrones tradicionales y estrellas, mientras que yo había optado por lunares alegres del color de las criaturas y plantas marinas. Un delicado móvil de vidrio de fragmentos descartados del trabajo de Mustafá brillaba en una esquina mientras que, al otro lado de la habitación, había estanterías verdes con todo un surtido de recuerdos de mis viajes.

Encontré a mi hija allí arrodillada, de espaldas a la puerta. Marjana siempre se había mostrado fascinada por los tesoros de las estanterías. Animalitos esmaltados de Cachemira, jarrones de porcelana fina de China, miniaturas de madera de Persia, lámparas de cerámica de la India, espejos de azulejos de Basora, cajas de sorpresas de Sofala… restos de viajes que recordaba a medias, recuerdos físicos de la vida que había abandonado. Estaba ocupada con una pequeña tortuga de ébano con una concha de abulón en las manos. Cuando era pequeña, se agachaba sobre sus manos y rodillas para hacerla recorrer el suelo.

Mis pisadas eran silenciosas, pero no importaba, mi hija parecía oírlo todo siempre. Sin darse la vuelta, preguntó:

—¿Así que te marchas a Adén?

Vacilé, preguntándome cuánto habría captado escuchando a escondidas.

—Sí. La nieta de la Sayyida ha desaparecido y conozco a algunas personas que podrían ayudarla.

—¿Qué quieres decir con que «ha desaparecido»? —Marjana dejó caer la tortuga, que resonó contra el suelo—. ¿Está en peligro?

Me senté pesadamente en la cama e hice círculos con la muñeca, aliviando el dolor después del trabajo en el techo.

—Rezo para que no. A veces… a veces alguna gente importante retiene a otra gente importante hasta que sus parientes pagan cierta cantidad de dinero o les garantizan cierta promesa. No tiene nada que ver con personas como nosotros, ¿lo comprendes? Pero conozco a muchos marineros en Adén que podrían ser capaces de averiguar a dónde se la han llevado. Además, ha pasado mucho tiempo desde la última vez que comprobé cómo estaban el *Marawati* y nuestros negocios. Es una buena excusa para hacerlo.

Marjana finalmente me miró.

—Así que… ¿es un viaje de negocios? ¿Como cuando el tío Mustafá se fue a Matrah?

No se me habría ocurrido una comparación menos acertada que la breve formación de mi hermano con un vidriero que le había enseñado a soplar rosas, pero me limité a asentir.

—Algo así. Si Dios quiere, no debería tardar más de cuatro meses.

Marjana me miró con los ojos llenos de preguntas sin pronunciar. ¿Hay alguna otra mirada como la de tus hijos, el tipo de mirada que te llena de amor y responsabilidad al mismo tiempo? Esos ojos que ahora estaban fijos en mí habían sido mi compañía constante desde que era un bebé. Buscando consuelo, respuestas, atención.

—Pero eso es mucho tiempo —susurró con la voz temblorosa. En efecto, para una niña, cuatro meses parecían una eternidad. Para su madre también—. Y estarás muy lejos.

La acerqué a mí.

—Lo sé. Pero la abuela y Bubu te llevarán de un lado a otro sin parar —dije mencionando a mi sobrino pequeño—. Y antes de que te des cuenta, habrá pasado el tiempo. Tal vez pueda comprarte algún juego nuevo en Adén. ¿O mejor lana para el telar? ¿Eso te gustaría?

Marjana jugueteó con una de mis trenzas y su suave mejilla rozó la mía.

—¿Puedo ir contigo?

—No, cariño, no creo que sea buena idea.

—¿Es porque no es seguro? —Se apartó para mirarme a la cara—. ¿Porque vas a ir en barco? ¿No puedes viajar de otro modo, mamá? No quiero que te vayas en barco.

Su miedo me tomó por sorpresa, al igual que su repentina preocupación por los barcos.

—¿Por qué no?

Bajó la mirada.

—Porque así es como murió baba.

Se me encogió el corazón.

—Marjana...

—Lo siento —se apresuró a agregar—. Sé que no te gusta hablar de baba. Pero si el hijo de Sayyida Salima murió y baba también... Mamá, puede que navegar sea demasiado peligroso. —Le brillaba la mirada con las lágrimas no derramadas—. No quiero que mueras.

—Oh, cariño... Ven aquí. —Abrí los brazos y Marjana se acurrucó entre ellos sin decir una palabra, encajando su cabeza bajo mi barbilla y con su cuerpo plegado junto al mío como si tuviera la mitad de la edad que realmente tenía.

Mentiras sobre mentiras. ¿Y qué se suponía que tenía que decir? ¿No es trabajo de los padres tranquilizar a los hijos?

Marjana me abrazó con más fuerza y sus siguientes palabras quedaron amortiguadas junto a mi pecho.

—No vayas, mamá. Por favor.

Había auténtico miedo en su voz y fruncí el ceño. Marjana es una niña tranquila, mucho más de lo que era yo a su edad, y rara vez había mostrado tal temor. La aparté un poco para mirarla bien y vi que le moqueaba la nariz y que miraba en todas direcciones evitando mi cara.

—¿De verdad te preocupa tanto que navegue? —pregunté amablemente—. Ya te lo he dicho, cariño, es un viaje corto.

—No es solo por la navegación.

—¿Entonces por qué es? —Mientras retorcía los dedos en los pliegues de mi camisa, me di cuenta de que estaba temblando—. Marjana… Marjana, mírame. ¿Qué pasa?

La habitación se había oscurecido, una de las lámparas parpadeaba. En la penumbra, los ojos de mi hija eran enormes y negros como el carbón, más negros que los de cualquier otra persona que haya conocido.

Bueno, menos una, por supuesto.

Se mordió el labio.

—Tengo un mal presentimiento.

Me quedé totalmente quieta.

Si fuera otra niña, un «mal presentimiento» sobre la partida de un padre o madre podría no ser algo preocupante. Pero Marjana no es una niña normal. Y, antes de que pudiera impedirlo, apareció un recuerdo en mi mente. Una voz ronca y risueña contra mi oído y unos dedos cálidos deslizándose entre los míos alrededor de las cuerdas de dirección.

—*Por aquí* —*dijo él cerrando sus hermosos ojos negros y virando al este.*

—*No hay nada por ahí* —*discutí*—. *Solo una zona de calmas ecuatoriales. No encontraremos ningún barco y puede que arriesguemos el nuestro.*

—*Confía en mí, nakhudha. Valdrá la pena tu tiempo. Tengo un presentimiento.*

—*¿Un presentimiento?*

—*Un presentimiento. Buenos presentimientos, malos presentimientos… ¿de qué otra forma crees que he dirigido a los tuyos a la prosperidad?* —*Movió las cejas con una sonrisa maliciosa*—. *O a la calamidad.*

Había sonado a broma, aunque por aquel entonces ya sabía que no era humano. Pero Marjana… Marjana no es así. Ella no es suya, no de ese modo. Había buscado señales desde la primera vez que la había sostenido en los brazos, tan cálida, dulce e inocente. Las sombras no se deforman cuando Marjana entra en una habitación. Cuando cae, se raspa las rodillas y, aunque le gustan los juegos, no tiene una racha de buena suerte que la haga ganar siempre.

Calmé mi voz.

—¿Qué tipo de mal presentimiento?

—Es solo… —Marjana volvió a apartar la mirada, ruborizada por la vergüenza. Vi que se esforzaba por recomponerse, por querer parecer mayor y más valiente—. No importa —murmuró.

Durante un momento, hice una pausa, sin saber si debía insistir. Pero había tomado mi decisión, ¿verdad? Así que me obligué a ignorar la advertencia, tal vez ambas nos estuviéramos mintiendo para que la otra se sintiera mejor.

Volví a abrazarla.

—No tienes de qué preocuparte, cariño mío —prometí presionando el rostro sobre la suave coronilla de su cabeza—. Es solo un encargo. Dios es testigo de que será solo un encargo y volveré a casa.

Estaba todo oscuro cuando me desperté, el amanecer era un lejano resplandor rosado y ceniciento al otro lado de la ventana. No había dormido por culpa de una mezcla de nervios y sacudidas de Marjana. Se había dormido acurrucada contra mi axila y no había tenido el coraje para moverla, una decisión que sabía que lamentaría hoy por mi hombro dolorido. La hice a un lado con cuidado y le aparté un mechón de cabello sudoroso de la mejilla.

Temblando a pesar del húmedo calor de la mañana, me aseé salpicando agua de una jofaina sobre mi cara y mi cuello. Me puse una túnica de color ámbar de algodón suave y me trencé el pelo, envolviéndome un suave pañuelo sobre la cabeza antes de expresar mis intenciones con una oración.

Por si no te habías dado cuenta por mi pasado criminal, no siempre he sido una buena musulmana. Beber y saltarse las oraciones eran mis pecados menores e intentaba enderezarme cada año cuando llegaba el Ramadán —una nueva vida de piedad es fácil de imaginar cuando estás aturdida por la sed y atrapada en la alegría comunitaria del tarawih–. Normalmente, solía volver a mi comportamiento habitual cuando terminaba el mes de shawwal.

Pero entonces nació Marjana. Y Asif estaba... perdido. Y, si uno de estos eventos me hizo sentir que no tenía derecho a invocar a Dios nunca más, el otro me llenó de una necesidad imperiosa que no podía negar. Así que mantuve mis oraciones diarias, a pesar de que me sentía indigna la mayor parte del tiempo.

Coloqué la frente en el suelo con un movimiento que tenía arraigado en el alma y recité las palabras que conocía de toda la vida. Agregué mis súplicas personales al final, implorando que tanto mi familia como la descarriada nieta de Salima estuvieran a salvo. Mientras rezaba, escuché las suaves respiraciones de Marjana. A pesar de que había llegado el amanecer, todavía quedaban unos pocos rayos de luz de luna sobre su cuerpo dormido, iluminando las subidas y bajadas de su pecho.

Pronto habrá un eclipse, recordé con el débil resplandor de la luna. Si esto fueran los antiguos tiempos, habría sabido con exactitud cuántas noches faltaban para el eclipse. Los marineros son supersticiosos y, como muchos nawakhidha, pagaba cada año por echar un vistazo a copias de tablas astronómicas y almanaques elaborados en las grandes cortes de la ciudad en la que me encontrara, para estar al tanto de las fechas y señales tanto auspiciosas como desfavorables. Aunque ya no tomaba nota de tales acontecimientos, mi hermano Mustafá había comentado lo del eclipse, temiendo que el evento coincidiera con el nacimiento de su segundo hijo que tendría lugar en tres meses.

Un nacimiento que yo me perdería. Le había prometido cuatro meses a Salima y, de repente, las implicaciones me golpearon con tanta fuerza que me quedé sin respiración y dudé de los planes que había defendido con tanto fervor. ¿Y si le sucedía algo a Marjana durante ese periodo? ¿Y si el nuevo bebé llegaba antes de lo esperado y necesitaban ayuda en el parto?

Un millón de dinares, me recordé a mí misma. Una fortuna que podía cambiar el curso de todas nuestras vidas. Marjana estaría en buenas manos mientras yo estuviera fuera y mi madre podía manejar el tema de los nuevos bebés mucho mejor que yo. Cuatro meses de echarse de menos no era nada comparado con toda una vida (con varias vidas) de seguridad.

Le di un beso en la mejilla a Marjana.

—Que Dios te proteja —murmuré en voz baja. Temiendo que me fallara la resolución si me quedaba un momento más, eché un último vistazo a mi hija y bajé las escaleras.

Mi madre estaba ocupada en la cocina, tal y como me esperaba. A juzgar por la pila de ollas, se habría pasado toda la noche cocinando.

—Amma, no tenías por qué hacerlo —protesté—. Aquí hay comida para todo un regimiento.

—¿Qué más puedo hacer cuando insistes en huir para arriesgar tu vida? Al menos de hambre no te morirás. —Tomó un plato de porcelana. El agua del interior estaba teñida de azul de la tinta disuelta que había usado para escribir versos sagrados. Sin duda, mi madre también había estado rezando. Probablemente, se hubiera colado en mi habitación para rociar agua de Zamzam en mi equipaje y vernos dormir a Marjana y a mí—. Bébete esto.

Obedecí.

Rápidamente, se secó los ojos y me abrazó.

—Pórtate bien, Amina. Ten cuidado. Ninguna cantidad de dinero podría compensar tu pérdida.

—Tendré cuidado, lo prometo. —Le besé las manos—. Cuida de Marjana.

Entonces recogí el equipaje y me marché. Podía sentir a mi madre observándome por encima del hombro, pero no miré atrás para ver cómo el amanecer iluminaba el hogar que había construido: el pequeño enclave en el que mi hija había crecido segura y felizmente ajena a nuestro violento pasado, a sus propios orígenes. No estaba segura de que mi corazón desgarrado pudiera soportarlo.

Sin embargo, había tomado una nueva decisión influenciada por las súplicas de mi madre y las lágrimas de mi hija: no viajaría a Adén, no de inmediato. ¿Me querían a salvo?

Pues acudiría a la persona más peligrosa que conocía.

Una misiva para el valí de Basora

[Una nota para el lector: varias secciones de este informe, recuperadas de un fragmento de pergamino quemado, parecen haber sido borradas. Aquí se ha reproducido lo que ha sido posible por la gracia y la misericordia del Todopoderoso.]

¡Cuidado! Ahmad al-Danaf, sé bien que eres un hombre de Dios incondicional y no dudo que tu prefecto no cuente con policías igualmente experimentados, pero te ruego que escuches mi advertencia: deja pasar a esta asesina. Cierra los mercados, advierte a tu gente de que se quede en casa, pero no intentes capturarla o hacerte con el rescate que paga por su cabeza la pandilla a la que traicionó. El suyo es uno de los gremios de criminales más astutos y violentos que hay bajo el estandarte del Banu Sasan, formado por todo tipo de ilusionistas, derviches falsos, vagabundos y bandoleros. Mienten como respiran, no sienten vergüenza alguna mientras fingen ser leprosos, predicadores, prisioneros de guerra ciegos o doncellas indefensas solo para volverse sin previo aviso contra quien se preste a ayudarlos, saqueándole todo lo que tenga de valor. En el mejor de los casos, abandonan a sus víctimas desnudas y desamparadas a un lado del camino, aunque es más común que las dejen con la garganta rajada.

[sección borrada]

Y si esa es la verdad de lo que sucedió entre ellos, no puedo culpar a los bandidos por su persecución. Que Dios nos guarde,

¡por eso hay que vigilar a las mujeres! Es mejor mantenerlas a salvo en casa y correctamente guiadas en lugar de dejarlas correr por las calles y convertirse en hijas del Banu Sasan. De todos modos, ten cuidado con esta «Dama de los Venenos». Se recomienda no tocarla con la piel desnuda, yo llegaría incluso a despejar el área en la que se conoce que está y me cubriría el rostro. La última vez que la acorralaron en Mosul, acabó con todo un escuadrón con una especie de gas noqueador. Se rumorea que lleva encima pasteles para dormir y pastillas de veneno en los lazos de su tocado y que solo necesitas unas pocas gotas de líquido para activar los vapores de cualquiera de las dos...

4

Con una nota garabateada rápidamente para informar a Salima de que me reuniría con ella en Adén después de…
Un momento, ¿eso es un mapa? ¿Qué haces con un mapa? Ya te he dicho que no iba a compartir contigo el nombre de mi siguiente puerto de escala.

¿Cómo qué «para comprender mejor la geografía»? ¿Has perdido el juicio, Jamal? ¿Quieres arriesgarte a llamar la atención de la pandilla criminal más notoria de nuestro mundo para comprender mejor la geografía? No seas tonto, nadie escucha cuentos de marineros sobre piratas y magos para aprender la maldita topografía. Guarda ese puto mapa e intentémoslo de nuevo.

Cierto tiempo no especificado después de que Sayyida Salima se metiera en mi casa, me paré frente a una tienda diminuta en un pueblo olvidado entre Salalah y Adén con el sudor escociéndome en los ojos. El sol brillaba en lo alto, era el punto más sofocante del día, cuando todo aquel que tiene sentido común está descansando a la sombra en el lugar más fresco que haya podido encontrar. Era una construcción deliberadamente inocua, rodeada por curtiembres malolientes, tintorerías y barberías que, a juzgar por el hedor, debían estar especializadas en sangrías y cicatrices. Grasientas esteras de juncos trenzados cubrían las ventanas de la tienda y la maltratada puerta carecía de cualquier marca que pudiera indicar el propósito del establecimiento.

—Somos amigos —me recordé a mí misma en voz baja, tratando de reunir un poco de coraje—. Y los amigos no se matan los unos a los otros sin previo aviso. —Susurrando una oración, llamé a la puerta.

Se abrió hacia adentro sobre un par de bisagras oxidadas, revelando un enorme agujero negro.

—¿Hola? —llamé—. ¿Hay alguien aquí?

No hubo respuesta. Con el corazón acelerado, entré. Era un cuarto extremadamente pequeño y vacío, el único mueble era un banco bajo de madera. Justo al lado del banco, había otra puerta. Estaba cubierta con una cortina roja estampada y encima colgaba una placa de cerámica con versos religiosos.

—¿Nakhudha?

Salté y me di vuelta escupiendo una maldición. Ahora había una mujer baja entre la puerta exterior y yo que parecía haber aparecido de la nada. Iba vestida con una túnica azul cubierta de cenizas y arremangada hasta los codos. Era tan baja que apenas me llegaba al pecho, la luz tenue confería un tono verdoso a su piel marrón dorado y hacía que su rostro tuviera una apariencia delicada.

—¡Dalila! —saludé alegremente—. Vaya... mira quién se ha vuelto todavía más bella después de retirarse. —Era mentira. Dalila siempre había poseído una belleza alarmante, pero ahora tenía el cabello castaño tan enmarañado que se asemejaba a un nido de pájaros, una ceja parecía recientemente quemada y tenía los ojos entornados, lo que le confería un aspecto aún más maniático que de costumbre.

—Amina al-Sirafi. —Sin previo aviso, Dalila se abalanzó sobre mí y me envolvió en un fuerte abrazo—. Amiga, ¡por fin has venido a visitarme! —Me tomó el rostro hundiéndome las uñas en la parte de detrás de la cabeza y me besó las mejillas—. Dios mío, empezaba a temer que te hubieras olvidado de mí. ¡Ya estabas hiriendo mis sentimientos!

El miedo me atravesó. Miré hacia abajo para comprobar si el pañuelo de lino que le cubría la cabeza era el infame, aquel cuyas cintas estaban adornadas con pastillas venenosas y mortíferos viales de vidrio diseñados para parecer adornos.

No lo supe con certeza. Mierda.

—No. No, claro que no —contesté forzando una risita—. ¿Cómo iba a olvidarme de mi amiga más cercana?

—Tinbu es tu amigo más cercano. Él se quedó con tu barco.

—Tinbu no se quedó con mi barco. Navega con mi permiso porque es marinero y no alguien que se niega a aprender cualquier cosa sobre barcos.

Dalila se enderezó estirando su pequeña estatura.

—Yo podría haber aprendido.

Intenté cambiar de tema.

—Así que ahora te dedicas al comercio… —Eché un vistazo a la estancia casi vacía—. ¿Qué es esto exactamente?

Sonrió por primera vez, un brillo diabólico en la oscuridad. De cerca, pude ver hilos plateados en su cabello y algunas arrugas finas saliendo de sus ojos y sus labios.

—Productos farmacéuticos.

Farmacéuticos. Me reí.

—No sabía que tuvieras… formación en eso.

—Ah, no la tengo. Pero básicamente sigue los mismos principios que el envenenamiento, ¿verdad? Solo que al revés. —Dalila me guiñó el ojo—. Las damas de por aquí me adoran. Tantos maridos muriendo mientras duermen. Debe haber algo en el agua.

Que Dios me ampare.

—Yo… me alegro de que hayas encontrado tu lugar en el mundo.

—A una le queda poco donde elegir cuando es abandonada por quienes consideraba sus compañeros más cercanos.

—Literalmente, te pagué. Y con generosidad.

Dalila me agarró del brazo e intenté no tensarme.

—La generosidad es cuestión de opiniones, mi querida nakhudha. Ven, te enseñaré mi trabajo.

De algún modo, lo dijo sin que pareciera una amenaza y pasamos detrás de la cortina a una habitación que era cuatro veces más grande que la entrada falsa, lo que me dejó en claro que Dalila había invertido bien su pago final. Los estantes reutilizados y las robustas mesas estaban cubiertos de platos de gres y vasijas de barro. Algunos estaban llenos de hierbas, aceites y resinas como se podría encontrar en cualquier botica, pero también había ingredientes más extraños y letales que delataban su verdadera profesión: limaduras de hierro, cristal en polvo, bayas de belladona en escabeche y flores de adelfa secas. Se elevaba un fuerte hedor a productos químicos desde un rincón de la habitación dedicado a ollas de metal llenas de líquido hirviendo a fuego lento sobre un trío de braseros.

Con mucho cuidado de no tocar nada, al mirar con cautela un complicado aparato con bulbos de vidrio, tubos de cobre y algo que parecía sangre salpicada en su interior dejé escapar un silbido.

—Bonito taller. Ciertamente, parece que te has mantenido ocupada.

—La vida tranquila que he encontrado tras ser ignorada por mis compañeros me ha sentado bien y permanecer más tiempo en un solo lugar me permite realizar experimentos más largos. —Dalila le dio un cariñoso golpecito a un saco de arpillera suspendido del que goteaba un icor púrpura hasta un frasco de vidrio—. He conseguido cosas realmente impresionantes con el gas noqueador.

—Cualquier día vas a noquearte a ti misma si no te andas con cuidado. —Ese taller abarrotado parecía tener una ventilación angustiosamente pobre.

—¿Qué es un poco de riesgo comparado con la posibilidad de avanzar en las artes de envenenamiento? —Dalila arqueó su única ceja—. Ya sabes lo que dice mi jeque.

—El que se atreve hace, mientras que el que teme fracasa —dije repitiendo el mantra del Banu Sasan—. No pretendo insultar las creencias de tu gremio, pero ¿podríamos hablar en algún lugar apartado de los gases noqueadores?

Con aire decepcionado en los ojos, Dalila me condujo a un pequeño patio rodeado por las imponentes paredes sin ventanas de los edificios circundantes. Excepto por los experimentos mortíferos, tenía pocas pertenencias personales. Un catre de cuerdas bajo cubierto por una colcha de *patchwork* en una esquina y un ícono de Maryan e Isa bebé, que la paz esté con ellas, colocado de manera reverencial en un nicho en los ladrillos cercanos. Sobre un único tronco estaba su bastón, un delgado trozo de madera dura pulida al que había visto romper el cráneo de más de un hombre.

Distaba mucho de mi cálido y bullicioso hogar lleno de familia y recuerdos y, al asimilarlo, me sentí algo culpable. O tal vez Dalila me hubiera guiado a esa culpa. Como cualquier joven, yo había crecido con relatos del Banu Sasan. Historias de ladrones que irrumpen en casas cavando túneles debajo de los cimientos y asesinos que pueden cortarle el cuello a un hombre tan limpiamente que no se le cae la cabeza. Algunas personas dicen que el Banu Sasan son los descendientes criminales y talentosos de los reyes persas perseguidos hacia las montañas hace siglos, otros afirman que son solo estafadores con trucos ingeniosos que dan lugar a chismes exagerados. Sea como fuere, esa hermandad de bandoleros y sinvergüenzas aterradores inspira historias maravillosas, con relatos tan audaces que parecen imposibles de creer.

Entonces Dalila se unió a mi tripulación. O, más bien, chantajeó a mi tripulación para que la sacara de Basora escondiéndose de polizón en la bodega de carga, envenenando a mi navegante y reteniendo el antídoto hasta que escapamos del golfo Pérsico. Fue un proceso de reclutamiento complicado. Pero convertirme en la gran compañera de una devota real de este supuesto jeque Sasan no me ha aclarado lo más mínimo los misterios del Banu Sasan ni de la propia Dalila. Es cristiana, una cristiana orgullosa que se esfuerza por cuidar de los suyos cuando puede, pero no sabría decirte nada más. Una vez tuvimos a un erudito lingüista bastante odioso que se convirtió en rehén e intentó sacarle más información afirmando que, por su acento y sus rituales, podía saber de dónde venía su gente. Tras declarar con superioridad que era una asiria de Mosul, Dalila sonrió y rezó invocaciones cristianas en una docena de idiomas diferentes, cambiando su inflexión, su acento y sus gestos en cada una y todos dejamos de molestarla preguntándole sus orígenes.

—Siéntate, siéntate. —Dalila me señaló su cama y comenzó a preparar dos copas con dátiles rojos secos y remojados junto con una especie de raíz picada y fragmentos de panela ambarina.

Me tendió una de las copas.

—Mi última creación. No volverás a beber nada igual. —Se sentó al otro lado de la cama de cuerdas y fue como si se hubiera posado un espíritu, puesto que su peso no movió ni un ápice los cojines.

Miré el brebaje de color miel y su expresión expectante. Seguramente, solo estaba tomándome el pelo. Dalila siempre había tenido un sentido del humor inquietante. Y éramos amigas, ¿verdad? Al menos teníamos lo más cercano a la amistad que creía que Dalila era capaz de sentir.

Tomé un sorbo de mi bebida.

—Está bueno —dije intentando fingir que podía saborear mientras ella me observaba con sus ojos de gata.

—¿No está demasiado amargo? Ya sabes que todavía pagan por tu cabeza. Y es un precio bien alto.

La miré fijamente. Si Dalila quisiera matarme, no le haría falta envenenar mi bebida. Eso sería demasiado obvio y casi insultante para sus habilidades. Ya me había dado besos en las mejillas, me había tocado la nuca y me había agarrado del brazo, unos métodos más inteligentes y elegantes. Más de su estilo. Solíamos bromear sobre eso los tres, yo podía matarte de cerca, Tinbu podía matarte desde otro barco y Dalila podía matarte desde otra ciudad tres días después.

Me bebí toda la copa.

Ella rio.

—Ay, nakhudha, te he echado de menos.

—¿Lo suficiente para dejar de bromear sobre mi muerte?

Dalila se encogió de hombros y finalmente tomó un sorbo de su propia copa.

—Depende. ¿Cómo está mi bebé?

—Alabado sea Dios, Marjana está floreciendo. Es encantadora y amable y no se parece en nada a sus padres.

Una pizca de alivio se reflejó en su rostro. Dalila fue la única persona a la que había permitido asistir al nacimiento de Marjana. La única persona en la que confiaba para hacer lo que era necesario si mis peores temores se volvían realidad.

—Me alegra oír eso.

—¿Y qué hay de ti? ¿Tienes vida más allá de intentar quemar tu taller en un incendio experimental? —Miré a mi alrededor—. No veo señales de ningún marido.

Dalila volvió a reír.

—Los hombres son tu debilidad, Amina, no la mía.

—Vamos —insistí—. La compañía tiene beneficios ocasionales.

—No hacen falta hombres para tener compañía. Y Kamran intentó apuñalarte. Dos veces.

—Sí, pero en mi defensa, diré que ese fue mi primer matrimonio. Y que era tan guapo que me distraía.

—Al segundo lo tiraste del *Marawati* completamente desnudo.

—Estábamos en el puerto, hacia calor y era un nadador excelente. Además, después subí de nivel con Salih, era encantador. Incluso a ti te gustaba.

—Era un ratero impresionante —admitió Dalila y me dirigió una mirada mordaz—. ¿Y el marido después de Salih?

Me aclaré la garganta.

—El matrimonio no importa. Aun así… estar aquí encerrada debe ser aburrido, ¿no? Tal vez te apetezca vivir una aventura más allá de la alquimia y de envenenar a los maridos del vecindario.

Dalila se apoyó en un cojín.

—Has acabado abruptamente con la ilusión de que esta visita estaba motivada por la amistad.

—Me disculpo por mi rudeza. Vino a visitarme la madre de al-Hilli.

La alegría desapareció de sus ojos.

—¿Qué? ¿Ella…?

—No —respondí rápidamente—. No era por… lo que le pasó a él. —Vacilé. Respecto de Asif, seguía teniendo el corazón hecho un lío—. Tenía una hija, Dalila. Una esposa.

—Ah. —Apretó los labios—. Supongo que quedaron fuera de las historias acerca de lo horrible que era su familia.

Hice una mueca.

—Eso no es justo. Era joven.

—Era tonto. —Pero sus contundentes palabras estaban teñidas de dolor—. Un tonto que hizo un trato que cualquier otro habría sabido que era una trampa.

Fue difícil no estremecerme con esas palabras. Asif no había sido el único tonto.

—No se merecía lo que le pasó —dije.

Dalila suspiró y volvió al asunto que teníamos entre manos.

—Así que Asif tenía una hija y una esposa a las que abandonó y ahora su adinerada madre te ha buscado. ¿Por qué?

—Prepárate: cree que a la hija de Asif la ha secuestrado un franco que merodeaba por Adén.

Dalila se quedó completamente inmóvil.

—¿Un franco? ¿Un franco merodeando por Adén?

Fruncí el ceño.

—¿Has oído hablar de ese hombre?

—Podría decirse que sí. —Dalila se levantó y se dirigió al baúl que había en la esquina—. El año pasado me escribió un hombre que coincide con esa descripción exacta.

Jadeé.

—¿Te escribió? ¿Cómo? Creía que nadie más sabía dónde estabas.

—Eres bastante audaz al asumir que tienes tal prioridad en mi vida. Hay otros que saben cómo ponerse en contacto conmigo, pero supongo que ninguno de ellos es lo bastante tonto como para compartir esa información. —Dalila abrió el baúl y rebuscó en una pila desordenada de cartas y pergaminos hasta sacar una—. Aun así, este extranjero se las arregló para que su nota llegara a mis manos.

—¿Qué quería?

—Será mejor que lo escuches directamente con sus dementes palabras. —Dalila se acercó la carta a la cara, entrecerró los ojos y luego la apartó ligeramente para leerla en voz alta—. «A la Dama de los Venenos, he oído grandes relatos de tus logros y tus hazañas. Yo también soy buscador de la verdad y...» bueno, aquí básicamente alardea sobre sí mismo un párrafo completo comparando su intelecto con el de Aristóteles y sus proezas en combate con las de Sansón...

—Qué modesto.

—Sí, muy humilde. Continúa: «Te pagaré generosamente por tu experiencia en creación de gases y ciencia humoral tanto con dinero como con conocimiento. Si te interesa mirar más allá de los misterios del Velo para ver lo que está escondido y saciar tu sed con la magia del reino oculto, estaré encantado de guiarte. Espero tu respuesta».

—Habla como una bruja borracha. —Hice una mueca—. No me gusta. Ya sabes lo que opino de la magia.

Dalila descartó mi preocupación.

—Estos son de los que ven un truco de cartas y creen que es un acto de alta hechicería. El franco decía que tenía intención de visitar Adén la primavera pasada y que, si deseaba reunirme con él, tenía un agente llamado Layth.

—Salima también me dijo que su reunión la orquestó un agente local. Y si fue a Adén en primavera, estaría en la ciudad cuando Dunya fue secuestrada. —Le conté rápidamente el resto de la historia de Salima.

Dalila se mostró escéptica.

—¿Rescate?

—Ninguno, y eso es lo que me carcome. Salima dijo que no había habido más contacto.

—¿Entonces no tiene pruebas de que este hombre esté involucrado?

—Esa fue mi respuesta también, pero parece ser que la familia tiene un gran tesoro en talismanes. Si Falco es el mismo hombre que te envió esa ridícula carta, me cuadra que le interese su alijo.

—Aun así, son pruebas demasiado escasas para haberte sacado de tu retiro. —Dalila me dirigió una mirada cómplice—. ¿Qué te ofreció?

—Cien mil dinares si descubrimos la ubicación de la niña. —A pesar de las circunstancias, era imposible no sonreír—. Un millón si la recuperamos. Así como cualquier botín que podamos recuperar del franco.

Dalila soltó una suave exhalación: ni siquiera una hija del Banu Sasan podía mantener el rostro pétreo ante la idea de tal suma.

—¿Y tú crees que tiene todo ese dinero?

—Me dio diez mil como depósito. Por diez mil dinares, puedo ir a hacer unas preguntas a Adén y echarle un ojo al *Marawati*. Deberíamos ver qué descubrimos y ver si podemos seguir desde ahí.

—Ah, ¿ya hablas de nosotras? No recuerdo haber accedido.

—Bueno, si temes que tus habilidades se hayan deteriorado...

—Amina, has estado a punto de saltar por los aires cuando he aparecido. No me insultes para convencerme. —Dalila volvió a mirarme con los ojos entornados—. ¿No te parece demasiada coincidencia que este franco esté relacionado con dos miembros diferentes de tu tripulación?

—Sí que es demasiada coincidencia —confirmé—. Lo que es una motivación aún mayor. Deberías venir conmigo a Adén y asegurarte de que investiguemos a fondo el asunto.

Dalila puso los ojos en blanco, pero entonces hizo una pausa.

—Solía preguntarme qué sería lo que finalmente te trajera de vuelta. Cada vez que me llegaba un extraño mensaje, cada vez que aparecía una sombra inesperada ante mi puerta, pensaba: «Ya está. Tiene un plan nuevo, un nuevo esquema». —Dalila me miró a los ojos con el rostro inexpresivo—. Pero entonces un año se convirtió en dos. En cinco. En una década.

Abrí la boca y la volví a cerrar porque fui incapaz de encontrar palabras ante su inesperada confesión. Dalila y los sentimientos siempre me habían parecido enemigos.

—No pensé que quisieras volver a verme —contesté—. No después de cómo acabó todo.

—Ese final no fue culpa tuya, Amina. Tal vez si te hubieras molestado en escribir, podría habértelo asegurado y no habrías pasado los últimos diez años como una ermitaña ignorándonos a todos. —Me sonrojé de vergüenza, pero antes de que pudiera disculparme, ella cambió de tema de manera enigmática—. Aunque supongo que no debería sorprenderme de que haya sido el más peligroso de los encargos el que te haya tentado a regresar.

Noté que me subía aún más calor por el rostro.

—Sí. Eh… en realidad, por eso he venido primero a verte a ti —admití sintiéndome extrañamente tímida—. Sabes que tengo tendencia a juzgar mal el riesgo.

Ella resopló.

—Juzgas el riesgo de un modo excelente. El problema es que después corres hacia él.

—Esta vez no puedo. Le prometí a mi madre y a mi hija que volvería a casa sana y salva. Que huiría si el asunto se volvía demasiado peligroso. —Probé a arrastrarme—. Dalila, no he conocido nunca a nadie con tus habilidades. Si hay alguien que pueda ayudarme a mantener esa promesa, eres tú.

—Lo entiendo. —Se reflejó un brillo compasivo en el rostro de Dalila—. Me darás una bonificación de tu parte.

Todo por el afecto.

—¿Lo ves? Por eso Tinbu se quedó con mi barco.

Dalila ignoró mi respuesta y volvió a entornar los ojos estudiando su laboratorio.

—Tendré que hacer el equipaje, tengo algunos proyectos prometedores que me gustaría llevarme.

—Espera. —Actuando bajo mi propia sospecha, atravesé el patio y levanté una mano—. ¿Cuántos dedos estoy levantando?

—Dos.

Dejé caer el puño.

—Ni por asomo. ¿Tienes problemas de vista?

—Solo para leer —contestó Dalila quitándole importancia—. No es nada.

—¡No estabas leyendo ahora! —jadeé—. Haces venenos, Dalila. ¿Puedes ver las etiquetas de los viales que has estado mezclando?

—Veo lo bastante bien para haber notado tu cojera, Amina. ¿Estás segura de que podrás luchar con ese impedimento? Podría ser muy peligroso perder el equilibrio en el mar y que no hubiera nadie cerca para ayudarte.

—¿Ya me estás amenazando?

Dalila me dedicó una sonrisa maliciosa.

—Claro que no, nakhudha. Y menos aún cuando vales un millón de dinares. Ahora ayúdame a hacer el equipaje. Las dos sabemos que tu verdadero amor te espera en Adén.

5

Ah, Adén. ¿Qué decirle a un coleccionista de relatos sobre Yemen, esa tierra tan gloriosa y bendita, que no sepa ya? Sospecho que puedes pronunciar gran cantidad de versos exaltando la riqueza de los afamados reinos de Saba y Himyar y que te sabes de memoria las epopeyas del rey guerrero Sayf y sus compañeros djinn en estas tierras. A primera vista, uno podría pensar que Adén (la perla más valiosa de Yemen) abrazaría la fascinante leyenda de su campiña. Encaramada sobre el cráter hundido de un volcán marino muerto mucho tiempo atrás y rodeada de picos escarpados que rasgan el cielo, la propia ubicación de la ciudad parece sacada de un libro de mitos. Solo hay un paso a través de las montañas y se dice que fue tallado por el mismísimo Shaddad bin 'Ad durante sus conquistas del mundo antes del islam. En curva alrededor de una brillante bahía azul, Adén contempla su puerto como una audiencia entusiasmada en un anfiteatro, con tres fuertes, un nuevo dique y una gran cantidad de puertas que se suman a sus ya temibles fortificaciones naturales. Es como si el propio Todopoderoso hubiera decidido protegerla. Navegando más allá de su antiguo rompeolas —se dice que esas piedras fueron colocadas allí por gigantes— podrías sentirte como si hubieras entrado en un puerto de magia mítico de un cuento de marineros.

Sería una gran equivocación.

Adén es donde va la magia para ser aplastada por los pesos del muhtasib y, si se pudiera calcular el nivel de maravilla, esta ciudad requeriría una ordenanza para gravarla. Es una guarida de escribas que hacen números, contables demasiado entusiastas y empleados tributarios que te encierran solo por bromear sobre sobornos. La gente como yo puede ganar dinero: se puede cobrar una tarifa excelente por hacer contrabando con mercancías alrededor de la onerosa aduana de la ciudad. Pero ¿de qué sirve si no hay una mísera taberna en la que gastar el dinero que has ganado con tanto esfuerzo y la única compañía que puedes encontrar es un grupo de burócratas respetuosos de la ley?

Dalila y yo habíamos optado por hacer el viaje por tierra atravesando el paso principal en lugar de hacerlo por mar, donde los encargados de desalojar a los viajeros eran más minuciosos (y por «minuciosos» me refiero a que contratan a señoritas que lo inspeccionan todo). También teníamos motivos para viajar con discreción. Aunque no podía culpar del todo a Salima por cómo se había acercado a mí, a Dalila no le había hecho gracia enterarse de lo dispuesta que estaba la anciana noble a revelar mi ubicación a mis antiguos enemigos. Y cuando digo que «no le había hecho gracia» quiero decir que me llamó puta idiota y que me soltó un sermón sobre la gestión del riesgo que terminó convenciéndome de que ella asesinaba regularmente a sus vecinos curiosos.

Sin embargo, cuando llegamos a Adén, teníamos un nuevo plan. Sin duda, Salima esperaba mi llegada con impaciencia, pero no iríamos a buscarla de inmediato. En lugar de eso, nos reuniríamos con Tinbu y el *Marawati*, y pasaríamos unos días recopilando información por la ciudad y preguntando por nuestro misterioso franco. La política cambia rápido en esta zona y no deseaba quedar atrapada y desprevenida. Por lo que sabía, Salima podía estar trabajando con el propio gobernador para tenderme una trampa.

De acuerdo, sí, eso también había salido de Dalila. ¿Lo ves? Por eso la recluté a ella primero. A veces necesitas a una envenenadora paranoica a tu lado.

Así pues, logramos atravesar el paso y entrar en la ciudad sin obstáculos. Insistí en ir directamente al *Marawati* y, mientras paseábamos por la playa, no pude evitar maravillarme con todos los cambios de la última década. Una de las bendiciones de la edad es perder las miradas de ciertos hombres, esos ojos que se quedan fijos en ti cuando eres demasiado joven para darte cuenta. Hombres que no bajan la mirada como manda nuestra fe, sino que insisten en robar segundas y terceras miradas; hombres que te sueltan las vulgaridades más obscenas y que, cuando les llamas la atención, le echan la culpa a tu ropa, tu sonrisa o la falta de ella, tus preciosos ojos o tu misma existencia.

Hombres que siempre parecen muy sorprendidos cuando les golpean el trasero y acaban escupiendo dientes ensangrentados tras intentar hacer esas cosas con piratas malhumoradas. Pero habiendo pasado felizmente los cuarenta y vestidas con prendas remendadas de pescaderas, Dalila y yo podríamos haber sido invisibles mientras caminábamos sobre la arena caliente. Pasamos el dique y me detuve para admirar la vista despejada de la bahía de Sira.

El puerto de Adén era agradable y la extensión azul (el sueño de los marineros, libre de los corales y bajíos que hacen que la mayor parte de los puertos del norte sean tan mortíferos) estaba salpicada por una veintena de barcos, en su mayoría grandes sanabiq que transportaban bienes comerciales a las costas de África Oriental e India. Habían arrastrado unos cuantos botes a la estrecha playa para repararlos, las planicies embarradas estaban atestadas de trabajadores sudorosos que ajustaban las costuras de los cascos, preparaban cuerdas y mezclaban sellador. El olor a fibra de coco y brea combinado con la brisa salada y la peste a tripas de pescado en el aire húmedo creaba un aroma que solo un marinero podía amar. En las distantes colinas relucían mansiones y paseos nuevos, donde los ricos habitantes podrían disfrutar de unas impresionantes vistas al mar y de la agradable brisa, pero el auge de construcción en Adén parecía haber pasado por alto a los pobres: las cabañas de hojas de palma en la playa sofocante —como aquella en la que había pasado una parte significativa de mi infancia— tenían el mismo aspecto miserable de siempre.

Me abaniqué la cara con un extremo de mi turbante mientras nos abríamos paso por un laberinto de cascos de madera, barriles llenos de aceite de tiburón, herramientas de carpintería, trozos de cuerda y velas ondeantes. La arena caliente crujía bajo mis finas sandalias y en instantes estuve empapada de sudor. Anhelando espiar mi

Marawati y sumergirme en el océano, me detuve a la sombra de un gran sunbuq rodeado por pilotes. Aun así, nadie nos molestó. Si Dios nos hubiera dado un par de ollas, podríamos haber subido a un barco afirmando que íbamos a entregarles comida a nuestros maridos hambrientos y podríamos haberlo robado.

Pero yo no quería ningún barco robado, quería *mi* barco robado. Me protegí los ojos del sol que se reflejaba con fuerza en las aguas feroces y escudriñé los barcos que había por la bahía.

—¿Lo ves? —preguntó Dalila.

—No. Aunque, conociendo a Tinbu, es probable que esté casi irreconocible. —Nadie conoce los barcos tan bien como Tinbu, mi antiguo primer oficial y el hombre que ha estado capitaneando el *Marawati* en mi lugar desde que me retiré. Puede destrozar un barco y construirlo de nuevo de modos que nadie se imagina—. Busca cascos de un tamaño parecido.

—¡Mamá!

Por instinto, me giré y vi a una niña corriendo por la arena, con sus trenzas negras rebotando tras ella. Riendo, se estrelló contra un grupo de mujeres que remendaban redes y cayó al suelo con las manos llenas de conchas de ostras.

Noté una punzada en el corazón. Estaba intentando distraerme con el trabajo, pero no podía pasar una hora sin pensar en Marjana y ver a cualquier niña me entristecía. ¿Mi hija estaba comiendo lo suficiente? ¿Estaba a salvo? ¿Me echaba de menos o se había distraído con esa alegre facilidad que tienen los niños? Observé a la niña acurrucándose en el regazo de su madre y las sonrisas que se intercambiaron fueron como si un cuchillo de soledad me atravesara el pecho.

—Amina. —Dalila me tiró de la manga—. ¿Puedes ver qué está pasando ahí?

Seguí la dirección de su mirada. En el lado sur del puerto, más cerca de la isla de Sira, se había reunido un grupo de gente en la playa. Parecía haber algún tipo de conmoción, miraban hacia el mar y sus animadas conversaciones llegaban hasta nosotras. Volví a comprobar los barcos que ya había visto tres veces, pero el *Marawati* no estaba ahí.

Tampoco me gustaba la energía de la multitud creciente, se me estaba formando una horrible premonición en el estómago.

—Vamos a comprobarlo.

La multitud se había reunido en una duna inclinada que hacía difícil ver algo del mar más allá de las aguas relucientes. Me coloqué el extremo del turbante sobre la parte inferior de la cara por si los años no me habían hecho envejecer hasta llegar al anonimato y Dalila y yo nos separamos sin decir nada, mezclándonos en el grupo.

—¿Crees que encontraran algo? —le estaba diciendo un hombre cubierto de serrín a otro.

—He oído que les cortaron la garganta hasta el hueso, que les salían cangrejos de la boca...

Pasé junto a dos muchachos, uno de los cuales estaba levantando al otro para mirar por encima de los hombres que tenían delante. Con un codazo en las costillas a un marinero y un rudo empujón a una mujer con aspecto de matrona que dejó escapar un gruñido ofendido, me liberé de la multitud y conseguí una vista clara de lo que había causado la conmoción.

Y ahí, meciéndose entre las suaves olas como una hermosa bailarina, estaba mi *Marawati*.

Alabé a Dios en voz baja, aliviada al ver a mi primer amor, el barco por el que había arrojado por la borda a todos mis exmaridos. Era una auténtica belleza, construido en la India con un casco estrecho hecho de la mejor teca oscura. Tenía un nombre original, aunque no tenía mucha idea sobre su significado, puesto que mi abuelo era tan discreto sobre el nombre del *Marawati* como sobre el modo en el que lo obtuvo, sin duda ilegal. No era demasiado grande, pero con un grupo completo de remeros y una mano diestra que controlase las vastas velas y los dos timones, era una de las embarcaciones más rápidas del mar, capaz de huir de buques de guerra mucho más grandes.

No es que tuviera ese aspecto en ese momento. No se veían por ningún lado los remos y los rieles que lo sujetaban, las plataformas cubiertas por las que lanzábamos las armas estaban desmanteladas y los adornos del timón y la popa habían sido cambiados. El casco y los mástiles habían sido pintados de un feo verde amarillento que parecía que llevara veinte años con necesidad de renovación y entre las redes deshilachadas y las cadenas oxidadas, el *Marawati* parecía menos un rápido barco de contrabando y más un barco de pesca usado para mantenerse cerca de la orilla. Lo único que Tinbu no había alterado —mi única petición— eran los rondeles de madera que había tallado mi abuelo en el banco del capitán.

Sin embargo, apenas había posado los ojos sobre mi amado barco cuando ese sentimiento reconfortante terminó de repente. Mi *Marawati* no estaba solo ni tranquilo. Había soldados registrándolo y estaba atrapado entre dos galeras.

Por el amor de Dios... ¿desde cuándo había buques de guerra en Adén?

—Dos dirhams a que no encuentran nada —declaró un hombre detrás de mí—. No hay nadie tan imprudente como para robar un barco de Adén y luego traerlo aquí a repararlo.

—Acepto la apuesta —respondió otro—. No subestimes nunca el descuido de los hombres. Y quienquiera que matara a esas pobres almas era un monstruo. Esos ladrones no tienen vergüenza.

—Ni vosotros dos tampoco, apostando por los muertos —los reprendió un tercer hombre—. Que Dios nos libre de tal perversión.

Sonó una ovación triunfante desde el *Marawati*, varios soldados estaban levantando lingotes de tonos metálicos en el aire. Se oyó un grito de protesta indignado (y familiar) y entonces sacaron a Tinbu, mi primer oficial de confianza y mi amigo más encantador, de la bodega de carga.

Observé con el corazón en la garganta mientras ponían a Tinbu ante dos figuras con túnicas y turbantes de aspecto oficial. Gesticulando salvajemente, mi amigo parecía estar discutiendo. O tal vez suplicando. No estaba segura de cuál de las dos opciones me preocupaba más. Tinbu es excelente haciendo tratos con criminales, pero tiene tanta práctica que se le olvida que a veces las autoridades civiles responden de un modo diferente al hecho de ser sobornadas. Los otros hombres se mostraron severos con los brazos cruzados sobre el pecho. Tinbu levantó las manos de un modo implorante...

Y de repente le golpearon la parte trasera de la cabeza con la empuñadura de una espada.

Se derrumbó y se desató el caos. Un tipo con aspecto de mercader que vestía un chal a rayas azul y amarillo corrió al lado de Tinbu mientras que a su alrededor marineros furiosos se abalanzaban sobre los soldados en una maraña de puñetazos. Pero la lucha terminó tan rápido como había empezado, puesto que superaban a la banda de Tinbu en número. Horrorizada e indefensa, observé mientras empezaban a arrestar a la tripulación, atando a los hombres con cuerdas y llevándolos a uno de los buques de guerra.

—Bueno. —Dalila reapareció a mi lado como si hubiera salido de un reino invisible—. Esto cambia las cosas.

Me tiré del turbante con desesperación.

—¿Por qué hay buques de guerra?

—Sí, eso también es un cambio desagradable. —Dalila chasqueó la lengua—. Tenemos que encontrar un método de viaje alternativo.

Un par de guardias arrastraron a Tinbu. Lo observé mientras él intentaba levantar la cabeza y recibía un puñetazo en el estómago.

Una ira antigua y peligrosa se encendió en mi interior.

—Vamos a seguirlo.

—Amina, «seguirlo» no servirá para conseguir grandes sumas de dinero discretamente…

—No hay cantidad de dinero que pueda compensarme tal pérdida.

Dalila gruñó, molesta.

—Ya sabía que él era tu favorito.

—Estaba hablando del barco. Ahora, a seguirlo.

Se llevaron a Tinbu y a su tripulación directamente a la prisión de Adén, un antiguo almacén junto a la oficina del muhtasib. No sabía de qué crimen acusaban a mi amigo, pero debía ser grave, puesto que había una multitud de espectadores esperándolo en la prisión. Los despacharon rápidamente y los reemplazaron por un par de soldados armados con porras que se colocaron en el exterior de la puerta del muhtasib.

Por suerte, las calles circundantes estaban abarrotadas, por lo que nadie se fijó en mí y en Dalila merodeando. Tras tantos años de aislamiento, encontré el bullicio de una verdadera ciudad revitalizante. Siempre me ha gustado conocer gente y lugares nuevos; pronto me puse a charlar con músicos callejeros, peleteros y un vendedor de zumos bastante encantador que me dio un vaso de néctar de dátiles recién exprimido a cambio de los chismes que le compartí sobre lo sucedido en la playa.

El exprimidor bajó la voz después de mi recopilación susurrada:

—El valí lo mantiene en secreto, pero se rumorea que un barco que normalmente transporta peregrinos entre Yeda y aquí estaba traficando con mineral de hierro y desapareció hace unas semanas. Algunos dicen que fue un accidente y que el bote debió romperse entre los arrecifes, pero otros afirman que los cuerpos que llegaron a la costa habían sido degollados.

—¿Piratas? —Me llevé una mano al pecho—. ¿Tan cerca de Adén?

—Solo Dios lo sabe. —El vendedor apretó los labios, enfadado—. El muhtasib es nuevo y busca cualquier motivo para parecer importante. Pero no hay mucha cosa en Adén para aplicar mano dura excepto las mujeres que visitan tumbas y los vendedores ocasionales que dejan que el jugo de su caña de azúcar fermente demasiado. Imagino que la perspectiva de que haya piratas asesinos, reales o imaginarios, será tentadora.

Me cayó bien ese tipo.

—Hermano, no estarás sugiriendo que un oficial del gobierno se inventaría un crimen tan atroz solo para divertirse y hacer avanzar su carrera, ¿verdad?

Se le sonrojaron los mofletes sobre la barba canosa y recordé cuánto tiempo había pasado desde la última vez que había disfrutado de un hombre.

—Dios lo prohíbe.

Le guiñé el ojo, me terminé la bebida y volví con Dalila. Había extendido una estera en una calle que nos daba una clara vista de la prisión, sobre la que mostraba una triste colección de fruta estropeada para revender que habíamos comprado por si alguien nos preguntaba que estábamos haciendo.

—¿Has acabado de coquetear? —me preguntó mientras echaba a una paloma.

—De momento. ¿Cómo va el negocio?

—Mal. Mi jefa es una tonta que está perdiendo el tiempo en una aventura paralela cuando nos espera otra con un premio grandioso. —Dalila apuñaló un melón con su cuchillo, cortó una porción y me la ofreció sobre el filo—. Será un millón de dinares.

Aceptando la fruta, contesté:

—¿Alguna novedad?

—No he oído gritos, así que supongo que no lo están torturando.

—Tinbu se quedaría por ti —señalé acomodándome a su lado.

—Yo nunca necesitaría que me salvaran.

Podía ofrecer pocos argumentos contra eso, así que decidí dejarlo y estudiar la prisión. Parecía segura, el edificio de piedra probablemente llevara allí más de cien años y sus pocas ventanas eran estrechas y estaban protegidas por rejas. Ya había explorado el perímetro, pero la entrada trasera había sido tapiada, dejando la puerta vigilada como único modo de entrar y salir. Podríamos cavar un túnel por debajo —ya lo habíamos hecho con edificios parecidos—, pero eso requeriría tiempo y equipamiento y no teníamos ninguna de las dos cosas.

Dirigí la atención a las calles cercanas. Era un barrio comercial, lleno de talleres y oficinas, junto con tiendas y puestos de comida que proveían a trabajadores hambrientos y a empleados que tenían que hacer algún recado antes de volver a casa. La mezquita más cercana estaba lejos, su minarete se veía sobre el laberinto de tejados. En general, parecía el tipo de lugar que se vaciaba por las noches. Me puse de puntillas para ver más allá de la calle y mi mirada se posó en una escena repugnante. Una niña, apenas algo mayor que Marjana, estaba siendo examinada cruelmente por dos hombres vestidos con ropa elegante a unos edificios de nosotras. Llevaba una túnica de tela de saco hasta los muslos y el cabello suelto en ondas despeinadas. Uno de los hombres le indicó que abriera la boca para poder comprobar sus dientes y el otro le apretó la barriga como si estuviera evaluando un trozo de carne grasosa. Resoplé.

Dalila levantó la mirada para ver qué había provocado mi ira y adquirió una expresión tormentosa.

—Bastardos hipócritas —espetó asqueada—. Probablemente, estos hombres preferirían morir de vergüenza antes que permitir a sus esposas tomar un amante, pero fuerzas a una niña que no puede decir nada porque la has comprado y de repente todo está bien y está permitido ante Dios.

—No pienso así —contesté con firmeza. Y no lo hago. La esclavitud es una abominación sin importar qué excusa encontremos para ella. Hay gente que dice que el Corán permite esa servidumbre, que muchos esclavos son vendidos por sus propios padres y así salen de pueblos primitivos y golpeados por el hambre a cambio de vidas tranquilas y progreso en palacios y mansiones bajo la luz de Dios.

Me pregunto cuántos de esos defensores habrán hablado con los esclavizados. Porque yo lo he hecho. Mi tripulación siempre estuvo formada por al menos un tercio de esclavos y tenían más relatos de miedo que recuerdos agradables. He escondido a muchachas que todavía tenían las manos manchadas de la sangre de los dueños que las habían violado y he visto cicatrices de latigazos en espaldas de marineros tan horribles que ya no podían moverse sin sentir dolor. Y sí, sé lo que dice el Libro Sagrado, pero ¿acaso no nos dice que usemos nuestros ojos y nuestros corazones? ¿Cómo puede alguien decir que el Paraíso yace bajo los pies de una madre si pueden robarle el niño de los brazos?

Dalila me tocó la mano, la había llevado a la daga sin pensarlo.

—No puedes salvarlos a todos. —De hecho, los hombres ya estaban intercambiando monedas y dejando que la niña se marchara—. Dunya, Amina. Tinbu.

Tinbu. Otro que había sido esclavizado tras ser capturado en una redada cuando era adolescente. Mi amigo era un hombre alegre y jovial, rara vez hablaba de esos años y solo en ese momento se me ocurrió imaginar cómo se sentiría al estar encadenado de nuevo.

Dejé caer la mano con una maldición. Dalila tenía razón. No podía salvarlos a todos, pero estaría condenada si dejara a Tinbu en la cárcel.

—¿Eso significa que vas a ayudarme a sacarlo?

Dalila hizo una mueca amarga.

—Probablemente esto sea una trampa.

—Siempre crees que todo es una trampa. Tal vez Dios nos haya colocado aquí a propósito.

—Si eres tan tonta como para creer algo así, me gustaría volver a mi taller.

Llegaron voces fuertes desde la prisión.

—¡Te estoy diciendo que Tinbu no estuvo involucrado en ese crimen tan atroz! —Era el hombre del chal a rayas que había corrido al lado de Tinbu en el barco. Un soldado estaba escoltándolo a la fuerza hasta la puerta, y los seguía un hombre mayor con uniforme—. ¡No podéis acusarlo sin pruebas!

—Lo que podamos o no podamos hacer no es cosa tuya —rebatió el hombre mayor—. Si fuera judío, lo entregaríamos a tu comunidad para que se encargaran ellos. Como no lo es, conseguiré las respuestas que necesito. —Bajó la voz—. Piensa en la reputación de tu familia, Yusuf. Mantente alejado de esto.

Le cerraron la puerta en las narices.

Ese hombre —Yusuf— se quedó allí estrujando su chal. Era delgado y con la piel de un marrón pálido propia de los hombres que no se pasaban los días trabajando bajo el sol. Su ropa era de lino fino, los dobladillos tenían bordados de liebres bailando hechos con hilo de plata y llevaba la barba prolijamente arreglada. Si hubiera tenido que adivinarlo, habría dicho que era un hombre acomodado de una de las familias de comerciantes judíos que durante mucho tiempo habían sido prominentes en Adén. Aparentaba ser unos diez años más joven que yo y, aunque no era guapo, había cierto entusiasmo en sus ojos verdes que supongo que resultaría entrañable si fuera tu tipo.

No era el mío, yo tomo muy malas decisiones y, por lo tanto, prefiero hombres más pícaros, lo que siempre me ha salido bien. Pero sé de alguien que prefiere que sus amantes sean dulces y amables, así que, cuando Yusuf empezó a alejarse con aspecto miserable y desconsolado, crucé una mirada con Dalila y ambas nos levantamos en silencio.

Lo seguimos por las estrechas y tortuosas calles de Adén, adentrándonos en la ciudad y sus partes menos agradables, que se encontraban alejadas de la playa húmeda y el mercado bullicioso. Aquí las casas eran más grandes: mansiones de piedra con puertas y ventanas enmarcadas en encantadores e intricados diseños de cal con los interiores tan densamente aromatizados que el olor a incienso y a bakhoor perfumaba las limpias avenidas cercanas. Sonó la adhan, el almuédano que llamaba a la oración magrebí, y aprovechamos los grupos de hombres que avanzaban desde el pabellón que daba al puerto hasta la mezquita principal de la ciudad.

Yusuf no se comportaba como si sospechara que lo estaban siguiendo. Dobló por un callejón angosto entre dos edificios tan altos que bloqueaban la poca luz del sol que le quedaba al día. Con un rápido vistazo noté que no había ventanas ni otros transeúntes.

—Espera aquí —susurré. Dalila retrocedió colocándose de manera casual al pie del camino y yo me apresuré hacia adelante fingiendo mi mejor encorvamiento.

—¡Señor! —exclamé—. Por favor, ¿tendría una moneda para una anciana hambrienta?

Yusuf suspiró, pero se detuvo para rebuscar en su monedero. Ay, bendito sea.

—No tengo mucho, pero...

Un instante después, tenía mi daga en la garganta.

—No grites —le advertí—. No tengo ningún interés en hacerte daño, pero, si gritas pidiendo ayuda, cuando lleguen, ya estarás muerto y yo me habré ido. —Lo empujé hacia adelante, adentrándonos en las sombras—. Camina.

A pesar de la indignación ardiendo en su mirada, Yusuf obedeció. Esperé hasta que no hubo ninguna posibilidad de ser escuchados y a que su espalda quedara contra una pared antes de apartar ligeramente la daga de su garganta.

—Háblame de Tinbu —exigí.

Yusuf se enderezó con aire furioso y ofendido.

—¿Quién eres?

—Yo hago las preguntas. ¿Tinbu está herido?

Su mirada no se suavizó, pero respondió.

—Tinbu está vivo. Le dieron un fuerte golpe en la cabeza y parece confundido, pero eso no ha detenido los interrogatorios.

—¿Y, exactamente, sobre qué lo están interrogando?

—Lo atraparon mientras transportaba mineral de hierro que había encontrado en aguas poco profundas al norte de aquí. Las autoridades afirman que pertenecía a un barco que desapareció hace unas semanas. El barco todavía no ha sido recuperado, pero los cuerpos de algunos pasajeros llegaron a la orilla. O lo que quedaba de ellos, al menos —aclaró Yusuf palideciendo—. El valí dice que fueron asesinados.

Tal y como había dicho el vendedor de zumos. Mierda.

—¿Intentan culpar a Tinbu?

Temblando, Yusuf asintió.

—De asesinato y bandolerismo.

Se me hundió el corazón. Asesinato y bandolerismo eran los cargos más graves que podían imponerse a los de mi clase. La piratería es un negocio complicado y engañoso por aquí. Los príncipes y mercaderes que hacen llover maldiciones sobre nuestras cabezas a menudo son los mismos que nos contratan para proteger sus barcos, pasarlos de contrabando por las aduanas y robar a su competencia. Nunca he conocido a un ladrón de mar que se deleite al acabar con una vida humana, tanto por el pecado en sí como por el riesgo de sufrir un castigo más allá de una multa o una breve estadía en el cepo. Demasiadas muertes y seríamos un fastidio que erradicar en lugar de un recurso comercial. Lanzarse al mar ya es bastante aterrador. Si te pasas de la raya, ninguna autoridad dudará de convertirte en un ejemplo.

Y los ejemplos… son horripilantes. El castigo por asesinato y bandolerismo, por «cortar las rutas marítimas» es la crucifixión, bisección y la posterior exhibición de lo que quede de ti colgando a las puertas de la ciudad. Si las historias son ciertas, es un castigo que se hace desde la época de los romanos, tal vez incluso de antes.

—¿Tinbu confesó haber recuperado el mineral ilegalmente? —pregunté recordando su súplica en el *Marawati* antes de que lo noquearan.

—Al principio no. Él, eh… sugirió que, si no podían dar cuenta del pasado del mineral de hierro, tal vez podrían acordar compartir su futuro entre todos.

Gruñí.

—El muy tonto conseguirá que le corten la garganta.

—¡Pero él no mató a esos hombres! Conozco a Tinbu y no es ningún asesino. Es decir, no siempre se comporta cumpliendo la ley estrictamente, pero... —La sospecha volvió de nuevo a la voz de Yusuf—. ¿Por qué me preguntas todo esto? ¿Tú has estado involucrada en la muerte de esos hombres?

—En absoluto. Yo también soy amiga de Tinbu y esperaba reclutarlo para un encargo. Un encargo que él ya ha puesto en peligro, lo que es extraordinariamente rápido incluso para él. —Me pellizqué el entrecejo—. ¿Sus hombres también han sido acusados?

—No lo sé. Por lo que he podido averiguar, el valí piensa encerrarlos sin comida ni agua hasta que reconsideren sus lealtades.

Maravilloso. Un amigo acusado de asesinato y toda una tripulación de hombres sedientos.

—¿Y qué hay de esas galeras de la bahía?

La expresión de Yusuf se volvió amarga.

—Son nuevas. El gobernador pensó que los buques de guerra serían un buen elemento disuasorio después del ataque pirata de hace unas estaciones. Nos subió los impuestos solo para usarlos en cruceros de placer personal hasta el momento.

Prometedor, aunque nada sorprendente. Tal vez los hombres que los tripulaban fueran novatos en combates marinos.

—¿Qué tipo de soldados llevan?

—Unos mamelucos importados de Dios sabe dónde. No entendí el idioma en el que hablaban entre ellos en el barco.

—¿Y cuál es el estado del *Ma*... del barco de Tinbu? —pregunté corrigiéndome a mí misma—. ¿Está en condiciones de navegar?

Yusuf parpadeó.

—No tengo ni idea, no soy marinero. Sé que Tinbu lo trajo a tierra firme para hacer unas reparaciones hace un par de semanas, pero todavía no ha empezado a subir el cargamento para su próximo viaje.

Eran noticias tan buenas como malas. El *Marawati* sería ligero, pero, por lo que sabía, las velas estaban llenas de agujeros y había cambiado los remos por suministros.

Pero no... ese no era el estilo de Tinbu. Era imprudente con los funcionarios, pero no con los barcos. Nadie que llevara tantos años como él en el océano era imprudente con los barcos. Había un motivo por el que había puesto el *Marawati* en sus manos.

Tendría que rezar para que se lo hubiera ganado.

Sin embargo, todavía nos quedaba el asuntillo de sacarlo de la cárcel.

—El valí y el muhtasib... ¿Crees que actuarán con rapidez? —pregunté.

Yusuf se puso a juguetear con su chal.

—Sí. Parece que creen realmente que tienen a su hombre y, si no lo tienen, es un incrédulo al que pueden convertir en chivo expiatorio. Harán un trabajo rápido y horrible con él para tranquilizar a los otros viajeros.

—¿Qué has averiguado? —preguntó Dalila.

Yusuf se sobresaltó.

—Ah, Dios, hay otra contigo.

Le dirigí una mirada sombría a Dalila.

—Tinbu ha sido acusado de asesinato y bandolerismo y, por lo tanto, lo torturarán y lo ejecutarán pronto.

—Ah —contestó Dalila con voz contundente—. Entonces reiteraré lo que ya te he dicho: necesitamos otro barco.

—Y yo reiteraré lo que también te he dicho: no vamos a abandonarlo.

El asombro y la esperanza florecieron en los ojos de Yusuf.

—¿Eso significa que vas a ayudarlo? ¿Tienes pruebas para demostrar su inocencia?

Pruebas para demostrar su inocencia... este hombre no conocía al marinero al que estaba defendiendo con tanto honor.

—¿Qué eres tú para él? —presioné.

Yusuf se sonrojó, lo que confirmó mis sospechas.

—Soy uno de sus clientes. Lleva unas cuantas estaciones transportando cargamento para mi familia en Calicut.

—¿Y defiendes a todos tus contratistas con tanta ferocidad?

Se sonrojó todavía más.

—Nos hemos hecho amigos.

Apuesto a que sí.

—¿Y esa amistad llega al límite de arriesgarte para salvarle la vida?

El mercader vaciló.

—Tendré que permanecer en el anonimato, no puedo poner a mi familia en peligro, pero haré todo lo que pueda.

Dalila me agarró de la muñeca.

—No puedes estar considerando esto en serio. Sacar a un hombre de la cárcel es exactamente lo contrario a ser «discreta». Tendríamos que huir de Adén. Salima… ¿recuerdas a esa mujer que puede rastrear a tu familia? Pues se pondría furiosa. Y perderíamos la oportunidad de reunir cualquier información que pueda encontrarse aquí.

—¿Crees que no lo sé? —espeté. Las promesas que les había hecho a Marjana, a mi madre y a Salima se arremolinaban en mi mente… Y aun así me parecía inconcebible abandonar a Tinbu a ese destino—. Encontraremos otro modo, siempre lo encontramos. Pero, ahora mismo, vamos a sacar a nuestro amigo de la cárcel y voy a recuperar mi barco de esos putos mamelucos de la bahía.

—¿Tu barco? —Yusuf pareció reconsiderarme: recorrió mi altura con la mirada y abrió enormemente los ojos—. Por el Altísimo… decían que su primer oficial fue indio, pero tú no puedes ser realmente…

—No, claro que no puedo serlo. Dejémoslo así, ¿vale?

Yusuf abrió y cerró la boca.

—De acuerdo.

—Excelente. —Miré con aprensión el cielo que empezaba a oscurecer. Nunca me había gustado tener que actuar con tanta rapidez. Un buen trabajo requiere tiempo de planificación. Los mejores requieren semanas de preparación para pocas horas de acción. Pero Tinbu no tenía semanas. Dudaba incluso que tuviera días.

Pensé con rapidez evaluando mis opciones.

—Dalila, mi luz, ¿recuerdas el mercado de oro en Kilwa? ¿Podríamos conseguir esos materiales en una hora?

Dalila se cruzó de brazos y me dirigió una mirada severa.

—Conseguir los materiales no es lo mismo que mezclarlos y todavía no he accedido a esta idiotez.

—Ay, por el amor de Dios, te daré otro porcentaje de mis ganancias, ¿de acuerdo? ¿Hay tiempo suficiente?

—En teoría, sí. Aunque la mezcla funciona mejor cuando ha pasado un día entero hirviendo a fuego lento.

—Si esperamos un día, tendrás que remar tú en lugar de la tripulación.

Hizo una mueca.

—Vale, pero aquí no tenemos elefante.

—Conseguiremos otra distracción. —Miré al mercader de Tinbu, quien nos estaba observando como si nos hubiéramos vuelto locas—. Yusuf… ¿qué tal se te da actuar?

EXPOSICIÓN DE LOS TRUCOS DE AQUELLOS QUE TRABAJAN CON DROGAS NOQUEANTES Y OTROS ESTUPEFACIENTES DEL *LIBRO DE LOS DEFRAUDADORES Y ESTAFADORES* POR EL ERUDITO JAMAL AL-DIN 'ABD AL-RAHIM AL-JAWBARI

Préstame atención y te contaré más sobre los peores venenos de la tribu de embaucadores que se hacen llamar Banu Sasan. Este es su logro más prodigioso y la mejor de las pastillas para dormir: el beleño azul cretense. Para crear la droga noqueadora más efectiva, toman cinco dirhams en peso de beleño azul maduro, cuatro dirhams de semillas de amapola negra, tres de opio, cuatro de euforbio, cinco de semillas negras, seis de agárico, cuatro de semillas de lechuga, dos de semillas de albahaca, cinco de manzana de mandrágora y dos daturas. Se machaca todo junto, se amasa con jugo de puerro y se convierte en pastillas que luego se fumigan con azufre azul. Las píldoras solo pueden hacerse después de haber triturado todo hasta convertirlo en polvo. Para drogar a una persona, se lo meten en comida, bebida o en halva y se queda dormida en el acto. Después no tiene ni idea de lo que le han hecho hasta que revive gracias a la administración de vinagre por la nariz o a que le den una yesca azul para esnifar, después de lo cual vomita la droga. Es lo más efectivo que he encontrado de este estilo. Así que, ¡cuidado! Ojo con lo que consumes, sobre todo en manos de personajes sospechosos.

6

A medianoche me alejé hasta el paseo más nuevo de Adén, un pabellón de alabastro de madera importada y construcción cara que daba a uno de los barrios más ricos con impresionantes vistas a las aguas negras de la bahía de Sira. Con la luna como una delgada hoz, se habían prendido lámparas y antorchas para ahuyentar la noche. A estas alturas, la mayoría de las familias se habían retirado, llevándose a sus niños somnolientos a casa, pero todavía se veían grupos de hombres deambulando de un lado a otro, charlando amistosamente y arrojando de vez en cuando monedas a los últimos mendigos. Algunos vendedores y músicos callejeros también empezaban a recoger para marcharse y vendían las últimas raciones de pescado a la parrilla y pasteles de sésamo frito a precio de ganga.

Pero seguía habiendo gente suficiente para mí.

—¡Arriesgaos! —exclamé abriendo los brazos para mostrar los tres vasos de arcilla volcados en la cesta de mimbre que tenía ante mí. El bote estaba en mi rodilla y una lámpara de aceite ardía con fuerza para mostrar las brillantes monedas del interior—. ¡Tres fils, tres posibilidades de ganar!

Un grupo de jóvenes vestidos con ropa de calidad y cinturones finamente bordados habían estado observándome y dándose codazos los unos a los otros. En ese momento se acercaron.

—Acepto la apuesta —se jactó uno cuya barba no eran más que unos pocos pelos negros en su mentón.

No necesitaba hacer trampas para derrotar sus esperanzas, pero lo hice de todos modos solo porque cuesta perder las viejas costumbres y me había vuelto más protectora con mis ganancias. Moviendo los tres vasos de arcilla una y otra vez, tomé la nuez con el dedo meñique y la deslicé de un lado a otro mientras el muchacho elegía mal y sus compañeros respondían con gemidos de decepción.

—¡No os marchéis con una derrota! —les grité a sus espaldas—. ¡Venga, intentadlo de nuevo!

—Yo jugaré, si me aceptas. —Era Yusuf. El «cliente» de Tinbu ahora parecía un hombre completamente diferente al comerciante inquieto que había abordado antes. Ya no iba vestido a la moda de Adén, llevaba las túnicas holgadas y un pañuelo drapeado propio de un viajero de interior. Un extranjero, tal vez uno poco acostumbrado a las formas urbanas y los bribones locales.

—Estaría encantada de jugar con usted, señor —respondí de forma magnánima—. Tome asiento. ¿Conoce las reglas?

Yusuf se acomodó con un aire regio que desapareció de inmediato por el temblor de sus manos.

—Yo… ah. Refrésqueme la memoria —dijo entregándome tres fils de cobre.

Sostuve la nuez en la mano y la metí debajo de uno de los vasos.

—Observe con atención cuando las mueva. Si acierta en qué vaso está la nuez, mi bote será para usted. Si se equivoca, sus monedas se quedarán conmigo. ¿Entendido?

Él asintió.

—Adelante.

Empecé a mover los vasos formando un borrón con las manos. En esta ronda no me molesté en hacer trampas, estaba más preocupada por asegurarme de que mis dedos se deslizaran sobre el broche del brazalete de oro que Yusuf llevaba alrededor de la muñeca.

Finalmente, me detuve.

—Elija.

Sin dudarlo, Yusuf tocó el vaso de la izquierda —el que contenía la nuez escondida— y me miró a los ojos con total decisión.

Bueno, parece ser que alguien tenía profundidad. Estaba a punto de acusarlo de hacer trampas cuando un agudo grito de mujer atravesó el aire.

—¡Es ella! ¡Esa es la ladrona!

Levanté la vista con la actitud de ofendida que había practicado, mientras Dalila irrumpía hacia mí con su bastón de madera cual cetro de una reina y dos policías que la acompañaban. Se había transformado tanto como Yusuf, llevaba su mejor vestido y se cubría el rostro con una tela bordada sujeta en el sitio por una diadema de perlas.

—Mi hijo ha vuelto a casa diciendo que ha jugado a su jueguecito y ha perdido mucho más que tres fils, le ha robado su anillo de sello. —Dalila agitó su mano enjoyada señalando mi cabeza—. ¡Quiero que la arresten!

Fingí una mirada de ofensa e inocencia.

—No he hecho tal cosa.

—Entonces, ¿qué es todo esto? —Uno de los policías señaló los vasos con rudeza y le dio una patada a mi bote de ganancias—. ¿Algún tipo de juego?

—¡Registradla! —Dalila se agarró del jilbab por debajo de la barbilla. Con unos mechones sueltos de su cabello del color de la medianoche cuidadosamente colocados y lágrimas surcando sus encantadores ojos delineados con kohl, era la viva imagen del sufrimiento noble, hermosa y tierna de un modo en el que los hombres no pueden resistirse a salvar—. Por favor. Ese anillo lleva generaciones en mi familia. Es el único recuerdo de mi padre.

—¡Maldito sea su padre por criar a una mentirosa! —grité.

Un silencio escandalizado se apoderó de los policías. Pero solo durante un momento, hasta que, con una pizca de emoción, se dieron cuenta de que tenían una nueva razón para acosar a los pobres.

—¡Levanta, desgraciada! —Uno me agarró bruscamente y dejé caer el brazalete de oro que había robado de la muñeca de Yusuf.

El brazalete cayó al suelo polvoriento y Yusuf se quedó boquiabierto, realmente asombrado. No habíamos practicado esa parte, me parece que la sorpresa ocasional en un trabajo de confianza hace que la reacción de mis compañeros conspiradores sea más auténtica.

Emitió un sonido ahogado.

—¡Eso... eso es mío! —Lo recogió con rapidez, fulminándome con la mirada—. ¡Ladrona!

—¡Mentiroso! ¡Sois todos unos mentirosos! Intentar aprovecharse de una pobre anciana con acusaciones falsas y... ¡No me toquéis! —Traté de soltarme de las manos del soldado, y caí contra su cuerpo con un movimiento rápido para comprobar si tenía en la cintura algo más aparte de una porra y una daga. No. Excelente—. ¡Dejen que me explique! Por Dios, ¡cómo está el mundo cuando tales perros maltratan a ancianas en la calle! ¡Seguro que ninguno de ustedes es de aquí! ¡Qué bien que nuestros señores extranjeros importen hombres para hostigar a las gentes honestas de Adén! ¿Para esto sirven nuestros impuestos?

No he pagado impuestos en toda mi vida. Ni gastos de aduana. Ni multas de ningún tipo (sí que pago el azaque y el sadaqah, por supuesto, ya que la Autoridad Divina es la única que respeto). Pero había elegido esas palabras con precisión para que la gente realmente honesta de Adén empezara a detenerse a observar la confrontación.

La policía pareció darse cuenta.

—Basta —siseó uno—. Todos vosotros vais a venir al prefecto de policía. Él podrá arreglar vuestro... por el Altísimo, ¿qué hay en esta bolsa? —Acercó la alforja que había escondido bajo mi caja a su rostro y tuvo una arcada. Se la pasó a su compañero—. Huele peor que un establo sucio.

El segundo se apartó.

—¡No la quiero!

Yo me abalancé hacia la alforja.

—¡Devolvédmela!

El primer oficial me dio una bofetada y me tambaleé, tal y como lo haría una frágil ancianita.

—Quizás más baratijas robadas —comentó con desdén—. O simplemente basura. Parece que esta mujer está loca.

—A mí me parece que es gigantesca. —Su compañero me apretó el brazo—. Por Dios, mujer. ¿Qué comes para tener la complexión de un caballo de guerra?

—Me como la de tu padre.

Esta vez me golpeó con tanta fuerza que me callé.

Nos llevaron directamente al almacén de la cárcel. Los tres formábamos un grupo lamentable: yo sufriendo empujones y maldiciéndolos a todos, Dalila llorando de un modo lastimero y Yusuf con aspecto de arrepentirse de haber aceptado participar en este plan.

Ahora había solo un hombre haciendo guardia fuera de la prisión y frunció el ceño cuando nos acercamos.

—¿Qué tenemos aquí?

—Una ladrona y sus víctimas.

—¡Presunta ladrona! —corregí mientras me empujaban para entrar. Había cojines alineados en una pared y un escritorio en el centro de la oficina, repleto de papeles, pesas y un gran juego de balanzas de latón con el metal rojo y dorado brillando en la penumbra. Me tomé un momento para examinar la estancia, evaluando artículos que pudieran ser usados como arma. Una puerta abierta conducía al pasillo oscuro del bloque de celdas, aunque no podía ver nada en esa penumbra. Más allá de dos jóvenes aburridos jugando al *backgammon* en el suelo bajo el resplandor de una lámpara de aceite, la estancia estaba vacía, los trabajadores se habían ido a casa.

Cinco hombres, a menos que hubiera guardias adicionales en la propia prisión. No era lo más probable. Eché un vistazo a Yusuf por el rabillo del ojo, preguntándome si se le daría bien pelear. Mostraba el color de la tiza y temblaba. Probablemente no.

Uno de los soldados que jugaba al backgammon con el rostro lleno de cicatrices de viruela levantó la mirada.

—¿Qué es todo esto?

El que llevaba mi alforja me hizo caer de rodillas.

—Hemos encontrado a una vagabunda robando a civiles en el pabellón del mar.

—¡Yo no he robado nada, mula impotente! ¿Dónde están tus testigos? —insistí—. ¡Tengo derechos!

—Mi brazalete ha caído de tu manga —señaló Yusuf.

—¡Entonces tal vez no tendría que haber estado ahí!

—Que Dios te maldiga. —Dalila se pasó las manos por la cara, pestañeando, y tres de los cuatros soldados aprovecharon para mirarla durante demasiado rato—. Si has inducido a mi hijo a la maldad, te acusaré. Me aseguraré de que te castiguen.

—Registradla —dijo el oficial de las cicatrices con cansancio. Se pusieron a hacerlo inmediatamente, palpándome todo el cuerpo de un modo más que inapropiado. Cuando terminaron de toquetearme y empujarme, había tres pares de pendientes de ónix, el anillo de sello, cuatro pulseras de marfil, un adorno de plata para el pelo, una brida bordada y una navaja de hueso con pequeñas cornalinas en el escritorio.

Hubo un momento de silencio incrédulo.

Levanté las manos, adoptando un tono más conciliador.

—Juro que puedo explicarlo.

—No lo dudo. —El policía se acercó a una tabla de escritura y un bote de tinta—. Es suficiente para retenerla hasta que llegue el valí mañana. Los testigos tendrán que hacer declaraciones, pero... ¿qué es ese olor?

—Yo —contesté al instante—. Intento no bañarme más de una vez al mes. Así mantengo los humores corporales equilibrados.

—Es esta alforja —intervino el oficial que todavía la sostenía ignorando mi excusa—. La vagabunda la llevaba encima.

Arrojó la alforja al suelo y ese movimiento hizo que manara una bocanada de aire pestilente. El hombre de las cicatrices retrocedió, asqueado, pero su compañero se quedó quieto. Hubo un destello de sospecha —e intriga— en su expresión que desapareció en cuanto miró a los oficiales que nos habían traído.

—Desde este momento, nos encargamos nosotros, muchachos —dijo suavemente ignorando la mirada de confusión de su compañero—. Podéis seguir patrullando.

Esperó a que se marcharan para lanzarme una sonrisa fría y burlona.

—Ábrela.

No hice ademán de moverme hacia la bolsa.

—No puedo. Estoy fermentando albaricoques. Es la mejor cura para los gases, pero si los expones al aire demasiado pronto... ¡espera! —Grité mientras el segundo hombre llevaba la mano a su porra con la clara intención de golpearme hasta que obedeciera—. Bien.

Abrí la bolsa. En el interior, había dos ladrillos grandes, oscuros y pegajosos de hierbas comprimidas y resina.

El soldado de las cicatrices inhaló.

—¿Es lo que yo creo que es?

—Dulces para mis nietos —mentí—. El mejor halva de la zona.

—Si esto es halva, yo soy el sultán de Irán —comentó el otro oficial—. Me ha parecido que olía a hachís.

—Pero es muy oscuro —musitó su compañero tomando uno de los ladrillos y llevándoselo a la nariz. Inhaló estremeciéndose—. Oh, vaya. Es fuerte.

—Así es como dicen que toman el hachís los ricos. He oído que lo disuelven en vino dulce y que se lo beben a sorbos de los ombligos de las bailarinas en sus fiestas. —El oficial me fulminó con la mirada—. ¿Eso es lo que eres? ¿Una especie de traficante de drogas para la nobleza?

—No soy nada parecido —repliqué desafiante—. Es fertilizante para mi jardín. Lo había confundido con los dulces para mis nietos.

El hombre resopló.

—¿Antes o después de confundirlo con los albaricoques fermentados? No eres capaz ni de mantener tus mentiras. Engaño a la policía, vagabundeo, robo, tráfico de drogas… y yo que pensaba que el pirata homicida sería nuestra única emoción del mes.

—Aun así, tal vez deberíamos probarlo —sugirió el de las cicatrices—. Solo un poco, para confirmar su historia —agregó rápidamente.

—¡No es hachís! —escupí con desdén—. Y si lo fuera… ¿cómo iban a saberlo un par de pueblerinos como vosotros? Decidme, ninguno de los dos tenéis siquiera un pelo en la barba, ¿se os han bajado ya los huevos o no? ¿O acaso vuestros miembros, sabiendo que no estarán nunca en el interior de una mujer, no se han molestado en madurar?

Sus ojos brillaron de ira ante el cruel insulto a su masculinidad. Y todos sabemos a dónde lleva esto, ¿verdad? Creo que no necesito recordar las crecientes insolencias e invectivas que condujeron a lo inevitable.

Los soldados probaron el pastel.

El artículo apenas había rozado los labios del primero cuando se mareó y se le pusieron los ojos vidriosos.

—No… No me encuentro bien.

—Yo me siento de maravilla —susurró su compañero—. Es como si pudiera volar entre los pájaros, componer una docena de versos y.... —Se le pusieron los ojos en blanco cuando se derrumbó en el suelo.

El otro soldado lo miró fijamente, inclinó la cabeza y se desplomó. Yusuf se llevó una mano a la boca.

—Que Dios me guarde... —Su voz se oyó amortiguada a través de sus dedos—. ¿Acabas de matarlos?

—No. Pero quedaos en silencio. —Tomé una de las porras de los soldados y me dirigí hacia la puerta. Presioné la espalda contra la pared y asentí a Dalila.

—¡Salvadme! —gritó levantando su bastón y colocándose cerca de la puerta que daba a las celdas—. ¡Ayuda, por favor! ¡Se ha vuelto loca!

Hubo una ráfaga de movimiento y luego el soldado que había estado haciendo guardia afuera se precipitó a través de la puerta. Acababa de cruzar el umbral cuando le golpeé en la cabeza con el bastón y lo noqueé. Un instante después, corrí para unirme a Dalila, pero no salió ningún otro soldado de la oscura cárcel.

Esperé un momento largo y tenso y luego retrocedí.

—Creo que estamos solos.

—¿Este era tu plan? —Yusuf parecía horrorizado—. ¿Qué habrías hecho si no hubieran probado los ladrillos?

Comprobé el pulso del hombre al que había noqueado y le vendé la herida de la cabeza. Se despertaría con un dolor de mil demonios, pero probablemente, se despertaría.

—Yusuf, querido, si he aprendido algo en todos mis años de trabajo es a no subestimar nunca el orgullo de los hombres jóvenes. Desde el momento en el que los he insultado, sabía que iban a probarlos. ¿Y si no? Bueno... —Levanté la porra—. Siempre hay contingencias.

—Contingencias —repitió débilmente caminando de puntillas alrededor de los ladrillos como si pudieran saltar y meterse en su boca por voluntad propia—. ¿Puedo saber qué hay en estos?

—Creo que es mejor que no sepas nada. —Dalila lo fulminó con la mirada con un aire de posesividad en su voz—. Esa fórmula es mía. Me ha llevado años perfeccionarla.

—No va a robarte la fórmula —le aseguré a Dalila—. Quédate aquí y vigila. Registra a los hombres y la oficina y toma todo lo que podamos llevarnos. Odres de agua, armas, comida y suministros. En ese orden. Yusuf. —Rebusqué en el bolsillo de uno de los soldados, saqué un juego de llaves y se las lancé al mercader—. Hora de liberar a tu amante.

Con la porra de madera en una mano y una lámpara de aceite en la otra, me deslicé a través de la puerta hacia los calabozos. Había cuatro celdas: espacios estrechos en los que apenas cabían dos personas. Eso no había impedido a la policía meter a la veintena de hombres que formaban la tripulación del *Marawati* en los compartimentos. La mayoría estaban acurrucados en el suelo, algunos durmiendo y otros aturdidos por la sed. Algunos se enderezaron cuando pasé, dejando escapar suaves sonidos de sorpresa.

Pero yo solo tenía ojos para Tinbu. Mi mejor amigo no estaba en una celda, estaba encadenado al suelo sucio al final del pasillo, sangrando y solo. Lo habían desnudado hasta la cintura y lo habían flagelado, las marcas hinchadas se entrecruzaban en su piel.

—¡Tinbu! —Yusuf corrió hacia él con las llaves, abriendo rápidamente los grilletes que le inmovilizaban los tobillos.

—Yusuf... —farfulló Tinbu entre los labios agrietados—. No deberías estar aquí.

—No pasa nada —contestó Yusuf—. Hemos venido para rescatarte.

Los ojos llorosos de Tinbu parpadearon y se abrieron.

—¿Hemos?

Di un paso hacia adelante.

—Hemos. —Corté las cuerdas que le ataban las muñecas con el cuchillo que los incompetentes policías no habían encontrado en mi muslo—. Me alegro de verte, amigo.

—Amina —exhaló Tinbu ruidosamente—. ¿Estoy muerto? Ni siquiera tú podías ser tan oportuna.

—Así que os conocéis. —Yusuf se puso rígido—. Podrías haberme mencionado que eras la mano derecha de la bandolera más notoria de nuestro tiempo, Tinbu.

La culpa se reflejó en su rostro.

—Intentaba ser legítimo.

—Te acaban de descubrir con un cargamento ilegal.

—Sí, pero…. —Tinbu se sentó, haciendo una mueca de dolor—. Yo no maté a esos hombres. Lo juro.

—¡Oye! —llamó uno de los miembros de la tripulación encarcelados—. ¡Eh, señora! Pasa esas llaves, te lo suplico.

—Vosotros dos podéis discutir esto en otro momento —siseé entre dientes a Tinbu y Yusuf—. ¿Cuál es el estado del *Marawati*? ¿Está en condiciones de navegar? ¿Hay provisiones a bordo?

—Provisiones no —contestó Tinbu—. No realmente. El agua de la cisterna es más vinagre que otra cosa y no me cabe duda de que los soldados habrán robado nuestra comida y cualquier cosa a la que hayan podido ponerle las manos encima. Las reparaciones de la temporada están hechas y el barco está condiciones de navegar, pero las velas están amarradas y los remos, escondidos bajo un falso fondo.

Bajé la voz todavía más.

—¿Y la tripulación?

—Lo bastante leales y con suficiente mala reputación como para ser tentados con lo que les ofrezcas. —Los ojos inyectados en sangre de Tinbu se encontraron con los míos—. Porque asumo que tienes algo que ofrecer.

—Siempre lo tengo.

Yusuf y yo ayudamos a Tinbu a ponerse de pie. A estas alturas, ya se había despertado el resto de la tripulación y, con nuestra inminente fuga, llegaron más súplicas junto con algunas ofertas de insinuaciones sexuales que tuvieron que ser reprimidas. Se apretaron contra los barrotes de las celdas abarrotadas, sus rostros sudorosos brillaban bajo la luz de mi lámpara de aceite. Era una tripulación diversa, como la mayoría de las que surcan estas costas. Sus vestimentas y sus idiomas sugerían orígenes en Etiopía e India, los tramos más meridionales de África Oriental y los más norteños de Áqaba. Probablemente, la mayoría fuera de ascendencia costera mixta como yo y también de mi edad, más o menos. Había algunos jóvenes y hombres mayores, los más viejos lucían extremidades ausentes y ojos lechosos asociados con una vida dura en el mar y los más jóvenes parecían bebés llenos de vida.

No dudaba de que Tinbu los hubiera investigado debidamente. Pero si algo he aprendido en mi carrera es que los hombres a menudo responden a la investigación de antecedentes de manera diferente según si se supone que deben servir a un hombre o a una mujer.

—Eh. Eh, señora. Señora alta. —Era el primer hombre que había hablado. Su árabe me recordaba a los puertos del mar Rojo y tenía la ropa manchada de grasa de cocinar—. Déjame salir. Haré que valga la pena, te lo juro.

—Ah, ¿sí? —le tendí a Tinbu la lámpara de aceite, mi amigo se encogió mientras me acercaba a la celda del otro hombre—. ¿Cómo harás que me valga la pena?

Me dirigió una sonrisa lasciva.

—Eres mucho más alta que las mujeres que suelo buscar, pero… —Su mirada recorrió mi cuerpo de arriba abajo y se inclinó hacia adelante, con sus dientes brillando cerca de los barrotes—. Estoy seguro de que aun así sabes a…

Le golpeé la boca con la empuñadura de la daga. Dejó escapar un chillido de dolor, salpicó sangre y escupió al menos dos dientes. Antes de que pudiera retroceder, lo agarré de la faja y tiré de él hacia los barrotes.

Coloqué la daga justo donde se unían sus piernas.

—La primera ofensa cuesta un diente. La segunda, algo mucho más preciado. Así que cierra la puta boca y escúchame. —Lo empujé hacia atrás y cayó sobre un grupo de marineros boquiabiertos y callados.

Me paseé por las celdas mirándolos audazmente a los ojos y examinándolos con brusquedad.

—Tengo poco tiempo, así que seré rápida. Soy la nakhudha conocida como Amina al-Sirafi. Habéis estado tripulando mi barco, el *Marawati*, una tarea que Tinbu me dice que habéis desempeñado de un modo bastante competente. Estoy en Adén porque necesito mi *Marawati* y una tripulación para robar algo muy preciado para una anciana rica que me ha prometido bañar en oro a todos aquellos que participen en la empresa.

—Tonterías —espetó un joven enclenque que se encogió cuando me acerqué a él—. Lo digo con respeto. Nadie ha visto a Amina al-Sirafi en los últimos diez años. ¿Cómo podemos saber que es realmente ella? —Miró a Tinbu—. ¿Tú que dices?

Tinbu inclinó la cabeza, puesto que sabía que no hacía falta que hablara en mi defensa. Y yo no iba a trabajar con nadie que necesitara que un hombre hablara por mí.

—Es mi nakhudha —dijo simplemente.

—Y he vuelto a por lo mío —agregué—. Pero ninguno de vosotros sois mis hombres y, con sinceridad, cuanto más pequeño sea el grupo, más fácil será fugarse. —Fruncí el ceño como si estuviera reconsiderando mi oferta—. ¿Puede alguno de vosotros remar en una galera?

Hubo un momento de vacilación y entonces hablaron.

—Sí —respondió un hombre robusto con un fuerte acento persa—. Llevo años remando. Conozco bien los patrones y puedo enseñar a los demás.

—¡Y yo estoy dispuesto a aprender! —agregó rápidamente el joven enclenque— También soy un buen vigía.

Chasqueé la lengua con duda.

—Tendréis que decidir juntos. Así es como se hacen las cosas en mi tripulación.

Como podrás imaginar, la decisión entre «quedarse atrás y enfrentarse a una posible crucifixión por piratería» o «escapar con la mujer enorme y armada que les prometía riquezas» no les resultó difícil. Liberamos rápidamente a los hombres y salimos pasando por encima de los cuerpos acurrucados de los policías, ahora desnudos.

Tinbu se fijó en los cuerpos, en el oficial completamente desnudo y en los ladrillos de hachís antes de mirar a Dalila e inclinar la cabeza.

—Dama de los Venenos… me alegra ver que no has dejado que tus habilidades se deterioren.

—Idiota —sonrió Dalila con dulzura—. Ella ha venido primero a mí.

—No es una competición, Dalila —señalé—. ¿Debería preguntar por qué están los policías desnudos?

—Un ladrón profesional no deja nada atrás —contestó ella atando el último paquete—. Pero no había más armas aparte de las porras de los soldados y las dagas. Y solo un odre de agua.

—Pasa el agua, un sorbo para cada hombre. Tinbu, ¿habías dicho que los remos estaban debajo de la cubierta?

Todavía apoyándose en el brazo de Yusuf, asintió.

—Se pueden soltar, pero las galeras del tamaño del *Marawati* tienden a asustar a las autoridades portuarias y he intentado hacerlo pasar por un barco de pesca.

—¿Cuánto tiempo nos llevará soltar los remos?

—No mucho, me aseguré de que los tablones que los ocultaran pudieran sacarse con facilidad. Pero sacarlos y colocarlos hará mucho escándalo. Si esos buques de guerra siguen allí...

—Allí están —confirmó Dalila—. Los he visto cuando he ido a buscar a la policía.

Maldije.

Esos remos eran nuestra única oportunidad de escapar de la bahía de Sira. Las velas necesitarían aún más tiempo para estar preparadas y, de todos modos, hacía poco viento esa noche.

Tinbu habló de nuevo:

—Hay, eh... algo a bordo que podría ayudarnos. Algo que encontré cuando rescaté el barco de hierro. Lo escondí antes de que nos abordaran, pero dudo de que los soldados lo hayan encontrado. El valí habría agregado la posesión a mis cargos.

—Tinbu, me estas preocupando profundamente.

Levantó las manos en el mismo gesto implorante que había hecho que la policía lo noqueara.

—Tú escucha. Tengo una idea.

7

Salimos de la oficina en grupos de dos o tres, abriéndonos paso por las calles de Adén a la medianoche. Dalila y yo habíamos escondido nuestras bolsas de viaje en un callejón contiguo y recuperé mi espada y el janyar de mi abuelo a toda prisa; me sentí mejor cuando volvieron a estar en mi posesión.

Era una noche asombrosamente oscura. Cuando llegamos a la playa, el agua era una negrura agitada interrumpida solo por la espuma plateada y la luz de los rayos de la luna que subían y bajaban con el oleaje. Era imposible distinguir el horizonte, por no hablar del contorno del puerto y el dique. El *Marawati* oscilaba rodeado de estrellas, iluminado por la débil luz de unas pocas antorchas que ardían en el buque de guerra anclado a su lado. Ahora había solo un barco, el segundo estaría acechando Dios sabe dónde.

Miré a Tinbu.

—¿Crees que podrás nadar?

Asintió, pero su voz estaba marcada por el dolor.

—Te sorprendería todo lo que puedo hacer cuando estoy huyendo de la cárcel.

—Entonces te dejo aquí —murmuró Yusuf suavemente.

Tinbu se dio la vuelta para mirarlo.

—Ven conmigo.

—No puedo. —Incluso en la oscuridad, pude ver la angustia que se reflejaba en el rostro del mercader judío—. No puedo abandonar a mi familia.

—¿Y si te secuestramos? —suplicó Tinbu—. Así no sería culpa tuya.

—Dudo de que notaran la diferencia. —Yusuf le acarició la mejilla a Tinbu—. Volveremos a vernos, lo sé. Nakhudha cuyo nombre intento evitar, ¿cuidarás de él?

—Lo haré —prometí—. Y gracias por tu ayuda. Tienes futuro en el juego de los vasos, si te interesa.

Yusuf se estremeció.

—Ya he tenido suficientes aventuras. Que Dios os acompañe.

Los enamorados se separaron, nos arrastramos por la playa y entramos en el agua con el menor movimiento posible. Aunque el *Marawati* no estaba anclado demasiado lejos de la orilla, nadamos lentamente de forma deliberada. Más que nadar, me dejaba llevar con la ropa empapada y pesada, y mis bolsas flotando alrededor de los hombros. En esta época del año, el agua era cálida, el sabor salado me bañaba los labios mientras examinaba la cubierta del *Marawati* en busca de cualquier movimiento. Si la luna hubiera brillado con más fuerza, tal vez habríamos sido más visibles, pero el mar estaba negro como la brea.

Nos reunimos en el agua junto a la popa, los hombres se agarraban a los timones gemelos mientras se mecían con la marea. Nadé hacia la cadena del ancla y empecé a escalar con el corazón en la garganta. Estaba oscuro, sí, pero si alguno de los soldados me veía, tendría una flecha atravesándome el pecho antes de que pudiera volver a caer al mar.

Cuando finalmente llegué a bordo, me dolían los brazos. Sentí un impulso irracional de abrazar la barandilla de madera desgastada del *Marawati*, de presionar la frente con el casco húmedo de mi barco al reunirme con él por primera vez en diez años. Sentía que debía ser un momento más trascendental, más solemne. Aunque, por otra parte, tener que subirme a escondidas fuera lo más apropiado, teniendo en cuenta nuestro historial. Me agaché vigilando todo lo que pude. El *Marawati* estaba hecho una porquería, con suministros y pertenencias arrojados por todas partes. Pero, con la tripulación encarcelada y un buque de guerra al lado, las autoridades se habían confiado y habían dejado a un único soldado sentado en el banco del capitán. Estaba despierto, tocando las cuentas de un misbaha mientras murmuraba el dhikr.

Vacilé. Era un gran pecado atacar a un compañero musulmán mientras rezaba y, aun así, ¿qué otra cosa podía hacer? Si no actuaba, ponía en riesgo las vidas de todos mis hombres. Así que me deslicé tras él y le tapé la boca al mismo tiempo que le colocaba el janyar sobre la garganta.

—No tengo ningún deseo de matarte —susurré—. Quédate en silencio y sobrevivirás a esta noche. —Vale, tampoco le di muchas opciones al ponerle un trapo en la boca, despojarlo de todas sus armas y atarlo con una cuerda. Cuando el soldado estuvo asegurado, les hice un gesto silencioso a los hombres que esperaban en el agua.

Se movieron rápidamente, subiendo a la cubierta como arañas, ocupando sus puestos tal y como habíamos planeado mientras el barco se mecía con el movimiento del océano nocturno y cada golpe del agua contra los tablones de madera hacía que se me acelerara el corazón. Mis instintos estaban en alerta, esperaba el grito de alarma que sabía que acabaría llegando del otro barco. Pero no llegó, al menos no todavía. Adén era un lugar respetuoso con la ley y la perspectiva de que alguien se colara en un barco que flotaba junto a una galera llena de soldados probablemente les parecía tan ridícula que apenas vigilaban el *Marawati*.

Tinbu se unió a mí en el banco del capitán.

—No te enfades conmigo —empezó. Un inicio muy prometedor—. Era el lugar más seguro que conocía. —Deslizó una serie de paneles bajo el banco que no habían estado allí la última vez que yo había navegado y reveló un espacio oculto y poco profundo. Empezó a sacar objetos: su arco y carcaj, un monedero de cuero, un paquete rectangular envuelto...

—¿Eso es mi rahmani? —suspiré—. ¿Has puesto los manuales de navegación de mi familia con...?

—¿Preferirías que se los hubiera llevado el valí? —Con mucho más cuidado, Tinbu sacó una caja de madera de tamaño medio y la dejó entre los dos. Abrió la tapa quitando la guata de algodón que había usado para amortiguar los cuatro objetos cilíndricos del interior. Eran cuencos de latón atados en esferas del tamaño de cocos y ya podía oler lo que se escondía en el interior: el aroma acre a resina de pino y azufre que agria el estómago de cualquier marinero. Me escocieron las cicatrices de la muñeca.

Nafta.

Hay pocas armas más temidas en el mar que la nafta, una sustancia de orígenes casi míticos. Hay muchos rum que creen que la nafta es sagrada, un milagro otorgado a su gente para defenderse de la conquista de Constantinopla hace siglos. Una substancia aceitosa que se enciende con el agua y no deja de arder hasta que no queda nada que quemar. En el mar Mediterráneo, que por suerte queda muy al Norte, sus buques de guerra llevan grandes bombas, asombrosas maravillas de la tecnología que arrojan nafta sobre llamas ardiendo para crear chorros letales que pueden incinerar a un enemigo a través de las olas.

En su forma más mortífera, la nafta es un secreto de estado guardado a cal y canto, han muerto tanto académicos como espías por protegerlo. Tenemos imitaciones, varias recetas con brea que se pueden meter en botes y ser lanzadas a mano o con catapultas, o se puede utilizar para sumergir flechas. No basta para incinerar fuerzas navales invasoras (aunque, para ser justos, no tenemos realmente «fuerzas navales invasoras», el océano Índico es demasiado vasto, o los norteños demasiado quejumbrosos, solo Dios lo sabe). Algunos de los barcos mercantes más ricos y muchos de los buques de guerra de la zona llevan al menos una variante de esa mezcla que normalmente improvisan ellos mismos y que nunca, jamás, ha salido mal y ha quemado sus propias embarcaciones.

Una caja de eso era lo que Tinbu había encontrado flotando entre el mineral de hierro que había recuperado.

Dalila se unió a nosotros. Los tres habíamos vivido suficientes desventuras y no hacía falta que nadie hablara cuando nuestras miradas se encontraron sobre la caja de muerte ardiente, pero Dalila lo hizo de todos modos porque cree en asesinar la esperanza siempre que es posible.

—¿Y si no funciona?

—¿Y si sí que funciona? —replicó Tinbu—. ¿Por qué tienes que ser siempre tan cínica?

—Ser cínica me ha mantenido fuera de la cárcel. ¿Cómo te ha ido a ti lo de ser un ingenuo? ¿Y si esos buques de guerra tienen las defensas levantadas?

Había defensas contra la nafta. Las superficies empapadas en vinagre eran generalmente impenetrables y la arena podía sofocar pequeñas cantidades. Y si hubiéramos sido piratas a punto de asaltar un buque mercante vulnerable en mar abierto, podría haberme preocupado.

Pero nos enfrentábamos a un buque de guerra en el puerto más seguro del océano Índico occidental. Adén no temía a los invasores del mar, el único intento había tenido lugar años atrás y había acabado con todos los atacantes masacrados en la playa. Estos barcos y sus soldados estaban aquí para hacer frente a contrabandistas y bandidos: atacarse a ellos mismos habría sido una estupidez suicida. Los piratas astutos se mantenían alejados de los enemigos debidamente armados y preferían los premios más fáciles.

—No tienen motivos para esperar un ataque así —argumenté intentando proyectar más confianza de la que sentía realmente—. Pero guardaos dos dispositivos.

—¿Por qué? —preguntó Tinbu.

—Para cuando, de manera inevitable, aparezca el segundo buque de guerra. Id a vuestros puestos y esperad mi señal.

Volví al banco del capitán, asumiendo el mando del *Marawati* por primera vez en una década y fijando la mirada en el horizonte. Me había pasado toda la noche estudiando las estrellas, orientándome en la disposición del mar, dejando que recuerdos enterrados mucho tiempo atrás volvieran a la superficie. Hubo una época en la que me conocía la bahía de Sira como la palma de la mano. Conocía sus corrientes, sus bancos de arena y los cachones contra el antiguo dique. Una época en la que confiaba descaradamente en mis habilidades como una de las mejores —y más temidas— nawakhidha del océano Índico.

Recé para poder volver a ser esa persona.

Respiré profundamente, susurré una oración y miré hacia abajo, encontrándome la mirada expectante del enorme marinero de Sumatra —llamado, inexplicablemente, Tiny—, que todos afirmaban que tenía la mayor puntería. Asentí.

Tiny levantó el brazo, hizo retroceder todo su cuerpo y arrojó el proyectil de latón a la luz más brillante del buque de guerra. Juro por el Todopoderoso que el tiempo pareció ralentizarse mientras el incendiario atravesaba el aire hacia un farol de cristal que colgaba del adorno de la popa y luego falló por completo y se estrelló con el propio adorno de la popa con un fuerte golpe que despertó de repente a todos los soldados del barco.

—¿Qué ha sido eso? —gritó una voz lejana, seguida por exclamaciones en las lenguas en las que los guerreros importados hablaban en sus tierras natales.

La nafta que había en el proyectil brillaba y goteaba bajo la luz del fuego, pero estaba demasiado lejos del farol para prender la llama.

—¡Hay gente en el barco del indio!

Hasta ahí había llegado la discreción.

—¡Otra! —grité.

Tiny no necesitó que se lo dijera dos veces, arrojó un segundo proyectil con todas sus fuerzas y esta vez dio en el blanco, rompiendo el farol y haciendo que estallara en llamas.

—¡Ahora! —exclamé.

Con el celo de los hombres que huyen de la crucifixión, de la bisección y de ser colgados de varias partes del cuerpo, mi nueva tripulación irrumpió en el *Marawati*.

Martillos, palancas, navajas y manos desnudas arrancaron los falsos tablones y rompieron los paneles de corteza pintada que ocultaban los remos. Al mismo tiempo, otro par de hombres empezaron a arrastrar el ancla delantera mientras Tinbu colocaba los timones laterales en la inclinación que yo la había indicado.

El caos envolvió el buque de guerra. En lo que tardamos en sacar los remos, los soldados mamelucos habían intentado apagar el fuego con sus mantos o con odres de agua, logrando tan solo que se expandiera todavía más. Voces aterrorizadas gritaron confundidas mientras los soldados corrían por el barco. Las flechas todavía no habían empezado a volar, pero sabía que lo harían pronto.

Fue mérito del ingenio y el entrenamiento de Tinbu que la tripulación sacara los remos y se preparara tan rápido, pero cuando me hice cargo de los timones y él corrió para liderar a sus hombres en el remado, me atravesó la alarma por sus movimientos desiguales. El *Marawati* no es un barco grande, los remos son lo bastante ligeros para requerir solo dos hombres por cada uno, a diferencia de las galeras gigantescas que necesitan un equipo por remo. Sin embargo, varios hombres sostenían los remos contra el pecho en lugar de sujetarlos por los mangos y un par miraban en la dirección equivocada.

—¡Nakhudha! —llamó el joven parsi, Firoz. Gesticuló salvajemente hacia el buque de guerra que se estaba quemando y miré justo a tiempo para ver cómo el fuego llegaba a su vela mayor.

Esto tuvo dos consecuencias:

Una, con la nafta ardiendo en diferentes ubicaciones, la mayoría de los soldados saltaron por la borda y eligieron arriesgarse a nadar hasta la playa y sufrir una posible deshonra antes que morir abrasados.

Dos: los soldados que se quedaron atrás, una combinación de entrenamiento y estúpida valentía, tomaron sus arcos y empezaron a dispararnos.

—¡Remad! —grité esquivando una flecha que pasó zumbando junto a mi rostro—. ¡Quedaos abajo! ¡Tirad rápido!

Los lados del *Marawati* eran altos y curvos para proteger a los soldados, pero se me subió el corazón a la garganta cuando los pocos hombres que no remaban corrieron a refugiarse. Por suerte, tras unas pocas salidas en falso, el *Marawati* empezó a moverse. Agonizantemente lento al principio, pero, a medida que los hombres asimilaron el ritmo, ganamos velocidad. No íbamos rápido, no sin velas. Pero el buque de guerra en llamas se quedó atrás y las flechas nos llegaron cada vez con menos frecuencia hasta que cesaron por completo.

Ahora solo tenía que sacarnos del puerto.

Seguí las estrellas ajustando los timones para salir de la bahía hacia el norte y busqué las olas que rompían contra el malecón que protegía el puerto y marcaba la ruta de salida. Pero el mar estaba en calma y, hasta que no estuvimos muy cerca, no pude ver la antigua calzada de piedra.

Junto con el segundo buque de guerra, que se movía para bloquear nuestra huida.

Maldiciendo, intenté medir la distancia hasta la otra nave y nuestra velocidad. Más allá del buque de guerra nos esperaba el mar abierto, donde nuestro pequeño tamaño haría que fuera casi imposible atraparnos en la oscuridad. Y si bien la enorme galera no era lo bastante grande para bloquear toda escapatoria, tenía la ventaja de estar en posición lateral, por lo que podía soltar toda una cabalgata de flechas mientras nos acercábamos.

Consideré mis opciones. Ninguna era demasiado buena.

Dalila se acercó a mí. Me dirigió una advertencia en voz baja, solo para mis oídos.

—Te están observando.

No le hizo falta decir nada más. Los ojos nerviosos y expectantes de mi tripulación brillaban en la oscuridad. Podía sentir el peso de sus dudas, de sus miedos. Habían accedido a hacer un trato para escapar de la cárcel, pero su destino ahora estaba en manos de una desconocida. De una mujer. Había sentido esa tensión demasiadas veces en mi vida, el filo del cuchillo que necesitaba poco para desembocar en un motín y una muerte espeluznante.

Miré a Tinbu.

—Acelerad.

Dejó escapar un sonido de sorpresa.

—¿Nakhudha?

—Hacedlo. —Levanté la voz, sabiendo que atravesaría las aguas y les llegaría a los soldados que se acercaban—. ¡EMBESTIDLOS!

Hamid, el cocinero que había hablado de más en la prisión y había perdido dos dientes por su imprudencia, se opuso al plan.

—¿Embestirlos? —repitió—. ¿Has perdido el juicio? ¡Hundiremos ambos barcos!

—Que hundamos o no los dos barcos dependerá de ellos. Porque cuando nos acerquemos, iremos demasiado rápido para parar. Nuestras opciones son la libertad o la muerte por ahogamiento. Ellos lo saben. —Lo fulminé con la mirada—. Y esa muerte será más dulce que la que yo te ofreceré si vuelves a cuestionarme.

Hamid miró desesperadamente a Tinbu. No fue el único, la tripulación esperaba que su antiguo líder actuara.

Pero Tinbu había sido mío antes de ser suyo.

—La nakhudha ya os ha salvado una vez, ¿verdad? ¡Acelerad!

—Dejó escapar un aullido dando una palmada—. ¡Que esos jinetes amantes de la tierra sepan que los hijos del océano van a ahogarlos!

Me parece que debo aclarar algo, puesto que los he insultado en profundidad: los soldados mamelucos robados de tierras lejanas que apenas pueden mantenerse a flote son unos guerreros realmente admirables. Aterradores cuando luchan contra los francos o contra gobernantes que no les pagan. Son jinetes muy habilidosos, conocedores de armas de las que nunca he oído hablar y bien disciplinados.

Pero no son de aquí. Y no son gente del mar. ¿Enfrentarse a marineros alocados y buceadores que sabían nadar antes de que ellos perdieran los dientes de leche en mitad de una bahía a medianoche?

Había hecho apuestas peores.

—¡Rápido! ¡Embestidlos! —gritó también Tinbu y los hombres agregaron sus propias amenazas y chillidos salvajes. Casi todos estaban remando, pero los que no lo hacían pisoteaban con fuerza y escupían insultos.

El viento estaba calmado, pero nosotros parecíamos volar sobre el agua. Los hombres al final habían encontrado el ritmo. Los remos subían y bajaban con grandes chapoteos que rompían las aguas negras y formaban espuma.

—¡Agachaos! —ordené cuando estuvimos al alcance de las flechas—. Moveos, bastardos —agregué entre dientes rezando por que quien estuviera a cargo del buque de guerra fuera alguien sensato. No las tenía todas conmigo, había una gran conmoción y gritos de confusión en la otra embarcación. Unas flechas vinieron hacia nosotros, algunas en llamas. Pero nuestro barco ya estaba empapado y se apagaron rápidamente.

Sin embargo, la galera seguía sin moverse. Vi hombres en sus remos, pero todavía no habrían dado la orden.

En ese caso, les daría otra cosa que considerar.

—Tinbu, trae tu arco y un pedernal seco.

Él obedeció y volvió con un puñado de flechas ya preparadas. Señaló el nido de cuervos.

—Dispararé desde ahí. Es el lugar con la vista más clara.

Le quité el arco de las manos.

—Yo dispararé.

—Amina…

Tinbu habló en voz baja, pero yo lo silencié del todo.

—Confía en mí, sé quién es el mejor arquero. Pero estás herido y tengo que hacerlo yo.

No estaba acostumbrada a que el orgullo dictara tales asuntos: no se puede ser nakhudha sin saber cuándo delegar.

Pero quería asegurarme de que toda la puta tripulación supiera a quién le debía la vida esta noche.

Me colgué el arco del hombro y subí al mástil, agarrándome a la gastada escalera de cuerda mientras el corazón me latía asustado. Siempre había odiado las alturas. Metiéndome en el nido de cuervos, me planté apoyando bien los pies.

Tinbu levantó un grupo de flechas empapadas con brea hacia la plataforma. Las encendí con cuidado, aliviada por que nuestras propias velas todavía estuvieran amarradas. El vaivén del barco y la madera del mástil seca y salada ya eran riesgo suficiente. Eché el arco hacia atrás. La cuerda siseó contra mi mejilla, la punta de la flecha ardiente crujió y silbó. El buque de guerra —que hacía un instante parecía estar tan cerca como si estuviéramos a punto de estrellarnos contra él— ahora parecía mucho más pequeño, un objetivo en movimiento en un agitado mar a medianoche. Y solo tenía seis flechas.

Si él estuviera aquí, no fallarías. El otro barco ya te habría perdido en la oscuridad o el viento sería perfecto para las velas.

Pero él no estaba y yo ya había aprendido por las malas a no confiar en la suerte de un demonio. Solté las flechas y, alabado sea Dios, volaron bien. Yo no tenía tanto arte con el arco como Tinbu, pero llegaron flechas suficientes a la vela mayor del buque de guerra y pronto estuvo en llamas. Eso debió haber sido suficiente para que los soldados que hubiera a bordo decidieran que ser embestidos por un grupo de piratas locos y acabar ahogándose en la oscuridad era un destino peor que desobedecer a un funcionario del gobierno hambriento de poder. Sus remos empezaron a moverse bajo la luz del fuego, al igual que su barco, dejándonos una clara vía de escape.

—¡Alabado sea Dios, se retiran! —exclamaron los hombres—. ¡La nakhudha lo ha logrado!

—La nakhudha lo ha logrado —dije bajando el arco y murmurando una oración de agradecimiento. Me apoyé contra el mástil para recuperar el aliento mientras atravesábamos el rompeolas con el ébano profundo del océano abierto atrayéndonos a su abrazo oscuro.

Detrás de nosotros, los barcos ardían con fuerza suficiente para iluminar la bahía de Sira y la propia Adén, la poderosa ciudad en la que se suponía que tenía que reunirme con Salima y encontrar pistas sobre su nieta desaparecida. Le había prometido discreción a la Sayyida. Le había jurado a mi madre que solo serían preguntas sensatas a contactos de confianza.

Esa noche debió haber sido una clara señal de que todo solo podía empeorar.

EXTRACTO DE UNA ADVERTENCIA
SOBRE LA COSTA DE MALABAR

«...las ventas han sido abundantes, alabado sea Dios, y un inventario completo del cargamento seguirá esta carta. El nakhudha me dice que tiene intención de contratar a arqueros y guerreros adicionales para el viaje de vuelta. Parece ser que la plaga de asaltantes en la costa de Malabar ha sido mayor de lo habitual, algunos dicen que es a causa de las pobres cosechas de la región. Yo no vi a tales piratas en el viaje hasta aquí, pero he oído muchas historias. Mientras que la gente de la India practica una gran diversidad de religiones, las antiguas comunidades de musulmanes, judíos y cristianos, junto con aquellos que adoran a las deidades locales y varias devociones brahmánicas, todos repudian a los astutos piratas que una temporada labran sus campos y la siguiente "labran" los mares, si por "labrar" uno se refiere a hacerse a la mar con una vasta flotilla de balsas, canoas y cúteres veloces para "cosechar" cualquier barco mercante que se acerque demasiado.

Es un asunto familiar, los pueblos se vacían y las esposas y los niños cumplen su papel. Los asaltantes son asombrosamente hábiles con los botes, no hay nada que no pueda servirles en el mar, se dice que algunos de ellos han sobrevivido meses flotando sobre un simple trozo de madera, así de talentosa es su resistencia marina. Pueden remar durante cuatro días o atravesar el ojo de un vigía con una flecha desde una distancia aterradora.

A medida que sus hijos nacen en esa vida, se convierten en cautivos apreciados, tan dignos como cualquier muchacho de la estepa al que han colocado en una silla de montar desde niño y se ha convertido en un mameluco excelente. Nuestro nakhudha dice que una vez fue dueño de uno de esos esclavos, un joven malabar al que se llevó cuando era adolescente y que se convirtió en el barquero más talentoso que el nakhudha haya conocido nunca. Sin embargo, no se puede arrancar el engaño de los corazones de los asaltantes. Tras una década de servicio, el esclavo se volvió contra su amo y contra el camino que le había ofrecido a favor de una maldita tripulación de bandidos liderada por una mujer. ¡Menuda ingratitud!»

8

Remamos toda la noche, ansiosos por poner tanta distancia como fuera posible entre nosotros y Adén. Poco antes del amanecer, el viento se levantó lo suficiente para izar las velas, alabado sea Dios, y dejé el banco del capitán para ver cómo estaba Tinbu.

Le había ordenado que descansara en la pequeña cocina, uno de los pocos lugares del *Marawati* en los que podía disfrutar de algo de privacidad, pero lo encontré despierto y discutiendo con Dalila mientras ella intentaba aplicarle una cataplasma maloliente en las marcas de latigazos que tenía en la espalda.

—Me muevo porque me escuece como si me estuvieran atacando cien avispas. Dalila, hay veces que creo que disfrutas... ¡Amina! —Los ojos de Tinbu se iluminaron cuando entré en la pequeña cocina para unirme a ellos—. Sálvame. Dalila dice que está aquí para ayudarme, pero estoy bastante seguro de que está experimentando conmigo.

—Ya conoces el precio de mis habilidades —lo reprendió Dalila—. Si no te gusta, no te dejes atrapar con tanta facilidad.

Tinbu refunfuñó y aproveché el momento para mirarlo bien con la luz del amanecer que se filtraba por las grietas de la pared. Aparte de sus heridas y de la mirada malhumorada de sus ojos marrones, parecía que los últimos diez años no hubieran pasado para Tinbu. Seguía teniendo la cintura esbelta y los brazos musculados por el trabajo en el barco. Su brillante cabello negro era tan espeso como el día que me había marchado, aunque ahora mostraba elegantes franjas plateadas. El único otro cambio era un alegre bigote, cuyos extremos rizados supe con una mirada que engrasaba todas las mañanas.

—Bonito bigote —comenté—. ¿Es para impresionar a ese mercader de ojos preciosos?

La expresión de Tinbu se volvió aún más sombría.

—¿Tan malo sería secuestrarlo?

—Amigo, acaba de enterarse de que eres un delincuente. Dale algo de tiempo antes de delinquir contra él. Y ya que estamos... ¿en qué estabas pensando al intentar sobornar a un nuevo funcionario del gobierno? Ya sabes que necesitan unos meses para corromperse como es debido.

—¡Me estaba guiñando el ojo!

—Estabas en un barco a pleno día —señaló Dalila—. ¿No se te pasó por la mente que parpadeaba por el sol?

—Fue una trampa.

—Claro que lo fue. —Me senté frente a Tinbu apoyándome en la fina pared de ramas entretejidas de la cocina mientras el *Marawati* coronaba un suave oleaje—. ¿Confío en que por lo demás estás bien? ¿Cómo fue la visita a tu familia?

—Como todas las visitas. Mis padres están sanos y salvos, pero sé que serían más felices si volviera a estar para siempre con ellos. Sobre todo, porque no sé quién tiene una hija que quiere casarse. —Tinbu suspiró—. Mis hermanos y hermanas ya les han proporcionado una docena de nietos. Cabría pensar que ya tienen suficientes.

Le dirigí una mirada comprensiva. Al igual que yo, Tinbu desciende de un largo linaje de asaltantes marítimos, aunque si los míos eran piratas errantes, los suyos eran carroñeros que rara vez se desviaban de su tierra natal en la costa de Malabar; preferían saquear los barcos mercantes ricos cuando pasaban y volver después a sus pueblos y casas para la cosecha. Es una profesión lucrativa, pero arriesgada: Tinbu fue capturado durante una incursión que salió mal cuando era adolescente y pasó diez años como esclavo antes de que nuestros caminos se cruzaran.

—Tal vez no se trata tanto de nietos, sino de querer tener a su hijo a salvo en casa —argumenté amablemente—. Tampoco es que pueda culparlos.

—Lo sé. —Tinbu hizo una mueca y se sentó para que Dalila pudiera terminar de aplicarle los vendajes—. Pero no puedo vivir como ellos desean, ya pasé bastantes años sirviendo a los caprichos de otro para enjaularme de nuevo. Esto es mejor. Reciben dinero y visitas ocasionales y yo me quedo con mercaderes de ojos hermosos. Pero sé que no viniste a Adén para regañarme en nombre de mis padres, así que hablemos de este encargo.

—¿Te lo ha contado Dalila?

—No me ha hecho falta contarle mucho —interrumpió Dalila—. Tinbu tuvo su propio encontronazo con Falco.

—¿Qué? —Me puse tensa de inmediato. Falco había rastreado a la familia de Asif y le había enviado una carta a Dalila. ¿Y ahora también conocía a mi primer oficial?

Tinbu levantó una mano.

—No es tan malo como ella lo hace parecer. Su agente me buscó, eso fue todo. Un viejo conocido de Ormuz llamado Layth. Trabajaba para los príncipes piratas de Kish, pero debió tener problemas con alguien porque ha estado por este lado de la península reuniendo tripulaciones para capitanes con negocios menos que agradables.

Miré a Dalila.

—La carta que recibiste de Falco… su agente tenía el mismo nombre, ¿verdad?

—En efecto —respondió—. Pero no era a Tinbu a quien buscaba Falco. Era a ti, nakhudha.

—¿A mí?

—A ti —confirmó Tinbu—. Layth dijo que tenía un franco que buscaba un capitán y que se había fijado en Amina al-Sirafi. Al parecer, Falco hablaba de tus hazañas día y noche diciendo que le habían prometido que eras la mejor contrabandista del océano Índico y que no había nada que no pudieras robar. —Hizo una pausa con una pizca de disculpa en los ojos—. Parece que cree que estás bendecida por lo supernatural.

Bendecida. Noté un sabor amargo en la boca y se me quedó la palabra en la garganta. Por supuesto, ese tipo de chismes me habían rodeado durante mucho tiempo. A los hombres les resulta más fácil creer que han sido estafados por una bruja que engañados por una mujer. Esas historias solían entretenerme, cuanto más escandalosas, mejor.

Dejé de encontrarlas entretenidas hace mucho tiempo.

—¿Qué quiere de mí?

—Probablemente espera que lo lleves a nuevos lugares que saquear —sugirió Dalila—. Ya oíste su carta. Es un cazatesoros que quiere coleccionar objetos brillantes y fascinantes que le llamen la atención.

—Lamentablemente, no me siento muy coleccionable —espeté secamente—. ¿Qué le contaste, Tinbu?

—Las mentiras habituales. Que lo último que había oído era que te habías retirado a algún lugar más allá de la India para rodearte de vino, joyas y hombres apuestos. Layth pareció creérselo, comentó que ya le había dicho a Falco que nadie había visto a Amina al-Sirafi en años.

—¿No se te ocurrió advertirme?

Tinbu me dirigió una mirada intencionada.

—Estabas en paz con tu familia, Amina. Tal vez no quería que te tentara con su oferta.

Fruncí el ceño, pero no era un motivo del todo injustificado, considerando que Salima ya me había convencido.

Dalila empezó a pasearse tirando de la cruz que llevaba en el cuello, algo que solo hacía cuando estaba realmente preocupada.

—Esto no me gusta nada. Ha pasado una década desde que estuvimos en activo y hay montones de capitanes a los que podría haber contratado. Amina es bastante notoria para atraer chismes, pero los demás…

—El franco no trabaja con chismes —comprendí con un escalofrío que me recorrió toda la espina dorsal—. Ha hablado con alguien que nos conoce. Que nos conoce muy bien. —Hice una pausa porque no quería decir el nombre—. Se me viene a la mente un candidato.

Esa insinuación aterrizó como un trueno. Todos sabíamos a quién me refería.

Tinbu adquirió una expresión tormentosa.

—Majed nunca nos habría vendido. Sé que no os separasteis en los mejores términos, pero él no nos traicionaría.

Decir que no nos separamos en los mejores términos era un eufemismo. Lo que le pasó a Asif destrozó a mi tripulación de diferentes maneras, pero para Majed —mi navegante y un hombre que había llegado a ser como mi hermano mayor— fue el punto final que se anunciaba desde hacía tiempo.

—No estoy diciendo que Majed nos haya vendido voluntariamente —aclaré—. Pero ¿y si el franco no le dejó más remedio?

—Falco podría haberle matado por ello —ofreció Dalila inútilmente—. Majed nunca ha sido muy bueno para el combate.

Tinbu negó con la cabeza.

—Recibí una carta de Majed el mes pasado. Parecía estar bien.

De repente, me sentí injustificablemente herida.

—¿Majed te escribe?

—Pues sí. He visitado a su familia en Mogadiscio.

¿*A su familia?* Me sentí fatal.

—No sabía ni que se hubiera casado.

—Ah, sí. Con una viuda de uno de los clanes locales. Tienen un niño pequeño y una bebé. —Tinbu puso los ojos en blanco—. Una familia preciosa, pero él se ha vuelto completa, violenta y molestamente correcto. Ha hecho el hach varias veces, cuida a un montón de huérfanos y trabaja en el gobierno. Informa directamente al muhtasib, aunque creo que sigue haciendo algo de cartografía en secreto.

Me estremecí. ¿Majed informaba al inspector del mercado? ¿El inspector del mercado? Era lo más cercano a convertirse en traidor que se me ocurría.

—¿Se llevó la parte que le reservé?

—No. Dice que es dinero del diablo.

—Será idiota y terco. De acuerdo. —Me levanté tambaleándome con el movimiento del *Marawati*. A través de las grietas de la pared, pude ver la línea marrón dorada de la costa distante y el sol naciente brillando sobre el agua rosada—. Si no hubiera sido Majed, ¿quién más podría haberle hablado a Falco de nosotros?

Dalila me dirigió una mirada molesta.

—Tal vez si no hubiéramos desencadenado una fuga en la cárcel y no hubiéramos incendiado dos buques de guerra en Adén, habríamos podido preguntar. Lo que era nuestro plan original.

—Pero entonces no me habríais rescatado de un destino horrible —señaló Tinbu alegremente—. Además, puede que yo tenga una pista.

—¿Y cuál es?

—Layth, el agente de Falco. Pudimos hablar un poco. Como ya he dicho, lo conocía de antes y parecía que ya no le importaba la cantidad de dinero, estaba empezando a cansarse de tener que lidiar con todas las mierdas de Falco. Mencionó que cuando hubiera encontrado un barco y un capitán para Falco, se iría a Zabid a gastarse sus ganancias.

Me animé. Zabid estaba más al norte, pero no demasiado lejos. Y encontrar al reclutador de Falco parecía mucho más prometedor que perseguir chismes en Adén.

—Claramente, sacarte de la cárcel ha valido la pena —dije dirigiéndole una sonrisa victoriosa a Dalila—. Iremos a Zabid después de cargar suministros.

Tinbu sonrió.

—¿Lo ves, Dalila? Nada que... ¡Ah! ¡Payasam! —Tinbu se dejó caer de rodillas sin preocuparse por sus heridas recientes para mirar entre una pila de cajas. Se frotó los dedos haciendo un sonido relajante—. Sal, bonita. ¡Estaba preocupado por ti!

Hubo un maullido fuerte y lastimoso y salió el gato más zarrapastroso que había visto nunca. Una criatura marrón y flacucha del color de una herramienta abandonada al aire del mar, con la piel erizada a trozos y sin una oreja.

Tinbu se apresuró a recoger a la gata, acunándola cerca de su pecho.

—¿Te asustaron esos soldados asquerosos? —preguntó con voz cantarina.

El felino emitió un sonido entre un estertor mortal y un silbido como respuesta, golpeándole la barbilla a Tinbu con la cabeza con tanta fuerza que tuvo que dolerle.

—¿Es tu... ratonera? —preguntó Dalila dudosa.

Tinbu se sonrojó.

—Todavía estamos trabajando en lo de atrapar ratones. Pero el otro día Payasam encontró una araña. ¡Incluso le puso la patita encima!

Compartió ese logro con el orgullo de un padre anunciando el casamiento de un hijo y yo me froté las sienes sintiendo que empezaba a dolerme la cabeza.

—Tinbu, por favor, dime que no has elegido al único gato incapaz de atrapar ratones para subir a mi barco. ¿Qué come esa cosa? Porque espero que su nombre no signifique que estás desperdiciando arroz y azúcar con ella.

La gata me miró con pesar.

Tinbu cruzó los brazos a la defensiva sobre la criatura.

—Payasam no es ninguna *cosa*, es una gatita y come solo de mis raciones. La tripulación está muy encariñada con ella y solo nos ha traído buena suerte.

—Estabais a punto de ser crucificados por asesinato y bandolerismo.

—Hasta que, en un extraordinario golpe de suerte, mis mejores amigas han aparecido para salvarme. —Le bailotearon los ojos—. Y ahora que ya nos hemos puesto al día, voy a llevaros directamente con el agente de Falco. —Tinbu se acercó la gata a la cara y le dio un fuerte beso—. Mi gatita de la suerte vale un millón de dinares.

9

Una vez abastecidos de agua fresca para la cisterna y comida en un pueblo de pescadores acostumbrado a hacer la vista gorda, nos dirigimos a Zabid. El viento era bastante favorable y nos dio tiempo para devolver al *Marawati* a su hermoso estado auténtico entre un montón de serrín. Los tableros rotos y las esteras desgarradas que se habían utilizado para esconder los remos y sus puertos fueron reutilizados, convertidos en resistentes plataformas de combate y barreras de tiro. Colgamos hilo de pescar detrás del barco y, con un barril roto y una lona, hicimos un gran tambor para asustar a los tiburones y ballenas agresivos que habitan en las aguas cercanas al mar Rojo. Pero, excepto por la gata del barco que no cazaba ratones —y que, puesto que su especie detecta la aversión humana, se enamoró violentamente de mí—, Tinbu había mantenido al *Marawati* en buena forma y había poco de lo que quejarse.

A pesar de mi consternación al enterarme de que había sido almacenado con la nafta, el rahmani original del barco —las notas náuticas que mi abuelo había iniciado, mi padre había editado y yo había expandido— también estaba bien conservado. El rahmani de nuestra familia poseía un valor incalculable, se encontraba entre los diarios de a bordo más completos del océano Índico, repleto de mapas cuidadosamente dibujados, cartas estelares y anécdotas que detallaban de todo: las corrientes de las Comoras, los arrecifes del exterior de Yeda, los mejores bosques de manglares para esconderse en Malabar y una cala oculta de contrabandistas en las afueras de Sur. No era tan completo como la colección de rahmani de Majed

—dudaba de que alguno lo fuera—, pero el propio Majed había repasado estas notas varias veces, anotando observaciones y correcciones con su limpia caligrafía.

Yo había hecho un duplicado del rahmani copiando sus páginas a lo largo de los años y mandándolas junto con el dinero que le enviaba a mi madre, pero no había tenido el valor de llevarme las notas originales cuando me había retirado. Su lugar estaba en el *Marawati*, una decisión que ahora me parecía aún más acertada al revisarlas, leyendo sobre aventuras pasadas desde el banco del capitán mientras las aves marinas graznaban y mi nueva tripulación cantaba salomas para trabajar.

En cuanto a la tripulación, no me dormí en los laureles por haberlos salvado en Adén. Confiaba en que Tinbu hubiera seleccionado a esos hombres con cuidado, pero sabía mejor que él que a menudo los hombres pueden fingir respeto por una mujer solo para después volverse contra ella. Yo era la nakhudha, su proveedora y protectora y, si era necesario jugar con algunas de las antiguas leyendas de Amina al-Sirafi, así lo haría. Los marineros que me habían servido con mayor lealtad siempre lo habían hecho con una sana combinación de temor y amor, y solo unos pocos se habían ganado mi total confianza. Era estricta, pero justa. Y dejaba claras mis expectativas.

Establecer vínculos con una nueva tripulación también significaba sentarse con ellos y aprender de sus familias y tradiciones. Eran las conversaciones casuales durante las tareas y los descansos las que siempre me traían alegría. Aquellos que hacemos del mar nuestra casa llevamos bibliotecas en la cabeza, un hecho que he tratado de inculcar en muchos intelectuales terrenales. Los eruditos que viajan por el mundo para estudiar podrían aprender lo mismo si hablaran con los marineros, cargadores y caravaneros que los transportan a ellos y a sus libros a tierras lejanas. Mis compañeros de tripulación habían tenido vidas fascinantes, compartían historias sobre cómo sacar savia en bosques profundos y tan oscuros que hace falta una antorcha para ver el camino o sobre cómo se habían defendido de tiburones con lanzas mientras se zambullían en busca de moluscos valiosos en islas de nombres desconocidos.

Algunos de los hombres también habían oído historias sobre nuestro cazador de tesoros franco y sus chismes dibujaron un retrato inquietante. Alguien noble como Salima podía considerar a Falco un bruto ingenuo e indecoroso, pero entre mis hermanos marineros se respiraba un miedo cauteloso. Al parecer, habían desaparecido varios hombres a su servicio y se comentaba que tenía acceso a la magia y un ojo interior que le hacía saber cosas que no debería. Había más rumores espantosos: que se había bañado con tanta sangre inocente que había forjado una armadura diabólica que no podía ser penetrada. Que era más bestia que hombre y que tenía garras y dientes de lobo. Que hacía que sus seguidores firmaran en cuadrados mágicos que prometían retribución si lo traicionaban.

Ahora bien, yo sabía cómo crecían esas leyendas ridículas. Cómo no iba a saberlo cuando había oído de mí misma que era medio djinn, que estaba casada con el rey de una isla que solo aparecía cuando había luna llena y que los dos juntos nos deleitábamos succionando la médula de los huesos de nuestras víctimas. Pero seguía recordando aquella noche en la laguna. Mi propia vida me había enseñado que la magia verdadera es escasa, mucho más de lo que la gente cree, pero también más letal. Salima no había mencionado qué tipo de talismanes buscaba Falco y Dalila consideraba que el interés del franco por lo sobrenatural se debía a su ingenuidad. Pero Dalila era una charlatana profesional acostumbrada a los trucos y Salima estaba decidida a proteger la reputación de su familia... ¿Y si sus prejuicios les hubieran impedido percibir otra clase de peligro?

Sin embargo, en esos primeros días llenos de sol en el *Marawati*, hicieron falta algo más que unos rumores turbios sobre francos misteriosos para empañar la alegría que sentía al estar de nuevo en el mar. Una tarde, al terminar de rezar, con el olor a sal y a madera de teca que traspasaba la tela en la que había apoyado la frente, con el *Marawati* navegando y crujiendo sobre las aguas mientras yo cambiaba de postura, se me llenó el alma de repente con tanto placer que se me anegaron los ojos en lágrimas. El azalá siempre había tenido una cualidad diferente aquí, más pura. Hay gran vulnerabilidad en el hecho de estar por completo a la merced de Dios, como si fueras un gusano sobre una astilla flotante que podría perderse para siempre con la más mínima ondulación.

Es una vulnerabilidad que trae a la superficie verdades enterradas durante mucho tiempo en el corazón. Y la verdad era que, con secuestrador franco o sin él, había echado de menos desesperadamente esta vida. Había echado de menos rezar en el mar. Había echado de menos bromear con mis queridos compañeros y dormirme tras una dura jornada de trabajo con el suave vaivén de las olas. Había echado de menos el aire salobre en el rostro y el excesivo resplandor del sol. Y sí, aunque con ello hubiera desbaratado espectacularmente nuestros planes originales, había disfrutado de la audacia de sacar a la tripulación del *Marawati* de la cárcel, de salvar a hombres inocentes —sí, relativamente— de un destino horripilante por culpa de un maldito funcionario que quería dárselas de importante. En realidad, era difícil no ver la mano de Dios en el hecho de que yo hubiera acabado en Adén justo el día que Tinbu me necesitaba. Al fin y al cabo, soy creyente y se nos dice que busquemos las señales.

¿Qué significaba que esas señales me llevaran a un camino que había jurado repudiar?

Suspiré girando la cabeza de izquierda a derecha, disculpándome con los ángeles por el excesivo trabajo que les causaban mis acciones y luego hice una mueca al golpearme accidentalmente la rodilla mala con la cubierta. No era la única musulmana que tenía que hacer alguna maniobra extra mientras rezaba, pero no agradecía el recordatorio de mi edad.

Eres demasiado mayor para estas aventuras. Tendrías que estar en casa con tu familia. Con tu hija. Con la misma rapidez con la que había llegado el placer a aligerarme el alma, se marchó por la culpa. ¿Cómo iba a disfrutar de estar en el *Marawati* si me mantenía alejada de la hija a la que amaba más que a mi propia vida? Ansiaba escuchar el tarareo feliz de Marjana y ver su dulce carita. Y aunque nunca me hubiera atrevido a traerla a una misión tan peligrosa, sabía que a ella le habría encantado estar en el mar: buscaría delfines y se tumbaría boca abajo para ver cómo los peces de colores atravesaban los profundos corales.

No obstante, en el momento en el que empezamos a acercarnos a Zabid, había dejado de preocuparme por mis asuntos personales para centrarme en el encargo que tenía entre manos. Anclamos en alta mar, al sur de la ciudad, a lo largo de un tramo de costa cuyos altos acantilados y rocas desfavorables hacían que fuera un lugar poco popular entre barcos que no pretendían mantenerse ocultos. Tinbu se adelantó con el dunij del *Marawati* (el pequeño bote que usábamos para transportar cargamento y personas a través de aguas poco profundas) con el pretexto de comprar suministros para ver si este supuesto agente estaba cerca.

Lo estaba, pero las noticias no fueron alentadoras.

—Layth está aquí —anunció Tinbu al volver a subir a bordo—. Pero afirma que ya ha acabado de trabajar con el franco, bueno, con «esa serpiente demoníaca infiel». Le he dicho que tenía un cliente que buscaba información y ha respondido que espera que tengas los bolsillos bien llenos.

—Por suerte, así es. —Todavía tenía que pensarme si iban a estar llenos de monedas, de mis puños o de cuchillos. Ya me había vestido, había elegido una ruda túnica de lana de un mendigo sufí. Sospechaba que se expandiría la noticia de que dos mujeres habían orquestado una fuga en la prisión de Adén y no me apetecía parecerme a la estafadora malhablada de los ladrillos de hachís envenenados. La prenda holgada también ocultaría mejor la espada y la daga que llevaba en la cintura, un agradable efecto secundario.

—Aunque ha sido raro —continuó Tinbu—. Layth estaba más nervioso de lo habitual, como si esperara que alguien acudiera a él.

—¿Para matarlo o en busca de información?

Tinbu frunció el ceño.

—No lo sé. Pero algo de su comportamiento me ha inquietado.

Esa afirmación me llevó a dejar atrás a Dalila. Necesitaba a alguien de confianza para cuidar el barco y, si esa persona tenía un historial de envenenar a informantes nerviosos cuando se impacientaba, mejor que mejor. Tinbu y yo remamos hasta la orilla y luego me condujo por un sinuoso paso rocoso hasta una taberna en las afueras de Zabid, donde había acordado verse con Layth.

La taberna era un lugar lamentable, tanto que casi parecía anunciar que prefería a apostadores y bandoleros antes que a asaltantes y peregrinos. Hecho a partir de una variopinta mezcla de tiendas negras sacadas de los deshechos, lonas remendadas y hojas de palma apiladas, clavadas o atadas de cualquier modo a unas paredes de adobe a punto de desmoronarse y columnas de madera chamuscadas, parecía que el establecimiento anterior hubiera sufrido una muerte violenta y que hubiera resucitado un necrófago en su lugar. Emanaba un hedor —¿a pelo quemado?, ¿a pescado muerto?— de la puerta abierta y había manchas de vómito por el suelo.

—Ese Falco Balalamata debe pagar bien —señalé secamente.

—Se apellida Palamenestra y tú me has llevado a lugares peores. —Tinbu me hizo pasar por la puerta—. Vamos.

La taberna no era más atractiva por dentro. Tal vez se animara cuando los comerciantes la visitaban por la noche con su libertinaje, pero en ese momento estaba ocupada por unos seis hombres somnolientos en diferentes estados de intoxicación y con falta de higiene. Había espinas de pescado y cáscaras de nuez en el suelo que crujían al pisarlas y el olor a hachís y a sudor impregnaba el aire viciado. Por culpa de la pobre construcción y del techo raído había mucha luz, sin embargo, eso era bueno en un lugar en el que parecía que a menudo los clientes eran apuñalados en rincones oscuros.

Era bueno a menos que fueras tú quien tuviera que apuñalar, claro.

Seguía a Tinbu hasta una mesa baja del fondo. Rodeada de cojines manchados y medio oculta por una cortina raída, casi declaraba: «¡ven aquí a tramar tus conspiraciones criminales!». La opinión que tenía sobre Layth cayó a niveles más bajos todavía.

Parecía que las expectativas que tenía Layth sobre mí estaban igual de mal informadas, ya que en cuanto di un paso alrededor de Tinbu, alzó la mirada con un lento horror para ver que mi cabeza casi rozaba el techo bajo.

Se inclinó hacia atrás.

—Tinbu, eres un puto mentiroso. Me dijiste que tenías un cliente, ¡no a la propia bruja del mar en persona! —Se levantó—. Me marcho.

—Te quedas. —Me aparté la túnica para revelar las armas que llevaba en la cintura—. Y te advierto de que a la bruja del mar no le gusta que la gente hable de ella como si no estuviera delante. Tampoco le gusta que esa misma gente ande repartiendo monedas para cazarla para un extranjero. —Lo presioné contra su cojín con poco esfuerzo—. Siéntate.

Layth se sentó y me dirigió una mirada que pretendía ser furibunda, pero que solo demostraba que estaba intentando no cagarse encima. Mierda, o las historias que Falco y los suyos habían oído sobre mí eran bastante creativas o había algo más en todo este asunto de lo que Tinbu creía. Podría ver en los rasgos de Layth la dura vida de un marinero: tenía la piel moteada y arrugada por el implacable sol, y las manos y las articulaciones hinchadas por la artritis. Tenía un ojo blanquecino y el cuerpo demacrado y desigual de un hombre cuya dieta oscilaba entre los festines y la desnutrición. Su cabello y su barba, ambos enmarañados, eran completamente blancos.

Mi abuelo había mostrado un aspecto casi igual al final de su vida, pero tenía gente que se preocupaba por él. Con una aljuba manchada de sudor que necesitaba unos arreglos y el cuerpo encorvado por la sospecha, no me parecía que Layth tuviera a mucha gente. Parecía estar harto de todo, dispuesto a cambiar una vida delictiva por la tranquilidad junto al mar. Me acomodé en el cojín de enfrente. El viejo cuero crujió bajo mi peso, solo Dios sabía lo que podía salir de sus costuras deshilachadas.

—Tinbu, tráele a nuestro invitado algo para los nervios. —No aparté la mirada del antiguo agente de Falco y, cuando Tinbu se marchó, continué—. No quiero lastimarte. De hecho, nada me gustaría más que dejarte hecho un hombre nuevo y rico. Pero vamos a hablar no importa lo que pase, ¿entendido?

Layth estaba visiblemente furioso pese a estar temblando.

—Quiero cien dirhams. Cien dirhams o nada.

Era una suma ridícula a cambio de unos momentos de su tiempo. Salima me había pagado un adelanto suficiente como para que pudiera repartir, pero no había venido tan preparada.

—Puedo darte veinte ahora y después el resto desde mi barco. ¿Trato hecho?

Layth frunció el ceño, pero no dijo nada. Cruzó los brazos sobre el pecho y sacó la barbilla con una postura pensada para impresionarme, hasta que bajé el brazo para tomar el monedero que llevaba colgando de la faja y él volvió a saltar.

Dejé caer dos monedas de plata entre nosotros sobre la mesa pegajosa.

—Imbécil, costaría poco convencerme para dejarte con una daga entre las costillas en lugar de dirhams. Bien. Como he dicho antes… vamos a hablar, ¿de acuerdo?

Layth tragó saliva y tomó las monedas.

—¿Qué quieres saber?

—Quiero saber por qué diablos hay un franco tan interesado en mí y en mi tripulación.

—Porque quiere contratarte, lunática. A ti y al resto de tu feliz banda de ladrones. Falco se considera a sí mismo como una especie de erudito de lo oculto y tiene visiones acerca de navegar por todo el océano Índico para construir una colección de talismanes mágicos. Una fuente lo convenció de que podías casi caminar sobre el agua y que no había nakhudha más hábil en rastreo.

¿Un erudito de lo oculto? Se me erizó la piel, no me gustaba nada cómo sonaba eso.

—¿Quién?

—¿Quién qué?

—¿Quién era la fuente de Falco?

Layth se frotó el cuello.

—Solo Dios lo sabe. Es un hombre violento e impredecible al que le gustan los secretos y se ha rodeado de hombres todavía más violentos y reservados. Pudo haber sido uno de sus luchadores o un extraño en un burdel. Falco no me lo dijo y yo no se lo pregunté.

Tinbu volvió y le entregó a Layth media cáscara de coco con un líquido fangoso que no me molesté en tratar de identificar: he aprendido por las malas en mis viajes que la gente intentará fermentar cualquier cosa al menos una vez (y a veces solo una vez si los resultados son nefastos). El olor del brebaje fue suficiente para revolverme las tripas.

—¿Sus luchadores? —preguntó Tinbu, alarmado.

—Sus luchadores —confirmó Layth—. Tiene un buen grupo, son los soldados más desagradables que ha podido encontrar. —Vació la mitad de su bebida y de inmediato empezó a toser.

Me eché hacia detrás para esquivar la saliva y reflexioné sobre lo que había dicho. Dejando a un lado las noticias sobre mercenarios más violentos... por el amor de Dios, ¿quién podía ser la fuente de Falco? Dalila era la persona más enigmática a la que había conocido en mi vida, entrenada desde la infancia para cubrir sus huellas. Tinbu le había ocultado su pasado incluso a Yusuf, un hombre al que claramente amaba. Asif llevaba casi diez años muerto y, aunque podría haber sido lo bastante tonto como para compartir ciertos detalles en las cartas que enviaba a casa, parecía que no había tenido nunca a nadie en su vida además de a nosotros y a su familia. De nuestro grupo solo quedaba Majed, pero como Tinbu había dicho, probablemente mi antiguo navegante se habría cortado la lengua antes de vendernos.

Entonces, ¿quién?

Layth tomó otro sorbo de su copa y se estremeció como si le hubiera quemado la garganta.

—Por Dios, ¿qué ponen en estas bebidas? —Me fulminó con la mirada como si fuera culpa mía—. Ve al grano, al-Sirafi. Los dos sabemos lo que buscas.

Eso fue nuevo para mí, pero decidí jugar con la mano que me ofrecía.

—Estoy buscando a una muchacha que se rumorea que ha sido secuestrada.

Layth emitió una risa ahogada.

—Ah, ¿vas detrás de la chica, entonces?

—¿Sabes de quién hablo?

—¿De la joven ricachona de Adén? —Layth sacó un pañuelo e hizo un desagradable sonido húmedo mientras tosía algo repugnante de sus profundidades.

La esperanza se elevó en mi pecho.

—Esa chica, sí. —Cuando Layth miró intencionadamente mi monedero, puse los ojos en blanco, pero le entregué otros dos dirhams. Si podía darme información útil sobre Dunya, lo bañaría en plata alegremente—. Cuéntame lo que sabes.

Tomó las monedas.

—Sé que la familia es de Irak, aunque solo quedan la hija de puta de la abuela y la niña. Son uno de esos antiguos clanes que intentan volver a empezar en Yemen vendiendo sus tesoros, ¿sabes? Se suponía que esos tesoros incluían el tipo de artefacto que le gustaba a Falco, así que organicé un encuentro entre ellos.

—¿Y cómo fue?

—Estrepitosamente mal. Si la abuela hubiera sido más ágil, creo que habría intentado atravesar a Falco con una espada en cuanto se dio cuenta de que era un franco. Empezó a gritar que era un espía y que arruinaría la reputación de su familia. Tuvimos suerte de que sus guardias se conformaran solo con echarnos. Supuse que era un callejón sin salida, pero luego la nieta nos siguió hasta la calle. Dijo que quería hacer un trato.

Casi me quedo boquiabierta del asombro.

—¿La nieta quería hacer un trato?

—Falco se mostró igual de incrédulo, créeme. La niña empezó a divagar acerca de que necesitaba irse, sugiriendo todo tipo de trofeos para entregarle. Intentamos deshacernos de ella... pero entonces ofreció algo que nos detuvo en seco.

—Y eso era... —apremié cuando Layth se quedó en silencio.

Sus burlones ojos inyectados en sangre se encontraron con los míos.

—La Luna de Saba.

Hubo un largo momento de atónito silencio entre nosotros.

Tinbu habló el primero.

—Mierda.

—Ah, ¿así que los cuentos sobre la Luna han llegado a Malabar? —resopló Layth—. Falco sabía poco, supongo que fue mi reacción lo que lo detuvo. Lo convencí para escucharla y cerrar el trato. Todavía no estoy seguro de si entiende qué es lo que está buscando. Pero tú, al-Sirafi... apuesto a que conoces las historias.

Pues claro que conocía las historias. Todos los que crecían en estas costas lo hacían rodeados de las leyendas de la Luna de Saba. La perla más grande del mundo, una luna en miniatura que se decía que había sido arrebatada al cielo por un hada con mal de amores y regalada a la reina Bilqis, quien la convirtió en la pieza central de su corona. Una gema que se cree que otorga a su poseedor innumerables deseos, visión sobrenatural y una fortuna infinita. Una perla que ha puesto de rodillas a poderosos imperios, que había llevado a la locura a reyes temerarios y que se había perdido finalmente cuando los djinn marinos en guerra habían destruido uno de sus reinos insulares para hacerse con ella.

Hay montones de historias más. Cientos, sobre todo entre los piratas y los cazafortunas con los que me he pasado la vida. A todos nos gustan las buenas historias de sangre y tesoros.

Asif solía hablar de la Luna de Saba. No muy a menudo, era solo otra de las muchas historias ridículas que contaba sobre el supuesto pasado de su familia, mostraba un profundo aire nostálgico al hablar de la grandeza de sus antepasados, de cómo habían servido a emperadores y a sahs. Una historia de ensueño que anhelaba recuperar y emular desesperadamente. Un modo de hacer que sus padres estuvieran orgullosos.

No sabía ni qué preguntar primero. ¿Le preguntaba por lo desarrollado —y peligroso— que era el interés de Falco por lo oculto? ¿Indagaba más en el supuesto tesoro mítico que Salima había olvidado mencionar? ¿Pedía pruebas de que Dunya no había sido secuestrada, sino que se había unido al franco voluntariamente?

Empecé con algo diferente.

—¿Dónde? —gruñí—. ¿Dónde fueron?

—A un lugar cuyo nombre bastó para hacer que renunciara a mi empleo para siempre. ¿Una búsqueda tonta por tierras peligrosas de una gema que es más que probable que no exista? No, gracias. —Layth se echó hacia atrás como si quisiera proyectar confianza, pero empezó a toser de nuevo y su rostro se volvió cada vez más rojo.

—¿Estás bien, amigo? —Tinbu buscó su odre—. ¿Quieres un poco de agua?

Layth gruñó.

—Estoy bien. Acabemos con esto. —Volvió a fijar sus ojos rojos en los míos—. ¿Quieres que te diga dónde encontrar a Falco? Pues dame el monedero entero ahora mismo. —Vacilé y él resopló—. Soy el único que lo sabe, al-Sirafi. El resto de sus hombres se creyeron sus divagaciones y se marcharon con él.

La perspectiva de clavarle un cuchillo entre las costillas se volvía más tentadora a cada momento, pero ambos sabíamos que yo no tenía muchas cartas con las que jugar. Y no podía matar a la única persona que sabía a dónde había ido Falco.

Lancé el monedero sobre la mesa.

—Habla.

Layth tomó el saquito sopesándolo con la mano como si estuviera evaluando el peso.

—Una isla.

—¿Una isla?

—Una grande.

Sonreí como si estuviéramos bromeando y luego me abalancé sobre su garganta colocándole mi daga en el cuello.

—Voy a necesitar algo más que eso.

Pero el hombre tuvo el mérito de no retroceder, solo resolló.

—Me has prometido cien dirhams y aquí no hay suficientes. Trae el resto del dinero y tendrás los detalles.

—Hijo de puta, te habrás ahogado en tu sangre antes de que…

Tinbu me puso una mano en la muñeca.

—Está bien, Amina. Vuelve al barco a por el resto. Yo me quedaré con él.

Resistiendo el impulso de darle un golpe a Layth en la cabeza, me levanté. Su tos seca y su expresión engreída me persiguieron mientras salía ardiendo de rabia.

No llegué muy lejos.

Se oyó un gemido ronco y estrangulado, y entonces Tinbu gritó:

—¡Amina!

Me di la vuelta. Layth había caído de rodillas sobre el suelo sucio y se aferraba la garganta. Tenía los ojos muy abiertos por el pánico y se le estaba formando espuma en sus labios oscurecidos.

Joder, ¿estaba asfixiándose de verdad y no solo haciendo gárgaras con su propia saliva? Corrí.

—¿Qué llevaba la bebida que le has dado? —pregunté con urgencia.

—¿Alcohol? —Tinbu se giró hacia el hombrecillo inquieto que se había quedado paralizado al otro lado de la taberna. A juzgar por la jarra marrón polvorienta y el coco que estaba llenando, era el cantinero—. ¿Qué me has dado?

—So-solo licor de dátil —tartamudeó el cantinero con una mirada aterrorizada a mí y a mi janyar—. ¡Lo mismo que han bebido ellos!

A Layth se le estaba poniendo la cara roja. Lo levanté por los hombros y lo hice rodar sobre mi rodilla dándole puñetazos en la espalda para desalojar lo que se le hubiera quedado atascado en la garganta.

—¿Se ha metido algo en la boca?

—No que yo haya visto. —Tinbu se unió a mí para golpearle la espalda a Layth. El antiguo reclutador de Falco no podía hablar y se agarraba la garganta con tal desesperación que se estaba rasgando su propia piel y le goteaba sangre de los dedos. Se le hincharon los ojos, su rostro no auguraba nada bueno teñido de un púrpura carmesí.

Le golpeé la espalda una vez y finalmente salió volando un pequeño objeto que aterrizó sobre el polvo. Su superficie plateada estaba cubierta de sangre y mucosidad, pero la forma fue reconocible al instante.

Era un dirham de plata.

Con lo que pareció un último estallido de fuerza, Layth se metió un dedo en la garganta, pero no hizo nada. Con un gorgoteo final, se derrumbó con los ojos vacíos e inmóviles. Se le quedaron los labios abiertos y se vio un brillo plateado entre sus dientes. Los bultos que tenía bajo la piel del cuello hinchado... Todos tenían forma de moneda.

No es posible. No puede ser. Mi corazón galopaba con el miedo, pero tenía que saberlo. Cambiando la daga por mi cuchillo de hierro bendito, empujé la mano muerta de Layth con el filo, liberando el objeto que todavía tenía aferrado entre los dedos.

Era el saquito de dirhams que le había dado. Ahora estaba vacío.

Un grito me devolvió al presente. El hombre más cercano había levantado la vista del estupor producido por el hachís para fijarse en el aspecto espeluznante de Layth.

Tinbu jadeó.

—Amina...

Pero entonces el cantinero también chilló y se acercaron los otros clientes. Antes de que alguien pudiera detenernos, agarré a Tinbu del brazo y tiré de él. Tal vez esta taberna fuera un lugar turbio, pero no iba a dejarme atrapar con un hombre que había muerto ahogado con una docena de monedas de plata. Un instante después, estábamos en la puerta.

Tinbu avanzó a trompicones a mi lado mientras bajábamos por el camino arenoso.

—Amina, espera. ¡Amina, para! —Se liberó de mi agarre, se tambaleó hasta los arbustos y vomitó.

Eché un vistazo a nuestro alrededor para asegurarme de que no hubiera nadie y entonces me dejé caer. Me senté sobre la tierra sosteniéndome la cabeza con las manos, hasta que Tinbu se unió a mi lado.

—Joder —dijo con voz ronca—. Esas monedas con las que se ha ahogado... ¿eran las nuestras?

Yo apenas podía hablar, pero logré responder:

—Eso creo.

—¿Cómo?

—No lo sé. —Pero entonces recordé algunos de los rumores más descabellados que había comentado la tripulación. Se suponía que Falco estaba obsesionado con la lealtad. La gente decía que obligaba a sus hombres a firmar todo tipo de pactos mágicos o algo así prometiéndoles un castigo si...— Lo traicionaban —susurré—. Layth lo estaba traicionando. Algunos hombres... dijeron que se rumoreaba que el franco tenía poderes sobrenaturales.

Tinbu me dirigió una mirada alarmada.

—¿Crees que eso lo ha hecho Falco? —preguntó señalando la dirección de la taberna con la mano.

El aire seco del desierto se rio en mi cara, un susurro burlón en la brisa. Quería decirle a Tinbu que no. Quería negar lo que acababa de presenciar —una muerte que podía haber causado sin pretenderlo— y volver a mi barco, al mundo que conocía.

Pero yo era la nakhudha. No podía huir de situaciones en las que había metido a otros.

Tragué saliva.

—Sí. Temo que los rumores sobre sus intereses por el ocultismo puedan haber subestimado un poco su poder.

Tinbu parecía a punto de vomitar de nuevo.

—Por Dios, Amina... ¿en qué nos hemos metido? Hay historias de brujerías como esa, pero antes de Rak...

—No digas su nombre —espeté—. Por favor, ahora no.

Tinbu apartó la mirada y se frotó las manos.

—¿Y ahora qué? «Una isla grande» podría significar cientos de lugares. ¿Informamos a la señora Salima? ¿Crees que ella sabía que el franco podía hacer estas... estas cosas? ¿O que sabía algo de la Luna de Saba? Tal vez sea eso lo que busca en realidad.

Mi mente seguía dando vueltas. La revelación sobre la Luna de Saba se había visto eclipsada de inmediato por la revelación de que Falco, el aspirante a hechicero de repente era menos aspirante y más letal. Es decir, sí, la Luna de Saba —si es que existía— sería un objeto asombroso con un valor muy superior al millón de dinares. Pero Salima no me había parecido de las que sueñan con gemas legendarias, tenía la mirada fija en el aquí y el ahora. En la seguridad de Dunya y el honor de su familia.

Y la Luna de Saba no había sido la única sorpresa de Layth.

—No —dije lentamente con la ira recorriéndome cuando caí en la cuenta—. Creo que Salima me ofreció todo ese dinero por lo que ha dicho Layth sobre Dunya, que hizo un trato con Falco. —Limpié el cuchillo ensangrentado con la pierna, me puse de pie y ayudé a Tinbu a levantarse—. Y creo que es hora de hablar con nuestra clienta para ver qué más ha estado manteniendo en secreto.

EL PRIMER RELATO DE LA LUNA DE SABA

Si permites la intrusión de este escriba, creo que puede ser hora de contar el primer relato de la Luna de Saba.

Primero debes entender que hay muchos relatos. Así son las historias, ¿verdad? Se ramifican como un retoño buscando la luz del sol. Cuando pasan los siglos y ese retoño se ha convertido en un fuerte árbol, hay más ramas de las que se pueden contar, extendiéndose en direcciones muy diferentes. Descubrirás, al igual que nuestra nakhudha para su disgusto posterior, que la Luna de Saba encaja muy bien en esta metáfora. Pero deberíamos empezar por el relato más popular a lo largo de las costas por las que una vez merodeó Amina al-Sirafi y empieza de un modo muy simple.

Érase una vez y no lo era, una reina que encandiló a la luna.

Muchas canciones y versos sagrados han exaltado la magnificencia y la inteligencia del profeta Salomón, la paz sea con él. Un rey sabio, bendecido y amado por Dios, quien le otorgó el dominio tanto de los animales como de los djinn. Pero hoy voy a hablar de la mujer a la que llamó consorte y compañera, reina y aliada. Todos conocemos su nombre y su historia, la reina Bilqis de Saba, una tierra agradable y próspera, repleta de riquezas y antiguas herencias. Se rumorea que fue la hija de un rey humano y una madre djinn y que tenía un toque de magia mucho antes de conocer a Salomón.

También conocemos su famoso primer encuentro, que tuvo lugar cuando los astutos djinn sirvientes de Salomón transportaron el trono de Bilqis a través de varios desiertos y montañas en un abrir y cerrar de ojos, dejando a la sorprendida reina en el palacio de un extranjero. Aun así, Bilqis quedó tan conmovida por las maravillas de la corte de Salomón —el suelo de vidrio espléndidamente construido sobre un estanque de peces nadadores y algas bailarinas que se levantaban el vestido para cruzar— que la reina renunció a sus costumbres paganas para adorar al único Dios, ¡alabado sea! Salomón y Bilqis compartieron sabiduría de gobernantes, viajaron a muchos lugares y, dependiendo del narrador de la historia, acabaron casándose.

Pero no es ese el relato que me gusta.

Prefiero las historias que cuentan que se separaron con dulzura como los más queridos amigos. Las historias que hacen que Bilqis regrese a su tierra natal con la compañía de sirvientes djinn, un regalo de Salomón. La servirían con la misma devoción con la que lo habían atendido a él y tal vez —si es que se me permite especular— de un modo más familiar, viéndola como una prima querida. Con sus compañeros djinn, Bilqis construyó vastos palacios y bibliotecas, fortalezas y jardines, algunos de los cuales siguen en pie hoy en día. Gobernó con sabiduría y de manera independiente las décadas siguientes, rodeada de nietos y tal vez de uno o dos djinn consortes apuestos. Era astuta y hermosa, una monarca tan querida que las reinas posteriores de Yemen se llamarían a sí mismas «pequeñas Bilqis».

Tan astuta y hermosa que captó la atención de la propia luna… o más bien de un aspecto.

Nosotros no somos marineros como Amina y no dependemos de leer las luces del cielo nocturno, así que tal vez debería aclarar a qué me refiero con lo de un aspecto. A medida que trazas el movimiento de las estrellas y los planetas sobre el horizonte, también la luna viaja por todos ellos, alojándose en una ubicación o manzil diferente cada noche. La gente práctica lee tales signos para atravesar océanos, idear horóscopos y predecir el tiempo, las almas caprichosas como yo con demasiado tiempo y audiencia por complacer los leemos para entretener con nuestros cuentos sobre centauros y horóscopos.

Hay dieciocho manazil nombradas y podemos olvidarnos de todos excepto del cuarto: Aldebarán. Se dice que mientras la luna estaba en el manzil de Aldebarán, espió a Bilqis y se enamoró instantáneamente (no me preguntéis cómo los astros pueden hacer tal cosa, yo solo soy un simple escriba). Aldebarán anhelaba a Bilqis, todos los meses que pasaba en la oscuridad eran una tortura. No contento con estar con ella solo dos semanas al año, Aldebarán un día logró manifestarse en forma de una gran perla celestial.

Encantada de conocer a su admirador lunar, Bilqis hizo de la perla el centro de su tiara y se dice que disfrutó de la compañía y los consejos de Aldebarán durante el resto de sus años. Teniendo en cuenta que Aldebarán es el manzil de la lucha, la mala voluntad, los espíritus de la discordia y la venganza, no estoy seguro de cómo la favoreció eso. Por otra parte, parece que es una época excelente para comprar ganado y cavar zanjas, así que ¿quién soy yo para cuestionar la sabiduría acumulada de siglos de eruditos?

En cuanto al destino de la perla (llamada Luna de Saba a partir de ahora) después de que la reina Bilqis se entregara a la muerte y volviera con su señor… ah, aquí es donde nuestro ya complicado árbol de relatos se ramifica con una profusión de flores de fertilidad incomparable. He oído montones —¡incontables!— historias explicando su destino. Algunas dicen que Aldebarán envió olas sobre su palacio en una enorme marea para recuperar su forma manifestada, otras dicen que el gran conquistador Alejandro robó la tiara de un mausoleo ahora perdido, rompió la perla y usó su magia para conquistar Persia. Hay relatos que afirman que un hada la arrancó y la arrojó accidentalmente al océano, donde se transformó en las Comoras y otros relatos hablan de un gran dragón marino de rostro huesudo que se tragó un barco de ladrones humanos que intentaban transportar la perla a las alturas esmeraldas del monte Kafkuh. He conocido a piratas, príncipes, pescadores y cargadores de tierras tan lejanas como Madagascar o Malaca que se ríen de mis historias y me corrigen. Para que veas, la Luna de Saba acabó en sus tierras atada a muchos más destinos y escondida en lugares todavía por descubrir.

Es un caos desconcertante que parece casi… intencionado. Como si hace mucho tiempo alguien o varias personas bien entrenadas en la eliminación de artefactos mágicos peligrosos hubieran plantado las semillas de una cacofonía desconcertante que acabaría haciendo que la Luna de Saba pareciera aún más ridícula que el resto de los objetos fantasiosos que buscan los cazatesoros. Como si temieran que la Luna de Saba pudiera caer en las manos de alguien que careciera de la sabiduría de Bilqis y que solo tuviera avaricia en el corazón. Como si…

Bueno, supongo que seguir sería adelantarse a los acontecimientos. Y, sinceramente, me parece grosero pasar por delante de nuestra querida nakhudha, quien ya estaba siendo arrastrada a situaciones que no había creado ella y que, como me dijo una vez, «hubiera puto evitado». (Que Dios perdone mi lenguaje, pero prometí hacer honor a su voz.)

Así que volvamos con Amina al-Sirafi, ahora decidida a obtener algunas respuestas por su cuenta.

10

—Estás haciéndolo otra vez, Amina. Si insistes en entrar sola, al menos deja de acariciar tu daga. ¿Recuerdas que hay gente buscándonos? —siseó Dalila mientras corría para seguir mis largas zancadas.

Sí que me acordaba. Y no me importaba. Habíamos tomado precauciones navegando de vuelta a Adén, pero sentía una ira cegadora desde la muerte de Layth, cuando me había dado cuenta de que Salima me había mentido sobre Dunya y posiblemente me hubiera engañado para que me enfrentara a un maldito mago y solo pensaba en plantarle cara a ella.

Por suerte, Salima no vivía en Adén propiamente dicha, sino en la vecina ciudad jardín de Rubak, donde muchos nobles tenían sus segundas residencias y casas de placer. Habíamos echado el ancla al otro lado de la península de Rubak —manteniendo el *Marawati* todavía más lejos de Adén— y Dalila y yo hicimos toda la caminata por tierra. Rubak era un municipio más tranquilo y seguí las indicaciones que me había dado Salima unas semanas antes hasta llegar a una mansión de piedra frente al mar. Pesadas puertas de teca con rosas trepadoras talladas bloqueaban la entrada.

Dalila me agarró de la manga.

—¿Estás segura de que quieres hacer esto?

La aparté.

—¿Qué otra opción nos queda?

—Podríamos marcharnos. Deseo ese dinero tanto como tú, pero los diez mil de depósito que dejó a tu familia no son ninguna miseria. Podríamos tomar el *Marawati*, llevar a Tinbu y a tu familia a algún lugar lejano hasta que el hechicero franco que mata a los traidores con magia de sangre, que ya nos está buscando, encuentre otra parte del mundo en la que jugar a la búsqueda del tesoro.

No era la primera vez que Dalila sugería huir ni la primera que yo lo consideraba. Pero ya fuera el susurro vil y codicioso del millón de dinares que todavía flotaba en mi cabeza, lo que le debía a Asif o el hecho de que no quería sacar a mi familia de la casa que habíamos construido —basándome solo en la palabra de Layth— no podía seguir ese camino.

—Deja que intente hablar con ella. A ver qué sabe.

Dalila se pasó los dedos por los viales de cristal que colgaban de las cintas de su pelo.

—Quiero que te lleves uno de estos.

—Tengo que hablar con ella, Dalila. No derretirle la cara.

Mi Dama de los Venenos se mostró todavía más dubitativa.

—Si no has salido al anochecer, entraré. Y espero que tengas algo con lo que cubrirte la nariz y la boca.

—¿Estando tú? Siempre. —De todos los trucos del Banu Sasan que Dalila había logrado dominar, el gas noqueador era su favorito.

—Y no te distraigas. Nos contrató para un encargo con pretextos. Estás aquí para corregir eso.

Por Dios, ¿me había traído a una antigua asesina o a mi madre para que me reprendiera?

—No estoy distraída —insistí—. Estoy mortalmente centrada.

—Bien. Así que, ¿el hecho de que hayas estado murmurando sobre perlas gigantescas en sueños es solo una coincidencia?

Me sonrojé.

—Deja de vigilarme mientras duermo. Me da escalofríos. Y la Luna de Saba es un mito. Ni siquiera he pensado…

Pero Dalila ya se había marchado, desapareció como hacía siempre. Con un suspiró, volví mi atención a la residencia al-Hilli. Era una casa de dos plantas y, aunque no había ventanas en la planta baja, había un estrecho balcón al acecho en la primera planta. Cubierto con intrincadas pantallas de madera. Era probable que las mujeres miraran el mundo exterior desde allí, contemplando la calle y a su gente desde la reclusión de su hogar familiar.

Miré el balcón, una ventana a una vida que apenas podía imaginar. Provengo de pescadoras y cantantes, doncellas y mujeres que preparan a novias. La reclusión no es una opción para nosotras, tampoco sus privilegios ni sus penurias. Somos las mujeres de las calles a las que las demás observan desde detrás de sus pantallas. En consecuencia, a menudo se nos concede menos honor, se asume que nuestros cuerpos están disponibles por el precio adecuado o simplemente son invisibles. Solía emitir juicios menospreciando a las mujeres ricas que había detrás de las pantallas como muñecas mimadas.

Sin embargo, ahora me entraron las dudas. ¿Había sido Dunya feliz aquí?

Por lo que me había contado Salima, no parecía que Dunya tuviera muchos anhelos. Sin duda, era difícil ser una huérfana, pero Salima adoraba claramente a su nieta, complacía sus intereses y excentricidades lo suficiente para que fuera lo bastante instruida, incluso a su corta edad. ¿Había sido Dunya feliz con esa vida, encerrada en una burbuja de riqueza, libros y tutores? Sabía que su padre no lo había sido. Asif siempre había soñado con algo más… una nueva aventura, una nueva tierra. Había soñado tanto que sus deseos lo habían llevado a los brazos de un monstruo.

Rezando por que ese mismo destino no hubiera visitado a su hija, llamé a la puerta de entrada.

El portero fue grosero y el guardia al que llamó para que me echara del vecindario fue todavía más odioso hasta que mencioné que era «la mujer de Salalah» y ambos palidecieron. El portero corrió a buscar a su señora.

Volvió para guiarme por una casa que contrastaba en forma espeluznante con la mía. Mientras que mi hogar se caía a pedazos, la mansión de Salima era espléndida, las paredes estaban cubiertas de tapices de todas partes de la creación y había espejos de plata finamente pulidos. Por todas partes había jarrones de porcelana pintados y tallas de marfil colocadas sobre mesas de palisandro con incrustaciones de diseños de nácar. Las alfombras eran suaves y lujosas, representaban bailarines y festines. En el patio, exuberantes tilos y palmeras datileras rodeaban una fuente decorada con azulejos de colores vivos. El perfume de las flores y el incienso competían para deleitar la nariz y un ruiseñor cantaba desde uno de los árboles.

Y, sin embargo, pese a lo lujosa y magnífica que era la casa, parecía hueca, espeluznante de un modo que hacía que se me erizara el vello de la nuca. No vi ni un alma aparte de los dos hombres que me escoltaban. Las flores de los jarrones estaban muertas, los frutos de los árboles del patio podridos en el suelo. Cuanto más escuchaba una, más parecía oír la desesperación del ruiseñor, como si estuviera llamando a un compañero perdido. Los dos espejos plateados estaban destrozados y había un tablero de ajedrez abandonado a mitad partida, con los peones acumulando polvo. Parecía el tipo de familia del que Asif afirmaba provenir: una de grandeza desvanecida que tenía pensado reclamar. Me costó conectarla con la feroz anciana que me había perseguido y me había acosado para que la ayudara. Tal vez la pérdida de Dunya le había arrancado el corazón a su hogar.

Empezaba a sentir lástima hasta que me llevaron a las cocinas. Si trabajaba alguien en ellas, no se veía por ninguna parte, el lugar estaba tan descuidado como el resto de la mansión. El horno de barro estaba frío, las cacerolas de cobre colgadas, deslustradas. Había una canasta con ajos a los que les salían brotes verdes de las pieles marchitas y un cuenco con ciruelas pasas era la única comida que había en la mesa de madera que podía haber contenido ingredientes para el iftar de todo el vecindario. Un ratón se alejó corriendo cuando nos acercamos.

El guardia señaló un banco.

—Se reunirá contigo aquí.

—¿En la cocina?

Recorrió mi cuerpo con los ojos, desde mi turbante toscamente tejido hasta mi vestido remendado y mis pantalones sin adornos. Al igual que muchas mujeres de mi clase y edad, no me tapaba la cara.

Su voz adquirió un tono helado.

—¿Hay algún problema?

No era por mí, ya que yo no soy una arrogante que menosprecia el trabajo de la cocina. Pero, por parte de Salima, era un insulto y uno bastante mezquino. ¿Acaso creía que necesitaba que me pusiera en mi lugar? Había descansado en mi recibidor y había comido lo que había preparado mi hija. Además, la casa estaba vacía, no teníamos que ocultar nuestro intercambio.

Le sonreí elegantemente a su sirviente.

—Para nada.

Al menos Salima no tardó mucho en llegar, se unió a mí en la silenciosa cocina unos minutos después. Su sirviente trajo un taburete en el que ella se sentó remilgadamente y luego desapareció, dejándonos a las dos solas y a mí de pie.

—Nakhudha —saludó con frialdad. A pesar del aire sombrío de la casa, Salima iba impecablemente vestida, llevaba un vestido de muselina violeta oscuro, con estampados de diamantes verde pálido y bordados plateados. Una shayla transparente del mismo tono le cubría el cabello peinado con esmero, enmarcando pendientes de esmeraldas y perlas rosas.

—Que la paz esté con usted, Sayyida. —Me llevé una mano al corazón en señal de respeto—. Lamento esta visita inesperada. Pensé que podía devolverle la suya.

Salima me miró con severidad.

—Yo solo me alegro de verte. Empezaba a temer que te hubieras fugado con mi dinero para causar estragos en Adén. Fuiste tú, ¿verdad? La mujer que envenenó a los soldados en la oficina del valí, liberó a una tripulación de piratas homicidas, incendió una veintena de barcos y huyó del puerto en mitad de la noche.

—Nunca confirmaría tal cosa ni me arriesgaría que dijeran que usted trabaja con delincuentes. Y fueron un par de barcos, no una veintena. No desearía alimentar la exageración.

Se le iluminó el rostro de indignación.

—Te dije que fueras discreta. No permitiré que arruines las posibilidades de mi nieta.

Mi temperamento estalló ante la acusación.

—Ah, ¿yo he arruinado algo? —desafié—. Es extraño. Porque dudo de que yo pueda dañar la reputación de Dunya más de lo que lo hizo ella misma cuando huyó con un franco.

Salima ni siquiera parpadeó ante la acusación.

—Dunya no huyó. Fue secuestrada.

Me crucé de brazos sobre el pecho.

—Falco Palamanas, Palametes… el agente del franco nos contó una historia diferente. Dijo que Dunya salió corriendo tras su superior después de que usted los echara, rogando que la dejaran acompañarlos.

Fueron unas palabras elegidas para ofender el orgullo de Salima y desequilibrarla, y lo hicieron, puesto que unas manchas coloradas se formaron en las mejillas de la anciana.

—¿Vas a creer la palabra de un miserable al servicio de los infieles antes que la mía propia?

—Creo que me ha estado mintiendo desde el principio. —Di un paso hacia ella y me fijé en que dirigía una mirada de alarma a la puerta—. Y me gustaría que me dijera, Sayyida, qué sabe su nieta sobre la Luna de Saba.

El primer indicio de auténtica conmoción se dibujó en el rostro de Salima.

—¿Cómo sabes tú eso?

—Porque la Luna de Saba es lo que le ofreció Dunya a Falco a cambio de que se la llevara con él.

Salima bajó la mirada a su regazo. Le temblaban las manos, pero la observé mientras se alisaba los tulipanes que decoraban el dobladillo de su shayla intentando recomponerse.

—No huyó —dijo con voz tranquila, pero firme—. Fue secuestrada.

Levanté las manos en señal de frustración.

—Sayyida… no tengo ningún interés en sacar a la luz los asuntos privados de su familia. No me interesa arruinar la reputación de Dunya ni estropear las opciones de matrimonio que pueda haber arreglado para ella. Pero yo también tuve dieciséis años. Le sorprenderá cómo la determinación de una adolescente que ansía libertad puede…

—Mi nieta no se parece en nada a ti —espetó Salima frunciendo el labio con repugnancia. Parecía realmente ofendida por la insinuación—. Dunya es una erudita de cuna noble que nunca se ha quedado a solas con un hombre que no fuera pariente suyo. Tú…

—Levantó un dedo tembloroso en mi dirección y el disfraz de matriarca inquebrantable desapareció brevemente, reemplazado por algo salvaje y afligido, como si gritándome pudiera negar la verdad que había puesto ante ella—. Tú eres una ladrona y una asesina que se ha acostado con marineros en todos los puertos de Adén a Kilwa. Tú no sabes nada sobre Dunya.

Sus palabras aterrizaron con un aire atronador haciendo tambalear nuestro anterior intercambio tenso pero moderado. Me han lanzado insultos mucho peores, por supuesto. Pero cuando volví a mirar a la polvorienta cocina, el único lugar que ella había considerado aceptable para recibir a alguien de mi calaña, sentí que las conexiones que nos unían a Salima y a mí se desvanecían. No importaba que ambas fuéramos madres, que ambas hubiéramos amado a Asif. La Sayyida había tirado de esos hilos de sentimientos para convencerme de aceptar este encargo... no, había tirado de ellos y había tenido éxito, ahora podía admitir esa debilidad.

Pero quedaba completamente claro que Salima nunca había olvidado quién era yo. Qué era yo. Y consideraba que yo estaba por debajo de ella.

Que le den. Que le den a todo esto. Salima no iba a contarme nada útil sobre Falco si ni siquiera era capaz de admitir que su nieta se había fugado con él. Pero ella no era la única que tenía parientes por los que preocuparse y yo le había jurado a mi familia que volvería, que me haría a un lado si la situación se volvía demasiado peligrosa. Ya le había salvado la vida a Tinbu, había rescatado a mi tripulación y tenía diez mil dinares en casa. No por primera vez, me di cuenta de que Dalila tenía razón.

Era el momento de que esta aventura acabara.

Lo lamentaba por Dunya, de verdad. Pero había visto a Layth morir de un modo indescriptible a causa de una magia que no entendía a manos de un depredador franco que ya había mostrado demasiado interés por mí y por los míos. Y ella había decidido seguirlo.

Retrocedí.

—Pues he acabado. ¿Quiere aferrarse a sus secretos? Bien. Pero yo no arriesgaré mi vida y la de mi tripulación para buscar a una muchacha que no quiere ser encontrada, no cuando supone enfrentarme a un enemigo al que no entiendo.

Mi respuesta pareció sacudir a la anciana, tal vez no se le hubiera ocurrido que las ladronas y asesinas que se acostaban con la mitad del océano Índico pudieran tomar ese tipo de decisiones.

—¿Lo... lo dejas?

—Lo dejo. Me quedaré el dinero que me ha dado hasta el momento. El agente de Falco dijo que se dirigían a una isla grande. No tengo más detalles porque las monedas que le pagué para que traicionara a su amo de algún modo acabaron en su garganta y lo hicieron morir ahogado.

Salima se puso pálida como un pergamino.

—¿Qué?

—Ya me ha oído. No sé a qué tipo de hombre invitó a su casa, pero yo no quiero tener nada que ver con él. Que Dios la acompañe. De verdad.

—No puedes marcharte... ¡nakhudha! —gritó cuando le di la espalda—. Sal por esa puerta y te juro... te juro... ¡que no volverás a ver a tu hija!

Mis dedos se quedaron quietos en el picaporte.

—¿Disculpe? —Volví a mirarla pensando que Salima estaba sufriendo un ataque. Más le valía estar sufriendo un ataque—. ¿Qué acaba de decir?

Salima apretaba los puños con tanta fuerza que los nudillos huesudos se le habían puesto pálidos, pero, pese a la fragilidad que aparentaba, había una amarga determinación en su mirada.

—Dunya es todo mi mundo. Perdí a mi hijo en tu barco, una muerte sobre la que no estás siendo del todo sincera. Y ahora eres mi mejor, tal vez mi única posibilidad para recuperar a la única familia que me queda. Si te marchas, destruiré la tuya.

Había sacado la daga y me había acercado a ella antes incluso de darme cuenta.

—Supongo que el dolor la ha vuelta loca para amenazarme así —siseé—. Podría matarla ahora mismo y largarme.

Salima rio con un sonido entrecortado.

—¿Eres tan ingenua como para creer que eso me detendría? No soy tan tonta, nakhudha. Ya te lo dije en tu casa: si algo me sucediera, les llegarán cartas a todos los gobernadores de este mar. Tus enemigos te encontrarán. Encontrarán a tu familia. Ni siquiera tendrás tiempo para volver a casa.

Estaba temblando de rabia.

Tonta. Puta ingenua. ¿Cómo se había torcido todo tan rápido?

—No la creo.

—Pues ponme a prueba —desafió—. Tengo guardias vigilando tu casa desde tu jugarreta en Adén. Tenía la intención de que te detuvieran a ti si intentabas huir con mi dinero, pero estoy segura de que podrán hacer un trabajo mucho más rápido con tu familia.

Fue mi turno de retroceder, su brutal amenaza me impactó en la médula.

—Conoció a mi hija —susurré aun sin creer que hubiera juzgado tan mal a Sayyida Salima—. Comió de su mano.

Salima se estremeció. Tal vez no fuera tan despiadada. Pero siguió presionando.

—Lo hice. Y la niña parece una bendición, de verdad, pero tú me estás obligando a hacer esto, Umm Marjana. Así que cesemos de hablar de dejarlo y asegurémonos de que vuelves con ella. —Se sacó un pequeño monedero de la túnica y lo arrojó a mis pies—. Termina el trabajo.

Era un monedero de terciopelo rojo con borlas de seda, mucho más elegante que el que yo le había dado a Layth, pero el mensaje estaba claro.

Salima me tenía atrapada. Su mundo de cartas y conexiones no era el mío y no tenía ni idea de cómo detener el flujo de información que podría haber puesto en proceso, si tenía abogados, empleados o simplemente amigos muy poderosos esperando en las sombras. Pero de repente me quedó horriblemente claro que, si elegía usar su privilegio y su riqueza contra mí en una auténtica venganza, estaría acabada. Mi familia estaría acabada. Mi hija, una niña inocente que le había sonreído y le había llevado fruta, estaría acabada.

¿Te he contado alguna vez lo que sucede cuando capturas un barco? La gente dibuja retratos sangrientos y aterradores de piratas en los que pensarías que los pasajeros estarían suplicando por sus vidas, rogando misericordia. A veces lo hacen, te lo aseguro. Yo nunca he sido una asesina y siempre he preferido el contrabando a la piratería total.

Pero en las ocasiones que sí he capturado algún barco, déjame decirte que podría juzgar la riqueza de un pasajero por su indignación. Por su furia. Algunos hombres y mujeres se sintieron más ofendidos por la osadía de una pobre lugareña pidiendo una tajada de las riquezas que han construido en nuestro mar que por la posibilidad de perder la vida. ¿Cómo osamos? ¿Acaso no sabemos que debemos callar y permanecer en silencio? Mendigar en la mezquita por pasar décadas transportándolos de un lugar a otro, buceando para buscarles perlas y fabricando sus bienes aunque quedemos lisiados. Silenciar a nuestros niños hambrientos cuando pasan por delante de nuestras chozas de caña cubiertos de sedas y joyas. Mordernos la lengua cuando los eruditos viajeros, que deben sus vidas a nuestros barcos, tiran al mar la comida que les hemos preparado porque les parece impura.

Porque el mayor crimen de los pobres a ojos de los ricos siempre ha sido devolver el golpe. No sufrir en silencio e irrumpir en sus vidas y sus fantasías de una sociedad compasiva que, casualmente, los ha puesto a ellos encima. Decir *no*.

Salima quería recuperar a su nieta. Ante sus ojos, yo no era una madre en ese momento, era una herramienta, un animal al que golpear hasta la obediencia si se oponía a sus órdenes.

Las monedas tintinearon cuando recogí el monedero. Apenas podía pensar con claridad a causa de la ira, pero la amenaza a mi familia lo cortaba todo de manera fría y penetrante como la daga más afilada. Diez años atrás, le habría dicho a esta mujer que ardiera en el infierno y me habría arriesgado a huir. Pero no pondría en riesgo a Marjana. Jamás.

Me aclaré la garganta, esforzándome por hablar.

—¿Dónde cree ella que está?

Salima parpadeó ante el cambio de tema.

—¿Qué?

—¿Dónde cree Dunya que está la Luna de Saba? —Me parecía ridículo incluso preguntarlo—. La gente lleva siglos buscando la Luna de Saba. Reyes, intelectuales, cazafortunas profesionales... todos han fracasado. Dígame cómo es que a una adolescente se le ha metido en la cabeza que conoce el paradero de una gema mágica mítica que nadie ha visto en milenios.

Salima respiró hondo. No pasé por alto que su postura se relajó con mi pregunta, que se mostró aliviada porque su amenaza hubiera hecho que la pirata reacia se sometiera.

—Si alguna vez ha habido una adolescente capaz de descubrir tal cosa, es Dunya. Recuerda que ya te dije que nuestros antepasados tenían interés por los textos antiguos y los talismanes.

Textos antiguos y talismanes. Qué vago e inofensivo sonaba eso. Decidí mostrarme desagradable.

—Asif dijo que eran una especie de nigromantes y exorcistas durante la Yahilíyyah, la época de ignorancia anterior al islam.

Salima no pareció complacida por que llamara nigromantes a sus antepasados, pero prosiguió de todos modos:

—Dunya ha estado obsesionada con el conocimiento de nuestra familia desde que era pequeña. Al principio la animé, al menos en cuestiones académicas e históricas. Tiene un talento asombroso para los idiomas y pensé que sería beneficioso que estudiara más. No tenía padres, hermanos ni primos y nunca fue más feliz que cuando hojeaba libros antiguos en nuestra biblioteca. Yo la consentí, la dejé escribir a otros eruditos, tanto que se labró una reputación por sus habilidades. —El arrepentimiento se reflejó en su rostro—. Entonces descubrió lo de la Luna de Saba y se obsesionó. Dice que uno de nuestros textos mencionaba que había sido ocultada y sellada. El texto estaba encriptado, pero Dunya trabajó durante años para descifrar sus pistas.

Fruncí el ceño. Necesitaba un momento para asimilar que la esperanza no estaba del todo perdida.

—¿Dónde está ese texto? Tal vez pueda decirme dónde fueron Falco y ella.

Salima titubeó.

—El texto ya no está. Puedo decirte algo de lo que ponía en sus notas.

—¿Se refiere a darme información dudosa? No. Me está chantajeando por mi conocimiento de los mares y las costas, lo cual ya es bastante malo. Al menos déjeme hacer mi puto trabajo y leer las notas yo misma.

—No puedes.

Resoplé, iracunda.

—Sé leer perfectamente. En cuatro idiomas diferentes, si es lo que...

—Las quemé.

Me sentí como si me hubiera dado un puñetazo.

—¿Que hizo qué?

Salima apartó la mirada, flaqueando.

—Intenté decirle a Dunya que lo de la Luna de Saba era una fijación malsana. Que tenía que empezar a vivir en la realidad y prepararse para el matrimonio. ¡Podía tener sus estudios! Pero tenía que renunciar a este interés por la magia ilícita antes de que arruinara su reputación. No me hizo caso. Así que quemé el texto que estaba traduciendo y las notas que lo acompañaban.

Me recorrió una oleada de frialdad.

—¿Quemó su trabajo y aun así cree que no huyó?

Salima arrugó su shayla entre los dedos.

—No me quedó más remedio.

Me llevé la mano a la barbilla y empecé a pasearme con desesperación cuando se desvaneció el rayo de esperanza que había brillado tan alegremente.

—Que Dios me salve, señora. ¿Qué recuerda de sus notas?

—Dunya dijo que la Luna de Saba había sido escondida en una isla, una que a menudo se piensa que es inaccesible. Había una especie de marcas, tallas tal vez, en las rocas de alrededor. Y un pasaje que le gustaba mucho citar.

—¿Un pasaje? —repetí sintiendo que había caído en una pesadilla.

—Sí. Dunya dijo que la Luna «dormiría hasta el día del juicio, custodiada por serpientes blancas y oculta tras un velo de agua que nunca veía el cielo». —Una expresión angustiada apareció en su rostro—. Dunya dijo que era muy poético en el idioma original y a ella... siempre le han gustado los idiomas.

¿Una isla remota con serpientes blancas y aguas ocultas?

—Por favor, dígame que recuerda algo más que eso —supliqué—. Que ha guardado alguno de sus registros o que hay más libros...

Salima hizo una mueca.

—Eso es todo lo que sé. Tenemos una biblioteca de textos y tablillas, pero necesitarías un especialista para descifrar la mayoría de lo que hay allí y nos llevaría meses, tal vez más. Eso asumiendo que digan algo de la Luna de Saba. Si Dunya ha sido la primera en averiguar esto, no creo que su paradero sea una información fácil de obtener.

Maldije.

—Entonces necesito ver los aposentos de Dunya. Y esta biblioteca en la que estaba trabajando.

—¿Por qué? —preguntó Salima, repentinamente desconfiada—. ¿Por qué sus aposentos?

—¡Porque una anciana ha jurado destruir a mi familia si no encuentro a su nieta y no tengo más pistas! —No me molesté en disimular mi enfado—. Tiene que darme algo con lo que trabajar, Salima.

—Bien —cedió—. Usman te enseñará el camino. Yo... —Pudo haber un atisbo de remordimiento en su expresión, pero desapareció en un instante y, francamente, me importaba una mierda que se sintiera triste por amenazarme—. Me resulta difícil visitar sus aposentos.

—También voy a necesitar algo más que esto —agregué agitando el monedero—. Tengo un barco que mantener y una tripulación a la que alimentar.

—Te daré dinero suficiente para seguir buscando. Por favor, encuéntrala, nakhudha. Entiendo que te estoy poniendo en una posición difícil, pero Dunya es todo mi mundo. Tráela a casa y todo este asunto quedará zanjado. Volverás con tu familia siendo una mujer rica. —Salima me miró a los ojos, esta vez con más sinceridad. No dudaba de que decía esas palabras en serio.

Tampoco dudaba de que cumpliera su amenaza si intentaba desobedecerla de nuevo.

Odiándome a mí misma por tener que hacerlo, incliné la cabeza.

—Entendido.

El sirviente grosero llamado Usman me guio fuera de las cocinas por pasillos sinuosos y dos tramos de escaleras, todo impregnado de polvo y soledad. Mis intentos por establecer una conversación fueron ignorados. Sin duda, Salima lo había entrenado bien.

Nos detuvimos frente a una pesada puerta de madera. Usman el Ceñudo la abrió y me indicó que pasara, mostrándose dispuesto a esperar en el pasillo.

—¿No te da miedo que robe? —pregunté suavemente.

—Cualquier cosa que se elimine de aquí será una bendición. —Usman frunció el ceño como si hubiera olvidado que hablarme estaba por debajo de su nivel y dio un paso atrás.

En comparación con el resto de la casa, los muebles de la habitación de Dunya parecían bien mantenidos. Había rosas frescas en un jarrón junto a una lujosa cama cubierta con almohadas bordadas y las ventanas que daban al patio estaban abiertas para dejar entrar la luz. Los muebles eran de caoba pulida y las alfombras de diseño persa. Lujos importados para una muchacha a la que se había animado a soñar solo para devolverla abruptamente a la realidad. Había una puerta entreabierta al otro lado del dormitorio, que revelaba estanterías.

¿Dunya dormía junto a una biblioteca? Para un alma de mente erudita, eso debía ser un sueño. Decidí registrar primero el dormitorio, empezando por un extremo y abriéndome camino hacia afuera sacudiendo las mantas dobladas y pasando las manos alrededor de los surcos de la enorme cama. Examiné cajones y cómodas, y encontré poco más que algún peine de filigrana ocasional y pulseras extraviadas. Dunya tenía ropa y zapatos suficientes para llenar el ajuar de una docena de novias, así que era difícil saber si se había llevado algo con ella. Por lo demás, sus aposentos estaban desprovistos de cualquier otro artículo que pareciera personal, aunque no sabía si era porque había tenido la precaución de llevarse esos objetos con ella o porque prefería pasar su tiempo en la biblioteca.

Pero había algo que al verlo me dejó sin aliento.

En la repisa de una ventana iluminada por el sol había una réplica exacta de la tortuga de jade de Marjana.

Como una posesa, me acerqué, tomé el juguete recalentado por el sol y sentí que me invadían los fantasmas del pasado. ¿Cómo podía estar esto aquí? Pero entonces me acordé: la tortuga que tenía en casa no había pertenecido originalmente a Marjana. La había comprado para Mustafá cuando él todavía era pequeño. Asif estaba conmigo, ¿verdad? ¿Me había visto comprar la tortuguita para mi hermano pequeño y había hecho lo mismo para la hija bebé a la que había abandonado? Me costaba imaginar a Asif como padre, siempre me había parecido muy joven.

—Ojalá te hubieras quedado en casa entonces —murmuré en voz baja. En esta opulenta casa, con una madre que lo había amado, era imposible no juzgar las decisiones de Asif. O las mías. Ojalá lo hubiera echado del *Marawati* en lugar de quedar conquistada por su franqueza.

Fui a dejar la tortuga y entonces me di cuenta de que no había estado apoyada directamente en la repisa, sino sobre un delgado folleto. Lo tomé y hojeé sus páginas, cada vez más confundida, aunque algo divertida. Eran poemas satíricos —algunos bastante obscenos— sobre el más legendario de los primeros califas abasíes.

Supongo que Salima no es la única que interfiere en las vidas de sus descendientes, reflexioné echando un vistazo a varios versos lascivos en una página desgastada que relataba cómo la madre de al-Amin ordenaba a las bailarinas y a los pajes que se intercambiaran la ropa y los efectos personales esperando despertar así el deseo del califa. Al parecer, más de uno lo disfrutó.

Pero ni la tortuga sentimental ni los chismes históricos iban a ayudarme a encontrar a Dunya, así que, con un suspiro, me dirigí a la biblioteca.

En retrospectiva, no sé qué me esperaba. Una familia rica de gustos académicos presumiría de tener una colección decente de literatura hadiz y comentarios coránicos, biografías del Profeta y sus compañeros, la paz sea con ellos, y textos de jurisprudencia islámica. Por el interés de Dunya en la historia y la lingüística, probablemente también habría una gran variedad de traducciones y obras académicas antiguas de sabios indios, persas, chinos y griegos. Tal vez unos cuantos libros de alquimia, astrología y esoterismo, algo de Albumasar o Yabin ibn Hayyan, nombres que incluso una plebeya como yo conocía.

En cambio, en cuanto entré, comprendí el comentario de Usman cuando había dicho que sería una bendición que desaparecieran esos objetos.

Parecía menos una biblioteca y más una guarida abarrotada de un maestro de las artes ocultas. Cientos, no, miles de libros y pergaminos llenaban las cuatro paredes de estanterías quejumbrosas. En las partes de las estanterías que no había libros, se encontraban extraños objetos y artefactos que apenas podía entender: cuencos de cerámica con líneas en escritura extranjera rodeando figuras monstruosas, botellas de latón con tapones de cera que parecían sacadas del lecho de un antiguo lago, amuletos de escarabajos de lapislázuli, cuerdas colgantes con nudos y cráneos de animales pintados de plata con espeluznantes ojos de vidrio. Hileras bien etiquetadas que catalogaban amuletos de demonios alados con falos de serpiente y manos con garras, dragones con rostros de perros y personas pez empuñando lanzas. En una esquina de la habitación había una estatua de piedra de tamaño natural de un hombre con cabeza de ibis vestido con un taparrabos, con una pluma de bambú en una mano y una especie de vara cruzada en la otra. Había monedas estampadas con los nombres de los reyes djinn compartiendo espacio con máscaras e ídolos de todos los tamaños, formas y materiales. Bestias de cornalina con cabezas de toro y pezuñas, mujeres pez de arenisca y penes de mármol. ¡Sí!

Ese tipo de penes.

¿Qué estás murmurando, Jamal?

¿Eh? ¿Cómo que no hace falta entrar en detalles? ¿No es esto una «parte esencial del registro histórico» o cualquier tontería de la que te guste parlotear? ¿Tú estás sonrojado? ¿Cómo crees que me sentí siendo observada por ojos de vidrio de un montón de criaturas que llevaban mucho tiempo muertas y rodeada por penes de piedra todo el día? Volveremos a eso, ¿sí?

Escucha… no soy una mujer fácil de impresionar. Soy una pecadora que depende del lado más misericordioso del Señor. Soy una antigua pirata… ¿sabes qué cosas he visto en mis andaduras? También soy consciente de lo común que es la magia menor en la vida cotidiana. Un colgante con una garra de lobo y una rima antes de acostarse para mantener alejados a los djinn. Letras y números auspiciosos colocados en cuadrados para atraer la buena suerte. Interpretaciones de sueños y nudos de amor. No me he acercado a nada de eso desde la muerte de Asif. (Bueno, no, eso es mentira… Como la mayoría de los padres desesperados, no fui capaz de resistir el canto de sirena de los hechizos y talismanes que la gente asegura que ayudan a dormir al bebé. Todos fallaron. Los bebés quisquillosos no responden a ninguna autoridad.)

Sin embargo, esto… mis ojos se abrieron enormemente mientras me adentraba en la biblioteca. No había visto nada parecido a esa colección en toda mi vida. ¡Y los libros! No solo unos pocos textos de magia… cientos. Lo que parecía ser el trabajo de toda la vida de Albumasar, Ibn Hayyan, Maslama al-Mayriti e Ibn Wahshiyya. Por lo poco que pude descifrar, había manuscritos de hechizos de protección e invocación de espíritus. Cartas astrales descoloridas de tal complejidad que yo —una marinera capaz de leer las estrellas desde niña— solo pude mirarlas parpadeando, desconcertada. Tratados sobre conjunciones lunares, navegación astronómica e indicadores planetarios apilados junto a intrincados cuadrados mágicos con letras y números en una sorprendente variedad de idiomas y escrituras extranjeras. Había mapas pegados a una pared marcados con trozos de pergamino clavados con alfileres y cintas que indicaban rutas. En una esquina, un armario de caoba maciza contenía columnas de tablillas de cerámica cubiertas de garabatos de caracteres minúsculos.

No era de extrañar que Salima hubiera descartado la posibilidad de contratar a un erudito para que examinara este material, a estas alturas tampoco podía culparla por querer mantener en secreto las excentricidades de su familia. ¿Quiénes eran los al-Hilli? Este lugar no parecía una biblioteca destinada a la mera curiosidad académica.

Parecía la base de operaciones de alguien que veía estos objetos como herramientas. Podía asumir que el franco desconocía la existencia de esta colección, puesto que, de lo contrario, habría asesinado a cualquiera que se interpusiera en su camino para obtener todos estos tesoros. Agarré la empuñadura de mi daga de hierro bendecida buscando cualquier libro, ídolo, moneda o cuenco extraño sospechoso en la biblioteca.

—Como advertencia a cualquier posible espíritu que merodee por aquí… no estoy interesada en vosotros —dije a la habitación silenciosa—. Si me dejáis en paz, yo haré lo mismo.

No sé si mis palabras fueron recibidas por djinn invisibles o solo por mis nervios. Pero como esa biblioteca era la única pista que tenía, murmuré una oración de protección, respiré y empecé a tratar de desentrañar el misterio que había detrás de la chica cuyo padre había matado.

Por suerte, la biblioteca estaba ordenada. El escritorio estaba lleno de papeles, pero bien organizados y, en efecto, allí había una de las pocas cosas que pude reconocer: un almanaque aún abierto para determinar la fecha del próximo eclipse. No me sorprendió: para alguien como Dunya, un evento celestial tan agorero probablemente fuera una perspectiva aún más emocionante que la de su propia boda.

Pero nada de lo que pude leer parecía tener que ver con la Luna de Saba. Y, a medida que el día avanzaba, se hizo evidente lo profunda que era mi desesperanza. Había un gran número de libros en árabe, sí, pero era un lenguaje tan esotérico y especializado que bien podría haber estado en la misma escritura cuneiforme de las tablillas de piedra. Al anochecer, estaba tan desesperada por encontrar algo que tuviera que ver con perlas legendarias, islas «grandes» o aspectos lunares enamorados que había recurrido a levantar las alfombras y mirar entre los tablones del suelo cuando vislumbré un trozo de pergamino que había caído en la estrecha grieta que quedaba entre el escritorio y una mesa auxiliar.

Con el corazón en la garganta, lo saqué con cuidado. El pedazo apenas era más grande que la palma de mi mano y estaba chamuscado. Llevé el papel hacia la ventana y lo coloqué ante la luz. Contenía sobre todo dibujos diminutos: lo que parecía ser parte de una constelación con un borde quemado y extraños bocetos de un hombre dibujado con palos con astas, un tosco bote y media docena de cruciformes. Había algunas palabras en un idioma que no podía identificar, pero había un solo fragmento escrito en árabe:

«...más allá del velo de aguas y custodiado por serpientes blancas, duerme bajo un techo de manos de piedra, separado para siempre de la morada celestial».

Me vino a la mente el pasaje que me había relatado Salima. Había también algo sobre un velo oculto de agua, ¿no? Y había mencionado algo de unas tallas... Rápidamente, tomé un estilo y un tintero del escritorio de Dunya y agregué lo que recordaba.

Entonces miré el trozo de pergamino y el breve rubor de esperanza se desvaneció. Yo tenía un trozo de papel quemado con dibujos extravagantes y palabras de cuento de hadas. Falco tenía acceso a una magia que había matado a un hombre mientras se encontraba en una tierra completamente diferente.

Yo no tenía nada.

Ya había oscurecido cuando salí de casa de Salima con el pergamino y varias joyas escondidas debajo del vestido (oye, cuesta dejar las viejas costumbres, nadie estaba usándolas, pero, en retrospectiva, esos adornos femeninos eran claramente no deseados). Usman el Ceñudo me despidió con dos monederos adicionales cortesía de Salima, pero la propia noble chantajista no apareció. Supongo que era indecoroso desearle un buen viaje a la bandida deshonrosa cuya vida habías amenazado destruir.

Dalila apareció a mi lado a una manzana de distancia.

—Empezaba a temer tener que ir a rescatarte. Te hubiera pedido otro porcentaje de tus ganancias. —Frunció el ceño cuando mi única respuesta fue un gruñido—. Pareces enfadada y pensativa. No suele ser una buena combinación.

—Soy una homicida desesperanzada. —Le tendí uno de los monederos—. Toma esto por si tenemos que separarnos.

El monedero se desvaneció entre su ropa.

—Tu reunión debe haber ido bien en algún sentido cuando has acabado con más dinero.

—El dinero no compensa las amenazas adicionales y la información inútil con la que viene acompañado.

Dalila me dirigió una mirada aguda.

—¿Qué amenazas?

En el pasado, no se lo habría contado todo. Pero estaba harta de secuestros y no veía modo de salir del laberinto en el que me había quedado atrapada. Así que hablé más libremente de lo habitual, relaté toda mi confrontación con Salima y la inquietante búsqueda en los aposentos de Dunya.

La expresión de Dalila se volvió letal mientras hablaba.

—Traté de advertirte. En cuanto mencionó que era la madre de Asif, supo que te tenía. La antigua Amina al-Sirafi nunca habría...

—Sí, sí. Lo sé, ¿vale? Soy consciente de que estoy jodida. —Alcancé a ver el mar cuando doblamos una esquina y de repente lo único que deseé fue huir hacia él. Lanzarme a la vasta extensión azul en la que siempre había confiado para salvarme. Era una buena marinera. El *Marawati* era un barco rápido. ¿Tenía alguna posibilidad de vencer a los mensajeros de Salima? Escabullirme de los guardias que había dicho que estaban vigilando mi casa...

¿Y si fracasas? Imágenes de hombres armados irrumpiendo en mi casa aparecieron ante mis ojos. Mi madre secuestrada, Marjana gritando mi nombre mientras buscaba un lugar para esconderse... dejé escapar un sonido ahogado balanceándome sobre mis pies.

—¿Amina? —Dalila me agarró por el codo—. ¿Qué pasa?

—Salima ha dicho que tiene gente vigilando mi casa —susurré—. Cartas preparadas para enviar a todos mis enemigos. Me culpa por lo de Asif. Me ha dicho que, si pierde también a Dunya, se asegurará de que mi familia pague el precio. —Los ojos oscuros de Dalila adquirieron un brillo asesino ante mis palabras y la agarré de la mano antes de que pudiera desvanecerse para hacer algo impulsivo—. No. Ha dicho que ya era demasiado tarde. Que, si la mataba, solo las estaría condenando más rápido.

Dalila maldijo, pero se quedó quieta.

—Entonces, ¿qué hacemos?

Su elección de palabras no me pasó por alto. Miré a mi compañera más inescrutable, con su cabello salvaje agitándose en el viento del anochecer.

—Este no es el encargo al que te apuntaste. Si el franco...

—Me apunté a la recompensa del millón de dinares y el franco ya ha intentado rastrearme. —Habló con voz firme—. Así que, ¿a dónde vamos ahora, nakhudha?

La expresión de Dalila no dejaba lugar a discusión. Suspiré y toqué el pequeño trozo de pergamino con sus oscuras figuras y sus constelaciones rotas, pistas que ni siquiera podía soñar en descifrar. Solo había una respuesta.

—A Mogadiscio —respondí, volviendo mi mirada al mar reluciente—. Necesito a Majed.

II

Necesitar a Majed y llegar hasta Majed eran dos cosas diferentes. Pasaría al menos una quincena antes de que cambiaran los vientos, empezara el monzón del noreste y se abriera la ruta del sur desde la costa de Arabia hacia el África Oriental. Como cualquier ladrón marino de renombre, puedo viajar contra la estación prevaleciente. Requiere una tripulación cualificada, muchas maniobras de viraje, navegación a la deriva y bastante suerte. Pero con un equipo nuevo y un barco apenas aprovisionado, decidí acudir primero a Al Mukalla, una ciudad portuaria aburrida pero bien abastecida acostumbrada a preparar barcos para las travesías por la costa este de África.

Junto con el dinero extra inesperado cortesía del chantaje de Salima, le di a la tripulación una semana de permiso para reemplazar sus posesiones saqueadas y comprar pequeños artículos que pudieran vender o intercambiar a lo largo de nuestro viaje, como latas de ghee, cuentas de vidrio y tela rayada yemení. Le di a Hamid, el cocinero, instrucciones de ser generoso al reponer nuestras existencias y de comprar además las ovejas más gordas que pudiera encontrar para festejar adecuadamente antes de partir.

Tinbu recibió una orden parecida para comprar conjuntos a juego de tubban y aljuba para la tripulación y reclutar a seis marineros más de los buceadores de perlas que vuelven de la cosecha en el golfo Pérsico. Las galeras de remos a menudo levantan sospechas y esperaba que la apariencia de una tripulación uniformada y bien nutrida pudiera tranquilizar a los transeúntes de que no éramos piratas (lo que resultaba ser cierto, al menos, en este viaje). Si agregas el hecho de que Mogadiscio es una ciudad fantástica para visitar —tan cosmopolita y emocionante como Adén, pero con mejor tiempo y menos inspectores de mercado— y la mayoría de la tripulación parecía feliz cuando nos marchamos, encantados con su ropa nueva y sus estómagos llenos.

Me pasé todo el viaje considerando el asesinato.

—Tendría que haber matado a esa mujer en cuanto le puse los ojos encima —me quejé desde el banco del capitán mientras contemplaba a mis hombres ajustar la vela. Era nuestro segundo día en el mar, la costa de Hadramaut había desaparecido hacía tiempo detrás de nosotros. Tiré de las cuerdas del timón izquierdo—. Tendría que haberles disparado a ella y a sus guardias desde el tejado y haber hundido sus cuerpos en el mar.

—Demasiado obvio —respondió Dalila sin levantar la vista de la pequeña bolsa de polvo negro que estaba midiendo en una concha de almeja. Fuera lo que fuese, tenía un olor horrible y mordaz, pero había ignorado mis intentos de averiguar su contenido—. Tendrías que haberle puesto veneno en la comida. Algo de efecto retardado para que pudiera haber vuelto a Adén antes de morir de lo que parecerían causas naturales. Te habrías ganado una pequeña fortuna y no te habría hecho falta ni salir de casa. Por desgracia, no te molestaste en mantener el contacto conmigo. Te habría enviado unas muestras.

Tinbu subió a cubierta con un gran paquete de cuero abisinio. Se sentó en el banco y desenvolvió el tapete de cuero para revelar una fuente de latón con pescado y encurtidos a la parrilla, arroz especiado y unas galletas ka'ak rehidratadas.

—Para que conste, todavía me alegro de que aceptaras el trabajo —señaló—. Así ni yo ni el resto de mi tripulación hemos acabado crucificados, partidos por la mitad y colgados de puertas.

—Eso sí —admití miserablemente—. Ahora dime qué «isla grande» está custodiada por serpientes blancas y estaremos en paz.

—Podría ser cualquiera. Kish, Socotra. Dahlak. Tal vez incluso Madagascar... no hay muchas otras grandes. Por cierto, ¿puedo tomar un poco? —preguntó Tinbu señalando la fuente.

Partí un pepinillo imaginándome que era el cuello de Salima.

—Adelante.

Tinbu sirvió parte del arroz en un plato de madera rociándolo con ghee y luego trepó para colocar la ofrenda en un pequeño santuario que tenía en el techo de la cocina. Mi amigo había vuelto a su fe tras escapar de la esclavitud sin importarle las ventajas que la conversión podría haberle brindado en esta mitad occidental del océano Índico, mucho más islamizada. De hecho, al principio se había mostrado cauteloso a embarcarse conmigo, temiendo que una nakhudha musulmana le prohibiera realizar sus rituales.

Pero yo no era ese tipo de nakhudha. Tanto mi abuelo como mi padre me habían enseñado desde una edad bien temprana que compartíamos el océano con innumerables otros pueblos; si Dios no hubiera deseado esa diversidad, nos habría hecho a todos iguales. También estaba el hecho práctico de que los nawakhidha intolerantes no solían durar mucho entre la multitud multiétnica que componía la mayoría de las tripulaciones.

Y aun sí…

—Tinbu, ¿esto es para tu señor Váruna o para Payasam? —pregunté cuando terminó de rezar. Aunque en ese momento no veía a la maldita gata, se había aficionado a dormir la siesta en el techo de la cocina y puesto que era el felino menos grácil que Dios había puesto en este mundo, caía del techo cuando el *Marawati* se movía demasiado.

—Para el señor Váruna, entre otros. —Tinbu volvió a bajar—. Los dioses son menos exigentes que Payasam y podemos aprovechar todos los beneficios que nos conceden a cambio. —Arrugó la nariz hacia Dalila—. ¿Puedo saber qué estás haciendo?

—Ni por asomo —respondió ella.

Me acerqué a la fuente, tan acostumbrada a los experimentos de Dalila que podía comer e ignorarlos. La cocina de Hamid era decente, el arroz ligeramente salobre por la mezcla de agua dulce y salada que había usado para hervirlo, y el pescado estaba salteado con vinagre y comino. Levanté la mirada para ver cómo Hamid fingía que no me estaba mirando comer sin éxito.

—¿Les da lo mismo a los hombres? —pregunté partiendo una bola de pescado y arroz en la boca.

—Tal y como has ordenado. —Tinbu bajó la voz—. Los has sacado de la cárcel y les has dado dinero extra, están totalmente enamorados de su nueva nakhudha.

—Alabado sea Dios. —Asentí en afirmación a Hamid, quien me dedicó una sonrisa nerviosa mostrando el hueco que le había dejado al golpearle los dientes—. Hablando de ser nakhudha... tengo que hablar contigo.

Una chispa de nerviosismo se encendió en sus ojos.

—Creía que habíamos acordado que lo de la caja de nafta había sido algo bueno.

—Eso no es por la caja de nafta. Quería decirte que, a pesar de las decisiones cuestionables con respecto al rescate ilícito, has hecho un trabajo admirable como nakhudha en mi lugar. El *Marawati* está en un estado excelente, la tripulación está bien entrenada... estoy orgullosa de ti, amigo mío.

Tinbu sonrió tan ampliamente que me hizo temer que no alababa su trabajo lo suficiente.

—Gracias. Significa mucho para mí, Amina. Además, considera quedarte porque odio la responsabilidad. El tener que preocuparme constantemente por cada detalle. Y la navegación... ¿Sabes lo complicadas que son tus cartas? Preferiría mantener barcos y que me digan por dónde navegarlos, no quedarme mirando las estrellas toda la maldita noche.

Resoplé volviendo a mi comida mientras contemplaba el horizonte azul verdoso y mi bullicioso barco. El mar estaba en calma y mi tripulación de buen humor. Algunos cantaban mientras terminaban con la vela, otros hacían cuerdas e intercambiaban artículos de sus nuevos cofres personales. Era un día caluroso y no pude evitar fijarme en que varios de los hombres se habían quitado los mantos y sus cuerpos musculosos brillaban con el sudor.

—Vaya —rio Tinbu—. Tal vez sí que te quedes como nakhudha. Tienes esa mirada.

Lo fulminé con los ojos.

—¿Qué mirada?

—La mirada de «me pregunto cuál de estos hombres sería un buen quinto marido» —bromeó—. No lo niegues. Te conozco demasiado bien. ¿Qué hay de Tiny? Es muy dulce y puedo asegurarte que el nombre no...

—Ay, cállate —espeté ruborizada—. Lo niego. Ya he acabado con los maridos. —Pero afirmar que había acabado con los maridos era una cosa y controlar mis ojos cuando llevaba diez años sin tocar a un hombre y ahora me pasaba los días rodeada de maromos en forma que no llevaban más que calzones de marinero era mucho más difícil. Una mujer puede bajar la mirada solo unas pocas veces hasta acabar tropezando—. Los placeres que traen los hombres no compensan los problemas.

—He oído eso antes. —Tinbu se sentó a mi lado sirviéndose una galleta y observando a Dalila, todavía absorta en su trabajo. Había atado la concha con el polvo negro dentro y un trozo de cordel sobresalía como la larga cola de una rata—. De acuerdo, Dalila, la curiosidad me ha podido. ¿Qué es eso?

—Sal china mezclada con algunas adiciones. Llevaba un tiempo buscándola y recientemente encontré un proveedor. —Dalila colocó la concha al borde de la barandilla y dio un paso atrás. Acercó una ramita ardiendo al cordel.

Levanté la vista de mi comida.

—Un momento, ¿la sal china no es lo que se usa para...?

La concha explotó.

Sucedió tan rápido que apenas pude entenderlo. Hubo un fuerte estallido, una ráfaga de fuego y luego las dos mitades de la concha salieron volando como si las hubiera golpeado un rayo. Una cayó al mar mientras que la otra voló directamente bajo la verga principal, evitando por poco perforar la vela. Varios de los marineros gritaron, alarmados, y Tinbu saltó hacia atrás tan rápido que cayó de mi banco.

Dalila vitoreó:

—¡Ha funcionado!

—¿Ha funcionado? —jadeé, incrédula—. ¿Has intentado provocar una especie de... explosión de fuego en mi barco? ¿En mi barco de madera?

Ya estaba recuperando el saquito de pólvora negra.

—Sí.

Me lancé hacia el saquito, pero luego pensé que sería mejor no tocarlo con tanta violencia.

—Que Dios te maldiga. ¿Por eso tienes solo una ceja? Deshazte de eso. Ya.

—Creo que he oído hablar de este polvo negro. —Tinbu se levantó con aire totalmente fascinado—. En China lo lanzan al cielo en grandes celebraciones. He oído que luego llueven preciosas chispas de luz como todo un grupo de estrellas fugaces.

—¿Lo lanzan al cielo? —repitió Dalila, claramente intrigada.

—En efecto. Tal vez si lo atáramos a un proyectil... —Se le iluminó la mirada—. ¿Qué tal una de mis flechas?

Le lancé una espina de pescado.

—¡Deja de animarla!

Dalila me dirigió una mirada molesta.

—Tú puedes quedarte con tu nafta.

—No es mi... —Payasam eligió ese momento para saltar de algún lugar escondido en la cocina y aterrizó en mi plato, esparciendo pescado y arroz por todas partes—. ¡Maldita sea!

Tinbu echó rápidamente a la gata.

—No te enfades con ella —susurró—. Cuando tenga la Luna de Saba, será mucho menos gruñona.

Dalila gimió.

—Sabía que ibas a creerte toda esa basura de la Luna de Saba. No es más que un cuento de charlatanes.

—Siempre has descartado la magia con demasiada rapidez —reprendió Tinbu—. ¿Acaso un cuento de charlatanes puede hacer que un hombre se ahogue hasta la muerte con monedas que acaban misteriosamente en su garganta? ¿Acaso el último marido en el que Amina posó los ojos era un personaje de un cuento...?

—Mi último marido era un monstruo —interrumpí con rudeza—. Y el motivo por el que no me importa si la Luna de Saba existe o no. Si alguien la agitara ante mis ojos, me daría lo mismo. No vamos a involucrarnos más en lo sobrenatural de lo que ya lo hemos hecho.

Eso los silenció a ambos durante un momento, el oscuro recordatorio de la peor noche de nuestra historia compartida ensombreció nuestro estado de ánimo e hizo que el día soleado lleno de melodías de los marineros pareciera distante.

Finalmente, Tinbu habló:

—Entonces, ¿cómo nos enfrentamos a un hombre que puede tener ese poder?

Era una pregunta que me había estado persiguiendo desde que había visto morir a Layth. No tenía respuesta.

—Siendo más listos que él —declaró Dalila firmemente—. Engañándolo. Lucharemos de modos que no se espere. —Tocó su saquito de polvo negro y no pude evitar estremecerme recordando la explosión que había causado una pequeña cantidad—. Con cosas como esta. Amina, fuiste tú la que dijo que no había conocido a nadie con mis habilidades. Déjame usarlas.

Tinbu me miró.

—Ahí tiene razón.

Intenté fulminarlos con mi mejor mirada de nakhudha, pero ninguno de los dos pareció acobardarse, me conocían demasiado bien. Y Dalila no se equivocaba. Si Falco tenía acceso al tipo de magia de sangre que había matado a Layth... íbamos a necesitar cualquier pizca de ingenio criminal que tuviéramos.

—Bien —cedí con brusquedad—. Pero nada de experimentos en el barco. Y absolutamente nada de mencionar las explosiones de fuego a Majed. Esta reunión ya será bastante difícil.

AVISO A SOLIMÁN BATAWIYNA SOBRE LA DISOLUCIÓN DEL APRENDIZAJE DE SU HIJO

«Que se sepa que Majed ibn Solimán Batawiyna ya no está afiliado ni con Ibrahim Shirazi, maestro cartógrafo del sultán de Kilwa, ni con el jeque Dawud al-Hasan, habiendo abandonado a sus maestros, sus deberes y todo tipo de respetabilidad. Además, si regresa a Kilwa, debe ser llevado de inmediato al cadí local para que lo interrogue por su relación y posible asistencia criminal al acusado de contrabandismo Saad al-Sirafi. Por su fracaso al completar el trabajo asignado, las deudas de su comida y suministros serán transferidas a su familia, una cantidad que asciende a ochenta y cuatro dirhams y que debe ser entregada por Solimán Batawiyna cuanto antes...»

[escrito por una mano diferente y garabateado debajo]

Solimán, he hecho todo lo posible para controlar al chico y salvar su posición, pero ninguna cantidad de súplicas les hará cambiar de opinión esta vez y no puedo culparlos. No creo que tu hijo se haya dedicado a infringir la ley, pero su voluntad por partir en cualquier barco en sus esfuerzos por explorar lo han relacionado demasiado a menudo con nawakhidha sospechosos. Temo que esta vez se haya perdido para siempre. Si logras traerlo a casa, átalo a un oficio y una esposa lo más lejos posible del mar. En cuanto Majed ve un atisbo de un barco, hace el equipaje y se marcha.

12

Con la cooperación del viento y del mar, llegamos con buen tiempo a Mogadiscio. Excepto por una breve tormenta que nos llevó a la orilla, el viaje fue por lo demás agradable, la costa somalí pasó en un borrón de dunas inclinadas, acantilados de color amarillo pálido y pueblos de pescadores tranquilos. Sin embargo, Mogadiscio no era un pueblo de pescadores y la corona de botes que surcaba sus aguas nos envolvió en el tráfico marítimo antes de que las fortalezas y mezquitas de la ciudad fueran visibles. Maniobramos y nos abrimos camino entre jilbab, sanabiq, qunbar y canoas, cada uno perteneciente a cada grupo de gente con un pie en el océano Índico. Me encargué de buscar barcos con distintivos oficiales o soldados, pero vi sobre todo mercaderes y pescadores. Estábamos lo bastante lejos de Adén y no me sentía preocupada por ser perseguida (lo mejor de vivir en un océano a lo largo de cien reinos diferentes es ser capaz de cometer crímenes en uno y huir rápidamente a otro), pero tampoco venía mal ser paranoica, sobre todo cuando Salima acababa de recordarme que tenía un precio sobre mi cabeza.

Unos pocos agentes locales remaron hasta el *Marawati* con palabras de bienvenida y bandejas plateadas con cabra asada. Si fuéramos comerciantes legítimos, nos habríamos ido con uno de ellos a buscar alojamiento y el mejor lugar para vender nuestros bienes. Tal y como estaban las cosas, nos hacíamos pasar por un chárter: Dalila fingía ser una viuda adinerada que viajaba a Mogadiscio para visitar a un primo y comprobar cómo iban sus inversiones. En nuestros tiempos criminales, esa era nuestra treta típica. Uno de los muchos beneficios de que Dalila y yo fuéramos mujeres era aprovecharse de la incomodidad de los hombres y del temor a comportarse de manera inapropiada al interactuar con mujeres de fuera de su casa. Ataviada con joyas y sedas falsas, Dalila podía intimidar a las sayyidas más nobles e intocables del lugar. Su silencio altivo y el hecho de ir cubierta con un velo indicaba que acercarse a ella sería una horrible falta de respeto, que cuestionar los documentos que Tinbu entregaba en silencio en su nombre era algo impensable. Hice lo que pude para mantener la fachada actuando como su sirviente y carabina, fingir respetabilidad no está entre mis habilidades.

La historia de Dalila fue aprobada tanto por agentes como por inspectores y pronto pudimos echar el ancla a las afueras de Mogadiscio y llegar hasta la ciudad en dunij. Pero si pensaba que mis amigos iban a proporcionar un frente unido ante Majed, estaba totalmente equivocada.

—Yo no te acompaño —declaró Tinbu—. Sé que no debo involucrarme en esa pelea. Además... —Dio unas palmaditas en su fuerte abdomen, su túnica escondía varios artículos por los que no quería pagar aduanas—. Tengo bienes que vender.

Miré a Dalila, suplicante.

—No voy a ayudarte en tu caso con Majed —afirmó—. Nunca me ha perdonado por el modo en el que me uní al *Marawati*.

—Lo envenenaste y te negaste a administrarle el antídoto hasta que te sacamos de Basora —le recordó Tinbu—. Es algo que cuesta perdonar.

—Espero que esté de un humor misericordioso —repuse sombríamente—. O al menos, lo bastante complaciente como para escucharme antes de cerrarme la puerta en las narices. Pero, sí, claro, vosotros id a comprar y a hacer contrabando, traidores asquerosos.

Tinbu le guiñó el ojo y tocó una bolsita de cauri.

—Vamos, Dalila, mi astuta amiga. Hagamos algo de dinero.

Era viernes y la calle principal de Mogadiscio estaba repleta no solo de devotos que se dirigían a la yumu'ah, sino también de vendedores de todo tipo de artículos, desde botellas de vidrio de alcanfor y chiles en escabeche hasta caparazones de tortuga pulidos o palos de mangle. Unos niños correteaban alrededor de un grupo de mujeres que examinaban una tela y mi corazón languideció por Marjana. Varios nawakhidha chismorreaban a la sombra de un árbol y yo incliné la cabeza para evitarlos, puesto que no necesitaba que ningún compañero capitán me identificara. El sol ardía en lo alto, pero con la gran cantidad de toldos y la brisa fresca del océano era un calor soportable. El aroma de las especias tostadas y del zumo recién exprimido me sedujo y me mandó hacia los puestos de comida, pero no tenía permitido comer ni holgazanear en el mercado hasta haber hablado con Majed.

Y sí, me estaba recompensando a mí misma con comida e incentivos como los niños.

Pero incluso la breve aventura me trajo placer. Me encanta viajar y habían pasado quince años desde la última vez que visité Mogadiscio. Entonces ya era bullicioso y ahora había crecido hasta convertirse en una metrópolis que rivalizaba fácilmente con sus puertos hermanos. Apenas había avanzado dos manzanas cuando el sonido de unos tambores y trompetas me obligó a detenerme para contemplar una magnífica procesión. Soldados con armas relucientes y uniformes adornados —cadíes, visires y todo tipo de eclesiásticos—, cada uno mejor vestido que el anterior, desfilaron precediendo a un palanquín real adornado con sedas de los colores del arcoíris. Había pájaros dorados con perlas como ojos y garras plateadas en las esquinas del palanquín. En el interior, lo único que pude ver de su rey cuando pasó fue el manto de piel y el borde esmeralda de su elegante brocado de Jerusalén.

Estiré el cuello para ver el desfile y luego me reprendí a mí misma por la distracción. No estaba en Mogadiscio para jugar a ser la turista glotona, así que seguí las indicaciones que me había dado Tinbu hasta llegar a un agradable vecindario de casas altas. No eran las mansiones más grandes de la ciudad, pero hablaban de profesiones respetables y riqueza cultivada con esmero, hogares de médicos y comerciantes internacionales. Tinbu me había dicho que Majed se había casado con un clan de comerciantes de esa localidad y mostraba el tipo de vida respetable que la familia de Majed siempre había deseado para él.

Me detuve fuera de una casa con las puertas alegremente pintadas de azul balanceando los regalos de papel egipcio, pulseras de cristal yemeníes, telas de estampados indios y azúcar que había traído para la familia de Majed. Al otro lado de la puerta, unos niños se reían y me atravesó la culpa al oír ese sonido. De mis compañeros, Tinbu era mi marinero de confianza y Dalila era…, bueno, Dalila. Pero Majed era el que más tiempo había estado conmigo. No me habría convertido en nakhudha si no hubiera sido por él; había formado parte de la tripulación de mi padre y había sido el único que se quedó cuando yo me hice cargo del *Marawati*. Si alguno de ellos era familia para mí, ese era Majed.

Como todos los hermanos, teníamos nuestras discusiones, pero era un buen hombre. Tendría que haber sabido que se había casado. Tendría que haber sabido que había tenido hijos. Nuestras familias tendrían que haberse visitado y haber pasado las vacaciones juntas. Marjana tendría que haberlo considerado un tío y yo tendría que haberlo bañado en oro en los cumpleaños de sus hijos. Que nuestra relación se hubiera agriado era culpa mía y estaba casi tan nerviosa como cuando había fanfarroneado con el buque de guerra en la bahía de Sira.

Susurrando el nombre de Dios, llamé a la puerta con fuerza.

Un niño pequeño, con un thawb tan limpio que acabaría de venir de la oración del viernes, la abrió. No tendría más de siete años y sus grandes y curiosos ojos se parecían tanto a los de mi amigo que supe al instante que era el hijo de Majed.

—La paz sea contigo, pequeño —lo saludé con calidez—. Estoy buscando a Majed de Kilwa.

—La paz sea contigo. —El niño se mecía de un lado al otro como sobre sus talones como si lo acabara de interrumpir jugando a perseguirse—. ¡Baba! —Aumentó la charla en un patio oculto y el niño alzó la voz—. ¡BABA!

—Ya voy, ya voy. —Oí la voz somnolienta de Majed antes de que tomara la puerta de la mano del niño. Y ahí estaba, mi viejo navegante, muy desgastado por los años, con una barba que se había vuelto plateada y una panza que su thawb rayado no escondía del todo. Tenía un aire somnoliento que no había visto nunca en el hombre tan nervioso que conocía y le estrechó el hombro al niño con un suave afecto.

Entonces posó su mirada sobre mí.

Majed retrocedió como si le hubieran arrojado un balde de agua fría. Rápidamente, echó a su hijo.

—Vuelve a tu juego, Ahmad.

Esperé hasta que el niño se hubo marchado y entonces le ofrecí mi sonrisa más inocente.

—Saludos, Padre de Mapas.

Majed me miró fijamente. Entonces me cerró la puerta en las narices.

No iba a escucharme.

—Oh, venga, Majed… —Apoyé todo el peso contra la puerta antes de que pudiera echar las cerraduras, y la mantuve entreabierta—. ¡No puedes seguir enfadado conmigo!

—¡Claro que puedo!

Metí un pie en la puerta.

—Solo quiero hablar.

Me pisó los dedos.

—¡Márchate!

—Cabezón hijo de… —Metí un codo y lo golpeé en el ojo, no del todo por accidente—. Solo necesito un momento.

—No voy a darte ningún momento. —Había una insistencia suplicante en su voz—. Ahora soy normal. ¡Normal! —Intentó cerrar la puerta sobre mi muñeca, pero yo fui más rápida. Alargué el brazo y lo agarré por el cuello, a lo que respondió golpeándome la mandíbula.

Se oyó un grito ahogado.

—¿Majed?

Los dos nos quedamos paralizados. Me asomé y vi a una alta mujer somalí en el pasillo con un brillante vestido estampado rojo y blanco. Tendría más o menos mi edad, una elegancia esbelta y ojos amables. El hijo de Majed se asomó detrás de ella con los dedos metidos en su falda. Había una niña pequeña en la otra cadera de la mujer. Las diminutas cejas pobladas de la niña eran el perfecto reflejo de su padre.

Se me calentó el corazón al ver la encantadora familia de mi navegante, incluso mientras aprovechaba el pánico de Majed para abrir la puerta y meterme dentro por completo. Le di una palmadita en el hombro como si hubiera tropezado y solo me hubiera apoyado en él para recuperar el equilibrio.

—Gracias por sostenerme, primo. Estas viejas rodillas... ¡una ya no puede confiar en ellas! —Le sonreí a la mujer—. ¡Ah, esta debe ser tu esposa! Paz y bendiciones para ti, señora.

Se mostró perpleja, pero me devolvió la sonrisa.

—La paz sea contigo. —Miró a Majed y, aunque su sonrisa no flaqueó, pude leer una gran cantidad de preguntas en su aguda mirada—. No me habías dicho que venía tu familia de visita.

Una mezcla de terror y ultraje se reflejó en el rostro de Majed.

—No lo he hecho. Es decir, ella no es...

—¿Familia? No, no exactamente. —Pero ya estaba acercándome a ella para besarle las mejillas—. Vaya, eres impresionante, mashallah. Soy Umm Lulu. Majed y yo compartimos madre de leche en Kilwa.

—Ah... —Todavía parecía confusa, pero me indicó que pasara—. Yo soy Nasteho. Pasa, por favor. Como si estuvieras en tu casa.

—No se queda —intervino Majed acaloradamente—. Ha habido un malentendido.

Nasteho le clavó la mirada.

—Claro que se queda. No pienso permitir que la gente hable mal sobre la hospitalidad de nuestra familia. —Me tomó del brazo—. Vamos, hermana. Puedes contarme si mi marido ya era tan grosero de pequeño mientras te enseño la casa.

—Que Dios te bendiga, eso sería maravilloso. —Agarradas del brazo, nos alejamos juntas, para horror de Majed.

Inventarme una historia sobre el motivo de mi visita y sobre la idílica infancia de Majed y mía en Kilwa —un lugar en el que no puse un pie hasta que tuve veinte años— fue bastante fácil. Sin embargo, pude haberme mordido la lengua, porque me presentaron a un aluvión de personas: niños, suegros, primos viajeros, amigos perdidos de hacía tiempo y parientes extraviados, cada uno más hablador que el anterior. La familia de Nasteho era de una tribu local, pero al igual que muchos clanes mercantiles, se habían casado muchas veces y conocí a cónyuges y vecinos provenientes de El Cairo, de Cambay, de Malaca y de Mascate. El patio era una cacofonía de idiomas diferentes. Había niños por todas partes, algunos de la familia y otros huérfanos que habían sido acogidos. Un tío tenía a toda una clase de niños practicando la escritura mientras que, en otra zona, había mujeres y niños empaquetando comida para los pobres.

Era todo tan encantador y perfecto que cuando escuché cómo Majed había salvado personalmente a un grupo de peregrinos en su tercer hach, habría empezado a sospechar que me estaban engañando, si no hubiera sido por la alarma que Majed apenas sabía ocultar. Me incluyeron en sus celebraciones del viernes y me agasajaron con bendiciones, derramaron agua de rosas sobre mis manos y me ofrecieron piezas selectas del guiso. Solo por la comida ya valía la pena el viaje: finos platos de verduras locales, pescado, pollo, carne frita con ghee y servida sobre arroz especiado, bananas verdes hervidas en leche y un delicioso brebaje de lácteos, jengibre, mangos, limones curados y chiles.

No había comido tan bien desde la boda de Mustafá y me excedí hasta el punto en el que cuando repartieron las hojas de betel y las nueces de areca, gemí porque la perspectiva de que pasara algo más entre mis labios me parecía insoportable.

Nasteho rio y me dio una palmadita en el hombro antes de quitarme a su hija del regazo. La niña se había quedado fascinada con mi diente de oro e intentaba tocarlo a cada momento.

—Te prepararé una cama —ofreció.

—Ah, no será necesario —le aseguré poniéndome en pie. Había comido con las mujeres, pero Majed no había dejado de aparecer tras el hombro de su esposa como un fantasma preocupado, como si temiera que fuera a pasarme toda la comida escandalizando a las damas devotas con relatos de nuestras aventuras.

—Entonces ven. Deberíais hablar los dos como es debido.

Los seguí por un tranquilo pasillo hasta una pequeña habitación. Debía ser la oficina de Majed, había una mesa baja atestada de mapas a medio dibujar, pergaminos y cálculos náuticos esparcidos por doquier. Un escritorio de dibujo daba a una gran ventana abierta a través de la cual se podía admirar el mar. Sin embargo, la oficina no estaba vacía.

Ahmad estaba tumbado boca abajo sobre una alfombra con la cabeza enterrada en un libro.

—¿Estás leyendo algo interesante? —le pregunté al niño.

Él levantó la cabeza y movió los pies con deleite.

—Estoy aprendiendo sobre la India. ¿Sabías que tienen más de tres mil tipos de serpientes diferentes? ¡Algunas tienen cuernos del tamaño de un hombre y pueden volar entre ciudades!

Revisé el nombre del libro y sonreí.

—Creo que el nakhudha al-Ramhormuzi tal vez exagerara un poco. Hay dos mil como mucho.

La expresión de Ahmad se volvió seria.

—Tendré que averiguarlo.

—Ah, ¿quieres ser explorador como tu padre?

—¡Sí! —Sonrió con los ojos brillantes por la emoción—. Dice que puedo llevarme sus mapas e ir a donde quiera.

—Dije que podías llevarte mis mapas si prestabas atención en tus lecciones —corrigió Majed—. Un buen explorador necesita toda la sabiduría que pueda obtener.

—Ahmad, cariño, dejémosle a tu padre y su invitada algo de espacio. —Nasteho se llevó al niño y miró hacia atrás—. Tal vez podría llevar a los niños a ver el *Marawati* mañana.

Parpadeé, sorprendida. Bueno, supongo que Majed no le había ocultado del todo su antigua vida a su esposa.

—Será un placer recibiros.

Finalmente, Majed y yo nos quedamos a solas. Cerró la puerta con llave y, para asegurarse, colocó un tronco delante.

—No —dije con un tono inexpresivo—. No hay nada sospechoso en todo eso.

Se volvió hacia mí.

—Voy a sacarte el corazón y a dárselo de comer a un tiburón.

—Vale, hermano, ¿te parece que ese es un lenguaje que usaría alguien que ha hecho tres hach? —Me adentré más en su oficina, estudiando sus posesiones—. Y relájate, ¿vale? No he viajado hasta aquí para meter en problemas a tu familia, perfecta en extremo, y a tu trabajo respetuoso con la ley. Te lo digo de corazón, me alegro de conocer a tus hijos. Son preciosos y tu mujer es un buen partido, mashallah. Me cae muy bien.

Su expresión se destensó solo un poco.

—Dios me ha bendecido.

—Eso parece, sí. ¿Sabe que eres pirata?

—No soy pirata —resopló Majed—. Soy un cartógrafo con un pasado accidentado.

—Sí, un pasado accidentado de piratería.

—Un pasado accidentado al que he renunciado —agregó con más firmeza—. Para volver de nuevo al camino correcto. Nasteho sabe lo del *Marawati* y el tiempo que pasé contigo, pero no lo sabe nadie más de la familia. Y si dices algo…

—Sí, sí, lo sé. Me arrancarás el corazón y se lo darás a los tiburones. Una amenaza perfectamente normal para un cartógrafo.

Majed cruzó y descruzó los brazos, parecía decidir si lanzarme por la ventana o continuar con la conversación.

—¿Y tú?

—¿Yo?

—¿Tú estás… bien? —preguntó pronunciando la última palabra como si le escociera—. Tinbu me dijo que te habías retirado con tu familia.

Retirado. Que pacífico sonaba. Había huido de mi pasado y me había escondido como una cucaracha.

—Algo así. Estamos en Omán. Mi hermano está casado, tiene un segundo hijo de camino y su negocio va prosperando.

—Su negocio. —Majed pareció nostálgico—. La última vez que nos vimos, Mustafá apenas era mayor de lo que es ahora Ahmad. ¿Y tu madre?

—Más feliz cuando volví de lo que yo esperaba. Sana también, alabado sea Dios. Los años solo la han vuelto más dura.

El fantasma de una sonrisa finalmente apareció en su rostro, Majed conocía a mi familia desde mucho antes de que yo me hiciera cargo del *Marawati*. De hecho, había sido él el que había empezado a mantener correspondencia con mi madre cuando a mí me daba demasiada vergüenza hacerlo.

—Me alegra oír eso —respondió con sinceridad—. ¿Así que ahora estás totalmente fuera del negocio? ¿Nada de contrabando?

—Nada.

—¿Bebida?

—Nada en diez años.

—¿Apuestas?

—La vida es una apuesta, hermano.

Su sonrisa se desvaneció.

—Tinbu me dijo que tenías una hija. ¿Está… prosperando?

—Se llama Marjana —dije poniendo la voz a la defensiva ante la pregunta formulada con cuidado—. Y sí, está prosperando. Es la niña más dulce y amable que he conocido, un verdadero regalo de Dios.

—Parece una bendición. ¿Y es…? —vaciló Majed—. ¿Ella…?

—Es mi hija —dije ferozmente—. Eso es lo único que importa.

Majed suspiró y su expresión se suavizó.

—Amina, estamos malinterpretándonos el uno al otro como nos sucede tan a menudo. Estoy preguntando si está a salvo. ¿Él sabe de su existencia?

—Él está muerto.

Majed negó con la cabeza.

—Yo estaba allí. No lo sabemos. No podemos estar seguros.

—Vimos cómo la marea inundaba el lugar en el que habíamos enterrado el cofre. Nadie puede sobrevivir a eso. —Me di la vuelta y empecé a hurgar en sus mapas a medio dibujar—. ¿Estás trabajando en algo interesante?

—No me cambies de tema.

—Alégrate de que lo haga. A menos que quieras que hable de demonios en un lugar en el que nos podría oír fácilmente la familia de tu esposa.

Majed me dirigió una mirada molesta, pero yo sabía que señalaba su derrota.

—Nuevos enfoques sobre Madagascar para poder manejar mejor las corrientes y evitar la costa rocosa en Mahajanga —respondió con un tono excesivamente profesional.

Eso me intrigó.

—¿Cómo?

Señaló una pequeña depresión en el mapa.

—Hay una laguna un poco más al norte que no se puede ver desde el mar. Solo es accesible un par de noches durante las mareas más altas, así que poca gente conoce su existencia y son menos aún los que se atreven a entrar en ella, pero con el mapa adecuado...

Negué con la cabeza, desconcertada.

—No sé cómo encuentras estos lugares.

—Lo leí en un libro y navegué hasta ella con tu padre. —Se encogió de hombros—. Tengo una mente muy buena para almacenar estas cosas.

Era un modo suave de decirlo. Majed nunca había sido un marinero por naturaleza, pero tenía un talento incomparable para los mapas. Cuando estábamos juntos, las rutas que trazábamos podrían haber hecho que otro nakhudha se desmayara de miedo.

Y aun así...

—¿Lo que tus clientes intentan evitar son las rocas de Mahajanga o son los aranceles aduaneros?

—Lo que haga la gente con la información adquirida de modo honesto no es cosa mía.

Me reí.

—Apuesto a que ese pasado accidentado te viene bien para esto. —Majed me fulminó con la mirada y levanté las manos en un gesto de paz—. Era una observación, no una crítica. ¿Tu trabajo te ha llevado a algún lugar nuevo?

—No. —Devolvió el mapa a uno de los estrechos estantes que recorrían la pared—. Desde que me marché del *Marawati*, el lugar más lejano al que he ido es La Meca.

—¿Qué? —pregunté incapaz de ocultar mi asombro—. El Majed que conocía era, ante todo, explorador. Había estado trabajando por todo el océano Índico desde que era pequeño—. ¿No has ido a ningún otro sitio? ¿Qué hay de China? Era tu sueño. Cuando te marchaste, supuse que...

—Los sueños son para los jóvenes. Y para los tontos. —No había amargura en su voz, solo una nota de triste aceptación—. Dios me ha dado una esposa maravillosa, niños sanos y, sobre todo, un trabajo honesto. No pido nada más.

—Amén. —Intenté esbozar una sonrisa—. Claramente, por lo que respecta a cónyuges te ha ido mejor que a mí.

Lo dije como una broma para aligerar la tensión de nuestra casi disputa sobre Marjana, pero Majed se estremeció. No podía culparlo. Yo también quería estremecerme cuando pensaba en mi último marido.

Suspiró.

—No has venido hasta Mogadiscio para hablar de mapas conmigo. Tienes el tiempo que me has pedido, unos momentos. Háblame de tus asuntos.

—Lo cierto es que sí que he venido a hablar de mapas. Estoy buscando a la hija de Asif al-Hilli.

—¿A Dunya? —La voz de Majed se impregnó de cautela—. ¿Por qué? ¿Qué quieres de ella?

—¿La conoces?

—Sí, aunque no me sorprende que tú no. —Majed se pasó una mano por la barba—. Asif habló de ella muy pocas veces. Cerca del final. Cuando se estaba volviendo… más raro. Creo que casi había dejado de dormir. Por las noches, cuando me tocaba guardia y nos quedábamos los dos solos, solía hacerme todo tipo de preguntas sobre Dios. Sobre la salvación y… —Majed tragó saliva—. Sobre lo que dice el Corán acerca de las almas.

Lo que dice el Corán acerca de las almas. Fue como un puñetazo en el estómago. Bajé la mirada y tomé un astrolabio de latón del escritorio. Dudaba de que Majed quisiera que toqueteara todas sus pertenencias, pero era más fácil no mirarlo a los ojos.

—¿Fue entonces cuando te habló de Dunya?

—En efecto. Confesó que se había casado menos de un año antes de unirse a nosotros. Asif me aseguró de que su familia lo había obligado a casarse, era un matrimonio político que no podían rechazar. Pero nunca visitó a su esposa y a su hija después de unirse al *Marawati*. Dijo que no estaba preparado para ser un marido y que no sabía cómo ser padre.

—¿Qué le dijiste?

—Le dije que se fuera a casa.

Dejé el astrolabio.

—¿Le dijiste que nos abandonara?

La expresión de Majed estaba cargada de dolor.

—Asif estaba perdido, Amina. Perseguía ambiciones y gloria más allá de la razón. Le dije que ya había vivido muchas aventuras. Que era el momento de llevarse sus ganancias y volver a casa con su esposa y su hija.

—Ojalá te hubiera hecho caso —respondí en voz baja—. En serio.

El remordimiento flotó entre nosotros un instante, pero entonces, por suerte, fue Majed el que cambió de tema.

—Su hija debe ser ya casi adulta. ¿Por qué estás buscándola?

—Porque ha huido con un franco. O la ha secuestrado uno, depende de a quién le preguntes.

Majed se quedó boquiabierto.

—¿Un franco? ¿Cuándo? ¿Por qué? ¿Dónde…?

—Esperaba que pudieras ayudarme tú con la última parte. —Saqué el pedazo de pergamino que me había llevado de la habitación de Dunya—. ¿Te suena algo de esto?

Majed tomó el pergamino y leyó las palabras en voz alta.

—«Más allá del velo de aguas y custodiado por serpientes blancas, duerme bajo un techo de manos de piedra, separado para siempre de la morada celestial». —Me dirigió una mirada desconcertada—. ¿Es un acertijo?

—Sí. Del supuesto paradero de la Luna de Saba.

Maldijo y se dejó caer en un cojín en el suelo.

—Dios mío… —susurró trazando las figuras con un dedo—. ¿Esa ridícula perla mágica de la que siempre hablaba Asif? ¿La que se supone que perteneció a la reina Bilqis? ¿Cómo te has enterado de esto?

—Su madre me buscó. —Vacilé, frotándome la nuca—. Yo… Dalila y Tinbu están conmigo. Están aquí, en Mogadiscio, vendiendo contrabando mientras hablamos.

Majed se quedó inmóvil.

—Me preguntaba si estarían por aquí. ¿Por qué no han venido contigo?

—Temían que acabáramos matándonos el uno al otro. —Me miró a los ojos y las siguientes palabras me salieron de golpe—. No quería involucrarte. De verdad. Sigo sin querer. Pero... estoy perdida, hermano. Al perseguir pistas solo he conseguido más preguntas y este franco con el que está... —Me estremecí—. Puede hacer cosas. Como lo que le sucedió a Asif.

Majed dejó caer el pergamino en su regazo.

—Pues márchate, Amina. —A pesar de todo lo que había sucedido entre nosotros, seguía habiendo cierta urgencia protectora en su voz—. Tienes a tu propia familia para proteger.

—Lo sé —respondí con amargura—. Por eso no puedo huir. La madre de Asif los ha amenazado. —Cuando Majed volvió a soltar improperios, me apresuré a disculparme, maldiciendo este viaje mentalmente—. Lo siento, no tendría que haberte contado todo esto. —Tomé la página chamuscada—. Me voy...

Majed me agarró de la muñeca.

—Te quedas.

Esas palabras flotaron en el aire. Era lo mismo que me había dicho Majed hacía veinte años en la cubierta del *Marawati* cuando el resto de la tripulación de mi padre desertó. Cuando me abandonaron robando todo lo que pudieron con los dunij mientras los emires de Kish se acercaban. Cuando me di cuenta de que lo único que se interponía entre mí y una muerte espantosa era el barco de mi abuelo y un extraño cartógrafo que soñaba con China.

Me soltó el brazo.

—Siéntate, nakhudha. Siéntate y dime qué es eso que intentas no decirme con tanto empeño.

Y así lo hice, empezando por la visita sorpresa de Salima y por cómo me había contado lo del secuestro de Dunya. Le hablé a Majed de la huida de la cárcel en Adén y de la muerte sangrienta del antiguo reclutador de Falco. De cómo estaba quedando claro de un modo horrible que el franco no solo había logrado obtener parte de la magia que anhelaba, sino que además tenía un aterrador interés en mí, en mi tripulación y en el *Marawati*. De cómo Salima había ignorado mis preguntas y había amenazado a mi familia cuando había intentado dejarlo. De todas las locuras que había descubierto en la biblioteca de Dunya que hablaban de una muchacha que sabía mucho más de lo que debía y que tenía ambiciones que ya podían haberle causado la muerte o algo peor.

Majed lo escuchó todo con atención. De vez en cuando, se tiraba de la barba en contemplación o se ponía de pie para caminar, pero se mantuvo en silencio. Incluso cuando terminé, se quedó callado mirándose los pies un largo momento.

Finalmente, habló con el trozo de papel en las manos.

—Tendría que haber cerrado la puerta más rápido. Si lo hubiera hecho de inmediato, podría haber echado los cerrojos antes de que entraras a empujones.

Me abalancé sobre el pergamino.

—Sabes que…

Se inclinó manteniéndolo alejado.

—He dicho que podías quedarte y hablar, no que fuera a morderme la lengua. Por Dios, Amina. Tenías que volver a encontrarte en circunstancias así. Un hechicero franco y la Luna de Saba. Un hechicero franco persiguiéndonos a nosotros en particular. Y la hija de Asif… de todas las personas que podría haberse llevado, se la ha llevado a ella.

—Lo sé. —Agité una mano hacia el pergamino—. ¿Significa esto… algo para ti? Sin presión, pero eres mi última esperanza.

Majed frunció el ceño en concentración.

—¿Una isla?

—Una grande. Que a menudo es inaccesible, para empeorar todavía más la situación.

—Eso puede ser una pista más útil de lo que crees. Dame unos días.

Me levanté.

—¿Debería volver?

—No… —Majed ya estaba sacando un pergamino de uno de sus cofres, absorbido por este nuevo misterio cartográfico—. No vuelvas aquí. Eres muy escandalosa y la familia de Nasteho es demasiado curiosa. Iré a verte yo.

No podía juzgarlo por su precaución, de hecho, ya estaba contenta por que no hubiéramos acabado derramando sangre.

—Gracias, hermano.

—No me las des. Somos familia. Es lo que hacemos los unos por los otros. —Su voz se suavizó—. Asif también era familia, lo que convierte a su hija en una de los nuestros. Intentaré averiguar todo lo que pueda, si así Dios lo quiere.

Asif también era familia.

—Por supuesto —contesté con una oleada de vergüenza inundándome—. Dios sea contigo.

13

Nasteho vino con sus hijos a la mañana siguiente. Tomé el dunij para recogerlos en la playa y le di el día libre al resto de la tripulación para que la esposa e hijos de Majed pudieran explorar el *Marawati* con total libertad. Nasteho había traído más de la excelente comida de su familia y organizamos un picnic mientras Ahmad recorría el barco, chillando de júbilo y trepando por todos los sitios que podía.

—Así que esta es la vida a la que renunció por nosotros —murmuró ella contemplando cómo Ahmad tiraba ansioso del timón izquierdo bajo la atenta mirada de Tinbu y gritaba algo sobre ir a la India a buscar serpientes—. Debe ser una experiencia maravillosa poder ir adonde desees solo con el viento.

Reí.

—Te sorprendería lo voluble que puede ser tener de compañero al viento. A veces conspira con las corrientes para llevarte en una dirección totalmente diferente a la que pretendías. Majed y yo una vez salimos de Zanzíbar hacia Mascate y acabamos en Madagascar.

—Aun así, debió ser emocionante.

—Sí —respondí—. Pasamos buenos momentos.

Nasteho tomó un mango, empezó a cortarlo y le dio un trozo carnoso a la pequeña para que lo chupara.

Se me retorció el corazón al verlo.

—El mango también es la fruta favorita de mi hija. También le daba para que lo mordiera cuando le estaban saliendo los dientes. Lo dejaba todo hecho un desastre, pero era lo único que le servía.

—Ahmad solo quería morderme a mí cuando le salieron los dientes. —Su mirada buscó la mía y lo que viera en ella suavizó su expresión—. ¿Cuándo fue la última vez que la viste?

Las amenazas de Salima resonaron en mi mente. «Sal por esa puerta y te juro que no volverás a ver a tu hija».

Logré hablar a pesar del nudo que se me había formado en la garganta.

—Hace dos meses.

—Debes echarla terriblemente de menos.

—Ojalá estuviera aquí. —Tenía el corazón hecho un lío, la respuesta me salió antes de que pudiera controlarme ante una mujer que seguía siendo una desconocida para mí—. Bueno, no necesariamente aquí, compartiendo… el encargo que se me ha asignado. Pero me encantaría tenerla en el barco jugando con tu Ahmad.

Nasteho se mostró sorprendida.

—¿Nunca la has subido a bordo? Majed me contó que tú creciste en el *Marawati*.

Vacilé, insegura de cuánto le habría contado Majed sobre Marjana y sobre las circunstancias que me habían llevado a «retirarme».

—No —confesé—. Esta es la primera vez que salgo al mar desde que ella nació.

—Ah. —Nasteho miró a Ahmad, quien ahora estaba suplicándole a un Tinbu estresado que le dejara subir al mástil. Cuando volvió a hablar, lo hizo con voz contemplativa—: Tras la muerte de mi primer marido, solía ir a la oficina de mi padre en el pueblo una vez a la semana para revisar los libros. Se me dan mejor los números que a mis hermanos, pero era un trabajo aburrido y mecánico. Aun así, me encantaba. La oportunidad de estar sola durante unas horas y tener que rendir cuentas solo ante mí misma. Desayunar en la playa y ver cómo las olas iban y venían sin que nadie me necesitara. Era un respiro del que no había sido consciente hasta que me casé por segunda vez y nació Ahmad. Amo a mis hijos con todo mi corazón, pero… —Buscó mi mirada y vi comprensión—. Una parte de ti debe estar encantada de volver a ser nakhudha.

Sí. Sin embargo, hasta que Nasteho no lo dijo no me permití aceptar esa verdad: la culpa me había impedido hacer esa misma conexión. ¿Cómo podía disfrutar de estar en el *Marawati* si eso me alejaba de Marjana? ¿Sobre todo en una misión tan peligrosa?

Pero así era. Me encantaba. Siempre me había encantado. Adoraba estar en mi barco, sentir el viento en la cara y la humedad salada en la ropa. Amaba enorgullecerme de liderar una embarcación sólida y una tripulación capaz, bromear con mis compañeros y levantarme cada mañana para ver una nueva extensión de agua expandiéndose hacia el horizonte. Tenía la navegación grabada en el alma desde hacía mucho tiempo, no había modo de desarraigarla.

—No estoy segura de haber dejado de ser nakhudha en algún momento —contesté al fin—. Esos ojitos dulces y esas sonrisitas pueden hablar por nuestros corazones, pero eso no significa que aquello que nos hace ser quienes somos desaparezca. Y espero... una parte de mí espera que, al verme hacer esto, Marjana sepa que hay más posibilidades. No quiero que crea que, por haber nacido chica, no puede soñar.

Pero las últimas palabras sonaron falsas. ¿De qué le servía a Marjana que le diera un ejemplo de independencia femenina si casi nunca la dejaba salir de casa y me negaba a enviarla a la escuela por miedo? Sí, ese miedo estaba totalmente justificado... pero sospechaba que serían unos sentimientos similares los que habían llevado a Sayyida Salima a mantener a Dunya secuestrada con tanta dureza. Y mira cómo le había ido.

Los ojos de Nasteho adquirieron un brillo travieso.

—¿Y si Marjana desea convertirse en pirata?

—Dios no lo quiera. —Aproveché la oportunidad para cambiar de tema—. ¿Majed ha admitido alguna vez que éramos piratas? Necesito saberlo.

—Ah, nunca. Tiene mucho talento para bailar con las palabras. —Titubeó—. Le tengo mucho cariño. Era imposible que mis padres conocieran su verdadero pasado cuando sugirieron nuestra unión, pero descubrir que el cartógrafo en apariencia serio con el que me estaba casando era en realidad el navegante de Amina al-Sirafi fue una sorpresa emocionante en mi noche de bodas. —Volvió a mirarme a los ojos con expresión más seria—. Este encargo que tienes entre manos, el de buscar a la hija de vuestro amigo, ¿es peligroso?

Me vino a la mente el recuerdo sangriento de Layth ahogándose con la plata.

—Podría serlo —admití—. Pero estoy intentando mitigar el riesgo todo lo que puedo. Tengo a alguien muy importante esperándome en casa y tengo la intención de volver con ella.

Nasteho pareció considerarlo.

—Una respuesta justa, nakhudha. —Limpió la boquita manchada de mango de la niña—. Me gustaría conocer algún día a tu Marjana, si Dios quiere.

Dalila se unió a nosotros con Payasam ronroneando en sus brazos.

—No me digas que esta gata inútil también te ha ganado a ti —me quejé—. Me he despertado con su cola en la boca.

—Sigo fascinada por su total incapacidad de valerse por sí misma —se maravilló Dalila—. Tinbu tiene que alimentarla para que no se muera de hambre. Lo único que busca consumir por iniciativa propia es polvo negro. Es el fracaso hecho gata y no puedo evitar sentirme impresionada.

—¡Gato! —La niña soltó el trozo de mango y se abalanzó sobre Payasam con los dedos pegajosos. El felino dejó escapar un resoplido sibilante y le dirigió a la hija de Majed una alegre mirada de dichosa incomprensión.

—¿Y qué hay de ti, Dalila? —preguntó Nasteho—. ¿Hay alguien en casa con quien ansíes volver?

Dalila se hurgó los dientes.

—He tenido que abandonar un experimento sensible al tiempo con señales prometedoras en extremo para convertirse en un nuevo gas noqueador.

—Para alivio del dolor —corregí con rapidez—. Dalila es nuestra… curandera.

Nasteho arqueó las cejas.

—Ah, sí. Majed habla a menudo de cómo lo «curaste» cuando os conocisteis.

Dalila puso los ojos en blanco.

—No era ni por asomo el peor de mis venenos. Hay algunos médicos que creen que es beneficioso vomitar sangre de vez en cuando. Equilibra los humores.

Nasteho palideció y tiré de Dalila para acercarla a mí.

—Come —ordené poniéndole un panecillo dulce en las manos—. Eso impedirá que hables.

La familia de Majed acabó pasando la mayor parte del día en mi barco. Comimos y hablamos mientras la pequeña gateaba detrás de la gata y Tinbu le enseñaba a Ahmad a atrapar cangrejos de un lado del bote. Me sentí un poco mal por estar de picnic con la familia de Majed mientras él trabajaba en nuestras pistas, pero mi antiguo navegante sabía dónde estaba el *Marawati*. Si quería pasarse, nada se lo impedía.

Aun así, cuando Nasteho empezó a recoger, no pude evitar preguntar:

—¿Qué tal está tu marido?

—Apenas ha salido de su despacho desde que te marchaste. A ese hombre le encantan los misterios náuticos. De hecho, deberíamos volver. No se puede confiar en que coma a menos que yo se lo recuerde.

Tomé a la pequeña que estaba subiéndose a una pila de cajas, la acuné ante mi pecho y me pregunté cómo estaría mi sobrino en casa, tan pequeño y suave como ella.

—Por favor, venid de visita siempre que queráis, he disfrutado mucho de vuestra compañía. Y traed a Majed. Sería fantástico volver a verlo a bordo del *Marawati*.

Una misteriosa sonrisa se dibujó en sus labios.

—No temas, nakhudha. No creo que mi esposo pueda mantenerse alejado mucho más tiempo.

Resultó que Nasteho estaba en lo cierto. Llevábamos menos de una semana en Mogadiscio cuando mi antiguo navegante apareció en la playa sin previo aviso y, mientras mi tripulación remaba el dunij con él, vi que los ojos de Majed recorrían el *Marawati* de proa a popa, con mil emociones en guerra en su curtido rostro. Le tomó algo más de tiempo de lo habitual subir a bordo y, mientras se acercaba a mi banco, pasó las manos por el timón con gran nostalgia. Majed parecía mucho mayor, muy alejado del hombre que en otro tiempo había sido mi mejor nadador y que se subía al mástil para otear nuevas tierras en un abrir y cerrar de ojos. Llevaba una alforja colgando del hombro e iba vestido con una túnica finamente confeccionada con anchas rayas azules y bandas de Tiraz con bordados plateados. Debajo llevaba un thawb rojo vivo que podría haber sido nuevo y un turbante prístino envolvía su cabeza.

—Nakhudha. —Majed se tocó el corazón—. Que la paz sea con vosotros.

—Y contigo, Padre de Mapas —contesté.

Tinbu sonrió y le dio un fuerte abrazo a Majed, besándole las mejillas.

—Hola, viejo amigo.

Dalila salió de la cocina y frunció el ceño, mirando su abdomen con los ojos entornados.

—Te has puesto gordo.

—Dice la mujer que entorna los ojos como si estuviera perdiendo la vista —contestó Majed amargamente. Se volvió hacia mí—. Tengo lo que me habías pedido, Amina.

Se me aceleró el corazón. Por algún motivo, no pensaba que Majed fuera a volver, mucho menos con una respuesta.

—¿Sabes a dónde se llevó Falco a Dunya?

—Sé a dónde conducen las marcas que hay en ese trozo de pergamino. Y si es ahí donde Dunya le dijo al franco que buscara la Luna de Saba… —Majed señaló el banco—. Deberías sentarte.

—¿Socotra? —repetí—. ¿Estás seguro?

—Tan seguro como Dios permite. —Majed señaló los documentos extendidos ante nosotros. Junto al pergamino chamuscado que había encontrado en la habitación de Dunya había varios mapas, un texto en griego antiguo, escritos de geografía de al-Masudi y un mapa estelar—. Son los dibujos, no quería alimentar tus esperanzas, pero desde el momento en el que los vi, habría jurado que ya había visto algo similar. Y lo encontré aquí y aquí. —Señaló con el dedo primero el texto griego y luego el de al-Masudi—. Socotra ha perdido favor como destino…

—Por un buen motivo —murmuró Tinbu.

—Pero en el periodo entre las conquistas de Alejandro durante los primeros siglos de los abasíes fue un puerto mucho más popular —explicó Majed—. Alejandro envió colonos a cultivar los árboles de sangre de dragón y, siglos después, al-Masudi dijo…

—¿Algo de esto es importante? —interrumpió Dalila.

—Sí —replicó Majed en el tono de un sufrido maestro de escuela—. Al-Masudi dice que se rumoreaba que Socotra era el hogar de una extensa red de cuevas utilizadas como puntos de contrabando y estaciones de paso de marineros. Marcaban las paredes para comunicarse los unos con los otros utilizando no solo pictografías y palabras, sino también dibujos de sus manos.

—«Duerme bajo un techo de manos de piedra» —comprendí al recordar el verso de Dunya—. Pero hay muchas islas que tienen cuevas, Majed. Y marcas similares.

—Sí, y por eso volví a la fuente griega original. —Majed abrió el texto por una página marcada con una cinta de seda verde—. Las marcas no son solo similares. Son exactas. Compruébalo tú misma.

Todos nos inclinamos sobre el libro. Majed tenía razón. El cronista había copiado minuciosamente cada dibujo sobre unas líneas de texto. Estaba el hombre con astas, el bote, los cruciformes y las manos.

—Explica lo que los lugareños creen que significa cada marca —comentó Dalila. Yo hablaba algo de griego, pero leerlo estaba más allá de mis capacidades—. Oh, parece ser que el hombre con astas era el señor de las brujas, Majed. ¿Habías leído esa parte?

—Claro que sí. Tanto al-Masudi como el cronista griego hablan extensamente de brujas en la isla. Y te gustará todavía menos lo que escribieron sobre esas supuestas serpientes blancas… —Majed pasó varias hojas y retrocedimos todos al unísono ante un boceto de un hombre consumido por una serpiente que era diez veces su tamaño y tenía un número de colmillos irracional—. El cronista griego no vio a la serpiente él mismo, pero parece ser que lo advirtieron los lugareños. Siglos después, cuando escribió al-Masudi, relata que las cuevas eran muy temidas y que se habían ocultado las entradas a propósito. Se cree que estaban llenas de espíritus y custodiadas por hechiceros. Cualquiera que se atreviera a acercarse demasiado no volvía a ser visto nunca.

Todos lo miramos fijamente.

Arrojó el texto con un resoplido.

—Disculpadme, la próxima vez que arregle vuestros problemas, intentaré que la solución sea menos fastidiosa para vosotros.

—Estamos muy en deuda contigo —respondió Dalila—. De hecho, si acabo devorada por una serpiente gigante y maldecida por una bruja, sabré con certeza a quién culpar.

Tinbu desenrolló otro de los mapas, trazando la costa de Socotra con un dedo.

—Podría encajar. No sé cómo era Socotra entonces, pero ahora es un lugar infernal al que viajar. Solo se puede navegar la mitad del año, el resto del tiempo las corrientes son demasiado fuertes.

Majed asintió.

—En definitiva, hay veces que encaja con la descripción de inaccesible. Y, en mi opinión, los dibujos son claros. He visto muchas marcas en rocas en mis viajes y ningunas se parecen tanto. Las cuevas además serían un lugar excelente para esconder algo. Si eso se supone que es la Luna de Saba…

—Lo es —dije suavemente. Había tomado el texto griego cuando Majed lo había dejado, una de las páginas que había pasado me había llamado la atención. Entre los bocetos de los dibujos de la cueva se encontraba una cabeza de toro con estrellas por ojos. Majed podía saber de historia y de mapas, pero yo conocía el cielo—. La constelación de Tauro —expliqué señalando los puntos de la cabeza con cuernos del toro—. Y en su ojo izquierdo, estaba su estrella más brillante: Aldebarán. El cuarto manzil lunar.

Solo recibí miradas de desconcierto.

—El cuarto manzil lunar. De las historias de Bilqis y la luna a la que encandiló. —Cuando ninguno pareció comprender mejor, pregunté exasperada—: ¿No conocéis la historia que hay detrás del objeto que buscamos?

—He oído que se puede usar la Luna de Saba para convocar tormentas —ofreció Tinbu—. Y que la perla es lo bastante grande para hundir un barco.

—Dicen que lamer su superficie cura cualquier dolencia —agregó Dalila—. Incluso el veneno.

—Y yo creía que el «objeto» que estabais buscando era Dunya —interrumpió Majed—. No gemas míticas.

—Estamos buscando a Dunya —le aseguré—. Pero ella está buscando la Luna de Saba y Aldebarán es parte de ella. Al menos, según las historias que conozco. Se dice que la luna se enamoró de Bilqis estando en el manzil de Aldebarán.

Tinbu me dirigió una mirada de sorpresa.

—No te tenía por conocedora de cuentos populares románticos.

—No es el romance lo que recuerdo. Se dice que Aldebarán gobierna sobre los naufragios y otros viajes desafortunados. Es uno de los aspectos lunares más desagradables, hay marineros tan supersticiosos que no pondrán un pie en un barco durante toda la quincena. Es una creencia antigua, pero recuerdo que mi abuelo no navegaba en esa época.

—Bueno… —dijo Majed tras una siniestra pausa—. Superstición o no, por suerte ese manzil lunar no empezará hasta dentro de unos meses. Pero parece ser que las piezas encajan incluso mejor de lo que yo creía al comienzo. Exista o no la Luna de Saba, es razonable asumir que Dunya cree que está oculta en esas cuevas.

—En Socotra —dijo Tinbu sombríamente.

—En efecto. —Hice una mueca—. Este encargo no hace más que mejorar.

Dalila nos miró con el ceño fruncido.

—¿Por qué parecéis los dos tan preocupados? ¿Acaso no son buenas noticias? «Isla grande» podría haber significado Lanka o Malaca y habríamos estado meses viajando.

Pero Tinbu y yo teníamos buenas razones para preocuparnos.

—Socotra ha sido una guarida de piratas desde antes de la época de Salomón y Bilqis, la paz sea con ellos —expliqué—. De piratas de verdad. De los que no se preocupan por los cargos de asesinato y viajan en convoyes lo bastante fuertes para enfrentarse a armadas. Observan las aguas como halcones y aparecen ante sus víctimas con menos advertencia que un fantasma.

—Son ferozmente territoriales —agregó Tinbu—. Hay algunos de los míos entre ellos y, cuando reclutan a nuestros pueblos, les advierten que prestar juramento significa renunciar a todas sus otras ataduras. Están aliados con los isleños de Socotra, cualquiera que no sea de allí sería un tonto si piensa que puede escabullirse. ¿Y alguien sospechoso? Un extranjero en busca de un tesoro o, no sé… ¿una notoria contrabandista que puede ser considerada competencia? Nuestros destinos serían más agradables si nos juzgaran por bandolerismo en Adén. Si Falco ha caído en sus manos, puede que él y todos los que lo acompañen ya estén muertos.

—Todavía hay algo de esperanza en esta situación. —Majed señaló su mapa—. Las cuevas que buscamos están en el extremo este de la isla, mucho más desolada y menos poblada. Cualquier pirata con sentido se apega a los puertos del norte y el oeste de la isla, que están más cerca de las rutas comerciales y tienen mejor acceso a los cultivos y al agua. Ya no es temporada de partir desde el sur, así que, si queréis acercaros desde esa dirección y quedaros en el este, probablemente podríais hacerlo sin ser descubiertos. Sin embargo, las corrientes son traicioneras, los vientos empujan contra los acantilados de un modo que los vuelve terribles para navegar y el agua está plagada de arrecifes.

—¿Así que nos hundiremos, pero no nos verán los piratas mientras nos ahogamos? —pregunté.

—No son las aguas más peligrosas que ha atravesado el *Marawati* y habéis viajado contra el monzón con éxito muchísimas veces —argumentó Majed—. Los barcos mercantes no tendrían motivos para intentarlo, pero, con la bendición de Dios, con una hábil nakhudha a los timones y un navegante experto como guía… podríamos lograrlo.

Levanté la cabeza de golpe.

—¿Podríamos?

Majed me miró a los ojos con expresión resuelta.

—Os irá mejor si yo voy a bordo. He copiado todo lo que he podido del paradero de la cueva y de las costas circundantes, pero…

—Entonces me llevaré tus notas y te pagaré generosamente —interrumpí—. Tengo mucha experiencia navegando y no puedo llevarte a enfrentarte con este franco, hermano. Tienes familia.

—Tú también tienes familia —replicó Majed con decisión—. ¿Qué tengo yo de diferente para que vosotros tres podáis arriesgar vuestras vidas y yo no?

—Unos quince años. —Dalila inclinó la cabeza, evaluándolo—. No... más bien veinte.

—Mujer, si los dos saltamos por la borda, seguiré llegando antes que tú a la orilla. —Majed cruzó los brazos sobre su barriga con aire desafiante—. ¿Cuál es la recompensa que te ofreció Sayyida Salima? Antes de chantajearte. Debió ser una cantidad sustanciosa.

—Un millón de dinares —confesé atrapada.

—Un millón... —Majed maldijo y se cubrió enseguida la boca, como si no lo hubiéramos oído todos decir cosas mucho peores—. Por Dios, no me extraña que tu tripulación esté tan rolliza.

—Te pagaré por las notas —volví a ofrecer con más urgencia—. Muy, pero muy generosamente. No tienes que hacer esto. —Fui a tomar el mapa.

Pero Majed fue más rápido, lo enrolló y se volvió a meter las notas en la alforja en un santiamén.

Me dirigió una mirada cómplice.

—No soy mucho mayor que vosotros. Asif significaba tanto para mí como para vosotros tres y no voy a quedarme mirando mientras otra gente explora cuevas marinas y costas que no se han usado en siglos. Solo por ese motivo, ya iría. —Resopló—. Lo exige el conocimiento de navegación.

—Solo quieres vivir una aventura, viejo —bromeó Dalila. Se volvió hacia a mí—. Pero ha presentado un argumento convincente para su presencia haciendo que nuestras muertes sean menos probables.

—Deja que venga —intervino Tinbu con ojos brillantes—. Sabes que tiene razón. Podemos usarlo. Lee las estrellas mejor que yo. Casi tan bien como tú.

—Ahí lo tienes —anunció Majed—. Ya lo hemos decidido los tres.

—¡Los tres no sois la nakhudha! —espeté—. ¿Lo sabe Nasteho? Se erizó.

—No necesito el permiso de mi mujer.

Dalila chasqueó la lengua.

—Apuesto a que se lo sugirió ella.

Majed se plantó, indignado.

—Me lo debes, Amina. Estuve a tu lado durante años. Debes confiar en que yo conozco mi corazón y mis capacidades.

Lo fulminé con la mirada, pero entonces recordé la pequeña ventana de su despacho que daba al mar, donde Majed dibujaba mapas de lugares a los que ya no iba. ¿Cuántos años habíamos pasado los dos juntos con las cabezas inclinadas sobre esos mapas y cartas? ¿Cuántas noches habíamos pasado estudiando las estrellas, soñando con China y centenares de destinos lejanos mientras el *Marawati* flotaba en el océano nocturno?

Yo no era la única con ambiciones postergadas.

—Bien —cedí—. Ven con nosotros. Pero tú serás el que se quede a bordo del *Marawati* cuando nosotros tres vayamos a investigar la cueva, ¿entendido? No... No discutas conmigo. Uno de nosotros tiene que quedarse en el barco y nunca se te ha dado bien empuñar un arma.

Majed frunció el ceño, pero inclinó la cabeza.

—Entonces estamos de acuerdo. —Tocó su alforja—. Necesitaré un anticipo de mi parte por estas notas, supongo que lo entiendes.

—Eso es hurto. Creía que ahora eras un hombre de Dios.

Inclinó la comisura de la boca en una sonrisa.

—Y también un hombre de familia, como tú bien has señalado. Diez dinares para cada uno de mis hijos, Amina, y treinta para mi esposa. Eso debería calmar tus miedos.

Gruñí, pero acepté.

—Los tendrán.

Tinbu rio de alegría.

—¡Esto es maravilloso! —Nos estrechó a Majed y a mí en un abrazo, intentando sin éxito agarrar también a Dalila—. El grupo unido de nuevo... ¡deberíamos robar algo!

Los ojos de Dalila se iluminaron.

—Ese jahazi enorme que iba en dirección a Kilwa parecía prometedor.

—No —aclaré con firmeza—. No vamos a robar a nadie. No estamos haciendo contrabando. Ya no somos criminales. O al menos... no todos lo somos. No en este viaje, de todos modos. Solo viajamos para rescatar a Dunya de este franco, si Dios quiere. Y si recuperamos a Dunya sana y salva, seremos todos tan ricos que ninguno tendrá que volver a robar nada nunca.

Dalila se sentó en mi banco.

—Sé que estamos intentando evitarlo, pero confieso que estoy intrigada por la posibilidad de ver a un franco. Se dice que apenas se bañan y que no se quitan nada del pelo que crece en sus cuerpos. Me pregunto qué tipo de piojos vivirán entre ellos... ah, deja de hacer arcadas, Majed. Sé que me has echado de menos.

—Ni por un momento de un solo día.

—Si seguís discutiendo los dos voy a tener que abandonaros en Socotra para que resolváis vuestras diferencias. —Miré al horizonte con el nombre de nuestro destino apretando mi corazón como un tornillo—. Socotra. Que Dios nos proteja.

SUS HABITANTES SON CRISTIANOS
Y HECHICEROS

Una anécdota de los viajes de Ibn al-Mujawir:

En todo el océano, no hay isla más grande o mejor que So-
cotra. Tiene palmeras datileras, áreas de cultivo y campos de
sorgo y trigo. Hay camellos y reses y miles y miles de ovejas. El
agua fluye en la superficie de la tierra, dulce y fresca, de un
gran río cuyo nacimiento brota, largo y ancho, desde las mon-
tañas. Con bastante frecuencia, este río proporciona un exceso
de peces al mar. Crecen aloes y árboles de sangre de dragón con
su riego. En las costas de la isla hay mucho ámbar gris.

Los habitantes son cristianos y hechiceros. Aquí va un
ejemplo de su hechicería. Sayf al-Islam había preparado cinco
buques de guerra para tomar la isla. Cuando se acercaron a
ella, desaparecieron de la vista. Patrullaron arriba y abajo, arri-
ba y abajo día y noche durante varios días y noches, pero no
encontraron rastro de la isla ni tuvieron ninguna noticia de
ella. Así que volvieron a casa derrotados.

Una advertencia del experto geógrafo Muhammad
ibn Ahmad al-Muqaddasi:

La isla de Usqutrah se eleva como una torre en el mar oscuro; es
un refugio para piratas, el terror de los buques de vela en esta zona,
y no cesarán de ser motivo de temor hasta que se despeje la isla.

14

Con mi antiguo navegante a bordo, partimos de Mogadiscio y seguimos la costa norte somalí durante diez días, atravesando una distancia que podríamos haber completado en cuatro si hubiéramos ido en reversa, como aconsejaban los vientos, el sentido común y la sabiduría marítima acumulada durante siglos. Y eso fue antes de girar al este-nordeste hacia el mar abierto. Habíamos trazado una ruta tratando de evitar los trayectos más concurridos entre Ras Asir y las islas exteriores más al oeste de Socotra, pero era una ruta que nos haría atravesar aguas más peligrosas y, aunque soy una marinera experimentada, ver la costa desaparecer por completo en esa ruta era tan inquietante como emocionante. El mar abierto ya es un lugar peligroso en condiciones favorables, mucho más cuando se navega en una época que no es la indicada. Un error de cálculo, una tormenta, y podrías salirte del rumbo y no volver a ver la tierra nunca más. De hecho, muchos nawakhidha no se arriesgan nunca a apartarse de la costa y hay poca vergüenza en esa reticencia: uno puede ganarse la vida decentemente yendo de puerto en puerto, manteniendo siempre la tierra a la vista.

Por esa razón, entre muchas otras, me alegré de que Majed se hubiera unido de nuevo a nosotros. No solo me sentía como si hubiera remendado el último agujero en una vela hecho jirones, sino que también era tranquilizante tener a bordo a un hombre que había cruzado el mar profundo incluso más veces que yo. Tinbu era un marinero excelente, pero prefería pegarse a la costa. Majed prefería elegir una estrella y lanzarse a lo desconocido. Los años habían disminuido su irritabilidad y me pasé un buen rato sentada con él discutiendo sobre el Corán y el tiempo que había pasado en La Meca. Mi tripulación era en su mayoría musulmana y muchos de ellos apreciaron el relato de Majed, aunque valoraban todavía más su seguridad con el *Marawati*. Anima el corazón de un marinero ver a otro que ha envejecido siéndolo, puesto que muchos no lo hacen. Cuando dos noches de tiempo horrible azotaron el cielo oscureciendo las estrellas, confié en su guía. Cuando nos topamos con una zona de fuerte oleaje, fue misericordioso tener otro par de manos para esquivar el agua.

Aun así, la difícil travesía que había anticipado —una ruta fuera de temporada tan peligrosa que pocos nawakhidha se arriesgarían a seguirla— no solo no tuvo lugar, sino que además resultó ser completamente lo contrario. Tras diez días en el mar, las nubes se alejaron del sol como si alguien hubiera tirado de ellas, el océano se tranquilizó de manera abrupta y fui bendecida con las condiciones de navegación más perfectas que me había encontrado jamás. Hubo un viento constante como si una mano invisible nos hubiera empujado en dirección a Socotra y, aunque tanto Majed como Tinbu se unieron a mí revisando una y otra vez el claro mapa de las estrellas en los impecables cielos nocturnos y ajustando los timones, sospechaba que lo hacían de manera rutinaria, al igual que yo. No hubo más oleaje fuerte, corrientes errantes ni calmas ecuatoriales. Pasamos por bancos de peces tan espesos que casi saltaban a nuestra cámara de combustión y, aunque no llovió, el rocío se acumulaba tanto en nuestras telas que podíamos rellenar nuestras caramañolas y tanques de agua cada mañana. Los remos permanecieron intactos y el calor, soportable.

Me volvía absolutamente loca.

—Amina, deja de mirar así al horizonte como si te hubiera ofendido al no arrojarte una tormenta —me reprendió Tinbu pasando por mi lado con un balde de brea mezclada y aceite de ballena, ya que estábamos sacando provecho del buen tiempo con tareas de mantenimiento—. Vas a traernos mala suerte.

—Es antinatural —gruñí mientras a nuestro alrededor la tripulación cantaba alegremente sobre bellezas de ojos oscuros; yo era la única molesta por el complaciente mar soleado y las velas llenas de vientos—. Somos marineros. La primera ley de la navegación es que, si algo puede ir mal, irá mal.

Tinbu puso los ojos en blanco.

—Eres demasiado pesimista. ¿Qué tiene de malo un poco de buena suerte?

Porque no es solo un poco y la última vez que tuve tanta suerte, me costó un compañero. Pero eso no se lo dije, por supuesto.

Está muerto, me dije a mí misma en su lugar. *Muerto y enterrado al otro lado del océano Índico. Esto no es por él.*

No puede serlo.

En el amanecer del decimosexto día desde que habíamos partido de Mogadiscio, mi vigía gritó tierra. Habíamos visto los pájaros la noche anterior. Siempre siete, una de las muchas supersticiones de Socotra. Sola en medio del mar, en una exuberante isla de montañas escarpadas, ríos llenos de peces, cuevas encantadas y plantas extrañas, Socotra siempre había atraído este tipo de mitos. Incluso desde la distancia, la isla parecía mágica, sobresalía de una corona de brillante agua turquesa y la cima de su meseta rocosa envuelta en nubes brumosas.

No me arriesgué mientras nos acercábamos a Socotra, preparada para dar la orden de retirada si nos veían. Nos estábamos acercando por el lugar más deshabitado de la isla, pero no dudaba de que los notorios piratas de Socotra patrullaban incluso este tramo desolado de playa. Tenía arqueros y remeros listos; los miembros de mi tripulación con la vista más aguda en el nido de cuervos del *Marawati*, en la proa y en la popa, que gritaban cuando veían arrecifes y corales para que pudiéramos alejarnos. Aun así, echamos el ancla a una distancia segura.

—No me gusta este plan —dijo Majed por tercera vez esa mañana mientras el dunij descendía al agua y Tinbu, Dalila y yo terminábamos de preparar nuestras alforjas—. Si el franco está aquí con hombres armados, vosotros tres no podréis hacer nada contra ellos.

—Esa es la intención —le recordé—. Dos mujeres y un solo hombre caminando por las colinas pueden confundirse con gente del lugar. Una banda de marineros armados es más posible que sea vista como una amenaza. Además, ahora mismo solo estamos explorando. —Me colgué la alforja del hombro ajustándome las armas antes de pasar por el borde del *Marawati*.

—Entonces yo debería ir con vosotros —insistió también por tercera vez—. Tengo el mejor sentido de la orientación. Y no soy el anciano débil que todos creéis que soy. Cuando estoy en casa, todavía nado toda la distancia de...

—No dudo de que puedas vencer a cualquiera de la tripulación a nado y sé que tu sentido de la orientación es superior. Pero te necesito en el barco. —Empecé a bajar por la cuerda hasta el dunij—. Una semana, hermano. Es tiempo más que suficiente para que podamos cruzar la isla, investigar la cueva y volver. Si no nos reunimos contigo en una semana...

—Iré a buscaros.

Le dirigí una mirada de exasperación.

—Iba a decir que tendrías que volver a Mogadiscio en lugar de arriesgar la vida.

—Asegúrate de que os reunís conmigo aquí y no tendrás que preocuparte por tal cosa. —No había lugar a discusión en el tono de Majed—. Mantendré el *Marawati* lo bastante cerca para poder ver señales de fuego desde la playa.

Tinbu se unió a nosotros con el arco recién pulido y el carcaj lleno de flechas nuevas. Dalila estaba justo detrás con sus propias alforjas. Habíamos empacado el mínimo posible, con pocas provisiones. En esta parte de la isla había sobre todo matorrales. Pocos lugares en los que esconderse y sospechaba que no sería nada fácil escalar esas colinas.

Tomamos el dunij hasta la orilla; la isla se elevaba sobre nosotros a medida que nos acercábamos. La marea había bajado revelando anémonas de color azul verdoso que cubrían las enormes rocas negras que sobresalían de las aguas poco profundas como bordados en un dobladillo. Nos zambullimos en un agua tan clara como el cristal con pequeñas olas persiguiéndonos y chocando entre ellas hacia la arena blanca. La playa era estrecha, empequeñecida por la imponente planicie que formaba el centro de la isla. Acantilados escarpados de piedra caliza se elevaban más altos que un edificio de varios pisos. Por todas partes había polvorientas dunas de arena pálida que se formaban junto a los acantilados como oleadas de intrusos en los muros de la ciudad.

Nos despedimos de los marineros que nos habían llevado remando hasta allí y partimos siguiendo la sombra del acantilado. Nuestros pies crujían sobre la arena y las aves marinas chillaban en lo alto. El resplandor del sol sobre el agua era cegador y luché contra la desorientación mientras intentaba recuperar el equilibrio y el sentido del espacio tras tantos días en el mar. En al-Mukalla había tomado uno de los sombreros de paja anchos que usaban los trabajadores de campo para que se lo pusiera Dalila sobre su tocado de venenos pensando que tal vez la ayudaría a ver mejor. A medida que la playa se curvaba hacia el norte, poniéndonos todavía más a la merced del sol, lamenté no haber tomado uno también para mí.

—Vaya —silbó Tinbu—. Supongo que no todos tuvieron nuestra suerte durante el viaje.

—¿A qué te…? Ah. —Me protegí los ojos y me di cuenta de que la forma oscura que teníamos delante no era una de las rocas negras que sobresalían del agua: era un barco. Bueno, medio barco. El destino que hubiera sufrido el barco lo había partido por la mitad y lo dejó varado entre las olas rompientes con la popa hacia arriba—. No, me temo que no habría muchos supervivientes a eso.

Nos acercamos al naufragio con precaución. Los únicos visitantes que había aparte de nosotros eran un par de gaviotas posadas sobre el adorno de la popa y unos pocos peces pequeños nadando en un charco que había quedado entre las partes rotas del casto. A juzgar por su tamaño, el barco debió ser tres veces más grande que el *Marawati*. El tipo de barco con dos mástiles y grandes velas; una embarcación de aguas profundas destinada a transportar caballos, tesoros reales y artículos de lujo pesados.

—Me pregunto qué le pasaría —reflexionó Dalila en voz alta mientras yo rodeaba los restos. El agua que me lamía los tobillos estaba helada, sombreada por el barco condenado. El viento silbaba a través de los tablones de madera destrozados, un grito espeluznante como las cuerdas rotas que una vez habían sujetado el casco y que ahora se mecían con la brisa. Había una extraña vibración en el aire, como si estuviera a punto de caer un rayo.

Llegué al otro lado del casco y se me formó un nudo en la garganta.

—Creo que he encontrado la causa.

El misterioso barco no se había hundido porque hubiera chocado con rocas o corales, se había hundido porque lo había partido un mordisco. Había un semicírculo de bordes dentados arrancado del casco con tal violencia que se habían quedado dos dientes en la madera. Eran curvos como colmillos y tenían el color del óxido. Tinbu se unió a mí.

—¿De dónde han salido esos?

Saqué uno de los dientes. Era tan largo como mi antebrazo.

—Ni idea.

Dalila me arrebató el diente de las manos y lo examinó.

—No se me ocurre ninguna criatura con dientes de este tamaño.

—A mí tampoco. —Tinbu tragó saliva y dijo lo que sospechaba que todos nos temíamos—. ¿No creeréis...?

—¿Qué este podría ser el barco de Falco?

Layth había muerto antes de poder contarnos algo sobre el barco que había acabado contratando el franco, pero Falco parecía el tipo de hombre que iba gastando su dinero, un hombre que habría querido el barco más grande y lujoso que pudiera encontrar. Un barco como este. Las corrientes del océano son fuertes, por supuesto, y he visto barcos que se rumoreaba que habían naufragado al otro lado del mar al llegar a nuestras costas. Pero por lo general su estado era mucho peor que este, estaban rotos en pedazos, maltrechos y cubiertos de algas por el tiempo pasado en el agua.

No... este barco estaba cerca cuando encontró su final. Lo que significaba que probablemente hubiera ido allí a propósito.

—Podría ser —admití pasando los dedos por los puntos arrancados.

Tinbu emitió un sonido de angustia.

—Este barco se habría hundido con rapidez, Amina. Muy, muy rápido y eso asumiendo que la criatura que lo golpeara no tirara de él y atacara a los pasajeros. Tal vez no hubiera tiempo para que nadie escapara con su dunij.

Cuando Tinbu no podía encontrar un modo de sentir esperanza, realmente había problemas. Y, aun así, era complicado discutir con su evaluación.

«No volverás a ver a tu hija». ¿Me creería Salima si le llevara la noticia de la muerte de Dunya? ¿Me concedería misericordia por la paz de estar al tanto del destino de su nieta?

Lo dudaba. Probablemente, encontraría un modo de culparme a mí.

Le di la espalda al naufragio.

—No sabemos con certeza si este era su barco. Y quedarnos mirándolo no ayudará a Dunya. Vamos.

Los acantilados al final se suavizaron lo suficiente como para que pudiéramos subir un tramo de dunas de arena pedregosa hasta que llegamos a la meseta que constituía el corazón de la isla. Detrás de nosotros estaba el mar y, a lo lejos, al oeste, montañas rocosas rasgando uno de los cielos más azules que hubiera visto nunca. En muchos sentidos, esa tierra escarpada me recordó a Omán, zonas de vegetación exuberante brotaban del polvo y de las rocas secas, su color intenso complementaba el agua azul brillante y la impresionante costa. Y, sin embargo, era todo muy diferente, sus árboles y plantas eran extraños, me recordaban que estaba muy lejos de casa.

No era un terreno fácil de atravesar, sobre todo para un trío de personas de mediana edad que llevaban dos semanas sin caminar más que por la estrecha cubierta del *Marawati*. Mi rodilla mala todavía no agonizaba, pero había una inestabilidad palpitante en la articulación que prometía cobrarse luego cada paso en falso. El suelo era irregular, subía y bajaba en colinas y barrancos poco profundos. La maleza era espesa y llena de pinchos. Y encantadora, sí, con rosas rojas y púrpuras escalando para encararse hacia el sol, pero las vides espinosas conspiraban para arañarme las pantorrillas y hacerme sangrar los tobillos. Higueras e inciensos crecían en abundancia, como ancianos retorcidos cuyos breves pasajes de sombra eran apreciados, pero demasiado escasos para suponer un verdadero alivio. En poco tiempo, el sudor empapó mi cuerpo y la ropa se me pegó a la espalda.

Después de caminar por una cantidad excesiva de colinas, salimos a un valle con vistas impresionantes. Zarcillos de niebla flotaban alrededor de cumbres distantes, había hierbas y arbustos espinosos por todas partes. Aquí vimos al primero de los famosos árboles de sangre de dragón de Socotra y nos detuvimos para maravillarnos con el espécimen. No se asemejaba tanto a un árbol, sino a una cúpula de césped que parecía haber sido empujada hacia el cielo, un hongo arbóreo. Cientos de ramas serpenteaban desde su tronco, una densa red de venas de corteza tan gruesa que el ojo no podía perforarlas.

—Es tan extraño como dicen —comenté—. Parece un árbol de otro reino, algo diseñado para dar sombra a ángeles y djinn.

Tinbu se estremeció.

—O a demonios y necrófagos… Dalila, ¿tienes que hacer eso?

—Sí —respondió clavando y girando uno de sus cuchillos en el tronco de árbol de sangre de dragón. Lo sacó de un tirón, presionando un trapo pálido en la herida supurante que rápidamente se puso rojo—. ¿Sabes cuáles son las propiedades que se rumorea que tiene esta savia?

—Vas a hacer que nos coma un espíritu del árbol. —Tinbu retrocedió, como si quisiera poner espacio entre él y Dalila y luego se dirigió a la cúpula del árbol—. ¡No me culpes a mí por sus ofensas!

—Tinbu, deja de gritarle al árbol. Dalila, deja de apuñalar el árbol. —Los agarré a ambos del brazo como si fueran niños descarriados—. Haréis que me arrepienta de no haber traído a Majed.

Seguimos andando sin que nos molestaran los espíritus de los árboles y paramos a descansar alrededor del mediodía. Vimos pruebas de gente local por todas partes: las herramientas de un siringuero en un bosque de incienso, una correa de cuero enganchada en una rama y huellas de pezuñas de ovejas en el suelo. Había incluso un sendero angosto y lleno de curvas, pero lo suficientemente marcado para indicar que la gente lo usaba. Aunque no vimos a nadie, hicimos todo lo posible por mantenernos ocultos, escondiendo nuestro rastro siempre que podíamos.

Era complicado discernir cuán lejos habíamos viajado. Cuando el sol se estaba poniendo, tiñendo el paisaje de Socotra con tonos sangrientos, el mar había quedado muy atrás. Pero no había nada que insinuara que la costa norte estuviera cerca y, por muy extraño que pareciera... apenas había sonidos. Ni el canto nocturno de los insectos, ni el trino de los pájaros, ni el susurro de pequeños reptiles o roedores merodeando. Más bien era como si la naturaleza misma estuviera conteniendo el aliento como una presa congelada ante el olor de su depredador.

Sin embargo, había algo de misericordia en tal silencio porque así pudimos oír el débil murmullo de un pequeño arroyo que, de otro modo, habríamos pasado por alto. Llegamos al arroyo justo cuando el sol se hundía tras el horizonte. Era una imagen bendita, aunque espeluznante: palmeras afiladas velaban en la sombra y los pálidos montículos de los peñascos se elevaban sobre el agua como cadáveres flotantes. El arroyo se adentraba en las profundidades de las colinas, proporcionando un refugio natural en el que esconderse.

La corriente era suave y el agua estaba más fría de lo que debería haber estado tras todo un día en el sol. Pero fue suficiente para saciar nuestra sed y limpiarnos la tierra de la piel. Cada uno rezó según su tradición y luego, sin atrevernos a encender un fuego, nos acurrucamos como gatitos para protegernos del frío nocturno. Tomamos una sencilla comida a base de dátiles, pescado salado y galletas rehidratadas. En otra época, habríamos compartido chistes y contado historias, pero ahora, agotados por la larga caminata y nuestra edad, mis amigos se durmieron fácilmente ante mi insistencia.

Me envolví con la capa para hacerme cargo de la primera guardia y contemplé el cielo. Era precioso: los gruesos cúmulos de estrellas y las constelaciones eran los más claros que había visto nunca. Encontré a Tauro y Aldebarán, aunque la luna todavía no estaba en su manzil y tardaría en estarlo. Tracé las otras constelaciones y mi mente recordó las historias que mi padre me contaba sobre ellas. Mi madre y mi abuelo se habían encargado de inculcarme conocimientos prácticos: cómo leer cartas, cómo preparar una comida destinada a una persona para alimentar a cuatro, cómo saber si se avecinaba una tormenta. Pero mi padre había sido un soñador y le encantaban los relatos que había detrás del mapa celestial en el que confiábamos para guiarnos. Se decía que había espíritus que encarnaban a cada uno de los manaziles lunares. La preciosa Thurayya que podía conceder deseos y al-Na'am, el poderoso centauro que vigilaba a los cazadores. El temible Aldebarán, quien llevaba una armadura escamada y sostenía en alto una serpiente mientras cabalgaba por el cielo sobre un caballo que respiraba vientos de tifón.

Los relatos de mi padre podían ser dramáticos y mi madre a menudo lo regañaba, sobre todo cuando me los contaba antes de acostarme y temía que me provocaran pesadillas. Pero sus historias nunca me dieron miedo. Era una niña demasiado temeraria que se deleitaba creyendo que todos los gatos callejeros eran djinn y que todas las sombras que había bajo el oleaje eran sirenas. Aunque iba más allá de la imaginación. Crecí sintiéndome inusual, fuera de lugar e inconformista con el destino reservado para las chicas jóvenes. En un rincón oculto de mi corazón, alimentaba sueños bochornosos. No era hija de mis padres, sino de una tribu de mujeres guerreras que volaban sobre caballos alados. O era la heredera de un reino oculto bajo las olas y los susurros que oía desde el agua cuando navegábamos y los extraños relámpagos que veía en la distancia no eran fenómenos atmosféricos naturales, sino magia. Mi verdadera familia llamándome.

Entonces me convertí en adulta. Una adulta que aprendió por las malas que, si había magia en este mundo, podía ser tan brutal y astuta como el peor monstruo de un cuento de hadas.

Me pregunto entonces, ¿qué tipo de magia es la de la Luna de Saba?

Luché por recordar lo que me había contado mi padre. Le gustaba esa historia, encontraba puntos en común con la luna que había quedado tan asombrada al ver a Bilqis que Aldebarán había tomado forma de perla para unirse a ella, ya que mi padre había estado a punto de caer de su barco al ver a mi madre, y renunció a una vida de piratería para casarse con ella. Si cerraba los ojos, todavía podía verlo guiñándole el ojo a mi madre cuando contaba la historia y —para mi horror entonces— le daba un cariñoso apretón en el trasero cuando pensaba que no había nadie mirando. Yo no era una niña que apreciara el romance.

Pero me costaba imaginarme a un franco asesino y sediento de poder llegando hasta Socotra por la fuerza de una historia de amor. Así que, ¿qué más le habría contado Dunya? ¿Por qué Falco creía que lo que la Luna de Saba pudiera hacer compensaba embarcarse en una

aventura tan poderosa? En ese momento, lamenté no haberme llevado más documentos del escritorio de Dunya. Lo único que recordaba
era el almanaque, abierto por las páginas que hablaban del próximo
eclipse, para el cual solo faltaban unas semanas. En mi desesperación y rabia por la amenaza de Salima, no había pensado con claridad y las extrañas palabras y símbolos de los otros libros solo habían
servido para confundirme todavía más. Pero si hubiera tenido la
sensatez de llevármelos, mis compañeros y yo habríamos podido estudiar los textos durante nuestro viaje, descifrando todo lo que pudiéramos juntos.

No importa, intenté decirme. *Preocúpate más por encontrar a Dunya
y menos por el propósito de gemas mágicas que probablemente no existan.*
Pero, en mi corazón, mientras contemplaba las frías estrellas en el
cielo sobre nosotros, supe que no iba a ser tan fácil… ni recuperarla
ni olvidar los cuentos enterrados en lo más profundo de mi ser.

15

El sueño se aferró a mí con determinación a la mañana siguiente, los sueños que había tenido sobre langostas atravesando una luna en medio de un eclipse me dejaron la cabeza nublada. Excepto por un solitario buitre volando en círculos a lo lejos, el mundo seguía pareciendo extrañamente ausente de vida. No nos habíamos despertado con picaduras de insectos y llegó el amanecer sin el dulce trino de los pájaros. No había peces en el arroyo ni arañas en telarañas brillantes con el rocío de la mañana. Era como si, en lugar de llegar a Socotra, nos hubiéramos deslizado entre las páginas de un libro de cuentos a un reino cuyos habitantes se hubieran vuelto invisibles.

Al menos, hasta que intentamos abandonar nuestro campamento.

Dalila extendió los brazos para detenernos y su bastón de madera estuvo a punto de golpearme en la barbilla.

—Esa huella no estaba aquí anoche.

La huella en cuestión, poco más que una mancha en el polvo, estaba ubicada en una elevación del sinuoso sendero de tierra desde la cual nuestro campamento habría sido visible, incluso de noche. Y desde la cual su portador también habría sido visible para nosotros. La luna y las estrellas brillaban con fuerza y no había árboles ni arbustos que oscureciesen la zona.

Fruncí el ceño.

—Habríamos visto a alguien. ¿Alguno de vosotros se durmió durante su guardia?

Cuando Dalila y Tinbu negaron rotundamente, me acerqué para examinar la huella. Parecía hecha por un zapato —tal vez una sandalia o una bota— y tenía más o menos el tamaño de mis pies. Era profunda y, sin embargo, lo más extraño es que solo había una. También es cierto que, si yo viajara sola por una tierra hostil y me encontrara un grupo de extraños a medianoche, también podría congelarme y retirarme en silencio, borrando todo lo que pudiera de mis huellas.

Pero lo habríamos visto. Oído.

—Dalila… —empezó Tinbu con voz compasiva—. ¿Crees que es posible que la huella estuviera aquí antes de que llegáramos y tal vez tú no la vieras?

—No estaba aquí anoche —respondió ella con voz firme—. Miré precisamente en busca de huellas.

Levanté la mirada hacia el horizonte brumoso. El sol naciente estaba quemando la niebla de la mañana, convirtiéndola en un rubor brillante de rocío que se evaporaba con rapidez. Esta era por lo general mi parte favorita de la mañana, la paz y la promesa de un nuevo día me parecían algo casi mágico.

Pero no lo sentí así en ese momento.

Tinbu y Dalila seguían discutiendo.

—Podrías estar fuera de quicio por nada —dijo Tinbu—. Sé que tus ojos…

—Mis ojos están bien —espetó Dalila.

Levantándome, declaré:

—Nos vamos. Quiero que haya toda la distancia posible entre nosotros y este campamento cuando caiga la noche.

No llegamos muy lejos.

A mediodía, las señales de presencia humana, escasas cuando partimos, se habían vuelto imposibles de ignorar: mechones de pelo de oveja atrapados en cardos y un bosquecillo de olivos e higueras bien cuidados; muchas más huellas en un camino que se ensanchaba y montones de rocas que indicaban direcciones a destinos desconocidos.

Al principio, el débil olor del humo fue casi acogedor. Asumimos que serían fuegos de cocina, una señal de que no éramos los únicos humanos en un mundo al otro lado de un portal, aunque no vimos la correspondiente columna de humo en el cielo. El olor se volvió más pesado y omnipresente, imposible de evitar en cualquier dirección a la que giráramos. Entonces llegó mezclado con algo peor: podredumbre. El enfermizo aroma de la muerte y la descomposición, de sangre vieja y entrañas derramadas aumentó en el aire cálido y, cuando llegamos a un pueblo demasiado silencioso, creo que todos sabíamos que estábamos a punto de descubrir algo horrible.

Nos detuvimos a la sombra de los árboles cercanos. Desde allí, se veían restos ennegrecidos de cabañas quemadas y un corral de ganado roto. No había señales de vida. No había niños que gritaran ni perros que ladraran porque se acercaban unos desconocidos. Había pertenencias esparcidas por el perímetro y una puerta abierta que se balanceaba abriéndose y cerrándose con un golpe.

—¿Qué hacemos, nakhudha? —susurró Tinbu.

Era una pregunta excelente. No había ni una parte de mí que quisiera acercarse a ese pueblo, pero habíamos venido a explorar, a encontrar respuestas, aunque no nos gustaran. El naufragio en la playa, la extraña ausencia de vida en las colinas, la huella que no podíamos explicar y ahora, esto. Nada presentaba una imagen tranquilizadora de lo que nos esperaba.

Quería volver. Mi instinto me decía que volviera. Pero cada vez que pensaba en subirme a bordo del *Marawati* y largarme de aquí, veía un cuchillo en el cuello de Marjana. Veía mi casa en llamas, mi madre asaltada por algún espíritu vengativo de mi pasado. Mustafá y su familia ejecutados por crímenes en los que no habían tenido parte. Mis seres amados castigados por mis decisiones, por mis enemigos, antes de que pudiera salvarlos.

Céntrate.

—Hagamos un barrido rápido —decidí—. Si vamos a desembarcar más hombres, es mejor que sepamos si se trata de una peste de tipo natural o humana. Pero cubríos la cara y tened las armas a mano. —Me envolví la boca y la nariz con el turbante y saqué la espada y un cuchillo arrojadizo.

Era un pueblo modesto, de no más de una docena de chozas de paja y la mitad de pequeñas casas de piedra. Pero había señales de abundancia en las ollas rotas, las alfombras caídas y los muebles destrozados que cubrían el camino. Los animales se habían ido y rastros de grano se esparcían por todas partes, lo que indicaba que llevaron sacos de comida. Claramente, el lugar había sido saqueado. Pero, a pesar de las chozas chamuscadas, no había más señales de violencia. Nada de cuerpos, nada de sangre.

No tenía sentido. He visto secuelas de incursiones en pueblos como este. Son violentas, espantosas y dejan marcas. Aquellos que son tan crueles como para robar y aniquilar vidas de pobres rurales, rara vez se preocupan por ocultar las pruebas, y aquellos a quienes atacan lucharán a muerte para defender los hogares y el sustento que han labrado juntos.

—¿Dónde está todo el mundo? —preguntó Dalila en voz baja.

—¿Es posible que quien haya atacado este lugar secuestrara a los habitantes? —sugerí—. Sé que hay esclavistas que se llevan a poblaciones enteras.

—¿Y nadie opuso resistencia? —preguntó Tinbu, dudoso—. No lo creo.

Yo tampoco lo creía. Me detuve para mirar dentro de una de las chozas mientras Tinbu y Dalila continuaban. La cortina andrajosa que colgaba de la entrada bailaba con el viento. El interior estaba oscuro (más oscuro de lo que parecía posible teniendo en cuenta cómo brillaba el sol), aunque pude distinguir la silueta de un pequeño altar cristiano: una vela medio derretida junto a un icono del profeta Isa y su madre, Dios los tenga en su gloria. Me acerqué y me detuve de repente. Salía un olor particular de la choza. No era humo ni podredumbre.

Relámpagos. Nubes de tormenta y sal, la salmuera de criaturas marinas en descomposición y el pesado aire húmedo de las lluvias monzónicas. Era el mismo olor que había en el barco de la playa.

Dalila gritó.

Dalila nunca gritaba. Era mi compañera más implacable y enigmática, siempre iba diez pasos por delante del resto de nosotros. Así que, cuando oí ese sonido, salí corriendo de la choza y fui a su lado tan rápido como mis pies me lo permitieron. Tinbu y ella se habían adelantado, habían pasado por un gran edificio de piedra marcado con una discreta cruz de bronce: una iglesia. Al lado, el árbol de sangre de dragón más grande que había visto en Socotra se cernía sobre la pequeña iglesia proporcionando lo que debía ser un lugar de reunión central maravillosamente sombreado en el centro del pueblo.

Tres ancianos —dos mujeres y un hombre de cabello gris con una túnica negra larga— habían sido clavados al tronco del árbol.

Mis pasos se ralentizaron mientras el horror se apoderaba de mí. Mis compañeros estaban ilesos, pero había sido la espantosa imagen lo que había hecho gritar a Dalila. Era realmente espeluznante. Había lanzas atravesando el estómago de los tres ancianos, sosteniéndolos a cierta distancia del suelo. Los cadáveres estaban encorvados sobre las armas, tenían la piel azulada y los cuerpos arrugados. Una mujer todavía tenía los dedos agarrados a la lanza.

Habría sido una muerte agonizante, una muerte lenta.

Tinbu se cubrió la boca.

—Que los Dioses tengan piedad, ¿por qué iba alguien a herir así a unos ancianos? Probablemente estas mujeres fueran abuelas.

—Y ese hombre es un sacerdote —dijo Dalila. Tenía el rostro inexpresivo y la mirada fija en los ancianos asesinados, pero no me fijé en que estaba aferrando su propia cruz—. Este es un pueblo cristiano.

—¿Un sacerdote? —repitió Tinbu sorprendido—. ¿Significa eso que esto no es obra del franco?

Dalila dejó escapar un sonido amargo.

—Los francos solo nos ven a los demás como cristianos cuando les conviene.

Más allá de los muros del pueblo, una ramita se partió. Me di la vuelta levantando mi cuchillo arrojadizo. Pero no se oyó más sonido que el de los latidos de mi propio corazón. Nada de movimiento excepto el suave susurro de las prendas de los muertos en el árbol.

Sal de aquí. El olor a relámpago de la choza quemada, la huella y ahora tres horribles asesinatos. Cada vez había más cosas que no me gustaban.

—Nos vamos —decidí—. Ahora mismo.

Dalila me ignoró y se acercó a los cuerpos.

—Quiero enterrarlos.

—¿Enterrarlos?

—Sí —respondió.

—Dalila, ¿tienes idea de cuánto…?

Me fulminó con la mirada con una ira inusual brillando en sus ojos.

—Tú lo harías si fueran musulmanes.

Esa acusación me tomó por sorpresa. Nunca había visto a Dalila mostrar tal preocupación por unos desconocidos. Aun así…

¿Lo haría?

Si las ancianas hubieran llevado velos como los de mi gente y el hombre llevara un turbante de jeque, ¿habría insistido mi corazón para que me quedara y los amortajara lo mejor que pudiera ofreciendo oraciones fúnebres a sus tumbas? ¿Acaso Dalila, una amiga que había dejado su hogar y que había estado a mi lado, creía realmente eso de mí?

¿Se equivocaba al hacerlo? Más desconcertada de lo que hubiera imaginado, abrí la boca, pero no logré pronunciar una respuesta.

Tinbu me salvó tocándome la muñeca.

—Sacaremos tiempo, Dalila. ¿Por qué no buscas una pala? Amina y yo bajaremos los cuerpos.

Fue un trabajo espantoso cuyos sórdidos detalles no relataré. Los cuerpos estaban en extremo frágiles y ligeros y no podía imaginar una razón por la que esta gente hubiera sido masacrada de un modo tan brutal. Era difícil determinar cuánto hacía que los habían matado, puesto que el viento y el aire seco habían ralentizado el proceso de descomposición.

—Amina, mira esto —susurró Tinbu señalando tres marcas de pinchazos en la garganta del sacerdote, como si el anciano hubiera sido apuñalado con una aguja—. He visto una herida similar en una de las mujeres, pero pensé que sería una herida no relacionada.

Fruncí el ceño y miré el cuello de la mujer a la que había bajado yo, pero la piel estaba demasiado magullada para notar si tenía una herida comparable. Aun así, había algo en el aspecto de los cuerpos inquietante además del cruel modo en el que habían muerto. Un extraño tono azulado se esparcía por su piel, tenían los ojos nublados como pálidas piedras de luna, no había señales de que hubieran sido tocados por insectos o animales.

Me estremecí.

—Cavemos rápido.

No obstante, no se podía cavar con rapidez, no en el suelo rocoso de Socotra, y ya era tarde cuando al fin conseguimos tres tumbas poco profundas. Dalila murmuró unas oraciones mientras Tinbu arrojaba suavemente tierra y piedras sobre los cadáveres y yo vigilaba el perímetro con un arma en cada mano, convencida de que sentía ojos puestos sobre nosotros. Estaba empapada en sudor y temblando a pesar del calor del día y de los esfuerzos.

Otra puta ramita se partió detrás de mí.

Giré y lancé el cuchillo. Voló hacia unos espesos arbustos y esperé, anticipando el grito de algún animal o el bramido enojado de algún humano. Pero no hubo respuesta.

—¿Amina? —Me sobresalté con la voz de Tinbu y me giré para ver a mi amigo que me miraba con cautela y preocupación—. ¿Va todo bien?

—Me había parecido oír algo. —Observé más de cerca hacia donde había arrojado el cuchillo, agarrando la espada—. ¿Estamos listos para marcharnos?

—Sí. Dalila dice que ha terminado.

—Bien. —Pateé los arbustos buscando mi cuchillo, pero no había nada en el suelo pedregoso. Me adentré más en la maleza apartando las enredaderas y maldije cuando una espina se me clavó en la mano.

—¡Vamos, Amina! —gritó Dalila—. Creía que tenías prisa por marcharte.

—¡Tengo que encontrar mi cuchillo! —Me arrodillé para rebuscar en el suelo pasando las manos por la tierra. Rocé con los dedos algo húmedo y baboso y retrocedí cuando me di cuenta de que eran los restos de un nido de pájaros. Los huevos estaban rotos, rezumaban fluidos y crecían enredaderas alrededor de los restos óseos de la madre.

Mi corazón tartamudeó al verlo. Tal vez estuviera exagerando, los pájaros morían por enfermedades todo el tiempo. Había muchos animales que cazaban huevos. Pero, después de lo que habíamos visto en este pueblo, esa escena de una muerte particularmente maternal hizo que me llegaran escalofríos a oleadas. Retrocedí. Al diablo con mi cuchillo. Nos largábamos.

Las espinas tiraron por última vez de mi turbante y estuvieron a punto de quitármelo. Me limpié las manos con arena y dirigí un último vistazo a las tumbas frescas, agregando mis propias plegarias para los pobres ancianos. No sabía si sus muertes eran obra del franco (nunca había visto lanzas como esas, aunque tampoco había visto a ningún franco), pero la posibilidad hizo que se me helaran las entrañas. Tinbu y Dalila ya habían pasado por la puerta que salía del pueblo y tuve que correr para alcanzarlos.

Pero si esperaba que la sensación de que alguien nos estaba vigilando fuera a desaparecer cuando saliéramos del pueblo, estaba totalmente equivocada. Oí susurros de criaturas escondidas en cada arbusto y sentí el peso de miradas vigilantes en cada sombra. Estaba con los nervios de punta, con el vello de la nuca erizado.

Mis compañeros no se veían tan afectados.

—Amina, no nos está siguiendo nada —dijo Dalila exasperada cuando corté una pequeña palmera tras jurar que me había susurrado en el oído—. Lo habría escuchado.

Se oyó una risa en la brisa, como si fuera una respuesta.

—¡Dime que has oído eso! —Me di la vuelta buscando salvajemente por la arboleda destartalada en la que habíamos entrado. Tras pasar tanto tiempo bajo el implacable sol de Socotra, la oscuridad de la arboleda me resultó desconcertante. Ramas enredadas y entrelazadas sobre nuestras cabezas y el poco sol que atravesaba el dosel caía como dedos puntiagudos.

—Amina. —Había verdadera preocupación en la voz de Tinbu. Se acercó para ponerme las manos en los hombros. A su lado, Dalila permaneció con rostro pétreo, lo que hubiera sucedido entre nosotros en el pueblo seguía presente—. Cálmate, amiga —continuó—. Ha sido un día horrible. Lo que hemos visto allí haría que cualquiera...

Por el rabillo del ojo, vi un borrón de movimiento.

Agarré a Tinbu y lo empujé justo cuando el cuchillo que le habría atravesado el cuello pasó volando y se clavó en un árbol. Mi cuchillo, el que había perdido en el pueblo. Golpeó el árbol con tanta fuerza que el filo se clavó en el tronco y la empuñadura vibró salvajemente. Me giré hacia la dirección por la que había venido.

Una figura humeante cayó de los árboles con la elegancia de un leopardo. Era como si las propias sombras hubieran cobrado forma, una forma conocida; fragmentos de una noche prematura retorciéndose, formando la silueta del peor monstruo al que había conocido. La criatura que me ofreció excusas crueles y frías durante los momentos más oscuros de mi vida y ronroneó mi nombre durante los mejores.

La bestia a la que había dado por muerta diez años antes. El demonio que hizo algo peor que asesinar a Asif.

—Esposa —dijo Raksh arrastrando las palabras—. Ha pasado mucho tiempo.

Una velada lamentable
en las Maldivas

Jamal... Jamal, deja de gritar. Siéntate. Vas a tirar el tintero despotricando y caminando de ese modo, y no voy a empezar la historia de nuevo.

¡No te he engañado! Solo... no te he dado toda la información de inmediato. Fueron unos años horribles y no me gusta recordarlos. Pero si quieres todo el tema sórdido... perdona, si quieres «un buen trasfondo contextual», como has dicho con tu elegante discurso académico, está bien.

Hablemos de la noche en la que me casé accidentalmente con un demonio.

Estábamos en las Maldivas, nuestra bodega de carga estaba vacía tras haber vendido una docena de baúles de tela guyaratí robada destinada a una princesa de Lanka y las perlas que iban a servir para pagarla (es un momento complicado, pero si robas un trato en curso, puedes conseguir dos premios con el coste de planificar un solo trabajo). Las Maldivas son preciosas, uno de los lugares más bendecidos por Dios que he visitado. Las playas son más blancas que la luna, el agua es de un impresionante azul tropical tan intenso y claro que parece un color paradisíaco. Los lugareños son amables y pragmáticamente complacientes con los viajeros de dudosa legalidad y la comida es excelente.

Dicho esto, no lo estaba pasando muy bien en las Maldivas. Mi tercer marido, Salih, me había dejado poco antes del encargo, impulsado por las cartas de súplica de sus padres enfermos para que regresara a casa a Srivijaya. Nuestro divorcio fue amistoso, la única vez que me separé de un cónyuge en forma pacífica y, aun así, eso hizo que su pérdida fuera aún más aguda. Previamente, había seleccionado a mis esposos más por su habilidad para izar una vela y por su atractivo que por sus personalidades. Eran compañeros para una temporada, nada más. Pero Salih tenía una dulzura que encontré refrescante e historias interminables de toda una vida viajando más al este de lo que yo había ido jamás. No lo llamaría amor, pero era lo más cerca que había estado de sentirlo y, aunque habían sido tres meses, seguía echándolo de menos.

Así que la noche anterior a nuestra partida, no me estaba dando un festín de pescado con mi tripulación y una banda de músicos locales. En lugar de eso, me había llevado un tonel muy grande de lo que los músicos prometían que era un vino excelente hecho de palma a la orilla para ahogar mis penas a solas.

Ahora bien, tengo debilidad por el vino. Incluso ahora, que llevo años en el camino de la rectitud y no he permitido que una sola gota pasara por mis labios, sigue habiendo momentos en los que anhelo una copa, problemas que sé que se aliviarían con su dulzura. Pero el vino era un lujo para la gente como yo y nunca aprendí a moderar la ingesta. No dependía tanto de la bebida como otros, pero basta decir que, cuando bebía, bebía demasiado, por lo general, con consecuencias desastrosas.

Y eso es lo que estaba haciendo aquella noche, bebiendo y contemplando taciturna las olas negras que bañaban la playa iluminada por la luna. Maldije el mar, sabiendo que sus corrientes estaban llevándose lejos a Salih. Me maldije también a mí misma por no estar siguiéndolo. La invitación estaba allí, de un modo tácito entre nosotros, pero yo no la había aceptado. ¿Cómo iba a hacerlo? Tenía una tripulación a la que pagar y no sabía casi nada de las aguas más allá de Lanka. Si hubiera sido libre como Salih, libre para ser contratada por otro barco, tal vez me hubiera atrevido.

Pero yo no era libre. Tenía una familia a la que alimentar y un hermano empezando un aprendizaje costoso. ¿Y qué comerciante legal contrataría a una mujer nakhudha desconocida para que transportara sus bienes? Era absurdo, un sueño que siempre estaría fuera de mi alcance.

Suspirando patéticamente, me tumbé sobre la arena húmeda y pasé los dedos por una línea de algas secas. A lo lejos, apenas se oía la música de la fiesta que había abandonado sobre el murmullo de las olas. Las estrellas se expandían ante mí, titilando de una forma inconcebible contra la suave noche de terciopelo. Era el tipo de paisaje aplastante, el que te hacía sentir abrumadoramente pequeña e insignificante. Cerré los ojos con fuerza. No necesitaba que me recordaran mi lugar en el cosmos.

—Perdona… —interrumpió una voz aireada—. Pero ¿eres tú la nakhudha?

Abrí los ojos de golpe.

Sobre mí estaba la persona más hermosa a la que había visto nunca.

Eso debió alarmarme, no soy alguien fácil de sorprender. Pero este hombre lo había logrado y, que Dios me perdone, vaya un espécimen de hombre. Lo suficientemente guapo como para robarme los pensamientos, el aliento y el sentido común. Parecía de mi estatura, alto como un junco y delgado, inclinado de un modo extraño de forma que su cuerpo —bien exhibido con un mantón corto que revelaba unos muslos gruesos y musculosos y un chal que apenas le cubría la amplitud de los hombros— parecía tanto sólido como insustancial, como si estuviera aquí y al mismo tiempo no estuviera.

El deslumbrante tipo se agachó con elegancia a mi lado hundiendo sus largos dedos en la arena. Bañado por la luz de la luna, la curva de su cuello era tan encantadora como un sauce en un jardín.

—¿Puedo hacerte compañía? —preguntó con un destello de sus dientes blancos.

Emití una especie de ruido confuso en respuesta. Tenía un rostro hermoso, mejillas redondas con hoyuelos y una nariz larga. Llevaba la cabeza descubierta y el cabello negro enrollado en un moño inusualmente grande detrás de la cabeza. Unas cejas gráciles y pobladas se unían sobre la nariz revoloteando sobre sus ojos como un pájaro en el aire, como el retrato de un ser celestial. Llevaba la barba bien recortada, de un tono rojizo plateado alrededor de la boca.

Fijó sus ojos enormes y líquidos, tan encantadores como los de un ciervo, en los míos, el tipo de sonrisa por el que habría gente dispuesta a cavar una montaña.

—Eres la nakhudha Amina al-Sirafi, ¿verdad? Tu primer oficial, Tinbu, me ha dicho que te encontraría aquí.

Con la mención a Tinbu, recobré parte del sentido común. ¿Tinbu había enviado a esta especie de hurí masculino a verme? Y entonces, el hombre ladeó la cabeza y unos mechones de cabello sedoso le cayeron con gracia alrededor del rostro y, al notar su olor a almizcle, las piezas encajaron en su sitio. Claro que me lo había enviado Tinbu. Él, Asif y Dalila probablemente estuvieran carcajeándose sobre eso en ese mismo momento.

—Oye —empecé con pesar. ¿Cómo podía oler tan bien?—. Estoy segura de que tienes mucho talento en tu trabajo, pero no estoy de humor ni tengo permiso para involucrarme en tales asuntos. —Una afirmación inoportuna, ya que la bebida que tenía en la mano era igual de inadmisible. Pero los pecados, de uno en uno.

Arqueó los labios, divertido.

—¿Qué trabajo crees que he venido a hacer?

Señalé vagamente sus varios atributos.

—Seguro que lo sabes.

Estalló en carcajadas, encantado.

—¡Vaya, nakhudha, qué directa! Por desgracia, un tentador emparejamiento no es el motivo por el que te buscaba, aunque tampoco me opondría demasiado. —Sus ojos imposibles brillaron llenos de diversión—. Estoy aquí porque tu primer oficial me ha dicho que has perdido un hombre y yo esperaba poder reemplazarlo.

Mi mente me traicionó pensando rápidamente modos en los que esta hermosa criatura podría reemplazar a Salih. Ninguno tenía nada que ver con barcos, aunque, ciertamente, poseía buenos muslos para remar. Pero, por lo demás, mostraba un aspecto demasiado pulido, manos cuidadas y sin callos. No era joven, pero su piel era suave, carente del daño solar que provoca mi oficio.

—No tienes aspecto de marinero —señalé.

—Puede que no, pero he pasado mucho tiempo en barcos. Puedo remar, remendar velas y retorcer bien la cuerda. —Hizo una pausa—.

Pero, lo más importante, es que tengo otra habilidad, una que seguro que te complacerá.

Si hubiera sido otro, ese coqueteo jactancioso podría haberme resultado desagradable. Pero había algo al mismo tiempo modesto y confiado en el extraño hombre que tenía ante mí.

—¿Cómo te llamas? —pregunté en lugar de responder.

Otra sonrisa divertida.

—Puedes llamarme Raksh.

—¿Raksh? —El nombre me resultaba al mismo tiempo conocido y extranjero e intenté ubicar el modo en el que lo había pronunciado. Intenté ubicarlo a él. Como muchos de los que descendemos de aquellos que han pasado milenios recorriendo el océano, podía tener cien orígenes sentidos y su árabe, por lo demás impecable, tenía un acento que no logré ubicar. Su piel era de un marrón más claro que la mía y mostraba una palidez extraña, casi azulada. Un truco de luz, tal vez.

—¿Eso es guyaratí? —indagué.

Él se rio.

—No exactamente.

—Entonces, ¿de dónde eres? —presioné lo bastante intrigada para revelar mi propia curiosidad.

—De aquí. De allí. De mil lugares diferentes y de ninguno.

Resoplé.

—Así que pretensiones de poeta. ¿Y cuál es esa habilidad que crees que me complacerá más que un marinero que sepa navegar?

—Bueno, Amina al-Sirafi… —Los ojos de Raksh parecieron clavarme en la arena—. Puedo traerte suerte.

—¿Suerte?

—Suerte. Es en lo que más confían los marineros, ¿verdad? —Raksh se acercó más mientras hablaba, algunos mechones de su cabello me rozaron el hombro. Su peso y suavidad me recordó a la lana sin hilar y me estremecí, intentando no revelar cuánto me desequilibraba su presencia. Pero debía estar más ebria de lo que pensaba porque volvió a sonreír ampliamente y juraría que vi unos largos colmillos. De tan cerca, distinguí un patrón moteado de manchas oscuras esparcidas por sus mejillas.

Pecas, decidí y tomé otro sorbo de vino de palma porque soy idiota.

—No puedo discutir sobre la necesidad de la suerte, pero no soy tan tonta como para pagarle a un hombre que afirma que puede dominar algo tan escurridizo, Raksh de todas y de ninguna parte. Si de verdad te interesa unirte a mi tripulación, ven a ver a Tinbu mañana por la mañana. Mi barco es el *Marawati*.

—Lo haré —prometió Raksh, pero no se marchó—. ¿A dónde os dirigís?

—A Calicut y después a la costa india. Veremos qué tipo de encargos hay disponibles. Pronto será temporada de transportar caballos y eso siempre da dinero.

—No pareces muy emocionada.

Me encogí de hombros.

—Es trabajo.

Él inclinó la cabeza y pareció mirarme.

—¿Y a dónde irías si pudieras ir a cualquier parte?

A casa. Pero eso no lo dije, puesto que la única casa que tenía por aquel entonces era el *Marawati*. Llevaba años sin ver el rostro de mi madre, desde el día de la muerte de mi padre. ¿Cómo iba a ir? La última vez que nos separamos, era una niña amada. Ahora era una ladrona y una asesina y, a pesar del dinero que había enviado a casa y las cartas de súplica que me enviaba ella, la perspectiva de encontrarme con ella me llenaba de vergüenza, por mucho que anhelara volver a sentir sus brazos rodeándome una vez más.

Eso no eran sueños que fuera a compartir con un extraño, por brillante que fuera su lengua.

—A China —afirmé, repitiendo la ridícula promesa que Majed y yo nos habíamos hecho mutuamente—. Iría a China.

La fascinante mirada de Raksh no abandonó la mía.

—¿Por qué a China?

—Lo más al este que he estado es Lanka. —¿Por qué le confesaba eso?—. Pero siempre he querido ir —agregué, sintiéndome inestable mientras lo hacía, como si me hubiera sacado esa admisión a la fuerza.

Se inclinó hacia mí.

—Irradias ambición, ¿lo sabías? —Entonces una extraña hambre se reflejó en su voz—. Un verdadero festín de anhelo.

Entonces, antes de que pudiera reírme, antes de que pudiera hundirme más todavía, Raksh me tocó la cara.

Al instante, todo lo que no era él se desvaneció. La playa nocturna, las frías estrellas, las risas de mis amigos a lo lejos… todo desapareció en un momento. Notaba los dedos de Raksh ligeros como plumas sobre la mandíbula y, aun así, no podía moverme. No podía pensar. Sus ojos ardían, tan brillantes que dolía mirarlos, pero no podía apartar la mirada. Una línea carmesí se formó en esos pozos de ébano, iluminando sus pupilas con un fuego abrasador.

—Dime qué quieres, Amina al-Sirafi —ronroneó—. Cuéntamelo todo.

—Quiero ir a todos lados. Quiero ser grande. —Las palabras salieron solas de mis labios, deseos y confesiones derramándose tan rápido que casi me atraganto—. Quiero volver a mirar a mi madre y ver orgullo en sus ojos. Quiero explorar tierras cuya existencia solo he oído en relatos y escuchar historias de aquellos que moran en ellas. Quiero… quiero tanto.

Si antes me había parecido que había hablado con demasiada libertad, no era nada comparado con lo que estaba sucediendo en ese momento. La presión de su mano y el fuego de sus ojos me sumergieron en una neblina de ensueño de la que no podía escapar. Con cada deseo expresado en voz alta, me resultaba más difícil detenerme, hasta que apenas fui consciente de lo que estaba diciendo. En un punto, recuerdo las olas lamiéndome los pies. Debíamos llevar tanto tiempo sentados en la playa que la marea había subido. Había estado tanto tiempo ahí que me había acabado el barril de vino y, cuando me lo terminé, Raksh finalmente me soltó y el mundo se aclaró, aunque solo un poco.

—No temas. —Me dio un golpecito en la nariz y tomó el barril—. Te traeré más. Estamos empezando y algo de alcohol afloja la lengua.

En efecto, cuando volvió, traía dos botellas para cada uno y una expresión mareada en el rostro.

—Es excelente —exclamó tomando un largo trago—. ¡Qué brebaje tan maravilloso!

Introducir a Raksh al misterioso vino de palma de las Maldivas fue, en retrospectiva, otro error.

Bebió con un gusto que excedía el mío y, aunque no me hechizó de nuevo, tampoco le hizo falta. Estábamos disfrutando realmente de la compañía del otro. Bebimos y reímos, nadamos y paseamos por la ondulante franja de playa salpicada de estrellas bailando sobre las olas, tropezando y riendo mientras nos sosteníamos el uno al otro. En algún momento, nos estrellamos contra una arboleda de palmeras que se balanceaban y nos tendimos sobre suaves lechos de hojas caídas.

—Eres fascinante —murmuró Raksh arrastrando las palabras con nuestras cabezas pegadas—. ¿Sabes cuánto tiempo llevo aquí atrapado, escuchando sueños estúpidos y aburridos de pescadores y comerciantes insignificantes?

—Suena espantoso —admití sin tener ni idea de lo que hablaba.

—Peor que eso, es tedioso. —Rodó sobre sus codos con su rostro ante el mío—. Sálvame, nakhudha, y te convertiré en leyenda. La gente pasará siglos cantando sobre ti.

—Que la gente cante canciones sobre mí no pagará a mi tripulación.

—Entonces te guiaré hasta tu tesoro. Limpiaré la cubierta, te masajearé los pies… cualquier cosa. —Su cálido aliento me rozó el cuello—. Tú solo sácame de esta isla.

La cercanía de Raksh era abrumadora, mi cuerpo ardía de necesidad. No sería nada arquearme contra él, envolver sus caderas con mis piernas y saborear la sal seca de su cuello.

En lugar de eso, jugueteé con los pelos de su nuca, resistiendo el impulso de ponerlo sobre mí.

—¿No tienes dinero? —pregunté—. Págame y vente como pasajero.

—Lamentablemente, no puedo. —Raksh me acarició la mandíbula—. Pero prometo que seré muy muy útil.

Estaba ebria y lo bastante encantada para al final aceptar. Aunque no era un marinero demasiado bueno, siempre podría encontrar espacio para alguien tan cautivador y atractivo en la parte de contrabando y estafa de nuestras operaciones.

—Bien —cedí—. Te sacaré de esta isla.

—¿De verdad? —Se echó hacia atrás con la esperanza y el alivio reluciendo en su expresión—. ¿Me contratarás?

—No —reí—. ¿Por quién me tomas? Soy una pirata. No firmo contratos para mis compañeros delincuentes. Trabajamos juntos por nuestra palabra y porque les pago bien.

Mi respuesta pareció desinflarlo.

—Eso no será suficiente. —Raksh se movió sobre mí otra vez, presionando sus caderas contra las mías y acariciándome la mejilla—. ¿Estás segura de que no podemos acostarnos? Haría que la experiencia valiera mucho la pena.

Me daba vueltas la cabeza por el vino de palma, pero tenía pocas dudas de la veracidad de su oferta. Raksh se movía con una elegancia líquida, sus largos dedos recorrían mis brazos, mis costados. Los notaba calientes a través de la fina tela de mi ropa. Su perfume a almizcle, a dulzura y a lana terrosa me llenó las fosas nasales como una droga.

Entonces me besó.

He besado a muchos hombres. A más de aquellos con los que me he casado (aunque han sido menos en los últimos años por el regreso al camino de la rectitud y por haber comprendido que hay muy pocos que valgan la pena). Ninguno de esos hombres era como Raksh. No había nada dulce o romántico en su beso. Había una urgencia que no comprendí hasta que fue demasiado tarde. Su lengua se apoderó de la mía, una de sus manos se metió con fuerza entre mi pelo con sus afiladas uñas. Sus dientes rozaron mi labio inferior y cuando jadeé, su peso se desplazó sobre mi cuerpo, con un muslo deslizándose entre los míos y su interés se hizo muy evidente.

Gemí presionándome con más fuerza contra él. Hubiera apuñalado a cualquier otro por tal atrevimiento, pero, ay… deseaba esto. Lo deseaba a él. No me sentí amenazada. No me sentí forzada. Sinceramente, estaba más caliente que el propio infierno y pocas veces he deseado a un hombre más que en ese momento. Tanto que, cuando sus dedos tiraron de los cordones de mis pantalones, me quedé contemplándolo y lo dejé continuar.

Pero el alcohol me había vuelto tan blanda como obstinada. Había roto muchos más votos haciendo que los ángeles que llevaban mi historial tuvieran que escribir una larga y lamentable lista. Me ahorraría este.

Le aparté la mano (reacia porque se iba en una dirección prometedora) y lo empujé. Al hacerlo me sentí como si saliera de un sueño de esos que persisten haciéndote dudar de qué es real y qué no.

—No puedo hacer esto —susurré.

Raksh gimió.

—¿Por qué no? ¿Hay otro hombre? Tráelo, no soy codicioso.

—No, no lo hay. Es decir… lo había, pero ya se ha ido.

Su elegante rostro se crispó por la confusión.

—En ese caso, ¿cuál es el problema?

Me volví a atar con rapidez los cordones de los pantalones e intenté sentarme. Bailaron estrellas ante mis ojos. Empezaba a latirme también la cabeza, prometiendo vengarse a la mañana siguiente.

—No estamos casados. Y no puedo yacer con un hombre que no sea mi marido.

—¿Por qué no? —parecía realmente confundido.

¿Por qué no? ¿De dónde provenía este tipo que desconocía las reglas básicas de todas las fes que yo conocía?

—Está prohibido. —Me sonrojé—. Es decir… supongo que hay muchas cosas prohibidas. —La hipocresía también era un pecado, y, aun así, aquí estábamos—. Pero yo no… es mi regla —declaré—. Solo un marido cada vez y es el único hombre al que le permito meterse en mi cama.

—Qué costumbre más rara. —Raksh frunció el ceño—. Pero has dicho que tu marido se había ido, así que ¿por qué no me tomas a mí en su lugar?

Parpadeé. No podía estar tan ebria como para haber oído eso.

—¿Te estás declarando?

—¿Así es como se llama? —preguntó mostrándose intrigado—. ¡Claro! Me declaro a ti. Con el matrimonio. ¿Ahora podemos yacer?

—Sí. No. Bueno… —Estaba nerviosa—. Es más complicado que eso. Necesitaríamos a un clérigo que llevara a cabo una breve ceremonia y redactara nuestro nikah, nuestro contrato matrimonial —expliqué cuando se mostró todavía más perplejo—. También hay otras estipu… estipula… leyes. Cosas.

Abrió mucho los ojos y volvió a parpadear ese tono carmesí en sus profundidades.

—Es un contrato... un contrato conyugal. Hace mucho tiempo que no intento algo así. Podría ser bastante poderoso. —Raksh sonaba hambriento, muy hambriento. Ligeramente cauteloso, pero, en retrospectiva, no lo suficiente. Tamborileó con los dedos sobre su rodilla y se bebió lo que le quedaba de vino de palma—. ¡Hagámoslo!

Me gustaría decir que dudé. Que me tomé un momento para reflexionar sobre la situación en lugar de dejar que tomaran la decisión mis impulsos más bajos y el alcohol que corría por mis venas. Puedo ver que ya estás haciendo una mueca, murmurando mentalmente sobre la importancia de una tradición tan sagrada como el matrimonio en nuestra fe.

No dudé. Me terminé el vino y rugí:

—¡Por el matrimonio!

La pronta disponibilidad de clérigos en la mayoría de las ciudades portuarias dispuestos a encontrar un modo de casar a dos tipos ebrios en mitad de la noche refleja la cantidad de marineros enamorados ansiosos por saciar sus impulsos mientras se mantienen estrictamente dentro de los límites de la religión. Cuando entramos a trompicones en varias tabernas en busca de una persona adecuada, todo estaba empezando a adquirir un feliz y borroso color, como fragmentos de una vidriera. Recuerdo cantar algo, decir algo y que Raksh y yo nos sonriéramos el uno al otro como dos idiotas. Estaba muy entusiasmado, exaltado y, casi ofensivamente, erótico. A esas alturas, podría haber estampado mi nombre en cualquier papel, tan centrada como estaba en mi deseo de lamerlo.

Pero entonces, el trato estuvo hecho. Uno de ellos, al menos. Raksh encontró una pensión, intercambió dinero y le susurró algo al propietario. Sé que estaba confundida, recuerdo vagamente la moneda de cobre maltrecha que también me había dado a mí como mahr durante nuestra breve ceremonia a instancias del clérigo. Si Raksh tenía dinero, ¿por qué no había accedido a mi sugerencia de reservar un pasaje en el *Marawati*? Pero no importaba porque ya estábamos entrando en una habitación, riendo y tropezando con nuestra ropa mientras nos la quitábamos.

Tiré del moño de su pelo y le cayó hasta las rodillas con elegantes ondas de ébano, cubriendo su cuerpo y el mío. Al quitarle el mantón, descubrí un cordón de cuero liso alrededor de su cuello. De él, colgaba un rugoso coral extraordinariamente grande.

—¿Qué es esto? —recuerdo haber preguntado pasando los dedos por la superficie azul.

Raksh sonrió.

—El corazón de mi enemigo. —Me quitó el colgante de las manos y se quitó la faja con un mismo movimiento, dejando su maravilloso cuerpo desnudo—. ¿Ahora ya podemos yacer?

El colgante desapareció de mi mente al verlo.

—Ahora podemos yacer —suspiré y al instante hundí las manos en su cabello.

Recomiendan que aquello íntimo que sucede entre una esposa y su marido debe permanecer entre ellos, una concesión al pudor y a la discreción. Y, aunque puede que yo carezca de esos atributos, para salvar la poca dignidad que tengo, digamos simplemente que el matrimonio fue bien consumado. En todos los sentidos. En sentidos que ni siquiera yo —que había oído todo tipo de comentarios groseros por parte de marineros y piratas— sabía que fueran posibles. Raksh me había prometido que yacer con él sería todo un disfrute y no había mentido.

No sobre eso, al menos.

Dormí durante la adhan del fayr, para ser justos, me había dormido poco antes del llamado, cuando Raksh y yo habíamos acabado agotados tras la exhaustiva exploración de nuestro nuevo contrato. Cuando mi cabeza palpitante me despertó, el sol ya había salido por completo y entraba por la cortina hecha jirones que cubría la estrecha ventana de la posada. Gemí en un cojín lleno de bultos y presioné las manos contra mis sienes doloridas. Que Dios me perdone, ¿qué me había poseído para beber tanto? Se suponía que iba a moderarme, le había prometido a Majed la última vez que me había encontrado con una resaca tremenda que iba a intentar mantenerme sobria.

Buscando agua, giré sobre mi espalda y choqué con otro cuerpo cálido.

—Lo siento, Salih —grazné quitándome una costra de sal de los ojos—. No quería…

Cerré la boca de golpe. El hombre que había desnudo a mi lado no era Salih.

Tampoco era esa belleza de cabello negro como un cuervo, ojos grandes y boca carnosa que había conocido en la playa la noche anterior. No, era una criatura que tenía el mismo cuerpo delgado que ese hombre y sus largos y hábiles dedos. Pero mientras que la piel de Raksh parecía bronceada por el sol, de un marrón unos tonos más claros que el mío, este hombre —esta bestia— mostraba el azul verdoso de un turbio cielo tropical. La longitud de su cabello que había admirado tanto la noche anterior ahora estaba repleta rayas atigradas, con grandes zonas de manchas de leopardo entre ellas, como si dos felinos hubieran chocado y hubieran quedado impresos en sus extremidades. Sus uñas terminaban con garras de marfil y unos colmillos plateados y colorados sobresalían de los labios manchados de vino donde había tenido una barba.

Y el colgante… Dios, ten piedad… era un corazón: con hoyos como los de un coral, cubierto de percebes y todavía latiendo activamente, y una larga tripa perforaba una parte para colgarlo del cuello de Raksh.

—Dios me salve —masculé.

Al oír mi exclamación, Raksh se despertó parpadeando y entrecerró los ojos, dolorido, como si él también tuviera resaca. Los ojos de ébano de los que me había enamorado la noche anterior habían desaparecido, reemplazados por un fuego abrasador sin pupilas. Se mostró brevemente confundido por el horror de mi expresión. Entonces miró hacia abajo.

—Ah. —Raksh hizo una mueca al ver su cuerpo—. Esperaba que no vieras esto.

16

Raksh se acercó a nosotros y se apartó de la poca luz solar que atravesaba el dosel.

—¿Qué? ¿Ni un saludo por parte de mis viejos amigos? ¿Nada de «gracias por devolverme el cuchillo»?

Alargué el brazo manteniendo a unos sorprendidos Tinbu y Dalila detrás de mí.

—Quedaos donde estáis.

—¿O qué? —siseó Raksh—. ¿Me encerrarás en otra caja? Aquello no me gustó, Amina. No fue muy romántico de tu parte. Me dejó débil. Me dejó hambriento. Me dejó tan delirante y necesitado que anoche pensé que me había vuelto loco al sentir tu presencia.

Dio otro paso deliberadamente provocador, alargó la mano como si fuera a agarrar a Dalila por el pelo y me rompí. No tuve tiempo de alcanzar el cuchillo de hierro bendito de mi faja, así que me abalancé sobre él con la espada ya en la mano haciéndola descender sobre su cuello en un movimiento que habría decapitado a cualquier otro hombre.

Rebotó en Raksh como si su cuerpo estuviera hecho de piedra, dejándole tan solo un rasguño. Al igual que había sucedido diez años antes.

Y fui una tonta por acercarme. Antes de que pudiera volver a intentarlo, Raksh me arrancó la espada de las manos y me agarró del cuello. Me levantó hasta que mis pies dejaron de tocar el suelo e inhaló profundamente, como un hombre famélico aspirando el aroma de un estofado recién hecho. El color le inundó las mejillas y su tono grisáceo dio paso a un marrón cálido.

Dalila se abalanzó sobre él.

Raksh le dio un revés en el pecho y la arrojó por los aires.

—Discusiones matrimoniales, Dama de los Venenos. Y no te conciernen. Ni a ti, Tinbu. Baja ese arco o ahogaré a tu nakhudha. Ahora. —Raksh se volvió hacia mí con los ojos negros llenos de rabia—. Me atrapaste —me acusó—. Deshazlo.

¿Que yo hice qué? Jadeando e intentando tomar aire, le arañé los dedos.

—Yo... —Pero no podía respirar, mucho menos responder a su acusación.

—¡Suéltala! —gritó Tinbu—. ¡No puede decir nada si la estás ahogando!

Raksh gruñó de irritación, pero relajó su agarre. Caí al suelo. Tinbu y Dalila me recogieron y nos encogimos juntos mientras Raksh se paseaba delante de nosotros con su largo cabello suelto retorciéndose alrededor de sus rodillas como si fuera la cola de un gato. Había visto a leones y tigres encerrados en grandes mansiones moviéndose así, criaturas miserables y enjaulados paseándose de un lado a otro. A eso me recordó, y me sorprendió haberlo considerado humano una vez.

Debería estar muerto. Debería haberse ahogado. Lo habíamos encadenado y enterrado en un cofre cerrado en una lengua de tierra que el océano devoraba con cada cambio de marea.

—¿Dónde está tu barco? —preguntó Raksh.

—En ningún sitio que te incumba —espeté.

—Exijo saberlo.

Este demonio no podía creer seriamente que fuera a llevarlo a otra isla.

—Veré el *Marawati* hundirse antes de que vuelvas a poner un pie en él.

Raksh le dio una patada al camino arenoso.

—Tu cartógrafo malhumorado no está aquí, así que supongo que o bien está muerto, o está al frente del barco sustituyéndote. Tal vez quemaros a los tres aquí en la playa uno a uno lograría persuadirlo de volver.

De repente, me alegré todavía más de haber dejado atrás a Majed.

—No lo hará. Majed te tiene calado y, en cuanto te vea, se marchará. No se arriesgaría a llevar a un demonio como tú a nuestras costas. Supongo que eres el responsable de los ancianos asesinados en el pueblo.

Raksh presionó los labios en una fina línea descontenta.

—Ojalá fuera así. No quedaba nada útil de ellos cuando llegué aquí.

Tal vez él no los hubiera matado, pero aun así retrocedí ante su despiadada respuesta.

—Eres un monstruo.

—¡Un monstruo creado por ti! La próxima vez no me dejes en una caja muriéndome de hambre. ¿Tienes idea de cuánto tarda en descomponerse la madera y en oxidarse la cadena?

—¡Viniste tras mi tripulación! Tú… te alimentaste de Asif —logré decir con la rabia y el dolor quebrándome la voz—. ¡Le robaste el alma! ¡Su propia existencia!

—Ah, ya estamos con esas —se quejó Raksh—. ¿Sabes cuál es tu problema, Amina? Siempre tienes que estar al mando. ¿Alguna vez has pensado que tal vez Asif sabía lo que se hacía y pensó que nuestro acuerdo era algo totalmente aceptable?

Ah, ojalá pudiera hacerle daño a este bastardo.

—No, maldita serpiente. Creo que lo manipulaste. Creo que jugaste con su corazón y no soltaste más que mentiras.

Raksh se detuvo en seco.

—¿Que yo mentí? Vaya descaro, mujer, decir algo así tras embrujarme a mí.

—¡Yo no te hice nada!

—¡Sí que lo hiciste! Ahora firmo contratos desde Sofala a Calicut y son como migajas. —Raksh se frotó los dedos agitando la mano como un hombre rico arrojando monedas a los mendigos—. No he sido capaz de firmar un contrato como es debido desde que me casé contigo. Estoy hambriento, estoy famélico todo el tiempo. Quiero saber por qué. Quiero arreglarlo.

Me quedé estupefacta ante esa acusación.

—¿Tú crees que yo quería estar conectada contigo? Imbécil, te enterré en un baúl cerrado esperando que el mar te tragara. ¡Me habría gustado no volver a verte nunca!

—Entonces, ¿por qué sigo sintiendo nuestra conexión? —preguntó Raksh—. Incluso ahora tu solo roce me ha fortalecido y puedo sentir tus deseos nadando en mi cabeza como una especie de parásito. —Volvió a entornar los ojos—. Es por ese contrato matrimonial con el que tanto insististe, ¿verdad? ¡Metiste algún tipo de lenguaje que me convirtió en tu esclavo!

—¿Me acusas a mí de hechicería? ¡Tú fuiste el que quiso casarse! ¡Y me emborrachaste tanto que apenas podía ver lo que estaba firmando!

—¡Tú me emborrachaste a mí! ¡Yo nunca había oído hablar del vino de palma!

Dalila ya se había hartado.

—Por el amor de Dios… —siseó—. ¿Queréis callar los dos de una puta vez? Vais a hacer que se nos eche encima Dios sabe qué con todos esos gritos.

Me sonrojé, pero su advertencia no sirvió para calmar mi temperamento. Volví a mirar a Raksh.

—¿Qué estás haciendo aquí? ¿Cómo saliste de aquella isla? Me dijiste que no podías atravesar aguas sin un contrato.

Una expresión malévola retorció el hermoso rostro de Raksh.

—Esperé hasta que capté la atención de un barco, por supuesto. Entonces les supliqué que comprendieran que mi cabeza… estaba confundida por el sol. Así que, por favor, señor, por favor… —Cambió la voz—. Si pudiera anotar sus iniciales en mi mano, Dios se lo compensaría… —Raksh sonrió con dulzura—. Una tripulación completa y saludable. No suelo buscar corazones humanos, pero tras cinco años muriéndome de hambre… puedes saborear incluso el miedo, la esperanza. —Se relamió los labios—. Delicioso.

Tinbu retrocedió e incluso Dalila palideció. No habían visto este lado de Raksh. Yo no había visto este lado de Raksh. Se había asegurado de que nadie lo viera, no cuando disfrutaba siendo miembro de mi tripulación.

Intenté que no me afectara, sobre todo cuando me di cuenta de que había ignorado mi primera pregunta.

—Eso no explica por qué estás aquí.

Raksh se encogió de hombros con aire demasiado casual.

—Oí que Socotra era un lugar agradable.

Era una respuesta sin sentido, pero seguía dando vueltas mentalmente a lo que había dicho antes. «Desde Sofala hasta Calicut...». Si Raksh llevaba los últimos años viajando por el mar de un lado a otro, ¿qué hacía él solo vagando por la remota isla de Socotra solo para...?

Y de repente todas las piezas encajaron. Había otra persona que nos conocía a todos.

—Bastardo —espeté entre dientes—. Tú eres el que nos vendió al franco.

Pude ver varias mentiras en la expresión de Raksh antes de que cediera.

—Primero que nada, «vender» es una acusación muy fuerte. Simplemente recopilé información pública y...

De repente, perdí la batalla contra mi ira y me lancé.

—Maldito hijo de cabra, ¡voy a matarte!

Raksh me esquivó.

—Sí, porque tus intentos previos fueron muy bien. —Me enseñó los dientes mientras Tinbu me agarraba las piernas—. ¡Y tú fuiste la primera que me traicionó con tu pacto pérfido!

—Ya te lo he dicho, ¡no hay nada que nos conecte!

Pero sí que lo había.

Marjana.

Me sentí como si me arrojaran un cubo de agua fría sobre la cabeza. Mi hija. Mi amorcito, la persona a la que más quería en mi vida. Mi corazón me había protegido para no ver las similitudes al principio, pero ahora era imposible no notar la sombra de Marjana en la elegante forma de los ojos de loto y la larga nariz de Raksh.

—¿Qué? —Raksh se volvió hacia mí con la sospecha dibujada en sus rasgos. Inhaló como una serpiente saboreando el aire—. Estás ocultándome algo. Suéltalo.

No tenía palabras. No sabía cómo se comportaban las criaturas como Raksh con su familia. Horribles fábulas de dioses paganos devorando a sus descendientes o ahogándolos bajo las olas para evitar desafíos futuros me llenaron la mente. Raksh era el depredador más oportunista con el que me había encontrado.

No podía enterarse de la existencia de nuestra hija. Así que hice lo que hacía siempre en situaciones difíciles.

Aposté.

—Sé cómo disolver el vínculo que nos une —mentí—. Pero es un proceso complicado y delicado. Una especie de hechizo, uno por el que puede ser complicado navegar.

—¿Cómo? —preguntó Raksh sin aliento—. ¿Qué es?

Que Dios me guíe.

—Un divorcio.

—Sí, sí, he oído esa palabra. —Sus ojos brillaron de esperanza—. ¿Cómo se hace un divorcio? —Una nota de preocupación sonó en su voz—. Has dicho que es complicado.

Era una muestra de la arrogancia de Raksh y el desinterés por las complejidades de su «presa» que tuviera que hacer tal pregunta. El perro mentiroso podría divorciarse de mí ahora mismo declarándolo tres veces. Pero había apostado a que no lo sabría y parecía ser el caso.

—En efecto —advertí—. Es extremadamente complicado. Hay muchos pasos e... indicaciones que solo puede pronunciar la esposa.

Raksh parecía completamente absorto.

—Pues empecemos ahora mismo.

—No tan rápido —intervino Dalila—. Amina tiene razón. Un divorcio es un proceso difícil. No desearías cometer un error por culpa de las prisas y que este matrimonio fuera todavía más permanente, ¿verdad?

Que Dios bendiga y preserve a esta mujer. No pasé por alto el pisotón que le dio Dalila a Tinbu cuando mi otro amigo, mirándonos desconcertado, abrió la boca. Los dos habían vivido en tierras musulmanas el tiempo suficiente para saber que estaba mintiendo.

Raksh le dirigió una mirada cautelosa a Dalila.

—No, claro que no quiero eso. ¿Qué quieres decir?

Dalila se enderezó.

—Bueno, has dejado muy claro lo que quieres: un divorcio y salir de Socotra. Pero, desde que te soltaste de la lengua con ese franco nos has metido en un lío, ¿por qué no nos hablas un poco más al respecto y vemos si podemos hacer lo mismo con los rituales del divorcio?

Escupió como un gato doméstico ofendido, pero cedió.

—¿Qué queréis saber?

—¿Falco está vivo? —preguntó—. Vimos un barco en las aguas poco profundas que parecía haber encontrado un final violento.

—Algo así. Pero sí, Falco vive. Él y la mitad de la tripulación lograron llegar a la orilla.

—¿Había una muchacha joven entre ellos? —pregunté con urgencia.

—¿Una muchacha? ¿Te refieres...? Ah. —La comprensión se reflejó en el rostro de Raksh—. Hablas de Dunya. ¿Es ella el motivo por el que estáis aquí?

—Sí, idiota. ¿Qué puedes decirme de ella? ¿Está bien?

Raksh resopló.

—Parece ser que lamenta los errores de su juventud, pero estaba viva cuando yo me marché. —Esbozó una sonrisa malévola—. Aunque tiene unos anhelos... hace que su padre pareciera un conformista.

Una sensación de malestar se apoderó de mí.

—No harías un contrato con ella. No te atreverías.

—Lo haría en un santiamén si pudiera, no seas ridícula. Pero Falco no es ningún tonto y Dunya es su joya. La mantuvo bien lejos de mí.

—¿Qué estás haciendo con él? —pregunté—. Pareces alguien demasiado interesado en la autopreservación como para aliarte con alguien tan peligroso.

—No me he «aliado» con él —replicó Raksh como si lo hubiera insultado—. Me alimento de humanos ambiciosos. Él era un humano ambicioso que quería un capitán y un barco para ir a explorar. Y yo también quería rastrear a cierta nakhudha y supuse que podría usarlo para llegar hasta ti.

—Pero no lo hiciste —remarcó Dalila—. Conocimos a su antiguo agente y parece ser que Falco perdió el interés en Amina y el *Marawati* cuando conoció a Dunya. Así que ¿por qué lo seguiste hasta Socotra?

Un breve rubor de vergüenza coloreó las mejillas de Raksh.

—Tú no lo conoces.

Arqueé una ceja, sorprendida.

—Ah, ¿así que hicisteis otro tipo de «contrato»? ¿Lanzaste el hechizo acostándote con Falco?

Raksh farfulló indignado.

—No yací con ese charlatán arrogante ni negocié ningún contrato. Solo vine porque... bueno, ¡es culpa tuya! —acusó señalándome con un dedo tembloroso—. Si no hubiera estado tan hambriento, habría podido pensar con más claridad. Pero la perspectiva de que él y Dunya se pusieran a perseguir artefactos mágicos juntos... No podía renunciar a un premio así.

Era una exageración ridícula culparme por sus errores, aunque supuse que Raksh tenía un aspecto más desgastado. Su cabello suelto estaba repleto de nudos y hojas muertas, el lungui que llevaba rodeándole la cintura estaba maltrecho y fino. Muy fino. Tan fino que era imposible no darse cuenta de que su trasero seguía siendo lo bastante rechoncho para hacer rebotar un dinar.

Bajé la mirada. *Deja de contemplar el trasero de un demonio. Contemplar el trasero de un demonio es lo que te causó estos problemas en primer lugar.* Volví a interrogarlo.

—¿Qué tipo de artefactos mágicos?

Raksh agitó una mano con desdén.

—El tipo de tonterías que los humanos creen que les concederán poder. Dunya le dijo que había una horda de tesoros de la antigüedad escondidos en una cueva de por aquí.

—¿Y hay una horda de tesoros de la antigüedad escondidos en una cueva de por aquí? —inquirió Tinbu hablando por primera vez desde que un cuchillo había estado a punto de atravesarle la garganta.

—¿De verdad? —le pregunté a mi amigo, exasperada—. ¿Eso es lo que tienes que decir?

Pero Raksh pareció considerar la pregunta.

—Podría haber tal tesoro. Encontraron un montón de esqueletos y hubo un tiempo en el que los mortales tenían por costumbre matarse los unos a los otros para servir como guardias en el más allá.

—¿Y es eso lo que busca? —indagué—. ¿Falco ha venido hasta Socotra por la vaga promesa de una cueva del tesoro?

Su expresión se oscureció.

—Sospecho que Socotra es solo la primera de muchas paradas. Falco se ve a sí mismo como una especie de futuro rey erudito y pretende reunir toda la magia que pueda para desafiar al Divino o alguna tontería así. Parecía todo muy ridículo hasta que quedó claro que Dunya realmente tenía información sobre esas cosas, además de la ambición de Falco. La muchacha parloteaba sobre interacciones históricas entre marids y mortales y, un momento después, Falco estaba intentando convocar uno. ¡En el mar!

Comprendí menos de la mitad de esas palabras.

—¿Que intentó convocar qué?

—Un marid —repitió Raksh—. Un elemental de agua con forma de quimera escorpión marino lo suficientemente grande como para comerse tu *Marawati* para desayunar. De hecho, se comió a la mitad de la tripulación antes de que lográramos escapar. Pero Falco ya estaba empezando a sospechar de mí y no quería que ninguno descubriera que no era humano porque no tenía intención de convertirme en su próximo experimento. Así que hui.

Huyó. Esa palaba me tomó por sorpresa, al igual que su relato sobre la monstruosa bestia marina. Raksh era un tramposo temerario y demasiado confiado. Un demonio que devoraba almas y que bebía ambiciones como si fueran pan y agua. Y Falco lo había asustado.

Con la ayuda de Dunya, no olvides esa parte. Pero Dunya era una niña todavía. La hija de Asif, alguien a quien me habían ordenado devolver a casa bajo amenaza a mi propia familia.

Sin embargo, faltaba algo en la explicación de Raksh: la Luna de Saba. ¿De verdad no sabía cuál era el tesoro en particular que perseguían Falco y Dunya? Layth no había mencionado a nadie más en su visita a la residencia al-Hilli y, por lo que sabía del franco, me parecía que era un hombre astuto. Tal vez Falco se hubiera reservado la información sobre la Luna de Saba.

—¿Es suficiente? —preguntó Raksh—. Llevo ya mucho rato hablando.

—Y vas a seguir hablando si quieres un divorcio —repliqué—. Cuéntanos cuál es la situación actual. Quiero información sobre esta cueva.

Raksh dejó escapar un suspiro exageradamente cansado, pero se agachó y dibujó un mapa en la arena con uno de sus largos dedos.

—La entrada está a medio día a pie desde aquí, pero la propia cueva es enorme y profunda. Los lugareños dicen que una persona puede pasarse días caminando por su interior y que todos aquellos que se atreven a entrar no vuelven a ser vistos nunca.

—¿Qué lugareños? —preguntó Dalila—. ¿Te refieres a los del pueblo? ¿Qué les pasó?

—Falco y sus hombres los rodearon. Se llevaron toda la comida y los suministros que pudieron y están usando a los supervivientes como mano de obra.

—¿Así que siguen vivos? —presionó.

—Algunos. Pero no os enfrentáis a hombres agradables. Son los peores mercenarios que Falco pudo encontrar. —Raksh puso los ojos en blanco con desdén—. Lo único que sienten es sed de sangre. No son nada interesantes.

Tinbu se pellizcó el entrecejo.

—¿Y cuántos de estos mercenarios sedientos de sangre tiene el franco?

—Cuando me marché eran unos veinte. Pero les gusta mucho emborracharse y pelear, así que puede que ahora haya alguno menos.

Se me cayó el alma a los pies. No me gustaba esa perspectiva. La mayoría de los miembros de mi tripulación eran marineros, no luchadores. Si nos viéramos obligados a luchar contra Falco y sus hombres no tendríamos ninguna oportunidad.

—¿Cómo es su campamento?

Raksh continuó su dibujo.

—Por muy violentos que sean, a los hombres de Falco les da miedo la cueva. Los lugareños les han llenado la cabeza con historias de terror, así que acampan en la boca de la cueva cuando se pone el sol. —Marcó la entrada de la cueva con un tajo—. Dunya duerme en el interior y Falco se queda en medio. Yo también me quedaba allí a menudo.

—¿Y cómo escapaste?

—Encontré otra salida. —Raksh garabateó una cantidad vertiginosa de caminos—. Solía explorar la cueva cuando los humanos dormían. Hay muchas ramificaciones, pero si seguís esta, os llevará directamente a un estrecho túnel que se abre al lado de un acantilado. La caída puede ser letal, pero si logras escalar, sales en la cima de la meseta, a una buena distancia de la boca de la cueva —explicó trazando una línea hacia arriba—. Maté una gaviota, manché algunas de mis prendas rotas en su sangre y las dejé en un túnel al que podían acceder, esperando que piensen que me comió algún monstruo de la cueva.

Dalila se mostró dubitativa.

—¿Crees que el franco se lo creyó?

—Tenía planeado estar muy lejos antes de que Falco empezara a sospechar. —Raksh sonrió mostrado todos sus dientes afilados—. Ha sido una agradable sorpresa toparme con mis viejos amigos del confiable *Marawati*.

Lo ignoré y examiné su mapa de arena.

—¿Cómo de difícil es la escalada?

—Es todo recto hacia arriba y tan alta como los acantilados.

Dalila y yo intercambiamos una mirada.

—Debería tener cuerda suficiente para bajar haciendo rápel —dijo—. Escalar después será más difícil. No imposible, pero difícil. Necesitaría inspeccionar mejor la escena.

Tinbu gruñó.

—Majed va a matarnos.

—Sí, pero solo si sobrevivimos —suspiré—. No veo otro modo. Nuestra tripulación no sería capaz de vencer a los hombres que ha descrito Raksh. Pero si hay alguna manera de colarnos por detrás… —Hice una pausa, consciente de que mis posibilidades limitadas me obligaban a tomar una decisión horrible—. Pero Raksh tendrá que venir con nosotros.

—¿Qué? —Tinbu y Dalila me miraron fijamente.

—¡No! —Raksh parecía aterrorizado—. ¡Acabo de escapar!

—Entonces puedes recorrerte toda Socotra buscando otro barco antes de que Falco te atrape —espeté, dirigiéndoles una mirada suplicante a mis amigos—. Tenemos más posibilidades de tener éxito si viene con nosotros. Sabéis que es cierto. No podremos encontrar el camino de la cueva nosotros solos.

—Se suponía que no iba a haber ningún éxito —me recordó Dalila—. Todavía no. Solo habíamos venido a explorar.

—Y es lo que estamos haciendo —contesté—. Dejad que Raksh nos muestre dónde retienen a Dunya. Veremos si podemos robarla directamente. Si no, reevaluaremos la situación.

Era otra apuesta, sí. Pero tenía que salvar a Dunya y tenía que conseguir tiempo para deshacerme de Raksh. No confiaba en él —lo despreciaba—, pero para Raksh la autopreservación iba antes que cualquier otra cosa y, claramente, quería salir de esta isla.

Recé por que mi instinto y mi mentira sobre el divorcio fueran suficientes.

—Mi oferta sigue en pie —insistí—. Ayúdame y yo te ayudaré. No habrá *Marawati* en tu futuro a menos que Dunya también esté en él.

—Eres tonta —escupió Raksh sin rodeos—. Y no eres rival para Falco. Conociendo mi suerte, te matará y quedaré atado a tu fantasma para siempre.

—Pues asegúrate de que no me atrape. Seguimos casados, ¿verdad? Se supone que ese vínculo debe darme suerte.

Raksh borró el mapa con un gesto de mano enfadado.

—Más te vale romper ese vínculo si te ayudo. No volverás a engañarme.

Se me formó un nudo de aprehensión en el estómago. No tenía intención de sacar a este demonio de Socotra, mucho menos de romper cualquier vínculo que pudiera hacerle sospechar que hubiera algo más —alguien más— que nos uniera.

Pero los problemas, de uno en uno.

—¿Eso significa que aceptas mi oferta?

Frunció el ceño.

—Por ahora, Amina al-Sirafi. Por ahora.

17

Raksh nos condujo fuera de la arboleda por un sendero sinuoso que se adentraba en la ladera. Era demasiado angosto y espinoso para que lo recorrieran humanos, quizás fuera un sendero de leopardos, pero con un demonio enfadado fulminándome con la mirada cada vez que ralentizaba o me detenía para reajustarme el vendaje de la rodilla dolorida, logré mantener el ritmo incluso cuando me preguntaba cómo diablos iba a lograr salir de esta.

Dalila y Tinbu lanzaban miradas de vez en cuando en mi dirección, pero no se atrevían a hablar. Raksh nunca me había parecido un guerrero (era de los que preferían huir del peligro), pero era fuerte, tenía acceso a una magia que yo no entendía y ya desconfiaba de nosotros. No había necesidad de empeorar la situación conspirando abiertamente contra él. Aunque de vez en cuando se me pasara por la cabeza la idea de empujarlo por el precipicio. El muy imbécil rebotaría y luego volvería para asesinarme.

Lo cual hace que me plantee… ¿por qué no me ha asesinado ya? Era un modo bastante obvio de romper un vínculo y, pensando en la arboleda, al principio Raksh me había parecido lo bastante furioso para intentarlo. Pero antes de que pudiera reflexionar en profundidad sobre esa agradable cuestión, llegó un rayo de esperanza en forma de brisa marina dulce y salada.

Habíamos llegado a la costa norte de Socotra.

Los acantilados de piedra caliza eran más altos aquí, pero no vi ninguna entrada a ninguna cueva. Sin embargo, entre la luz mortecina del sol poniente y los eones de sal y moho que cubrían la cara escarpada del acantilado, supuse que sería fácil pasar por alto la entrada. El área estaba desolada, no había ningún barco navegando en las aguas turquesas ni ningún pescador arrastrando redes. Aun así, estaba muy pendiente de cualquier pisada o chasquido. Cuando oscureció, mis compañeros y yo nos refugiamos como pudimos bajo unos arbustos dispersos. Tras mostrarse sorprendido y levemente herido por que no quisiera dormir con él, Raksh se retiró a un árbol cercano y se subió a sus ramas para pasar la noche.

—Espero que sepas lo que estás haciendo, Amina —murmuró Tinbu—. De verdad.

Dalila no dijo nada, pero no supe si su silencio era debido a mi decisión de trabajar con Raksh o a lo que hubiera sucedido entre nosotras en el pueblo cristiano.

El sueño no llegó con facilidad. Cada vez que cerraba los ojos, veía la carita de Marjana. Diez años antes, había incinerado a Asif, había enterrado a mi traicionero marido y, ocho meses después, tenía a una niñita increíblemente pequeña acurrucada entre mis brazos. Raksh y yo no habíamos estado casados mucho tiempo y ni siquiera habíamos hablado de la posibilidad de tener hijos. Y, ya fuera por el mero trabajo en el barco, por la dieta limitada de los marineros o por cualquier otra cosa, mis ciclos siempre habían sido irregulares. Mis tres anteriores maridos —maridos humanos— no habían logrado dejar nada en mi vientre y nunca se me pasó por la cabeza que Raksh pudiera hacerlo.

Y cuando Marjana nació… nunca pensé en ella como hija de Raksh. Nunca pensé en ella como nadie más que mi hija, inocente y amable y completamente humana. Mi corazón no lo habría permitido.

No puede saber nada de ella. Por Dios, no lo sabrá.

Repetí mentalmente el voto una y otra vez. Cuando al fin me dormí, mis sueños estuvieron llenos de escorpiones que volaban como gaviotas sobre nosotros mientras yo corría tras una pequeña Marjana a lo largo de la cubierta de un *Marawati* infinito, gritando su nombre mientras ella desaparecía por la borda. Me desperté exhausta y dolorida, con la cabeza palpitante y un intenso dolor en la rodilla, lo bastante fuerte para hacer que se me llenaran los ojos de lágrimas. Me tragué una galleta húmeda y partimos, aprovechando el fresco de la mañana que enfriaba el aire salado.

Estaba anocheciendo de nuevo cuando finalmente Raksh dijo:

—Justo ahí delante. ¿Veis ese matorral? Parad ahí.

Llegué al grupo de árboles, miré entre las gruesas hojas y me eché hacia atrás cuando una cálida brisa me golpeó el rostro. Justo al lado de la espesura había una caída escarpada y letal que daba a una ensenada donde un río revoltoso bajaba desde las colinas hasta el mar, un torbellino agitado de rocas irregulares y relucientes y agua estruendosa. De inmediato levanté una mano para detener a mis amigos y fulminé a Raksh con la mirada.

—¡Podrías haberme advertido antes de que iba a caer directa a mi muerte!

Él sonrió con dulzura.

—Te he dicho que pararas. Vale, mira. ¿Ves ese retoño que emerge del acantilado? La entrada al túnel está justo después.

Se me hundió el estómago.

—Está mucho más debajo de lo que me habría imaginado.

Dalila escudriñó el lugar.

—Mis cuerdas llegarán —comentó dando un tirón a uno de los árboles circundantes—. Y estos son lo bastante fuertes para servir de ancla.

Asentí y, con la misma rapidez con la que habíamos vuelto a las tareas de navegación, retomamos los preparativos habituales para un encargo. Tinbu y yo nos pusimos a limpiar las armas y a preparar lámparas de aceite. Dalila probó sus cuerdas atando los extremos en tres fuertes bucles. Habíamos ejecutado planes más complicados con peores probabilidades, pero habían sido contra enemigos conocidos: contrabandistas rivales, nobles mimados, comerciantes infieles y miembros menores de la realeza secuestrados. No nos habíamos enfrentado a desconocidos con pasados sangrientos y trucos de magia que habían logrado asustar al auténtico demonio con el que me había casado. Recé el mahgrib con más atención de lo habitual, agregando un raka'at adicional y enrollándome el misbaha, a menudo descuidado, alrededor de la muñeca.

Terminé mis oraciones y me encontré a Raksh agachado frente a mí con una expresión en el rostro incompatible con el azalá.

—Estás distinta —declaró.

—Pues claro que estoy distinta —dije molesta por su presencia y enfadada conmigo misma por lo rápido que mi mirada se había posado en sus muslos—. Ha pasado más de una década desde la última vez que me atormentaste.

—No me refiero a eso. —Había una nota de asombro y curiosidad en su voz—. Tus deseos, tus ambiciones, no son los mismos. Son...

—Menos impresionantes, lo sé. Estoy mayor. Es lo que les pasa a los humanos.

—Son más fuertes. —Los ojos de Raksh se oscurecieron con lo que podría haber sido lujuria en otro hombre, pero era otro tipo de ardor el que él sentía. Bueno, no era el único tipo—. Más agudos.

Un escalofrío me recorrió la espalda.

—No sé de qué me hablas.

No pareció registrar mi respuesta y siguió mirándome como si hubiera visto a alguien hambriento de oro.

—Sentí que venías, ¿sabes? Hace aproximadamente una semana. No sabía que eras tú, por supuesto, pero tuve un presentimiento, una premonición de que las cosas estaban a punto de cambiar. —Se estremeció—. ¿La has sentido? ¿La magia que hay entre nosotros?

Una semana antes había sido cuando los cielos se habían despejado y había sido bendecida con el mejor tiempo para navegar de toda mi vida, con peces que saltaban en nuestras redes, una cisterna que no se vaciaba nunca y vientos que nos empujaban en dirección a Socotra como si una cadena tirara de nosotros. Recordé cómo había oído a Raksh riéndose mientras nos acechaba en la arboleda mucho antes de que mis compañeros se dieran cuenta de algo.

—No hay nada entre nosotros —negué—. ¿Por qué querrías que lo hubiera? Te dejé muriéndote de hambre. Me recibiste lanzándole un cuchillo a Tinbu y luego amenazaste con quemarnos uno a uno en la playa.

Raksh se encogió de hombros.

—Los rencores son para los humanos. ¿Por qué aferrarse a un desacuerdo mezquino del pasado cuando la recompensa futura podría ser mucho más dulce? Y tú… —Un destello carmesí se reflejó en sus ojos oscuros—. Siempre has sido prometedora. Pero te estás haciendo mayor. Seguramente, tu cuerpo no podrá seguir haciendo estas cosas mucho más tiempo. ¿Qué son los rencores cuando tú y yo podríamos vivir unas últimas aventuras juntos?

Sabía lo que estaba haciendo Raksh y sus palabras me golpearon de cerca. ¿Acaso no había sido eso parte del motivo por el que había aceptado este trabajo, una debilidad que había estado a punto de admitir ante mi madre? El anhelo por una última escapada, una última oportunidad de ver el mar extendiéndose ante mí e inundar a mis seres queridos de riquezas.

Retrocedí dándome cuenta mientras lo hacía de que Raksh se había acercado y de que estaba rozando mis rodillas con las suyas.

—No te perdonaré nunca por lo de Asif —espeté odiando el temblor de mi voz—. Y no quiero tener nada que ver con la magia.

Tinbu se acercó como si hubiera sentido que había problemas.

—Deja de hablar con ese necrófago. Es un mentiroso y desperdicias tu aliento con él.

Raksh rio.

—¡Ah, cómo echaba de menos a la gente del *Marawati*! La energía que sale de vosotros cuando estáis emocionados y aterrorizados… —Inhaló—. Deliciosa.

—¿Estáis preparados? —preguntó Dalila.

—Tan preparados como se puede. —Tomé el trozo de tela negra que me entregaba y me envolví el rostro con él. Tinbu y ella ya iban vestidos de manera similar y Raksh tenía su propio modo de camuflarse cuando no quería ser visto—. Vamos.

La ensenada era más temible al anochecer, las olas se estrellaban formando brillantes fragmentos en las rocas negras al fondo del acantilado. Intenté con todas mis fuerzas no imaginarme esa agua teñida con nuestra sangre escarlata.

—Tú primero —ordené a Raksh tendiéndole la cuerda.

No hizo ademán de tomarla.

—Yo no necesito cuerda. —En un abrir y cerrar de ojos, cambió de forma. Su piel adquirió el color del cielo sacudido por una tormenta y se puso a caminar tranquilamente hacia el acantilado.

Tinbu ahogó un grito de sorpresa. Pero Raksh no había saltado directo a su condena, sino que estaba bajando por la cara escarpada del precipicio con sus manos y pies agarrándose a lugares que nosotros apenas podríamos detectar, mucho menos usar. La luz moribunda del sol jugueteaba con su piel rayada y con los músculos que se tensaban en su espalda desnuda. Nadie que tuviera colmillos debería ser tan atractivo y me pregunté una vez más cómo pude llegar a creer que era humano.

Vino de palma. El vino de palma fue la razón por la que creíste que era humano y el motivo de por qué Dios ha prohibido tal cosa.

—¿Lleva un corazón colgando del cuello? —preguntó Tinbu.

—Eso parece. —Dalila me miró con la sospecha en los ojos—. ¿Cómo pudiste no darte cuenta de lo que era? Te casaste con él. Te acostaste con él.

—Ese no es el hombre con el que me casé. —Pero fue la verdad la que evadió su pregunta, una evasión que me temí que Dalila fuera lo bastante inteligente para detectar.

Abajo, Raksh llegó al túnel. Esbozó una sonrisa triunfal y entró.

Dalila y Tinbu fueron los siguientes en bajar. Me sentía cada vez más nerviosa mientras los observaba. Odio las alturas, caí del mástil del *Marawati* de pequeña y, aunque aterricé en un montón de lonas que suavizó el golpe y me salvó la vida, nunca he olvidado la desgarradora pérdida de gravedad ni la repentina certeza de que estaba a punto de morir. Confiaba en los nudos de Dalila, pero el corazón me martillaba con fuerza en el pecho cuando puse todo mi peso en la cuerda y empecé a bajar.

Una mano detrás de la otra. Todo iba bien hasta que cometí el error de mirar hacia abajo y capté un destello de las rocas mortales que me sacaron el aliento del cuerpo. Un sudor frío me cubrió los brazos y la cuerda se volvió más resbaladiza en mis manos mientras yo intentaba agarrarme con más fuerza. Pero me obligué a seguir adelante.

Tinbu me agarró de la cintura cuando estuve cerca, empujándome hacia la entrada y ayudándome a mantener el equilibrio en el suelo pedregoso.

—¿Estás bien? —preguntó.

Asentí en silencio y él me soltó. La entrada del túnel era estrecha y oscura. Pero, en su forma natural, Raksh emitía un brillo de un color gris azulado como una bocanada de humo extinguido y esa luz era suficiente para ver cuán estrecho era el resto del túnel.

—Dios mío… —murmuré—. ¿Pasaste por ahí? ¿Cómo? ¿Arrastrándote sobre tu estómago?

—A veces. —Raksh no parecía más entusiasmado que yo—. La cueva es grande, pero este túnel es muy angosto, es como ser un gusano en la tierra. —Hizo una pausa—. Debería lamerte.

Me aparté.

—¿Disculpa? ¿Que deberías hacer qué?

—Lamerte. Aunque supongo que besarte también funcionaría. Me siento débil y tenemos un camino difícil por delante. Tal vez, si alguien se hubiera molestado en acostarse conmigo anoche, mi magia sería más fuerte…

Le di un empujón.

—Todavía no estamos tan desesperados. Ve.

Pero era un túnel miserable. Nos vimos obligados a gatear sobre nuestras manos y rodillas y después a arrastrarnos sobre la barriga en la más profunda oscuridad. La roca nos raspó toda la piel expuesta que pudo y las empuñaduras de la espada y el janyar se me clavaron en las caderas. Después de todo un día de dolor, tenía la rodilla mala entumecida, un cambio que asumí que no podía ser bueno. El aire cercano estaba caliente y pútrido y tuve que controlar mi respiración más de una vez para no agobiarme en ese espacio aplastantemente pequeño.

Después de lo que me pareció una eternidad, al fin el túnel se expandió lo suficiente para que pudiéramos levantarnos. Dalila nos pidió que nos detuviéramos para poder encender las lámparas con el pedernal y tomé una con mucho gusto.

—Solo está un poco más lejos —advirtió Raksh—. Lo sabréis cuando salgamos del túnel.

Agachándome para evitar una formación rocosa que goteaba, pregunté:

—¿Cómo lo…? Ah.

He visto muchas cosas asombrosas en mi vida. Pocas se comparan con la primera imagen que tuve de la gran cueva de Socotra. Nuestras lámparas iluminaban un espacio lo bastante grande para tragarse una docena de *Marawati* y tuve la sensación de que, más allá de la negrura circundante, era todavía más grande. La cueva parecía una escena sacada de un sueño o traída a la vida desde el pincel de un artista: liquen como si fuera encaje, cristales brillantes y piedras en forma de hongos de todos los colores del arco iris cubrían las paredes rocosas. Formaciones retorcidas de minerales brillantes colgaban del techo irregular extendiéndose para tocar a sus hermanas que brotaban del suelo. El agua goteaba en charcos y arroyos tanto visibles como invisibles y el repiqueteo de las gotitas llenaba el aire con una música suave. Justo delante de nosotros, una cascada de un vívido color amarillo brotaba de una grieta entre las rocas y caía en un agujero tan distante que no salpicaba. Aparte de nuestra respiración y del chapoteo del agua, no se oía nada más en ese aire espeso y pesado. Dejando a un lado la humedad y la peste a huevo podrido, la cueva estaba marcada por un silencio tan profundo que parecía sagrado.

—Hay muchísima agua —comentó Tinbu maravillado mientras caminábamos, sosteniendo la lámpara para iluminar un estanque profundo. Era precioso de un modo extraño y espeluznante, el agua brillaba de color verde ante una extensión de cuarzo sorprendentemente blanco—. Este lugar debió ser un milagro para los primeros que lo descubrieron.

—Dudo que alguno de los vuestros haya llegado tan lejos. Hay pinturas humanas en las paredes más adelante, pero... oye, no toques eso. —Raksh le golpeó la mano a Tinbu para apartársela del estanque—. La mitad del agua de este sitio puede hacer que tu carne se derrita como si fuera mantequilla. Seguid mis pasos y no os desviéis.

Así lo hicimos, caminando por bordes delgados que se cernían sobre pozos que podrían haber sido infinitos y agachándonos bajo formaciones rocosas caídas como estatuas enormes de tiranos depuestos. Atravesamos campos silenciosos con fragmentos plateados sobresalientes que podrían haber sido espadas abandonadas de un ejército desvanecido y subimos escalones de una geometría natural tan perfecta que susurré alabanzas a Dios. Era un lugar salvaje, la oscuridad más allá del parpadeo de nuestras lámparas era devastadora, pero, lentamente, las señales de vida humana se volvieron más frecuentes. Aquí y allá, había escombros cubriendo el suelo, fragmentos de cerámica y herramientas rudimentarias junto a lámparas de arcilla rotas y botellas de vidrio polvorientas.

Y en la siguiente curva, empezaron las marcas como las de las notas de Dunya. Letras sabeas, ge'ez, griegas y un puñado más cuyo idioma no supe identificar. Pictografías intrincadas y escrituras indias colgantes, cuñas cuneiformes y rayas. Había nombres, pero también advertencias. Más historias contadas de las que podía entender, algunas en lenguas olvidadas hacía mucho tiempo. Aparte de los mensajes antiguos, había también dibujos. Barcos y huellas de manos, cruciformes extraños y criaturas con cuernos.

Una cosa era leer sobre este lugar en algún libro, pero ver la historia de viajeros y marineros como yo ante mí, sus fantasmas y las parades que tocaron, era otra experiencia totalmente diferente. Me pregunté por sus vidas y por el tiempo que pasaron aquí. Tras un largo viaje por mar, una cueva que ofrecía alivio del sol y abundancia de agua debía parecer un descanso divino enviado por Dios, o un escondite perfecto para contrabandistas. A pesar de las circunstancias, me sentía extravagante, mi fantasía de narradora había salido a la luz.

Hasta que nos encontramos un camino bloqueado por una enorme piel de serpiente blanca.

La piel mudada era del color de los huesos, con esa barba iridiscente brillando y lo bastante ancha como para que pudiéramos pasar por la cavidad de la criatura sin tener que agacharnos. Justo delante, el túnel se dividía y la piel abandonada continuaba por el camino de la izquierda.

—Bueno… —Tinbu tragó saliva—. Debo decir que los cronistas se equivocaron con el tamaño. Las serpientes son aún más grandes de lo que indicaban los libros.

Raksh miró con recelo el pasadizo bifurcado.

—Los túneles son grandes, pero esa piel no estaba aquí cuando yo escapé.

Dalila ya había sacado el cuchillo y estaba cortando y guardando todas las escamas que podía. Observé mientras ella abría una fisura con el bastón y sacaba un colmillo del tamaño de un fémur.

—Esto es… impresionante —comentó. Pero incluso ella parecía nerviosa.

Corté una abertura en la piel de la serpiente con mi espada.

—Vamos. Preferiría no estar aquí si esa bestia vuelve.

Pero la monstruosa piel de serpiente resultó ser un mal augurio, puesto que, cuanto más caminábamos, más alarmante se volvía nuestro entorno. Ya no había extravagantes dibujos de manos y barcos. En lugar de eso, había huesos y zapatos en descomposición por el camino, junto con un cuchillo oxidado y una alforja rasgada por colmillos. Un conjunto completo de dientes humanos amarillentos sobresalía de una logia, como si su pobre propietario hubiera mordido con tanta fuerza que le hubieran arrancado los dientes de la mandíbula.

Raksh nos había guiado por varios giros y vueltas, pero poco después de pasar los horribles dientes, la luz de mi lámpara iluminó una dirección que no estábamos siguiendo. Entre las estalactitas y cavada en el lecho rocoso había una tosca escalera.

¿Una escalera? ¿Aquí? Qué extraño.

Curiosa, me acerqué. Un cálido soplo de aire pareció darme la bienvenida con el dulce e imposible aroma del perfume de mi madre. Esa esencia familiar me llenó el corazón y me robó la concentración, y tuve que extender el brazo para estabilizarme. Cuando lo hice, me di cuenta de que ya estaba en el primer escalón. Intenté reorientarme mirando hacia arriba y rebuscando en la oscuridad. En lo alto de la escalera había una gran puerta de latón y el metal brillaba como un faro en un puerto brumoso.

Como si estuviera hechizada, me acerqué. De repente, mis amigos y mi misión parecían estar muy lejos. Un extraño silbido, susurros y suspiros murmurados tiraron de mí hacia adelante, incitándome a seguir. Más cerca, pude ver que la puerta estaba cubierta de imágenes talladas. Guerreros con faldas trenzadas y reyes con espléndidos tocados acechando sobre diminutos cautivos, despojados de ropa y de dignidad con las manos y los pies encadenados. Había cacerías de leones y concursos de tiro con arco seguidos de escenas brutales de guerra y esclavitud con cuerpos esparcidos y carros rotos. Levanté la lámpara e iluminé una escena de músicos dando una serenata en un banquete. Al lado, había un cuadro que me revolvió el estómago: barcos despedazados y marineros gritando. Un general, o tal vez un rey, dada su gran estatura, tenía el pie sobre el cuello de un cautivo y levantaba un mazo sobre su cabeza.

Con una suave bocanada de aire cálido, la puerta de latón se abrió. No era una apertura ancha, solo una franja de negrura entre el metal brillante y la piedra donde antes no había habido nada. No costaría nada empujar la puerta solo un poco más para mirar dentro…

—Baja de ahí. —Era Raksh con un tono inusual y completamente agitado.

Me sobresalté y aparté la mano de la puerta: ni siquiera recordaba haberla tocado. Al darme cuenta de eso, además del hecho de estar en lo alto de una escalera que no recordaba haber subido, retrocedí y estuve a punto de tropezar mientras bajaba los escalones.

Raksh esperó hasta que estuve a mitad de las escaleras para subir, me agarró de la muñeca y tiró de mí el resto del camino.

—Humana tonta —siseó—. Te había dicho que no te desviaras.

Estaba temblando y una capa de sudor frío me cubría la piel.

—¿Qué era ese sitio?

La mirada oscura de mi marido se deslizó hacia la puerta de latón.

—Un mal augurio. —Hizo lo que parecía ser una especie de movimiento de protección con los dedos y me fulminó con la mirada—. Espero que esto no sea una trampa. Te arrancaré el corazón si crees que vas a engañarme para que sufra ese tipo de destino.

Tiré de mi mano para liberarme de él.

—¿Qué tipo de destino? ¿Qué significa eso?

—¿Amina? —llamó Tinbu—. ¿Va todo bien?

Antes de que pudiera abrir la boca, Raksh me la tapó con la palma de la mano.

—No digas nada de esa puerta —advirtió—. Soy consciente de que tú también guardas secretos, esposa.

Se me aceleró el corazón. No sabía si Raksh había notado la reticencia entre mis amigos o si eso significaba algo más, pero no era momento de presionar. En lugar de eso, asentí y él dejó caer la mano.

—Estoy bien —le dije a Tinbu.

Nos apresuramos a reunirnos con ellos y nos adentramos por otro túnel, cuyo techo estaba decorado con constelaciones arremolinadas. Busqué la constelación de Tauro o a Aldebarán, pero no formaban un cielo que yo conociera y finalmente me rendí cuando noté que tenía demasiadas manchas azules en las pestañas.

—¿Cuánto queda? —preguntó Dalila.

—No mucho —contestó Raksh—. Sabréis que estamos cerca cuando el suelo empiece a crujir.

—¿A crujir?

—Hay muchos huesos. Ya os había dicho que es una fosa de entierro.

En efecto, no pasó mucho tiempo antes de que el suelo rocoso diera paso a una alfombra de fragmentos de huesos que me llegaban hasta las rodillas. Recé por el perdón mientras pasaba entre cráneos destrozados y costillas rotas que reflejaban la luz de las lámparas. Parecía que Raksh hubiera abierto literalmente un agujero a través de una catacumba llena de cadáveres en descomposición: nos rodeaban sudarios pútridos y restos por todas partes. Trepamos por una colina de esqueletos y se llevó un dedo a los labios antes de señalar una losa de mármol mugrienta suspendida sobre la cripta abarrotada como la apertura de una escotilla improvisada.

—Justo al otro lado está la cámara del tesoro —susurró—. Puedo mover la losa, pero tenemos que estar en silencio. Nos estamos acercando a la boca de la cueva, donde estarán Falco y sus hombres pasando la noche.

Asentí y él apartó la losa en silencio. Nos deslizamos por el hueco. La cámara del tesoro era un desastre, había herramientas de excavación y baldes tirados de tierra extraída entre fragmentos de cerámica, lápidas inscritas y ropa andrajosa. Había monedas y collares de perlas rotos esparcidos pero el suelo, pero no quedaba mucho más de valor, tal vez los hombres de Falco hubieran terminado de saquear. Aquí y allá había pozos toscamente excavados revelando más huesos y, en el más cercano, todavía había restos de dos esqueletos a medio enterrar, aparentemente en el lugar en el que murieron, acurrucados en un gesto protector el uno alrededor del otro.

Me inundó la repulsión. Seré sincera: he saqueado a gente que llevaba mucho tiempo muerta. Al igual que otros delincuentes de mi clase, he comerciado con baratijas y joyas que se dice que se han recuperado de tumbas de sacerdotes y emperadores. Rara vez lo pensaba, si ya tenía pocos escrúpulos a la hora de robar a ricos vivos, tenía todavía menos a la hora de robar a los muertos. Pero había algo en esos cuerpos arrancados de su descanso, abandonados y desechados que me irritó.

Es un momento excelente para tomar conciencia sobre el robo de tumbas, al-Sirafi. Examiné qué más había en la cámara. Justo enfrente, lo que parecía ser una entrada tapiada había sido abierta de nuevo.

—¿Dunya está por ahí? —pregunté.

—Debería estarlo —respondió Raksh en voz baja. Parecía que se estaba poniendo nervioso. A lo lejos, se oyó una risa y el aire de la cámara se volvió más fresco, más ligero, con un suave olor a mar. Lo seguimos a otra abertura más natural en la cueva. Arrastrándose hacia adelante como una cucaracha, Raksh alcanzó una cortina rota colgada entre dos estalactitas formando una puerta bastante pobre. Tiró de ella suavemente...

Y no reveló más que un nicho vacío.

Raksh maldijo y le empujé la mano levantando mi lámpara para iluminar un pequeño espacio para dormir. Un pequeño espacio para dormir completamente saqueado. Había cojines desgarrados a los que les habían sacado el relleno y cofres de madera destrozados. Había ropa y mantas esparcidas por todas partes, junto con pergaminos rotos e íconos de piedra partidos. Había objetos personales abandonados por todas partes: trozos de joyas, un peine de concha roto y unas elegantes zapatillas de estar por casa bordadas de brillante seda rosa.

—Raksh —dije entre dientes—. ¿Quieres explicarlo?

Mi inútil cónyuge parecía desconcertado.

—Dunya estaba aquí cuando me marché —insistió—. ¡Lo juro!

Dalila se arrodilló para examinar los cojines despedazados.

—Parece que quien hizo esto estaba buscando algo. ¿Creéis que Dunya pudo haber robado algo de la cámara del tesoro?

—Puede ser. —Rebusqué entre las páginas abandonadas que cubrían el suelo. Había unas cuantas en árabe, pero era un lenguaje arcaico, parecía material astrológico imposible de comprender. Debajo de una página había una tablilla de arcilla rota con personajes dibujados como los del pergamino de Dunya.

—Deberíamos marcharnos —advirtió Raksh en voz baja—. Esa muchacha era su joya. Si ha pasado algo entre ellos…

—No nos vamos, todavía no.

—Amina, no conoces a este hombre. Nada lo enfurece más que la deslealtad.

—No nos vamos —repetí con más firmeza—. ¿Hay algún otro lugar en el que pueda estar Dunya?

Raksh dejó escapar un suspiro agravado.

—Falco podría haberla encerrado con los lugareños. Los tiene cerca de la entrada de la cueva. Como recordarás, es esa entrada en la que hay veinte mercenarios armados y violentos con un temperamento irracional.

Tinbu, Dalila y yo intercambiamos miradas.

—Podríamos investigar —sugirió Dalila—. Acercarnos lo suficiente para ver si Dunya está entre ellos. Es de noche y probablemente la mayoría esté durmiendo. Si apagamos las lámparas, tal vez podamos pasar sin ser detectados.

—¿Desde cuándo habéis perdido vuestro sentido de autopreservación? —gruñó Raksh—. ¡Creía que erais piratas!

—Nos hemos reformado. —Apagué mi lámpara y la dejé en el suelo para recuperarla cuando nos marcháramos… si es que lo hacíamos—. Mis compañeros hicieron lo mismo, dejándonos en la oscuridad excepto por el pálido brillo azulado de Raksh.

Con una mueca desdeñosa que fue más fuerte que nuestros susurros, Raksh acechó hacia adelante. No nos puso fácil poder seguirlo y más de una vez chocamos con protuberancias rocosas. Sin previo aviso, cambió de nuevo a su forma humana.

—Silencio —siseó.

A lo lejos se veía el resplandor de una hoguera, su luz proyectaba sombras que bailaban en el interior escarpado de la cueva. Pude oír alardes de borrachos y olí el aroma de la carne asada.

Pero, desde más cerca, se oía un suave llanto. Había un hedor a descomposición, a órganos derramados y a sangre vieja, el mismo olor que había adherido a los ancianos asesinados del pueblo. Raksh nos llevó en dirección al llanto, serpenteando entre retorcidas formaciones rocosas. Un arroyo luminiscente corría bajo nuestros pies y había gruesos cúmulos de musgo púrpura cubriendo las paredes de piedra caliza. El hedor cada vez más asqueroso me hizo sentir como si estuviéramos pasando sobre una herida putrefacta y el cálido roce del musgo húmedo sobre mi piel hizo que me estremeciera. Justo delante había un tenue resplandor, como si hubieran encendido unas lámparas y las hubieran dejado en la cámara de al lado. Entré. Y entonces...

Entonces...

Ah... permíteme un momento, Jamal. Sé que esto es difícil para los dos. De verdad, el horror de aquella noche acababa de empezar, aunque yo no podía saberlo en ese momento.

Sin embargo, lo que vi en aquella cámara se me quedó grabado en la memoria. Y aunque me maldijeran y tuviera que vivir mil años, no lo olvidaría nunca.

Ese lugar era un matadero. Una carnicería de almas humanas. Había cadáveres disecados tendidos descomponiéndose sobre losas, otros colgando de las estalactitas cuyos cuerpos habían sido cruelmente cortados y goteaban sangre y vísceras en platos. Los cráneos y los huesos de los dedos habían sido hervidos hasta quitarles toda la carne, flotaba grasa y pelo en cuencos apestosos y los huesos estaban dispuestos en formas extrañas rodeando montones de conchas marinas, plumas de gaviota y trozos de cornalina roja. Necesité varios momentos mirándolo todo fijamente para que mi mente empezara a procesar que eso habían sido personas, que los pedazos espeluznantes que estaba contemplado habían pertenecido a humanos antes de convertirse en algo abominable, y bajé la mirada al suelo.

Tinbu cayó de rodillas y vomitó. Dalila, quien era capaz de endurecer sus reacciones como nadie más a quien hubiera conocido, dejó escapar una exclamación antes de cubrirse la boca con una mano y santiguarse haciendo la señal de la cruz.

Yo estaba demasiado entumecida para emitir sonido alguno. Había visto grandes cantidades de violencia en mi vida. Padres asesinados ante sus hijos, niñas más pequeñas que Marjana llorando y vendidas como esclavas, buzos ancianos trabajando hasta que sus cerebros estallaban bajo el agua. Cosas que nunca le habría contado a mi familia. La gente no se hace a la mar si la tierra les ofrece algo mejor y el tipo de hombres que se ven atraídos por una vida de contrabando y saqueos no suele ser muy agradable.

Pero nunca había visto nada como lo de esa cámara.

—El franco morirá por esto —susurró Dalila con voz feroz—. Todos lo harán.

Solo pude asentir.

Un gemido ahogado me hizo apartar la atención del espantoso cuadro. No estábamos solos.

Había un grupo de unas doce personas acurrucadas al otro lado de la cámara, tan lejos de los cuerpos como les permitían las cadenas, observándonos aterrorizados. Estaban sucios y atados todos juntos, vestidos con harapos y cubiertos de magulladuras y heridas sangrantes. Di un paso hacia adelante y varios de los prisioneros se estremecieron. Una mujer con los ojos llenos de terror tenía la mano sobre la boca de un niño lloroso.

—Dejadme. —Dalila pasó por nuestro lado señalando cautelosamente su cruz y luego se arrodilló ante los lugareños encadenados. Dijo algo en voz baja que no logré oír y, cuando uno de los hombres de delante asintió ligeramente, me indicó que me uniera a ella.

Así lo hice, me agaché a su lado intentando no mirar la horrible escena que tenía detrás de mí.

—No queremos haceros ningún daño —prometí—. ¿Me entendéis?

El hombre vaciló, pero tras echar un vistazo a los demás, contestó con acento arábigo:

—Sí, te entiendo.

—¿Hay alguien más aquí? ¿Más prisioneros ocultos?

—No —respondió el hombre de Socotra con voz ronca—. Han matado a todos los demás.

Han matado a todos los demás. Dalila maldijo y, todavía más horrorizada, miré al pequeño grupo que tenía delante. ¿Habrían estado ahí durante los asesinatos? ¿Encadenados en un matadero mientras torturaban y mataban a sus seres queridos ante sus ojos?

Negué con la cabeza intentando alejar el horrible zumbido que amenazaba con abrumarme. Desmoronarme no iba a servir para ayudar a esta gente.

—Vamos a sacaros de aquí, si Dios quiere. Dalila, empieza por los grilletes. Tinbu, ayúdame con las cadenas.

Raksh protestó.

—No tenemos tiempo para esto.

Cortando las cuerdas que ataban las piernas del hombre, dije:

—Esto es lo único digno que podemos hacer con nuestro tiempo.

El hombre de Socotra se sobresaltó al ver a Raksh.

—Este hombre es de los suyos. Es el sirviente de su líder.

—No soy su sirviente…

Los hice callar a ambos.

—Ahora está con nosotros y conoce una ruta de escape por los túneles. Es un camino arduo, pero sacaremos de aquí a tu gente. Espero que luego podáis ayudarme a cambio.

—¿Cómo? —preguntó el hombre con cautela.

—Estoy buscando a una joven que vino aquí desde Adén.

El hombre asintió en reconocimiento.

—La escriba del líder. Pero se ha ido.

Ido. Me quedé sin aliento. ¿Todo esto para que Dunya se hubiera ido?

—¿A dónde? —pregunté con urgencia—. ¿A dónde se fue?

—Lo siento, pero no puedo decirte nada más. Salió corriendo hace un par de días. Nos enteramos al mismo tiempo que todos los demás. —El hombre de Socotra se estremeció y le cayeron lágrimas por las mejillas—. Su líder… ha estado encolerizado desde entonces. En ese momento fue cuando empezó a masacrar a mi gente.

Sonaron más risas ebrias desde la boca de la cueva y tomé una rápida decisión.

Sácalos de aquí. Estaría confiando en la palabra de un desconocido, sí, pero el relato del hombre de Socotra parecía veraz. Y eran de Socotra, tal vez podrían ayudarnos a descubrir a dónde había huido Dunya.

Trabajamos rápidamente para liberar a los supervivientes, pero cuando empezamos a andar, lo hicimos con lentitud. Los sucotrinos estaban débiles y enfermos, muchos tenían heridas y nos costó el doble volver hasta la cámara del tesoro. Raksh levantó la losa de mármol y la colocó sobre una urna funeraria volcada y Dalila y Tinbu pasaron. Trabajamos para poder bajar suavemente a los lugareños uno a uno hasta que solo quedaron Raksh y el hombre que había hablado.

Se oyó un grito en la distancia.

—¡Se han ido! ¡Los prisioneros han escapado!

Empujé al último hombre.

—Ve.

—Vamos, Amina. —Tinbu me indicó que pasara a través de la estrecha brecha en la fosa funeraria con incrustaciones de hueso—. ¡Date prisa!

Pero sabía que no seríamos lo bastante rápidos. Los lugareños estaban débiles y enfermos, nos llevaría horas escapar por el túnel de Raksh, y eso sin contar que tendrían que ser izados con cuerdas después. Necesitaban más tiempo.

Y yo necesitaba información sobre Dunya.

Tomando una decisión lamentable, me quité el janyar de mi abuelo y alargué el brazo por la brecha para metérselo en la faja a Tinbu.

—Dame dos días.

Pareció confuso.

—¿Dos días?

—Si no estoy en la playa a la que llegamos en dos días, lidera el *Marawati* y largaos de esta isla.

—Amina, no…

Pero yo ya estaba dándome la vuelta. Agarré a Raksh del cuello y lo empujé por el hueco.

—Si los abandonas y yo vivo, pierdes tu modo de salir de aquí —espeté—. Y si los abandonas y yo muero, te atormentaré el resto de la eternidad.

Entonces, antes de que pudiera pensármelo mejor, antes de que pudiera dudarlo, dejé caer la losa de mármol.

Se estrelló contra el suelo con un ruido atronador sumiéndome en la oscuridad y desencadenando una nueva ronda de gritos de los hombres de Falco que se aproximaban rápidamente. Le di una patada a una gran torre de huesos para cubrir la losa y moví la espada para asegurarme de que hubiera tanto caos y escombros como fuera posible y me marché.

Una docena de túneles serpenteaban desde mi posición, ofreciéndome escondites o la oportunidad de vagar por ellos hasta perderme y ser devorada por una gigantesca serpiente blanca.

Pero no hui. Seguí los gritos y corrí directamente hacia los hombres de Falco. Los encontré discutiendo e insultándose los unos a los otros en la curva siguiente.

—¡La paz sea con vosotros, caballeros! —saludé diplomáticamente envainando la espada—. Me llamo Amina al-Sirafi.

»Y soy la nakhudha que vuestro jefe ha estado buscando.

UNA DECISIÓN DESAFORTUNADA
POR CULPA DE LA CODICIA

La mañana posterior a mi boda con Raksh, en cuanto abrí los ojos y vi que a mi nuevo marido le habían salido colmillos, salté de la cama, tropecé con las sábanas y me caí al suelo. Sin embargo, seguía siendo joven y ágil, me recuperé rápidamente y corrí hasta la puerta sin preocuparme por mi desnudez. Agarré el pomo.

Se convirtió en cenizas bajo mis dedos y el resto de la puerta se derritió. Jadeé, pero ver desaparecer como por encanto mi única vía de escape me volvió todavía más desesperada, así que recurrí enseguida a golpear la pared con los puños.

—¡Ayuda! —grité—. ¡Dalila! ¡Asif! ¡Maj...!

Raksh me agarró por la cintura y colocó su mano abrasadora sobre mi boca.

—Deja de gritar —imploró—. Mi cabeza me está matando.

Me retorcí en sus brazos intentando despertar de esa pesadilla, pero era como luchar contra un hombre de piedra. Detrás de los dedos azules que me presionaban el rostro, vi de repente nuestro contrato de matrimonio. Entre todo el desastre de habitación, de ropa, de toneles de vino de palma y sábanas esparcidas por ahí, era lo único que había sido cuidadosamente colocado sobre una mesa de madera.

En la parte inferior estaba mi firma.

Raksh me soltó y me derrumbé en el suelo. Por primera vez en años, lloré. Había hecho muchas cosas horribles siendo nakhudha del *Marawati*. Había matado y había robado. Había apostado, me había emborrachado y había puesto a prueba los límites del adulterio —a menudo haciendo las tres cosas en una sola noche— y había olvidado despertarme a la hora del fayr para rezar por el perdón. En resumen, tenía ya mil cosas por las que iba a necesitar expiación.

Pero esto, esto…

—Ay, Dios… —Dejé caer la cabeza en mis manos. No podía mirar a Raksh, emanaba un aire acre que olía a infierno futuro—. Estoy condenada. He fornicado con un demonio. He perdido el alma y arderé durante mil…

—¿El contrato era por tu alma? —Raksh sonaba confuso por la resaca, si es que las bestias azules podían tener resaca. Dejé escapar otro sollozo y suspiró irritado—. ¿Quieres dejar de llorar? Haces mucho ruido.

Dio un paso hacia atrás sacudiéndose como un perro que intenta secarse. Su apariencia diabólica se desvaneció dando paso al hombre que había conocido la noche anterior, aunque no del todo. El tono azulado que se adhería a él podía haber sido un truco de luz, las trenzas de color del cuervo y las pecas que le moteaban la piel eran tanto sombras como realidad. El rojo moteado de plata que delineaba ahora sus desaparecidos colmillos podría haber pasado por un pobre trabajo con la henna.

Raksh se estremeció.

—No suelo perder mi apariencia durante la noche. Lo que sea que esa gente le eche a su vino de palma… guau. Llevaba siglos sin probar un brebaje tan feroz.

¿Siglos? Lo miré entre las lágrimas.

—¿Qué eres? ¿Eres una especie de djinn?

—No, un djinn no. Aunque es un poco complicado de explicar, vuestros idiomas ya no tienen una palabra para lo que soy. —Raksh se acercó como si quisiera confesarme un secreto—. Antes solían adorarme como a un dios.

No logré esbozar una respuesta.

Doblándose por la cintura, con un sonido chirriante proveniente de algún lugar de su cuerpo parecido al de una hoja en una piedra de afilar, Raksh continuó:

—Lo de anoche fue, bueno... Mis felicitaciones, de verdad. Pocas veces los humanos pueden seguirme el ritmo así. Puede que no recuerde los detalles de nuestro contrato, pero espero que permita futuras actividades sexuales.

Se me puso todo el rostro rojo. Agarré la sábana y me envolví con ella como si fuera un capullo mientras Raksh atravesaba la habitación para tomar nuestro acuerdo de matrimonio.

—Hum... —empezó a leer—. ¡Qué disposición tan interesante! No me había casado nunca con la tradición de tu fe. Sinceramente, han pasado siglos desde la última vez que intenté algo así. La última vez que tuve un contrato de matrimonio fue en este pueblo que insistía en encerrar a los cónyuges en cuevas cuando su compañero moría y déjame decirte que no me interesa volver a hacer eso.

Me daba vueltas la cabeza, pero no lo suficiente como para pasar por alto sus extrañas palabras.

—¡Es inválido! —espeté—. Nuestro nikah. No tengo permitido casarme con un hombre que no sea musulmán.

Raksh frunció el ceño.

—¿Por eso me dijo ese hombre todas esas palabras sobre Dios y los profetas? —Volvió a estudiar el contrato—. Confía en mí, querida esposa, puedo ser un gran número de cosas.

—Pero... pero no eres creyente.

—Claro que lo soy. Es mejor conocer a la competencia, ¿verdad? —Raksh chasqueó la lengua y enrolló de nuevo el contrato—. Aquí no veo nada que sugiera que me debes tu alma. A decir verdad, aunque anoche no tenía la cabeza del todo clara, dudo que hubiera accedido a un trato como ese. Solo los tontos ofrecen sus almas y es un pacto tan diabólicamente complicado que suelo preferir otros acuerdos. —Se encogió de hombros como si las palabras que acababa de pronunciar tuvieran algún sentido—. Creo que estás bien.

Me quedé boquiabierta.

—¡No estoy bien! Si no iba ya antes de cabeza al fuego del infierno, ahora estoy realmente condenada por casarme con un demonio borracha de vino de palma.

—Un demonio al que todavía tienes intención de salvar de esta horrible y aburrida isla, ¿verdad? —Raksh me apartó el pelo que me caía en la cara para mirarme a los ojos y de repente pareció preocupado—. Amani, por favor, no puedo quedarme aquí otra década.

—¡Amina! —estallé—. Y no. El único sitio al que pienso ir contigo es a ver a ese que se hace llamar clérigo para que arregle esto. Y luego pienso largarme de esta isla y tú puedes volver a seducir a otra tonta en la playa.

—Pero… pero eso no es justo —balbuceó—. ¡Teníamos un acuerdo!

—¡Un acuerdo que hiciste con mala fe! ¿No se te ocurrió hablarme de todo esto antes de que te dejara entrar en mi cama y, sobre todo, en mi barco? —pregunté señalando sus colmillos ya desaparecidos y el colgante de coral que ocultaba su horrible encantamiento.

—Para ser sincero, esperaba que no vieras nunca este lado de… ¡no, espera! —gritó Raksh cuando hice ademán de soltarme de él—. Amina, tú no lo entiendes. Sigo siendo el hombre que conociste anoche. Todo aquello de lo que hablamos fue real. Y tú… —Inhaló como si saboreara el aire que salía de una olla fragante—. Llevo tiempo anhelando tener un contrato con alguien como tú. He estado mucho tiempo sin encontrar a alguien interesante, a alguien que valga la pena con ambiciones que saborear.

Era imposible apartarse de su mirada. En el fondo, sabía que esto no era natural. Estaría dispuesta a apostar que el modo en el que me había embelesado la noche anterior no se debía solo al vino de palma y a mi poco autocontrol alrededor de los hombres hermosos.

Pero que yo lo reconociera no iba a romper los lazos de su hechizo.

—¿Mis ambiciones?

—Sí. —Raksh me pasó los dedos por el pelo como si estuviera colocando hilos de tapicería, mirándome maravillado de un modo que parecía más evaluador que romántico—. Me he pasado los últimos trescientos años con hombres aburridos y egoístas a los que solo les importaba acostarse con las esposas de sus vecinos o las rivalidades comerciales sin sentido. Pero tú… —Me levantó y me giró—. Tú eres gloriosa. Lo que me contaste de tus aventuras… —Raksh se estremeció con lo que parecía auténtica lujuria y el color subió a sus mejillas—. Por favor, no deseo nada más que quedarme a tu lado, conocer a tu tripulación y compartir tus viajes. No te arrepentirás, te lo prometo.

—Ya me estoy arrepintiendo. —Me enderecé. Necesitaba poner espacio entre nosotros. Salir de esta habitación y respirar aire fresco.

Pero no había puerta y Raksh estaba ahí, de nuevo ante mí. Seguía desnudo y, a pesar de mi edad y mi experiencia, no pude evitar sonrojarme al verlo y recordar cómo habíamos pasado la noche anterior. Nunca había tenido un amante como él.

—Solo un trayecto —suplicó—. Sácame de esta isla y te mostraré lo que puedo hacer. Si al final de nuestro viaje no estás convencida, me marcharé y te pagaré por el privilegio.

—¿Pagarme por el privilegio? —repetí. Y no, no estoy orgullosa de que esa fuera mi primera respuesta.

Extendió las manos y cayó una lluvia de monedas de oro entre ellas. Se estrellaron ruidosamente contra el suelo, pero con otro chasquido de dedos, la fortuna desapareció.

Jadeé.

—¿Por qué necesitas un contrato con alguien si puedes hacer eso? ¡Podrías comprar cientos de billetes para salir de esta isla!

—Porque no es el tipo de moneda con el que negocian los míos. Ni el tipo de moneda que deseas tú, en realidad.

Me reí con un deje salvaje.

—Créeme, demonio, si pudiera conjurar oro, no estaría arriesgando la vida en un barco destartalado.

—No... —Raksh se acercó con voz seductora—. Si pudieras conjurar oro, le construirías un castillo a tu madre. Sobornarías a tus abuelos para que la perdonaran y le darías a tu hermano pequeño la mejor educación posible. —Fijó sus ojos en los míos y su imposible profundidad me intoxicó—. Entonces, una vez mitigada la culpa, comprarías un barco mejor y navegarías al este. Irías a ver todos los lugares de tus historias y harías escapadas que te convertirían en leyenda. No porque seas mujer, pirata o cualquier otra cosa de las que se dicen de ti, sino porque serías la mejor y punto. Porque seguirían hablando de las aventuras de Amina al-Sirafi durante siglos. Y al final... puede que incluso tu familia te perdonara, que te diera la bienvenida a casa con los brazos abiertos.

Bueno, el hechizo se había roto finalmente.

—Yo… no te conté nada de eso —dije temblorosa—. Y eso… eso no es lo que yo quiero. Soy una pirata. Una contrabandista. Solo me preocupa el dinero.

Raksh se rio y su risa azotó el aire como un látigo.

—Puede que ahora seas una pirata, nakhudha, pero no son los delitos ni el oro lo que hacen que tu corazón lata. Eres una exploradora. Apuesto a que, en otra época, en otra vida, serías uno de esos tipos de letras y verías el mundo con las riquezas y contactos que no tienes en esta. —Levantó la mano ante mi protesta—. Y no, no me confesaste nada de esto anoche. Tal vez ni siquiera te lo hayas confesado a ti misma. No importa. Mientras nos una el contrato, puedo leer tus ambiciones como un libro abierto. Y puedo ayudarlas de modos que nunca podrías imaginar.

Me sentí desnuda con Raksh sacando de mi alma deseos que ni siquiera me había atrevido a dejar que echaran raíces, la arena apartándose para revelar anhelos que parecían ingenuos a la luz del sol, criaturas retorciéndose que pertenecían al lecho marino.

—¿Por qué? —pregunté con voz ronca—. ¿Por qué querrías ayudarme?

Enroscó un dedo alrededor de una de mis trenzas despeinadas.

—Para poder conjurar oro. Hay poder en la ambición humana. Sustento en el deseo. Al menos… para seres como yo.

Sustento.

—Parece que seamos tu presa.

Raksh sonrió de oreja a oreja.

—Una presa bien satisfecha, te lo aseguro.

—¿Estaré bien satisfecha cuando finalmente sea devorada?

—¿Quién dice que tenga intención de devorarte? —Había una nota de sorpresa en su voz—. ¿Por qué iba a hacerlo?

Lo miré con incredulidad.

—¿Porque eres un demonio mentiroso que ha hablado de mi Creador como competencia?

—No soy un demonio —corrigió Raksh—. Eso es lo que tú dices. Yo no tengo ningún deseo de hacerte daño, Amina al-Sirafi. Por un lado, estoy pasándomelo bien contigo, pero lo más importante, es que solo me estaría haciendo daño a mí mismo. No debes temer a nuestro vínculo. Soy un… ¿Cómo expresarlo? Como un golpe de suerte. Mientras estemos conectados… casados —agregó con un movimiento lascivo de cadera—, siempre tendrás el viento favorable que necesites. Tus redes permanecerán llenas y las flechas de tu enemigo fallarán. Si te aconsejan diez cosas diferentes, sabré cuál es la correcta. Conozco a los marineros: vuestras vidas se apoyan en la suerte.

»Yo soy la bendición que marca la diferencia.

Ojalá pudiera decir que no me sentí tentada, pero él había dicho la verdad. En efecto, nuestras vidas se apoyaban en la suerte. Las trayectorias de los marineros suelen ser cortas y duras y, en caso de que sobrevivas al mar —cada travesía tiene sus propios riesgos— a menudo acabas ciego o lisiado por el propio trabajo. Mi familia ya había pasado por mucho. Como todos los de la tripulación. No éramos ricos. Tampoco éramos pobres, no como lo había sido yo de pequeña, pero teníamos que seguir cumpliendo encargos. Ser acosados y cazados y perseguir a otros del mismo modo sangriento con el que nos perseguían a nosotros.

¿Y si pudiera ser diferente?

—Solo un trayecto —susurró Raksh y sus palabras me envolvieron—. Deja que te muestre lo que puedo hacer.

Era una locura… pero Dios, deseaba hacerlo. Deseaba todo lo que había dicho. Con mi barco bendecido podría ir a cualquier parte. Ver el mundo que hay más allá de India. Construirles un palacio a mi madre y a mi hermano.

Respiré profundamente con el corazón acelerado.

—¿Y qué hay de mi tripulación?

—¿Qué pasa con ellos?

—¿Tienes intención de hacerles daño a ellos?

Raksh se mostró realmente desconcertado por la pregunta.

—¿Por qué iba a hacerlo? Mi contrato no es con ellos y tus deseos ya son un festín para mí. Sospecho que los suyos son horribles en comparación.

Tendría que haber dicho que no. Lamentaré hasta el fin de mis días haberle dicho… Bueno, no, supongo que eso no es cierto porque si lo hubiera rechazado ahora no tendría a Marjana. Tal vez eso me convierta en un monstruo, pero ¿acaso no son todas las madres capaces de convertirse en monstruos cuando se trata de sus hijos?

Sin embargo, esa no fue la elección que se me planteó aquella mañana. Y, ya fuera por mi retorcido corazón o por la magia de Raksh, no podía apartar las imágenes que él había dibujado en mi mente. Navegar a Khanfu y ver China como le había prometido a Majed. Explorar islas olvidadas y vagar por ciudades del otro lado del mundo con mis compañeros. Dejar constancia de mis aventuras, de mis historias, y ser aclamada no como ladrona, sino como viajera. Una exploradora como las grandes cronistas de nuestra época. Alguien honorable y venerado.

Me imaginé volviendo a mi madre de ese modo, como una hija de la que pudiera estar orgullosa, una hija que podría compensarla con una vida cómoda. ¿Acaso no había sufrido ya suficiente por mi caso?

Yo ya estaba condenada. Seguramente por eso, podría irme a casa.

—Muéstrame lo que puedes hacer —susurré.

18

ajo la danzante luz de las antorchas, los hombres de Falco parecían casi cómicamente groseros. Tenían los ojos rojos y vidriosos y una cantidad de suciedad en los cuerpos que hablaban de la ruptura de las buenas costumbres a las que se aferraban incluso la mayoría de los criminales. Portaban una cantidad ridícula de armas, y no solo armas normales, sino martillos, picos y artilugios construidos con vidrios rotos, virutas de metal y rocas. Llevaban pedazos de tesoro y huesos de la fosa de entierro alrededor del pecho y en las muñecas en una retorcida interpretación de amuletos de protección. Perlas ensartadas, pañuelos de seda podridos y cadenas de oro con rubíes, esmeraldas y cuentas de lapislázuli les rodeaban el cuello, cinturones y guanteletes dorados relucían desde el sudor ensangrentado de su piel.

Un espectáculo como tal no parecía prometedor y, aun así, ante la palabra «nakhudha» el temible grupo pareció exhalar al unísono mientras el asombro se abría paso en sus ojos brillantes. Los hombres se movieron a mi alrededor y mi corazón pareció saltarse un latido. La forma en la que se movían —cerca del suelo con los hombros encorvados como si temieran ser agarrados por una bestia espectral— era bastante inquietante. Me sentía más bien como si estuviera siendo vigilada por una manada de hienas hambrientas que por personas a las que una vez habría considerado de los míos: compañeros marineros que hablaban mi idioma y que probablemente alguna vez hubieran orado en mi fe. ¿Qué les había hecho el franco?

—Una nakhudha —susurró un hombre que llevaba una corona de dientes y piedras lunares con la voz entrecortada como si hubiera gritado hasta quedarse afónico.

—Ha funcionado —entonó otro con un horrible panel de costillas atado al pecho—. Como dijo él que pasaría.

—¿Nos la llevamos?

—Nos la llevamos.

Antes de que tuviera tiempo de cuestionar nada, me agarraron bruscamente y me desarmaron.

El hombre de las costillas señaló a un par de mercenarios.

—Seguid buscando a los lugareños. No pueden haber ido muy lejos.

Los dos elegidos no parecieron alegrarse de haber sido designados para adentrarse más en la cueva con una sola antorcha. Solo podía rezar por que no encontraran nada y agradecer que me consideraran una amenaza (¿un misterio?, ¿una llegada esperada?) para que el grueso de hombres me acompañara.

Me tropecé, holgazaneé, me tambaleé y, en general, les causé toda la molestia que pude mientras me escoltaban fuera de la caverna. La boca de la cueva llegó antes de lo que me esperaba y parpadeé ante la brillante luz de la enorme hoguera que habían excavado en el suelo rocoso. Había alrededor de una docena de hombres en pequeños grupos, algunos comiendo y bebiendo y otros entrenando. Su campamento era un desastre, supongo que al franco no le quedaba demasiado tiempo entre el asesinato y la tortura para apreciar los beneficios de una base bien mantenida. No tenía tiendas y todos sus suministros estaban desorganizados: mantas sucias apiladas en un montón y la comida que habían robado de los sucotrinos rebosaban en las cestas. El ajuar funerario saqueado estaba por todas partes: máscaras funerarias y cofres del tesoro esparcidos por la arena, armas ceremoniales de plata y urnas pintadas de rojo en un montón.

Mis captores me arrastraron hacia la hoguera. Allí había un solo hombre vigilando las llamas rugientes de espaldas a nosotros.

El hombre de las costillas me empujó y me hizo caer de rodillas.

—Estamos salvados, señor. —La esperanza y el miedo se entremezclaban en su voz como un perro de caza entregándole un premio a un amo abusivo—. Su magia ha funcionado. Se nos ha concedido un modo de salir de la isla.

El otro hombre no se molestó en darse la vuelta y siguió removiendo los troncos humeantes con un largo atizador de hierro.

—¿Habéis encontrado un modo de salir de Socotra dentro de la isla? —preguntó cansado y dubitativo.

—Sí —respondió el hombre de las costillas, esta vez más frenético—. ¡Hemos encontrado a la nakhudha que quería! La nakhudha Amina al-Sirafi.

Cuando el hombre que se ocupaba del fuego habló por primera vez, su acento más pomposo que ninguno que hubiera oído nunca al hablar en árabe, lo sospeché. Cuando dejó caer el atizador y se dio la vuelta para mirarme, lo supe con certeza.

Falco Palamenestra y yo nos habíamos encontrado el uno al otro.

Nuestras historias siempre quieren hacer a los villanos muy grandes. Deberían estar gruñendo, llenos de cicatrices, jorobados o estropeados de algún otro modo que a la sociedad no le guste. Eso hace que sea más fácil demonizarlos.

Pero la vida no es tan simple y, si esperabas un cruel hechicero franco amenazante y monstruoso con los ojos pálidos y llorosos y la piel de color pergamino, temo que voy a tener que decepcionarte. Gran parte de lo que sucedió esa noche está misericordiosamente borroso en mi memoria, pero mi primer vistazo a Falco Palamenestra quedó inscrito en mi mente. No había túnica con hechizos de protección bordados en la tela, ni siquiera una túnica con una cruz ensangrentada. En lugar de eso, Falco iba vestido como nuestros hombres, hasta sus sandalias y su aljuba. Como era de esperar para alguien que se ganaba la vida matando para otros, era bastante corpulento: tenía mi altura y unos hombros amplios que le permitirían empuñar fácilmente los pesados sables que se dice que prefieren los francos. Unos penetrantes ojos marrones bajo una frente gruesa, una nariz fuerte y una mandíbula cuadrada limpiamente afeitada. Su ondulado cabello castaño tenía mechones plateados. Debía ser al menos una década mayor que yo, pero por lo demás, parecía fuerte y saludable, aunque un poco pálido.

No obstante, mientras me miraba de arriba abajo evaluándome con curiosidad, no pude evitar ver que algo andaba mal, que faltaba algo en sus ojos que por lo demás eran cálidos. La suave expresión burlona de su rostro no encajaba con el hombre responsable de la horrible escena que había visto en la cueva.

Porque era una máscara. De un tipo que ya había visto anteriormente. La mayoría de los criminales son impulsados por la desesperación y la pobreza, por circunstancias que cambiarían si pudieran. Pero, de vez en cuando, te topas con alguien que simplemente disfruta de la violencia. Alguien que mata cuando podría herir, alguien que hiere cuando no se necesita ningún daño. El tipo de hombre que podría haber condenado a tres ancianos a una muerte lenta y espeluznante, que podría haber matado a personas como si fueran ganado mientras sus seres queridos observaban y gemían.

Falco volvió a hablar.

—Enséñame su brazo izquierdo.

El hombre que me sostenía obedeció retorciéndome la muñeca y levantándome la manga para revelar mi carne cicatrizada.

—Es tal como dicen —murmuró—. ¿Y sus dientes?

—Si acerca algún dedo a mi boca lo arrancaré de un mordisco —advertí—. Por favor, no me pongas a prueba.

Una sonrisita se dibujó en la boca de Falco como respuesta. Su mirada todavía no había abandonado mi cuerpo. Los hombres me han contemplado con todo tipo de miradas: con deseo, con rabia, con desconcierto y con condescendencia. Esto era diferente. Había... un feliz deleite en sus ojos centelleantes, una reacción extrañamente infantil... si es que se trata de un infante que arranca alas a las moscas y ahoga gatitos.

Tenía fuertes sospechas de que eso no presagiaba nada bueno para mí.

—Claramente, habla como la nakhudha de la que tanto he oído hablar. Y justo en el momento oportuno. —Falco inclinó la cabeza—. Fascinante.

—Señor, los lugareños… —El hombre de las costillas se retorció las manos—. Perdóneme, pero se han marchado. Deben haber huido a las profundidades de la cueva.

—Entonces supongo que se perderán en la oscuridad y morirán de hambre. Ya han servido su propósito, si queremos encontrar a nuestra escriba descarriada, la nakhudha puede ser lo único que necesite. —Falco se volvió hacia el suelo y recogió el atizador de hierro para recuperar un caldero cubierto de debajo de las resplandecientes brasas. Entonces se alejó y me indicó que lo siguiera—. ¡Vamos, Amina al-Sirafi! Tenemos mucho de qué hablar.

Ah, ¿sí? No estaba segura de cómo había imaginado mi primer encuentro con Falco Palamenestra, sobre todo porque habría deseado evitar encontrarme con el hechicero que había hecho que Layth muriera ahogado con un monedero de dirhams. Pero, ciertamente, no esperaba que me tratara como si fuera su pasaje para salir de Socotra. Por supuesto, era mejor que ser asesinada directamente, sobre todo cuando estaba intentando recopilar más información sobre Dunya y comprar algo más de tiempo para mis compañeros. Además, había mantenido conversaciones con gente peor, ¿verdad?

Visualicé de nuevo la carnicería de la cueva. Bueno, no. Probablemente Falco fuera el peor.

—¿Te apetece algo de vino? —preguntó indicándome que me sentara en una alfombra ante la hoguera. Sumergió una taza en un ánfora de barro medio enterrada—. ¿Algo de comer? Sé lo importante que es el derecho a la hospitalidad para tu gente y no desearía empezar nuestra relación con mal pie.

Había acercado el caldero con el atizador de hierro y lo abrió liberando un nocivo hedor grasiento. Se oía un sonido crepitante de grasa animal y juraría que algo se retorció en las profundidades carmesíes del caldero.

Se me revolvió el estómago.

—No bebo. Y las restricciones de mi dieta son… extensas —decidí, esperando abarcar con eso lo que fuera que se estuviera retorciendo en esa olla.

—Qué lástima. —Falco se sentó enfrente de mí. Que Dios perdone mi antigua debilidad, pero mientras él bebía, anhelé saborear el vino. Estaba llevando al máximo mi bravuconería, pero había entrado en el campo de mi enemigo, aunque Falco no parecía considerarme como tal, sin más plan que viajar y había algo muy retorcido en esta gente.

Tragándome todo el miedo que podía, asentí hacia el ánfora.

—Encontré los restos de tu barco. Me extraña que tuvierais la entereza para salvaros de esos.

—Un buen vino compensa el riesgo. —Tomó otro sorbo con aspecto de estar saboreándolo—. Aunque dudo que la criatura que nos atacó lo apreciara.

Puesto que no deseaba que el franco supiera que Raksh y yo nos habíamos encontrado, fingí ignorancia.

—¿Os atacó algo? ¿El qué?

—Algo menos quisquilloso que tú en sus preferencias alimenticias. Pero no debes tener miedo. La criatura está ya bien saciada y bajo control. No supondrá ningún riesgo para tu *Marawati* a menos que yo se lo ordene. —Falco sonrió, aunque la expresión no le llegó a los ojos—. Y bien, ¿dónde está tu barco?

Ahora me tocaba a mí ponerme evasiva.

—Va donde quiere.

—¿Y el resto de tus compañeros? Seguro que están contigo. ¿tu primer oficial indio y esa mujer asesina? Y también el navegante, ¿verdad? El africano al que llaman Majed. No logré encontrarlo, pero he oído que es brillante.

Así que el franco había estado buscando a Majed. Volví a maldecir a Raksh en mi cabeza.

—Te esforzaste mucho por aprender sobre mí y mi tripulación.

—¿Qué puedo decir? Me gusta coleccionar cosas extraordinarias. —Falco me miró por encima de su vino—. Aunque he de confesar que no estaba seguro de qué creer de las historias. Algunas dicen que eres una atroz bruja del mar, otras que eres una sirena que usa su belleza para atraer a hombres honorables al pecado. Ciertamente, no pareces ser lo que yo esperaba de una mujer de tu credo, oculta detrás de paredes y velos y compartiendo marido con otra docena de mujeres.

—Debo admitir que yo estoy igual de sorprendida. Tenía asumido que la mayoría de los francos iban cubiertos con su propia inmundicia corporal y con pieles de animales andrajosas. —Sonreí—. También puedo dibujar caricaturas.

Inclinó la cabeza.

—Cierto, nakhudha. Debo admitir que me alegra descubrir lo que evidentemente eres.

—¿Y eso es?

—Una guerrera. Conozco muy bien a los guerreros de tu credo.

Considerando sus antecedentes, no estaba segura de que eso fuera más prometedor que tomarme por ramera.

—Eso he oído —contesté con cautela—. ¿Matar a gente en Palestina y Siria ya no era lo bastante fascinante para ti?

—¿Quién está intercambiado caricaturas ahora? ¿Crees que dejé mi tierra natal solo para asesinar a musulmanes?

—No. Supongo que te atrajo más saquear musulmanes.

Rio.

—Las riquezas de estas tierras son muy atractivas. La primera vez que contemplé los muros de Constantinopla, vi las fuentes de Jerusalén y el modo en el que la gente irriga los campos en Egipto... —Una auténtica melancolía empañó su tono—. Hay mucho que admirar.

—Has viajado más de lo que hubiera esperado —señalé buscando una respuesta conciliadora. Se suponía que debía estar atrayendo a este hombre y claramente era de los que les gustaba hablar de sí mismos—. ¿Así que viniste a admirarnos?

—Ah, no. Vine a mataros —comentó en tono casual—. Nuestros obispos nos dijeron que teníamos que hacerlo. Aclamaban que los sarracenos y los paganos habían mancillado el suelo por el que caminó nuestro Salvador, que habían derribado nuestras iglesias y habían robado y violado a nuestros peregrinos. Dijeron que nuestro deber como cristianos era poner fin a todo esto: que no responder a la llamada condenaría nuestras almas. —Falco me miró a los ojos y, por primera vez, habría jurado que su máscara se movía levemente revelando un reflejo de su verdadera ira—. Así que mi padre vendió todas nuestras posesiones, llevó a nuestra familia a la bancarrota e hipotecó nuestras tierras a la misma Iglesia que nos ordenaba luchar para poder pagar caballos y armas para ello.

Lo asimilé todo.

—¿Y entonces?

—Bueno, entonces conquistamos Jerusalén. —Falco volvió a tomar otro sorbo—. Y no cambió nada.

Todas las historias espantosas sobre la masacre del norte se reprodujeron en mi memoria.

—¿Nada?

Falco se limpió la boca.

—Ah, soy consciente de toda la gente que murió. Por otra parte, a estas alturas he visto caer tantas ciudades diferentes, a manos de todos, que empiezo a confundir las masacres. Pero ¿hemos construido una ciudad nueva para la cristiandad? ¿Hemos acelerado la llegada de un mundo más justo? Para nada. En cuanto tomamos Jerusalén, las disputas volvieron a empezar y los príncipes y nobles del oeste latino se repartieron el botín y empezaron a guerrear por el territorio. Mi padre, el hombre que vendió lo que me pertenecía por nacimiento porque creía que ese era el deseo de Dios, murió en una pelea de borrachos por un tabernáculo de oro robado.

Volví a mirar a Falco.

—Tú serías muy joven. —Pero no me apiadaba de él. No había sido joven cuando había torturado y asesinado a los sucotrinos.

—Lo era. También intenté volver a casa, pero me enteré de que mi tierra natal también había sido destrozada y vendida. Por los normandos, en mi caso. Bárbaros extranjeros —agregó arqueando las cejas—. Dejas tu tierra para invadir otra y lo que descubres...

—Es una lástima —añadí—. Y, aun así, volviste.

—Lo hice. Intenté mantenerme alejado. Intenté encontrar algo... —Falco se aflojó el cuello de la camisa y sacó un pesado cinto oscuro con montones de adornos brillantes. Pequeños botones decorativos y alfileres de una gran variedad de materiales: cobre, latón, estaño y hueso. Corazones y dragones llameantes, espadas y símbolos desconocidos.

—¿Qué es esto? —pregunté.

—Insignias de peregrino —explicó—. Me he pasado la mayor parte de mi vida intentando ganarlas. He pasado décadas luchando con quien quisiera aceptarme y gastándome esas ganancias buscando lugares y objetos que la gente dice que fueron visitados por Dios. Recé para poder verlo finalmente en algún santuario recóndito lleno de reliquias de santos. Para poder oírlo. Sentir algo que le aportara significado a lo sucedido en Jerusalén.

En ese momento, yo ya había sobrepasado el punto de la cortesía. Había muchas insignias.

—¿Nunca te paraste a pensar después de tantos fracasos que tal vez Dios no estuviera contento con que asesinaras a tantos inocentes?

—Una respuesta bastante hipócrita viniendo de una pirata, ¿no?

—Tomo lo que me corresponde como ciudadana de las costas —respondí sin vueltas—. No mato a menos que me vea obligada a ello y todavía no he participado en una matanza de decenas de miles.

—Para ser justos... intenté irme. —Se terminó lo que le quedaba de vino—. Las misiones sagradas y el saqueo son distracciones agradables. Y, la verdad sea dicha, los reyes francos de vuestras tierras están allí tanto para competir en política como por las riquezas. Dios simplemente proporciona una cobertura tentadora, ¿verdad?

—Nunca he sido tan arrogante como para asumir que Dios aprobaría mis acciones.

Falco se acercó.

—¿Y si dejaras de preocuparte por lo que piense Dios?

Hice una pausa, insegura de si era el vino o sus extrañas inclinaciones al hablar.

—Me parece una perspectiva bastante extraña para un supuesto guerrero sagrado.

—Si sigo siendo un guerrero, es por mí. Por el conocimiento. —Falco dejó caer su cinto y las insignias de peregrino tintinearon entre sí—. Estas guerras se han convertido en conflictos corruptos. He luchado por tesoros mortales, por tierras y por promesas fugaces de salvación, y he luchado con crueldad. Por parte de los tuyos y de los míos. Supongo que no serás tan ignorante como para creer que los reyes y generales musulmanes son mejores. La mayoría solo se preocupan por usar las guerras para conquistar a sus vecinos, resolver disputas y enriquecerse con el comercio cristiano. —Falco me dirigió una mirada mordaz—. Supongo que una mujer que se ha visto

presionada a la piratería está demasiado familiarizada con la hipocresía y crueldad de la clase dominante.

Dudaba de que al franco le preocupara realmente ser aplastado
por la clase dominante, pero no podía encontrar otro defecto en sus
palabras. Yo había perdido a parientes en esas guerras, un tío al que
nunca conocería murió al servicio de un príncipe codicioso. Vivía en
un mundo en el que uno no podía olvidar nunca su lugar, donde
todos aquellos a los que conocía habían sido marcados y moldeados
por la pobreza en algunas de las ciudades más ricas de la zona. De
hecho, en ese momento estaba sentada allí porque una mujer rica me
estaba obligando a rescatar a la niña a la que ella quería porque no
deseaba que la mía pagara el precio final.

Pero me negué a dejar que sus palabras me afectaran.

—Asumes que me vi obligada a ejercer el bandolerismo. Puede
que me guste ser pirata.

—¿De verdad? Porque no hablas como una criminal egoísta que
defiende a los muertos de una tierra lejana. Un verdadero pirata podría estar intentando llegar a un acuerdo conmigo.

Lo miré a los ojos.

—No me conoces.

—No, pero me gustaría. Me gustaría mucho. —Falco inclinó la
cabeza—. Conocí a un hombre que aseguraba conocerte y me dijo
que eras una aventurera, una exploradora... la persona más extraordinaria que había conocido en mucho tiempo. Y me pregunto, nakhudha, si te gustaría embarcarte en algo extraordinario
conmigo.

Realmente, no tenía claro si Falco intentaba seducirme, contratarme o cortarme el cuello y colgarme en la cueva para realizar una
magia perversa con mi sangre.

—¿Y qué es eso tan extraordinario? —pregunté esperando que
no fuera la primera opción casi tanto como esperaba que no fuera la
última.

—Ayúdame a poner fin para siempre a estas guerras y a arreglar
las cosas en un nuevo mundo. O más bien... en uno más viejo.

—¿En uno más viejo?

Falco agitó una mano.

—Seguro que has visto los tesoros de la cueva, las tumbas y restos de grandes empalizadas, estadios y ciudadelas. Seguro que creciste con las leyendas de Hércules, Júpiter, Alejandro, el rey Salomón y su consorte y la reina a la que tu pueblo llama Bilqis.

La inclusión de Bilqis se acercaba demasiado a la razón por la que supuestamente había viajado hasta aquí. ¿Falco sospechaba que yo sabía lo de Dunya? Parecía poco interesado en lo que me había traído a mí aquí, en cómo había acabado en la cueva sin haber pasado por la entrada, como si asumiera que el mundo giraba alrededor de sus necesidades.

—He visto esos lugares y conozco a esas personas —respondí con cautela.

—Entonces, ¿no te preguntas por qué tienen acceso a poderes mayores que los nuestros? ¿Por qué pueden obrar milagros y hablar con el Divino? —Sacudió su cinto de insignias con más ferocidad—. ¿Por qué existen? ¿Qué hizo tan especial a esta gente para que pudieran volar por el mundo y levantar a los muertos o liderar legiones con talismanes mágicos?

Titubeé. Como ya te he dicho, de niña tenía una gran imaginación. Era fácil creer en cuentos fantásticos creciendo rodeada de fábulas en lugares en los que las antiguas leyendas perduraban, donde había reliquias e historias bien arraigadas que los creyentes modernos todavía no habían abandonado por completo.

—Mi gente dice que esa era ha terminado —respondí—. Aunque habrá muchos dispuestos a venderte artículos y textos que prometen lo contrario.

—Ah, pero son sobre todo charlatanes. Y lo sé porque me he pasado toda una vida buscando tales artículos sin éxito. Pero en tu parte del mundo… —Los ojos de Falco relucieron—. Tenéis mucho más. Más de todo. Tenéis textos y conocimiento de los antiguos. Vuestros académicos leen y traducen su trabajo, preservándolo y expandiéndolo con sus pensamientos. Pero no se atreven a ir más allá cuando hay cosas en este mundo que, si las dominas, podrían darte poderes suficientes para rivalizar con Dios.

Sí, no era de extrañar que Raksh se hubiera sentido atraído por este monstruo, sus ambiciones estaban más allá del delirio.

—¿De verdad crees que en los años que has pasado en mi mundo te has topado con poderes y secretos que nuestros mayores eruditos no han tenido la temeridad de intentar lograr en sus vidas? —pregunté—. Tendrás que disculparme, pero me parece un nivel de arrogancia asombroso.

—La confianza no es lo mismo que la arrogancia. Vuestros académicos son demasiado pasivos. Os inclinaréis y adoraréis a Dios durante toda vuestra vida sin desafiar nunca su cruel abandono. ¿Creéis que los inocentes de Jerusalén habrían estado perdidos si hubieran tenido a un Hércules con el que defenderse?

Una gran violencia me abrasó. ¿Había injusticias en mi mundo? Sí. La joven de Adén vendida a la esclavitud, las sombras en los ojos de Tinbu cuando hablaba de su pasado, los niños que morían de hambre mientras otros se daban atracones. Pero ese sufrimiento era por culpa de otras personas y, por el brillo de su mirada, supe que lo que Falco quería no era un mundo más justo. Quería poder. Quería que una nakhudha talentosa lo llevara por todo el océano y apoderarse de todo lo brillante a lo que pudiera ponerle la mano encima.

—Los inocentes de Jerusalén no estaban perdidos —espeté fulminando al franco con la mirada—. Fueron asesinados por bárbaros extranjeros que arderán en el fuego del infierno por sus crímenes. No tiene nada que ver con los deseos de Dios.

—No, tiene que ver con reyezuelos y generales hambrientos de poder —declaró Falco con fervor como si él no tuviera toda esa sangre en sus manos. Como si no tuviera sangre sucotrina en las manos. Como si no estuviera quedando claro que yo deseaba tener su sangre en las mías—. Y, aun así, hay una manera. Una forma de estar unidos de nuevo. De construir una nueva Roma, de apoderarse de la magia de los seres celestiales con quienes nuestros ancestros se comunicaron una vez. —Su rostro se iluminó con admiración—. Podríamos hacerlo juntos, atravesar los mares y reunir todo un arsenal que infundiera miedo a cualquier papa o califa.

Que Dios me libre, Salima estaba en lo cierto al asegurar que era un loco. ¿Qué tipo de conversación podía seguir manteniendo yo con alguien así? Vacilé, sin saber qué responder.

—No me crees —afirmó Falco sin rodeos—. Temo que mis palabras son demasiado asombrosas. Así que te lo demostraré. Seguro que te preguntas por qué unos hombres tan duros como estos me siguen siendo leales.

Miré a sus mercenarios. Estaban en grupos de dos y tres, fingiendo que no nos estaban observando sin lograrlo. Había una mezcla de hambre y miedo en sus expresiones, la luz del fuego se reflejaba en sus adornos de huesos y en sus armas improvisadas. Me pregunté con qué frecuencia pensaban en la otra mitad de la tripulación, en los que habían sido devorados vivos por una espantosa bestia marina, el marid de la historia de Raksh. ¿Eran de verdad leales estos supervivientes o se habían visto atrapados en una isla remota con este extranjero y no les había quedado más remedio que seguirlo?

—Tal vez no tengan otra opción —sugerí con voz suave.

Falco se enderezó como si mis palabras hubieran sido más crueles.

—Yazid, ven aquí. Nuestra nakhudha quiere una demostración.

El hombre de las costillas, Yazid, se acercó y Falco le lanzó el atizador de hierro que había usado para recuperar el caldero del fuego.

Yazid lo atrapó con una sola mano como si fuera un junco y me levanté de un salto, anticipando un ataque. Pero Yazid no hizo ningún movimiento hacia mí. En lugar de eso, ante mi mirada incrédula, dobló el atizador. No una ni dos veces, sino en múltiples ocasiones, manipulando y haciendo un nudo de marinero con la barra de hierro, tirando de ella como si fuera una cuerda. Cuando terminó, me lo arrojó a los pies y el atizador cayó con un fuerte golpe en la tierra.

Me quedé boquiabierta. Raksh no me había dicho nada acerca de esto.

—Es un truco —negué. Pero, cuando toqué el nudo de hierro con el pie, era tan pesado y sólido como cualquier barra que se pueda encontrar en la tienda de un herrero.

Falco hizo un gesto hacia el árbol más cercano. Era un espécimen viejo y nudoso que me doblaba la altura y con una circunferencia que necesitaría varios hombres para rodearla. Sus raíces se hundían en las profundidades de la tierra.

—Otra demostración, Yazid.

Yazid dio un paso hacia el árbol. Agarrando el tronco, lo arrancó entero del suelo con las manos desnudas. Con un gruñido, lo arrojó hacia la noche oscura. Lo oí estrellarse en la distancia.

—No es posible —susurré.

Falco me dirigió una mirada triunfante.

—Algunos han ganado fuerza, otros la habilidad de ver en la oscuridad o de nadar sin miedo a ahogarse. Son habilidades que no tendrían de no servirme a mí. Por eso son leales.

—Ya veo —contesté intentando ocultar el temblor de mi voz. Al parecer, no era suficiente con ser superados en número por crueles mercenarios. Teníamos que ser superados en número por crueles mercenarios con poderes sobrenaturales.

—Bien —dijo Falco—. Entonces podemos empezar nuestra asociación contigo diciéndome dónde está tu barco.

Nuestra asociación. Correcto. A estas alturas, antes habría dejado que Yazid me doblara los huesos que decirle a Falco dónde estaba el *Marawati*.

—Hay otro asunto que necesito resolver antes de considerar nuestra unión —advertí.

La impaciencia se reflejó en su mirada.

—¿Y qué es?

—Dunya al-Hilli.

Falco se sentó de nuevo y su actitud cambió.

—No has venido porque yo te haya convocado.

Pues no, imbécil. Pero, a decir verdad, me daba más miedo que creyera tal cosa. Que este hombre que podía hablar de religión y decepciones políticas con conocimiento de causa también creyera que podía convocar a nawakhidha al azar con horribles sacrificios de sangre.

Porque puede hacer cosas peores. Puede asesinar a quienes traicionan sus votos desde el otro lado del mar y conceder fuerza mágica a sus seguidores. El miedo se revolvió en mi estómago.

—No, me temo que no has sido tú lo que me ha traído a Socotra. Aunque sigo impresionada por tu pasión y por las habilidades de tus hombres —agregué enseguida esperando retrasar el moldeamiento de mis huesos todo lo posible—. Sin embargo, debes comprender que tu oferta de asociación es complicada cuando has secuestrado a la hija de un miembro de mi tripulación.

Falco apretó los labios.

—Asumo que te ha contratado la abuela. ¿Es ella la que te ha dicho que la secuestré?

—Eso es lo que aseguró.

—¿Y tú la crees?

—A pesar de tu anterior objeción, soy una pirata. Mis opiniones tienden a ser flexibles.

Se levantó.

—La chica estaba totalmente dispuesta. Es inteligente y tiene talento para los idiomas. Un talento que podría haberla llevado muy lejos si no me hubiera traicionado. Por desgracia, no has llegado en el momento oportuno. Me temo que la señorita al-Hilli se ha escapado.

Así que los lugareños habían dicho la verdad.

—¿Cuándo? —pregunté.

—Hace dos días. Huyó después de rogarnos que la dejáramos bañarse en el mar, y nos robó nuestro único medio de transporte en el proceso. —Habló con voz tensa por primera vez, con la rabia hirviendo a fuego lento bajo la superficie—. Es tan mentirosa como su abuela.

—¿Qué tipo de barco se llevó? —presioné—. ¿Tenía suministros?

—Para nada. Era nuestra falúa y apenas estaba en condiciones de navegar después del ataque. Es una suerte que haya llegado una nakhudha para ayudarme a encontrarla.

Falco pronunció esas palabras con una sonrisa tan pobre que me provocó escalofríos, como si fuera un hombre fingiendo ser humano.

—Sospecho que no le haría bien caer en tus manos —contesté.

—Al contrario, entiendo la temeridad de la juventud. Si está dispuesta a suplicarme perdón y a servirme de nuevo, podría resultar bastante complaciente. Lo que me lleva de nuevo a mi pregunta de antes, nakhudha… ¿Dónde está tu barco?

—Fuera. —Me mantuve—. Deja que te pregunte otra cosa: ¿cómo habríais salido de la isla para ir tras Dunya si no te hubieras topado conmigo?

Me miró con los ojos llenos de irritación.

—Habría atacado a los clanes piratas que se refugian en el oeste y habría tomado uno de sus barcos.

—Una decisión tonta. Tus hombres pueden doblar el metal, pero esos clanes pueden enfrentarse a armadas enteras. Os habrían aniquilado. Una decisión como esa dice poco a tu favor como socio de negocios.

Falco exhaló.

—Sé que a tu gente le gusta divagar con conversaciones sobre cosas sin importancia, pero cuanto más tiempo malgastes, más lejos estará Dunya. ¿Cuánto crees que sobrevivirá en mar abierto en un pequeño bote sin agua ni comida?

—Tal vez deberías dejarme ir a por ella.

—Comprenderás que dude de que vayas a volver. —Falco ya no sonreía—. Basta de perder el tiempo, al-Sirafi. Dime dónde encontrar tu barco.

Me coloqué las manos temblorosas sobre las rodillas intentando reunir todo el coraje que pudiera. Sospechaba que, a ojos de Falco, estaba a punto de cruzar la línea entre «aliada potencial» y «problema intransigente».

—Me temo que no puedo ayudarte. Cuando vimos que tu barco había naufragado, envié al *Marawati* bien lejos y me quedé atrás para explorar el área yo sola. No volverá hasta dentro de dos semanas.

—No te creo.

—Que me creas no significa nada. No puedo alterar el paso del tiempo.

—Debes tener un modo de hacerles alguna señal por si necesitas ayuda —insistió.

—Por suerte, yo nunca necesito ayuda.

Falco se había levantado, pero se detuvo en seco.

—¿Y si dejara que mis hombres te tomaran? Uno a uno, hasta que te rindieras. ¿Crees que entonces necesitarías ayuda?

Había cambiado en un instante su fachada de hombre educado y para mostrar una cruel amenaza: aquí estaba el hombre que había dejado a tres ancianos clavados a un árbol y que había descuartizado a inocentes en la cueva como si fuera un carnicero. Intenté dejar que la amenaza se desvaneciera como si no la hubiera escuchado, tenía una espada en la garganta desde que había dejado que la losa se cerrara en la cámara del tesoro. No ignoro cómo ejercen el poder los hombres violentos.

Así que le sostuve la mirada, negándome a dar marcha atrás.

—Mientras sigas amenazándome, no podrás poner un pie en mi barco. Y, por lo que a mí respecta, tú y tus hombres podéis pudriros aquí.

Falco suspiró.

—No tiene por qué ser tan difícil. Me parece que eres una mujer con gran pragmatismo. Despiadada incluso, a juzgar por algunas historias que he oído. No dudo que si pudiera hacerte ver el potencial... —Se interrumpió como si se le hubiera ocurrido una idea y se giró hacia mí. Su rostro brillaba de nuevo, como cuando había divagado sobre construir una nueva Roma y enfrentarse a Dios—. Sí, tal vez sea eso. Para los hombres, insisto en que su participación sea voluntaria, de lo contrario, no confiaría en su lealtad. Pero tú y tu barco sois demasiado valiosos para dejaros al azar. ¡Yazid! —exclamó—. ¡Átala!

Me abalancé sobre el atizador de hierro anudado que tenía a los pies y lo blandí antes de que sus hombres se movieran hacía mí. Conseguí golpear a uno en la cara, pero luego Yazid me arrebató el atizador de las manos y los demás me derribaron. Pateé y me retorcí como un animal rabioso, escupiéndoles a los ojos y rugiendo de ira. Le di un rodillazo a un hombre con tanta fuerza en la ingle que gritó y se apartó rodando y arañé a otro de forma tan despiadada que le quedó la mejilla ensangrentada y hecha jirones.

Pero al final, eran demasiados y demasiado fuertes. Me tomaron de las manos y me ataron las muñecas mientras Yazid se sentaba sobre mis piernas. No fueron más allá. Falco tenía otro destino en mente para mí y, completamente inmovilizada, solo podía observar con horror cómo el franco volvía a su caldero con el cucharón de cobre que había usado para servirse el vino.

Removió su contenido.

—Encontrad algo para abrirle la boca. Creo que iba en serio con lo de arrancar dedos a mordiscos.

El puro terror se apoderó de mí. Apreté la mandíbula tan fuerte como pude, pero con tantas manos haciendo palanca en mis labios con una fuerza sobrenatural, intentando meterme palos en la boca y tapándome la nariz para que no pudiera respirar por ahí, al final lograron meterme la empuñadura de un cuchillo entre los dientes. Sabía a metal y a sangre.

La expresión de Falco era condescendiente y tranquilizadora mientras se acercaba con el cucharón. Querría arrancarle los putos ojos y calmar el dolor con sal. Aquello que quería darme de comer era del color espumoso azul grisáceo de un mar sacudido por la tormenta, hirviendo y moviéndose, estremeciéndose y retorciéndose como si hubiera gusanos bajo la superficie. Me resistí todo lo que pude y juré venganza a través de mi boca amordazada, pero era demasiado tarde y el cucharón ya me estaba tocando los labios.

La poca misericordia fue que duró poco. Noté una sensación de movimiento horrible y desgarradora en la lengua y luego el hielo se derramó por mi garganta. Me quitaron la empuñadura de los dientes y una mano me tapó la boca cuando las ganas de vomitar estuvieron a punto de vencerme. Temblaba violentamente y un sudor frío me cubrió toda la piel. Me daba vueltas la cabeza y lo vi todo lleno de manchas que se movían y se arremolinaban como tifones y olas turbulentas. Notaba las extremidades débiles, el cuerpo distante…

—No tengas miedo, nakhudha —susurró Falco mientras la inconsciencia se apoderaba de mí—. Todo mejorará pronto.

Hacía mucho, muchísimo frío.

Ese fue mi primer pensamiento al despertar. Yacía en una playa fría y húmeda, la arena me empapaba la ropa y estaba congelada, temblando más fuerte que en toda mi vida. Temblaba con tanta violencia que me había dejado la piel en carne viva donde me cubrían las cuerdas mientras estaba inconsciente.

Y la cabeza… Era como si me hubiera bebido una docena de barriles de vino de palma de Maldivia. Con un gemido intenté sentarme.

Una mano me agarró del hombro.

—Cuidado. La poción dejó a los demás bastante torpes.

Falco.

El recuerdo de lo que había hecho me atravesó la mente y dio paso al odio. Me aparté de sus manos e intenté golpearlo, pero fracasé estrepitosamente y quedé boca abajo sobre la arena. Me di la vuelta...

Grité. Los hombres del franco no tenían buen aspecto.

Se cernían sobre mí con sus ojos vidriosos del mismo azul grisáceo espumoso que el del brebaje que me habían obligado a beber. Un patrón de escamas y tentáculos les cubría las extremidades y les brotaba en las mejillas. Cuando Yazid se acercó, habría jurado que sus brazos habían sido reemplazados por gigantescas pinzas de escorpión y su cráneo estaba cubierto por un caparazón parecido al de un cangrejo cacerola.

Intenté alejarme, pero Falco me agarró las muñecas atadas. Era el único que parecía mantener el mismo aspecto.

—No temas, nakhudha —dijo de nuevo, las mismas palabras que antes con el tono tranquilizador que uno usaría con un caballo asustado—. Este es solo el primer paso. Te hemos ofrecido una muestra, pero ahora ella... debe aceptarte. —Se enderezó—. ¡Llevad a al-Sirafi al hoyo! ¡Llamaremos a nuestra gran aliada!

Me levantaron y me arrastraron cerca de la orilla. Mareada, delirante y tratando desesperadamente de recuperar el sentido, no pude ofrecer mucha resistencia. No sabía qué me había hecho Falco, no sabía cuánto tiempo había estado inconsciente. Seguía siendo de noche... ¿habrían huido mis compañeros y los lugareños?

¡Piensa, Amina, piensa! Pero no podía pensar. Era como estar atrapada en una pesadilla en la que no importa cuánto necesites huir, no puedes mover las piernas. El agua negra que azotaba la playa me dio en la cabeza, el horrible humo de esas antorchas sobrenaturales me provocaba náuseas. Algunos de los hombres habían hecho otra hoguera con madera flotante, sus cuerpos parecían ondularse y deslizarse ante las llamas danzantes como en un horrible espectáculo producido por una alucinación por culpa del vino. Había otros cavando con sus manos y con palas, sacando arena mojada que aterrizaba con pesados golpes mientras cavaban un pozo en la línea de la

marea. Falco estaba cantando en un idioma extranjero, un idioma que no parecía humano.

Me empujaron hacia el mar, un lugar que amaba, pero al que siempre había respetado y, a menudo, temido. Ahora temía más que ahogarme, ahogarme podría incluso ser una bendición en este punto. En la luz dispersa de las estrellas que se reflejaba sobre las olas, había cientos de pequeñas formas saliendo de las olas chasqueando las pinzas y con los aguijones en alto.

Escorpiones. Una especie de escorpiones de mar. Aunque su tamaño era similar al de mi mano, parecía que el número era infinito y el veneno brillaba en sus colas. Los escorpiones se adentraron en el hoyo llenándolo con sus cuerpos retorcidos.

El hoyo al que me estaban arrastrando. Con gran horror, me di cuenta de que los hombres pensaban arrojarme con esa horda de criaturas. Y aunque apenas podía ver lo que tenía delante, aunque me sentía ebria y mis esfuerzos anteriores habían sido en vano, los reanudé ferozmente, golpeando, mordiendo y arremetiendo contra todos los que podía mientras pasábamos junto a la hoguera. De repente, estuve segura de que, si caía en ese hoyo, no saldría siendo la misma. Falco quería hacerme lo que le había hecho al resto. Una esclava monstruosa, un peón transfigurado para un cruel hechicero extranjero. Enrosqué el tobillo alrededor del de uno de mis captores y agarré del cuello a otro mientras intentaban meterme en la tumba llena de escorpiones. La arena empezó a ceder bajo mis pies...

Un silbido resonó en el aire y una flecha pasó ante mi línea de visión.

Se hundió en la hoguera y solo tuve un instante para ver las familiares plumas de Tinbu entre las llamas. El astil era extrañamente grueso, parecía hinchado, como si le hubieran atado algo a...

El artilugio explotó.

Lo hizo con mucha más fuerza que el experimento anterior de Dalila con el polvo negro, y estalló en una bola de fuego que se apresuró a consumir a los hombres más cercanos. Gritaron, huyendo mientras las llamas lamían su ropa. En medio del caos, las manos que me sostenían se aflojaron un segundo y me lancé hacia atrás empujando con tanta fuerza a mis captores que dos de ellos cayeron al hoyo en mi lugar.

Chillaron y sus gritos se sumaron a la loca cacofonía. Otra flecha voló hacia el fuego y una segunda explosión rasgó la arena. Con las manos atadas, me levanté de modo torpe y, todavía delirante, vi a Falco entre los escombros a unos diez pasos de distancia, con la misma expresión de asombro. Una espada descargada yacía a sus pies, tal vez perteneciera a uno de los hombres ardiendo que corrían hacia el mar.

Si hubiera sido valiente, podría haberla agarrado. Podría haber aprovechado la oportunidad para mandar al franco al infierno que tanto se merecía. Pero ya había sobrevivido mucho tiempo, no iba a confundir el coraje con la imprudencia. La gente podría decir que los de mi clase éramos ratas marinas, pero déjame decirte que las ratas saben cuándo huir.

Y eso hice, corrí hacia la oscuridad de las colinas, lejos del océano, hacia el lugar desde el que habían volado las flechas de Tinbu. Tropecé y me tambaleé, mi gracia habitual había desaparecido mientras atravesaba el suelo rocoso, buscando desesperadamente el refugio de los árboles y de los matorrales espinosos. Cualquier cosa que pudiera poner distancia entre mí misma y el horror de la playa.

Unas manos me atraparon. Intenté liberarme antes de darme cuenta de que era Dalila. Justo detrás de su hombro, Tinbu estaba lanzando flechas a la playa, con sus movimientos como sombras danzantes en la oscuridad. Me eché a llorar. En otro momento, habría reprendido a mis amigos por desobedecer mis órdenes y arriesgar la vida, pero, alabado sea Dios, me sentía muy aliviada por haber sido rescatada.

—Un gran plan —murmuró Dalila mientras cortaba las cuerdas que me ataban las muñecas y me pasaba un brazo por encima del hombro. Con más suavidad, agregó—: Te tengo, nakhudha, Tinbu, vamos a…

Un chirrido rugió desde el mar, más fuerte que un trueno. El agudo chillido rasgó el aire, sacudiendo toda la playa y provocándome una puñalada de dolor en el pecho. Me tambaleé y grité. Era como si unas garras me aferraran el corazón y lo apretaran con fuerza.

—¡Amina!

Caí de rodillas, jadeando e intentando tomar aire.

—Mi pecho… —La criatura volvió a rugir aún más fuerte y me abrasó una nueva oleada de agonía—. ¡Ay, Dios!

—Amina. —Raksh acababa de salir de la oscuridad y me agarraba la cara—. ¿Has bebido algo? ¿Falco te ha hecho comer o consumir algo? —Logré asentir y él maldijo—. Puto idiota. Dejar que una humana pruebe algo tan peligroso… —gimió mostrándose más enfadado que nada—. Tumbadla.

Dalila protestó.

—¡No tenemos tiempo!

—El tiempo no importará si no le saco esto. —Raksh se sentó a horcajadas sobre mi cintura. Atormentada por el dolor, solo era vagamente consciente de las cosas improbables que sucedían ante mis ojos. Las manos de Raksh se convirtieron en garras, oí el sonido de tela desgarrada.

El marido al que había abandonado estaba abriéndome el esternón, metiendo su mano demoníaca en mi pecho y agarrando…

Un aguijón reluciente, del mismo azul grisáceo que el brebaje que Falco me había obligado a tomar, salió de mi piel. Chisporroteó y escupió donde los dedos de Raksh encontraron su superficie húmeda, como fuego y agua luchando por el dominio. Lo arrojó a un lado con un escalofrío.

El mundo se aclaró, mi cuerpo y mi mente volvían a ser míos. Miré desesperada hacia mi pecho esperando ver mi torso abierto, pero solo había una piel suave.

Un rugido final rasgó el aire. En la distancia, habría jurado ver una enorme silueta elevándose desde el mar, un enorme cuerpo blindado avanzando como una poderosa ola. Pero entonces Raksh me agarró de nuevo y me arrojó sobre su hombro, oscureciendo mi visión.

—¡Corred! —gritó.

Esta vez nadie discutió con él.

19

Huimos a través de la noche tan rápido como pudimos, siguiendo a los lugareños por un largo y vertiginoso sendero de colinas, arboledas, uadis y playas que dijeron que el franco y sus hombres no podrían rastrear. Al cabo de un rato, Raksh me dejó en el suelo sin previo aviso quejándose de mi peso. Tenía la rodilla en una horrible agonía, pero avancé tambaleándome. Lo único que quería era salir de Socotra.

Estaba empezando a amanecer cuando nos detuvimos en una tranquila laguna, el agua reflejaba los colores del alba y las sombras negras puntiagudas de los árboles y arbustos que nos rodeaban. A través de una breve brecha en los acantilados, pude ver que la laguna formaba un arroyo que se encontraría con el océano.

—Aquí es donde nos separamos —anunció el hombre con el que había hablado originalmente después de intercambiar unas palabras tranquilas con Dalila. No había dicho su nombre y yo tampoco le había preguntado. A juzgar por las miradas cautelosas, pero comprensivas que me había estado lanzando su gente, sospeché que sabían algo sobre lo que me había pasado a manos de Falco—. Iremos a los clanes piratas del oeste porque nos deben protección, pero desconfían de los extraños y lo harán todavía más cuando descubran lo que ha pasado aquí. No puedo prometeros seguridad.

—En ese caso, tal vez lo mejor sea que no mencionéis nuestra existencia —advertí—. ¿Creéis que podrán protegeros? El franco mencionó que intentaría robarles un barco.

Se burló.

—Me gustaría verlo intentarlo. Los clanes son más que capaces de defenderse.

—¿Y vuestro pueblo? —dudé pensando en las cabañas quemadas y en las tres tumbas frescas—. ¿Volveréis?

—Cuando Dios quiera —contestó el hombre con convicción—. Ese demonio no ha sido el primero en invadir nuestras vidas con violencia y no será el último. Pero esta es nuestra tierra, nuestra isla, y no la abandonaremos por codicia extranjera. —El dolor retorció su rostro—. Aunque si el clan decidiera que se necesita una venganza rápida, no lo discutiré.

Yo tampoco. La perspectiva de que los piratas sucotrinos acabaran con lo que quedara de Falco y sus hombres era casi lo único que me daba consuelo en ese momento.

—En ese caso, que Dios os bendiga y os proteja —deseé con una mano en el corazón. Todavía notaba frío el lugar del que Raksh había sacado el aguijón de mi pecho.

—También a vosotros, nakhudha. —El hombre me miró a los ojos—. ¿Iréis tras esa escriba? ¿Tras la muchacha que estabais buscando?

Se me hundió el corazón.

—Lo intentaremos.

—Os deseo suerte, entonces. —Dirigió a su gente lejos de la cueva.

Mis compañeros y yo nos habíamos retrasado lo suficiente para comer y rezar. Estaba agotada, tenía el alma exhausta, pero aun así habría andado durante días seguidos para llegar antes al *Marawati*. Teníamos que volver a atravesar la maldita isla y Dalila y Tinbu me pidieron planes, claramente preocupados por mi actitud angustiada y mi explicación escasa y vacilante de lo que había sucedido con Falco.

Pero yo solo tenía energía para seguir adelante, no para insistir en la repugnancia de lo que me habían hecho ni en el pánico que había sentido a la merced de esos hombres. Me despertaba gritando por las noches y veía imágenes borrosas de enormes serpientes y escorpiones enroscados sobre el paisaje. Cuando estaba despierta, me sentía algo mejor. Ya fuera por el roce con la muerte o por haber estado a punto de convertirme en algo monstruoso, me sentí angustiada al pensar en lo cerca que había estado de dejar a Marjana sin madre. ¿En qué estaba pensando al aceptar este encargo antes de que Salima me dejara sin otra opción? ¿Y cómo podía haber dejado a Marjana sin decirle ni una sola palabra (ni una en absoluto) sobre sus orígenes?

El regreso de Raksh había sacado a la luz una horrible verdad: si yo moría aquí, no habría nadie que pudiera decirle a Marjana quién era su padre. Qué era. Nadie que la ayudara si en algún momento se manifestaba su linaje sobrenatural. Había sido una ignorante, una idiota arrogante al convencerme a mí misma de que nunca tendría que enfrentarme a este aspecto de la vida de mi hija, al dejar que mi odio por la magia me cegara del hecho de que la sangre de Raksh corría por las venas de mi hija. Y si ahora no lograba volver a casa, ella no recibiría ninguna advertencia.

Sin embargo, por su parte, Raksh se comportó y fue asombrosamente útil. Encontró manantiales para rellenar nuestros odres, atrapó a una liebre para comer e incluso se ofreció para masajearme las piernas. Dos veces. (Acepté la segunda vez, puesto que mis músculos doloridos vencieron al orgullo y el muy bastardo me hizo algo en la rodilla que me redujo el dolor a la mitad y me dirigió una sonrisa tan engreída que el alivio casi no valió la pena. Casi.) No era tonta, el demonio solo se estaba comportando bien con la esperanza de que lo dejara subir al *Marawati*. Pero no importaba. Había tomado mi decisión cuando había explicado por qué sabía cómo sacar el aguijón de mi pecho.

—Ya te había advertido de que Falco había intentado poseer a un marid —comentó con indiferencia mientras ponía la liebre sobre una pequeña hoguera—. Pero ese tipo de magia requiere más que la sangre derramada en la cueva, necesita anfitriones. O, más bien, peones. Personas cuya fuerza de voluntad pueda alimentar al marid a cambio de controlarlos a todos.

—¿Qué? —pregunté totalmente perdida.

Raksh puso los ojos en blanco.

—Esto escapa a tu comprensión, pero basta decir que Falco habría podido rastrearte y controlarte hasta cierto punto si ese aguijón hubiera permanecido en tu interior. —Se llevó el corazón crudo de la liebre a la boca y me dirigió una sonrisa sangrienta—. Qué suerte que tu marido estuviera cerca para salvarte.

Mi «marido» tenía razón, por mucho que detestara admitirlo. Estábamos desesperados y nos superaban. Dunya hacía días que se había marchado y podría haberlo hecho en cualquier dirección. No íbamos a desperdiciar tiempo buscando, no cuando tenía una criatura que podía señalarnos la dirección correcta.

Dalila fue la primera en mostrar su desacuerdo.

Yo estaba encendiendo una señal de fuego para el *Marawati* cuando se acercó tan silenciosa como siempre y me tocó el hombro. Estuve a punto de saltar por los aires, recordando la pesadilla de los hombres de Falco empujándome hacia la arena.

—Lo siento —murmuré sonrojándome por la vergüenza.

—No tienes que disculparte. —Dalila se agachó a mi lado—. ¿Te tocaron? —preguntó tras otro momento.

Se me secó la boca. Las dos sabíamos qué me estaba en realidad preguntando.

—No. No de ese modo —contestó—. Me amenazó con ello… pero al final tenía otros planes.

Dalila frunció los labios con disgusto.

—Ojalá pudiéramos haberlos visto arder.

No le quité la razón, pero Raksh eligió ese desafortunado momento para cruzar nuestra línea de visión y la mirada de mi compañera se agudizó.

—Vas a dejar que ese demonio venga con nosotros, ¿verdad? —preguntó sin rodeos.

Rompiendo otra rama, la arrojé a la pila.

—No tengo elección.

—¿Y eso por qué? —No me estaba juzgando, lo que ya resultaba bastante sospechoso. Parecía que Dalila estaba dejando que me explicara, algo para lo que, por lo general, no tenía paciencia.

Elegí mis palabras con cautela.

—En primer lugar, tendría un berrinche digno de un niño pequeño si intentáramos dejarlo atrás y luego, sin duda alguna, encontraría un modo violento de provocar más problemas. En segundo lugar, creo sinceramente que tendremos mejor suerte buscando a Dunya si él está con nosotros. Y en tercero... —exhalé—. Dalila, no sé cómo enfrentarme a este franco si vuelve a por nosotros. Tiene acceso a poderes que yo apenas puedo imaginar.

—Si vuelve a por nosotros —destacó ella—. Falco no tiene modo de salir de Socotra ahora mismo, aunque esté vivo. Y Raksh puede ser menos útil de lo que piensas. Es bastante obvio que solo es leal a sí mismo.

Si ella supiera...

—No confío nada en él. Pero por el momento, es más útil de nuestro lado que en nuestra contra.

Dalila me miró fijamente.

—Le estás ocultando secretos. ¿Por qué siento que estás haciendo lo mismo con Tinbu y conmigo?

Porque lo estoy haciendo. Porque sabía qué era Raksh cuando dejé que se uniera a nosotros y todo lo que sucedió después es culpa mía. Vacilé. Dalila era el único miembro de mi tripulación que podría entenderlo, que no me condenaría de inmediato. Una mujer que había pasado años actuando en su propio interés y que nunca se había disculpado por ello.

Pero mi vergüenza seguía siendo demasiado grande.

—Ya hay suficiente madera —dije cambiando de tema—. Volvamos... volvamos al *Marawati*. Encontremos a Dunya. Entonces nos ocuparemos de Raksh. —Encendí la señal de fuego—. Gracias, por cierto.

Dalila suspiró, claramente consciente de que estaba evitando su intromisión.

—¿Por qué me das las gracias?

—Por haberme salvado la vida con el polvo negro que te dije que no podías guardar y luego por ser suficientemente magnánima para no arrojármelo a la cara.

Dejó escapar una carcajada y parte de la tensión que había entre nosotras se desvaneció.

—Ay, nakhudha, solo estoy esperando al momento más oportuno.

—Me lo imaginaba. —Pero cuando recordé lo que nos había hecho distanciarnos originalmente, no pude evitar inquirir—: ¿Puedo preguntarte algo ridículo?

—Diviérteme.

—¿Eres de aquí? —Cuando el buen humor se desvaneció del rostro de Dalila como si se hubiera cerrado una puerta, añadí—. Es por cómo has reaccionado en el pueblo. Pensé que... que tal vez este fuera tu hogar.

Dalila presionó los labios en una fina línea contemplando el fuego mientras se encendía. Finalmente, respondió.

—No, no soy de Socotra. Soy de un pueblo cristiano parecido a este. —Hizo una pausa—. Pero la gente que lo quemó no eran francos. Ni cristianos.

La culpa me atravesó; pude leer entre líneas.

—Lo siento —dije en voz baja—. No lo sabía. Es decir, supuse que debió pasar algo para que decidieras unirte al Banu Sasan, pero...

—No quiero hablar de ello. No es... mirar hacia atrás no sirve para nada —declaró con ferocidad mientras unas manchas de color se le formaban en las mejillas—. Y no tienes que disculparte por cosas de las que no tienes nada que ver. Pero si quieres compensármelo... no te pases otra década sin escribirme. Sabes que tengo pocos amigos.

Ay, Dalila. Me dio un vuelco el corazón al mirarla realmente. Había asumido que habría sucedido alguna tragedia al principio de su vida, pero Dalila siempre me había parecido tan inquebrantable y capaz, aterradora incluso, dada su profesión. Su pasado —su propia identidad— era un tema que quedaba fuera de los límites y en ese momento me pregunté cuánta de esa indiferencia estudiada y de esa discreción inescrutable era una fachada, el modo en el que había aprendido a sobrevivir en un mundo que dejaba claro de modo brutal qué partes de tu identidad podían condenarte.

Sin decir palabra, me acerqué para apretarle la mano. Como no se apartó, dije:

—No lo haré, lo prometo. Tendría que haberme puesto en contacto contigo antes y por eso sí que me disculpo. Pero también lamento lo que sucedió en el pueblo. No quiero que pienses que hago ninguna distinción entre nuestras gentes y, si me he comportado de algún modo que sugiera lo contrario... necesito cambiarlo.

—De acuerdo. —Ambas nos quedamos allí durante un momento de incomodidad mutua y extraña calidez hasta que Dalila agregó—. Debes haber tenido mucho miedo de reunirte con Dios para haber admitido que te has equivocado en múltiples situaciones.

—Y tú debes haber temido perderme de verdad para confesar que somos amigas. —Cuando hizo una mueca, dejé escapar una exclamación triunfante—. ¡Lo has hecho!

Dalila puso los ojos en blanco.

—No dejes que un momento de debilidad emocional te engañe.

—Me habrías llorado durante mil años. —Incliné la cabeza—. ¿Puedo preguntarte otra cosa, ya que has reconocido nuestros lazos eternos de hermandad y amistad?

—Voy a darte con el bastón.

—¿Podrías al menos decirme tu nombre? —pregunté con más delicadeza ignorando la amenaza—. El verdadero. No el de Banu Sasan, Hábil Dalila.

Se rio y se levantó.

—Eso no lo tendrás, Amina al-Sirafi. Los nombres son para las lápidas. Y nosotras todavía no estamos muertas.

No lo estábamos, pero cuando volvió el *Marawati*, me pregunté si sería más fácil morir que tener que decirle a Majed que Raksh estaba vivo y que tenía que venir con nosotros.

Mi navegante tenía su vieja espada en la mano y estaba en la proa del dunij cuando el pequeño bote llegó a la playa, con el *Marawati* flotando en la distancia.

—Esa no es la hija de Asif —siseó apuntando a mi marido con el filo.

—No, no lo es —admití—. La hija de Asif está flotando por el mar con una cantidad de tiempo muy limitada hasta que muera de sed y Raksh es nuestra única línea de defensa bien informada contra el franco, que ahora convoca a monstruos marinos y que ha otorgado a sus hombres la fuerza de los djinn. Lo discutiremos cuando nos hayamos marchado de esta maldita isla, si Dios quiere.

—¿Que Dunya está dónde? ¿Que el franco hace qué? —Majed negó con la cabeza e indicó a los hombres que dejaran de remar—.

No importa. Ese demonio no va a subir al barco. No si quieres que yo siga a bordo.

—Majed… —Estaba agotada, me dolía todo el cuerpo—. Podemos discutir sobre esto más tarde.

—Y lo haremos. —Majed fulminó a Raksh con la mirada—. Pero él no viene.

—Ah, eres tan desagradable como recuerdo. —Raksh chasqueó la lengua—. Aunque un poco más canoso y rechoncho. Lo cierto es, Padre de Mapas, que deberías cuidarte un poco mejor.

—Cállate —espeté a Raksh—. No te estás haciendo ningún favor. —Me volví hacia mi navegante—. Majed, no vamos a mantener esta discusión desde el agua. Tráeme el bote.

Con una mirada que prometía una discusión futura, Majed ralentizó lo suficiente para llevar el dunij a la playa y todos volvimos al barco. Podría haber besado al *Marawati* en cuanto subí a bordo, pero me conformé con desplomarme en el banco del capitán mirando con suspicacia mientras Raksh se paseaba por la cubierta como si fuera suya. Las miradas de los hombres lo siguieron con una mezcla de curiosidad y del intenso anhelo que solía provocar.

—Déjalos en paz —dije con rudeza—. Y ven aquí.

Raksh resopló, pero como si hubieran cortado hilos de marionetas, varios hombres parpadearon y volvieron a su trabajo mostrándose desconcertados por su distracción. Raksh se dejó caer a mi lado en el banco, tan cerca como para que su cadera rozara la mía.

—Ah, el *Marawati*… —musitó acariciándome la pierna—. Cómo te echaba de menos con todas tus aventuras.

—Si no apartas la mano de mi muslo la atravesaré con un cuchillo.

—Siempre tan hostil. Supongo que eso significa que la reconciliación sexual queda fuera de… ¡ay! —Raksh abrió los ojos con sorpresa (no con dolor, por desgracia) cuando la punta de mi daga le presionó la mano—. Vale —murmuró con brusquedad—. Pero solo te estás castigando a ti misma.

Antes de que pudiera negarlo rotundamente y con enfado —aunque no con total certeza—, mis compañeros se unieron a nosotros.

—Parece que os vais llevando bien —dijo Tinbu con Dalila y Majed tras él—. ¿Tenemos una dirección?

Saqué la daga de la mano de Raksh.

—Íbamos a eso ahora. Tráeme el mapa.

Haciendo evidente su reticencia, Majed desplegó uno de sus preciados mapas.

—Tinbu me ha contado que los lugareños os dijeron que Dunya había partido desde la costa norte. Teniendo en cuenta lo que sabemos de las mareas y las corrientes… —Majed movió los dedos hacia el este sobre el océano abierto—. Sospecho que se vería arrastrada en esta dirección.

—No. —Raksh había cerrado los ojos—. Dame la mano, Amina. Si puede ser sin apuñalarme. Concéntrate en Dunya. Tienes que desear encontrarla como si fuera tu propia hija.

Tu propia hija. Debo darle crédito a la fatiga porque cuando mi cuerpo fue capaz de reaccionar, ya había bloqueado el impulso. No me atrevería a dejar que mis pensamientos vagaran hacia Marjana cuando Raksh estaba intentando leerme.

En lugar de eso, pensé en lo que le debía a Asif. En las amenazas de Salima y en una joven que quizás estuviera muriendo de sed ahora mismo. Pensé en lo desesperada que estaba por volver con mi familia, por recuperar a Dunya y dejar todo esto atrás.

Raksh había arrastrado mi mano hacia el norte.

—Por ahí —murmuró como si estuviera hechizado—. Tendré que sentarme en los timones mientras avanzamos, pero se fue hacia el norte.

Majed se mostró escéptico.

—¿Vas a confiar en la corazonada de un demonio antes que en la ciencia de nuestros antepasados, Amina?

Volví a pensar en la malicia que se reflejaba en los ojos de Falco, el poder de sus hombres y en las escamas y aguijones que había en sus cuerpos cambiantes. No había nada en mi rahmani —ni en ningún texto de navegación humana— que tratara ese tipo de cosas.

—En este caso, sí —contesté—. Estableced el rumbo.

20

¿Seguro que quieres que relate esta parte? Sería comprensible que desearas saltártela.

¿Que por qué te lo estoy preguntando? ¿Lo dices en serio, escriba irascible? Ambos sabemos por qué. Y Dios sabe que toda la locura que tuvo lugar después es suficiente para llenar muchísimas páginas. No es necesario…

Ay, por el Altísimo, Jamal, no estoy insultando tu habilidad para permanecer imparcial «construyendo una narrativa tanto de entretenimiento como de verosimilitud». ¿Qué significa eso? Date cuenta de que, si quieres ser un narrador adecuado, tus palabras deben fluir como la miel caliente, no ahogarse como las piedras de un académico seco. Así que voy a ser más directa: ¿quieres que cuente lo que está por venir?, ¿quién está por venir tal y como la conocí en ese momento?

¿Sí? Si esta es tu elección, continuaré…

El segundo día en el mar, entre la neblina húmeda de la tarde, vimos un pequeño bote meciéndose en el horizonte hacia el norte.

Era un dunij de un tamaño considerable, de los que asociaba con barcos más grandes. Quien estuviera a bordo había construido una tienda miserable con un remo y una capa; los remos restantes estaban colocados en los ángulos menos útiles. El casco del dunij estaba chamuscado, tenía un trozo roto en el borde. De hecho, parecía un milagro que ese bote siguiera a flote. Si hubiera hecho mal tiempo, se habría volcado.

Gritamos mientras nos acercamos con nuestro propio dunij, pero no hubo respuesta. Ninguna señal de vida o movimiento entre los escombros dispersos. Dunya llevaba casi una semana en el mar solo con las pocas provisiones que hubiera podido esconderse bajo la ropa. ¿Podía siquiera esperar encontrar algo más que un cuerpo que su abuela pudiera enterrar?

Firoz exclamó:

—Creo que veo algo. Sí... sí, hay alguien bajo la capa.

—Vamos hasta allí. —Salté con cuidado al otro bote—. El resto quedaos atrás.

Con el corazón en la garganta, me acerqué al pequeño bulto acurrucado bajo la tienda improvisada. Tenía la ropa deshilachada y rasgada y la piel quemada por el sol y cubierta de ampollas. No hubo respuesta cuando levanté la capa que le cubría la parte superior del cuerpo. Tenía el rostro vuelto hacia el casco y había moscas volando sobre su cabello sucio y empapado de sudor que se había cortado toscamente por debajo de las orejas.

Le toqué el hombro que estaba caliente en extremo. *Dios, por favor...*

—¿Dunya? —susurré.

Se removió.

Dejé escapar un suspiro de alivio.

—¡Está viva, alabado sea Dios! —A mis pies, Dunya dejó escapar un sonido ronco y yo le hice un gesto de impaciencia a mis compañeros—. ¡Traedme algo de agua!

Dalila me lanzó un odre y yo levanté suavemente la cabeza de Dunya para dejar caer unas gotas en su boca.

—Está bien, pequeña —dije en tono tranquilizador—. Estás a salvo.

Parpadeó y abrió los ojos adormilados, eran del mismo marrón claro que los de Asif, pero los tenía inyectados en sangre y amarillentos.

—¿Quién... quién e...? —intentó graznar.

Le eché un poco más de agua en la boca.

—Me llamo Amina.

Dunya empezó a toser y la senté, temiendo que hubiera tomado demasiada agua. Pero había sido un sollozo, no tos, y, si no hubiera estado tan deshidratada, sospecho que se habría echado a llorar.

—¿La nakhudha de baba? —preguntó mientras el alivio inundaba su rostro sudoroso y quemado por el sol.

—Sí —contesté mientras me ahogaba la vergüenza—. Yo era la nakhudha de tu padre. —Le alisé el pelo que tenía pegado a la cara—. Voy a llevarte a mi barco.

Agitó una mano hacia un bulto de tela.

—Mis tablillas...

—Recuperaré tus cosas. —Dunya parecía tan ligera e insustancial como una hoja mientras la acunaba ante mi pecho y no importaba lo que hubiera visto en su biblioteca, no importaban las acusaciones de hechicería prohibida que había pronunciado Raksh, me recorrió una oleada protectora hacia esta adolescente destrozada en un barco roto. Yo era una mujer adulta y una antigua pirata y el poco tiempo que había pasado con Falco me había marcado. Solo Dios sabía por lo que había pasado Dunya.

Nunca volverá a ponerle la mano encima, me juré a mí misma. A Dunya, le dije:

—Respira, niña. Ya estás a salvo. Te lo prometo.

Dunya había vuelto a perder el conocimiento cuando la subí a bordo del *Marawati* y pasó la mayor parte de los dos días siguientes en ese estado. Cuando estaba despierta, le dábamos toda la comida y líquido que era posible: Hamid le preparaba caldo de pescado con arroz y Dalila hervía una tisana con cáscara de cidra seca y vinagre para el frágil estómago de la niña. Mantuve a Dunya en la sombra privada de la cocina y Dalila y yo la bañamos y nos ocupamos de sus heridas, aplicándole ungüento en las ampollas que le cubrían la piel. Tinbu trajo ropa limpia y mantas que le había donado la tripulación y Majed se quedó a su lado recitándole con voz suave el Corán y los poemas de aventuras que sin duda relataba a sus propios hijos. Con sus enormes y angustiados ojos y su cuerpo delgado, Dunya parecía tener unos doce años, no se parecía en nada a la muchacha de dieciséis brillante y segura que había descrito Falco.

—¿Crees que lo sabía? —le pregunté a Majed tres días después de encontrarla. Estaba dormida y mi navegante recitaba a su lado. Me había dado cuenta de que le elegía los versos más agradables, recordatorios de la compasión de Dios y de su incomparable misericordia. Eran las mismas enseñanzas a las que yo me aferraba.

Majed parecía como si hubiera envejecido otra década.

—No sé cuál fue su participación, Amina. Está claramente traumatizada. Grita y llora en sueños y cuando está despierta parece un fantasma. No me he atrevido a preguntarle nada.

No, ese debe ser mi trabajo.

—En un momento reconoció a Raksh —remarqué—. No dijo nada, pero se mostró aterrorizada al verlo.

—Una reacción comprensible. —Majed se apoyó en la pared de la cocina—. ¿Tienes algún plan para deshacerte de él cuando lleguemos al continente?

—Sigo pensando en ello. —Recogí el montón de ropa con el que Dunya había escapado. Ya lo había examinado y no había encontrado más que dos tablillas de arcilla del tamaño de la palma de la mano con más muestras de esa extraña escritura cuneiforme—. ¿Alguna idea de qué es esto?

—Supongo que algo que sería mejor arrojar al mar si proviene de esa cueva infernal.

Me sentí inclinada a estar de acuerdo con él, pero no creía que arrojar por la borda las cosas de Dunya nos causara una buena impresión.

—Ve a tomar un poco de aire fresco, hermano. Yo me quedaré con ella.

Hacía calor ese día, la atmósfera estaba cargada con una quietud que no me gustaba nada, aunque no habíamos visto nubarrones. Tomé un tintero y una tabla de madera de la cocina y me senté en el suelo al lado de Dunya, apoyando la rodilla mala en un cojín y escribiendo en mi rahmani sobre Socotra. El *Marawati* subía y bajaba suavemente con el mar, el agua golpeaba de modo agradable su casco, casi arrullándome en una siesta vespertina.

Pero no estaba tan adormilada como para no darme cuenta de que me estaban observando. Dunya se había despertado sin moverse y tenía la mirada atormentada fija en mí.

Al final habló:

—Mi padre solía escribir sobre ti.

Dejé el rahmani y me di la vuelta para mirarla. En algún momento, Dunya había usado la poca fuerza que tenía para atarse el pelo, envolviéndose un pañuelo alrededor de la cabeza. Así parecía el muchacho que una vez había sido Asif, un espectro que había regresado para atormentarme.

—Sí, he oído hablar de esas cartas —contesté secamente—. Aunque tú serías muy pequeña cuando las envió.

—Mi abuela las escondió. Las encontré hace pocos años. —Dolor, culpa, admiración… La mezcla de emociones que se reflejaban en el rostro de Dunya era casi abrumadora—. Soñaba con conocerte. Mi padre decía que eras la persona más valiente e inteligente que había conocido nunca, una aventurera como Simbad el marino… —Se le quebró la voz—. Ojalá no estuviera conociendo a mi heroína de la infancia en unas circunstancias tan lamentables.

—No soy ninguna heroína —intenté asegurarle y la palabra se me quedó atascada en la garganta. ¿Habría escrito Asif cosas tan agradables de su nakhudha si hubiera sabido que dejé entrar a Raksh en nuestras vidas sabiendo lo que era? Pero dejé a un lado el pasado de momento y le tendí un vaso de agua a Dunya—. ¿Te sientes con fuerzas para hablar?

Dunya vaciló, pero entonces asintió y se sentó con lentitud, haciendo una mueca mientras se incorporaba.

—¿Mi abuela te contrató para que me encontraras?

—No estoy segura de que usara la palabra «contratar», pero algo así. Ella y Falco me han contado cosas muy diferentes sobre cómo te marchaste.

—¿Has conocido a Falco?

—Lamentablemente, sí. Nos topamos con él en Socotra después de que escaparas. Y, alabado sea Dios, lo dejamos allí. —Abrió la boca para volver a hablar y yo levanté la mano—. Primero mis preguntas. Cuéntame qué pasó desde el principio. Tu abuela me dijo que Falco te secuestró cuando ella se negó a venderle talismanes de la familia. ¿Es eso cierto?

Se mordió el labio, visiblemente nerviosa.

—No... no del todo —admitió—. Mi abuela lo echó, pero yo lo seguí a él y a su hombre. Dije que podía tener artículos que les interesaran.

—¿Por qué? Perdóname, niña, pero me parece una temeridad ofrecer secretos familiares a un extranjero desconocido. ¿Para qué necesitabas tanto el dinero?

—Necesitaba escapar antes de la boda.

—¿La boda?

Dunya levantó la mirada y la amargura se reflejó en su rostro.

—No, supongo que mi abuela no te contó esa parte. No querría causar un escándalo. Pero iba a casarme con el gobernador de Adén.

¿El gobernador de Adén? Parpadeé, sorprendida. Joder. Ahora ya no me extrañaba que Salima se hubiera enojado tanto por el caos que provoqué allí. Era un gran aumento de estatus para la familia al-Hilli. El gobernador de Adén era uno de los hombres más poderosos de la región, gobernaba la ciudad más rica. Y no solo la más rica, la más fortificada, a pesar de lo que había hecho yo a su incipiente fuerza naval y al desolado prefecto de policía. Habría ejércitos y murallas sólidas, guarniciones y guardias entrenados entre Dunya y Falco si el franco aún estuviera vivo y buscando venganza.

—Ah. —Solté un suspiro de alivio—. Bueno, eso no es tan malo. Tu marido puede protegerte. Y no te faltará de nada.

Los ojos de Dunya se llenaron de indignación adolescente.

—Me faltará de todo. Tiene más del doble de mi edad y ya tiene esposas y herederos. Mi abuela dice que me eligió a mí porque tengo fama de ser inteligente, porque él desea una esposa con la que hablar de historia y ciencia sin tener que dejar el dormitorio. Perderé todo lo que soy en cuanto ponga un pie en su casa. —Me miró a los ojos—. ¿Tú habrías aceptado algo así a mi edad?

—Dunya, cuando yo tenía tu edad acababa de perder a mi padre y a mi familia le faltaba una semana para morirse de hambre.

Nuestras circunstancias no podrían ser más diferentes. Pero, de todos modos… ¿Cómo pasaste de reunirte con Falco a irte a buscar con él la Luna de Saba? Vi tu biblioteca, podrías haberle ofrecido cualquier otro objeto que tuvieras a mano, haberte quedado el dinero y acabar con todo.

—Ese era el plan original. Pero cuando nos pusimos a hablar, él… me escuchó, nakhudha. —Se sonrojó de vergüenza—. Era la primera vez que alguien me escuchaba así. Estuve años intentando que mi abuela se interesara por el legado de nuestra familia, pero lo único que quería hacer era venderlo todo, pieza a pieza.

Fruncí el ceño.

—¿Qué legado? Tu abuela mencionó que vuestros antepasados coleccionaban artículos ocultos como curiosidades, pero nada más.

—¿Curiosidades? ¿Así es cómo los llamó? —Dunya pareció indignarse más aún por esa palabra que por la perspectiva del matrimonio—. No éramos meros coleccionistas, nakhudha. Éramos guardianes. Las historias de mis antepasados se remontan a antes del nacimiento del Profeta, la paz sea con él. Éramos sacerdotes y exorcistas en el viejo mundo, atadores de demonios y protectores del parto.

Sus palabras hicieron que se me erizara la piel, la mención al «viejo mundo» se parecía demasiado a las diatribas de Falco.

—Tal vez tu abuela quisiera protegerte de lo que está prohibido, muchacha. Hay un motivo por el que llamamos a esos siglos Yahilíyyah.

—Fue una época tanto de conocimiento como de ignorancia —replicó Dunya ferozmente—. Mis antepasados buscaban proteger a la gente de los demonios y del daño que podía hacer la magia maligna. Eran académicos, no asesinos hambrientos de poder como Falco.

—Vale. —Me pellizqué la frente, no quería discutir sobre este tema con una adolescente traumatizada. No sabía si los antepasados de Dunya eran los académicos guerreros expertos en magia que ella creía, aunque ciertamente eso explicaría lo de esa biblioteca, pero no hablaba muy bien de su comprensión de la realidad el hecho de que creyera que alguien con acceso a ese tipo de poder no abusaría de él—. Volviendo a tu encuentro con Falco…

—Como ya he dicho, él elogió mi trabajo. Dijo que era muy inteligente y que alguien con mi intelecto no podía ser encerrada como esposa de un hombre rico. —Dunya bajó la mirada a su regazo—. Afirmó que me necesitaba a su lado, que juntos viajaríamos por el mundo y haríamos todo tipo de descubrimientos maravillosos. Así que le ofrecí lo más impresionante que conocía.

—La Luna de Saba.

—La Luna de Saba —confirmó todavía mirándose las manos—. Falco me prometió que sería recompensada, que sería libre. Ahora sé que suena ridículo. Pero, cuando me estaba ofreciendo esas cosas... me sentía como hechizada.

Y era probable que lo estuviera. Dunya se había precipitado al reunirse con Falco, pero una muchacha ambiciosa que sueña con vivir una aventura académica y que está a punto de verse arrojada a un matrimonio no deseado era como arcilla en manos de ese hombre.

—Supongo que fue entonces cuando huiste.

Ella asintió.

—Cuando nos marchamos, estar en mar abierto buscando lugares de leyenda era como vivir un sueño. Falco tenía muchos textos y artefactos que había recopilado y estaba entusiasmado por dejar que yo los estudiara y los tradujera. Compartía todo lo que descubría, sentía que se lo debía.

—No le debías nada —espeté con intensidad, mi deseo de pasar a Falco por la quilla aumentaba con cada ola—. Los hombres como él se aprovecharán de tu bondad como si fueran parásitos.

—Lo sé... o, más bien, descubrí quién era realmente cuando el barco se estaba acercando a Socotra. —Dunya cerró los ojos con fuerza—. Es todo culpa mía. Creía que solo buscaba un tesoro. No me di cuenta de que realmente quería usar esos hechizos sobre los que yo leía. No pensé que pudiera haber alguien tan tonto.

—¿Qué pasó?

—No tenía una visión clara, Falco me mantenía encerrada en el camarote la mayor parte del tiempo, afirmaba que era por mi seguridad. Les soltaba diatribas a los hombres sobre lealtad, sobre quiénes estarían dispuestos a unir sus almas a su nuevo mundo. Lo que les estuviera pidiendo hacer... debía ser horrible, puesto que una parte de la tripulación se negó. —Tragó haciendo ruido—. Así que convocó a una bestia para que los devorara. Para que devorara a la mitad del barco.

—Sí, encontramos ese barco. O lo que quedaba de él, más bien —agregué sombríamente recordando también el chillido que había oído en la playa, las aguas negras y la noche estrellada que implicaban a un leviatán de tamaño monstruoso. Solo podía rezar para que el monstruo y Falco hubieran muerto. No quería imaginarme enfrentándome a tal amenaza—. ¿Qué pasó después de que os atacara?

—El resto fuimos en el dunij, pero nos salvamos por un pelo. Cuando llegamos a la playa, unos pescadores de un pueblo de allí vinieron a ayudar y Falco... —Dunya se echó a llorar—. Creía que era solo un erudito. Creía que iba a traducir poemas.

—¿Poemas sobre qué?

Su mirada llorosa buscó la mía.

—Había un hechizo de conocimiento, un conocimiento que podía obtenerse extrayendo la sangre vital de un anciano.

Me eché hacia atrás.

—¿Tú estabas detrás de lo que pasó en el pueblo?

—¡No lo sabía! —sollozó—. Sé que eso no mejora la situación. Sé que Dios me juzgará por lo que pasó, pero nunca imaginé que alguien fuera a matar gente por algo que yo hubiera leído.

—Ay, Dunya... —Me obligué a morderme la lengua. La muchacha tenía dieciséis años. Había crecido como la huérfana mimada y recluida de una anciana noble sobreprotectora. Quizás supiera poco del mundo más allá de lo que sucedía en sus libros, poco de la maldad que acecha en los corazones de los hombres. Diablos, yo misma había entrado en conflicto con el mundo mágico.

Pero su ignorancia había hecho que mataran a gente. A mucha más gente de la que seguramente ella fuera consciente, de modos horribles y crueles. No tenía dudas de que sus traducciones eran lo que había dado lugar a la espantosa escena de la cueva después de su huida.

Va a volver a Adén. No sería un matrimonio por amor, pero mejor un hombre rico con muros altos y muchos guardias que su biblioteca de magia letal y una cabeza que había hecho que acabara atrapada en las fechorías de un monstruo.

Dunya seguía mirándome con la vergüenza ardiendo en sus mofletes.

—Sé que debes estar maldiciéndome. Y tienes razón al hacerlo. Ojalá no le hubiera contado a Falco lo que sabía. Ojalá me hubiera lanzado del barco antes de llegar a tierra.

—Y, aun así, te quedaste con él —señalé con más fuerza de la necesaria—. Debes haber pasado semanas excavando en la cueva.

—No tenía más opciones. Temía haberle contado ya demasiado sobre la Luna de Saba y no quería arriesgarme a que la descubriera.

Considerando que en la última semana había visto pruebas de la existencia de una serpiente lo bastante grande para tragarse a diez hombres y que me habían metido entre los labios una repugnante poción de un escorpión de mar poseído, tal vez no tendría que haberme extrañado la despreocupación con la que Dunya hablaba sobre la posibilidad de que Falco descubriera la Luna de Saba.

Pero lo hice y le pregunté tartamudeando:

—Espera... ¿la Luna de Saba es real?

Dunya asintió con el aire serio de un erudito.

—Ah, sí. O al menos... eso es lo que indican mis investigaciones. Pero tengo buenas noticias al respecto. Un descubrimiento que hace que sea poco probable que Falco reconozca la Luna de Saba, aunque la tenga ante los ojos.

—Y es... —Cuando vaciló, chasqueé los dedos—. Suéltalo, niña.

Elevó y dejó caer los hombros con aire dramático.

—Lo siento... es solo que... me temo que parecerá ridículo. Pero lo cierto es que la Luna de Saba no es una perla.

—¿Y entonces qué diablos es?

Los ojos de Dunya brillaron con asombro.

—Una jofaina.

EL SEGUNDO RELATO
DE LA LUNA DE SABA

Sí, me disculpo, querido lector, aunque, en mi defensa, ¿no habrías sentido la misma decepción que Amina si te dijera que la legendaria gema de la belleza y el poder por la que había dejado a su familia para cruzar el mar era poco más que un balde glorificado? Ese no es modo de empezar una historia.

Recordarás que te dejé con el gran romance de la reina Bilqis y su admirador lunar, el manzil de Aldebarán. Porque es cierto que Aldebarán la anhelaba, deseaba pasar más de quince días al año en su presencia (ya hablaremos más delante de que su afecto podría no haber sido… completamente correspondido). Él sí que deseaba darle… una «manifestación» de sí mismo. Así que esperó hasta que la luna estuviera en su apogeo en su casa y su poder en el punto más alto. Entonces, cuando Bilqis fue a hacer sus abluciones, Aldebarán bendijo la jofaina con su reflejo. La luna la llenó por completo con su hermosura plateada, el agua tembló como entrañas avivadas. Se cuenta que la jofaina era de una belleza incomparable, tallada con abubillas y jazmines en flor. Una esfera perfecta para contener el reflejo de una luna plateada y redonda.

Se parecería a una perla, lo que admito que es un objeto mucho más adecuado para una tradición que una jofaina. Tal vez otro narrador hace mucho tiempo decidiera que era mejor así, al igual que yo te he ocultado brevemente la verdad a ti. O tal vez fuera un simple error de traducción. Nunca lo sabremos.

De cualquier modo, la escena termina igual: con la reina Bilqis de Saba. Una de las mujeres más poderosas de la antigüedad. La compañera elegida del profeta que sometió a los djinn. Una reina que ató a demonios molestos, voló con los vientos y construyó grandes obras maestras en forma de castillos y fuertes, sosteniendo en sus manos una manifestación de Aldebarán. El alma del manzil de la discordia atrapado —no, perdóname de nuevo, todavía no hemos llegado a esa parte, ¿por qué querría ella atraparlo?— adoptó voluntariamente la forma de un objeto que podía ser transportado fácilmente. Comerciado. Regalado.

Robado. Una posibilidad horrible, ¿verdad? Porque Bilqis podía ser sabia y generosa, pero seamos sinceros… La gran mayoría de los mortales que buscan el poder lo hacen por razones mucho más cobardes. Generales que ordenan asediar a una población muerta de hambre y envenenar sus pozos, reyes que ordenan saqueos de ciudades lejanas —masacres de decenas de miles— porque un pequeño cacique los ha disgustado. Por Dios, la destrucción que esa gente podría infligir incluso con una muestra de los poderes que se rumoreaba que poseía Aldebarán hace que tiemblen los corazones.

¿Habría alguien para detenerlos? ¿Alguien con el conocimiento sobre cómo deshacer un encantamiento o esconder un objeto tan mágico lejos de ojos curiosos? Tal hazaña parecía requerir la hechicería en sí misma, algo de lo que habíamos empezado a huir en esta era buena y justa. Gracias a Dios que una vez existieron los guardianes, una familia experta en la eliminación de talismanes peligrosos.

Pero, por desgracia, estoy adelantándome otra vez.

21

—Una jofaina —repetí tras escuchar a Dunya reflexionar sobre la poca fiabilidad de las fuentes literarias y las diferencias dialectales en aquella época en el sur de Arabia—. ¿Estás diciéndome que una de las gemas más legendarias de toda la historia es una lota glorificada? ¿Por culpa de un error de traducción?

—Yo no lo llamaría lota… —Dunya se frotó las manos—. Entiendo por qué estás decepcionada. Aunque, a decir verdad, la idea de que sea el reflejo de la luna es más poética, ¿verdad? Y se dice que es una jofaina preciosa.

Maldije con tanta vulgaridad que Dunya palideció.

—Así que, ¿no hay ninguna gema? ¿Solo una jofaina? —Cuando asintió, pregunté—: Entonces, ¿por qué esforzarse tanto por ocultarla? Seguro que es preciosa, pero las jofainas de plata no son algo raro. Probablemente, yo habré robado al menos una docena.

—¿Y jofainas imbuidas con espíritus celestiales? ¿Jofainas con el poder de conceder la Visión? ¿Cuántas de esas has encontrado?

Dejé escapar un gemido exasperado.

—Por favor, deja de hablar como un adivino de pacotilla y hazlo con claridad.

Dunya respiró hondo, tal vez intentando pensar el mejor modo de explicarle unas prácticas antiguas ocultas a una anciana ignorante.

—Aldebarán quería manifestarse ante Bilqis para que el cuenco le garantizara Visión y no solo para que pudiera echar un vistazo a la luna. El reflejo de la luna le concedió a Bilqis la Visión para poder ver todo al-Ghaib, el reino oculto. Todo tipo de espíritus y djinn. Demonios, ángeles, nombres sagrados desconocidos y misterios del Divino. Más de lo que la mayoría de las mentes son capaces de comprender. Es decir... eso es lo que sugerían mis notas. Aparentemente, una gran parte de la gente que entró en contacto con la jofaina terminó volviéndose loco y suicidándose para dejar de ver las visiones.

Intenté asimilarlo todo.

—Si es lo que creías, ¿por qué engañar a Falco? Podrías haberlo guiado hasta la Luna, dejar que echara un vistazo a su propio y horrible reflejo y esperar hasta que se arrojara al mar.

—No estaba intentando asesinarlo. —Dunya parecía sorprendida por que yo hubiera sugerido algo tan horrible como liberar al mundo de un hechicero fanático que había masacrado a docenas—. Además, algunas de las historias que leí sobre lo que sucedía cuando la Luna caía en las manos equivocadas... Mis antepasados no habrían llegado a tales extremos para ocultar la Luna de Saba si creyeran que simplemente mataría a cualquier persona indigna que intentara poseerla. No está solo escondida, está inaccesible. Estas tablas que encontré... —Señaló con la cabeza el montón de tela con el que había escapado—. Hay instrucciones para rituales adicionales en otro lugar de la cueva. Un portal en el que se dice que los límites entre reinos son más porosos.

—¿Una puerta de latón, por casualidad?

Jadeó.

—¿La has visto?

—Justo antes de entrar a la cámara del tesoro buscándote a ti. —Me estremecí al recordar la brillante puerta y sus espeluznantes grabados—. ¿Así que Falco necesita esas tablillas para recuperar la Luna?

—Sí. Bueno, las tablillas y a mí para descifrar y dirigir el ritual. Las tablillas son los únicos artefactos que he descubierto que dan las indicaciones necesarias para poseer el poder de Aldebarán.

—De acuerdo. —Agarré el montón y me levanté—. Vamos a lanzarlas por la borda.

Dunya se colocó ante mí de un salto.

—¡No puedes! ¡Son las únicas instrucciones que hay para recuperar la Luna de Saba y son hechizos muy poderosos! Podrías hacer enfadar a los aspectos lunares y seríamos arrojados a una tormenta. ¡Y podrías arriesgarte a que un djinn marino obtenga su poder!

—Ay, por el amor de Dios… —Volví a dejar todo el montón en su manta—. ¡Por eso este tipo de magia está prohibida! Entonces, ¿qué planeabas hacer con las tablillas aparte de lanzarte con ellas al océano sin habilidades de navegación y con suministros limitados?

Una nueva expresión de desgracia le coloreó el rostro.

—No lo sé, todavía no. Pero… encontraré un modo de deshacerme de ellas de forma segura, lo juro. De momento, solo tú y yo conocemos la verdadera forma de la Luna de Saba. Y es probable que haya limitaciones de tiempo en el regreso de Aldebarán como ciertos eventos cosmológicos o su manzil particular, que no es hasta dentro de unos meses. Tengo familia lejana en Irak, es posible que ellos mantengan las viejas costumbres. Tal vez ellos sean capaces de…

—Dunya…

—¡Lo que pasó en Socotra es culpa mía, nakhudha! —exclamó angustiada—. Lo que significa que asegurarse de que Falco no pueda hacer nada peor es mi responsabilidad.

—¡Pues vuelve con tu abuela! ¡A tu biblioteca! Seguro que allí hay algo que pueda servir de ayuda.

—Si vuelvo con mi abuela, no escaparé nunca. Me casará y… —Dunya exhaló con una nota de súplica en la voz—. No puedo casarme con ese hombre.

—¿Por qué no? ¿Porque es viejo? ¿Y qué? En pocos años serás una viuda rica. ¡Podrás comprar todos los libros de hechizos espantosos que quieras!

—Porque no puedo casarme con ningún hombre. No puedo… —Se sonrojó y apartó la mirada—. Sé que las mujeres lo hacen, pero cuando pienso en ser tocada de ese modo… en estar vestida de novia… no, no puedo. No puedo hacerlo.

Había algo en sus palabras y todavía más en su expresión aterrada que me hizo detenerme. Un matrimonio así era todo lo que podía esperar una muchacha nacida en una familia noble en decadencia. Para establecer la paz, aunque eso no fuera lo que su corazón deseara.

Para las más inteligentes, y claramente Dunya lo era, era un modo de sacar ventaja.

Pero cuando me tomé un momento para mirar a Dunya parada frente a mí, de repente me pregunté si sus reservas serían más profundas, recordando el folleto desgastado en su habitación que relataba con lirismo el exaltado deleite de los compañeros del califa al-Amin al imitar los peinados y ropajes del género opuesto. Aunque le habíamos ofrecido a Dunya un vestido que le habría quedado mejor, ella había elegido ropa de hombre.

—¿Es así como te ves a ti misma? —pregunté asintiendo hacia su ropa. Cuando me miró con nerviosismo, intenté tranquilizarla—. La vida en el mar a menudo atrae a aquellos que no encajan, Dunya. No serías la primera que conozco que prefiere la expresión de otro género. O de ninguno.

Bajó la mirada esforzándose por recomponerse. La académica entusiasmada había desaparecido, era claro que había tocado algo más personal.

—Mi abuela diría que mientes. Que los que conociste no eran más que almas descarriadas. Lo sé porque esa era su respuesta cada vez que yo leía sobre una persona así en uno de mis libros e intentaba compartir mis sentimientos con ella. —La amargura se apoderó de su voz—. Falco dijo lo mismo.

—¿Hablaste de esto con él?

Dunya negó con la cabeza.

—No en realidad. Quería cortarme el pelo cuando estábamos en el mar, renunciar a alguno de mis aspectos más femeninos. Ver cómo me sentía. Cuando me preguntó por qué, mentí y le sugerí que sería mejor, más seguro, que no tuviera un aspecto tan femenino. —Dunya apretó los labios en una línea infeliz—. Me dijo que no lo hiciera, afirmando que sería demasiado confuso para sus hombres.

—Ah, que les den a sus hombres. Y a él. —Me senté en un cojín frente al de Dunya—. ¿Es así como te ves? ¿Es así como quieres que nos dirijamos a ti?

Dejando escapar una risa entrecortada que parecía pertenecer a alguien mucho mayor, Dunya me miró a los ojos.

—No lo sé, nakhudha. Nunca he sentido nada del todo bien. Esperaba encontrarlo, pero por ahora supongo que sigo siendo solo Dunya. —Un destello de dolor se reflejó en sus ojos marrones—. Sin embargo, sí sé que, si insistes en llevarme de vuelta con mi abuela, me convertiré en la esposa del gobernador y nada más.

—Estarás a salvo —argumenté débilmente, pero el fuego había dejado mi voz cuando el verdadero peso de su situación se volvió más palpable—. Eso es importante. Si Falco vive, puede que vaya de nuevo a por ti y tú y tu abuela haríais bien quedándoos tras los muros del gobernador. Hay poder tras esas paredes. Tú eres de Yemen, ¡piensa en la reina Arwa y la reina Asma! Estar atada a un hombre poderoso no es el peor de los destinos.

Dunya parpadeó para contener las lágrimas.

—Yo no quiero poder. Solo quiero mis libros. Y ni siquiera mis libros compensan el futuro que me espera si vuelvo a casa.

Mirando a la joven suplicante que tenía ante mí, no pude evitar dudar. Por supuesto, no está permitido obligar a alguien a casarse contra su voluntad, aunque sucede, sobre todo en familias poderosas que dependen de tales vínculos. Y aunque Sayyida Salima no me pareció de las que obligan a sus nietas a meterse en lechos nupciales, era una anciana malhumorada que había establecido un curso que Dunya ya había puesto en peligro.

Tú no habrías soportado tal destino, me advirtió una voz en mi cabeza. *Tampoco entregarías a tu propia hija a tal vida de infelicidad.* Y aun así… Si mi hija estuviera metida en la magia prohibida, enemistándose con hechiceros francos y un marido le ofreciera los mejores medios para protegerla y mantenerla a salvo… me sentiría tentada. También estaba la dura verdad de que Dunya no era la única que no tenía elección. Salima había dejado claro que, si no le devolvía a su nieta, toda mi familia pagaría el precio.

Pero no quería contarle eso a Dunya. Ella no era responsable de las acciones de su abuela y ya tenía bastante encima.

En lugar de eso, suspiré.

—Sí, tus habilidades académicas son admirables, pero no tienes contactos ni dinero. No tienes documentos de la escuela adecuada, no tienes cartas de recomendación con los nombres adecuados. El mundo no es amable con las mujeres… con quienes son criadas como mujeres —corregí—. Sobre todo, con aquellas que rechazan lo que la sociedad considera respetable.

Le tembló el labio inferior.

—Tú lo hiciste.

—¿Lo hice? —Era todo lo que podía hacer para no reírme. Qué irónico que la mujer a la que Dunya consideraba una heroína por abrirse su propio camino ahora estuviera siendo chantajeada por culpa de elegir ese camino por parte de la familia de Dunya—. ¿Crees que esto es lo que me gustaría estar haciendo? No, no me contestes. No importa. —Me levanté—. Podrás discutir de todo esto con tu abuela cuando volvamos a Adén, ni tu destino ni tu boda están escritos.

—Pero…

—Pero voy a llevarte a casa.

Tenía el corazón hecho un lío cuando salí de la cocina, pero no tan liado como para no detenerme de inmediato cuando me di cuenta de que el tiempo había cambiado abruptamente. El cielo se había oscurecido más de lo que debería en el tiempo que había pasado dentro y, aunque solo había un par de nubes tenues cuando había entrado a ver a Dunya, ahora una neblina verdosa cubría todo el horizonte.

No sabía si las nubes tapaban el cielo o si era un truco de luz. Nunca había visto nada parecido y eso no es algo que desees decir en un barco en medio del océano. El viento también se había levantado de un modo extraño y surgían pequeñas brisas ebrias por todas partes. Miré hacia abajo para estudiar el mar, puesto que ese viento debería estar causando ondulaciones en la superficie. Pero el agua, de un azul profundo e insondable, era casi voluble.

No me gustaba nada. Hay pocas cosas que inquieten más a una nakhudha que un cambio repentino en el tiempo y me molestó que nadie de mi tripulación hubiera pensado en informarme y que mi supuesta racha de suerte —Raksh— pareciera dormir en lugar de trabajar. Me di la vuelta con la intención de dirigirme al banco del capitán.

En lugar de eso, me topé con mis compañeros, Dalila, Tinbu y Majed rodeándome como cuervos impacientes.

—Hemos oído la voz de Dunya —dijo Tinbu a modo de saludo—. Parecía que estábais discutiendo.

Dirigí otra mirada al horizonte espeso y les hice señas para que se acercaran y me siguieran lejos de la cocina por si Dunya pegaba la oreja a la puerta. Me encargaría primero de este asunto.

—Habéis oído bien —contesté secándome el sudor de la frente con un extremo del turbante—. Hemos hablado largo y tendido y me ha bastado para convencerme de seguir nuestro camino original. Nos vamos a Adén lo rápido más posible. No será fácil navegar hacia el norte en esta época del año, pero haremos lo que podamos.

Hubo un largo silencio antes de que Majed preguntara:

—¿Dunya quiere ir?

Mi viejo navegante conservador —padre como yo— era la última persona que me esperaba que me hiciera esa pregunta. Y, francamente, no tenía ni idea de qué responderle. La actitud de Dunya había cambiado cuando le había preguntado cómo se veía a sí misma, suponía que no querría que compartiera esa parte de nuestra conversación.

Me conformé con fanfarronear con la esperanza de que, al hablar con confianza, acallara mis propios recelos.

—No me importa lo que desee —mentí—. Lo que me importa es su seguridad. Y cuanto antes vuelva con su abuela y se esconda tras las paredes de un marido rico, mejor.

—¿Un marido? —repitió Tinbu—. ¿Por eso huyó de casa?

—Es parte del motivo. Por lo que me ha contado, deduzco que no es… bueno, es de las que no desean casarse —contesté con evasivas—. Su prometido es el gobernador de Adén.

Majed dejó escapar un suave sonido de sorpresa.

—El gobernador de Adén… vaya.

—Sí, en efecto. Por lo general no soy de las que entrega adolescentes a matrimonios no deseados, pero si Falco está vivo y va a por ella… —Hice una mueca—. Estará mucho más segura como esposa de un gobernador que con una anciana pirata. Sinceramente, no puedo imaginarme un mejor refugio para ella. Puede que la armada de Adén no fuera muy capaz, pero la mansión del gobernador es más segura que un fuerte.

—¿Y ese es el destino que le deseas a la hija de Asif? —desafió Tinbu—. ¿Que se quede encerrada como la esposa de un rico? ¿Una muchacha que es «de las que no desean casarse»?

Una muchacha que tal vez ni siquiera sea una muchacha.

—Hago lo que puedo, Tinbu, ¿vale? —espeté—. Tú no has oído las cosas que ha confesado Dunya. Huyó con un franco y le enseñó la magia que luego él usó para masacrar a docenas porque no creía que nadie fuera a usarla para hacer el mal. Saltó a un barco y huyó con unas tablillas mágicas con la vaga esperanza de encontrar un modo de deshacerse de ellas. Necesita volver a casa y que un adulto le meta algo de sentido común en la cabeza.

—¿Tablillas mágicas? —Dalila se mostró desconcertada—. ¿Te refieres a esas losas de arcilla?

Todavía amargada, no estaba de humor para hacer un resumen de toda la diatriba de Dunya.

—Pregúntaselo tú misma. Divagaba sobre los espíritus lunares, la Visión divina y la Luna de Saba convertida en una palangana.

Tinbu parpadeó, olvidando por un momento su ira.

—¿La Luna de Saba es una palangana?

—Una muy bonita. Sí. Según algunas tablillas. Basta decir que hemos sido estafados una vez más. Y ese es otro motivo para no retrasarnos. Sin la perla, sin ninguno de los tesoros que esperábamos conseguir, voy a necesitar que Salima me pague de inmediato. Sé que los hombres esperan riquezas.

—Rezaría para que las riquezas no importaran —soltó Majed acaloradamente—. ¿Seguro que no estás decepcionada?

Lo estaba. La decepción y la vergüenza me recorrían. ¿Esa era yo? ¿Una mujer egoísta que había abandonado a su hija en busca de aventuras convenciéndose a sí misma de que era por el bien mayor? ¿Una mujer egoísta cuyas ambiciones habían vuelto a atraparla y que ahora estaba arrastrando a alguien hacia el futuro del que había huido?

Vaya heroína resultaba ser.

Es lo mejor, intenté decirme a mí misma. El mundo no era un lugar justo y la vida de Dunya al-Hilli podría ser mucho peor. Sería mucho peor si se saliera con la suya, al menos con lo referente a lo sobrenatural. Había visto la vergüenza de su mirada convirtiéndose en determinación cuando había hablado de su deber con Falco. Seguramente habría más planes descabellados gestándose en su cabeza.

—He tomado una decisión —declaré ignorando la acusación de Majed—. No voy a permitir que una joven se escape tan solo con la ropa puesta, delirios de grandeza y la enemistad de un hechicero franco.

—Tú tenías su edad cuando robaste el *Marawati* —me recordó Tinbu—. Majed no era mucho mayor cuando abandonó el aprendizaje de cartografía, yo era aún más joven cuando me vendieron como esclavo y Dalila se pasó toda su infancia en el Banu Sasan.

—¡Ninguno de nosotros es un ejemplo de buena toma de decisiones!

—¿Es por el dinero? —inquirió de nuevo Majed, viendo en claro mi evasiva y decidiendo retorcer el cuchillo—. Dime que no estás entregando a una muchacha a un marido no deseado por dinero.

—¡Estoy devolviendo a una adolescente con su familia porque no tengo elección! —espeté—. Salima no está amenazando a vuestros hijos y ninguno habéis visto lo que yo vi en Socotra. Ninguno vio lo que le sucedió a Asif cuando lo dejamos quemándose. Esa niña no tiene padre por mi culpa y...

—¡Por enésima vez, Amina! —exclamó Tinbu—. ¡Lo que le pasó a Asif no fue culpa tuya!

—¡Sí que lo fue!

Tinbu retrocedió, sorprendido.

—¿Qué? —Escrutó mi rostro con la mirada y lo que vio debió dejar claro que me estaba conteniendo—. ¿Por qué dices eso?

Tal vez tendría que haber mentido, tendría que haber seguido ocultando el secreto que había guardado durante tanto tiempo. Pero estaba cansada. Si iba a perder su amistad cuando arrastrara a Dunya pateando y gritando por el umbral de Salima, si Majed estaba dispuesto a creer que había algo así solo por dinero, ¿qué más daba un cargo más ante sus ojos?

—Lo sabía, ¿vale? —Me llevé las manos a la frente y me bajé los dedos por la cara—. Sabía lo que era Raksh cuando lo subí al *Marawati*.

Hubo un largo silencio.

Demasiado largo. Tenía el corazón acelerado, me obligué a mirar a mis compañeros. La vil verdad de mi engaño había salido a la luz finalmente puesta al descubierto y aun así...

¿Ninguno reaccionaba?

¿Estaban demasiado conmocionados para hablar? Tinbu me miraba con los ojos muy abiertos, como si estuvieran llenos de pánico. Majed estaba tragándose múltiples respuestas mientras su garganta subía y bajaba. Dalila... bueno, su expresión era un poco más inescrutable de lo habitual.

—Lo entenderé si esto significa que ya no queréis formar parte de mi tripulación —agregué con torpeza. Su reticencia era agonizante—. Confiad en que os pagaré lo debido en Adén y compensaré vuestro pasaje a casa. Pero mi decisión con respecto a Dunya es definitiva. —Retrocedí con la intención de volver al banco del capitán.

Una voz estrangulada me detuvo.

—No —masculló Tinbu—. Fui yo. Yo soy el motivo por el que Raksh llegó hasta Asif.

Me di la vuelta y miré a Tinbu, desconcertada.

—¿Qué?

Tinbu agachó la cabeza.

—Cuando estábamos en las Maldivas... conocí a Raksh durante una partida de cartas. No suelo apostar mucho, pero fue como si hubiera perdido todo el sentido común. Me arruiné con otro jugador. Sus amigos estaban amenazando con despellejarme y...

—¿Por qué no acudiste a nosotros? —intervino Dalila—. ¡Yo los habría matado por ti!

—O habríamos pagado tu deuda —ofreció Majed lanzándole una mirada exasperada a Dalila.

—Estaba muy avergonzado —confesó Tinbu—. Y confundido. Recuerdo sentirme desorientado como si hubiera estado bebiendo, aunque aquella noche no había probado gota. No me acerco al vino de palma, eso podría noquear a un elefante. Pero Raksh se ofreció a pagar a los hombres. Dijo que no había ningún problema y que, a cambio, podría presentarle a la capitana de la que tanto había oído hablar. Necesitábamos otro marinero y no vi inconveniente en decirle dónde encontrarte. Sinceramente... parecía tu tipo y pensé que apreciarías la distracción después de Salih. Lo siento mucho. Tendría que haberte informado. Pero luego resultó ser un marinero decente...

—No —interrumpió Majed. Parecía afligido—. Raksh era un marinero horrible. Si parecía adecuado, era porque yo lo cubría. Yo... nosotros también hicimos un trato.

—¿Tú? —repetí asombrada—. ¿Qué podría Raksh ofrecerte a ti?

Mostró una expresión sombría.

—Dijo que tenía un primo en Calicut que buscaba alquilar un barco para una exploración científica más allá de Malaca. Parecía muy emocionante, planeaba sorprenderos a todos cuando consiguiera el contrato. Pero entonces...

—Entonces, Asif. —Me giré hacia Dalila—. ¿Y qué hay de ti?

Se erizó.

—¿Cómo que qué hay de mí?

—Admítelo —apremió Tinbu—. Puedo ver la verdad en tu expresión. Tú también hiciste un trato con él. ¿Qué era, Dama de los Venenos? ¿Un brebaje para derretir la carne? ¿Las cabezas en escabeche de los canallas que te echaron de Basora?

Dalila se acercó con dignidad.

—Estábamos discutiendo sobre el asunto, nada más.

—Nos engañó a todos —susurré al darme cuenta—. Dios, sois todos muy estúpidos. Somos todos muy estúpidos juntos. —Me sentía tan aliviada como avergonzada, como si quisiera abrazar y pegar a todos mis amigos—. Pero... ¿alguno tuvo que firmar un contrato? —Me ruboricé—. O, eh... ¿hacer alguna otra cosa con él?

Tinbu y Majed negaron con la cabeza.

—Tal vez fuera un tipo de pacto menor —sugirió Dalila—. ¿Raksh no dijo algo de que estaba atado a ti?

—Lo hizo. —Pero Raksh también había jurado fingiendo inocencia la mañana tras la consumación de nuestro matrimonio que no tenía ningún interés en mis compañeros.

El alivio y la vergüenza dieron paso a un nuevo deseo que ardía en mi interior:

El asesinato.

—Imbécil mentiroso… —Agarré la empuñadura de mi daga—. Dalila, ¿tienes más de ese polvo negro?

—¿Por qué?

—¡Porque lo voy a usar para sacar su trasero demoníaco de mi barco! —Giré bruscamente sobre mis talones en la dirección en la que había visto por última vez a Raksh, mientras desafiaba al carpintero del barco a una competición de poesía.

—¡Amina, espera!

Ya me estaba alejando. Pero el *Marawati* no era grande y vi a Raksh enseguida. No estaba recitando odas líricas sobre su belleza ni reclinado en una cama de cuerdas mientras convencía a otros de que le trajeran un refrigerio. En lugar de eso, lo encontré solo en la proa del *Marawati*. Acunaba a Payasam en sus brazos, ya que la gata no tenía ni idea de cuántas veces había bromeado Raksh con comérsela.

Sin embargo, Raksh no parecía estar a punto de soltar una broma. Tenía todo el cuerpo tenso. Y la expresión de su rostro… Había visto a mi marido hambriento, lo había visto enfadado. Preocupado.

Pero ni siquiera cuando había estado a punto de ser enterrado en vida había visto la expresión de terror que había en su rostro al mirar hacia el horizonte sur.

—¡Nakhudha! —gritó Firoz desde el nido de cuervos señalando en la dirección en la que estaba mirando Raksh—. ¡Hay algo en el agua!

22

Durante el tiempo que había pasado con mi nuevo grumete, había descubierto que Firoz tenía una imaginación extraordinaria. Tenía unos ojos increíblemente agudos —por alguna razón estaba él en el nido de cuervos—, pero también una desafortunada costumbre a reaccionar de manera excesiva y a meter la pata. Veía sirenas en todos los delfines y oía djinn con cada brisa, una tendencia que esperaba que disminuyera con la edad y la experiencia.

Pero tuve la terrible premonición de que esta no era una de sus exageraciones.

Un instante después, estaba en el mástil.

—¿A qué te refieres con «algo»?

—N-no lo sé —tartamudeó Firoz con los ojos muy abiertos, pasando la mirada de mi cara al horizonte—. Al principio pensé que era una ballena, pero tiene un color extraño y el modo en el que el agua se mueve a su alrededor… parece que podría ser un barco, la espuma tiene forma de arco. Pero no hay ninguna embarcación, solo una mancha rosa en el horizonte.

Por el amor de Dios, ¿qué es?

—¡Tinbu!

—Voy.

Después de Firoz, Tinbu era el que tenía la visión más clara y, además, un sentido marino mucho más desarrollado. Ya estaba subiendo antes incluso de que Firoz bajara del nido de cuervos y lo observé ascender protegiéndose los ojos del sol para examinar el horizonte.

Tinbu frunció el ceño.

—Sea lo que fuere, no es un barco… su silueta sería visible sobre la superficie y Firoz tiene razón, solo puedo distinguir una cúpula rosada. Se mueve bastante erráticamente, como un animal. Como un animal muy, muy grande. Pero… —Se tensó—. Ha cambiado de dirección.

Yo ya estaba a medio camino en el mástil, al diablo con mi miedo a las alturas.

—¿Qué significa eso?

Tinbu miró hacia abajo lleno de pánico mal disimulado.

—Viene hacia nosotros. Y rápido.

Aferrándome a la escalera de cuerda, miré hacia la distancia. Costaba distinguir algo del cielo turbio y pesado del horizonte. Ya no se veía el sol y el olor a lluvia acechaba en el aire. Pero entonces… ahí estaba, una mancha que crecía muy rápido en el centro de una zona de fuerte oleaje.

No fui la única que lo vio. Algunos de mis hombres habían dejado lo que estaban haciendo y se habían puesto a señalar y a hablar con nerviosismo entre ellos. Como si fuera una advertencia, el oleaje empezó a removerse bajo el *Marawati,* mi barco subía y bajaba en un mar que unos instantes antes había estado en calma. Me aferré a la cuerda balanceándome con su movimiento mientras el nido crujía sobre mí y entonces bajé de un salto a la cubierta.

Estuve a punto de aterrizar sobre Raksh. Se precipitó sobre mí y me agarró por los hombros. Tenía el rostro pálido con un tono azulado en las mejillas.

—Deshazte de Dunya —siseó y su voz era como un ronroneo de advertencia—. Ahora.

Retrocedí, o al menos intenté hacerlo, puesto que su agarre era demasiado fuerte.

—¿Qué?

—Lánzala por la borda —dijo con más urgencia todavía—. Y hazlo rápido. Nos persiguen.

—Sí, me he dado cuenta —respondí y por fin pude apartarme. Una lluvia brumosa empezó a bañarme la piel—. ¿Sabes qué nos persigue?

—¿Tú no? —Raksh me tocó el pecho en el sitio exacto del que había sacado el aguijón espectral.

—No puedes referirte a… ¿la bestia de Falco? —susurré y me quedé helada cuando él asintió. Y no solo porque estuviera asustada, sino porque el aire también se había enfriado. Nubes del color del hierro fundido nos perseguían por el cielo provenientes de la misma dirección que la criatura. El *Marawati* empezó a moverse sobre unas aguas cada vez más agitadas obligándome a estabilizarme—. ¿Estás seguro?

Raksh dirigió una mirada sombría hacia el sur. La criatura había pasado de ser un punto a tener el tamaño de una naranja a una velocidad vertiginosa.

—Sí. Ya te advertí que Falco nunca permitiría que Dunya escapara. Deshazte de ella, Amina. Con el dunij si así tendrás la conciencia tranquila, pero hazlo ya. Con suerte, eso nos conseguirá algo de tiempo para huir.

El rostro suplicante de Dunya apareció ante mis ojos. La idea de sacrificarla ante un monstruoso leviatán me parecía reprobable.

—No lo haré —respondí desafiante—. Debe haber algo más que podamos hacer. ¿No decías que ibas a traerme suerte?

—¿Tienes algún remo de sobra que pueda usar? Porque, aunque mi presencia podría darte algo de suerte, sospecho que la velocidad será más útil. Una criatura como esta sobrepasa mis habilidades.

Dios mío, si el demonio estaba dispuesto a remar, la situación era peor de lo que pensaba.

Reflexioné con rapidez.

—En Socotra dijiste que Falco era un tonto por intentar controlar a una criatura como esa. ¿Crees que… puede haber algún modo de disuadirla? ¿De convencer a la criatura para que deje de perseguirnos?

Raksh se lamió los labios con aspecto inquieto.

—No lo sé. Los marid son bestias antiguas, bizarras y tempestuosas. He conocido a algunos con los que se puede razonar, otros que hacen tratos y pactos con mortales, pero este… —Se estremeció—. Era como un animal salvaje cuando nos lo encontramos por primera vez. Y a Falco no le interesaban los pactos. Quería poseerlo. Probablemente, el marid lo devoraría si pudiera.

—¿Eso significa que me estás diciendo que hay una posibilidad?

—¡Claro que no te estoy diciendo eso! Te estoy diciendo que la magia de Falco lo venció. —Mi marido bajó la voz—. Amina, ya te advertí que el franco tenía poderes que escapan a vuestra comprensión. No me hiciste caso y estuviste a punto de convertirte en su esclava. Somos criaturas terrenales, ahora mismo lo único que nos separa de morir son unos troncos atados. No puedes desafiar a Falco en el mar, no mientras posea a una criatura que domina el océano.

—¿Qué está pasando? —Era Dalila con la voz aguda. Se unió a nosotros con Tinbu; Majed había corrido hasta el banco del capitán para asegurar el rahmani y sus mapas cuando una ola sacudió el barco.

—Raksh quiere lanzar a Dunya por la borda —gruñí por lo bajo. No iba a seguir ocultando secretos a mis amigos, no por parte de Raksh, pero hablé en voz baja porque no quería que nos escuchara el resto de la tripulación—. Dice que la bestia de Falco nos persigue.

Raksh miró a Dalila, implorante.

—Tu nakhudha está siendo una idiota sentimental, pero tú siempre has tenido las ideas más claras. Solo quiere a Dunya.

—Pues tendrá que arrebatárnosla —respondió Dalila con firmeza.

Otra ola golpeó el *Marawati*, esta vez mucho más fuerte.

Recuperé el equilibrio, tomé un balde y lo arrojé a los brazos de Raksh.

—Ve a hacer algo útil —ordené señalando a los hombres que estaban sacando agua. Cuando Raksh se alejó, me volví hacia Tinbu—. Date prisa. Intentaremos huir.

—Se mueve demasiado rápido —contestó Tinbu angustiado. La criatura ya tenía el tamaño de un melón, pero oscurecida por la niebla y por la espuma y las olas que provocaba, no podía ver su forma exacta, como si fuera un fantasma amorfo acechante—. No podemos escapar de algo así, Amina. ¿A dónde quieres ir?

Tinbu tenía razón. No había tierra cerca, ningún arroyo oculto ni marisma de manglares en las que solíamos desaparecer cuando nos perseguían. Ser atrapados y vernos obligados a luchar en mar abierto era una situación muy diferente, una en la que mi tipo de barco no destacaba. Y eso con otros barcos, no con un monstruo marino. Si pudiéramos resistir hasta la puesta de sol, podríamos apagar las luces y huir en la oscuridad. Si nos persiguiera otro barco, probablemente haríamos eso.

Pero no nos enfrentábamos a otra embarcación. Nos perseguía algo que sobrepasaba nuestro entendimiento. Una brisa hedionda soplaba desde la dirección en la que se acercaba la criatura y el mar la rodeaba con una espuma amarillenta.

Majed se había unido a nosotros y nos escuchaba en silencio con expresión grave. En ese momento, decidió hablar.

—Si viramos hacia el este, hay una posibilidad de toparnos con la corriente del monzón. Tal vez nos desvíe demasiado del rumbo, pero así podríamos perder a la criatura.

Dudaba que hubiera una corriente lo bastante fuerte como para ayudarnos, pero no lo dije.

—Pues lo intentaremos —decidí—. Huiremos y rezaremos para que se aburra o, idealmente, se libere de la influencia de Falco y se lo coma. Tinbu, quiero a tus mejores hombres en las velas. Firoz, asegúrate de que la cubierta esté despejada. Lanzad por la borda o guardad en la bodega de carga todo lo que no se pueda atar. Mejor si lo lanzamos por la borda. El resto, ¡a los remos! —grité y luego maldije mientras Payasam me pasaba entre las piernas maullando y enroscándose alrededor de mis tobillos como un borracho enamorado.

La expresión de Dalila era de acero.

—Comprobaré las esferas restantes de nafta y prepararé más tubos de polvo negro para las flechas. Pero me queda muy poco.

—Usa lo que tengas, pero hazme un favor. —Me acerqué y bajé la voz—. Quédate cerca de Dunya. No confío en Raksh y no me extrañaría que intentara deshacerse de ella él mismo.

Dalila levantó su bastón de madera. Dudaba que pudiera hacerle daño a Raksh, no habíamos tenido suerte luchando contra él hasta el momento, pero Dalila tenía un aspecto imponente y mi esposo era todo un cobarde.

—Entendido.

Recogí a Payasam, que seguía intentando hacerme tropezar y me la llevé a la cocina. En el interior, Dunya estaba sentada sobre su cojín sosteniendo las tablillas contra su pecho.

—¿Pasa algo? —preguntó con tono asustado.

—Nada de lo que tengas que preocuparte. —Era mentira, pero Dunya ya había pasado por bastantes cosas y no podía hacer nada para ayudar. Le puse a Payasam en los brazos—. Mantén a este maldito animal lejos de mí, ¿vale? Y quédate aquí.

Ella asintió.

—Lo prometo.

Cuando volví al banco del capitán y tomé las cuerdas del timón, la criatura había triplicado su tamaño en el horizonte. Había más oscuridad que al anochecer, las nubes sobrenaturales proyectaban una espeluznante luz verdosa. La bestia seguía moviéndose con demasiada velocidad para ver su cuerpo de manera nítida, atravesando el agua con tal violencia que parecía que una explosión de olas marinas nos perseguía. El olor a podredumbre marina era fétido en el aire espeso y la lluvia me azotaba la cara. El océano resonaba fuerte como un tambor.

No puedes escapar de esta, al-Sirafi.

Con Tinbu a las velas y con tantos hombres remando como remos teníamos, el *Marawati* voló por el mar agitado. Pero fuimos superados y el tiempo no hacía más que empeorar. Majed se unió a mí en el banco. Ninguno de los dos habló durante un largo momento, teníamos la mirada fija en la bestia.

—Deberíamos parar —dijo finalmente—. Dejarles a los hombres unos minutos para recuperarse antes de la lucha. Unos minutos para rezar y recomponerse por si acaso…

No terminó la frase. No hacía falta. No era la primera vez que los dos nos enfrentábamos a la posibilidad de una muerte inminente en el mar. Ningún marinero que lo haya sido durante años ha esquivado tal experiencia. Habíamos resistido ciclones, olas rebeldes, estancamientos y velas rotas. Muchas veces lo habíamos tirado todo por la borda, nos habíamos atado al barco y habíamos rezado esperando que la tumba acuática nos llevara.

Pero ahora tenía una hija con la que volver. Y no nos enfrentábamos a una tormenta que pudiera evitarse o ser burlada.

—Si Dios quiere, todavía podríamos lograrlo —dije asintiendo hacia los nubarrones en la distancia—. Se acerca la noche y el tiempo empeora. Podríamos perder a la criatura en la oscuridad.

—Es más probable que nos perdamos a nosotros mismos en la oscuridad que a cualquier criatura que habita en el mar. Si tenemos esperanzas de sobrevivir a una tormenta, deberíamos bajar las velas.

Respiré y consideré mis opciones.

—Seguiremos un poco más. No conocemos la mente de esta criatura ni el alcance del control del franco sobre ella.

Majed me miró a los ojos.

—Eres la única que ha conocido a ese hombre. ¿Qué tipo de control crees tú que ejerce? ¿Qué tipo de venganza quiere cobrarse con la chica que lo traicionó y los piratas que intentaron volarlo?

—Cuidado, Majed, no querrás arruinar tu reputación de cinismo. —Mi patético esfuerzo por bromear lo hizo estremecerse. Volví a hablar con más determinación—. Si la criatura nos atrapa y nos vemos obligados a luchar, huirás con el dunij. Llévate a los cuatro marineros más jóvenes —agregué suplicando el perdón de Asif en mi corazón. Odiaba tener que dejar a Dunya fuera de ese cálculo, pero temía que Raksh hubiera dicho la verdad. Tendrían más posibilidades de escapar sin ella.

Majed ya estaba negando con la cabeza.

—No te abandonaré.

—Soy la nakhudha, siempre tengo que ser la última en marcharme. Pero tú eres navegante, no luchador, y esos muchachos no tienen posibilidades de llegar a tierra sin ti. Por favor, hermano —dije con más urgencia cuando Majed mostró una expresión rebelde—. Busca a mi familia. Adviértelos. Si Marjana...

Una fuerte ráfaga sacudió el aire. El *Marawati* se sacudió con fuerza a babor, provocando unos cuantos gritos de sorpresa. Me agarré al borde del banco esforzándome por mantener el equilibro mientras el barco se estabilizaba, sorprendida por la rapidez con la que se había fortalecido la tormenta.

Porque esto no es realmente una tormenta. Era una magia que escapaba a mi comprensión. Y temía que pronto fuera a escapar también a mi capacidad de lucha.

—¡Bajad las velas! —grité.

Desde el otro lado de la cortina de lluvia torrencial, un rugido rasgó el cielo.

Era el mismo sonido sobrenatural que había oído en la playa de Socotra, un chillido tan agudo que sonaba como un filo oxidado de tamaño celestial sobre una piedra de afilar escarpada y sin pulir. Hizo que los truenos parecieran débiles en comparación.

Y sonó demasiado cerca. Pero yo era la nakhudha y no podía entrar en pánico.

—¡Arqueros por todo el lado babor! El resto, seguid remando. —Me levanté y me giré hacia Majed—. Hermano, ve.

—Todavía no —suplicó.

Una ola se estrelló contra el *Marawati* y casi nos arroja por la borda. El agua se precipitó en cubierta con tanta fuerza que derribó a dos hombres y le arrancó los remos a otro. Agarrando la cuerda del timón para estabilizarme, me volví a enderezar comprobando las filas para asegurarme de que nadie hubiera caído por la borda. La lluvia caía de manera oblicua y el viento era implacable, azotando cualquier trozo de piel expuesta. La criatura volvió a rugir más fuerte, aún más cerca, pero todavía invisible en la niebla.

—¡No, bastardo! —gritó Tinbu desde el otro lado del barco oculto entre las velas ondulantes—. ¡Amina, es Raksh! ¡Ha robado el dunij!

Maldiciendo, salté de la cubierta del capitán. Pero no había dado dos pasos cuando un feroz tentáculo púrpura salió del mar.

Me detuve de golpe en la cubierta mojada. El tentáculo se elevó directamente en el aire como si buscara el sol, moviéndose y retorciéndose, cubierto de ventosas afiladas como navajas del tamaño de mi cara. Era grueso como un tronco, largo como la calle de una ciudad y —en lo que dura un latido— se le unieron otros dos enormes apéndices. El segundo tentáculo golpeó el *Marawati* y sacudió toda la nave. El tercero se deslizó por la bodega de carga, recorrió el mástil y se enroscó alrededor de la viga de madera como una vid. Los hombres empezaron a gritar huyendo de sus puestos y esquivando escombros voladores.

Me agarré a la barandilla luchando por no caer al agua desde el *Marawati* sacudido.

—¡Agarraos a algo resistente! —grité—. ¡Ataos al barco!

La criatura, todavía en gran parte invisible, chilló. Uno de los tentáculos barrió el barco y estuvo a punto de arrojar a un encogido

Hamid por la borda. Al ver a la criatura atacando a mi tripulación, ignoré con descaro mi propio consejo. Soltando la barandilla, saqué la espada y fui hacia el tentáculo que rodeaba el mástil.

Golpeé con el filo. La sangre plateada me salpicó los brazos y la cara, escociendo como sal sobre una herida. Siseé de dolor, pero no detuve el ataque, golpeé una y otra y otra vez mientras la bestia aullaba. Al final, el cuarto golpe cercenó el maldito apéndice y el tentáculo se estrelló contra la cubierta y se desenroscó como un huso caído.

Respiré con fuerza y, sin poder ser capaz de ver más allá de la lluvia y las olas, me tambaleé buscando mi siguiente objetivo.

Pero mi éxito duró poco.

Salieron una docena de tentáculos del mar rabioso. Nos rodearon como dedos de una mano vil y apremiante, arremetiendo contra el mástil, enroscándose alrededor de las puntas de la proa y la popa, serpenteando a través de las barandillas. Durante un segundo, el *Marawati* se quedó completamente quieto, las olas eran incapaces de golpearnos con el firme agarre del marid.

Entonces la criatura lanzó la nave por los aires.

Los marineros gritaron, lloraron llamando a sus madres y rezaron en todos los idiomas mientras volábamos por el cielo. Caí con fuerza y seguí gritando a mi tripulación que se agarraran a algo, a cualquier cosa y, de algún modo, logré mantener el agarre de mi espada y enganchar el otro brazo a una de las juntas que unían la cisterna a la barandilla. Me metí la espada en la faja y me abalancé para atrapar a Firoz antes de que saliera rodando del barco.

El muchacho hundió la cabeza en mi cuello.

—No quiero mirar.

Yo no podía hacer nada más que mirar mientras los relámpagos revelaban un mar muy agitado a lo lejos indicando una bestia de tamaño y concepción imposibles. El marid tenía un abdomen similar al de los insectos, lo bastante grande para que pasara por una isla y un malvado aguijón que salía del agua goteando un veneno azul brillante. Montones de tentáculos parecidos a los de los calamares se estremecían desde su cuerpo y sus seis ojos planos de color rojo sangre miraban hacia arriba desde la placa blindada que tenía por cabeza. Tenía vigas rotas sobre el cráneo como si fueran una corona.

Pero el marid, una bestia monstruosa que podía paralizar de miedo al hombre más valiente solo con una mirada... incluso él palideció al ver lo alto que estaba suspendido mi barco.

—Ay, Dios —susurré, consciente de repente de que caer desde esa altura sería una muerte inmediata. Consciente de que mi última aventura estaba a punto de terminar de manera abrupta.

El marid nos sacudió.

Fue una única sacudida firme, como la que se da a un niño que desobedece. Firoz gritó en mi oído y me agarró con más fuerza. No caímos: tenía el brazo enganchado con firmeza a la junta de la cisterna y, aunque el movimiento estuvo a punto de sacarme el hombro del sitio, no caímos en picado hacia nuestra muerte.

Lo que, a juzgar por los gritos de mis hombres, no fue una misericordia que se otorgó a todos. Pero yo no tenía ni un segundo para sentir dolor, rabia o para gritar advertencias antes de que la criatura nos echara hacia abajo.

Caímos al mar pesadamente y el *Marawati* casi quedó inundado por la ola resultante. Me aferré a la cisterna y a Firoz y contuve el aliento mientras el agua negra pasaba sobre nuestras cabezas. Surgieron escombros a nuestro alrededor y me golpearon las extremidades. Solo estuvimos bajo el agua unos momentos antes de que el barco volviera a subir. Jadeé tomando aire. Me dolía todo. Me zumbaban los oídos y podía notar el sabor de la sangre en la boca, mientras que tenía heridas abiertas por todo el cuerpo.

Pero estaba viva, lo que me temía que ya era más de lo que podía decir de los que habían estado en el *Marawati*.

Durante un momento, no hubo más que silencio. Los tentáculos de la criatura se mantuvieron firmes, pero no rugió, no siguió atacando. Tal vez estuviera contemplando el mejor modo de devorarnos. Con un gemido, saqué mi magullado brazo de la cisterna y solté a Firoz.

—Quédate aquí —le ordené.

Levantándome, intenté inspeccionar lo que pude. La vela se había rasgado de sus ataduras, la enorme tela se había ondulado al caer y luego se había enganchado en la verga con el aparejo formando una especie de tienda sobre el *Marawati*. Entre eso y la niebla, no podía ver casi nada. Lo que pude percibir de mi barco destrozado y mi tripulación ensangrentada y sollozante me llenó el corazón de dolor.

—¡Amina!

Dalila. Me tambaleé hacia la voz de mi amiga, escalando por los escombros y mirando a los hombres con los que me encontraba.

—¡Aquí! —gritó. Dalila había salido de la cocina y estaba agachada junto al timón de estribor roto. La enorme viga de madera se había partido y una mitad había caído pesadamente en la cubierta.

Atrapado bajo ella estaba Tinbu.

Corrí. Mi primer oficial estaba inconsciente y la sangre le cubría el rostro.

—Dios mío. ¿Está…?

—Está vivo —contestó enseguida Dalila—. Se ha dado un golpe en la cabeza y quizás tenga la pierna rota. Está atrapado debajo de la viga, pero pesa demasiado para que pueda levantarla yo sola.

—Yo ayudo. —Era Tiny, el enorme guerrero de Sumatra seguido por Majed, que sangraba en abundancia, pero que estaba vivo.

—Agarra este extremo —apremié—. Si conseguimos un par de hombres más para levantar…

—¡Ah, nakhudha! —La voz que sonó desde el otro lado de la niebla me resultó horriblemente familiar. En efecto, Falco parecía casi alegre cuando continuó—: Creo que tienes algo que me pertenece.

Sobre el cuerpo de Tinbu, intercambié una mirada con mis amigos.

Agarré la muñeca de Dalila cuando fue a tomar una de las pastillas de veneno de sus cintas del pelo.

—No, Dalila —dije con el corazón hundido—. Ni tú, Majed… aparta la mano de ese cuchillo. —Les dirigí a ambos mi mirada más feroz—. Quizás Tinbu sea el único capaz de reparar esta nave. Y si no la repara, todos moriremos. Os quedaréis aquí y lo salvaréis.

Prometedme que lo salvaréis. Si no puedo burlar a Falco, haced lo que sea necesario para mantener vuestra vida y la de la tripulación.

Dalila abrió la boca y la volvió a cerrar mostrándose más emotiva de lo que la había visto nunca.

—Juré llevarte de vuelta con tu hija.

Sus palabras fueron como una puñalada en el corazón.

—Todavía no hemos muerto, Dalila.

Majed me agarró por la muñeca mientras yo me estaba levantando con el miedo y la angustia reflejados en la cara.

—No seas orgullosa. El franco puede dejarte vivir.

—No tengo intención de ser orgullosa —contesté tratando de sonar valiente—. Soy una pirata, no un caballero idiota.

Pero era una pirata que temblaba mientras atravesaba el *Marawati* sintiendo el peso de las miradas de mi tripulación sobre mí. El peso de sus vidas sobre mí. El estado del barco y los rostros que vi que faltaban me desgarraron el alma. Un embaucador inteligente sabe cuándo ha perdido, cuándo rendirse y seguir luchando otro día. Aun así, saqué mis armas, la espada en una mano y el janyar de mi abuelo en la otra mientras me deslizaba más allá de la vela caída y vi bien por primera vez el marid esclavizado del franco.

—Que Dios me salve —murmuré con voz ronca.

Incluso medio sumergido, el escorpión de mar lleno de tentáculos se elevaba sobre el *Marawati*. Su corona de vigas rotas estaba hecha con los restos del barco de Falco atados a su enorme cráneo con flores escarpadas de coral muerto, algas podridas y conchas rotas en una retorcida interpretación de un palanquín. Había grietas en la cabeza del marid como si fueran una herida infectada, que supuraba un icor plateado. Pústulas y ampollas cubrían otras partes del cuerpo de la bestia, plagado de enfermedades y maloliente. Su cola afilada arqueada quedaba oculta, fundiéndose con la penumbra, aunque podía sentirla colgando sobre mi cabeza como el hacha de un verdugo.

—Aquí estás —dijo Falco arrastrando las palabras desde una posición elevada en su arco en ruinas—. Temía que hubieras muerto durante el ataque. —Hizo ademán de moverse hacia el *Marawati*.

—He estado bastante cerca —espeté levantando la espada. Algunos de mis hombres me siguieron, a pesar de que los mercenarios del franco —muchos con quemaduras y heridas de la explosión de Socotra— lo flanqueaban.

Resopló.

—Sé que los de tu clase tenéis un corazón fiero y gran amor por el martirio, pero mira a tu alrededor. Eres consciente de que con un chasquido de dedos podría hacer que todos fuerais devorados o que os hundierais.

No había terminado de pronunciar las palabras cuando los tentáculos que rodeaban el *Marawati* arrastraron abruptamente el barco hacia abajo. El agua inundó la cubierta y me rodeó los tobillos.

—¡Basta!

No hice señal de bajar mis armas, pero Falco levantó una mano y su marid se detuvo. El *Marawati* volvió a subir. Había dejado claro lo que quería decir y temía que mi barco no pudiera soportar mucho más. Solo Dios sabía si el *Marawati* estaba en condiciones de navegar todavía. Solo conté a doce hombres con Falco, pero había aprendido por las malas que eran físicamente capaces y temía que nuestra superioridad numérica no fuera suficiente.

—¿Qué quieres? —pregunté y noté el sabor amargo de las palabras en la boca.

Falco saltó de su posición y aterrizó sobre un forúnculo del cráneo de la criatura. El marid dejó escapar un agudo chillido de dolor, pero el franco pareció ignorarlo. Esta vez iba armado con un sable en el costado.

Dio una patada a uno de los tentáculos del marid y este gimió.

—Esta criatura puede haberme servido para capturarte, pero es un animal hambriento y poco fiable. Por lo tanto, sigo necesitando una buena embarcación y una tripulación. Únete a mí, entrégame a Dunya y dejaré que tú y tus compañeros viváis.

—Dunya no está aquí.

Falco se acercó con su siniestra media sonrisa inquebrantable.

—Si empiezo a alimentar a la bestia con los miembros de tu tripulación uno a uno, ¿a cuántos devorará antes de que dejes de mentir?

—Recordarás que la última vez que intentaste forzarme, hicimos estallar a tus hombres.

—Sí que lo hicisteis. —Falco saltó desde el cráneo de la criatura al *Marawati* y, en cuanto sus pies tocaron mi barco, me sentí sucia—. Eso no me gustó, al-Sirafi. Te ofrecí un regalo, una oportunidad incomparable, y me la lanzaste a la cara. Esperaba que fueras más inteligente que aquellos de tu fe a los que maté en el norte. Pero tu gente solo entiende la violencia, ¿no es así?

Desenvainó la espada. Se deslizó en silencio de su vaina brillando como la lluvia empañada contra el acero. El terror se apoderó de mí. Había entrenado con Tinbu y con los otros hombres cuando habíamos tenido tiempo, pero llevaba prácticamente una década sin participar en una verdadera pelea de espadas y nunca me había enfrentado a un franco. No conocía su estilo, sus fuerzas ni sus debilidades.

Pero sí que conocía mi *Marawati*.

—Escúchame bien —empecé bajando mi cimitarra—. No hay razón por la que no podamos… —Me lancé hacia adelante deslizándome sobre la cubierta mojada esquivándole y le corté la parte trasera de las rodillas. Le di en la pierna izquierda, su sangre manchó mi filo, pero ese no era mi objetivo principal.

Eran las cuerdas que sujetaban la verga.

Me agaché cuando se precipitó hacia nosotros, pero el franco no fue tan rápido. La verga le dio en el pecho y lo hizo tropezar. Corrí sobre una pila de cajas con la intención de atacarlo con la espada desde arriba, pero uno de los tentáculos de la criatura me agarró el tobillo. Me tiró al suelo y rodé justo a tiempo para evitar que el sable de Falco me partiera en dos. Estaba de pie un instante después respirando con rapidez, pero aterricé sobre la rodilla mala y tembló de un modo poco fiable cuando volvimos a chocar. Varios de mis hombres se movieron para ayudar, pero los aparté. El franco era claramente del tipo vengativo y, si me derribaba, no tenían por qué seguirme hasta la muerte cuando él había dejado claro que necesitaba marineros.

Nuestros estilos eran tan diferentes como nuestras armas. Falco luchaba bien, su entrenamiento y su comodidad con su arma se reflejaban en cada movimiento. Pero no era el mejor hombre al que me había enfrentado y, una década antes, apenas habría tenido que esforzarme para esquivar sus golpes. Ahora me temblaban los brazos y el sudor me empapaba la frente mientras los evitaba y me veía obligada a defenderme en lugar de ponerme a la ofensiva. Era una sombra de mi antigua gloria, mi combate ahora era penoso.

Debió ser obvio. Falco sonrió con superioridad.

—Había oído que eras una luchadora consumada. Supongo que el retiro tiene sus inconvenientes.

Apreté los dientes.

—Estuvo bien mientras duró.

Su espada golpeó la mía y se acercó a mi garganta.

—Sería mejor que pasaras la vida a mi servicio en lugar de perderla ante tu gente. Veo el pánico en tus ojos, al-Sirafi. Esto no tiene por qué continuar.

—Vete a la mierda, cerebro de pez. —Acercándome al montón de herramientas de carpintería desechadas, dejé caer la espada, recogí un martillo y le golpeé la muñeca a Falco.

Chilló de auténtico dolor, un sonido glorioso, y retrocedió apartando el sable de donde había estado junto a mi cuello, ofreciéndome al mismo tiempo un camino libre para golpearlo en la cara con el mejor de los martillos. Me moví para hacerlo...

Y ya no estaba, se había retirado con su velocidad sobrenatural.

Mierda. Supongo que los hombres de Falco no eran los únicos que se habían transformado.

No dejé que durara la sorpresa, aproveché el momento en que había estado a la defensiva cargando hacia adelante y volviendo a atacar con mi cimitarra. Bloqueó mi filo con el suyo, empujándome tan fuerte hacia atrás que me deslicé sobre la cubierta mojada. Maldije cuando mi rodilla mala estuvo a punto de ceder y Falco sonrió ampliamente al haber descubierto la debilidad. Se abalanzó...

—¡Parad! —gritó una voz.

Dunya.

La joven erudita parecía pequeña y vulnerable en la puerta abierta de la cocina mientras el viento y la lluvia azotaban su ropa demasiado grande. Majed hizo un intento salvaje de volver a meterla dentro, pero era demasiado tarde.

Falco la había visto.

—Dunya —la saludó fríamente—. Me alegra ver que tu imprudencia no te ha matado.

—No finjas que te importo —espetó ella temblando—. Eres un monstruo que solo se preocupa por sí mismo.

—Al contrario, me importa mucho la rareza de tu conocimiento. Te convertirá en una luz líder en el nuevo mundo si eres lo bastante inteligente para hacer las paces. —Sus ojos se estrecharon—. ¿Crees que soy tan tonto como para no darme cuenta de lo que te llevaste? Esas tablillas conducen a la Luna, ¿verdad?

—¿Estas tablillas? —Dunya las sacó de su túnica—. Pues sí. Sí, conducen a ella.

Las estrelló contra la cubierta.

Jadeé cuando las antiguas losas de arcilla se convirtieron en polvo. Falco gruñó, pero Dunya solo se enderezó mostrándose desafiante.

—Y ahora ese conocimiento solo existe aquí —advirtió tocándose la cabeza—. Si quieres la Luna de Saba, tendrás que dejar en paz al *Marawati* y a su gente.

—Esa no fue mi oferta —espetó Falco—. Y ahora me siento inclinado a ahogarlos por tu insolencia.

Estupendo, me tocaba a mí ser la sensata entre el hechicero fanático y la adolescente dramática.

—Sigues necesitando un barco —le recordé—. Y una tripulación. Nosotros aceptamos tu oferta. Deja en paz a Dunya.

Él me fulminó con la mirada.

—El *Marawati* y su tripulación me acompañarán a Socotra. Tú… —Se volvió hacia Dunya—. Tú me llevarás hasta la Luna o mataré a toda esta gente ante tus ojos. ¿Entendido?

Una expresión condenada que no me gustó nada se reflejó en la mirada de Dunya.

—Te llevaré hasta la Luna de Saba. Lo juro por Dios y por mis antepasados.

—Y no tocará a mi gente —agregué ferozmente—. Ni les obligará a tomarse su horrible poción.

—De acuerdo —aceptó Dunya volviéndose hacia el franco—. Te llevaré hasta la Luna, pero cuando llegue el momento de entrar a esa cueva, liberarás a la tripulación del *Marawati* ilesa.

Falco me dirigió una mirada larga y fría. Debía ser obvio que estábamos desesperadas y fanfarroneando, no dudaba de que pudiera pensar una gran variedad de horribles maneras para obligar a Dunya.

—Tal vez cuando la Luna de Saba sea mía, tu tripulación ya habrá decidido servir a un capitán mejor —respondió él con frialdad—. Pero acepto. Suelta tus armas y diles a tus hombres que se desarmen.

Me mató al tener que dejar la espada e indicarles a mis hombres que hicieran lo mismo, pero mi orgullo era un precio pequeño que pagar. Los luchadores de Falco bajaron desde la cabeza de la bestia para tomar nuestras armas y rodear a mi tripulación. Los ataron con cuerdas y me sentí ligeramente aliviada al ver a Tiny sosteniendo a Tinbu. Mi amigo seguía inconsciente, pero al menos lo habían liberado del timón caído. Dalila estaba a su lado sin su tocado de cintas y con grilletes de hierro alrededor de las muñecas y los pies. Evidentemente, Falco había sido advertido sobre la Dama de los Venenos.

—Traed a la nakhudha aquí —ordenó.

Sus hombres me arrastraron hacia adelante sosteniéndome los brazos en la espalda. El franco se agachó para recoger mis armas y examinó mi cimitarra antes de lanzársela a Yazid.

—Creo que es tu estilo de arma. Pero esto… —Falco recogió el janyar que había dejado caer entre la maraña de herramientas de carpintería y me ardió la sangre cuando pasó los dedos por la empuñadura de la daga de mi abuelo—. ¿Un leopardo? Ah, sí. Creo que me acuerdo. A tu abuelo lo llamaban «el Leopardo del Mar», ¿verdad?

—Tu obsesión conmigo es vergonzosa.

—Supongo que era una obsesión, sí. Estoy decepcionado, esperaba encontrar en ti un espíritu afín. —Falco atravesó la distancia que nos separaba y siguió acariciando el janyar mientras sus hombres me apretaban los brazos—. «El Leopardo del Mar» —musitó—. Debió ser un pirata temible, un verdadero aventurero. Mientras que tú, bueno… Tú no eres nada.

Me golpeó el rostro con tanta fuerza con la empuñadura del janyar que mi visión se volvió negra. Noté un gran estallido de dolor en la mejilla y la sangre brotando en mi boca. Antes de que pudiera incluso pensar en reaccionar, me dio una patada salvaje en la rodilla mala.

El mundo se volvió blanco. Sus hombres me soltaron y caí al suelo en agonía. La pierna quedó aplastada con mi peso.

—¡Para! —gritó Dunya—. ¡Has jurado que no le harías daño!

En los bordes de mi visión borrosa, vi a mis hombres abalanzarse sobre Falco, pero ya atados y desarmados los controlaron enseguida.

—No, he dicho que dejaría con vida a la tripulación. —Falco me rodeó el cuello con los dedos y me levantó por los aires con su fuerza sobrenatural—. Soy un hombre de palabra, nada más.

Intenté deshacerme del agarre de hierro de mi garganta, un eco de mi encuentro con Raksh. No podía respirar, no podía luchar, mis sandalias resbalaban sobre la cubierta mojada mientras el franco me arrastraba hacia el borde del *Marawati*.

—Ojalá hubiéramos podido resolver algo en Socotra, nakhudha —continuó—. Pero ya ves... tengo a tu navegante y a tu primer oficial. A tu envenenadora, a tu tripulación y a tu barco. Y me golpeas como una rata desconfiada. Así pues, ¿por qué iba a arriesgarme a mantenerte cerca?

Jadeando e intentando tomar aire, me retorcí en sus manos. La tormenta rugía a nuestro alrededor, el barco subía y bajaba con las olas mientras la lluvia me golpeaba la cara. Fui consciente del bramido indignado de Majed, de Dalila gritando mi nombre y de las súplicas de Dunya.

Falco levantó el janyar.

—Supongo que ya te he quitado suficiente. Toma. Esto te lo devuelvo.

Intenté alejarme, pero el dolor me atravesó el hombro, la sangre caliente se derramó sobre mi túnica ya empapada. Tenía la visión borrosa, Falco me estaba lanzando sobre la barandilla. Hubo gritos, muchos gritos...

Marjana, lo siento. Lo siento muchísimo.

Falco me soltó.

Me golpeé con el agua fría y dura y todo se volvió negro.

23

Esto es lo que pasa cuando te arrojan de un barco destrozado en mitad de una tormenta: hay muchos escombros flotando alrededor. Y si te golpeas con esos escombros, sí, probablemente pierdas el conocimiento. Pero, por la gracia de Dios, también puede ser que quedes atrapada en la basura que flota en lugar de deslizarte bajo las olas. Puede que te alejes sin ser vista bajo la lluvia, la bruma impenetrable y las olas rugientes. Puede que escapes de las flechas que tus enemigos lanzan al agua detrás de ti.

Y puede que te despiertes con el peor dolor de cabeza que has tenido en toda tu vida justo a tiempo de ver la inconfundible aleta de un tiburón nadando hacia ti.

La experiencia de toda una vida en el mar me hizo sacar mi cuerpo del agua y subirme a una plataforma de madera rota que se había quedado atrapada en mi capa antes incluso de que pudiera pensar. Noté un agudo dolor en el hombro y la plataforma estuvo a punto de volcar con mi peso. Eran poco más que unos tableros mal amarrados, apenas lo bastante grandes para que pudiera sentarme y lo bastante pequeños para tener una vista excelente de las profundidades.

Paralizada de miedo, observé cómo el tiburón nadaba directamente bajo la plataforma, tan cerca que podría haberlo tocado. El hombro y la rodilla me dolieron de nuevo, recordándome que, si me iba a comer viva, lo haría sufriendo de una gran cantidad de modos emocionantes. Una nube roja de sangre manchaba el agua y me empapaba la ropa. Miré hacia abajo y me sorprendió ver la empuñadura con cabeza de leopardo de mi janyar sobresaliendo de mi capa.

Ah, claro.

Me han apuñalado.

Pero no me sentía apuñalada, sobre todo porque seguía viva y no estaba desangrándome hasta morir. Toqué la empuñadura con dedos temblorosos, temiendo empujar la hoja por si la herida era peor de lo que me temía. Pero la daga se había clavado en la tela de mi capa, no estaba enterrada en mi cuerpo. Falco me había hecho un corte profundo, pero era solo un corte feo en la parte superior del hombro, no una herida letal.

Sin embargo, no haber muerto apuñalada por mi propio janyar no fue de gran alivio. Miré a mi alrededor, pero no vi el *Marawati*. Ninguna embarcación. Nada de tierra. Nada más que el océano extendiéndose hacia el horizonte en todas las direcciones en las que miraba. Había unos cuantos escombros flotando: barandillas rotas, una copa de madera, una sandalia.

—No —susurré girándome desesperada en todas direcciones rezando por estar equivocada, por que hubiera algo. Una playa a la distancia. Indicios de alguna embarcación. Un ave—. No. Ay, Dios... no.

Pero no había nada. Nada más aparte de la peor pesadilla de cualquier marinero haciéndose realidad a mi alrededor. Una cosa es ahogarse en un barco naufragado o estrellarse contra las rocas. Pero ¿estar perdida, a la deriva en mitad del océano, condenada a una larga y agotadora muerte por sed y hambre mientras te quemas por el sol?

—Dios mío —dije de nuevo. ¿A quién más podía llamar? Reprimí un sollozo—. ¿Qué hago? —Estaba llegando la conmoción y temblé violentamente—. Ay, Marjana, mi amor...

Pero Marjana no era la única que me necesitaba. Falco tenía a mi tripulación. A Majed, a Dalila y a Tinbu. A Dunya y a los hombres que se habían unido a mí hacía poco. Ahora estaban todos bajo el control de un monstruoso mago franco que podía usarlos para alimentar a su marid u obligarlos a la misma horrible servidumbre que había intentado conmigo. Al diablo con el trato de Dunya.

Les había fallado. Les había fallado a todos.

En la distancia, el tiburón se dio la vuelta para volver a pasar junto a mí.

Reza la shahada y arrójate al agua, cobarde. Una última oración para una misericordia que no merecía y un final que sería más rápido que morir a la intemperie. Diablos, ni siquiera sería un final inútil, alimentaría a algo.

Pero a medida que el tiburón se acercaba, una feroz locura se apoderó de mí.

Tomé una de las barandillas rotas que flotaban en el agua.

—Todavía no hemos muerto —susurré repitiendo las palabras que le había dicho a Dalila—. Todavía no hemos... ¡AAH! —Golpeé al tiburón en la cara con la barandilla rota tan fuerte y rápido como pude. Tras el segundo golpe, retrocedió alejándose de la humana loca.

Estaba sola... al menos de momento.

Primero me miré la herida. Era una herida desagradable y, en un mundo ideal, podría haberme cosido, pero al menos estaba bien lavada tras haberme pasado toda la noche en el puto mar. Corté una tira de mi capa y me vendé la herida lo mejor que pude, esperando así acabar con el rastro de sangre que iba dejando para cualquier depredador marítimo curioso.

A continuación, fijé mi atención en el cielo. Era bastante fácil seguir direcciones según la posición del sol. También era inútil. Solo Dios sabía hacia dónde nos había llevado la tormenta. Podría estar en mitad del océano Índico o a solo unos días de la costa. A menos que viera aves o pájaros de pesca, no tenía ni idea de qué dirección seguir. Pero tenía que ir a alguna parte.

Noroeste, decidí. Probablemente todavía estuviera cerca de las costas familiares de África y Arabia. Al este, pero a semanas de distancia, estaba la India y al sur no había nada más que agua. Tomé el vaso y la sandalia perdida y, colocándome torpemente sobre los tablones de madera, establecí el rumbo.

—Dios, por favor, apiádate de mí una vez más —supliqué usando la barandilla rota como remo. El sol ardía sobre mí y el resplandor blanco del océano era cegador—. Sácame de esta y acabaré con estas aventuras. Me arrepentiré y no volveré a aventurarme al mar.

No pasó mucho hasta que el tiempo se volvió borroso, la sed y el calor abrasador me empujaban hacia la locura. Para intentar distraerme, conté hasta mil en todos los idiomas que sabía y recé dua por todos aquellos por los que había sentido afecto alguna vez. Recité el Corán, canturreé canciones de cuna de cuando Marjana era pequeña, canté el dhikr al ritmo del remo y me inventé fantasías cada vez más elaboradas de asesinato hacia Falco y Raksh (y sí, soy consciente de que algunos de estos métodos chocaban ardientemente con mi espíritu). Cuando se me secó la boca, guardé silencio y lo repasé en la mente. Colocaba la copa cada noche para intentar atrapar la condensación y el tercer día atrapé y maté una tortuga, implorando perdón mientras me bebía su sangre.

Con la copa, pude recoger algo de agua de dos lluvias breves. Con el cordón de la sandalia y un par de bocados de la carne de tortuga, atrapé unos peces. Pero no tenía nada para aliviar las ampollas que me habían salido en la piel quemada por el sol ni la sensación de tener uñas clavándose en mi cráneo. Mi fuerza se desvaneció, aumentaron mis episodios de confusión. Remaba cada vez menos a medida que los días se deslizaban en noches sin sueños.

Y entonces, como criaturas salidas de un espejismo, empezaron a llegar las aves.

Fuertes graznidos de gaviotas y menudillas. Elegantes grullas de cuellos largos y aves rapaces con garras afiladas. Llegaron solas y en parejas, en grandes bandadas y en grupos que rápidamente aprendieron a mantener las distancias después de que matara y me comiera una sula.

No recuerdo si sus extraños colores me sorprendieron. Plumas moradas y naranjas de tonos que no había visto nunca, ojos rubíes brillantes y cabezas con flequillos. Tal vez atribuyera esas rarezas a mi cráneo abrasado por el sol. Se dirigían todos hacia el este con tanta determinación que, con algunas dudas, cambié el rumbo para seguirlos.

El quinto día tras ver a los pájaros, una mancha de tierra de un color marrón verdoso apareció en el horizonte brumoso.

El sentido común que me quedaba se desvaneció en cuanto la vi, desesperada como estaba por llegar a tierra antes de que se marchara el sol y la perdiera de vista para siempre. Remé hasta el agotamiento, se me entumecieron los brazos y la plataforma se partió. No me importó. Seguí tirando con mi remo improvisado a través del agua, con los ojos clavados en la lejana franja de playa. Nadé, pataleé y el mar se cerró cada vez con más frecuencia sobre mi cabeza...

Por favor, Dios, no me dejes morir. No ahora, no así. Con un cruel estímulo para mí misma, conjuré la voz de Marjana, escuché a mi hija animándome a seguir hacia adelante. Suplicándome que volviera a casa mientras el sol salpicaba el poderoso océano y se desvanecían sus últimos vestigios de luz.

«Mamá, por favor. ¡Por favor!» Su carita seria y sus ojos llenos de confianza. Sus deditos acariciándome el pelo y la calidez de su aliento mientras dormía en mis brazos.

«Ven a casa».

Entonces, por fin —por fin— hubo arena bajo mis pies. Arena bajo mis rodillas y mis manos. Las olas me golpeaban los hombros y estallé en secos sollozos de alivio mientras me arrastraba a una orilla a medianoche y me derrumbaba sobre una pila de algas con el cuerpo agotado.

—Bendito sea Dios —grazné y me desmayé.

Me desperté bajo la luz de un sol plateado.

La marea me lamía los labios. Escupí y gemí. Cada músculo, cada articulación y cada hueso de mi cuerpo dolorido y hambriento protestó mientras escupía sangre y agua salada. Intentando despegarme de la arena mojada, solo logré vomitar bilis negra.

Respira, Amina.

Me daba vueltas la cabeza y el mundo giraba en fragmentos partidos de agua turquesa, costas ambarinas y bosque índigo. Los colores estaban mal, eran demasiado intensos y desiguales. Respiré hondo un par de veces y lentamente me senté. La arena que tenía aferrada a los dedos goteaba como miel.

No se parecía a ninguna playa que hubiera visto antes. La línea de la marea estaba marcada por burbujas fibrosas de algas rojo sangre y estrellas de mar azules afiladas como agujas. Delante de mí había una jungla tan densa que su interior era negro, suave, y peligrosamente tentador. Había palmeras en el borde, sus troncos de color canela brillaban como si la corteza estuviera cubierta de joyas, sus hojas afiladas como navajas temblaban en el aire sin viento con sonido de sables entrechocando. Había pájaros de tonalidades sobrenaturales zambulléndose y sobrevolando sobre mí, emitiendo roncos graznidos.

Por el amor de Dios, ¿dónde estoy? Pero entonces... un destello de humedad desterró todos los demás pensamientos.

Agua.

Me levanté de un salto. Era vagamente consciente de que había extraños borrones en mi visión, objetos que se negaban a definirse. Flotando cerca de la orilla espumosa estaban los restos rotos de la plataforma en la que había llegado. Los tablones de madera se movían como si alguien a quien no podía ver estuviera empujándolos. Apenas me di cuenta, caminé tambaleándome y con ojos solo para la brillante baliza de líquido que había vislumbrado.

Venía de un árbol. Aunque ninguna de las plantas circundantes mostraba ni una gota de rocío, este árbol estaba tan empapado que en la madera oscura había crecido un musgo anaranjado esponjoso que lo cubría formando grandes parches. Grandes flores de color marfil y hojas anchas en forma de copa se enroscaban hacia el cielo, muy bien posicionadas para capturar la lluvia y el rebosante de agua.

No dudé. Llorando de gratitud, susurré el nombre de mi Señor y bebí hasta saciarme. El agua estaba deliciosamente fresca, dulce y reconstituyente, recorrió mi cuerpo con la comodidad y el placer que una vez me había hecho sentir el vino. De hecho, el alivio fue tan inmediato que me mareé. Apoyé la mano en el tronco del árbol para estabilizarme inhalando y cerrando los ojos.

Cuando volví a abrirlos, el mundo había cambiado.

Era como si el sol hubiera separado las nubes, aunque, por supuesto, no lo había hecho, el cielo ya había estado despejado. Los colores intensos eran aún más vívidos, pero no me parecían tan extraños. Parecía que todo encajara, que yo encajara, como si antes hubiera contemplado la isla con los ojos equivocados.

—La falta de agua te ha convertido en una poeta trastornada —murmuré bebiendo de una segunda hoja. Tomé una tercera y volví hacia la playa. Realmente sería una tontería no salvar todo lo que pudiera de los restos de la plataforma rota antes de que la marea...

Me quedé helada. Rebuscando entre los trozos de madera había una criatura parecida a una vaca de color púrpura. Y digo parecida porque su tamaño era el doble que el de una vaca, estaba cubierta por alegres manchas amarillas y tenía unas aletas espinosas como membranas que le sobresalían de la espalda jorobada y de sus anchos costados. Y la misteriosa vaca de la playa no era la única rareza, no. Las brillantes estrellas de mar azules que había visto antes ahora estaban... ¿andando? Daban volteretas sobre la arena en líneas ordenadas, chillando mientras alzaban minúsculas astillas de madera hacia una gaviota que estaba entre ellas... No, no era una gaviota. Lo que antes me había parecido una gaviota de colores extraños era ahora un lagarto volador que graznaba y se lanzaba hacia las estrellas de mar.

Me froté los ojos, pero la extraña escena no cambió. ¿Estaba soñando? ¿Alucinando? ¿Muerta?

—¡Waqwaq!

Salté al oír el grito salido de las profundidades de la jungla. Parecía un sollozo de un niño y fue seguido por un fuerte golpe, como si algo pesado hubiera caído al suelo.

Una gota de sudor frío —o tal vez de sangre, teniendo en cuenta mi estado— se me deslizó por la columna. La vaca de mar seguía hurgando entre los escombros como si estuviera buscando golosinas. Dejó escapar un mugido lastimero y levantó la mirada, observándome malhumorada. El agua que le lamía las pezuñas estaba agitada y se había vuelto opaca, había una película rosa parecida a una medusa flotando en la superficie.

Todavía estaba mirando la vaca de mar cuando el agua la atacó.

La película rosa se elevó hacia arriba, salieron dientes y garras de las olas para desgarrar a la vaca marina. La bestia gritó y cayó de rodillas mientras sangre y piel volaban. En pocos segundos, la criatura no fue más que tripas y pedazos de hueso y la película rosa seguía flotando en el aire. Se movió y se giró en mi dirección...

La medusa flotante mugió exactamente igual que la criatura a la que había convertido en una niebla sangrienta.

Hui.

Ignorando a lo que hubiera gritado en la jungla, me lancé a sus profundidades desesperada por poner distancia entre el horror de la playa y yo. Corrí rápido, más rápido de lo que había corrido nunca, más rápido de lo que debería haber sido capaz. El suelo del bosque zumbaba bajo mis pies. Ramas y vides me azotaron la cara, extendí un brazo para golpear una y mandé a un retoño por los aires.

La jungla era tan densa que en unos momentos cualquier señal de la playa había desaparecido. El cielo también había quedado oscurecido por un dosel verde y frondoso. Me topé con una oscura cañada y me agarré los muslos intentando respirar.

—¡Waqwaq!

—¡Aaaah! —Recordando que tenía un arma, agarré mi janyar y lo sujeté en posición de combate.

Pero no había nadie. Un enorme árbol se elevaba sobre mí, sus distantes ramas se fundían en una penumbra esmeralda tan oscura que parecía el cielo nocturno y sus frutos brillaban como si fueran estrellas. Era el árbol más alto que había visto en mi vida. Más alto que el minarete más poderoso, más alto que las misteriosas pirámides que había a las afueras de El Cairo. Habría hecho falta un centenar de hombres para rodear el tronco y cada una de sus enormes hojas podía proporcionar cobertura para una casa humana.

Sin embargo, su tamaño y su magnificencia no fueron lo que atrajo mi atención, sino los centenares, o miles de criaturas humanoides que colgaban de sus frondosos confines. Crecían como flores y sus cabezas se estrechaban para brotar de capullos.

—¡Waqwaq!

En cuanto el grito llegó por tercera vez, una de las personitas del árbol cayó como una fruta demasiado madura cediendo a la fuerza de la gravedad. Grité mientras caía hacia el suelo, era una caída desde una distancia a la que nada podría sobrevivir. La maleza estalló en una explosión de hojas muertas.

Me quedé helada, insegura. Pero, tras unos susurros, la personita del árbol salió ilesa. Tenía más o menos la mitad de mi estatura y estaba calva. Su piel era de corteza cubierta de musgo. Abrió la boca en lo que podría haber sido una sonrisita de sorpresa revelando unos dientes nudosos. Avanzó tambaleándose y saludando alegremente.

Antes de que pudiera decidir si volver a echar a correr, el dosel se abrió. Un rayo de sol brilló sobre la criatura recién caída del árbol iluminándola justo a tiempo para que un enorme pájaro carmesí se zambullera y atrapara a la personita de corteza con sus relucientes garras.

No grité. Creo que estaba demasiado conmocionada para emitir cualquier sonido. Ver a una criatura mágica devorada por otra ya es bastante aterrador. Dos seguidas debe ser una pesadilla. Sí, eso era. Una pesadilla. Me había desmayado a la deriva en el mar y nada de eso era real.

Pero, pesadilla o no, puedes creer que cuando ese pájaro volvió a silbar, corrí de nuevo.

A través de los árboles, saltando sobre troncos rotos llenos de gusanos que cantaban como palomas. Mariposas del tamaño de platos y serpientes aladas silbantes que se iluminaban como si tuvieran fuego bajo las escamas. Una ráfaga de viento me rodeó y me agitó el pelo con suspiros murmurados antes de arrojarme a un arbusto lleno de bayas que estallaron y me escocieron la piel. Me levanté y corrí aún más rápido. Veía astillas azules y ámbares entre los árboles. Delante de mí había otra playa, esperaba que libre de monstruosas criaturas marinas.

Salí de la jungla y podría haber llorado de gratitud. No solo era una playa, sino que había un barco flotando cerca de la orilla anclado con un filamento dorado. Era diferente de cualquier otro barco que conociera, perfectamente redondo y construido con juncos relucientes atados como una cesta. Elegantes almohadas de seda y alfombras tejidas cubrían el interior y una gran vela de muselina flotaba como una nube desde un mástil de palisandro tallado.

Y gente. ¡Alabado sea Dios! Había dos marineros reclinados a la sombra del barco, uno inclinado sobre la borda para conversar con una doncella que nadaba en el agua. Avancé a trompicones hacia ellos.

El trío no pareció darse cuenta. A juzgar por sus sonrisas y risitas, estaba interrumpiendo una especie de flirteo. Los tres estaban en buena forma y eran extraordinariamente hermosos. Uno de los hombres podría haber sido de África Oriental, con la piel oscura, vestido de un modo muy elegante con voluminosas túnicas turquesa y se abanicaba con el borde de su turbante mientras bebía de una gran concha marina plateada. El segundo hombre era del mismo marrón que yo... aunque su piel expuesta parecía brillar como si fuera dorada y su cabello, recogido en un moño, era de un negro feroz veteado de naranja. La doncella era aún más extraña. Hermosa, aunque pálida. Se movía con gracia en el agua y el cabello verde alga le flotaba alrededor de los hombros.

Pero eran personas —¡con un barco!— y eso era lo único que importaba.

—Por favor —imploré tambaleándome hacia adelante—. ¡Ayudadme!

El trío se sobresaltó, la doncella saltó hacia atrás con un chapoteo, el marinero se dio la vuelta y su compañero dejó caer la concha de la que bebía.

Me quedé boquiabierta. No eran personas.

Al menos, no tal y como yo conocía a las personas. Los ojos de los hombres eran dorados y cobrizos y sus orejas, puntiagudas. La muchacha del agua tenía una cola que reflejaba como un espejo y tenía forma de ballena.

Caí de rodillas, lo que debería haberme dolido en extremo, pero en retrospectiva me doy cuenta de que no lo hizo.

—¿Qué sois? —grité, desesperada—. ¿DÓNDE ESTOY?

Con un aullido de delfín, la sirena desapareció bajo las olas brillantes. El hombre del cabello de fuego le gritó algo en un idioma musical incomprensible antes de volverse hacia mí con la irritación reflejándose claramente en sus ojos metálicos.

Pero, si temía ser castigada por interrumpir las actividades amorosas de unos seres mágicos, no tenía que preocuparme. El marinero acababa de encender una llama en sus manos (¡sí, en sus propias manos!) y se detuvo en seco. Sus ojos sobrenaturales y los de su compañero se abrieron con miedo al fijarse en algo detrás de mi hombro. En un instante, ellos también desaparecieron y su barco no se movió entre las olas, sino en el propio viento, navegando por los aires.

—¡No, esperad! —supliqué chapoteando en la orilla tras el barco—. ¡Por favor!

—¿Amina? —La horrible y conocida voz de Raksh habló detrás de mí—. ¿Eres tú?

24

M i esposo sobrenatural parecía estar disfrutando plenamente de su aventura en la isla. Había vuelto a su forma mágica con su piel azul y rayada y con ese asqueroso corazón latiente colgado de su cuello. Llevaba alrededor de la cintura un tubban amarillo estampado que había robado a uno de mis marineros y parecía limpio y fresco y estaba comiéndose un pargo rechoncho mientras le chorreaba la sangre desde los colmillos.

Raksh le dio otro mordisco a su pescado y ladeó la cabeza.

—¿Qué estás haciendo aquí? ¿Creía que habrías vuelto al *Mara*…?

Con un bramido propio de un elefante enfurecido, cargué contra él.

Impulsada por el resentimiento, logré de algún modo arrojar mi exhausto cuerpo sobre el de mi marido con fuerza suficiente para caer los dos al suelo. Aterricé sobre su pecho, a horcajadas sobre su cintura. Aunque creía que no haría más que irritarlo, como si fuera una mosca volando alrededor de su cabeza, le di un puñetazo en la cara.

Se oyó un sólido golpe cuando mi puño se estrelló con su mejilla. Raksh gritó de dolor y me miré los nudillos con sorpresa.

Estaban manchados con sangre azul. Con sangre de Raksh. Los dos nos quedamos mirando fijamente mi mano con el mismo asombro durante un largo momento.

Abrió los ojos llenos de pánico.

—Espera un…

Le di otro puñetazo. Esta vez, su nariz crujió bajo mi puño. Dios, era una sensación maravillosa. Tan maravillosa que lo repetí. Y una cuarta vez. No tenía ni idea de qué fuerza me había bendecido y tampoco me importaba.

Raksh gruñó y escupió intentando agarrarme de las muñecas sin éxito.

—¡Deja de golpearme! —gritó—. ¿Qué esperabas que hiciera? ¡Falco iba a matarnos!

—¡Puto traidor hijo de Iblís, voy a matarte! —Fui a por sus ojos con la intención de arrancárselos—. ¡Nos abandonaste! ¡Robaste el dunij!

—¡Iban a derrotaros! —protestó Raksh inclinándose para evitar mis largas uñas—. ¿Por qué debería morir yo también?

—¡Porque tal vez no nos hubieran derrotado si te hubieras quedado! ¿Qué ha pasado con tu suerte? —Me moví hacia su cuello. Iba a acabar con la vida de este bastardo mentiroso y manipulador de una vez por todas.

—Para ser justos… —resolló—, la suerte no siempre funciona tan bien… ¡Ah! —Calló cuando apreté mi agarre, devolviendo el favor que tanto él como Falco me habían concedido antes.

Pero el contacto físico y la furia que me habían llevado a estrangular a Raksh también le habían dado fuerzas a él. Mi abrumador deseo de venganza se disparó de repente y se desvaneció mientras él lo consumía. El ajetreo me dejó desequilibrada y Raksh se aprovechó de mi vacilación para empujarme. Jadeó tomando aire, escupiendo y maldiciendo.

Yo ya estaba de pie e iba de nuevo a por él. Estaba tan furiosa que no podía pensar con claridad, recogí su pescado y se lo arrojé a la cara.

—Puto bastardo. Tendría que haberte arrojado por la borda en cuanto encontramos a Dunya. ¡Si no hubieras robado el dunij, algunos de los míos podrían haber escapado!

—Sí. Porque el leviatán oceánico que borró el sol no habría sido capaz de perseguir a dos barcos a la vez. —Raksh se tocó la nariz rota con aspecto ofendido cuando sus garras salieron llenas de sangre—. Ya te dije que Falco no iba a dejarla escapar.

—¿Dónde está ahora el dunij? —pregunté.

—Ya no está.

—¿No está?

—Roto en pedazos. Se rompió entre las olas cuando llegué. Tendrías que haber invertido en uno mejor.

Cerré los ojos y conté hasta diez. Podía ser capaz de arrancarle la lengua en ese momento, pero entonces no habría descubierto nada.

—¿Dónde están los pedazos?

—Supongo que se los llevó el mar. —Raksh frunció el ceño, confundido—. ¿Por qué?

—¡Porque podría haber intentado arreglarlo! Dios todopoderoso... —Empecé a pasearme presionándome la frente con las manos—. ¿Dónde estamos? Esa gente... —Señalé la dirección por la que se había marchado el barco y sus extraños habitantes—. No parecían humanos.

—Ah, no eran humanos. Eran daevas.

—Por el amor de Dios, ¿qué son los daevas?

Levantó una mano.

—Créeme, no quieras saberlo. Son las criaturas más dramáticas que han existido nunca. Y ni siquiera son de los peores de por aquí. A todo el mundo le gusta quejarse de los humanos, pero permíteme que te diga... Pasa dos siglos con los habitantes de los reinos ocultos y anhelarás frecuentar letrinas mortales.

Que Dios me libre, entre las diatribas de Falco sobre desafiar al Divino, la entusiasta traducción sobre orinales mágicos de Dunya y la mierda que fuera que Raksh acababa de intentar explicarme, lo único que quería era volver a mi casa con el techo lleno de goteras y no volver a oír ni un susurro sobre cosas sobrenaturales.

—¿Así que estamos atrapados en una isla llena de demonios? —inquirí desalentada.

—No dejas de llamar demonio a todo y al final uno de esos seres te va a castigar por la ofensa. Especialmente las criaturas que gobiernan este lugar. —Raksh puso los ojos en blanco—. Son un puñado de aburridos. Tendría que haberlo sabido cuando seguí a esos pájaros que se dirigían aquí.

—Esto es una locura —murmuré—. Necesito volver a Socotra.

—¿Socotra? ¿Quieres volver hasta Falco?

—¡Quiero volver por mi tripulación! ¡Por Dunya! ¡Para asegurarme de que Falco no cometa más atrocidades! ¿Qué más puedo hacer si no?

Tiró de uno de sus colmillos como si estuviera considerando seriamente la cuestión.

—Bueno. El pescado es bueno. Y puedes pasarlo bien aquí hasta que el tribunal de la isla descubra tu presencia y te mate. Podríamos mantener relaciones sexuales —sugirió—. Siempre es un modo agradable de pasar el tiempo. —Raksh hizo una pausa fijándose en mi apariencia demacrada—. Ya sabes... si te lavas.

—Raksh... —Apreté los puños y los solté—. No hay poder en la tierra que pueda convencerme para volver a practicar sexo contigo. Y, definitivamente, ¡menos aun cuando mi tripulación está a merced de un lunático obsesionado con un maldito cuenco mágico!

Raksh se dio la vuelta. Por primera vez desde que había llegado a la isla, vi auténtico miedo en sus ojos brillantes como el fuego.

—¿Qué cuenco mágico? —preguntó.

No tenía mucho sentido ocultárselo.

—La Luna de Saba —expliqué—. Es lo que buscaban realmente Falco y Dunya en la cueva. Parece ser que no es la perla de la leyenda, sino una jo...

—...faina —terminó Raksh. Parecía estar a punto de vomitar—. Por favor, dime que Falco no sabe la verdad. Dime que ese malvado idiota no ha conseguido apoderarse de la Luna de Saba una semana antes de un eclipse.

Parpadeé, sorprendida. No habría dicho nunca que Raksh fuera de los que presta atención a la astrología. Pero si faltaba una semana para el eclipse, eso significaba que yo había pasado una quincena en el mar.

Una quincena. ¿Qué cosas horribles habría hecho Falco a mi tripulación durante todo ese tiempo? Pero no podría salvar a mis amigos si no sabía lo que estaba sucediendo, así que me obligué a volver a la extraña pregunta de Raksh.

—No tengo ni idea de si el franco se ha apoderado ya de la Luna —contesté—. Dunya cree que ella es la única que sabe cómo recuperarla, pero Falco tiene a Dunya ¡porque nos dejaste tan apurados que se vio obligada a negociar con esa información para salvarnos la vida!

—La Luna de Saba... —Raksh se tiró del pelo con desesperación y el cabello negro flotó alrededor de sus rodillas como lino sin hilar—. ¡De todos los putos objetos!

Levanté las manos.

—¿Me estás diciendo que no tenías ni idea de lo que buscaban en realidad? ¿No estabas preocupado?

—¡No! —Raksh se tocó la frente y maldijo cuando se tocó una magulladura reciente—. Dijeron que buscaban un tesoro —ofreció—. Socotra está plagada de ellos. Pero la Luna de Saba... —Gimió y se volvió de nuevo hacia mí con una acusación reflejada en los ojos—. ¡Todo esto es culpa tuya! Tendrías que haberme dicho antes lo de la Luna. ¡Podríamos haber dejado que Dunya muriera con esa información!

—Dejar que Dunya muriera con la información no ha sido nunca una opción. Y, por Dios... ¿qué pasa con ese maldito cuenco que os tiene a todos tan nerviosos? —pregunté, pensando lo fervientemente que había contestado Dunya cuando mencioné la posibilidad de lanzar las tablillas con las «instrucciones» por la borda—. ¡Creía que Aldebarán solo era una fase lunar que se había enamorado de Bilqis!

—¿Enamorado? —espetó Raksh con una carcajada viciosa—. ¿Tú te creíste esa historia ridícula? Te consideraba más sabia.

Si este hombre me insultaba una vez más ignorando mis preguntas, iba a perder la batalla contra mí misma y acabaría cortándole la lengua.

—Es la única historia que he oído —respondí entre dientes—. Si crees que tú sabes la verdad, ¿por qué no me explicas algo en lugar de despotricar a la nada?

—Bien. ¿Quieres saber la verdad sobre la Luna de Saba? —desafió Raksh—. Pues escúchame.

EL TERCER RELATO DE LA LUNA
DE SABA

Sí, querido oyente, me disculpo. Es momento de terminar el último mito sobre la Luna de Saba. No hubo gran romance ni grandes amores desafortunados. Aldebarán el poderoso, el temible, el que cabalga sobre un semental negro con su bastón de serpiente sembrando discordia y conflicto en los corazones de hombres y djinn por igual...

Bueno, era un poco lascivo.

En toda la defensa que puedo concederle, diré que parece que realmente estaba enamorado de Bilqis. ¡Era una mujer impresionante! Se dice que Aldebarán contactó con Bilqis con un rayo de luz celestial esperando seducirla, pero la reina no quedó nada impresionada. Lo rechazó.

Ah, queridas hermanas, veo en vuestros ojos que sabéis hacia dónde va esto. Hay ciertos hombres, aunque sean aspectos lunares, que no aceptan el rechazo con elegancia. Así que, en un ataque de orgullo masculino, Aldebarán decidió hechizar la jofaina de Bilqis con la esperanza de espiarla mientras se bañaba.

No salió según lo planeado.

En cuanto el tonto y lujurioso aspecto lunar se manifestó, Bilqis lo atrapó enseguida. Esa mujer había sido compañera de un gran profeta, una reina que había gobernado con sirvientes djinn sobre una tierra espléndida y bendecida. ¿Y Aldebarán pensaba que podría colarse en su baño sin que lo descubriera? Iluso. Apenas logró captar un vistazo antes de que lo atrapara.

Lo que supongo que fue bueno para la reina. Bilqis mantuvo a Aldebarán en su jofaina haciendo uso de sus poderes cuando los necesitaba. ¿Que una dinastía rival conspiraba contra ella? Les arrojaba a Aldebarán, haciendo que sus enemigos cayeran en conflictos internos. ¿Que la gente tenía hambre? Pues Aldebarán hacía que sus campos y terrazas crecieran fuertes y fértiles.

En efecto, era la «joya» de su corona. Pero no como lo cuentan los narradores.

Y ahora, ¿qué se dice del gran poder? Tal vez Bilqis fuera sabia, pero no todos sus descendientes heredaron tal prudencia. La Luna cayó pronto en manos caóticas y las historias se complican. Si Bilqis dejó por escrito qué hacer con la Luna, no lo hemos descubierto nunca. En lugar de eso, tenemos cuentos a medio cocinar sobre aspirantes a déspotas intentando reclamar la Luna y volviéndose locos al contemplar su reflejo. O peor… gente que conservaba la cordura lo suficiente para usar la Luna de Saba para promulgar una gran violencia en la tierra, causar masacres y discordia que sobrepasaban incluso los sueños más descabellados del manzil.

Fue un pandemónium. Así que, en un momento, intervino un grupo de gente: una familia entrenada para este propósito.

Rastrearon la Luna de Saba y la robaron de los restos humeantes de un reino que había caído en la ruina. Buscaron modos de deshacerse de ella, lugares para atar su poder y ocultarlo porque consideraron que el artefacto era demasiado poderoso para intentar destruirlo. Un lugar en el que la frontera entre reinos fuera estrecha y porosa. Un lugar en el que alguien debería ser miembro de la familia que conocía los rituales o un tonto suicida para adentrarse. Una cueva en una isla remota en la que los humanos raramente se adentraban en sus profundidades más recónditas.

En efecto, allí dormía Aldebarán bajo un techo de manos, separado de sus parientes lunares por un velo de agua, por incontables siglos.

Hasta que un hombre violento de una tierra extranjera oyó rumores sobre su potencial por parte de una erudita desesperada. Hasta que se toparon con una nakhudha cuya leyenda los eclipsaría a todos.

Pero me estoy adelantando.

25

Miré a Raksh durante mucho tiempo después de que hubiera terminado de hablar intentando formular una respuesta coherente.

—Tiene que ser una broma —contesté al fin—. ¿Este hombre podía manifestarse como un rayo de luz celestial y decidió usar ese poder para espiar a una mujer desnuda?

—¿Te sorprende?

La verdad, no. Los detalles serían fantasiosos, pero, extrañamente, me creía la parte de que el aspecto lunar fuera un pervertido. Hombres... son inútiles, la gran mayoría, tanto celestiales como mortales.

—No —confesé—. Solo me decepciona. —Me puse a pasear por la arena y esquivé un tronco de madera flotante cubierto de percebes amarillos. No confiaba en nada de esta maldita isla—. Pero lo otro que has dicho sobre que la gente es capaz de controlar la Luna de Saba y usar a Aldebarán para desatar toda esa violencia... ¿es cierto?

Raksh parecía estar a punto de vomitar de auténtico terror, si es que las criaturas como él podían vomitar.

—Es raro, pero sí —contestó—. Y con el eclipse tan cerca, no podría haber un momento peor.

—¿Por qué? ¿Qué tiene que ver el eclipse con todo esto?

—Siempre ha sido más fácil acceder a los espíritus lunares durante esos eventos. El reino oculto está influenciado por los acontecimientos celestiales y un eclipse es una ocasión trascendental que puede traer grandes calamidades. —Raksh se tocó el corazón—. Puedo sentir este acercándose como una ola hambrienta. Falco es idiota, pero si alguna vez ha habido un momento en el que podría lograr esto... —Mi marido se dejó caer de repente sobre la arena y apoyó la cabeza en las manos—. No puedo volver a pasar por esto. No lo haré.

Exhalé. Lo que estaba diciendo Raksh parecía una ridiculez. Pero Falco me había perseguido con una bestia legendaria. Su magia había asesinado de un modo brutal al agente que lo había traicionado al otro lado del mar. La guerra contra Dios de la que había hablado el franco, el fin del viejo mundo para construir uno nuevo... Si Falco tuviera acceso a una fracción del poder que Raksh insinuaba...

—Seguro que hay algún modo de detenerlo —insté—. Los eclipses no duran mucho. Si volvemos a Socotra...

Raksh no levantó la mirada de su autocompasión.

—No llegaríamos a tiempo. Ni siquiera tenemos un modo de salir de esta isla.

—¡Nunca lo atraparemos si te quedas aquí sentado lamentándote de ti mismo! ¿Crees que eres el único afectado? ¡Tiene a mi tripulación! ¡Quiere quemar todo mi mundo!

—«Mi mundo, mi tripulación». —Raksh miró hacia arriba y puso los ojos en blanco—. Por favor, estoy seguro de que a tus amiguitos les va bien como esclavos. Solo les quedan, ¿qué? ¿Un par de décadas?

Necesité todo mi esfuerzo para no atravesarle con la daga el trozo de carbón que tenía por corazón.

—Tendrás que disculpar mi impulso de ahorrarle a mi gente un destino espantoso. Sé que tú no te preocupas más que por ti mismo, así que te resulta imposible... —Hice una pausa pensando en la palpable desesperación de Raksh—. Espera, solo te preocupas por ti mismo. Así que, ¿por qué te inquieta tanto la posibilidad de que Falco pueda controlar a Aldebarán?

Raksh vaciló.

—Es complicado.

—¿Cómo? —Cuando no respondió, le di una patada en la barbilla y siseó de dolor—. ¿Cómo? —Volví a preguntar—. Cabrón, ahora mismo estamos solos tú y yo. Necesito conocer todas las perspectivas.

Raksh resopló con desdén.

—No veo qué podrías hacer tú para resolver nada, pero yo soy técnicamente uno de ellos.

—¿Uno de qué?

—Un ser de discordia.

Parpadeé. Eso no explicaba nada, pero tenía todo el sentido.

—¿Eres «un ser de discordia»?

—Sí.

—Y eso significa...

Raksh escupió, molesto por tener que salir de su espiral de fatalidad.

—Significa que la discordia es el propósito de mi existencia. Cuando Aldebarán estaba en ascenso, era como estar ebrio. Pero todo cambió cuando ese idiota lunar se dejó atrapar. La mayor parte del tiempo está dormido y no siento nada. Pero cuando algún humano toma el control de la Luna... —Raksh se estremeció—. Es como si me arrancaran el alma y el cuerpo y los arrojaran a las llamas. Somos como una fuente de poder, ¿entiendes? Como el aceite para una lámpara. Así que ardemos. Ardemos, ardemos y ardemos. ¿Te da miedo el fuego del infierno? A mí me da miedo esto. Es un tormento constante hasta que el poseedor de la Luna de Saba muere.

Ardemos, ardemos y ardemos. Pude ver con demasiada claridad a Asif en mi mente, lo oí gritar mientras el fuego lo consumía. Miré a mi marido, a este demonio que me había conocido de un modo íntimo, que sabía cosas sobre mis deseos y ambiciones que ni siquiera yo estaba dispuesta a admitir. Y quien me había traicionado de manera despiadada.

—Una vez llamaste «presas» a los míos —le recordé con frialdad—. ¿Qué pasa, Raksh? ¿No te gusta que te cacen? ¿No quedarás bien saciado con las ambiciones de Falco cuando seas devorado?

Rara vez podía afectar a Raksh, su alma era demasiado ajena, demasiado egoísta para herir realmente sus sentimientos. Pero por el destello de ira de su rostro, mis palabras habían dado en el blanco.

—¿Y el resto de nosotros, Amina? —desafió—. ¿Adoras a un Dios al que llamas Misericordioso? ¿Se enorgullecería de ti al oírte animar la quema de inocentes?

Me negué a estremecerme.

—¿Qué inocentes?

—No todos los espíritus de discordia son como yo. El amor causa discordia, el nacimiento de un bebé causa discordia, el descubrimiento repentino de una nueva cura para una enfermedad mortal causa discordia. —Raksh me fulminó con la mirada—. Tengo primos que tienen mucha menos sangre en las manos que tú. Y no todos nos quedamos ardiendo cuando se posee la Luna de Saba. Los más débiles sucumben.

Todo en mí se quedó callado. No porque me hubiera conmovido su argumento poético y evasivo sobre el amor, la novedad y la lucha, ni por la acusación por mi violento historial. Solo había una palabra resonando en mi cabeza.

No. No podía estar implicando...

—¿A qué te refieres con primos?

La pregunta salió como un gruñido y Raksh frunció el ceño, desconcertado.

—¿Qué es lo que no entiendes? Los otros espíritus de discordia son mis...

No recordaba haber sacado el janyar. No recordaba cruzar la distancia que nos separaba. Pero de repente estaba ahí, con el filo en su garganta.

—¿Tienes familia?

Sus ojos brillaron con asombro.

—No en el sentido humano, pero... ¡sí! ¡Vale, sí! —gritó cuando presioné la daga con más fuerza.

—Y si Falco se hace con el control de la Luna... —Dios, apenas era capaz de decirlo—. ¿Podrá esclavizarlos a todos? ¿A todos tus parientes?

—Sí. ¿Por qué preguntas tanto? —La sospecha retorció el rostro de Raksh—. ¿Es que planeas hacerte tú con el control de la Luna?

Apenas oí la acusación. Me balanceé sobre los talones. La insinuación de lo que estaba diciendo me atravesó como una lanza. Todos sus parientes... ¿Eso implicaba a Marjana?

¿A mi Marjana?

Mi dulce niña, la hija a la que había dejado a salvo y oculta de todo esto, creyendo que estaría segura con mi familia. Pero, por mucho que lo detestara, no éramos su única familia. Tenía lazos —lazos de sangre— que Raksh estaba sugiriendo que podrían esclavizarla. Que podrían convertirla en la herramienta de un hombre que quería luchar contra Dios. Durante un momento, vi a Marjana salir de nuestra casa presa de un hechizo que no entendía. La vi sollozando, la oí gritando mi nombre mientras ardía y ardía...

Los más débiles sucumben. Me sentía como si volviera a estar en el mar revuelto, como si se me hubiera caído un muro de ladrillos sobre la cabeza.

Pero yo no era la única afectada.

Raksh exhaló haciendo ruido, parecía abrumado, ebrio por las emociones que debía sentir en la sangre.

—¿Qué es esto? —susurró. Ignorando el janyar que seguía teniendo en el cuello, alargó el brazo para tocarme la mejilla y la línea carmesí de sus pupilas relució—. No... no quieres la Luna de Saba para ti. Es algo diferente. Alguien diferente...

Le aparté la mano.

—Vas a llevarme hasta Falco.

Raksh se sacudió por la repentina interrupción del contacto físico, como un hombre intentando librarse de los gases noqueadores de Dalila.

—N-no puedo —masculló torpemente—. Está por encima de mí.

Temerosa de tocarle la piel con las manos desnudas, acerqué el janyar más hacia su cuello, sacando sangre de Raksh por primera vez con un arma desde que lo había conocido.

—Vas a llevarme hasta Falco. Lo detendremos o juro por mi creador que lo que sufriste durante la posesión de la Luna de Saba no es nada comparado con lo que te haré yo. —Lo empujé, respirando con dificultad—. Estamos en una isla mágica llena de bestias mágicas. ¡He visto un barco salir volando como una cometa! Debe haber algún modo de salir de aquí.

Raksh resopló.

—¿Tú crees que yo quiero ser esclavizado, Amina? Sé demasiado bien la agonía que me espera si se hacen con la Luna y es suficiente para que piense que ojalá me hubiera comido el marid.

—¡Pues ayúdame!

—¡No sé cómo! —Raksh le dio una patada de frustración al tronco cubierto de percebes y este se levantó con patas parecidas a las de un ciempiés para largarse—. No soy un héroe de tus historias humanas, no puedo convocar a un barco para que nos lleve ni luchar contra un ruc para que se someta. Soy un espíritu de discordia en una isla cuyo tribunal desprecia todo aquello que interrumpa su precioso equilibrio.

—¡Tiene que haber algo que podamos hacer! —Le di vueltas a sus palabras, desesperada por encontrar un modo de salir de esta. Ya era bastante malo que el franco tuviera a mi tripulación y a mis amigos, además de eso, el miedo por Marjana era como una flecha en el corazón.

Equilibrio. Me di la vuelta.

—¿Qué tipo de equilibrio?

Mi marido agitó una mano con desdén.

—El supuesto «equilibrio de poder» entre las razas elementales. Insisten en mantener la magia oculta de los humanos y en proteger los límites entre nuestros reinos. Esos bastardos con plumas creen que la interacción entre diferentes mundos causa caos y desorden y no hay nada que detesten más que eso.

Lo asimilé todo.

—Me da la sensación de que no estarían muy contentos si un humano pusiera las manos sobre algo tan mágico y poderoso como la Luna de Saba.

Raksh ya estaba negando con la cabeza.

—No interfieren. Es su ley más estricta. A menos que les convenga, por supuesto —agregó sarcásticamente—. Entonces se las arreglan para encontrar algún vacío legal.

—¿Un vacío legal como ponernos a nosotros en posición para derrotar a Falco?

Nos miramos el uno al otro.

—Es… una idea terrible —se sorprendió Raksh—. Podrían ejecutarnos por el simple hecho de estar en su isla. Y aun así…

—¿Qué otra elección tenemos? No me siento inclinada a poner mi destino en manos de más criaturas mágicas, pero no llegaremos a Socotra en una semana sin ayuda sobrenatural. Seguro que si explicas...

—Yo no. —Raksh parecía estar pensando rápidamente—. Soy un anatema para ellos. Tendrás que ser tú.

—¿Yo?

—Sí, porque eres más débil que ellos. Puede que se muestren reticentes a asesinarte sin causa.

Decía mucho de nuestras circunstancias actuales que el hecho de que pudieran mostrarse reacios a asesinarme sin motivo pareciera algo prometedor.

—De acuerdo. ¿Cómo lo hacemos?

—Hacemos una petición al tribunal. —Raksh adoptó una mirada evaluadora y frunció la boca como si hubiera chupado un limón—. Pero no con el aspecto que tienes ahora mismo. Ya tienen a los mortales en baja consideración y apenas pareces capaz de tenerte en pie, mucho menos de enfrentarte al franco.

—Tendrás que disculparme —respondí con amargura—. He pasado dos semanas varada en el mar. Ojalá hubiera tenido el dunij. —Raksh me dirigió una mirada burlona y yo suspiré—. ¿Qué sugieres?

Se enderezó como si acabara de aceptar una especie de desafío.

—Concédeme un día, esposa. Te dejaremos preparada para impresionar.

26

El primer paso para dejarme preparada para impresionar a un tribunal de bastardos alados al parecer requería que me quitara la ropa y me arrastrara a un arroyo de agua dulce, donde mi esposo me bañó a la fuerza. Al principio me resistí, pero cedí pronto. Raksh ya lo había visto todo, técnicamente seguíamos casados y me sentí en la gloria mientras él me frotaba y me masajeaba.

Solo lo detuve cuando me soltó los mugrosos restos del turbante y empezó a lavarme el pelo.

—No… no tienes que hacer eso —dije nerviosa por el inesperado acto de intimidad.

Noté el calor del suspiro exasperado de Raksh en la nuca, y fue un contraste no del todo desagradable con el agua fría.

—Tienes una caracola viviendo en el pelo, Amina. —Siguió deshaciendo los enredos—. Estoy bastante seguro de que sí.

Dios, odiaba lo agradable que era su roce. Odiaba los recuerdos que sacaba del lugar en el que los había enterrado: momentos robados en la cocina del *Marawati* y largas y acaloradas noches en playas solitarias. Era demasiado injusto que a ese traidor hijo de puta se le diera tan bien esto.

—Lo sé, pero… —Mi protesta se desvaneció cuando me masajeó el cuero cabelludo con los dedos y un suspiro escapó entre mis labios. De acuerdo. Tal vez le dejara continuar. Solo esta vez por todos los problemas que me había causado.

Después de la experiencia de baño completamente platónica durante la que ni por un instante contemplé la posibilidad de arrancarle los calzones y dejar que me hiciera lo que quisiera, Raksh desapareció durante varias horas. Cuando regresó, fue con un montón de prendas asombrosas.

—¿De dónde has sacado todo eso? —pregunté maravillada mientras miraba una capa con capucha hecha con lo que parecían púas de puercoespín (si es que ese puercoespín estuviera hecho de diamantes). Había una túnica de brillantes hojas violetas entretejidas dobladas debajo de un sarong de seda.

—Las he robado. —Ante mi mirada nerviosa, Raksh solo se encogió de hombros—. No te preocupes, estoy casi seguro de que el tribunal de Socotra nos ayudará a marcharnos o nos ejecutarán ellos mismos antes de que los dueños de estas prendas puedan encontrarnos.

—Eres inquietante, ¿lo sabías? —Pero de todos modos me vestí con la ropa robada.

No tenía ganas de retrasarme, pero Raksh parecía convencido de que presentaría mejor el caso si estaba fuerte, así que me obligué a descansar y me moví solo para estirar las piernas y dar un paseo en la fría oscuridad. Comí y bebí todo lo que pude. El agua era dulce y la comida era extraña y nutritiva: los cocos de un color naranja brillante eran pesados y jugosos, el pez regordete con escamas como espejos tenía una carne que me inquietó y las bayas de color medianoche crujieron en mi boca. Raksh preparó una especie de ungüento con una planta con frondas dentadas y ondulantes y me lo aplicó en la piel. En una sola tarde, mis quemaduras desaparecieron y mis heridas se cubrieron de costras. Incluso la rodilla mala parecía… bueno, no nueva, pero sí como si le hubieran quitado una década de dificultades.

—Podría obrar milagros en el mundo de los humanos con una planta como esta —musité sentada junto al fuego aquella noche.

—Será mejor que te asegures de que el tribunal no te oye decir algo así. Es exactamente el tipo de escenario que desean evitar.

—¿Que los humanos prosperen gracias a medios mágicos?

—Exactamente. —Raksh me tendió una cáscara de coco llena de puré de calabaza—. Come.

Olía horrible y tenía un sabor metálico, pero comí sin rechistar. Después de mi tiempo en el mar, comería sin quejarme durante el resto de mi vida.

—¿Hay más?

—No, y si sigues comiendo a este ritmo harás que la isla entera se muera de hambre.

Devoré el puré y lo dejé a un lado. Supongo que sí que estaba comiendo mucho, pero mi estómago parecía el pozo sin fondo de un joven que se somete al estirón más severo del mundo.

—¿Has visto alguno de esos árboles de agua? —pregunté—. ¿Los que tienen flores blancas y hojas en forma de copas?

—No, aunque eso no significa mucho. Por aquí todo suele moverse por voluntad propia, incluyendo las plantas.

Por supuesto que sí. Estiré las piernas y estudié las cicatrices familiares y las magulladuras que se desvanecían bajo los ásperos pelos negros. Siempre he sido fuerte, mis extremidades musculosas demuestran toda una vida de trabajo. Pero no así. Antes no era capaz de romperle la nariz a un demonio por accidente ni de derribar un árbol. Esta fuerza no había aliviado mis sufrimientos físicos y, sin embrago, los había aleccionado. Me sentía como un ternero febril: enferma, pero capaz de destruir; noté mi cuerpo como desconocido.

—¿Y nunca has oído hablar de ella? De una planta cuya agua…

—¿Una planta cuya agua concede a una humana ya de por sí violenta la habilidad de ser aún más violenta? No, te lo he dicho un montón de veces. No sé qué te ha pasado. Puede haber sido por la planta o puede haber sido por el hecho de haberte bañado en estas costas. —Raksh tomó un par de aves que se asaban sobre el fuego—. De todas formas, creía que te alegraría. Que seas más violenta hace más probable que puedas impedir que Falco me esclavice. Y, bueno, también que le haga cosas malas a tu tripulación —agregó sin mucha convicción cuando lo fulminé con la mirada.

Tomé los pájaros que me tendía y los rasgué con los dientes. Supongo que tenía algo de razón: agradecería cualquier evolución que me ayudara a salvar a mi tripulación y a impedir que Falco convirtiera a mi hija en su esclava. Pero como ahora podía herir a Raksh…

—¿Por qué no me mataste? —dije dando voz por fin a lo que llevaba semanas preguntándome—. En Socotra, cuando estabas tan determinado a «romper nuestro vínculo».

—No me gusta ver sangre.

—Joder, ni siquiera es una buena mentira.

Raksh puso los ojos en blanco.

—Está bien. Una vez intenté un pacto similar a tu contrato matrimonial, ¿vale? Hace muchos eones, aunque no consistía en contratos en papel, sino en intercambiar telares y caminar alrededor de una tina de cerveza caliente.

—¿Cómo?

—Esa parte no importa —dijo a la ligera—. Al igual que tú y yo, fuimos cónyuges y el vínculo me volvió bastante poderoso. Pero también era joven y no era siempre el más… atento a la hora de completar tareas. Lo que quiero decir es que quizás hubo un incidente de destilación en mis manos que envenenó fatalmente a todo el pueblo, incluida mi esposa y el hecho de matarlos por accidente casi me aniquiló. Pasé siglos sin magia. —Raksh se estremeció—. Tuve que comer muchos corazones antes de dejar de sentirme como un fantasma de mí mismo. Fue todo muy perturbador.

Abrí y cerré la boca.

—Solo para que quede claro… El único motivo por el que no me has matado, el único motivo por el que estoy viva ahora mismo, ¿es que mataste por accidente a tu última esposa con un lote de cerveza en mal estado y eso te dejó a ti débil?

—Sí. —Raksh tomó un melón morado peludo que había recogido en el bosque, lo partió por la mitad y sorbió su interior todavía trémulo—. Aunque supongo que al final me ha ido bien.

—¿A qué te refieres? —pregunté sintiéndome un poco mareada.

—A que me alegro de no haberte matado. Porque, por mucho que odie admitirlo, sigo sintiendo todo lo que te dije la noche que nos conocimos: tus ambiciones son un festín, Amina al-Sirafi, y nada me gustaría más que convertirte en leyenda. —Hizo girar un mechón de su cabello alrededor de su dedo como si fuera un hilandero—. Fui creado para eso y no he tenido una oportunidad como esta en mucho tiempo.

No había engaño en su voz. Raksh aún no había adoptado su forma humana desde que estábamos aquí y era inquietante verlo ahora tal como era: la luna reflejándose en sus colmillos, el corazón latiente colgado de su cuello. Con las olas estrellándose en la playa y el olor de la brisa marina, de repente volvía a parecer la noche que nos conocimos, la noche antes de que todo se torciera.

Pero se había torcido.

—¿Y por qué me traicionaste? —pregunté sin lograr ocultar el dolor en mi voz—. Podrías haberte quedado a mi lado, ¡podríamos haber vivido esas aventuras legendarias! Tenías que arruinarlo todo yendo a por Asif.

Dejó escapar un sonido de disgusto.

—Es más complicado que eso.

—¿Cómo es compli...?

Raksh levantó una mano para interrumpirme.

—No creo que vayas a entender nada de esto, pero, si así podemos acabar con este tema, voy a intentarlo. En primer lugar, yo siempre iba a estar persiguiéndote a ti. Era parte del trato, una parte que dejé clara antes de poner un pie en tu barco. Yo te concedía suerte y, a cambio, me alimentaba de tu ambición, que no habría hecho más que crecer mientras mi presencia te hubiera dado éxito para beneficio de ambos. Y aunque el tiempo que pasamos juntos fue breve, lo disfruté mucho. Habría sido feliz viajando por el mar contigo y con tu tripulación durante décadas.

—Con la tripulación que juraste que no te interesaba —le recordé—. Sé que acabaste haciendo tratos con otros.

—¿Qué puedo decir? Tus compañeros eran más fascinantes de lo que me había imaginado. Pero no eran tratos. No como tal. No como el que había hecho contigo. No como el que tenía en proceso con Asif.

—Así que sí que fuiste a por él.

Raksh chasqueó la lengua.

—Te equivocas. Dunya no es la única al-Hilli que conoce la historia de su familia. Asif no tendría los mismos impulsos académicos que su retoña, pero sí que tenía su ambición. Y estaba familiarizado lo suficiente con lo oculto para darse cuenta de que yo no era el aspirante a marinero que fingía ser. Él se acercó a mí. Me dijo que sus padres tenían expectativas poco razonables y que temía que la esposa a la que apenas conocía no lo perdonara nunca por abandonarla a ella y a su hija. Así que quería volver con ellas con estilo. Quería ser el responsable de liderar a todos a un acontecimiento que os cambiara la vida, a un descubrimiento realmente importante para luego volver con su familia más rico que un sultán y más admirado que un santo.

Ay, Asif... Ojalá hubiera podido negar las palabras de Raksh, pero podía imaginarme fácilmente a mi amigo ingenuo y soñador hablando así. Asif era muy joven, estaba ansioso por impresionar.

—¿Qué le dijiste?

—Amina, ¿crees que me habrías encontrado en las Maldivas suplicando subirme a un barco si hubiera aceptado ese tipo de poder? Me reí de él. Le dije: «Claro que sí, encontraré para ti una cueva dorada llena de tesoros reales y remedios mágicos olvidados. Te costará el alma». Lo dije de broma. —Raksh se encogió de hombros—. Y entonces él aceptó.

Una broma. Asif se había condenado a sí mismo por la gracieta de un demonio. Nunca había visto una disparidad de poder más marcada entre el reino humano y el mágico...

—Podrías haberlo rechazado —espeté incapaz de controlar mi enfado—. ¡Podrías haberle dicho que era una broma!

Raksh negó con la cabeza.

—Hay ciertos apetitos que no puedo ignorar. Es lo que soy. En cuanto dijo que sí, nos selló a ambos. Si hay algo que lamenté es no haber actuado más rápido para completar nuestro pacto. Tal vez si lo hubiera hecho, habría conservado la vida y, si no, podría haber tomado su alma adecuadamente cuando murió en lugar de que se desperdiciara. —Raksh tomó un sorbo de su copa—. Fue... un final complicado.

Un final complicado. ¿Así es como lo llamas? Recordé a Asif llorando por su madre y rogando el perdón de Dios mientras su alma era borrada de la existencia, consumida por un vacío que nunca podré dejar de ver.

—¿Así que no tienes ningún remordimiento por hacer daño a los humanos con los que te asocias?

—No busco ni hacerles daño ni encontrar placer en ello. Pero soy una criatura de ambición y rara vez se consigue sin derramamiento de sangre.

—Pues eres un demonio.

Raksh dejó su copa.

—Esa es tu palabra. Tú no…

—Sí, sí, ya lo sé. Mi pueblo no tiene una palabra para lo que tú eres. Pero, desde mi perspectiva, me parece que «demonio» encaja bastante bien.

Me miró fijamente durante un largo momento con sus ojos espeluznantes volviéndose negros y tan impenetrables como los de un tiburón.

—¿Cómo definirías a alguien que no tiene un concepto del agua?

Sorprendida por la pregunta, espeté:

—¿A qué te refieres?

—Imagina por un momento que hay gente que no tiene concepto del agua. Ningún entendimiento sobre el líquido o la lluvia, mucho menos sobre enormes océanos. ¿Cómo podrías describir tu profesión? ¿Cómo navegas? ¿Las corrientes por las que viajas? ¿El modo en el que el océano ha creado todo un mundo de comercio, transporte, historias y diásporas que te han hecho ser lo que eres? ¿Te pasarías una eternidad sacando a relucir comparaciones inútiles? ¿O acabarías conformándote cuando siguieran llamándote «vaca» y dirías: «sí, eso me vale»?

Supongo que era una analogía extraña e imperfecta, pero una que insinuaba que había un abismo enorme entre la criatura que tenía al lado y yo.

—Una vez debió haber una palabra para ti —repliqué—. Un nombre. De algún modo te llamaríamos.

—La hubo. En un idioma olvidado antes de que tu raza construyera la más primitiva de las balsas. —De repente, Raksh pareció agotado—. Déjalo, Amina. No va a ser tu mente la que se abra paso a la comprensión después de tantos siglos.

Era una conversación que, al estilo típico de Raksh, no explicaba nada y me dejaba más consciente de lo diferentes que éramos.

Pero sí que había un puente entre nosotros, uno muy amado para mí y que él ignoraba. Había sido fácil negar el linaje de Marjana, pero ahora me temía que tal evasión hubiera puesto en riesgo a mi hija. ¿Qué más había que no supiera sobre estos llamados espíritus de discordia?

—Entonces háblame de los tuyos —apremié—. En el tiempo que pasamos juntos no me mencionaste nunca que tuvieras una familia.

Raksh soltó una risa áspera.

—La «familia» es un concepto humano.

—Pero los has llamados primos —presioné—. Parientes. Y seguro que los espíritus de discordia bebés salen de alguna parte. Debes tener padres o…

—Ya sé lo que estás haciendo. —Raksh me lanzó una mirada de sospecha que me detuvo el corazón—. Estás buscando debilidades por si tienes que volver a atraparme. Puedes ahorrarte el esfuerzo, mis parientes no significan nada para mí.

Su brusca respuesta hizo que se me halara la sangre. «No significan nada para mí» no se traducía necesariamente en «desearles daño», pero parecía más cercano a esa idea que cualquier otra cosa que pudiera interpretarse como beneficiosa para Marjana.

Estás atrapada con esta criatura y ahora mismo es tu único aliado. No necesitas empeorar las cosas. Cambié de tema rápidamente:

—Pues háblame de este tribunal al que tenemos que hacer la petición. ¿Ellos tienen nombre?

Raksh me miró exasperado y con ceño fruncido, pero respondió.

—Será mejor que te lo digan ellos. Cuanto menos crean que sepas sobre el mundo mágico, mejor.

—Estoy literalmente casada con un espíritu primordial del caos cuyo nombre es tan antiguo que ha sido olvidado.

—Y no hay ninguna razón por la que el tribunal tenga que saberlo. Nuestra historia será que Falco nos engañó para ayudarlo y que lo único que queremos es volver para detenerlo. —Raksh señaló el pico esmeralda inclinado que había en el centro de la isla. Una meseta de piedra escarpada como un pilar cubierto de enredaderas sobresalía de la jungla, tan alto que se fundía con las nubes—. Son criaturas de aire, así que iremos hasta ellas todo lo alto que podamos.

Se me cayó el estómago a los pies al ver la formación letalmente elevada. Por supuesto, tenía que estar en algún lugar alto.

—No puedo subir eso.

—No será necesario. Cuando captemos su atención, serán ellos los que vengan hasta nosotros. —A pesar de sus palabras confiadas, Raksh mostraba cierto rastro de miedo—. Duerme bien, esposa. Tenemos toda una aventura por delante.

27

A l día siguiente nos despertamos temprano y partimos después del amanecer. Recé el fayr con más intención de lo habitual, aunque no estaba segura de qué dua elegir para «que triunfara una petición a criaturas sobrenaturales juzgadoras». Me sentí extraña y un poco ridícula vestida con la ropa robada, mis propias prendas estropeadas habían sido reducidas a vendas para los pies y mis únicas armas eran el janyar y una tosca lanza que había tallado. Pero ya no vomitaba sangre ni avanzaba cojeando sobre la arena, al menos era algo.

Era un día húmedo, pero el aire del bosque era fresco y se volvió más seco a medida que nos adentrábamos en las profundidades de la isla. Los árboles eran tan espesos que su dosel bloqueaba el cielo y la única luz que había eran los rayos polvorientos que cada tanto atravesaban la penumbra. El suelo era blando y fangoso bajo nuestros pies y olía intensamente a vida. Más de una vez me pareció captar un destello del árbol de agua con flores marfil entre las amapolas que eran tan grandes como platos y los helechos con colmillos, pero cada vez que me giraba para mirarlo, había desaparecido.

A diferencia de mi primera incursión en la jungla, ahora estaba todo silencioso. Al principio nos había recibido una gran cacofonía de cantos de pájaros, pero al instante se sumió en el silencio. Un grupo de zorros voladores con múltiples colas que estaban canturreando y acicalando a sus pequeños se alejaron corriendo. Sentía el peso de miradas, percibía su brillo ocasional en la maleza oscura y las ramas nudosas y, aun así, no se nos acercó nada. El aire estaba cargado de tensión, como justo antes de una ejecución.

—¿Dónde está todo? —pregunté trepando por una roca cubierta de musgo. El terreno empezaba a ascender.

—A lo mejor escondiéndose. No somos de aquí y todo aquello que sí lo es sabe demasiado bien lo que sucede cuando el tribunal percibe la presencia de extranjeros. —Raksh cortó una gruesa enredadera con las garras—. No temas. Estoy seguro de que no pasará mucho tiempo antes de que...

Se interrumpió mientras su aliento se convertía en nubes en el aire. Una ráfaga de viento helado me pasó por el hombro y me puso la piel de gallina. Líneas de escarcha subieron en espiral por los helechos esmeralda que nos rodeaban, cubriéndolos de cristales mientras se balanceaban con la brisa repentinamente gélida.

—¿Son ellos? —susurré poniéndome la capucha para cubrirme la cabeza.

Las espinas de diamante susurraban con el viento y una fina capa de hielo se apresuró a cubrir las rocas llenas de musgo volviendo plateados los troncos negros como si todo estuviera cubierto por una fina capa de muselina.

—Sí. —Raksh tragó saliva—. ¡Honrados! —exclamó con un tono más educado del que le creía capaz—. Que la soledad y la armonía los acompañen. Buscamos...

Pero Raksh no llegó a decir lo que buscábamos porque antes de que intentara explicarlo, el propio aire nos atrapó.

Nos golpeó desde los árboles, desde el suelo, desde el cielo que se volvió plateado, aullando y arremolinándose en un vértice que me elevó los pies y me dio vueltas como si fuera un torno de alfarero. Cegada por el hielo, la tierra y otras materias del suelo del bosque, apenas podía ver a Raksh, aunque su gemido de indignación parecía indicar que él también había quedado atrapado. Hubo movimiento, el vértice pareció trasladarse por la jungla. Capté destellos de árboles distantes y una llanura de piedra. Fragmentos del mar azul y de una tierra que estaba muy muy lejos de mis pies.

Y entonces acabó. La nube en forma de embudo se desvaneció en una explosión de ramas y hojas muertas dejándome caer sobre un frío suelo de piedra. Escuché graznidos enojados y juraría que vi a una borrosa criatura verde lima huyendo, pero, como estoy maldita, aterricé sobre la rodilla mala y la sacudida de dolor me distrajo. Maldije y rodé para colocarme en posición fetal, así choqué con Raksh, quien había aterrizado boca abajo en un charco de rocío.

—¡Ay! —Me empujó con un gemido—. ¿Te importaría?

Todavía mareada, me moví para sentarme, esforzándome por no vomitar. El suelo que había debajo de mí, de roca dura cuando aterricé, se suavizó de repente y cambió, haciéndome sentir como si estuviera sentada sobre una red suspendida. Miré a mi alrededor intentando orientarme con poco éxito. La jungla había desaparecido y había sido reemplazada por una neblina helada flotando a nuestro alrededor y por delicados copos blancos que se posaban sobre mi piel.

Nieve, comprendí al mirar cómo se me derretía en la mano. Solo había visto nieve una vez en toda mi vida en un viaje que había hecho de pequeña a través de las montañas de Jebel Shams. Y, aun así, me parecía que algo no andaba del todo bien con esta nieve. Se derretía sin dejar agua detrás y el aire estaba demasiado seco, demasiado… animado para que fuera natural. El viento soplaba desde múltiples direcciones cambiantes como si estuviera bailando y haciendo girar hojas de colores enjoyados y copos de nieve. Aunque la cámara brumosa era enorme, había gigantescas ramas de ébano y caoba relucientes encima de nosotros, como si hubiéramos caído en el centro de algún árbol sacado de un relato sobre la creación.

Miré hacia arriba con la nieve en las pestañas y vi movimiento. Cuerpos ágiles y sombríos escalando entre las ramas enredadas y flotando en el aire. Era como contemplar el cielo nocturno, cuanto más miras, más estrellas aparecen. Esas criaturas no parecían ser mucho más grandes que yo y, ocasionalmente, se veían destellos de sus pieles escamosas o de sus alas deslumbrantes.

—Raksh —susurré—, ¿son…?

Un chirrido desde las alturas interrumpió mi pregunta, un ruido espeluznante que parecía el cruce entre un enjambre de langostas y una bandada de pájaros graznando. Las criaturas aterrizaban, se posaban y saltaban por las ramas como si se acomodaran para tener mejor vista. Habría unos centenares revoloteando, mirándonos con sus pálidos ojos brillantes. Entre el peso de sus miradas y una idea más clara de la altura que alcanzaba el dosel, me sentí como un insecto a punto de ser devorado.

—¿Es este el tribunal que mencionaste? —pregunté en voz baja mientras nos levantábamos. Las criaturas parecían todas capaces de volar, pero por lo demás eran diferentes. Algunas tenían alas y probóscides de libélulas enormes, mientras que otras eran casi loros excepto por los rostros humanoides azules y amarillos.

—Lo es. —Raksh hizo un ruido ahogado—. ¿Puedo recomendarte que no mires el suelo?

Bajé la mirada y descubrí que no había ningún suelo. Tan solo una niebla diáfana y la tierra demasiado distante; cuando me di cuenta, la ilusión se debilitó. Lo que tuviera bajo los pies se volvió esponjoso y me hundí hasta los tobillos con un grito de alarma.

—Los ojos aquí —anunció una nueva voz muy cansada en un árabe más nítido que el de un clérigo entrenado en La Meca—. ¿Nombre?

Levanté la mirada. Una de las mujeres pájaro se había dejado caer para posarse en una rama de color canela justo encima de mi cabeza. Aunque tenía rasgos humanos, me recordó a una paloma de palmera. Su cabeza redonda era de un color blanco rosado y plumas moteadas le rodeaban el cuello. Tenía los ojos grandes, bastante antipáticos y sin pupilas a los lados de la cara, enmarcando una nariz en forma de pico.

—¿Qu-qué? —tartamudeé.

Dejó escapar un suspiro, si es que las personas pájaro pueden suspirar. Aunque, por qué no... ya hablaban árabe.

—Tu nombre. ¿Cuál es? —Sacudió sus brazos alados de color gris azulado y tomó un pergamino y una estilográfica—. Lo necesitamos para nuestros registros.

¿Tenían registros?

—A... Amina —conseguí decir.

—¿Lugar de nacimiento y composición elemental?

¿Qué?

—Nací en Sur, pero...

—Es humana —interrumpió Raksh—. Eso es evidente.

—Tu testimonio ha sido considerado innecesario —espetó la mujer pájaro con sequedad—. Ningún peri tiene tiempo para una criatura como tú.

¿Una peri? ¿Eso es lo que eran?

Observé de nuevo sus formas aviares comparando lo que tenía ante mí con lo que había oído de gentiles doncellas aladas de belleza incomparable.

—Ha dicho la verdad —contesté rápidamente—. Soy humana.

La peri ladeó la cabeza, dudosa.

—¿Estás segura? Creo que las humanas no tienen tu altura. ¿Por casualidad hay algún gigante en tu linaje? ¿Un nefilim, tal vez?

Por Dios, ¿incluso aquí tenían que juzgarme por mi altura? ¿Y qué mierdas era un nefilim?

—Estoy segura —respondí.

Anotó algo.

—Excelente. Si hubieras tenido sangre de alguno, tu caso podría haberse complicado. Como eres totalmente humana, es mucho más sencillo: los humanos no están permitidos aquí. Y tampoco se les permite salir con vida. Tú método de eliminación será…

—¡Espera! —supliqué—. Antes de que… me eliminéis, os ruego que me escuchéis. Mi compañero me ha hablado de vosotros como una raza noble y honorable que tiene la tarea de mantener el equilibrio entre el mundo mágico y el mío. Si esa es vuestra verdadera intención, confío en que querréis escuchar lo que tengo que decir.

—Tiene permitido hacer una petición, ¿verdad? —desafió Raksh sin importarle que le hubieran dicho que callara—. Sé lo suficiente sobre vuestras reglas arcanas y sé que no podéis deshaceros así sin más de un ser menor sin escuchar su caso.

La peri exhaló con fastidio, como si estuviéramos apartándola de asuntos más urgentes.

—Adelante, pues.

No perdí nada de tiempo.

—No he venido a vuestra isla por voluntad propia ni con malas intenciones hacia vuestra gente. Mi compañero y yo fuimos secuestrados y obligados a servir a otro humano, un cruel criminal que espera obtener acceso a la magia y llevar la destrucción a mi gente. A toda la gente. ¡Habla de desafiar a Dios el Todopoderoso!

La peri no pareció impresionada.

—Una gran cantidad de humanos han tenido delirios parecidos. Fracasará, al igual que los demás.

—Pero no muchos de esos humanos han logrado someter a un marid —presionó Raksh—. Este hombre logró atar a uno con magia de sangre.

—El Creador no puede ser desafiado por un mortal —contestó la peri con brusquedad—. Y lo que haga este humano en el reino terrenal no nos concierne. Nosotros no interferimos.

—¿Y si usa medios extraterrenales? —pregunté—. Está en proceso de obtener la Luna de Saba. Seguro que la posesión de un poderoso aspecto lunar está más cerca de las preocupaciones de vuestro reino.

La peri frunció el ceño en confusión.

—¿La Luna de Saba? —Miró a sus compañeros dispuestos arriba—. ¿Por qué me suena?

Una peri parecida a un loro rojo con brillantes ojos de avispa se dejó caer en la rama de al lado.

—Porque la Luna de Saba está en nuestra lista de Transgresiones. Puede ser usada para conceder la realeza.

—No —graznó un tercer peri desde las sombras—. Hablas del vellocino de oro. La Luna de Saba es la Transgresión que adquiere forma de perla. Los humanos la chupan para curar enfermedades.

—No seas tonta —corrigió una cuarta peri—. Los mortales son salvajes. No comen perlas, las llevan. Lo que estás describiendo tú es la Manzana de Samarkanda.

—Estáis todos equivocados —intervino Raksh, exasperado—. La Luna de Saba es la jofaina en la que Bilqis atrapó al espíritu lunar Aldebarán. Cuando la luna está en su manzil o durante cualquier otra alteración lunar, como por ejemplo el eclipse que tendrá lugar la semana que viene, cualquiera que contemple su reflejo en el agua de la jofaina puede hacerse con el control de todos los aspectos de discordia. ¿Os suena?

Las dos peris que había en la rama sobre mí estaban hojeando una pila de pergaminos brillantes como un arcoíris que habían aparecido de la nada y que desaparecían en cuanto los dejaban a un lado.

—Ah, sí, aquí está —dijo la peri paloma—. La Luna de Saba. Es una Transgresión más nueva, clasificada como riesgo bajo o insignificante.

—¿Riesgo bajo o insignificante? —repetí, incrédula.

—En efecto. —La peri escaneó el pergamino frunciendo sus labios delgados—. La Luna de Saba tiene la capacidad de provocar un gran revuelo entre los mortales, pero aquí dice que la carnicería suele entrar en los parámetros estándar de la violencia humana.

—Ah. —La otra peri chilló de emoción—. Si este humano al que temen es tan volátil, ¿no es lógico que su caos pueda finalmente romper el vínculo entre Aldebarán y el recipiente que lo atrapa? Eso sería magnífico.

—Solo podemos esperar —contestó la otra peri—. Restauraría el orden natural.

Jadeé.

—¿Y si resulta que mueren montones de inocentes por «restaurar el orden natural»?

—Como ya he dicho, creemos que la violencia entraría dentro de los parámetros estándar. —La peri levantó finalmente la mirada de sus pergaminos y me miró hacia abajo—. Vuestra petición para nuestra interferencia ha sido denegada.

Abrí la boca con asombro.

—¿Y ya está?

—No, claro que no —respondió con una templanza oficiosa—. Todavía queda el tema de tu eliminación. —Desvió la mirada a Raksh—. La tuya es más complicada, pero el caso de la humana sigue siendo sencillo. No está permitido que los humanos sepan de esta isla, vaguen por ella o se marchen de aquí con vida. Por lo tanto... —Levantó una mano con garras.

El suelo se desvaneció bajo mis pies.

28

ucedió todo tan rápido que ni siquiera tuve tiempo de gritar. Un momento estaba discutiendo con un montón de gente alada engreída acerca de que mi gente tenía derecho a no ser asesinada y al siguiente el suelo se abrió debajo de mí y estaba cayendo en picado hacia mi muerte.

Descendía salvajemente por el aire. El suelo estaba tan lejos que podía ver toda la isla: las brumosas montañas de piedra y la jungla verde rodeada por arena blanca y un océano turquesa. Estaba más alta que una bandada de pájaros, más alta de lo que cualquier humano tendría derecho a estar. Y habría sido precioso y extraordinario si, como podrás recordar, no hubiera estado cayendo a una muerte inminente y, sin duda, dolorosa. Ahora sí que grité con fuerza.

Vi un borrón verde por el rabillo del ojo y algo se estrelló contra mí.

No, no se estrelló, me atrapó. Durante un momento, ambos estuvimos cayendo mientras unos brazos emplumados me sostenían. Entonces me arrojó por los aires antes de volver a atraparme, esta vez con unas poderosas patas con garras.

—¡Agárrate! —gritó la criatura, otro peri.

El peri me llevó volando hacia un árbol gigantesco y me dejó caer en una terraza de ramas entretejidas y vides repletas de —entre todas las cosas posibles— berenjenas. De inmediato, saqué mi daga y rodé sobre la criatura cuando aterrizó a mi lado.

—¡Vaya! —El peri saltó hacia atrás, agitando las alas—. ¡Discúlpame! He asumido que no querrías estar cayendo en picado a tu muerte.

—¡Pues claro que no quería estar cayendo hacia mi muerte! —grité con todo el cuerpo tembloroso.

El peri me dirigió una mirada burlona. Era tan extraño como los demás, una mezcla de pájaro e insecto. Sus alas eran de un deslumbrante verde lima, más llamativas cuando se comparaban con el tono grisáceo de su piel pálida y con sus ojos descoloridos. Tenía escamas sobre el cuero cabelludo rugoso y sin pelo ni plumas que crecieran alrededor de sus largas y afiladas orejas como una cresta.

—¿Entonces por qué me apuntas con un arma? —Frunció el ceño—. ¿Estás… me la estás ofreciendo? No necesito ninguna recompensa, aunque no me gustaría ofender ninguna costumbre humana.

—¡Te estoy apuntando con ella porque un grupo de tus primos emplumados ha intentado asesinarme! Ah, perdón… eliminarme. —Tal vez ensañarme con el peri que acababa de salvarme la vida por culpa de los que habían intentado acabar con ella no fuera justo, pero estaba demasiado nerviosa para ser educada.

—¿Eliminarte? —repitió mostrándose horrorizado—. ¿El tribunal ha hecho esto? ¿Por qué?

Me estremecí. Apenas pude escuchar la pregunta porque todavía estaba asimilando lo cerca que había estado de morir —otra vez—. Por Dios, solo quería irme a casa de una vez. Quería que todo esto no fuera más que una horrible pesadilla. Me castañeaban los dientes con tanta violencia que me dolió y cerré los ojos con fuerza intentando respirar.

—Niña, ¿por qué no te sientas? —El peri me puso una mano fría en la cintura y me sobresalté al sentir su contacto—. Pareces estar sufriendo una gran conmoción.

Abrí los ojos y me di cuenta al hacerlo de que el peri había impedido que me precipitara por la terraza.

—Sí —murmuró—. Sentarme me parece bien.

El peri me guio a una zona cubierta de musgo y me dejé caer derribando la mitad de las vides con una torpe patada.

—¿Tomas té? —preguntó educadamente, ignorando las hojas que se caían.

—¿Qué si tomo qué?

—¿Té?

Parpadeé.

—¿Qué es el té?

El peri arrugó su nariz en forma de pico.

—Ah, a veces olvido lo lejos que estoy de casa. El té es una bebida, una bebida maravillosa. Sin duda, llegará a esta parte del mundo en un siglo o dos, pero debería dejar que lo probaras por anticipado.

Chasqueó los dedos y una esbelta jarra de cobre y dos tazas aparecieron de la nada. El peri sirvió un líquido humeante con un aroma intenso a pimienta, macis y una sustancia herbácea en las tazas, convirtiendo los globos de cristal en un pálido verde dorado. Soltó una de mis manos de donde la tenía alrededor de las rodillas mientras yo me mecía angustiada y me colocó la taza caliente en la palma.

Ese té tenía un aroma delicioso, pero no me moví para beber.

—Nada de esto puede ser real —susurré entre maravillada y desesperada.

—Yo también me siento así a veces —dijo el peri siguiendo la conversación y tomando un sorbo de su taza—. Ahora. ¿Por qué no me cuentas qué ha hecho que te arrojaran desde el cielo?

Adquirí una actitud cautelosa al instante.

—¿Por qué?

—Tal vez yo pueda ayudarte.

Mi anterior experiencia con los peris no me había dejado demasiado optimista, pero decidí probar suerte.

—Podrías sacarme volando de aquí. Hay una isla... Socotra. Es un lugar encantador.

Pero sus ojos se ensombrecieron.

—Me temo que no puedo hacerlo. Si actúo directamente en contra de su decisión de eliminarte, los dos estaremos muertos antes de que podamos perderlos de vista.

—¿Te matarían? ¿Solo por ayudarme a marcharme? —A pesar de las extrañas reglas de las peris, me parecía una exageración ridícula—. Pero... ¿por qué? ¿Por qué tu gente se preocupa tanto por el más mínimo contacto humano?

Él suspiró.

—Mi gente... tiene buenas intenciones. Pero hemos presenciado una violencia horrible cuando los reinos se enredan entre ellos:

grandes guerras entre razas elementales y destrucción por todos nuestros mundos. Su respuesta ha sido restaurar el equilibrio creyendo que, si todo y todos siguen en su lugar, firmes en su lugar y lejos los unos de los otros, eso le traerá paz y placer al Creador.

¿Guerras entre razas elementales y destrucción en múltiples mundos? No tenía ni idea de lo que significaba nada de eso, de hecho, me sentía tan desesperadamente humana y pequeña que apenas sabía qué preguntar primero.

La parte que te incumbe a ti, idiota.

—Y tú... ¿no crees todo eso? —pregunté deduciéndolo por su tono—. ¿No crees que el reino mágico y el humano deberían permanecer separados?

—Si creer eso significa la muerte de una inocente, para nada. —La expresión del peri se volvió tan feroz como la de un predicador un viernes—. Creo que nuestro Creador antepone la justicia y la preservación de las vidas al orden. Si eso me pone en desacuerdo con mi gente, que así sea.

Lo miré deseando poder confiar en esa respuesta sincera. Entonces tomé un sorbo de té y, en efecto, estaba delicioso.

—¿Quién eres?

—Me llamo Khayzur. ¿Y tú?

Dios mío, por favor, que esto no sea un error.

—Amina al-Sirafi.

Khayzur inclinó la cabeza en una reverencia propia de un pájaro.

—Que la justicia del Creador te acompañe, Amina. Ahora... ¿puedes contarme qué ha pasado?

Respiré hondo, pero, suponiendo que tenía poco que perder, lo hice y le conté a Khayzur lo que sabía sobre Falco y la Luna de Saba. Lo que nos había llevado a Raksh y a mí a naufragar en la isla y nuestras esperanzas de que el tribunal peri nos devolviera a Socotra para poder impedir que Falco se apoderara de Aldebarán antes del eclipse lunar.

El peri chasqueó la lengua cuando terminé de hablar.

—Las Transgresiones son un tema delicado, pero, en mi opinión, vuestra petición era razonable.

—¿Qué son las Transgresiones esas? —pregunté.

—Objetos que crean puentes entre reinos, sobre todo entre el mundo humano y varios mundos mágicos. Tu gente es la más inteligente a la hora de diseñar tales talismanes y también la que más se arriesga. A otras razas se les concedió la magia porque no tienen el ingenio humano, pero su poder no está hecho para ser empuñado por manos humanas.

Intenté asimilarlo todo.

—¿Y la Luna de Saba es uno de estos talismanes? ¿Una Transgresión?

—No había oído hablar de la Luna de Saba, pero eso parece.

—¿Cómo es posible que no hubieras oído hablar de ella? —inquirí, incrédula—. ¡Me parece increíblemente poderosa!

Khayzur dejó escapar un trino de desilusión.

—Porque ahora hay más Transgresiones de las que cualquier persona podría recordar: almas esclavizadas en anillos destinadas al tormento en montañas lejanas; capas de invisibilidad y cálices que transforman cualquier líquido en veneno; llaves de portales y calderos voladores. Es todo bastante impresionante. E intimidante cuando piensas en sus posibilidades para el caos.

Me daba vueltas la cabeza.

—¿Cómo? ¿Cómo puede haber humanos capaces de crear tales cosas?

—En otra época las barreras entre nuestros mundos fueron más permeables —explicó Khayzur con un aire casi nostálgico—. Había más interacción entre nuestros pueblos, entre las razas elementales. Aunque admito que es raro que un ser humano sea capaz de crear tal talismán, en general porque son demasiado santos o demasiado malvados. Como puedes imaginar, de cualquier modo, las Transgresiones son abominaciones destructoras del orden a ojos de la mayoría de los peris.

—¿Entonces por qué no me ha devuelto el tribunal peri a Socotra? ¡Podría ayudar a tu gente a deshacerse de una Transgresión!

—Porque estamos manteniendo esta conversación. —Cuando fruncí el ceño en confusión, Khayzur aclaró—: Porque puedes verme, Amina al-Sirafi. Porque puedes oírme y charlar con un ser de aire con una taza de té. Has comido y bebido de esta isla, ¿verdad?

Titubeé, pero Khayzur había hablado a sabiendas y no vi muchos beneficios al mentirle al único peri que me había mostrado algo de simpatía.

—Sí.

—Entonces estás cambiada. Quizás empezaste a transformarte en cuanto pusiste un pie en estas costas de maneras que no quedarán claras hasta que te vayas. De maneras que no se pueden revertir. Estás convirtiéndote en…

—Una Transgresión —terminé cuando Khayzur se interrumpió, claramente reacio a decir la palabra con la que acababa de darme cuenta de que me condenaba.

Su expresión era sombría.

—Sí.

Ah. Dejé el té con dedos temblorosos y me levanté. Necesitaba moverme, necesitaba hacer espacio para que todo se asentara. Khayzur no dijo nada, pero podía sentir el peso de su mirada mientras avanzaba hacia el borde de la terraza. El cielo imposible de la isla y el sol plateado se cernían sobre mí y pasaron volando un par de gansos de cuello largo con protuberancias espinosas. Una de las plantas de berenjena que había cerca de mi codo se movió emanando un aroma cítrico mientras yo contemplaba un reino que debería haber sido incapaz de ver.

Tan solo unos meses atrás, estaba en mi bote de pesca defendiéndome de un demonio con alas de murciélago y sermoneando a dos jóvenes de Adén sobre los peligros del mundo mágico. Ahora estaba atrapada en una isla con elementales de aire, reunida con el esposo sobrenatural al que había intentado matar y tomando té con un hombre que tenía alas en lugar de brazos mientras mi tripulación estaba presa de un hechicero. Ya era lo bastante horrible.

Pero lo que estaba diciendo Khayzur era aún más profundo. Yo misma me había transformado. Había sido cambiada por la magia —esa cosa tan poco fiable que detestaba— de maneras que no se podían deshacer. De maneras que no quedarían claras hasta que todo esto terminara, si es que sobrevivía a ello.

¿Qué me había pasado?

La palabra «Transgresión» no me inspiraba ninguna esperanza. ¿Había manchado mi alma de algún modo? ¿Había violado alguna ley de la Creación que ni siquiera sabía que existiera? De hecho, poder darle un puñetazo en la cara a Raksh había sido agradable y mi nueva fuerza podría ayudarme a combatir a Falco. Aun así...

Eres como Dios te hizo. Eres la nakhudha. Eres madre y amiga. Y ahora mismo tu gente necesita que dejes de preocuparte y que te ocupes de esto. Sálvalos con cualquier bendición que te haya sido concedida.

Algo más determinada, aunque totalmente en paz, me volví hacia Khayzur.

—¿Cómo convenzo al tribunal para que me deje marchar?

—¿Tienes algún plan para derrotar al humano llamado Falco?

No.

—Voy a... darle vueltas a algunas opciones.

—Entonces puede que sea capaz de convencerlos de que la posibilidad de deshacerse de la Luna de Saba compensa el hecho de permitir que una Transgresión menor, es decir, tú, se escape. Ya estaba preparándome para partir, llevarte conmigo apenas podría considerarse una intromisión. —Señaló la taza con la cabeza—. ¿Quieres un poco más de té?

Lo rechacé con diplomacia, no pensaba consumir ni una puta cosa más de esta isla.

—No, pero gracias... Y gracias por salvarme la vida antes —agregué sonrojándome de vergüenza—. Me disculpo por lo de la daga.

—No tienes que disculparte. —Khayzur chasqueó los dedos y los elementos del té desaparecieron—. Mi única esperanza es poder volver a repetirlo.

Me condujo a través de una apertura en las ramas a lo largo de túneles serpenteantes de madera dura y reluciente y bajo doseles de nubes heladas. El aire era más fresco que la brisa más dulce y el viento silbaba como si fuera música y se movía alrededor de mi cintura como una mascota feliz y entusiasmada. Intenté encontrar algo milagroso en ello, recordándome a mí misma que tenía que apreciar las maravillas de Dios, aunque tuviera el corazón lleno de aprehensión.

Pude escuchar la voz de Raksh discutiendo mucho antes de que llegáramos al tribunal.

—¡No tienen ningún derecho a decidir por mí! —rugió mientras entrábamos en la cámara. Mi marido saltaba como una gacela frenética rebotando de parche brumoso a parche brumoso mientras se disolvían bajo sus pies y varios peris enojados graznaban y volaban sobre él—. ¡Vuestra concepción del orden es una mentira! ¡Yo fui creado para ser caos! ¡Para perturbar, inspirar, marear y crear tales leyendas que nunca podríais…!

Khayzur se aclaró la garganta.

Miles de pares de ojos se volvieron para mirarnos.

—Ah, joder, mierda —masculló la peri paloma. De acuerdo, no dijo esas palabras exactas, pero lo que salió gorjeando de su boca al vernos a Khayzur y a mí fue el equivalente peri, puedo reconocer ese tono en muchos idiomas.

—Khayzur —continuó en árabe. ¿Por qué? ¿Cómo? Era uno de los muchos misterios que todavía me quedaban por desentrañar—. Creía que habíamos dejado claro que ya no eras bienvenido aquí. ¿Por qué, en el nombre de Dios, no solo sigues aquí, sino que has venido acompañado de una humana que debía ser eliminada?

Sosteniéndome el brazo de un modo cortés, aunque quizás fuera más bien para atraparme si el suelo volvía a desvanecerse, Khayzur se paseó ante los peris reunidos.

—Esperaba que os alegrarais por mi tardanza. De no haberme retrasado, no habría podido impedir un crimen tan grave. ¿Asesinar a una humana inocente delante de tu propio tribunal? ¿Ante centenares de testigos?

—No ha sido un asesinato —espetó la peri paloma—. La magia que gobierna nuestro reino puede ser impredecible, así como el suelo. Si no hubiera estado ahí, no habría caído.

Menuda audacia, de verdad.

—¡Me habéis arrastrado hasta aquí con un ciclón! —acusé.

La peri paloma me ignoró y fulminó a Khayzur con sus ojos pequeños y brillantes.

—El destino de esta mortal no te incumbe, Khayzur. —El desapego que había mostrado antes había desaparecido, reemplazado por verdadera furia—. En primer lugar, ¡no tendrías que haber intervenido para salvarla!

El resto de las criaturas aladas calló y se notó cierta tensión en el aire.

Khayzur siguió mostrándose firme.

—¿Se considera interferir si el Creador nos ha colocado justo donde se nos necesita? ¿Acaso no se nos dice que busquemos señales y actuemos conforme a ellas? —Cuando la peri paloma chasqueó el pico como si quisiera arrancarle la cabeza de un mordisco, se apresuró a aclarar—: Ya has dejado claras tus opiniones sobre nuestras diferentes creencias. No seguiré presionando mi «radicalismo» en tu tribunal. Pero este no es un gran debate teológico, es solamente una vida humana. Deja que lleve a Amina hasta Socotra de camino a casa. No interferiré más allá de eso, lo juro.

La peri paloma ya estaba graznando su disconformidad.

—Es demasiado tarde. La humana ha estado aquí el tiempo suficiente para que la magia de la isla la cambie. Es una Transgresión en sí misma.

—¡Pero no por voluntad propia! —insistió Khayzur—. Unos días en nuestro reino no bastan para transformarla en una amenaza que se aproxime a la que representa un humano criminal haciéndose con el control de la Luna de Saba. ¡Quizás ella pueda destruirla! Llevamos siglos preocupados por estas Transgresiones. ¿Por qué no dejar que Amina se haga cargo de una?

—¿Hacerse cargo? ¿Crees que eso es lo que hará una humana que ha atraído a un espíritu de la discordia con ella? ¡Es más probable que se quede la Luna de Saba para sí misma!

—No lo haré —declaré con resolución—. Lo juro por Dios, pondría la mano sobre el sagrado Corán. De hecho, prometo destruirla ante los ojos de Khayzur si eso va a calmar vuestras inquietudes.

Mi oferta fue recibida con un susurro de garras moviéndose y la inquietud de la audiencia de peris.

La anciana peri frunció sus delgados labios.

—No hay precedente. Una cosa sería que la humana usara sus nuevas capacidades para deshacerse de la Luna de Saba, pero no podemos revertir lo que le ha pasado a ella.

Estaba harta de que hablaran de mí.

—Entonces me retiraré. Creedme, si logro derrotar a Falco y entregar este orinal maldito, seré feliz pasando el resto de mis días pescando y holgazaneando en casa con mi familia. —Lo decía en serio. Sí, tenía hambre de aventuras y de riquezas, pero esos deseos me habían desviado por completo y había puesto en peligro a todos mis seres queridos. Lo único que quería era salvar a mi tripulación, rescatar a Dunya y, sobre todo, asesinar a Falco y volver con Marjana.

La peri paloma me miró con emoción.

—No trabajamos con confianza.

Su condena se quedó suspendida en el aire durante un largo momento hasta que Raksh dejó escapar el suspiro más odioso y exhausto que había oído nunca.

—Dios mío... —se quejó con la voz llena de desprecio—. ¿Estáis oyéndoos? ¿Acaso no es obvia la solución a vuestra disputa?

Todos nos volvimos para mirarlo.

Sospeché de inmediato. Había una expresión de puro aburrimiento en el rostro de Raksh... pero no en sus ojos. No, los ojos le brillaban, el fuego de su interior era fascinante. O al menos habría sido fascinante si no hubiera sabido qué significaba esa mirada.

Era la mirada que ponía Raksh cuando olía la ambición.

Pero la peri no debía tener mucha experiencia con seres como él porque no pareció notarlo.

—Habla claro, demonio —siseó la peri paloma.

—Enviad a la humana tras más de ellos —instó Raksh—. Se os ha dado una herramienta, ¿por qué no usarla para sacar el máximo provecho?

—¿Disculpa? —interrumpí, ofendida—. ¿Una herramienta?

Raksh ignoró mi protesta y se acercó a la peri.

—¿Queréis buscar y destruir Transgresiones? Pues esta mujer ya estaba cualificada para ayudaros antes de que la isla ejerciera esas transformaciones sobre ella. Es una de las capitanas más talentosas de su mundo y tiene una tripulación igual de talentosa para descubrir tesoros y robarlos. Es exactamente la humana que puede ayudarlos. Pero ¿por qué parar con la Luna de Saba cuando podéis enviarla a por mucho más?

Khayzur pareció considerar la sugerencia de Raksh con un destello fugaz de esperanza en sus ojos incoloros.

—No es mala idea. —Pero entonces me miró y lo que debió ver en mi rostro debió impactarle—. Aunque lo que implicaría eso para Amina...

Sí, ¿qué implicaría eso para Amina? Fulminé a Raksh con la mirada.

—¿Estás sugiriendo que, puesto que he pasado dos noches en su isla, debo pasarme el resto de mi vida al servicio de unas criaturas que han intentado matarme?

Raksh se encogió de hombres.

—¿Se te ocurre alguna otra solución?

¡Yo había ofrecido otra solución! Si destruía la Luna de Saba, estaríamos en paz. Y, si Raksh no hubiera abierto su maldita boca, tal vez habría seguido intentando convencer a la peri paloma de la validez de mi palabra.

Pero no, ante la propuesta de Raksh, varios peris más se habían unido a la paloma. Se acurrucaron formando un montón de plumas y canturreando con fervientes susurros. Khayzur estaba mirándome con una mezcla de preocupación e incerteza. Raksh estaba examinándose una uña como si lo que estaba sucediendo no fuera de su interés.

Me balanceé sobre los talones. Todo estaba sucediendo demasiado rápido. Estaba desesperada por hacer cualquier cosa para detener a Falco, pero ¿a qué tipo de destino me estaba condenando a mí misma? Ya me había visto involucrada con lo sobrenatural una vez, y me había casado borracha atándome a Raksh, lo que me había costado el alma de Asif. ¿Y ahora iba a entregar mi vida a un puñado de personas pájaro malhumoradas que hablaban de masacres humanas dentro de parámetros aceptables de violencia? ¿Me permitirían volver a ver a mi familia?

La peri paloma y sus compinches se separaron de repente.

—Hemos hablado entre nosotros. A la humana se le permitirá marcharse a cambio de una vida de...

—No —dije temblorosa.

Raksh se giró hacia mí.

—¿Has perdido la cabeza? —siseó—. Este es el modo que tenemos de detener a Falco. ¡Prometiste salvarme!

Ciertamente, no le había prometido eso, pero daba lo mismo.

—No me esclavizaré a estas criaturas —afirmé mostrándome más resuelta de lo que me sentía en realidad—. Si desean mis servicios, el trato se hará con mis condiciones.

La peri paloma dejó escapar un chillido condescendiente.

—Esto no es un trato. Simplemente estamos discutiendo sobre varias posibilidades que tú misma podrías elegir por voluntad propia...

—Sí, mi voluntad de no caer en picado a mi muerte —interrumpí con amargura—. Vaya elección.

Khayzur dio un paso hacia adelante.

—¿Cuáles son tus condiciones, Amina?

Miré al tribunal fijándome no solo en la peri paloma, sino en el resto de las figuras que me miraban y revoloteaban a mi alrededor.

—En primer lugar, no perteneceré a vuestro pueblo. Buscaré estos talismanes, Transgresiones o como queráis llamarlos, pero lo haré a mi ritmo y a mi modo. Cuando no esté trabajando, mi vida es mía.

—Mientras no uses los dones mágicos para provocar el caos, no nos importa en qué asuntos mortales andes metida —espetó la paloma con esnobismo—. Pero ¿cómo vamos a juzgar si estás dedicando una cantidad de tiempo apropiada a la búsqueda?

Respiré hondo y elegí mis siguientes palabras con cautela.

—Porque tendré un incentivo. No sé cuánto tiempo vive vuestra gente, pero yo no soy joven —advertí—. Y no pasaré mis últimos años persiguiendo magia al otro lado del mundo lejos de mi familia. Recuperaré tres artículos para vosotros. Después me dejaréis retirarme en paz.

Hubo un indicio de disgusto en el rostro compuesto de Raksh, pero desapareció en un abrir y cerrar de ojos. Khayzur asintió como si lo que yo hubiera dicho fuera razonable —como si algo de todo esto lo fuera— y me dio un golpecito tranquilizador en el brazo mientras los otros peris volvían a reunirse.

La paloma levantó la mirada de su discusión.

—Trescientos.

—No entra en el reino de mis posibilidades. Tres.

—Cien.

Al parecer, negociar números no era una experiencia común para ellos.

—Cuatro.

Se enfureció.

—Cinco. Y ni uno menos.

Cinco. El número se asentó en mi alma y noté trampas rodeándome los tobillos.

—Cinco artículos —acepté—. De los cuales, la Luna de Saba será el primero. Entonces me dejaréis en paz sin importar lo cambiada que esté.

La peri paloma asintió.

—Tendrás permitido marcharte de esta isla y vagar por el mundo mortal con la condición de que vivas con toda la discreción posible sobre tus dones y que recuperes las Transgresiones que elijamos. No te las quedarás ni las usarás de ningún modo. Cuando las tengas, tendrás que entregárnoslas para que nos deshagamos de ellas de inmediato.

Seguro que había montones de vacíos en sus palabras, cientos de modos de que esto pudiera acabar horriblemente mal. Aun así, ¿qué otra opción tenía?

Mi familia, mi tripulación. Tragué saliva con dificultad rezando por que esto no fuera una terrible decisión.

—Entendido.

La peri paloma seguía mirándome con las plumas erizadas mientras la avispa peri se acercaba para susurrarle algo al oído. Emitió un sonido con la garganta que pareció más un gruñido que un trino.

—Entonces, a raíz de nuestra conversación, si deseas acompañar a Khayzur cuando se marche, no te detendremos. Él será tu… enlace para avanzar.

—Excelente. —Khayzur me tomó del brazo con más firmeza y retrocedió—. En ese caso, no deberíamos entretener más al tribunal y…

—No hemos terminado. —La peri paloma miró a mi salvador entornando los ojos—. Khayzur, tienes predilección por compartir tus malentendidos sobre el papel de nuestra gente de maneras que ponen en peligro la armonía social y desvían a los peris de mente más débil. Más de un tribunal te ha advertido, aunque parece ser que con poco éxito.

Le temblaron los dedos ligeramente sobre mi brazo, pero Khayzur miró a la asamblea con calma y contestó:

—A pesar de que creo que nuestro Creador desea la justicia por encima del orden, también creo que nuestra gente es mejor por tener opiniones diferentes y por discutirlas con libertad.

—No estamos de acuerdo —dijo el otro peri, altanero—. Y hemos decidido acusarte de modo formal por intervenir.

Se tensó enseguida.

—¿Es realmente necesario?

—Eso parece. —Habló con voz áspera y con mirada implacable—. Ten cuidado, Khayzur. Sería una lástima que tu afecto por los mortales acabara matándote algún día.

No lo dijo como si fuera a darle mucha lástima, pero Khayzur inclinó la cabeza. Antes de que yo pudiera abrir la boca y decir algo grosero, enganchó el otro brazo con el de Raksh y nos sacó de allí.

—Nos vamos —susurró en voz baja—. Antes de que cambien de opinión.

—Espera... ¿qué acaba de pasar? —pregunté—. ¿Qué te hicieron?

—No importa.

—¡Pues parecía que sí!

Khayzur se dio la vuelta para mirarme.

—No siempre es fácil hacer lo correcto, Amina al-Sirafi. La mayoría de las veces resulta ser una tarea solitaria e ingrata. Eso no significa que no valga la pena hacerlo.

Raksh se rio.

—No podía ser otra la que encontrara a un peri políticamente radical, Amina.

—Un peri radical que acaba de salvar tu insignificante vida —espeté mientras Khayzur nos sacaba de un árbol enorme—. Tú y yo, marido, vamos a tener que hablar largo y tendido de lo que ha pasado cuando todo esto termine.

Puso los ojos en blanco.

—La más mínima posibilidad de sobrevivir a Falco compensa el hecho de que me sermonees.

Ah, sí, estábamos en esa parte, ¿verdad? Olvida lo de Raksh intentando venderme al tribunal peri, el «no-acuerdo» que había cerrado sería irrelevante si no lográbamos detener a Falco en primer lugar.

Pero, a pesar de lo que le había dicho a Khayzur, no tenía ni idea de cómo conseguirlo. Mi tripulación estaba prisionera y no tenía aliados en Socotra. Ni siquiera conocía a nadie en la isla excepto a los pocos lugareños que Falco había torturado. Y ya se habían ido a refugiar con los temibles clanes piratas que afirmaban que les debían protección.

Khayzur nos condujo a un tramo de ramas plano mientras yo reflexionaba sobre nuestras opciones (que no eran muchas). No importaban las fortalezas con las que me hubiera bendecido esta isla, no podía enfrentarme a Falco, a sus hombres con poderes sobrenaturales y al marid yo sola. Raksh era un luchador penoso y apenas se podía confiar en él. ¿Dónde me dejaba eso? ¿Podía albergar alguna esperanza de liberar a mis luchadores más capaces y encontrar un conveniente alijo de armas que pudiéramos usar para derrotar a nuestros enemigos?

El recuerdo de Dalila con los grilletes se me pasó por la mente. No, no creía que fuera así. Falco sin duda los mantendría atados y bien vigilados. Si tenía una sola ventaja era que a lo mejor me creyera muerta. Falco no me estaría esperando y mucho menos a una versión mágica y bendecida de mí. Toqué la cabeza de leopardo de la empuñadura de mi janyar contemplándolo. ¿Cómo más podía sorprenderlo?

Pero ese movimiento inconsciente fue un crudo recordatorio de que ya me había vencido: me arrojó de mi barco con esta misma daga clavada en el hombro. Las humillantes palabras de Falco resonaban en mis oídos.

«A tu abuelo lo llamaban "el Leopardo del Mar", ¿verdad? Debió ser un pirata temible, un verdadero aventurero. Mientras que tú, bueno... Tú no eres nada».

Dejé de tamborilear con los dedos.

Un pirata temible.

Khayzur saltó en el aire y se cernió sobre nosotros sacudiendo sus aletas.

—¿A Socotra, entonces? —preguntó—. Conozco la isla, el mundo mágico tiene historia allí. Pero esta cueva que has mencionado...

—No vamos a la cueva —decidí.

Raksh se giró hacia mí.

—¿Qué? ¿Y eso quién lo dice? ¡En cuestión de días, Falco será capaz de hacerse con el control de la Luna de Saba y esclavizarme! No tenemos tiempo para ir de un lado a otro...

—Tampoco vamos a ir de un lado a otro. —Lancé el janyar y lo recogí con elegancia—. Falco quería conocer a un verdadero pirata, ¿verdad?

—Llevémosle alguno.

SON UN GRUPO INGENIOSO
Y DEPRAVADO

Una anécdota de los viajes de Ibn al-Mujawir:

La isla cuenta con zonas de cultivo y edificaciones; también con pueblos y ciudades, algunos desconocidos entre sí. Todo el mundo lleva una cruz colgando del cuello, cada uno según su rango. Alrededor de la isla hay muchos lugares para atracar, como Bandar Musa o Ras Mumi.

El estilo de vida de la gente de estas áreas costeras está marcado por los piratas, ya que estos se quedan con ellos seis meses cada vez y les venden su botín. Comen y beben con ellos y mantienen relaciones sexuales con sus esposas. Son un grupo ingenioso y depravado, son facilitadores, y sus ancianas más activas en esto que los hombres. Como un poeta ha recitado:

*Si alguna de sus ancianas fuera arrojada a las
    profundidades del mar,
llegaría a tierra sobre una ballena.
Con su astucia podrá mover mil mulas,
¡aunque estén guiadas por un hilo de araña!*

29

A Khayzur le costó tres días volar desde la maldita isla peri hasta la costa occidental de Socotra, donde habitaban los clanes piratas. Ya me daban miedo las alturas antes de ser elevada por los aires por un monstruo marino y de ser arrojada hacia mi muerte por burócratas aviares, así que podrás imaginar cómo me sentía aferrada a una de las garras de Khayzur mientras él sobrevolaba un sinfín de extensiones oceánicas y Raksh me gritaba en el oído. Así que, por favor, sigue imaginándotelo, porque no pienso contarlo.

Paramos a descansar en una serie de islas diminutas que Khayzur parecía conocer como la palma de su mano. Mi «enlace» peri estuvo tranquilo durante el resto del viaje, sometido incluso, pero no sabía si su silencio se debía al esfuerzo del viaje o a los cargos que le había impuesto el tribunal. En realidad, no conocía a Khayzur en absoluto. Lo único que sabía era que parecía que creíamos en el mismo Dios, que era un político radical entre los suyos y que una combinación de estos principios lo había llevado a ayudarme y a ser sancionado por ello.

Esperaba que no lo lamentara. Después de pillarlo observándome rezar en un pequeño atolón, decidí probar mi suerte una vez más.

—¿Tienes algún consejo sobre cómo enfrentarnos a Falco y a su marid? —pregunté, esperanzada—. No creo que sea de mucha ayuda para tu gente si acabo muerta, pero no desearía meterte en más problemas por «interferir».

Khayzur hizo una mueca.

—He estado intentando morderme la lengua.

—Me he dado cuenta.

—Sí, pareces bastante perceptiva. —El peri hizo una pausa—. Aunque como consejo general que no puede considerarse una interferencia... tenías razón al negarte a ser forzada a servir. No hay ninguna forma de vida que no desee la libertad. Y los marid son criaturas demasiado orgullosas. Tienen una memoria muy larga y fuertes creencias sobre... sobre los... —Khayzur parecía estar mordiéndose la lengua literalmente—. Favores —soltó al fin. Se revolvió las plumas con las escamas plateadas del rostro cubiertas de sudor—. Si me disculpas...

A los seres vivos no les gustaba ser esclavizados. Eso parecía más una obviedad del tipo «el cielo es azul» que un consejo para combatir a lo sobrenatural, pero el peri ya me había salvado la vida arriesgando la suya propia, así que no podía quejarme.

Favores. Eso parecía ser la clave. La palabra que se había esforzado para decir. Pero ¿cómo se hace un favor a un monstruo marino descomunal que tiene la tarea de matarte?

El día siguiente, llegamos. En cuanto a su geografía, la costa noroeste de Socotra se parece a las costas tranquilas y las altísimas cuevas de piedra caliza del más desolado este. Pero las playas de esta parte eran más grandes, los acantilados escarpados más suaves y, puesto que daba a la península somalí y al golfo de Adén —aguas bien transitadas surcadas por barcos que transportaban algunos de los cargamentos más ricos de mundo—, sospechaba que esta parte de la isla era un lugar más fácil para vivir.

Sin embargo, con los valiosos barcos comerciales llega siempre su sombra constante y, a juzgar por mi primer vistazo a la flota pirata de Socotra, estas aguas eran muy ricas. Había casi tantas embarcaciones como en Adén, al menos una docena ancladas en los bajíos y más todavía arrastradas a la arena para ser reparadas. Khayzur nos había llevado a un paso elevado oculto en los acantilados y la nakhudha que había en mí no pudo evitar asomarse para admirar la impresionante armada que se encontraba debajo. El qaraqir de aguas profundas con tallas de popa ornamentadas y las mejores velas que se podían comprar. Las elegantes galeras con espacio para cien remeros que eran el doble de rápidas que cualquier embarcación en la que yo había estado. La temida barija con sus fuelles y sus arietes. Incluso los pequeños esquifes de bandidos, los botes que flotaban tan cerca de la cota del agua que eran casi invisibles hasta que sus luchadores empezaban a lanzar garfios sobre tus rieles, eran brillantes y llamativos y navegaban en las claras aguas azules como nubes en un hermoso día.

—Os dejo aquí los dos —dijo Khayzur en voz baja con cierta angustia en la voz—. Que el Creador te acompañe, Amina al-Sirafi. Rezo por que nos veamos cuando termine todo esto.

—Si Dios quiere —respondí apartándome de la vista de la hermosa flota pirata para poder despedirme de mi peri salvador —. Y gracias, Khayzur, por...

Pero Khayzur ya se había ido, se había desvanecido en el cielo cobalto como si nunca hubiera estado aquí, dejándonos a Raksh y a mí solos. Mi traicionero marido había recuperado su forma humana y el efecto era desconcertante. Aunque era más agradable a la vista sin los colmillos y el corazón latiente colgado de su cuello, a veces me resultaba más fácil recordar que Raksh era un monstruo cuando lo parecía.

Se acercó al borde del acantilado estirando sus largos dedos hacia la playa distante.

—Oh. —Raksh se balanceó como un borracho embelesado—. Hay ciertas personalidades interesantes ahí abajo.

—¿Alguien con ambiciones de luchar contra un hechicero franco?

—Mis habilidades no son tan precisas. —Raksh se estremeció y la línea carmesí apareció en sus ojos—. Pero estoy ansioso por averiguarlo. ¿Y si vamos y nos presentamos?

Lo de presentarnos no salió demasiado bien.

Después de ser recibidos por olas de jabalinas en la playa y vernos obligados a cubrirnos detrás de una roca demasiado pequeña, gritar mi nombre y jurar que venía en son de paz, finalmente se produjo el alto el fuego. Y por alto el fuego me refiero a que fui despojada de mis armas para enfrentarme al juicio de otro posible tribunal hostil, esta vez del consejo pirata de Socotra.

He de decir algo en nombre de los tan temidos piratas de Socotra: no eran los asesinos sucios y holgazanes de las leyendas (bueno, tal vez fueran algo depravados, pero si era así, lo llevaban en secreto y con estilo). Raksh y yo habíamos sido conducidos a una espléndida tienda encaramada en un acantilado con vistas al mar. Elegantes alfombras de Persia y Magreb hacían que el suelo rocoso del interior estuviera tan mullido como un cojín y ornamentadas lámparas de cristal egipcio colgaban del techo (con suerte, entre los versos sagrados habría una advertencia sobre no matar a los invitados). El aire estaba impregnado con aroma a incienso, a rosas y a almizcle, junto con el olor de la tinta que llegaba desde el otro lado de la tienda, donde había una docena de escribas sentados con pizarras haciendo inventario de un botín y hablando con la cola de gente más paciente que había visto nunca.

Era una escena llena de tanta riqueza y organización que haría llorar de envidia a un sultán y me sentí ordinaria sentada ante ellos, puesto que mis propios días criminales nunca habían sido tan prolíficos. Por otra parte, nunca había tenido que supervisar convoyes de grandes barcos, defenderme de armadas u ocuparme de toda una vía marítima, así que tal vez esta fuera la práctica habitual. Y los propios piratas eran aún más intimidantes y magníficos. Seis nawakhidha y una anciana, todos ataviados con elegantes joyas y prendas embellecidas, se sentaban en mullidos cojines de seda, cada uno con hermosos criados y sirvientes abanicándolos con hojas de palma. Tenían a mano un sorbete helado (¡sí, helado!), un vino tan tentador que apenas podía mirarlo y fruta cortada.

Si a mí ya me parecía abrumador, la extraordinaria exhibición de fortuna y criminalidad resultó embriagadora para Raksh. Mi esposo había echado un vistazo a los asaltantes marinos más ambiciosos, astutos y consumados del océano Índico, había dejado escapar un inapropiado jadeo de placer y se había quedado estupefacto y sin palabras. Muy útil, lo sé.

Sin embargo, no éramos los únicos en la tienda que habíamos escuchado leyendas sobre los otros.

—Amina al-Sirafi… —murmuró el nakhudha más joven cuando terminé mi relato omitiendo ciertas partes clave. El nakhudha era un hombre de Malabar como Tinbu, aunque iba mejor vestido con seda estampada de colores naranja y morado—. La Bruja Marina de Sur, la Ramera de los Ladrones de Caballos… así que existes.

—Claro que existe —opinó un pirata mucho más anciano. Tenía la barba teñida con henna, anillos de oro en los dedos y pude escuchar algo de Mombasa en su acento—. Si había algún hombre capaz de engendrar a una niña a su semejanza, ese era el Leopardo Marino.

Mis esperanzas aumentaron.

—¿Mi abuelo y tú erais compañeros?

Su mirada se volvió más severa.

—No era un cumplido, al-Sirafi. Tu abuelo me robó un cargamento muy valioso de caparazones de tortuga y no estoy dispuesto a creer nada de lo que digas, mucho menos un relato sin sentido acerca de perseguir a un franco por Socotra para rescatar a la hija de un compañero.

—Sin embargo, su relato encaja con los rumores que hemos oído acerca de un asesino extranjero en el este —intervino la única mujer del grupo. Tenía cierta inflexión sucotrina, no muy diferente a la de los lugareños que había conocido, y llevaba una ornamentada cruz de hierro colgada del cuello—. Las noticias sobre ese pueblo masacrado, noticias que no creísteis que valiera la pena investigar… —agregó intencionadamente para el consejo pirata.

—Sí —dije—. Me parece que se tratará del pueblo que encontramos. ¿Los supervivientes están a salvo? Tenían intención de pedir ayuda a vuestro clan.

Una expresión sombría cruzó el rostro de la mujer.

—Todavía no han llegado hasta aquí. Parece ser que hay muchos heridos entre ellos y que otro pueblo los invitó a descansar y recuperarse antes de seguir hacia adelante. Enviaron a un mensajero para informarnos de la situación, pero lo que dijeron…

—Afirmaban que habían sido atacados por un hechicero extranjero —intervino el joven nakhudha—. Hablaban de que su pueblo había sido tratado como ganado y de un gran leviatán que podría ser convocado desde el mar. —Me miró con los ojos entornados—. Es interesante que tú hayas dejado esas partes fuera de tu historia y que ellos no dijeran nada sobre que los hubiera salvado una mujer nakhudha.

Me estremecí.

—Yo les pedí que no hablaran de mí —expliqué odiando lo sospechosa que debía parecer esa respuesta—. Me sugirieron que tal vez no miraríais con buenos ojos mi presencia en Socotra. Pero el resto de su historia es real, lo juro.

—Claro que lo es. —El hombre de Mombasa soltó un carraspeo desdeñoso—. ¿Sabes lo que creo, al-Sirafi? Creo que viniste hasta aquí con ese hechicero franco, que planeaste saquear las tumbas, pero que algo salió mal y él te traicionó. Y ahora quieres que nosotros limpiemos tu desastre.

Era una estrategia que podría haber contemplado una década antes, lo que me hacía ligeramente más difícil poder negarla. Ligeramente.

—¡Dios no lo quiera! —grité con gran afrenta.

A mi lado, Raksh tembló e intentó dejar de ser tan inútil.

—Yo he estado en esa cueva —dijo en voz baja y, aun así, su voz estaba impregnada de una magia y sugestión imposibles de ignorar—. Es gloriosa. Hay zafiros y rubíes más grandes que melones y pulidos con tal perfección que su reflejo podría cegar a un hombre. Autómatas cuya inteligente construcción todavía no ha sido superada y suficientes monedas de oro para nadar entre ellas. Las cámaras del tesoro están en las profundidades de la cueva y, por lo tanto, nos necesitaríais como guías, pero os veríais recompensados. ¡Pensadlo! —instó—. Sois unos guerreros temibles y bien provistos. Esto sería una victoria fácil para vosotros, seguida por el saqueo de las riquezas de todo un imperio.

La exagerada descripción de Raksh era ridícula, pero el encantamiento que pintaba era complicado de ignorar incluso para mí. Vi florecer la maravilla en los ojos de los piratas, una sombra de la neblina ensoñadora que una vez había usado Raksh para convencerme a mí y a una gran cantidad de mortales de aceptar sus tratos.

Pero el joven nakhudha se estremeció y se liberó.

—No confío en nada de esto. Esas cuevas están malditas por una razón y sospecho que el franco al que se han enfrentado estos dos es mucho más poderoso de lo que nos están diciendo.

—Si ese franco fue el que atacó el pueblo, no importa en quién confíes. —La respuesta de la anciana golpeó como un látigo—. Es el compromiso de nuestras comunidades, uno que hemos mantenido durante siglos. Socotra ofrece refugio a los clanes piratas y, a cambio, protegéis a nuestra gente.

—Sí, os protegemos de armadas extranjeras y de aspirantes a esclavistas —replicó un tercer nakhudha con un rostro tan hermoso que distraía y una barba negra y tupida. Le faltaba la pierna izquierda desde la rodilla y llevaba un kameez de corte holgado propio de los pueblos baluchíes—. No de brujas extranjeras y maquinaciones de contrabandistas notorios. De acuerdo, no me opongo a obtener las riquezas de la cueva del tesoro, pero lo más sabio es recopilar primero toda la información que podamos sobre este franco y su posible magia. —Miró en mi dirección—. Al-Sirafi, tú y tu hombre os quedaréis aquí mientras enviamos a un explorador.

—¡No hay tiempo para explorar! —exclamé intentando calmar la desesperación de mi voz. La Luna de Saba era otra parte de la historia que había dejado fuera, pero era primordial llegar hasta ella antes del eclipse—. Falco se está volviendo más y más poderoso. Si nos retrasamos…

—Vaya, qué discusión tan curiosa —retumbó una nueva voz detrás de mí.

Sorprendida, me di la vuelta y vi a un hombre grande como un barril en la entrada de la tienda que bien podría haber inspirado él solo los relatos más temibles de los bandoleros del mar de Socotra. Era incluso más alto que yo y lucía un rostro escarpado que solo podía ser resultado de décadas en el océano. Sus brazos eran más gruesos que los muslos de Raksh, los llevaba cubiertos de tatuajes de caballos y mujeres guerreras y llevaba cuchillos envainados atados a los bíceps. Una salvaje cicatriz lo recorría desde la barbilla hasta el vientre como si alguien hubiera intentado cortarlo en dos, llevaba un turbante amarillo ostentosamente grande salpicado de brea envolviéndole la cabeza y un cordón de dientes de tiburón colgando del cuello.

Se adentró en la tienda lanzando y recogiendo un pesado mazo de madera con la mano y todos los miembros del consejo pirata se pusieron tensos.

—Ha sido una sorpresa desagradable enterarme de que se había convocado una reunión sin mí —dijo el recién llegado con un marcado acento egipcio—. En particular, cuando me han dicho que estaba teniendo lugar en nuestra tienda. Villanos francos, cuevas del tesoro, pícaras fascinantes... —Sus ojos brillantes se llenaron de alegría al verme y sonrió ampliamente revelando tres dientes de oro, frente al único que tenía yo—. La paz sea contigo, nakhudha. Me llamo Magnun. Estoy loco de amor por las profundidades del mar y siempre tendré esa sed.

—Ah, ¿ahora ser expulsado de la armada fatimí se llama así? —murmuró el capitán Malabar por lo bajini. Magnun se volvió hacia él girando el martillo y el joven se calló de golpe.

—Magnun... —dijo el nakhudha baluchí con más diplomacia—. Parecías ocupado con las reparaciones. No queríamos molestarte.

—Hamza, mientes con mucha dulzura, pero yo siempre reconozco el sabor del azúcar. Y ahora estoy bastante molesto —declaró Magnun alzando la voz con incredulidad—. ¡Me molesta descubrir que mis compañeros no son más que cobardes!

Esa afirmación le valió miradas de enfado de los otros piratas.

—Nosotros llamamos sabiduría a aquello que tú llamas cobardía, tonto temerario —espetó el hombre de Mombasa—. Hay un motivo por el que nuestros clanes han prosperado aquí durante tanto tiempo y es porque no vamos tras magos extranjeros solo por lo que diga una mujer poco fiable.

Magnun puso los ojos en blanco.

—Y os hacéis llamar piratas... ¿dónde está vuestro sentido de la aventura? —Se volvió hacia mí—. Olvídate de estos críos asustados, dama Leopardo del Mar. Yo lucharé contra ese franco y sus bestias a tu lado. Le romperé el cráneo y aplastaré su cerebro ante tus pies. A cambio, tú me guiarás a mí y a mi tripulación hasta esta cueva del tesoro que estos cobardes no tienen las pelotas de encontrar.

Sus palabras desafiantes aterrizaron con aire atronador. Como podrás imaginar, es increíblemente fácil provocar a un grupo de lobos de mar viejos y combativos. Más aún si se les dice que son «cobardes sin pelotas». Esperaba que desenvainaran las armas, que se derramara sangre.

En lugar de eso, apareció una expresión astuta en los ojos del nakhudha baluchí. Miró a la mujer sucotrina:

—Creo que cumpliría nuestro compromiso.

La anciana nos miró a Magnun, a Raksh y a mí con escepticismo.

—¿Solo los enviaréis a ellos tres? ¿A luchar contra un hechicero?

—¿Por qué no? —preguntó el hombre de Mombasa con sarcasmo—. Magnun confía plenamente en sus habilidades y ya estábamos planeando enviar a un explorador. Dejemos que vaya él en su lugar. Si se hace cargo de este franco él solo, se habrá ganado todas las riquezas que pueda recuperar. —Le sonrió a Magnun con todos los dientes—. Y si los devora un monstruo marino, conoceremos mejor el alcance de la amenaza.

—Me parece bien —murmuró el joven de Malabar hablando en su propio idioma, que yo chapurreaba de manera decente—. Dejemos que este idiota descarado aprenda una lección por las malas.

Cualquier alivio que pude haber sentido al recibir ayuda por parte del consejo de piratas de Socotra se vio empañado por lo ansiosos que parecían los demás por ver a Magnun escarmentado.

Lo intenté de nuevo mirando desesperada a los otros capitanes.

—Seguro que el resto también estáis intrigados… la cueva es un premio realmente extraordinario. —Le di un codazo a Raksh—. Raksh, háblales de nuevo del tesoro.

—No será necesario. —A mi lado, Raksh relucía de emoción mirando a Magnun como un niño esperando el dinero del Eid—. Él es perfecto.

—¡Pues está decidido! —Magnun me indicó que lo siguiera—. ¡Vamos! Os enseñaré mi barco.

A pesar de mi aprehensión, resultó que Magnun poseía uno de los aterradores bawarij que había admirado, un auténtico barco pirata con plataformas cambiantes, galeras de arqueros y remos para sesenta hombres. Su casco y sus velas estaban pintados para camuflarse con los colores del océano nocturno, había arietes a ambos lados, mangas para nafta y algún tipo de sistema de catapulta. Vi al menos una docena de cajas de combustión, barriles de lanzas y un falso medio mástil lleno de cuchillos arrojadizos y hachas. No obstante todas sus excentricidades, me di cuenta de que Magnun manejaba el barco de manera estricta. Había buscado telas de gran calidad para las velas y los timones se movían con un susurro. No era de extrañar que los otros capitanes hubieran soportado su descaro, este era un buen barco con el que contar en una pelea.

—Es una belleza —dije admirándolo—. Sospecho que has vivido muchas aventuras con él.

—Sí, aunque puede ser una vida algo solitaria. No hay muchas mujeres que quieran vivir en el mar. Tú, en cambio… —Magnun chasqueó la lengua—. Apuesto a que podrías parir hijos fuertes con esas piernas.

—Podría partir los huesos de un hombre con estas piernas —contrarresté mirando a Raksh con una sonrisa que no me devolvió—. Y puedo hacerte una demostración en cualquier momento.

Magnun rio.

—Entendido, nakhudha. No puedes culpar a un hombre por intentarlo. —Me dirigió una mirada más crítica—. Y, si bien esa capa que llevas de… ¿son plumas? Si bien es bastante atractiva, supongo que preferirías tener una armadura adecuada.

—Pues sí. —Saqué una lanza del mástil de prácticas con la misma facilidad con la que podía chasquear los dedos. Era ligera como una pluma—. Y armas, si puedes prescindir de alguna. ¿Cuándo es lo más pronto que podemos marcharnos?

—Solo necesito llamar a mi tripulación, yo también prefiero salir cuanto antes. —Magnun señaló la tienda con el pulgar—. No me extrañaría que esos idiotas cobardes se dieran cuenta de que están dejando que una fortuna se les escape de las manos y se apresuren a llegar después del combate para reclamar una parte del tesoro para ellos. Pero de momento… —sonrió—. Vamos a equiparte.

—Bueno… —silbó Raksh cuando salí de la cocina del barco—. Realmente, parece que encajas con tu nuevo amigo.

Decía la verdad. Parecía que Magnun tenía la costumbre de robar a los nobles y dejarlos en ropa interior, puesto que tenía la bodega de cargo llena de algunas de las telas más elegantes que había tocado jamás, cada una más colorida y costosa que la anterior. Había muchas demasiado delicadas para la tarea que teníamos entre manos: sedas pintadas y muselinas tan finas que podían romperse solo con el sudor.

Pero, aun así, había mucho de donde elegir. Tal vez hubiera aceptado este encargo originalmente con el objetivo de ser discreta o de enterrar a mi yo más joven extravagante e irrespetuosa, pero al diablo con todo eso. Lucharía siendo fiel a mi alma. En consecuencia, desenterré a la antigua Amina al-Sirafi con una túnica esmeralda bordada con rayos de sol de color amarillo fuego, botas de cuero rojo sangre y pantalones holgados del mismo azul exacto que el del mar al atardecer. Una capa de fina cota de malla lo cubría todo, seguida por una chaqueta del verde más intenso que hubiera visto nunca atravesada con hilo plateado. Me envolví el pelo con un turbante de xilografía ébano y me puse un yelmo abovedado con versos protectores inscritos.

En cuanto a las armas, me había excedido por completo. Si había entregado una parte de mi vida para salir de la isla de los peris con mi nueva fuerza, juré por Dios que iba a emplearla. Mi janyar estaba ahora oculto tras un par de cuchillos arrojadizos y en la espalda llevaba dos espadas de Toledo. Haciendo que todo lo demás pareciera pequeño, llevaba una pesada hacha de batalla lo suficientemente grande para derribar una arboleda celestial pero que apenas parecía más pesada que un mazo de carpintero en mis manos.

Magnun rugió en aprobación cuando lo vio.

—Apuesto a que el papa de Roma acaba de cagarse encima.

En efecto, podría ser que el líder latino lo hubiera hecho al ver a la tripulación reunida y sospecho que muchos califas, sultanes y almirantes habrían perdido las entrañas de un modo similar. Magnun había sacado a su gente de peleas, de bares, de cacerías y de siestas, y todos parecían tan salvajes y formidables como él. Un puñado eran mujeres, la mayoría tan fuertes como yo. Estaban armados y se reían, algunos llevaban camisas talismán y otros collares de dientes de tiburón emulando a su nakhudha.

Raksh saltaba de emoción alimentándose de ambiciones que yo apenas podía imaginar mientras se pasaba un mazo de acero con un extremo puntiagudo de una mano a otra.

—Vaya, esto es brillante. Realmente brillante. ¡Podría salvarme de verdad!

—Espero que eso te inspire a no dar media vuelta y huir de nuevo —le advertí—. Recuerda que tú te beneficiarás de la caída de Falco como todos los demás.

Pero el simple hecho de pronunciar el nombre de Falco bastaba para ensombrecer mi humor. Podíamos haber reunido a una ofensiva temible, pero no estaba segura de que ninguna de las armas que tenía a mí disposición pudiera siquiera herir al franco. ¿Y si estaba protegido por su hechicería? Había sido capaz de extraer la sangre de Raksh, pero, por lo que sabía, Falco estaba protegido por algo más fuerte.

Magnun pasó con un puñado de lanzas y se me ocurrió una idea.

—Nakhudha —grité—. ¿Puedo pedirte otro favor?

Dirigió una mirada de admiración a mi persona antes de responder.

—Habla.

—¿Tienes algún arma talismán? ¿Algo grabado con versos sagrados? —pregunté pensando en mi filo bendito. Había sido despojada de él junto con el resto de mis armas cuando Falco había tomado el *Marawati*. Tal vez no funcionara con Raksh, pero había despachado a la criatura del lago hacía unas semanas—. ¿O algún cuchillo de hierro?

El líder bocazas se quedó quieto.

—¿Un cuchillo de hierro? —Magnun me dirigió una mirada curiosa—. ¿Entonces has estado hablando con mi tripulación?

Cuando negué con la cabeza, me indicó que lo siguiera a la sombría bodega del barco. Abrí la escotilla para dejar que entraran algunos rayos de luz solar polvorienta y observé cómo Magnun revolvía entre cajas de artículos saqueados moviendo valiosas botellas de aceite, sacos de grano y paquetes de brocados bordados.

—Es extraño que me preguntes por cuchillos de hierro, al-Sirafi —dijo por encima del hombro—. Muy extraño, de hecho. —Magnun extrajo una hermosa caja plateada—. Robé esto justo antes de que me echaran de mi país.

Abrió la caja. Metida en el interior entre la guata de lino había una daga larga y plana con una hoja de hierro oscuro. Tendría más o menos la misma longitud que mi antebrazo y brillaba como si tuviera luz en su interior. La empuñadura era dorada y tenía grabado un patrón de nenúfares y soles nacientes con pequeños lapislázulis y coralinas incrustadas formando espirales.

—¿Qué tipo de arma es esta? —suspiré fascinada por su brillo.

—Una celestial —contestó Magnun igual de asombrado. Cuando le dirigí una mirada escéptica, rio—. Bueno, está tallada de un meteorito de hierro que cayó de las estrellas. A veces se encuentran hojas como esta en las tumbas subterráneas de los grandes reyes solares de mi tierra. Iba a ser un regalo para el califa, pero... —Inclinó la caja y la carga captó un rayo de luz y la reflejó de un modo deslumbrante—. He decidido que puedo encontrarle un uso mejor.

—¿Dándosela a una nakhudha al azar?

—Prestándosela a una fascinante nakhudha —aclaró Magnun—. He oído lo que le estabas diciendo al consejo acerca de que el franco tiene acceso a la magia. Me parece un arma digna para contrarrestarlo.

—En ese caso, ¿por qué no la empuñas tú mismo?

—Si ese franco tuviera a mi tripulación, lucharía a través de las llamas para salvarla. Sospecho que será más efectiva en tus manos. —Me tendió la caja—. Tómala.

La daga pareció cantar cuando la toqué. La empuñadura se calentó en mi mano y brillaron cristales verdes y morados en las profundidades del hierro nebuloso como escamas de los peces morando bajo la superficie. Contuve el aliento, pero Magnun no pareció notar nada inusual.

Transgresión, susurró la voz de la paloma peri en mi oído mientras levantaba la daga y el sol brillaba como una antorcha bailando por la hoja afilada. ¿Era eso lo que era? ¿Lo que yo era?

Y, sin embargo, cuando visualicé los rostros de mi hija y de mi tripulación, me di cuenta de que no me importaba.

Voy a por vosotros, prometí. *Y lucharé a través de las llamas.*

30

Confesaré que es una experiencia bastante extraña la de tramar el robo de un barco al que amas. Sin embargo, tras dos días de viaje rápido a lo largo de la costa norte de Socotra, tras dos días de discusiones e intrigas con Raksh, Magnun y sus principales comandantes, tras dos días de rezar por que mi gente siguiera viva y el trato de Dunya los hubiera mantenido a salvo, nos acercamos al campamento de Falco —a las puertas de la cueva en la que se encontraba la Luna de Saba— una oscura noche cuya luna estaba a punto de ser tragada por un eclipse con un plan que solo podía ser obra de piratas.

Decidimos crear una distracción: íbamos a fingir que robábamos el *Marawati*, lo que significaba que ahora el magnífico barco de Magnun —con sus velas y cascos pintados de negro y gris, sus luces apagadas y sus remeros expertos moviéndose con tal elegancia y discreción que me hizo querer llorar de envidia— estaba surcando las aguas oscuras, casi invisible, hacia mi amado barco con Magnun, un pirata en toda regla como pocos, al mando.

Sin embargo, yo no estaba en el barco atacante de Magnun. En lugar de eso, avancé a través de los acantilados que se cernían sobre la boca de la cueva manteniéndome cerca del suelo. Raksh estaba a mi lado con diez de los más feroces piratas detrás de nosotros. Magnum nos había dejado en la ensenada con cuerdas y equipo de escala y estaría mintiendo si dijera que no tenía dudas sobre la posibilidad de que el nakhudha egipcio pudiera tener motivos ocultos.

Pero resulta que no le había dicho la verdad a Dalila en Adén: mi gente sí que era más importante que el *Marawati* y, si tenía que arriesgar mi barco para liberarlos a ellos, así lo haría.

Nos colocamos en un mirador oculto por arbustos achaparrados desde el que podíamos espiar la hoguera ardiendo en el centro del campamento de Falco. La luna era brillante y redonda como una moneda de plata y no había todavía ningún indicio de eclipse. Avanzando hacia adelante, intenté distinguir lo que pude de las oscuras figuras que había debajo. Ya no tenía buena visión por las noches, pero lo que pude ver con las llamas danzantes fue suficiente para que se me revolviera el estómago cuando me invadió el recuerdo de lo cerca que había estado de convertirme en esclava de Falco. *Manos empujándome hacia la arena y esa repugnante poción bajándome por la garganta. El veloz ejército de escorpiones vertiéndose en el hoyo...*

Céntrate. Estabilizándome, presioné la extraña daga de meteorito envainada en mi cintura y se calentó al instante, hormigueando bajo mis dedos. Unas semanas atrás, un arma celestial que se activara con mi tacto me habría parecido demasiado inquietante. Ahora era tranquilizador. Sí que había cambiado. Pero no a instancias del franco.

Más cerca de la playa, una brisa debió soplar desde el océano. La hoguera se avivó y sus llamas iluminaron un momento a un grupo de gente cuyos rostros hicieron que se me llenara el corazón de alegría.

Mi tripulación. No estaban todos, pero me recorrió el alivio al reconocer a Tinbu, a Hamid, a Tiny, al carpintero del barco y a algunos otros de los constructores de botes más talentosos. Eran el grupo que desearías que hiciera reparaciones en un barco estropeado. De hecho, en ese momento pude ver mi *Marawati* flotando cerca de la orilla con la luz de la luna ondulante reflejándose en las olas que lo rodeaban. Estaba demasiado oscuro para evaluar el estado de mi barco, pero al menos, estaba a flote. Me puse de puntillas buscando al resto de mi gente.

En lugar de eso, vi algo mucho menos prometedor. Lo que había tomado por parte del paisaje —un afloramiento rocoso que sobresalía de las aguas poco profundas junto a una duna de arena— se movió de repente con un estremecimiento ondulante al que siguió una ráfaga de infección en el aire salado. Era el marid de Falco, la enorme criatura estaba medio varada en la orilla.

Me quedé quieta temiendo que nos hubiera descubierto de algún modo, pero el monstruo dejó caer unos tentáculos y abrió y cerró lentamente una enorme garra.

¿Estaba muriéndose? ¿Durmiendo? Su comportamiento parecía lento, aunque no estaba segura de qué significaba eso para un leviatán del tamaño de un edificio. Todavía tenía un revoltijo de vigas rotas y forúnculos en el cráneo, era todo lo que quedaba del barco naufragado de Falco.

Uno de los guerreros de Magnun se unió a mí.

—¿Asumo que esta es la criatura? —susurró. Los había informado lo mejor que había podido durante el viaje describiéndoles el campamento, sus luchadores, la cueva y mi gente a Magnun y a su tripulación, intentado encontrar seguridad en el hecho de que al parecer realizaban incursiones exitosas a medianoche con objetivos más grandes y letales todo el tiempo (y debería saberlo porque se habían pasado todo el trayecto alardeando, sobre todo los hombres de Magnum, para que supiera lo hábil, viril y talentoso que era su nakhudha).

—Sí. —Miré hacia él esperando que la bestia lo hubiera asustado, pero los ojos del hombre resplandecían.

—Será un combate glorioso —murmuró con el mismo tono que su jefe—. ¿Ves a tu tripulación?

—Solo a unos pocos. —Señalé a Tinbu y al resto mirando entre la oscuridad por segunda vez esperando ver más rostros con poco éxito—. Pero no veo a los demás ni al propio franco. Puede que estén en la cueva. —Al menos, rezaba por que estuvieran en la cueva, ya que Dalila, Majed y Dunya estaban entre los rostros ausentes.

—Entonces debemos esperar a la señal de mi nakhudha.

Nos retiramos para unirnos a los demás. Raksh respiraba rápido y sostenía el mazo del revés.

Se lo quité de las manos, le di la vuelta y se lo devolví.

—Por favor, fíjate bien a quién golpeas, no necesito que ataques a nadie de nuestro bando.

Se humedeció los labios con el temor reluciendo en los ojos.

—¿He mencionado ya que no soy un guerrero?

—Un montón de veces. Pero puedes seguir recordándote a ti mismo cuál es la alternativa.

—Créeme, lo estoy haciendo —murmuró con expresión amarga—. Ese puto idiota lunar tuvo que jodernos a todos.

Antes de que Raksh pudiera caer más en la autocompasión, llegó la señal de Magnun: en el mar, sus remeros tomaron velocidad, salpicando a propósito para que fuera visible que el enorme barco pirata iba directo hacia el *Marawati*. Observamos en tenso silencio, pero no pasó ni un minuto hasta que los mercenarios de Falco se dieran cuenta y uno de ellos gritara:

—¡Se acerca un barco!

Todavía a bordo de su embarcación, los arqueros de Magnun encendieron sus flechas con el fuego que cobraba vida vida en los arcos de una docena de hombres en perfecta simetría (Dios mío, sus compañeros piratas habían subestimado al egipcio, yo misma estaba dispuesta a unirme a él) y entonces el verdadero pánico pareció invadir el campamento de Falco.

Un hombre corpulento se puso en pie de un salto. Reconocí que era Yazid, sobre todo porque llevaba mi propia cimitarra colgando de la cintura.

—¡Avisad al maestro! —lo oí gritar.

Tal vez despertado por todo el caos, el marid dejó escapar un rugido enfermizo. Sonó mucho más débil que antes, pero aun así seguía siendo capaz de levantar su cuerpo sobre sus muchas piernas. Volvió al agua, toda la playa tembló con sus potentes pasos y recé por Magnun y su tripulación mientras la criatura nadaba directamente hacia su barco.

Había llegado el momento de pasar a la segunda parte del plan.

—¡Vamos! —siseé a los luchadores que me acompañaban.

Invadimos la playa. Los guerreros de Magnun eran mucho más hábiles que yo a la hora de cazar hombres, tal vez incluso más que los brutos de Falco, acostumbrados a llevar a cabo incursiones y a tomar decisiones en fracciones de segundo. Eran mortalmente silenciosos, rápidos como una jabalina atravesando el campo. Apenas había visto al vigilante del franco cuando uno de los piratas lo agarró por la espalda, le cortó la garganta, acompañó su caída al suelo para que no hiciera ruido y siguió adelante.

Esa facilidad me sorprendió y me intimidó; eran buenos asesinos. Pero me detuve en seco al ver al explorador muerto. No solo parecía tan monstruoso como cuando el franco me había obligado a tomar su asquerosa poción, con cuatro ojos grises en tallos que le salían de la frente y escamas de pez cubriéndole la piel, sino que había algo todavía más extraño: un hilo grueso de lo que parecían algas marinas le brotaba del pecho. Era de un plateado reluciente, pero se desintegraba al instante y su luz se desvanecía.

Por el amor de Dios, ¿qué es eso? Asqueada y, sin embargo, extrañamente atraída, le di un ligero tirón y estuve a punto de caerme de culo cuando la cuerda hecha de algas —y el aguijón azul grisáceo al que estaba atada— salieron del esternón del hombre con un repulsivo chasquido húmedo.

Era exactamente como el aguijón que Raksh había sacado de mi interior.

El propio Raksh vino corriendo en ese preciso momento.

—¿Qué estás haciendo?

—¿Qué es esto? —pregunté manteniendo el volumen de mi voz por debajo del rumor de las olas. Gesticulé hacia lo que quedaba de la cadena de algas, tan descompuesta ya que costaba recogerla. El aguijón ya se había desmoronado en pedazos y había dejado tan solo un montón curvo de conchas rotas.

Su mirada pasó de mi rostro al suelo.

—¿Qué es qué?

—Esta cuerda —contesté—. Estaba atada a un aguijón como el que me sacaste del pecho. Y se estira… —Pero no podía ver dónde terminaba puesto que ya no brillaba en la oscuridad—. Hacia alguna parte por allí.

Raksh se sobresaltó.

—¿Puedes ver una cuerda? ¿Viniendo de un aguijón como el que había en tu pecho? —Cuando asentí, Raksh me dirigió una mirada salvaje—. Es como si el juramento que le hubiera hecho a Falco se hubiera manifestado, los vínculos mágicos existen en algunos reinos como formas físicas. Pero no deberías ser capaz de verlo. Yo no soy capaz.

Ahora no era el momento de discutirlo, puesto que el caos nos rodeaba. En el mar, Magnun disparó una ráfaga de nafta hacia el marid, que chilló en respuesta. Bajo la dispersa luz de la luna y los destellos de las llamas de nafta reflejándose en el océano, era difícil ver algo más que extremidades luchando y armas relucientes cuando los luchadores de Magnun se lanzaron sobre los de Falco.

Ese era el tipo de batalla que había evitado toda la vida: un contrabandista que quiere vivir hasta llegar a retirarse confía más en engaños y robos que en peleas abiertas y sangrientas. Había estado en muchas escaramuzas. Había matado a mi primer hombre a los dieciocho. Pero nunca había saboreado la violencia.

Sin embargo, cuando dejé el cuerpo del explorador y corrí para unirme a la pelea, algo se apoderó de mí, una energía cantando a través de mi sangre. Me lancé a por un hombre con una veintena de ojos por todo su rostro rosado parecido al de una araña. Dejó caer la copa de la que había estado a punto de beber y agarró un hacha de doble filo.

Lo decapité de un solo colpe.

En otro tiempo, la hazaña me habría conmocionado, tal vez incluso horrorizado. Esta noche no. Atravesé a los hombres que habían atacado mi barco, amenazado a mi gente y entregado sus almas a un asesino extranjero con toda la fuerza sobrenatural que tenía.

Tal vez si hubiera tenido algo más de tiempo, más misericordia, habría intentado razonar con ellos. Pero yo no tenía tiempo y ellos tampoco. Habían elegido unirse a este monstruo, quedarse a su lado mientras torturaba y asesinaba a todo un pueblo de inocentes. Haría lo que fuera necesario para detenerlo.

Mandé a un hombre por los aires con un golpe en el pecho y me di la vuelta a la velocidad del rayo para, en un abrir y cerrar de ojos, rajarle el vientre a otro que intentaba acercarse a mí, pero entonces tropecé, perdí el equilibrio por el golpe. Mi fuerza, mi velocidad… ambas habían mejorado, pero mi golpe en el fragor de la batalla tal vez no fuera el mejor. A mi alrededor, los hombres de Magnun luchaban contra los de Falco haciendo todo lo posible contra los guerreros mágicamente mejorados. Al otro lado del campamento, percibí al pequeño grupo de mi tripulación. Atados con cuerdas y, casi seguro, desarmados, se arrojaban contra sus guardias con gritos y maldiciones.

Intenté llegar hasta ellos, pero me bloqueó el camino otro de los guerreros de Falco, un espécimen mucho más corpulento que aquellos a los que me había enfrentado antes. Vino corriendo hacia mí luciendo sus seis brazos de cangrejo y una boca llena de dientes de tiburón. Esquivé a duras penas un enorme par de pinzas rodando para golpearle la cabeza con el hacha antes de que pudiera bloquearla con otro brazo.

—¡Raksh! —grité al ver a mi esposo escondido detrás de una roca—. ¡Un poco de ayuda!

En respuesta, Raksh lanzó el mazo hacia nosotros y estuvo a punto de darme a mí en la cabeza sin acercarse a mi oponente.

Maldito cabrón inútil. Apreté los dientes empujando el mango de mi hacha entre las garras serradas que habían estado a punto de arrancarme la cara. Las garras retrocedieron, pero se llevaron mi hacha con ellas. Agarré una de las espadas y ataqué hacia el pecho del hombre.

Ese golpe habría partido a un humano, pero mi contrincante ya no lo era y lo único que hizo la espada fue deslizarse por el caparazón de cangrejo que brillaba bajo su camisa desgarrada. El filo no le dejó ni un arañazo, aunque seguro que había algo capaz de perforarlo: una cuerda de algas espectrales como la que había visto en el pecho del explorador.

El hombre malinterpretó el asombro de mi rostro y sonrió mostrando sus dientes de tiburón (no intentes imaginártelo, es una imagen espantosa) y se pasó una garra de admiración por el caparazón duro como una roca que le protegía el pecho.

—Es incluso mejor que una armadura, si me lo preguntas.

—Pareces una puta gamba. —Actuando por instinto, agarré mi filo de meteorito.

Él resopló.

—¿Piensas matar una araña con ese cuchillo esmirriado?

—No exactamente. —Me lancé hacia adelante y lo deslicé por la cadena espectral. El filo de meteorito cortó el lazo de algas con un destello de luz.

El efecto fue instantáneo. El luchador de Falco boqueó intentando tomar aire como un pez en la tierra, tambaleándose hacia detrás como si hubiera perdido el control de sus extremidades. Su caparazón blindado se desvaneció y se fundió en su piel humana. El hombre ni siquiera tuvo oportunidad de gritar antes de que le cayeran también los miembros sobrantes. Las garras de pinza se redujeron al tamaño de pequeños cangrejos cuando aterrizaron sobre la arena. Con un grave grito de incredulidad, se llevó las manos al pecho y agarró el aguijón azul grisáceo que le salía del esternón.

Deteriorado, cayó de rodillas.

—Me has liberado —farfulló con voz ronca tocándose los dientes humanos y el vientre desnudo con una palpable desesperación—. Falco... no puedo sentirlo.

—¿Dónde está? —pregunté—. Ayúdame y te perdonaré.

—¿Ayudarte? —se rio con un sonido vacío—. ¿Sabes cuál es el precio que pagué por esto? Me quedé de pie mientras devoraban a mi primo en vida. —Levantó la mirada con el odio ardiendo en sus ojos—. Furcia, yo lo deseaba.

Saltó hacia mí, pero fue un movimiento desesperado y no me costó nada clavarle la daga en el corazón. La saqué y su cuerpo se derrumbó sobre la arena. Respiré y miré asombrada el filo de meteorito con la luz del fuego bailando en sus profundidades.

Raksh salió de detrás de la roca.

—¿Qué has hecho?

Creo que acabo de descubrir cómo despojar a los hombres de Falco de su magia. Pero de ningún modo iba a decirle eso a mi esposo que podía cambiar de bando en cualquier momento.

En lugar de eso, lo fulminé con la mirada.

—Bien. Tenemos un nuevo plan, ya que parece que es más probable que me hieras a mí que a la persona contra la que estoy luchando. Libera a mis hombres y meteos en la cueva.

Me dirigió una mirada nerviosa.

—Falco podría estar en la cueva.

—Sí, idiota, y espero que también el resto de mi tripulación. Tú eres el embaucador, ¿verdad? Encuentra un modo de liberarlos para que puedan luchar y, posiblemente, retrasar a Falco. Y salvarte a ti —agregué expresándolo de un modo que pudiera entenderlo—. ¡Ve!

Raksh maldijo, pero echó a correr y yo me volví de nuevo hacia los luchadores de Magnun. Si pudiera cortar los cordones espectrales del resto de los luchadores de Falco, derrotarlos sería un juego de niños para los piratas sucotrinos.

Pero apenas había dado dos pasos cuando un fuerte golpe que casi me dejó sin sentido resonó contra mi yelmo.

Me tambaleé, me zumbaron los oídos y alguien me arrancó el yelmo por completo. El hombre bestia de Falco —Yazid, el mercenario que me había retorcido y atado una barra de hierro como si fuera un trozo de cuerda— estaba de pie detrás de mí.

La sorpresa iluminó su rostro salpicado de sangre.

—Al-Sirafi —exclamó. En una mano llevaba mi cimitarra.

Dios mío, me dolía mucho la cabeza.

—He vuelto a por mi arma —dije intentando despejar las estrellas que me bailaban ante los ojos—. ¿Te importa?

Yazid se lamió los labios.

—Ven a por ella.

Las experiencias pasadas me habían enseñado que ese tipo de desafíos normalmente hablan mal de los fanfarrones que los pronuncian: son esfuerzos para aumentar su propia ineptitud o su poca confianza.

Por desgracia, Yazid necesitó menos de un minuto para demostrar que era merecedor de esa arrogancia burlona.

Se movía más rápido de lo que yo parpadeaba. Olvida el filo de meteorito, ni siquiera tuve tiempo de levantar la espada antes de que me llegaran sus golpes como los martillazos de un carpintero furioso descargando su frustración por una uña rota. Mi fuerza había mejorado, pero seguía sin acercarse a la de Yazid. Mientras nos movíamos de un lado a otro, me empujó hacia las sombras, lejos de mis aliados.

—Fuiste una tonta por no unirte a nosotros cuando Falco te invitó, al-Sirafi —dijo Yazid con ojos relucientes—. Te habría entregado el mundo.

Gruñí de frustración mientras me defendía de otro de los golpes de Yazid. Había una mezcla de amargura y celos en su voz, tal vez se sintiera inseguro en su relación con el hechicero franco.

—¿Es eso lo que les dijo a tus compañeros antes de dárselos de comer a un monstruo marino?

Yazid balanceó mi propia espada con fuerza y yo me tambaleé, esquivando por poco el acero que me pasó al lado de la cara. Ahora más de cerca, pude ver su lazo espectral que resplandecía con fuerza mientras iba de su pecho al suelo. Cortarlo parecía ser mi única esperanza, pero Yazid me estaba llevando al límite. Necesitaba sujetar la espada con ambas manos, así que había metido la daga de hierro en la faja al inicio de la pelea, y se me había estado a punto de caer con las prisas.

Cada vez más desesperada, hui hacia atrás esperando conseguir una oportunidad para arrebatarle el cuchillo. Pero había calculado mal. Yazid era tan rápido como fuerte y aprovechó la distancia que había entre nosotros para dar un amplio mandoble con la espada. Me retorcí y el filo se deslizó por mi cota de malla en lugar de abrirme todo el abdomen, pero aun así fue un golpe bastante fuerte y habría jurado que había oído cómo se me partía una costilla.

Yazid aprovechó ese golpe y me dio una patada en el mismo sitio. Jadeé de dolor con los pulmones vacíos de aire y me barrió los pies.

Caí sobre la arena. Abandonando mi espada, agarré salvajemente la hoja de meteorito, pero apenas había logrado cerrar los dedos alrededor de la empuñadura cuando me la quitó de la mano y volvió a presionarme las costillas con la bota, inmovilizándome en el suelo. Grité de dolor y rabia frustrada a partes iguales mientras él se cernía sobre mi cuerpo. Yazid levantó la espada —mi espada— sobre mi pecho con un brillo triunfante y asesino en su expresión.

Un grito conocido atravesó el aire. Tan conocido que, a pesar de mi inminente muerte, miré a mi izquierda... y vi a Tinbu.

Como un conejo poseído, mi amigo saltaba en nuestra dirección, tenía la pierna vendada en un ángulo incómodo, una especie de muleta bajo un brazo y un trozo de madera en llamas en la otra mano. Fue una aparición tan extraña que incluso Yazid cesó un momento de intentar asesinarme y miró salvajemente a Tinbu justo antes de que mi primer oficial se arrojara sobre él con la pierna rota, la muleta y la madera prendida.

En la mayoría de las circunstancias, sospecho que Tinbu habría sido poco más que una mosca molestando a Yazid, pero incluso los guerreros villanos se sorprenden cuando un hombre que va saltando con una antorcha grita y se arroja sobre su rostro. Yazid se tambaleó, golpeando y maldiciendo mientras Tinbu le empujaba la madera en llamas hacia los ojos. Al final, con un sólido golpe, Yazid derribó a mi amigo, quien cayó al suelo. Tinbu aterrizó sobre la pierna mala y soltó un grito angustiado pero, aun así, se arrastró hacia mí usando la muleta, con el rostro tan pálido como el pergamino.

—Amina —masculló con la voz espesa por la tristeza y el dolor—. Cúbrete la cara.

¿Que me cubra...?

Entonces me di cuenta de que no era una muleta lo que Tinbu llevaba.

Era el bastón de Dalila.

Una sombra cayó sobre nosotros, una silueta diminuta con un ondulante vestido andrajoso ante la rugiente hoguera. Magulladuras y manchas de sangre le rodeaban las muñecas por donde había estado atada, llevaba el cabello alborotado y volaba en todas direcciones. Tenía su tocado de cintas en una mano y la mitad inferior de la cara ya cubierta. Alguien podría haber pensado que estaba rota, pero su expresión al mirar a Yazid, el odio y la venganza que le ardían en los ojos, mostraban lo viva que estaba realmente.

—Por los del pueblo —espetó Dalila. Entonces, pasó los dedos por las cintas del tocado para romper los viales de vidrio (todos los viales, lo que debía haber costado una década de trabajo) y arrojó su contenido hacia su rostro.

Ya estaba sujetándome el turbante sobre la nariz y la boca y girándome antes de que los vapores me golpearan. Incluso a través de la tela, noté su acidez, y eran tan repugnantes que quise vomitar. Yazid estaba gritando, chillando y aullando de dolor.

Cayó de rodillas a mi lado y retrocedí, horrorizada. Sus ojos habían desaparecido, la carne derretida de sus mejillas burbujeaba y

goteaba. Dalila —de pie tras él como una especie de ángel venga-
dor— recogió mi espada robada de donde Yazid la había dejado
caer.

—Dalila —jadeé mientras el aire seguía ardiendo—. Puedo...

Con un grito desgarrador, metió la espada en el cuello de Yazid.
Tuvo que apoyar todo su peso en el arma antes de atravesarlo y luego la sacó tambaleándose.

Yazid se derrumbó con un ruido sordo.

Hubo un largo momento de silencio consternado. Dalila estaba
temblando y respiraba tan rápido que me sorprendió que no se de-
rrumbara ella también. Las manos le sangraban y el tocado de cintas
yacía tirado a sus pies en un montón de cristales y tela desgarrada.
Pero no dejó caer la espada, ni siquiera cuando se volvió hacia mí.
En todo caso, el brillo salvaje de sus ojos se avivó todavía más mientras el dolor y un miedo enfermizo retorcían su expresión.

—Falco te mató —dijo Dalila con voz roca—. ¿Eres...? ¿Esto es
como lo de Asif?

Me ardieron las lágrimas en los ojos.

—No, amiga mía. Soy diferente. Pero no como...

No tuve que terminar la explicación. Dalila dejó caer la espada y
me rodeó con los brazos. Tinbu se unió tras un instante y los tres nos
abrazamos y lloramos.

—Creíamos que habías muerto —sollozó Tinbu—. Decían que te
había apuñalado y te había arrojado por la borda.

—Yo también pensé que había muerto —susurré acariciándole el
pelo y apoyando la frente con la de Dalila—. Lo siento. Lamento
mucho no haber sido capaz de protegeros. Siento muchísimo haber
tardado tanto en volver.

—¡Amina! —Era Majed avanzando a trompicones sobre la arena
con un agotado Raksh tras él. Mi navegante se arrojó también sobre
nosotros y envolvió al grupo con sus largos brazos dándonos un
abrazo aún más apretado.

—Por favor, tan fuerte no —graznó Tinbu—. Estoy bastante seguro de que me he vuelto a romper la pierna.

Lo solté y el alivio me inundó al ver al resto de mi tripulación
saliendo de la cueva. Los luchadores de Magnun estaban acabando

con los pocos hombres de Falco que quedaban. Pero había una gran excepción.

—¿Dónde está el franco? —inquirí—. ¿Dónde está Dunya?

—Se han ido —respondió Majed con un tono enfermizo—. En cuanto el explorador le dijo a Falco que había alguien atacándonos, esa rata la agarró y se la llevó a las profundidades de la cueva.

—Tenemos que perseguirlos —apremié con urgencia—. Ahora mismo. Antes de que...

La tierra tembló con brusquedad.

A continuación, llegaron más sacudidas, como un terremoto calentándose. Con un horrible sentimiento de premonición, me volví hacia el agua. Había estado demasiado ocupada evitando ser asesinada por Yazid para mantener un ojo en la batalla marítima, pero entonces me sentí en parte aliviada al ver que el barco de Magnun seguía a flote. Pero solo en parte aliviada porque, a pesar de que seguían disparando flechas y apuntando al marid con nafta, la criatura —tal vez bajo las órdenes mágicas de Falco— corría en nuestra dirección y sus pasos eran lo que causaba los temblores.

—Que Dios me guarde —susurré mientras se aproximaba. Si antes me había parecido que el marid tenía un aspecto intimidante, no era nada comparado con el aspecto que tenía en ese momento surcando las olas. Su cráneo titánico y su cola letal borraban la mitad de las estrellas del cielo y el aire apestaba por sus heridas supurantes que competían con los cócteles de Dalila. Desde tan cerca, también pude ver otra cosa: lazos espectrales similares a las cuerdas que tenían los hombres de Falco.

Pero no uno, no. Eso habría sido demasiado fácil. En lugar de eso, había montones de lazos brillantes sujetando al marid. Salían de su cráneo y de sus tentáculos envolviendo su poderoso aguijón y colgando de su amplio abdomen. Eran incluso más brillantes y gruesos que las cadenas que ya había cortado y vibraban tanto que podía seguir su rastro por toda la playa hasta que se desvanecían en las profundidades de la cueva por donde había huido Falco. No eran solo ataduras.

Eran correas. Con repugnancia, miré los grilletes que ataban la poderosa criatura al diabólico hechicero. ¿Cómo debía sentirse al ser obligado a obedecer los caprichos de un ser mucho más pequeño?

Sin embargo, mi empatía se puso a prueba cuando el marid corrió hacia la playa y se quedó total y completamente quieto. El único movimiento era el agua del mar que salía de sus pinzas levantadas, que caía desde tal altura que bien podían haber sido cascadas. Tenía la cola segmentada, levantada y lista para atacar, el aguijón de la cola era el doble de grande que mi cuerpo. Nos quedamos todos paralizados. Mis compañeros, los guerreros de Magnun e incluso los hombres de Falco restantes.

El susurro del aire fue la única advertencia.

Empujé a mis amigos y me lancé hacia un lado. El aguijón se hundió en el suelo justo donde habíamos estado parados con fuerza suficiente para lanzar por los aires rocas y montones de tierra.

—¡Meteos en la cueva! —grité—. ¡Todos! El túnel se estrecha pronto, no podrá seguiros.

—¡No vamos a dejarte! —chilló Dalila. El marid se deslizó hacia adelante chasqueando sus enormes pinzas.

No había nada que pudieran hacer mis amigos aparte de morir. Sin embargo, yo...

«A los seres vivos les gusta ser libres». Era lo que había dicho Khayzur y no podía más que rezar para que el marid sintiera lo mismo.

—¡Iré detrás de vosotros, lo prometo! —exclamé y agarré a Raksh por la capa antes de que pudiera huir—. Ah, no. Tú te quedas conmigo. Distráelo.

—¿Que haga qué?

Lo empujé por la pendiente rocosa.

—¡Ya me has oído!

No obstante, lo empujé con demasiada fuerza y rodó como un barril hasta aterrizar justo debajo del cuerpo del marid. La criatura chilló triunfal con su atención desviada.

Tal vez no fuera exactamente lo que pretendía, pero me servía de todos modos.

Con el cuchillo de meteorito en la mano, corrí hacia el lazo resplandeciente más cercano. Se me subió el corazón a la garganta, pero el filo lo cortó con tanta facilidad como los lazos de los hombres de Falco. Sin embargo, a diferencia de las cuerdas de los mercenarios, estos lazos se retorcían como serpientes y se alejaban de mis manos. Seguí en ello, cortando con furia todos los que podía. Raksh gritaba y maldecía mi existencia, corriendo para evitar las pinzas del marid.

BAM.

Una enorme pata de insecto cayó sobre la arena y estuvo a punto de aplastarme. Eché a correr, pero el marid me bloqueaba el acceso a los lazos restantes, así como a la cueva. Quedaban cerca de una docena de cadenas, tres alrededor de sus piernas y las otras agarradas a su cabeza.

Gran plan, al-Sirafi. Corrí por la playa, esquivando su aguijón y zigzagueando entre las extremidades danzantes del escorpión marino mientras iba cortando los lazos de sus piernas. Pero no habría forma de cortar los que le rodeaban la cabeza a menos que me acercara. Que me acercara mucho.

—A la mierda con este encargo —maldije preparándome y esperando el momento adecuado—. ¡A la mierda Falco, Salima y esa puta Luna pervertida!

Uno de los lazos cortados que colgaba del cuello del marid pasó junto a mí. Antes de que pudiera pensármelo mejor, antes de que pudiera permitirme un momento de miedo o vacilación para cambiar de opinión, corté el lazo.

Y empecé a escalar.

Me gustaría dejar constancia de que ascender por una cuerda mágica de algas que nadie más puede ver —y que podría desintegrarse en cualquier momento— hacia el cuerpo de un escorpión del tamaño de un buque de guerra que no deja de agitarse mientras chilla e intenta atravesarte con los aguijones que le quedan es, sin lugar a duda, la peor puta experiencia de mi vida, incluyendo la repugnante poción de gusanos que Falco me había metido por la garganta. Me aferré con todas mis fuerzas a la cuerda espectral mientras esta se balanceaba, y evité por poco acabar estrellada contra los acantilados dos veces.

Al marid no le gustaba que lo escalara. En absoluto. Sus tentáculos se agitaban y golpeaban intentando deshacerse de la impertinente mortal que se había atrevido a subirse, pero me balanceaba demasiado erráticamente para ser atrapada. Aun así, me golpeó una vez en la espalda con tanta fuerza que estuve a punto de soltarme de la cuerda jadeando de dolor.

Por fin, *por fin*, la cima de la criatura llegó a mi alcance. Agarré los percebes y el coral que crecían en su caparazón resbaladizo y me impulsé hacia arriba, respirando con dificultad y dándole gracias a Dios cuando logré pararme en su espalda blindada, completando el terrible ascenso.

Entonces, un tentáculo, uno delgado y pequeño, me rodeó el tobillo y tiró de mí.

Salí volando por los aires, pero, como si fuera un milagro, acabé enredada en los lazos, balanceándome de nuevo entre las piernas de la criatura.

—Enorme bicho desagradecido —grité—. ¡Estoy intentando liberarte!

No había manera de saber si el marid me había entendido, pero sí que pareció que sus tentáculos estaban menos determinados a asesinarme cuando escalé por segunda vez. Al llegar a la cima, mantuve una mano en una cuerda y trepé con rapidez hacia los restos de la embarcación de Falco. Quedé fascinada por la fusión de los escombros con la bestia, pero aun así no vacilé mientras corría por los brillantes lazos que conectaban los escombros del naufragio con el marid. Los dos últimos lazos estaban al otro lado de su cráneo. Me lancé hacia ellos, los agarré y los corté.

En cuanto el filo de meteorito terminó de cortar la última cuerda, esta se desmoronó en mis manos y todas las cadenas cortadas se convirtieron en un polvo que al instante se llevó la brisa marina.

El marid aulló, fue un desgarrador grito de dolor y lo que parecía confusión (o yo creí que era confusión, solo Dios sabe qué hay en el interior de los monstruosos leviatanes).

Pero no fue en voz alta... sino en mi cabeza. Una ráfaga de imágenes —recuerdos, sonidos e incluso sabores— me inundó la mente. La pesadez del lecho marino y los diferentes y sutiles sabores de la sal. La canción de las ballenas y los chasquidos de los delfines. Estaba masticando un casco de madera y siendo convocada —atrapada— por una red de sangre. Me llevé las manos a los oídos, pero no sirvió de nada para detener la cacofonía de ruidos, las visiones submarinas pasaban ante mis ojos mientras una cinta brillante y espectral de escamas amarillas como una cuerda cubierta por piel de pez se formaba entre el marid y yo.

—¡Ni de puta broma! —espeté tambaleándome. La cinta parpadeó como un rayo de sol atravesado por una nube, pero ahora también podía sentir ese gancho en mi corazón—. ¡No quiero estar conectada a ti! —Corté la cinta con la daga de meteorito, pero no sirvió de nada, atravesó el lazo como si no estuviera ahí.

El marid parecía compartir mis sentimientos. Rugió y se balanceó deslizándose como un borracho enfadado. Con un sonido crepitante y una ráfaga de aire acre, sus gigantescas ampollas empezaron a curarse. La costra de percebes y corales muertos que había fusionado las piezas del barco con su cabeza se rompió y cayó a la playa. Volvió a chillar, claramente harto de todas las tonterías humanas y corrió hacia el mar.

El movimiento me arrojó hacia atrás. Me deslicé por el caparazón húmedo y resbaladizo como una hoja siendo arrastrada por un río. Desesperada, intenté agarrarme a cualquier cosa para frenar mi caída, pero no había nada. Ni siquiera mi cuchillo podía clavarse en su caparazón mientras el océano se acercaba cada vez más y más rápido...

Me estrellé contra el agua con tanta fuerza que mi visión se volvió negra, parte de mi cuerpo quizás estuviera preguntándose si no podíamos rendirnos esta vez y sumirnos en el vacío. Todavía llevaba la armadura y varias armas pesadas, así que me sumergí al instante y me hundí con rapidez.

¡Nada, idiota! Después de todo lo que había logrado, ahogarme sería un modo casi vergonzoso de morir. Luché por llegar a la superficie, pero estaba demasiado mareada para coordinar mis extremidades, para saber en qué dirección estaba la superficie en medio de las agitadas aguas nocturnas. Me ardían los pulmones, pateé y pataleé, pero una ola me atrapó y me lanzó hacia el fondo arenoso. Se negó a dejarme ir, me daba vueltas y más vueltas...

Un par de brazos me agarró.

No pude ofrecer ayuda mientras me subían a la superficie, pero entonces tomé aire, dulce y valioso. Di bocanadas entre toses, ahogándome.

—Te tengo, hermana —jadeó Majed flotando en el agua a mi lado—. Te tengo. —Cortó las cuerdas que sujetaban mi armadura en el sitio y me sacó la chaqueta y la cota de malla por la cabeza.

—Pensaba que mentías... —jadeé—. Sobre lo de poder nadar así todavía.

—¿Ves lo que pasa cuando me subestimas? —preguntó respirando con rapidez, aunque con el mismo tono borde de siempre—. Tendrías que haberme llevado a mí a la costa en primer lugar. Tal vez así no habríamos llegado a este punto.

Estaba demasiado cansada para discutir. Dalila y mis compañeros nos ayudaron a través de las olas. Todavía podía sentir al marid en el fondo de mi mente, podía notar el tirón en mi corazón mientras me arrastraba hacia la playa a buscar al resto de mi tripulación. Literalmente, no había entrado ninguno en la cueva como les había ordenado. Eran unos piratas terribles. No tenían instinto de supervivencia.

Y, hablando de instinto de supervivencia...

—Tengo que ir a por Falco —dije roncamente.

—Es demasiado tarde —contestó Raksh con voz sombría—. A estas alturas, ya habrán atravesado la puerta. Y aunque lo que haya allí, entre los reinos, no los mate, ya ha empezado. —Levantó la cabeza hacia el cielo.

Seguí su mirada. En el borde de la luna llena, se veía una delicada sombra.

El eclipse había comenzado.

—Amina, ¿de qué está hablando? —preguntó Dalila.

Miré hacia la luna tragándome el nudo de la garganta. Quería tumbarme en la arena mojada y dormir cien años. Que le dieran a mi nueva fuerza, estaba exhausta y maltrecha. Había perdido la mayoría de las armas que me habían dejado, toda la armadura y una gran parte de mi fuerza. Estaba luchando contra la magia y no entendía la mitad de la información sobre los patrones lunares. Encima, mi rodilla mala estaba empezando a palpitarme de nuevo.

Además, ya había salvado a mi tripulación, ¿verdad? Tal vez Raksh tuviera razón, tal vez lo que hubiera al otro lado de esa puerta matara a Falco antes de que se apoderara de la Luna y la usara para infligir solo Dios sabe qué horrores a mi gente. Tal vez esta magia no pusiera en riesgo a mi hija, quien siempre había parecido preciosamente mortal.

Pero no podía dejarlo a la suerte. Y, si era sincera conmigo misma, no podía abandonar a Dunya a ese destino.

Me levanté temblorosa.

—Tengo que intentarlo.

Tinbu me agarró del tobillo, o más bien lo intentó mientras estaba tumbado en la arena con Dalila curándole la pierna rota por segunda vez.

—Iremos contigo.

Me liberé con suavidad.

—Disculpadme, amigos, pero no podéis seguirme en esto.

—Ni yo tampoco —advirtió Raksh fríamente—. Nada de amenazas esta vez, Amina. Lo que mora al otro lado de esa puerta es una prisión para un ser como yo, una trampa que nunca podrá deshacerse. Preferiría ser esclavizado por Falco que ser condenado para toda la eternidad.

—Pues iré yo sola. —Levanté una mano para acallar las protestas de mis amigos y fui a recuperar mi espada del cuerpo de Yazid. Me llevaría esa y la daga de meteorito, y rezaría para que fuera suficiente—. Lo siento, pero seré más rápida sin vosotros. Os lo explicaré todo después, os lo prometo… pero Falco ya no es el único con un don sobrenatural.

Majed jadeó, pero, antes de que cualquiera pudiera detenerme, corrí. Mi cuerpo protestó, pero al igual que en la isla de los peris, atravesé la arena y llegué a la cueva más rápido de lo que debería estar permitido para una humana.

La puerta me llamó como el fantasma de un amante, un fantasma al que no deseaba, pero al que tampoco podía renunciar. Había planeado llevarme una de las lámparas del interior de la cuerva, aunque resultó que no la necesitaba. La magia que gobernara en ese sitio brilló con mi nueva Visión, iluminando el túnel tortuoso. La puerta tiró de mi corazón como un gancho invisible atrayéndome hacia las profundidades hasta que volví a encontrarme ante la entrada de bronce con sus escenas espeluznantes.

Estaba abierta de par en par.

Pasó una brisa fresca mezclada con murmullos que parecían desvanecerse cuanto más intentaba distinguirlos. Con una plegaria, la atravesé y el mundo se volteó.

El aire húmedo de la cueva, la puerta de latón y el agua que goteaba... todo había desaparecido, reemplazado por un vacío negro más oscuro que el espacio despojado de estrellas.

Tendría que haber retrocedido por las puertas de bronce hacia los escalones de piedra. En lugar de eso, caminé sobre una madera crujiente, la oscuridad dio paso a las sombras y a un cielo nocturno ahogado por el humo como si me hubieran quitado uno a uno los velos de los ojos. Estaba en el exterior, la luna era apenas una hoz y las frías estrellas estaban ocultas. Por instinto, intenté mantener el equilibrio mientras lo que había bajo mis pies subía y bajaba como el pecho de una bestia durmiendo y, tras mi encuentro con el marid, no tenía ningunas ganas de volver a experimentar esa sensación. Pero no era ningún monstruo: eran los golpes del océano contra un casco y los chasquidos de una lona ardiendo.

Un barco, comprendí, no hay mundo que conozca más íntimamente que la cubierta de un barco. Pero no era cualquier barco. Con un nuevo horror, me di cuenta de que reconocía ese barco.

Reconocía esa noche.

Y allí, encadenado al mástil del barco justo donde le había prendido fuego hacia tantos años, reconocí a Asif.

—Amina —sollozó—. Ayúdame, por favor.

31

Retrocedí, pero acabé chocando con la barandilla del barco.

—Que Dios me perdone —suspiré—. Esto no puede ser real.

Asif se abalanzó contra sus cadenas jadeando como un animal rabioso.

—¡No, no me abandones!

—Esto no puede ser real —volví a susurrar. Me froté los ojos, desesperada por que esa alucinación o pesadilla se desvaneciera, pero no había señales ni de la puerta de latón ni de la cueva. Solo agua oscura y humo nos rodeaban, la peor noche de mi vida hecha realidad.

—Nakhudha… —suplicó Asif—. Por favor, mírame.

Sin embargo, yo miraba a todas partes menos a él. Ya había vivido esa noche una vez, mirar a Asif una vez más mientras sufría y gritaba me destruiría. Con un sollozo ahogado, intenté darme la vuelta, pero mi cuerpo fue demasiado lento para responder, como si estuviera atrapado en un sueño.

—MÍRAME.

Mi cabeza giró como si una mano espectral me hubiera agarrado la barbilla, obligándome a fijar la mirada en el amigo al que había condenado.

Era Asif como lo había visto por última vez, con los labios y los dedos manchados de sangre. Un sudario lleno de tierra de tumba colgaba de su cuerpo demacrado, sus finas muñecas y sus costillas marcadas denotaban la fiebre que se había apoderado de él, la enfermedad que había empezado como una tos y lo había atormentado con fuertes latigazos de fiebre y escalofríos, sangrando y vomitando tanto que, en cinco días, había muerto. Asif no había sido el único en morir aquel verano, una cruel enfermedad había barrido los puertos del golfo Pérsico y se había llevado casi a una cuarta parte de mi tripulación.

Pero Asif había sido el único que se había alzado de entre los muertos. Había salido de su tumba voraz y desconcertado. Había acabado con todo un grupo de mercaderes inocentes chupando su carne como un necrófago propio de un cuento.

—Mejor —murmuró con sus ojos amarillos clavados en mí. Su voz sonaba ligera y desconocida, entrecortada y aguda. Algo pesado pareció moverse en mi pecho—. Mucho mejor. Tú sigue mirando. Ahora… —Me invadió una oleada de mareo, la noche se volvió aún más vívida con el aroma acre de las velas quemándose y el suave murmullo de la marea. De repente, los pensamientos sobre la cueva, sobre Dunya y sobre mi misión estuvieron muy lejos, como si fueran solo un sueño y Asif mi verdadero presente.

Tal vez lo fuera. Tal vez me había condenado aquella noche y los últimos diez años habían sido una alucinación.

—Nakhudha, por favor. —La voz de Asif volvía a ser suya, sonaba exactamente igual que en mis recuerdos y me sumió todavía más en el engaño o la retorcida realidad que me hubiera atrapado—. ¡No lo volveré a hacer, lo juro! Amina, tenía hambre. Tenía mucha hambre. No podía pensar con claridad.

Lo hará otra vez. Se me vino a la mente la explicación de Raksh: una confesión que solo obtuvimos cuando Asif, manchado con la sangre de los hombres a los que había masacrado, le suplicó a Raksh que lo salvara.

«¡Prometiste convertirme en leyenda! ¡Teníamos un trato!», había gritado Asif.

Raksh le había dado la espalda y me había mirado.

«Fuego. Es la única manera de impedir que lo haga de nuevo. Su alma ha desparecido y siempre estará hambriento sin ella», había explicado Raksh.

—Mataste a una docena de hombres —murmuré—. No tenía elección.

Asif cayó de rodillas retorciéndose mientras sus cadenas aumentaban la temperatura y las llamas lamían su sudario harapiento.

—No lo hagas, por favor. He oído lo que ha dicho Raksh de mi alma… desapareceré si me quemas. No tendré redención. —La mirada desesperada de Asif se encontró con la mía—. ¿Cómo puedes condenarme a algo así?

—¡Porque no sabía qué más hacer! —Las palabras me salieron solas. Me parecía imposible hablar con el dolor y la presión que tenía en el pecho, como si un tornillo me aplastara el cuerpo—. Lo siento, amigo mío. Lo siento muchísimo. Pero no podía dejar que le hicieras daño a nadie más.

Asif me miró con tristeza, con la boca retorcida por el arrepentimiento.

—Solo quería soñar. Vivir una vida más grande que la que había sido escrita para mí. Pensé que tendría tiempo para compensar el precio. ¿Qué había de malo en ello?

—Nada. —Estaba perdida entre el recuerdo y mi propósito. Noté una sensación de escozor en la garganta, seguida de humedad. Intenté tocarlo, pero no se me movía el brazo—. Sé lo que se siente.

—¿Entonces cómo puedes sentenciarme? —Asif extendió los brazos. Ahora no solo las llamas lo desgarraban, sino que había gusanos retorciéndose, hechos de vacío, que sacaban pedazos de su cuerpo de la existencia como si no fuera más que una vela rota—. ¡Eras mi nakhudha! —aulló—. ¡Confiaba en ti!

Me dolía el pecho, el peso que lo presionaba no dejaba de aumentar. Apenas podía respirar para darle una respuesta.

—Juró que no os haría daño a ninguno. Yo no sabía…

El rostro de Asif se iluminó. Sus ojos se habían ido, no eran más que vacíos.

—Sí que lo sabías. Sabías lo que era y aun así dejaste que viviera entre nosotros.

—Yo… —El barco del mercader ardía ferozmente a mi alrededor, las cuerdas se rompían y la madera empapada de brea chisporroteaba. Si no huía pronto, moriría quemada a su lado. Dunya y Falco…

Algo me golpeó en ese momento.

No fue así como sucedió.

Porque Asif no se había enfadado, no me había culpado. Había llorado. Había sollozado llamando a su madre, a Dios, suplicando unos momentos más. Estaba aterrorizado, no enfadado. Me había suplicado que me quedara no para que ardiera con él, sino para no tener que enfrentarse él solo a su final. Yo lo había hecho atormentada por la vergüenza, mordiéndome la lengua cuando había asegurado que sabía que no era culpa mía, consciente de que era mentira.

—Eres tú la que merece morir —siseó Asif. La carga de mi pecho me estaba presionando contra un suelo frío como la piedra, no contra madera ardiendo. Notaba un hormigueo en los brazos y en las piernas, como si mis extremidades se hubieran quedado dormidas y estuvieran recuperando la sensibilidad lentamente. Vi manchas borrosas ante mis ojos como dos visiones del mundo enfrentadas...

Porque esto no es real. Asif lleva mucho tiempo muerto o lo que fuera que le sucediera. Y eso es algo que nunca podrás revertir.

Pero todavía podía salvar a los demás.

—Asif, hermano... —sollocé—. No puedo quedarme contigo esta vez. Pero juro por nuestro Señor... que salvaré a tu hija.

Abrió la boca para protestar, gritar o intentar morderme, no lo sé. Sacudí la cabeza hacia adelante.

La ilusión se hizo añicos. Había una criatura humanoide agazapada sobre mí que parecía haber sido rasgada por la mitad. Un enorme ojo naranja me miró, tenía un brazo gris presionado contra mi clavícula y un colmillo del que le goteaba la sangre que había estado bebiendo de mi cuello. Salían gusanos de su mitad izquierda ausente y su carne esponjosa era lo bastante blanda para que mi cabeza le hubiera dejado una marca en la frente cortada.

Abrió el ojo sorprendida.

—No deberías ser capaz de verme —masculló con voz resbaladiza saltando sobre su único pie—. ¡Es un engaño!

La agarré por el cuello lleno de gusanos antes de que pudiera huir más lejos.

—Créeme, preferiría no verte —espeté—. ¿Qué es este sitio? ¿Dónde estoy?

—Las nasnas no le responden a la comida —replicó intentando liberarse.

Apreté mi agarre sobre su maltrecho cuello mientras contenía las náuseas al ver que los gusanos se deslizaban entre mis dedos. Con la otra mano, saqué la espada y la presioné contra la garganta de la nasnas.

—Vas a responder a esta comida. ¿Dónde estoy?

La nasnas frunció el ceño con resentimiento.

—En el espacio entre reinos.

La misma explicación sin sentido que me había dado Raksh.

—Otro par de humanos habrán pasado hace poco por aquí. ¿Les has hecho daño?

—No —escupió la criatura—. La pequeña sabía hechizos. Hechizos para alejar a las nasnas y a los otros seres que había entre reinos.

—¿A dónde han ido?

Señaló con la cabeza una sección de la cueva que serpenteaba hacia la izquierda.

—Hacia las aguas eternas del caos.

¿Había una norma que dijera que el mundo mágico no podía hablar con claridad? Solté a la nasnas.

—La comida te da las gracias.

La criatura me dirigió una mirada de orgullo herido y odio.

—No olvidaré esto —advirtió—. Iré a por ti en tus sueños, cuando estés desesperada, y te haré revivirlos una y otra vez hasta que te vuelvas loca.

¿Así que había sido la nasnas la que me había puesto ese recuerdo en la cabeza?

—¿Lo prometes?

—¡Sí! No tendrás ni una sola noche de paz.

Con un único golpe de espada, le corté la cabeza.

—Idiota.

Limpié la hoja, pero mantuve el arma en la mano. Parecía el tipo de lugar en el que iba a necesitarla. Entonces respiré hondo, me froté los ojos y me di cuenta al hacerlo de que tenía las mejillas surcadas de lágrimas. Todavía podía oír los sollozos de Asif, ver su expresión condenada y suplicante. Tal vez hubiera sido una alucinación de la nasnas, pero eso no hacía que su tormento final —o que los cargos de los que me había acusado legítimamente— fueran menos reales.

Entonces mantén tu promesa y salva a Dunya. Me obligué a centrarme estudiando mi entorno todo lo que pude. El aire era cálido y sofocante, y estaba impregnado de un olor dulzón y pegajoso que no podía identificar. Las paredes escarpadas eran del color de la carne muerta con vetas de cuarzo gris ahumado y estalactitas que goteaban con maleza viscosa. Aunque no había rastro del cielo, el techo de piedra parecía brillar como una lámpara cerrada.

Existía una posibilidad bastante alta de que la nasnas me estuviera guiando a una trampa, pero no tenía ningún otro sitio por el que empezar.

—Hacia las aguas eternas del caos —murmuré y me encaminé.

Pronto los lados del pasillo se estrecharon y el techo rocoso bajó. A la maleza que colgaba de las estalactitas se le unieron plumas frondosas que se extendían desde las paredes y me rozaban los brazos y las piernas. De vez en cuando, me agarraban con las garras espinosas que brotaban de sus extremos. Las corté y no perdí de vista en ningún momento el camino que tenía por delante. Ni siquiera cuando el techo empezó a susurrar palabras y suaves murmullos, ni siquiera cuando la piedra que había bajo mis pies se inundó con un agua apestosa y espesa llena de alimañas sobrenaturales y de insectos ahogados. Nada me distraería. No hasta que Falco hubiera muerto bajo mi mano y Dunya estuviera a salvo.

Sin previo aviso, el pasillo giró de forma abrupta a la izquierda y luego a la derecha, y lo repitió varias veces más hasta abrirse a una gran cámara de maravillas asombrosas. Había columnas de piedra talladas que representaban bestias y en el techo, símbolos extraños esculpidos. Un jardín de gemas decoraba las paredes, rosas de rubí brillaban entre hojas esmeralda y espinas de diamante. Por todas partes brotaba agua de las bocas cinceladas de dragones y hombres con cabeza de toro para reunirse en canales en los que debería haberse desbordado, pero donde solo se agitaba como un mar monzónico, el suelo de baldosas, lo bastante grande como para servir de plaza de ciudad, era de un negro profundo con constelaciones plateadas parpadeando como auténticas estrellas.

Habría sido un paisaje extraordinariamente hermoso, una verdadera visión del Paraíso… si no hubiera estado plagado de monstruos.

Una mujer de piel verde que llevaba su propia cabeza decapitada por sus mechones de serpiente deambulaba gimiendo. Perros de piel ardiente y cuatro ojos centelleantes merodeaban por la estrecha salida al otro lado de la cámara, mientras que sombras aladas revoloteaban alrededor de las altas columnas. Había hombres escorpión y leones con cabeza de dragón y colas puntiagudas. Muchas más nasnas de las que habría querido ver y un horripilante murciélago volando que me recordó a la criatura de la laguna. Había espectros espantosos sollozando atrapados en las paredes de piedra extendiendo las garras para llevarse a sus tumbas a cualquiera que pasara por delante. Y un demonio con la piel de color naranja ardiente y un mazo de bronce perversamente afilado acechaba desde el suelo.

Raksh había dicho que este sitio estaba hecho para encarcelar a seres como él y no había mentido. No técnicamente. Sin embargo, sí que había subestimado lo aterradores y monstruosos que eran esos seres. Aceptaría antes a mil espíritus del caos egoístas que a una de las criaturas que merodeaban por la cámara ante mí.

Entonces oí un grito conocido en la distancia que atrajo mi atención a un arco que había al otro lado de la vasta cámara.

Dunya.

Maravilloso. La había encontrado. Solo una prisión de monstruos nos separaba. Di un paso de prueba hacia adelante...

Y el suelo se evaporó.

De nuevo.

Grité conmocionada y estuve a punto de caer de la pequeña mancha de luz brillante y dorada que se desvanecía bajo mis botas. El resto del cielo se había transformado en el firmamento nocturno al que imitaba, como si el mundo se hubiera dado la vuelta y la gravedad se hubiera invertido. Cayeron demonios gritando al abismo estelar, mientras que a otros les brotaron alas cubiertas de algas supurantes y aletearon para intentar salvarse. Pero mi grito había atraído su atención porque varios sisearon dando vueltas en el aire en mi dirección.

Desesperada, miré hacia el lugar desde el que habían venido. Un pedazo de cielo negro me separaba del pasaje de piedra, pero quizás podría saltarlo. Delante de mí había un rayo fijo y apenas visible del mismo brillo dorado que tenía bajo mis pies y parecía extenderse hacia el arco. Pero ese rayo podría haber sido simplemente un truco de luz y de mis propias esperanzas fuera de lugar.

Corre, tonta, urgió una voz en mi mente. *Vuelve con tu familia, vuelve con tus amigos.* Seguramente, este lugar ya fuera lo bastante peligroso para ocuparse de Falco. No todo dependía de mí.

—No puedo hacer esto —masculló. De repente, me pareció una locura pensar que podía lograrlo, una arrogancia creer que el destino del mundo dependía de mí, una mujer de mediana edad criminal, pecadora, malhablada y con una rodilla mala. ¿Acaso no era mucho más probable que acabara devorada por uno de estos monstruos o que cayera en el vacío condenada y olvidada para siempre? Había sido una ingenua por ver un propósito en los incidentes que me habían traído hasta aquí en lugar de las peculiaridades de un universo indiferente. ¡Era una completa locura contemplar el violento caos y la crueldad de este mundo y tener fe!

Las lágrimas me corrieron por las mejillas. Tomé aire para estabilizarme fijando la mirada en el brillo dorado que recé por que estuviera realmente allí. Esto sería lo más valiente o lo más estúpido que hiciera en mi vida.

—Dios es grande —susurré envainando la espalda. Y despegué.

Hubo un momento —aterrador, sobrecogedor— en el que pareció que iba a caer en picado, pero entonces mi pie aterrizó en un estrecho rayo de luz que había adquirido forma física. Dejé escapar un sonido agudo que podía haber sido una oración, una maldición o un simple grito, pero no dejé de correr. No saqué ningún arma, ni siquiera cuando las criaturas acecharon y me rozaron la cabeza.

En el fondo de mi corazón, sabía que ellas no eran mi prueba.

El salón y su estrecho puente parecían ser eternos, pero al momento pasé tambaleándome bajo el arco y me derrumbé de nuevo sobre roca sólida. Podría haberla besado si no me hubiera temblado todo el cuerpo con tanta violencia que cualquier movimiento adicional parecía sobrepasar mis capacidades. Me arrastré por un paso rocoso, ansiosa por distanciarme de los males del salón con el corazón acelerado.

Pero las criaturas de la cámara no eran los únicos monstruos del lugar.

—Seas quien fueres, no te muevas. —La voz de Falco me recibió con frialdad a cierta distancia—. Si me interrumpes, moriremos.

Falco me advirtió de que no me moviera, pero lo ignoré por completo, tanto porque tengo tendencia a llevar la contraria como porque por mí él podría saltar de un acantilado. Pero entonces me quedé paralizada y no fue por la advertencia del franco.

Sino porque Dunya estaba levitando.

No a gran altura, pero aun así flotaba ante una alta columna de piedra que llegaba hasta el techo y estaba cubierta de caracteres cuneiformes similares a los que había en las maltrechas tablillas de Dunya. Esta cámara era más grande que la anterior, pero parecía una parte natural de la cueva iluminada por antorchas y los reflejos de unos espejos de cobre muy bien colocados. Había hilos de luz alrededor de las extremidades de Dunya y su ropa se agitaba azotada por un viento invisible. Le habían atado una venda alrededor de la cara y sostenía un estilo y una lámpara de sal con los brazos extendidos. Vendada o no, escribía gravando caracteres en la columna de piedra con la misma facilidad con la que alguien podría tallar cera caliente.

—¿Al-Sirafi? —Falco se acercó saliendo de las sombras con la espada colgando de la mano. Dunya parecía ajena a mi llegada, perdida en la magia que estuviera conjurando, pero el franco parecía sorprendido y me miró de arriba abajo con los ojos muy abiertos por la sorpresa—. Sí que eres tú. Pero ¿cómo?

En las profundidades de mi mente, el marid gritó de repente.

Reprimí un jadeo mientras todo mi cuerpo se estremecía y un sudor frío me recorría la espalda. Una advertencia en un idioma que no estaba formado por palabras, pero que me transmitía claramente que quería que me anduviera con cuidado, que me retirara. Que huyera del hombre que tenía ante mí y me sumergiera en las profundidades del lecho marino, donde no podría perseguirme.

El franco inhaló como si él también lo hubiera oído.

—Estás cambiada.

El reconocimiento en su voz me enervó casi tanto como la presencia del marid en mi mente. ¿Los poderes de Falco le permitían reconocer esa magia?

Y aun así… me levanté girando el cuello y sacando las armas con la elegancia natural que ahora poseía. Que me viera el muy cabrón. Porque no volvería a ganarme en un combate de espadas.

—Así es —respondí con toda la calma.

Un destello de perturbación se reflejó en su rostro.

—Con todo lo que me echaste en cara mi arrogancia y ahora tú también has hecho un trato con lo sobrenatural para sobrevivir. —El hambre le llenó la voz—. ¿Con qué ha sido? ¿Cómo los has convocado? ¿Qué te han ofrecido?

—Si pudiera mandarte con ellos, créeme que lo haría. —La perspectiva de que el odioso tribunal peri tuviera que tratar con el franco sediento de poder era demasiado tentadora. Pero, preocupada por Dunya, ignoré las preguntas de Falco y me acerqué a la joven académica. Seguía grabando caracteres en la columna de piedra, trabajando como si estuviera hechizada. Se formaban gotas de agua y caían por la roca plateada como sudor.

—¿Dunya? —la llamé con suavidad—. ¿Estás…?

Falco siseó indicándome que callara.

—¿Necesitas que te lo diga dos veces? Está convocando a la Luna de Saba y, si se interrumpe el hechizo, podría derrumbar toda la cámara.

¿Que está haciendo qué? Me giré de nuevo hacia Dunya. Pero ni la joven embelesada ni el húmedo texto que no podía leer me revelaron nada. Vacilé, insegura de qué hacer a continuación. Estaba ahí para asegurarme de que Falco no pudiera hacerse con la Luna y reconozco que me sentía reacia a creer que Dunya tuviera un plan sensato para frustrarlo. Pero derribar la cueva sobre nuestras cabezas para impedir una hechicería que no entendía no me parecía un final agradable.

Decidí dejar a Dunya de momento y centré la atención en Falco. Me encargaría de él.

—Te da miedo una niña, ¿verdad? —Me burlé dando un paso intencionado en su dirección.

Él levantó la barbilla.

—Reconozco el talento cuando lo veo —farfulló con una odiosa pretensión—. Dunya es una persona inteligente y curiosa. Logrará cosas maravillosas.

—Siempre que las haga a tu servicio.

—Fui yo quien la salvó de su familia, ¿no? —Falco me dirigió una mirada lastimera—. Todavía podrías unirte a nosotros, nakhudha. De hecho, no puedo evitar sentir que estás destinada a ello. ¿No ves el destino llegando en este preciso momento? ¡Podríamos unir a nuestros pueblos! ¡Crear un nuevo mundo!

Ay, yo también sentía que mi oportuna llegada era cosa del destino. Pero no en el mismo sentido que él.

Me acerqué hacia el franco.

—¿Y el destino te dijo que me tiraras de mi barco? Eso me lo tomo de manera personal, Palamenestra —dije siseando cada sílaba de la manera correcta—. Y ahórrate toda esa cháchara engreída sobre la construcción de un mundo mejor. No haces esto para mejorar las ciencias ocultas ni para unir a la gente. No salvaste a Dunya, la necesitabas. No eres más que un cobarde insignificante ansioso de poder y que busca cualquier excusa para considerarse un héroe. Pero ¿sabes qué? —Levanté la espada—. Voy a dejar que saborees cómo me ha cambiado la magia.

Estaba al otro lado de la cámara un instante después.

Falco desperdició un valioso segundo mostrándose disgustado e infeliz —este hombre estaba realmente decepcionado por que la mujer a la que había intentado matar no deseara servirlo—, pero, cuando pareció comprender que yo estaba dispuesta a asesinarlo, se agachó tras una estalagmita de color amarillo azufre que olía a huevos podridos antes de que pudiera separarle la cabeza del cuello.

Mi brazo atravesó la estalagmita y el azufre explotó en un fétido desorden. Le di una patada a la base manchándole la cara al franco, mientras él retrocedía y levantaba el arma buscando un golpe ofensivo.

Pero ahora yo era la más rápida. La más fuerte. Choqué mi espada una y otra vez con la suya. Falco tenía problemas para defenderse.

Gritó de dolor cuando uno de mis golpes le atravesó la cota de malla y le abrió una herida fea y sangrienta en el torso. Fui a por su cuello y, aunque logró moverse para evitar el golpe mortal, le di con la empuñadura en la cara y empezó a brotarle sangre de la nariz.

—¡Espera! —gritó escupiendo un diente y tambaleándose hacia atrás. Tenía una mirada salvaje en el rostro ensangrentado—. Eres un fastidio, ¡haz caso a la razón!

Lo único que quería escuchar era el último aliento de este hombre. Me acerqué más contemplando el mejor enfoque para acabar con esto. Falco había bajado la espada, pero no confiaba en su posición vulnerable.

De repente, Dunya chilló.

Fue un grito antinatural, como si de repente algo antiguo e inhumano le hubiera robado por un instante la voz. Me giré y vi que la sal que tenía en la mano se desvanecía en la niebla. Y luego toda la columna de piedra explotó, grandes géiseres de agua rasgaron la roca como si no fueran más que guijarros, azotando el aire con gotas de grava líquida.

—¡Dunya! —Protegiéndome la cara, corrí hacia ella.

Cuando la alcancé, estaba desplomada sobre el suelo húmedo, la magia que la hacía flotar se había desvanecido. Se había dado un fuerte golpe en la cabeza y le caía la sangre por la frente. Tenía los brazos llenos de pequeñas laceraciones. Me dejé caer a su lado. El rostro húmedo de Dunya estaba pálido como un pergamino y frío al tacto. Tenía los ojos cerrados, pero sus labios todavía se movían murmurando cánticos entrecortados que no podía entender.

—Dunya —la llamé con urgencia sacudiéndole el hombro. Al diablo con toda la mierda esa de no interrumpir el hechizo—. Dunya, ¿me oyes? ¿Estás bien?

Dejó sus divagaciones sin sentido y, alabado sea Dios, sus mejillas recuperaron algo de color. Abrió lentamente los ojos y se esforzó por enfocar su mirada borrosa en mi rostro.

—Nakhudha… —susurró—. ¿Eres tú de verdad?

—Sí. —Acuné su cabeza intentando examinar la magulladura que ya se le estaba hinchando en la frente—. Cuidado. Estás sangrando.

Pero Dunya ya estaba intentando sentarse, haciendo una mueca de dolor.

—¿Ha funcionado?

Desde el otro lado de la cueva, nos llegó una risa vertiginosa.

Falco. Había estado tan preocupada por Dunya que detuve por un momento mi misión de matar al franco, pero ahora levanté la mirada y lo vi sentado en el suelo, con un gran deleite en su expresión. Miraba su regazo como si no tuviera ninguna otra preocupación en el mundo.

No, no era su regazo. Era la jofaina plateada que sostenía entre las manos.

La Luna de Saba.

Su brillo me cautivó, me atrapó y todos mis demás pensamientos se desvanecieron. La jofaina de plata que había pertenecido a la reina Bilqis, la que había atrapado a su admirador lunar, la que había iniciado guerras y había destruido reinos. Era magnífica. Supongo que eso era obvio, había pertenecido a una reina. No era muy grande, más o menos como un melón de invierno, y aun así podía ver las escenas grabadas en sus curvas como si la tuviera justo delante de los ojos. Un jardín con palmeras datileras y alguien tocando un laúd, una cabra montesa con cuernos enrollados asomándose con gesto travieso desde detrás de un montón de hojas y un par de abubillas con los picos abiertos a mitad canción. La plata brillaba como si estuviera recién pulida, como si no tuviera ya un milenio de antigüedad.

Y mirándola fijamente... Me sentí tonta, todas mis preocupaciones y mi corazón se relajaron. Mi mirada y la de Falco se cruzaron y compartieron un breve momento de felicidad y ebriedad común antes de que la repugnancia de hacerlo con el hechicero asesino rompió el encantamiento que la Luna de Saba hubiera lanzado sobre mí. Me estremecí y parpadeé con rapidez. Entonces me di cuenta de que el brillo de la jofaina no provenía solo de la plata pulida.

Venía del agua que brillaba en las profundidades de la jofaina.

Agua.

Recordé las historias, las mentiras y las verdades mezcladas. Uno tenía que contemplar su reflejo para poseer a Aldebarán y ahora Falco estaba...

—¡No! —grité poniéndome en pie, pero ni siquiera mi velocidad lograría sacarme de la cámara a tiempo. Sin embargo, sí que tenía tiempo suficiente para quitarme la bota y lanzarla hacia la Luna de Saba con fuerza suficiente, darle a ese artefacto precioso, histórico y de un valor incalculable para arrancarlo de las manos de Falco y hacerlo caer al suelo.

Pero era demasiado tarde.

Falco siguió riendo con un sonido ligero y aireado. Me miró de nuevo y jadeó. Sus ojos marrones estaban llenos de una luz celestial.

—¡Contemplad! —gritó—. ¡He conseguido lo que no había logrado ningún hombre desde Salomón! ¡He dominado a los espíritus de la discordia y las ciencias ocultas! —Levantó las manos y por toda la cámara se oyeron siseos, movimiento de alas y quitinas mientras polillas, serpientes, ciempiés y toda una retahíla de asquerosas criaturas emergían de cada oscura grieta—. ¡Que tiemble el propio Dios ante el mundo que construiré!

32

Miré a Falco con incrédulo horror mientras la luz de la luna brillaba en sus ojos y los insectos volaban alrededor de sus hombros como grandes bancos de peces. Parecía imposible que después de todo, de mi trato con los peris que me había cambiado la vida, de la batalla en la playa, de escalar a un puto marid dos veces, del salón de monstruos celestiales... este hombre me hubiera ganado.

Todavía no ha ganado, intenté decirme a mí misma. *No realmente.* Con el puro poder que giraba a su alrededor como una ola entusiasta y la legendaria Luna de Saba a sus pies, Falco parecía triunfante. Pero tanto Raksh como Dunya habían dejado claro que un humano que poseyera la Luna de Saba seguía siendo eso: humano. *Mortal.* Sin embargo, cuando saqué la daga de meteorito, de repente su brillo no pareció tan etéreo.

Dunya me agarró la manga.

—No te acerques a él. Todavía no. —Estaba observando a Falco mientras él lanzaba la cabeza hacia atrás y se reía con un alegre deleite, con el pelo y la ropa azotándole por un viento invisible, pero no con asombro. Más bien con anticipación. Tosió algo de polvo—. Tengo que decirte una cosa.

De repente, todas las antorchas de la cueva parpadearon, los insectos chillaron como si fueran solo uno y. Falco empezó a gritar.

—¡No, basta! —gritó arañándose los ojos que se habían llenado por completo de un brillo plateado, asemejándose a lunas en miniatura—. ¡No podéis! ¡SOIS MÍOS! —Volvió a gritar, esta vez en lo que debía ser su idioma materno y se agitó con frenesí en una lucha por controlar su cuerpo.

A continuación, se quedó total y completamente quieto. Sus ojos ya no brillaban como esferas lunares. Una neblina gris pálida se había deslizado sobre una parte de ellos. Justo igual que...

—¿Es eso... es el eclipse? —tartamudeé.

—Sí —respondió Dunya en un susurro—. Ha funcionado.

¿Ha funcionado? ¿A qué se refería? Volví a mirar a Falco. Su pomposa bravuconería había desaparecido y mantenía una postura tan erguida que no parecía cómoda para ninguna criatura con columna vertebral. Miró alrededor de la cueva con una expresión espeluznante y sobrenatural en el rostro, como si estuviera contemplando a un ejército a punto de ser aplastado mientras seguía teniendo serpientes, lagartos e insectos correteando por sus pies. Ladeando la cabeza en una expresión que no parecía humana, su mirada extraterrenal se posó en la Luna de Saba.

Retrajo los labios con un gruñido.

—Dunya... —masculló—. ¿Qué has hecho?

Ella me dirigió una mirada asustada.

—Tenía que detenerlo, nakhudha, y no se me ocurría ningún otro modo. Falco estaba determinado a poner las manos en la Luna de Saba.

—*¿Qué has hecho?*

—Bueno, sospeché que el eclipse podía ofrecer una rara oportunidad. Con el intercambio de casas de poder lunares y solares y el ascendente de Aries...

—¡Dunya, deja de hablar como una astróloga de la corte puesta de hachís y dime simplemente qué has hecho!

—¡He revertido el encantamiento! —balbuceó—. Creo. Eso... espero. Si Dios quiere.

—¿Y eso qué significa?

—Significa que cuando Falco ha visto su reflejo, no ha sido él quien ha conseguido el control de Aldebarán, sino que...

—Aldebarán ha conseguido el control de Falco. Vaya —me atraganté—. Qué creativo. —Y lo era. Una parte de mí estaba orgullosa de Dunya más que complacida por que Falco hubiera sido engañado por su propia arrogancia al asumir que nuestros académicos no eran tan inteligentes como él—. ¿Y cuando termine el eclipse?

—Esa parte todavía no la he resuelto —confesó—. He pensado que podríamos hablar con Aldebarán y preguntarle cómo romper el encantamiento.

—¿Romper el encantamiento? —repetí y un sentimiento, no de esperanza (tampoco iba a engañarme) pero de algo que no era pavor floreció en mi corazón. Al fin y al cabo, esto era lo que los peris querían, lo que yo quería: destruir la Transgresión que podía poner en peligro a mi hija—. ¿Podemos hacer eso?

—Sí y no. —Dunya se retorció las manos—. Debería haber algún modo para liberar a Aldebarán, pero, al parecer, para poder volver a la luna, debe poder verla.

—Y estamos bajo tierra. Maravilloso. —Me estrujé el cerebro, pero no tenía ni idea de cómo llevar la luz de la luna a una cueva subterránea. Tampoco estaba segura de que tuviéramos tiempo o el conocimiento para volver a la superficie si lográramos convencer a Aldebarán para que nos acompañara.

—¿Por qué no intentamos hablar con él? —sugirió Dunya mientras Aldebarán levantaba la jofaina plateada alzándola en el aire como si fuera una frágil ofrenda—. Es un espíritu poderoso. Debe saber algo de magia.

Falco (Aldebarán) de repente estrelló la jofaina de plata en el suelo y ambas nos sobresaltamos. La Luna de Saba no se rompió, sino que rebotó contra el suelo de un modo que podría haber sido cómico si un Aldebarán iracundo no hubiera echado la cabeza hacia atrás chillando como un cristal que se rompe y no hubiera sacado un chorro de grillos de la boca.

Dunya y yo nos agachamos, pero los grillos volaron sobre nuestras cabezas. Por repugnante que fuera la exhibición, Aldebarán estaba claramente más centrado en intentar destruir su prisión de plata que en acosar a dos humanas. El resto de los insectos acudieron en masa al lado de Aldebarán formando un manto ondeante de langostas, cigarras y polillas.

Dunya se aclaró la garganta en voz alta.

—Vale. Bien. Debería intentar hablar con él. Pero esto no es responsabilidad tuya, nakhudha. En caso de que las cosas salgan mal, deberías escapar mientras...

—Ay, cállate —la interrumpí. Aldebarán había recogido la espada de Falco y el arma dobló su tamaño, reluciendo como una luna de brillante color hueso. Sus bordes, afilados como navajas, estaban ahora aserrados, perforados como cráteres y, aun así, se movía y siseaba, transformada en una horripilante combinación de espada, serpiente y bastón. Las espadas-serpiente-bastón no eran un problema del nivel de Dunya—. Estás sangrando como un colador y esta no es la primera entidad sobrenatural con la que he tenido que negociar esta semana. —Señalé un nicho protegido tras un afloramiento rocoso—. ¿Puedes llegar hasta ahí?

Me dirigió una mirada alarmada.

—¿Por qué?

Observé con aprensión y cautela cómo Aldebarán volvía hacia la Luna de Saba y empezaba a golpearla con su nueva arma intentando romper la jofaina encantada sin éxito.

—Por si no le gusta hablar. Ve —insistí empujándola.

Con un presentimiento cuajando en mi estómago, esperé hasta que Dunya estuvo escondida para acercarme cautelosamente al enfadado espíritu lunar.

—¡Querido manzil Aldebarán! —saludé levantando las manos en lo que esperaba que fuera una señal de paz—. ¡Bendito seas!

Aldebarán dejó de atacar a la jofaina y se giró para mirarme. Sus espeluznantes ojos eran inexpresivos, el bastón serpiente se retorcía en su mano. Volvió a inclinar la cabeza de ese modo escalofriante como si me estuviera evaluando. Durante un momento, mantuve las esperanzas de que este plan funcionara.

Entonces aulló y volvió a sacar a toda una bandada de insectos mucho más enojados —¡langostas esta vez!— de la boca y me di cuenta de que todos esos siglos de cautiverio no le habrían sentado demasiado bien a su mente.

Me agaché detrás de una estalagmita mientras ahuyentaba a los insectos.

—¡Puede que necesitemos otro plan!

Dunya se asomó desde su posición.

—¿Puedes traerme la jofaina? ¡Si hay algún encantamiento en ella, puede que sea capaz de revertir el hechizo!

—¡Lo intentaré! —Y, como suelo acudir a la violencia cuando nada más funciona, tomé una roca, cargué hacia Aldebarán y se la lancé a la cabeza.

Tal vez el manzil tuviera algunas agresiones que resolver o tal vez simplemente no le gustara que los humanos entrometidos le arrojaran piedras porque se mostró feliz de desviar su atención y su rabia de la jofaina hacia mí. Pasé corriendo junto a la Luna de Saba y me detuve solo para darle una patada hacia Dunya como si fuera la pelota de un niño. Luego me agaché cuando el bastón de Aldebarán pasó silbando sobre mi cabeza, lo bastante cerca para sentir el frío de su espada hechizada. Me recuperé enseguida, girando para atacarlo con mi propia espada.

El bastón se endureció como el acero cuando se encontró con mi arma. Durante un momento, nos quedamos quietos los dos juntos, ninguno ganó terreno hasta que la punta de su espada se convirtió en la cabeza de una serpiente que se movió para morderme las manos.

Y luego me preguntan que por qué no me gusta la magia.

Salté hacia atrás antes de que la serpiente espada pudiera morderme y corrí. Aldebarán me persiguió mientras yo corría al otro lado de la cueva, saltando de un lado a otro de un río retorcido que desembocaba en un estanque humeante de agua azul lechosa. Sobre el hombro cubierto de insectos del manzil, pude ver a Dunya dándole la vuelta a la Luna de Saba en las manos con una expresión de pánico poco inspiradora.

Ese momento de distracción casi consiguió que me apuñalara en el estómago. Retrocedí saltando por un camino de rocas que salían del estanque, sin duda venenoso, conduciendo a Aldebarán más lejos de Dunya.

—Y yo que creía que te gustaban las mujeres feroces —desafié esquivando un torrente de cucarachas—. ¿O es solo cuando puedes espiarlas en el baño, planetucho mezquino y pervertido?

Sinceramente, no había sido uno de mis mejores insultos (¡prueba a insultar a un semidiós mientras intenta matarte!), pero

Aldebarán no se lo tomó bien. Nada bien. De hecho, se lo tomó tan mal que se retractó brevemente de intentar decapitarme con su arma de serpiente y juntó las palmas de las manos con un terrible crujido. El agua del estanque se drenó al instante y se formaron grandes nubes de vapor hirviente en el aire que dejaron un hoyo tan grande que podría tragarse un barco de pesca entero. El suelo tembló con gran fuerza y me alejé, ansiosa por evitar caer en esas imponentes fauces.

Pero ahora Aldebarán me tenía acorralada. Retrocedí solo para chocar con la pared pegajosa de la cueva y me empapé al instante. Los manantiales de agua salada corrían libremente por la roca cubierta de liquen. Inhalé y el aroma familiar del océano me llenó los pulmones mientras los riachuelos de agua serpenteaban alrededor de mis dedos.

La presencia fantasmal del marid se acercó para tocar.

No físicamente. Más bien, lo sentí revolverse en las profundidades de mi mente. Y no solo revolverse, nuestra atadura —el vínculo que había forjado accidentalmente cuando había liberado a la criatura— brilló y pude ver el reflejo de sus escamas antes de que volviera a desvanecerse.

¿Está cerca? ¿Es esto algún tipo de mensaje? Pero no tuve tiempo para reflexionar sobre las acciones del enorme monstruo porque al parecer Aldebarán había convocado al suyo al sacudir el suelo.

Del gran hoyo se abalanzó una descomunal serpiente blanca.

Apenas había asimilado que este horror de los cuentos populares de Socotra había cobrado vida cuando se abalanzó sobre mí. Me aparté del camino rodando para esconderme en el lecho del arroyo mientras la serpiente se estrellaba, donde había estado yo hacía tan solo unos instantes, con tanta fuerza que partió la roca. Me cubrí la cabeza mientras volaban piedras por todas partes.

Pero ahora el olor a aire marino no era débil, era palpable. Había brisa, el innegable susurro del aire oceánico acariciándome la cara.

Dunya ha dicho que Aldebarán tenía que ver la Luna. Dios, eso podía significar…

Tontamente esperanzada, miré hacia arriba para ver qué tipo de daño había causado la serpiente. Había destrozado parte de la roca, pero no lo suficiente como para romper la cueva por completo. La serpiente estaba enroscada, parecía que tenía problemas con su enorme tamaño en un espacio tan confinado.

Aprovechando esa dificultad, corrí hacia la grieta que había en la pared de la cueva. Ahora podía sentir la brisa con más fuerza a través de un espacio que apenas tenía el tamaño de mi puño. Como no tenía mejor opción, corté el espacio con la espada, pero, con fuerza nueva o sin ella, el arma no estaba hecha para partir rocas. El acero se agrietó y se hizo añicos cuando golpeé una y otra vez, quedándome solo con la empuñadura.

—¡Nakhudha, el eclipse está a punto de acabar!

Ante el grito de Dunya, la serpiente siseó y dándose cuenta de que tenía un objetivo más fácil, se lanzó en su dirección.

—¡Dunya, corre! —grité. No podía hacer nada por ella, Aldebarán había llamado a la serpiente y el único modo que teníamos de derrotarla era derrotarlo a él. Intenté ensanchar la grieta golpeando la piedra con la empuñadura rota de mi espada y gritando de frustración mientras se me llenaban las manos de sangre. Lo único que logré quitar fueron unos pocos y diminutos fragmentos de roca. Si hubiera tenido semanas, tal vez habría podido abrir un agujero lo bastante grande como para poder salir por él. Pero, tal y como estaban las cosas, tenía unos minutos como mucho.

Desde el otro lado de la cueva, oí el chillido ahogado del marid escorpión. Esta vez no estaba solo en mi cabeza, estaba ahí realmente, nadando en el mar cercano. En mi mente, su presencia se había vuelto más insistente y necesitada y palpitaba como la peor resaca del mundo. Maldije. ¿Era preciso que me acosara ahora? ¡Ya lo había liberado!

Ya lo había liberado.

«Tienen fuertes creencias sobre los favores». La última palabra, la que tanto le había costado pronunciar a Khayzur. Dunya volvió a gritar todavía más aterrorizada.

Desesperada, hice lo que nunca quise hacer. Cerré los ojos, tiré todo lo que pude de la presencia que sentía en mi cabeza y me arrojé a la merced *de una criatura mágica*.

La presencia del marid me inundó la mente, se me heló la sangre mientras mis ojos volvían a abrirse sin que yo controlara el movimiento.

El mundo estaba inquietantemente gris, el marid parecía inspeccionar la escena a través de mi mirada. La serpiente perseguía a Dunya, Aldebarán aullaba y arrojaba arañas, la brisa dulce y salada del océano silbaba a través de la estrecha brecha de la pared de la cueva...

El agua que corría bajo mis pies se transformó abruptamente. Se enroscó alrededor de mi tobillo como una cuerda líquida y me arrojó al otro lado de la cueva. Me estrellé contra Dunya y las dos rodamos sobre el nicho protegido como si fuéramos una pelota en un juego de monstruos. El dolor me recorrió todo el cuerpo, pero apenas me di cuenta.

Porque un aguijón gigantesco azotó la pared de la cueva.

Un segundo golpe hizo que entrara el agua del mar. Y llegó un tercero y un cuarto. Podía sentir el poder y la frustración del marid y estaba empezando a temer que nada podría romper la cueva hasta que un quinto ataque de la poderosa cola de la criatura partió la roca.

Un rayo de luz de luna se derramó en el interior.

Aldebarán corrió hacia la zona iluminada. Pasó los dedos por la luz de la luna, llorando de dolor y de desesperación. Ese sonido rompió las diferencias que había entre nosotros.

Porque yo también quería irme a casa.

Actuando por instinto, agarré la Luna de Saba de las manos de Dunya y lancé la jofaina de plata a los pies del ser lunar atrapado durante tanto tiempo. Aldebarán me dirigió una última mirada salvaje —locura, agradecimiento y alivio— y el eclipse se desvaneció de los ojos transformados de Falco. Entonces golpeó la jofaina de plata con su bastón.

Esta vez, la Luna de Saba hizo algo más que romperse.

La luz brilló con tanta fuerza que tuve que darme la vuelta. La serpiente siseaba, el viento soplaba con fuerza a nuestro alrededor, transportando insectos y escombros por todas partes. Con un último aullido, una presencia fue arrancada del cuerpo de Falco con fuerza suficiente para enviar una oleada de presión que rebotó por toda la cueva. Trepé de nuevo bajo el afloramiento protegiendo a Dunya lo mejor que pude mientras a nuestro alrededor caían rocas, espejos de bronce rotos y estalactitas partidas.

Quizás fueron solo unos instantes, pero me pareció una eternidad esperar a ser aplastada por una roca o perforada por los escombros. Finalmente, la cueva dejó de temblar. Esperé hasta que el único sonido fueron nuestras respiraciones entrecortadas. Entonces levanté la cabeza.

La mitad de la cueva que daba al mar había sido destruida. El océano se había derramado y había inundado la parte inferior, pero, por suerte, había un modo claro de salir y se veía un fragmento de playa nocturna. Pero nuestro camino hacia la libertad no fue lo único que vi.

Vi al marid. La gran masa de su cuerpo y su brillante montón de ojos que se encontraron con los míos. Su aguijón pasó sobre las estrellas como una daga de ébano, su presencia dio un último tirón en mi mente y la atadura dorada se manifestó entre nosotros.

Entonces, lentamente, el lazo se disipó. No entendía cómo se comunicaban estas criaturas, pero, mientras el marid se desvanecía bajo las aguas negras y se soltaba de mi mente, habría jurado que decía que estábamos en paz.

Dunya levantó la mirada.

—¿Se ha ido Aldebarán?

Una pregunta excelente.

—Pues espero que sí.

Quité los escombros que habían caído cerca de nuestro refugio agradeciendo a Dios mi nueva fuerza. La enorme serpiente blanca, los insectos… todo había desaparecido, tal vez huyendo de la destrucción a las cuevas y túneles más profundos que consideraban su hogar. Mi espada ya no servía de nada, pero mantuve la daga de meteorito en una mano mientras ayudaba a Dunya a salir y le señalaba la parte de la cueva que se unía con el mar.

—Ve. Me reuniré contigo allí. Quiero salir de aquí antes de que esa serpiente decida volver, pero tengo que hacer otra cosa antes.

Dunya no me cuestionó. La vi salir lentamente hacia las rocas. Entonces me volví hacia mi última tarea.

Aldebarán había salido de Falco con tanta fuerza que había arrojado al franco por la cámara en ruinas como si fuera un muñeco. Pero podía oír su respiración jadeante mientras atravesaba el suelo partido. El hombre que pretendía rehacer una tierra que no era suya con una magia robada que no entendía, el hombre que había llegado con la sangre de inocentes masacrados y que había tomado todavía más vidas en Socotra, ahora yacía clavado bajo una roca que le había aplastado la pierna izquierda y la pelvis. Le salía sangre de la boca y una capa de polvo le cubría la cara, mientras que su cinto de insignias de peregrino yacía hecho jirones a su lado. Me miró con ojos vidriosos.

—Al-Sirafi... —jadeó—. ¿Has venido a regodearte?

—No. —Seguramente, la herida de Falco fuera letal y le prometía una muerte más lenta y dolorosa que la que yo podía darle. Pero no creía en irme y dejar a las amenazas supurando y este demonio ya había matado más que suficiente.

Falco se esforzó por levantar la cabeza cuando me acerqué.

—Si quisieras escuchar... las cosas que vi en la mente de Aldebarán... ¡espera! —gritó cuando la punta de mi daga encontró su pecho—. Dame solo...

—Ya me has quitado bastante tiempo. —Le atravesé el corazón con la daga.

Su mirada brilló de pánico durante un momento mientras su cuerpo se sacudía en respuesta. Pero fue solo instante. Después, Falco se quedó inmóvil mientras la sangre manaba de su pecho.

Limpié la daga con su capa y me marché.

Dunya me esperaba sentada en una roca plana que daba al mar abrazándose las rodillas contra el pecho. La pequeña académica había mostrado un valor increíble al frustrar a Falco como lo había hecho y me di cuenta de que estaba luchando por mantener ese coraje, aunque todo su cuerpo tembló cuando sus grandes ojos marrones se encontraron con los míos.

—¿Lo has... está hecho? —susurró.

—Está hecho. —Le envolví los hombros con el brazo—. Vamos, pequeña. Salgamos de aquí.

33

No me permití relajarme ni un ápice hasta que estuvimos cuatro días en el mar. Me había pasado la última semana preparando todo lo que podía el *Marawati* para la partida, aunque viajáramos a un ritmo más lento y contra el monzón, las verdaderas reparaciones necesitaban un puerto mejor y más suministros de los que teníamos a mano.

Pero quería con desesperación llegar a casa. Quería estar con mi hija y con mi familia y dejar todo esto atrás —durante el tiempo que me permitieran los peris—.

Magnun me había suplicado que me quedara, y me ofreció usar su astillero bien surtido y los hábiles comerciantes de su base. Pero yo no estaba dispuesta a probar la suerte de mis compañeros dos veces y así se lo dije.

—Entonces, tal vez deberías unirte a nosotros por completo —había sugerido con un brillo esperanzado en los ojos mientras recogía el botín del campamento de Falco—. Pronuncia los juramentos, añade el *Marawati* a nuestra flota y asalta el mar como una reina de los bandidos de nuevo.

Negué con la cabeza dirigiendo una mirada pesarosa al botín que se había ganado. A los míos se les había permitido llevarse algunas piezas, pero yo no iba a incumplir el trato que había hecho con el único nakhudha que se había mostrado dispuesto a ayudarme.

—Esa vida se ha acabado para mí, pero gracias por ayudarme. —Mucho más reacia, le entregué la daga de meteorito—. Y gracias por esto.

—Ah… ¿Te he dicho que el préstamo haya terminado? —Magnun me cerró los dedos sobre la daga—. Te has enfrentado a un monstruo marino con eso, al-Sirafi. Quédatela un poco más, a ver a dónde te lleva. —Me guiñó un ojo—. Como mucho, significará que algún día tendré que rastrearte para recuperarla.

Se me ocurrían cientos de modos por los que podría acabar mal que Magnun me rastreara, pero, sinceramente, el nakhudha egipcio dirigía su barco de manera estricta y parecía una buena oportunidad. Y era una daga extraordinaria. Además, tenía que recuperar otros cuatro artefactos mágicos, podría venirme bien tener un arma celestial.

—Pues hasta que volvamos a vernos, si Dios quiere.

Con Raksh de nuevo a bordo, tuvimos mucha suerte y encontramos el viento y las corrientes que necesitábamos a pesar de la estación.

—Amina, ve a descansar —me dijo Dalila dándome un empujón en el hombro cuando empecé a cabecear en el banco del capitán—. Llevas días sin dormir.

Me estremecí para despertarme e hice una mueca cuando uno de los músculos de mi cuello protestó por el movimiento.

—Estoy bien —balbuceé—. Mejor que nunca.

—Incluso tu capacidad para mentir se ha visto afectada. Ve. —Me empujó hacia la cocina—. O te pondré una poción noqueadora en tu próxima comida.

Murmuré una maldición, pero me alejé a trompicones como me había ordenado. La cocina estaba maravillosamente fresca y mi almohada me llamaba. Me estaba quitando la capa y desenvolvía el turbante cuando un gruñido felino me llamó la atención.

—¿Payasam? —pregunté incrédula. La gata había sobrevivido al ataque del *Marawati*, por supuesto que había sobrevivido, era una maldición y ya estaba intentando volver a dormirse en mi cara. Pero la felina estaba gruñendo y silbando en el techo de la cocina con una actitud que no se parecía en nada a la mascota tonta y feliz de Tinbu—. ¿Qué te tiene tan…? —Me interrumpí al seguir la mirada del gato.

En el alféizar de la estrecha ventana, brillando bajo la luz del sol, había una única pluma verde lima.

Khayzur.

Con un último silbido, Payasam saltó del techo y salió por la puerta. Un escalofrío me recorrió la espalda, en contraste con el calor del día y la agradable brisa cuando observé la pluma del peri.

Cinco. El número resonó en mi cabeza: tenía que recuperar cinco Transgresiones. Ya tenía una, me quedaban cuatro. Podían ser cualquier cosa. Podían estar en cualquier parte.

Dejé caer la capa y el turbante y tomé la pluma de Khayzur. Estaba fría y vibraba de un modo extraño, pero no desagradable.

¿Quién eres?, me pregunté. Ahora que mis seres queridos no corrían peligro inminente y se me había aclarado la mente, pensé que, en retrospectiva, parecía fortuito que Khayzur —uno de los pocos peris que salvaría a una humana— estuviera justo donde lo necesitaba cuando me habían dejado caer desde el cielo. ¿Cuál era la línea entre los planes de Dios y algo demasiado bonito para ser verdad? Sí, Khayzur parecía amable y me había salvado la vida, pero eso no significaba que confiara en él. No confiaba en ningún ser mágico.

Aun así, por mucho que odiara admitirlo, ahora podía ser una de ellos.

Una sombra se cernió sobre mí y Raksh habló desde el marco de la puerta.

—¿Un regalo?

—Un mensaje —gruñí—. Sospecho que los peris quieren asegurarse de que sé que me están observando. Quizás no estén muy contentos con que destruyera la Luna de Saba yo misma en lugar de entregársela.

Me arrebató la pluma de los dedos.

—No te preocupes por esos tontos con cabeza de pájaro.

Le di un golpe en el brazo.

—Tal vez debería culparte a ti por lo de esos tontos con cabeza de pájaro. ¿En qué estabas pensando en la isla cuando sugeriste que les dedicara el resto de mi vida a ellos?

Raksh frunció el ceño.

—¿Acaso no era obvio?

—¿Que estabas sacrificándome a mí para salvarte tú mismo?

—¿Sacrificarte a ti? —Raksh se echó a reír—. ¿Es lo que has estado pensando desde entonces? —Sus ojos empezaron a brillar—. Ay, Amina… no. Para nada.

Nada que emocionara a Raksh podía ser bueno.

—Entonces ¿qué estabas haciendo?

Dejó caer la pluma y atravesó la distancia que nos separaba.

—No lo ves, ¿verdad? —preguntó como si volviera a maravillarse conmigo—. Amina, voy a convertirte en una leyenda.

Me quedé quieta. Era una palabra muy peligrosa saliendo de Raksh y refiriéndose a mí.

—¿Qué? —pregunté en un susurro.

Fijó sus ojos en los míos. Sin que me diera cuenta, tomó una de mis trenzas en sus manos y jugueteó con ella entre los dedos.

—Una guerrera bendecida por lo sobrenatural con la misión de viajar por el mundo y buscar algunos de los tesoros más maravillosos jamás creados. —Suspiró casi en tono reverencial—. ¿No te das cuenta de tu potencial? Voy a tejer tales relatos que tus aventuras vivirán en poemas épicos más grandes que los de Antarah y los de Dhat al-Himma, tu nombre será cantado en odas a héroes cuyas hazañas superan las de Alejandro. —La voz de Raksh se elevó con un alegre deleite mientras tiraba de mí para acercarme, tan embelesado que pareció olvidar que corría el riesgo de ser apuñalado—. ¡Será tal y como soñábamos la noche que nos conocimos!

La noche que nos conocimos. Recordé la nefasta noche en la que Raksh y yo habíamos cruzado nuestros caminos. Cómo me había reído y había suspirado bajo las estrellas, encantada por aliviar mi corazón. Cómo deseaba viajar por el mundo. Cómo deseaba ser la mejor, que las aventuras de la gran Amina al-Sirafi se contaran en patios y alrededor de fogatas.

—N-no puedo —tartamudeé—. Ya oíste a los peris. Me dijeron que tenía que ser discreta.

—Ah, pero no hiciste un acuerdo tan férreo con ellos. Tendrían que haber puesto consecuencias en el «vago acuerdo por el cual no te dejaron caer a tu muerte…» —Raksh puso los ojos en blanco antes de que una expresión mucho más astuta apareciera en su rostro—. Eso habría sido un pacto adecuado con una mortal. Nunca admitirían tal abominación. Y lo cierto es que no pueden hacer nada para detener la difusión de las historias humanas, interferir va en contra de su propio código.

Me quedé por completo desconcertada.

—¿Los engañaste?

—¡Claro! Pero no tienes que mostrarte tan irritable. Es lo que quieres, ¿verdad? —Me besó los dedos—. Vivirás aventuras, podrás explorar el mundo y por una razón justa. Ya sabemos lo peligrosas que son esas Transgresiones: ahora serás tú la que libere al mundo de ellas. —Me guiñó un ojo—. Podrás hacer el bien para contrarrestar todas tus fechorías.

Sabía que a Raksh no le importaban nada las buenas obras, simplemente estaba leyendo los deseos de mi corazón y usando lo que sentía por sus propios motivos. Sin embargo, el futuro que dibujaba con tanta hermosura ya no sonaba tan ridículo como una década antes. Todavía tenía que pensar en lo que me había sucedido en la isla de los peris, sentarme y resolver las implicaciones de mi «no trato».

Pero me había batido en duelo con un leviatán marino. Había luchado contra un hechicero y había liberado a un aspecto lunar hechizado.

¿Qué más podía hacer?

Ir a casa y ser una madre para tu hija durante todo el tiempo que puedas. Y era cierto que eso era lo que más deseaba en el mundo en ese momento, me dolía el corazón ante la perspectiva de poder sostener a Marjana entre mis brazos. Y aun así…

Aun así…

Quería todo lo que acababa de describir Raksh. Para ser sincera, quería más. Lo que le había dicho en la playa de Mogadiscio a Nasteho era verdad: nunca había dejado de ser una nakhudha, no había dejado de ser una exploradora. No era este maldito demonio, espíritu de discordia o como quisiera llamarse el que estaba poniendo extraños deseos en mi alma: era yo la que quería viajar por el mundo y navegar por todos los mares. Yo deseaba vivir aventuras, ser una heroína, que mis historias se contaran en patios y en ferias, donde tal vez niños como yo que hubieran crecido con más imaginación que

477

recursos pudieran ser inspirados a soñar. Donde las mujeres a las que se les decía que solo había un tipo de vida respetuosa para ellas pudieran escuchar las vivencias de otra que se había marchado y había prosperado al hacerlo.

Quería enseñarle eso a Marjana. No ahora, sino cuando fuera mayor, cuando fuera más seguro. Quería enseñarle a mi hija a leer las olas y el cielo nocturno, quería ver sus ojos abriéndose maravillados llenos de curiosidad cuando la llevara a nuevos lugares, a nuevas ciudades. Quería darle todo lo que yo había tenido que tomar, posicionándola para disfrutar de oportunidades que yo nunca pude imaginar.

¿Era posible? ¿Podía ser nakhudha aventurera y madre?

¿Acaso tenía elección? Estaba obligada a recuperar cuatro Transgresiones más y una extraña y persistente culpa me carcomía el vientre por eso. Si no me quedaba más remedio que vivir aventuras, tal vez no necesitara profundizar en esa parte oscura y turbia de mi corazón que quería hacerlo por razones egoístas.

Raksh se mordió la lengua, sus ojos se movieron de un lado a otro de mi rostro mientras mi mente daba vueltas a toda prisa. Al fin y al cabo, él tenía práctica esperando a que humanos temerarios soñaran sus delirios. Pero ver cómo lo hacía fue suficiente para sacarme de mi sueño.

Yo no era la única con ambiciones y recordé aquella noche con Raksh, la última que habíamos pasado en la isla de los peris. Cuando mi marido y yo nos sentamos junto al fuego, vimos la puesta de sol y estuvo lo más cerca de confiar en mí de lo que sospechaba que era capaz. Cuando reflexionó con abierta melancolía acerca de cómo había sido creado para contar historias e inspirar leyendas.

Cuando lamentó no haber tenido oportunidad de hacerlo en mucho mucho tiempo.

Y mientras Raksh me miraba con esos hermosos ojos encandiladores con lo más parecido que había visto a una sonrisa en su perfecta boca, de repente entendí que, a pesar de todas sus mentiras y su cobardía, a pesar del historial sangriento que había entre nosotros, acababa de convertirme en lo que él más ansiaba.

Y, por culpa de eso, no me dejaría ir nunca.

Mátalo ahora. Antes de que sospeche nada. Aun así, ¿cómo iba a hacerlo? Era el padre de Marjana y acababa de recibir una lección sobre lo poco que conocía sobre el linaje mágico. ¿Habría más niños como ella? ¿Qué les pasaba cuando crecían? ¿Había más posibles amenazas para ella como la Luna de Saba? No podía hacerle esas preguntas a Raksh en ese momento, no cuando estaba decidida a mantener en secreto la existencia de nuestra hija. Pero, aun así, seguía siendo la única guía que tendría si alguna vez necesitaba respuestas sobre «los espíritus de discordia» y sus parientes.

Bueno, era mi única guía de momento. Decidiendo ir por otro camino, le coloqué las manos alrededor del cuello. Fue un eco, un recordatorio de lo fácil que me había resultado estrangularlo en la isla, pero, en lugar de eso, jugueteé con su pelo.

—¿Entonces qué? —pregunté mostrando abiertamente mis dudas—. ¿Ahora debo confiar en ti?

Raksh se estremeció y se inclinó hacia mis caricias.

—Puedes confiar en mí, hacer otras cosas conmigo, lo que más te guste. Sé que hemos tenido problemas en el pasado, pero… —Acercó mi cuerpo al suyo, rozando sus caderas con las mías—. ¿Qué matrimonio no los tiene?

Noté su cálido aliento en mi cuello, encendiéndome la sangre traicionera mientras me daba un beso en la mandíbula. Diez años. Diez años desde la última vez que me habían tocado así.

Se supone que deberías estar deshaciéndote de él, ¿recuerdas?

Aun así, ya estaba deslizando las manos alrededor de su cintura. Le di un apretón en su glorioso trasero y Raksh dejó escapar un suspiro. Vale, sí. Me deseaba de algunas formas mágicas espeluznantes, pero, en este deseo en específico, estábamos a la par.

—Cierra la puerta —dije con brusquedad.

Raksh levantó la mirada, sorprendido.

—¿De verdad?

Me encogí de hombros.

—Si vamos a hacer esto como marido y mujer, tenemos que empezar con buen pie, ¿no?

Cerró la puerta de una patada y cayó de rodillas.

—Eres la más sabia de las mujeres, Amina al-Sirafi.

El cabrón estaba realmente sorprendido.

—¡Creía que estábamos pasando página! —gritó Raksh desde el fondo de la balsa cuando lo dejamos caer al mar. Bueno, tal vez lo de «balsa» fuera un término diplomático. Pero puesto que no teníamos dunij por culpa de que él lo hubiera robado, la plataforma con tableros rotos mal atada tendría que servirle. Sacudió las cadenas que le rodeaban las manos y los pies con gran indignación—. ¡Aceptaste tener un encuentro sexual!

A mi lado, Dalila y Majed se giraron para mirarme.

—¿Qué? —me sonrojé—. Necesitaba encontrar un modo de distraerlo, ¿vale? —Majed dejó escapar un suspiro demasiado crítico y yo siseé—. Seguimos casados, ¡está permitido!

Dalila se pellizcó el puente de la nariz, exasperada.

—Ni en lo más mínimo, Amina.

—¡Fuiste tú la que me dijo que me relajara! —Por supuesto, Dalila se refería a que durmiera, no a que practicara sexo con mi cónyuge espíritu del caos en la estrecha cocina del barco, pero cada uno tenía su propia manera de relajarse. Volví la atención hacia Raksh arrojándole un odre y una bolsa de dátiles—. La próxima vez no te duermas a mi lado. Seguro que estarás bien. Al menos no te hemos enterrado en un cofre.

—Tendríamos que haberlo hecho —murmuró Majed.

—Aún podemos hacerlo estallar —agregó Dalila—. Me queda un poco de polvo negro.

Raksh agitó sus cadenas con furia.

—¡Eres la más desleal de las compañeras!

Majed se tiró de la barba.

—En general no suelo estar a favor del asesinato, pero ¿estás segura de que es sensato dejarlo con vida? ¿Por qué no te divorcias de él? —preguntó en voz baja mientras Raksh se alejaba a la deriva—. Todavía puede gritar las palabras si se las dictamos.

—Porque me temo que lo que nos une es más fuerte que el matrimonio —expliqué con una mueca—. No necesito que investigue lo que podría suceder si un divorcio no logra cortar nuestro vínculo. Y si alguna vez Marjana necesitara conocer algo sobre esa parte de su linaje... No puedo matarlo. Todavía no.

—¡Amina! —gimió Raksh en la distancia—. ¡No hagas esto! ¡Aún puedo convertirte en leyenda!

Eso puedo hacerlo yo misma.

—¡Te deseo suerte, de verdad! —grité antes de volverme hacia Majed—. Aceleremos.

Majed fue a dar las órdenes pertinentes reemplazando a Tinbu, quien estaba obligado a descansar para recuperarse. Pero incluso ver a mi amigo descansando en el banco del capitán con la pierna herida apoyada en una almohada y con Payasam en su regazo me llenó de culpa. Tinbu se había roto la pierna ya mal curada cuando se había arrojado sobre Yazid para salvarme la vida. Le habíamos arreglado el hueso lo mejor que habíamos podido y tenía intención de llevarlo a un médico, pero todos habíamos visto el resultado de ese tipo de heridas. Tinbu sufriría cojera el resto de su vida, una cojera que haría que su carrera de marinero —ya peligrosa— fuera aún más arriesgada.

—No me mires con tanta lástima —me reprendió Tinbu, leyendo mi expresión, cuando me acerqué a él—. Me salvaste de ser crucificado por bandolero, ¿recuerdas? Estaba devolviéndote el favor.

—Lo sé, lo sé —murmuré mientras me sentaba. A nuestro alrededor, el mar parecía ondular y rodar como una gran bestia de agua azul estirando las piernas.

—¿Asumo que Raksh está flotando hacia la nada en un lento nobarco? —preguntó Tinbu acariciándole la cabeza a Payasam mientras la gata lo miraba con adoración.

—Si Dios quiere. Aunque no dudo de que vaya a volver.

Dalila subió para unirse a nosotros rodando su bastón de madera entre las manos.

—Entonces, ¿hemos acabado con el mundo mágico?

Suspiré y saqué la pluma de Khayzur de mi faja.

—No del todo.

En el tiempo que me llevó contarles a mis amigos lo sucedido en el tribunal peri, algunos de los marineros empezaron a cantar. Sus sonrisas, vacilantes al principio, fueron ensanchándose a medida que empezaron a burlarse entre ellos de amantes y esposas a quienes volvían, de hijos y amigos a los que tenían ganas de ver y de lo maravilloso que sería llegar a un puerto conocido. No eran las canciones que entonábamos cuando le suplicábamos al océano que tuviera misericordia o cuando recordábamos a los muertos perdidos en tormentas, pero no dudaba de que mi tripulación había quedado marcada por lo sucedido en Socotra, seguro que algunos se escabullirían al llegar a tierra y buscarían a otro nakhudha que les pagara menos y les tratara mal, pero que no los hiciera enfrentarse a hechiceros extranjeros y monstruos marinos.

Porque mi tripulación no había salido ilesa. Habían muerto tres hombres: Arjun, un aprendiz de carpintero que apenas tenía diecinueve años; Ishtiaq, un marinero que siempre estaba sonriendo y que dejaba a tres niños en Yeda; y Bassam, un viejo y gracioso lobo de mar que hacía que Majed pareciera joven y que alardeaba con orgullo de no haber pasado nunca más de un día en tierra. Bassam había sido barrido durante el ataque del marid, pero habíamos pronunciado las oraciones fúnebres por él y luego habíamos enterrado a Ishtiaq y quemado a Arjun según sus ritos. La vida en el mar era peligrosa y, aunque sabía que el dinero y las cartas vacilantes que enviaría a sus parientes siempre eran una posibilidad temida, sus almas pesarían en mi conciencia.

Pero me guardaría las penas para mí misma. Ahora mismo, el resto de mi tripulación parecía estar a salvo y, aunque me mantuve atenta, no oí ningún susurro de descontento que pudiera conducir a un motín.

Sin embargo, entre mis seres más queridos, estaba calando una nueva sorpresa.

—Así que eres… ¿una especie de cazatesoros para un montón de hombres pájaro mágicos? —preguntó Tinbu tras un silencio atónito.

—Sospecho que esos hombres pájaro mágicos asegurarían que no trabajo para ellos, puesto que tienen todo tipo de reglas acerca de no interactuar con humanos, pero sí. Les debo la recuperación de otros cuatro objetos mágicos. Ese fue el precio a pagar para que me permitieran salir de la isla.

—¿Y confías en que estas criaturas mantengan el trato? —preguntó Majed—. ¡Intentaron hacerte caer en picado hacia tu propia muerte!

—No confío nada en ellos. Creo que el que me salvó es un buen hombre... o pájaro. Un creyente o lo que sea. Pero también sospecho que tenía sus propios motivos. —Extendí las manos—. No tenía elección. Incluso aunque los peris renieguen del trato, valió la pena para poder detener al franco.

—No puedo discutir contra eso. —Dalila inclinó la cabeza para examinarme—. ¿Y dices que el tiempo que pasaste en esa isla te cambió? Así que tu fuerza, el modo en el que corrías...

—Soy más fuerte —confirmé—. Mucho más fuerte. Finalmente, pude hacer sangrar un poco a Raksh —agregué incapaz de ocultar el deleite en mi voz—. No he notado ningún otro cambio físico, pero puedo ver cosas. Criaturas, los votos que habían pronunciado los hombres de Falco como si fueran cadenas, visiones de otros mundos...

—Al-Ghaib —murmuró Majed en voz baja—. Los reinos de los djinn y todo eso. Hay místicos que afirman haber conseguido la misma Visión. Hombres y mujeres sagrados.

—Quizás mejor equipados que yo para lidiar con ello. —Me estremecí recordando la visión de los monstruos encarcelados al otro lado de la puerta de latón. ¿Algo de eso había sido real? ¿El puente? ¿La nasnas? ¿Asif y sus acusaciones?—. Aunque sospecho que voy a necesitar tanto la fuerza mágica como la Visión para recuperar estas Transgresiones.

—Deberías empezar a entrenar con más armas —intervino Tinbu asombrado—. Dioses, Amina, podrías ser como los guerreros de antaño.

—Necesitará algo más que fuerza. —Dalila le lanzó una sonrisa cómplice a Tinbu—. Tienes alma de jugadora. Así que supongo que estamos dentro.

—¿Dentro? —parpadeé sorprendida—. Espera... ¿queréis uniros a mí?

—¡Claro que queremos unirnos a ti! El conocimiento que podrías encontrar, las pociones perdidas, los trucos de los antiguos... —Los ojos de Dalila se iluminaron—. Podría descubrir cosas que podrían hacer de mí la jequesa del Banu Sasan. Esos bastardos lamentarán el día que me echaron de Irak.

Tinbu adquirió una expresión soñadora.

—Seguro que habrá tesoros. Tiene que haberlos, ¿verdad? La gente que persigue artefactos mágicos siempre es rica en las historias. Seguro que a los peris no les importará si nos quedamos un poco de riqueza mortal. —Le dio un fuerte beso a Payasam en el pelaje—. Me convertiré en rajá y encandilaré a cierto comerciante de Adén.

Se me animó el corazón con una mezcla de esperanza y preocupación.

—Será extremadamente peligroso. Os estaréis poniendo en peligro por un trato que no es cosa vuestra...

—Ay, cállate —interrumpió Dalila—. Sabemos que es peligroso y podemos tomar nuestras propias decisiones. Y es mucho más probable que sobrevivas y que encuentres esos artefactos ocultos si vamos contigo.

Quería protestar. Tal vez una amiga mejor lo hubiera hecho. Pero Dalila tenía razón y yo estaba aprendiendo, años tarde, que no podía controlar los corazones de quienes me rodeaban. Había luchado por mis ambiciones.

No podía negarles a otros las suyas.

—Yo... os estaré eternamente agradecida si me acompañáis —confesé—. Podemos discutirlo con mayor profundidad cuando volvamos a la costa. No puedo contarle todo a la tripulación, pero no quiero que haya aquí ningún hombre en contra de su voluntad. Y te pagaré un trayecto seguro hasta Mogadiscio —agregué mirando a Majed.

Majed soltó un carraspeo de indignación.

—¿Y un trayecto de vuelta al *Marawati* después? Vosotros tres no vais a iros a explorar sin mí. Os perderéis por las calmas ecuatoriales y moriréis. Y no seas hipócrita y me des un sermón sobre responsabilidad —agregó con más severidad cuando abrí la boca justo para hacer eso—. Tú tienes tus cargas familiares, y yo hablaré con mi esposa. Debe haber un modo de hacer que esto funcione de manera que podamos ver a nuestros hijos.

Majed no podía hacerse una idea de lo mucho que me conmovieron esas palabras. Dios mío, eso esperaba. No importaba lo que les dijera a mis amigos, todavía tenía que hacer las paces con mi alma sobre el precio de esta nueva aventura por lo que concernía a Marjana. Los días y las noches que perdería sin ella, los temores que ambas sentiríamos cuando los mares nos separaran.

Era un precio con el que tal vez no llegara a estar nunca en paz. Era una elección que rezaba para que ella comprendiera algún día. Podría sacar coraje de ahí cuando llegara el momento de perseguir sus propios sueños.

—Pues está decidido —declaró Tinbu—. ¿Puedo hacer una sugerencia? Si alguno de nosotros se ve en posición de ser persuadido para hacer un trato con una criatura mágica, no lo hagamos. O, al menos, discutámoslo primero con el grupo.

—Amén —acepté sintiéndome de repente más ligera de lo que me había sentido en semanas.

Sin embargo, había otro asunto que tratar. Miré el *Marawati*. Los hombres se habían acercado a Dunya y ahora estaba con un grupo de marineros, tímida, aunque entusiasmada, mientras Firoz le enseñaba el mejor modo de hacer una cuerda y ella tomaba notas diligentemente.

Dalila siguió mi mirada.

—¿Has tomado una decisión?

—Sí —respondí—. Ya lo tengo claro.

34

E l patio de Salima era un lugar inquietante y peligroso. Aunque me paré bajo la sombra de una palmera alta y de hojas grandes, no sirvió para detener el aire sofocante. Tenía la camisa pegada a la espalda por la humedad y una gota de sudor me caía por la frente. Hacía demasiado calor incluso para que los insectos volaran y se quedaban confinados en los arbustos.

Salima al-Hilli no dio indicaciones de estar afectada por el calor. Estaba de pie con la espalda erguida y con la atención fija en la carta de Dunya. Llevaba mirándola el tiempo suficiente como para haber leído la carta por completo al menos doce veces.

Al final, bajó el papel.

—¿Es su decisión?

No había leído la carta, pero podía hacerme una idea de su contenido.

—Lo es, Sayyida. Parecía muy determinada. Muy capaz.

—Es una niña. —Salima dobló el papel en mitades cada vez más pequeñas como si así sus implicaciones se desvanecieran—. Dice que no debo echarte las culpas. Que le salvaste la vida arriesgando la tuya y que te suplicó en nombre de su padre que la dejaras marchar.

Algo se movió en las ramas sobre nosotras, se oyeron crujidos como si algo pesado se situara en el árbol para ver mejor. Resistí el impulso de mirar hacia arriba. Salima no había reaccionado y yo había oído el sonido como si existiera en otro modo, casi como en un sueño.

Estaba empezando a entender lo que eso significaba. Lo que significaría durante el resto de mi vida.

Volví la atención hacia Salima.

—No pude convencerla para volver a esta vida, Sayyida. Lo intenté. Pero, tras pasar algo de tiempo con ella... llegué a comprender por qué había tomado esa decisión. Y creo que usted también lo comprende.

Salima negó con la cabeza.

—Dios no quería que se persiguieran todos los sueños. A veces las personas debemos ocultar nuestros corazones para sobrevivir, para honrar a nuestras familias.

—Dios nos hizo ser quienes somos —murmuré en voz baja—. Creo que debemos encontrar su sabiduría en eso.

Salima frunció el ceño, pero no parecía descontenta. Parecía angustiada.

—Si vuelvo a amenazarte, ¿me revelarás su paradero?

—No —respondí con decisión—. Le di mi palabra y ya hace mucho que se fue. Es una académica talentosa y tiene un don incomparable para los idiomas. Hay gente que se ha labrado buenas vidas con mucho menos. Si Dios quiere, puede que incluso haya un día en el que ambas vuelvan a encontrarse en paz. —Endurecí la voz—. Le sugiero que viva para ver ese día, Sayyida.

La amenaza flotó implícita entre nosotras dejando un tenso silencio. No había vuelto a esta casa sin estar preparada para poner fin —con el medio que fuera necesario— a las nuevas amenazas que Salima pudiera lanzarme. Pero estaba harta de derramar sangre y recé por que entrara en razón.

Lo que estuviera espiándonos entre las ramas se movió de nuevo. Una sombra pasó ante mis ojos dejando un aroma a rayos y polvo del desierto.

Salima se metió la carta en la faja.

—Te quiero fuera de mi casa. Le has salvado la vida a Dunya y por eso no te perseguiré. Dejaré en paz a tu familia, lo juro por Dios. Pero nos separamos como enemigas, nakhudha.

—Entendido. —Supuse que pedir otra parte de la recompensa prometida sería tentar demasiado a la suerte, así que no me molesté en hacerlo. Sus pagos previos eran suficiente para mí, mi barco y para mi gente por ahora. No era la fortuna que me había prometido que me cambiaría la vida, pero mi vida ya había cambiado lo suficiente. Si Salima incumplía nuestro trato, quedaría entre ella y Dios.

En lugar de eso, incliné la cabeza y me di la vuelta para marcharme. No mandó a nadie a acompañarme, pero no habría llegado tan lejos en mi carrera si no fuera capaz de recordar el camino a la salida.

Una salida que estaba a la vista cuando una mano cobriza me agarró la muñeca.

Por desgracia para su dueño, todavía no estaba acostumbrada a mi nueva fuerza. Así que, cuando me giré hacia la figura cubierta con un velo y la estampé contra la pared, lo hice con más fuerza de la necesaria.

La criatura siseó y noté su aliento extrañamente dulce. No sabía si era humana o algo diferente, puesto que iba envuelta con una prenda de color pergamino y no pude ver nada más aparte de un par de ojos brillantes bajo su profunda capucha.

—¡Para la pequeña! —jadeó sacudiendo una alforja.

Fruncí el ceño, pero solté a la criatura y tomé la alforja. Una mirada reveló que estaba llena de libros, pergaminos y herramientas cuyo propósito desconocía.

—¿Qué es todo esto?

La criatura resopló descontenta y se sacudió la ropa.

—Lo que he podido reunir en tan poco tiempo. El trabajo de la familia debe continuar.

La miré, desconcertada.

—¿Y tú quién eres?

La criatura me fulminó con sus ojos de fuego.

—Su djinn. Evidentemente. —A continuación, atravesó una pared y desapareció.

La repentina aparición del djinn de la familia al-Hilli me había retrasado, pero no me demoré más y me uní a mis compañeros en la playa.

—¿Te persigue la policía? —dijo Majed a modo de saludo.

No me detuve.

—No.

—¿Soldados del gobernador? —preguntó Tinbu, preocupado.

—Tampoco. Salima ha dicho que me he ganado una enemiga, pero parece que salvar múltiples veces la vida de su única nieta me ha valido un indulto.

—¿Alguna recompensa monetaria más? —Dalila asintió hacia la bolsa—. Esa alforja parece lo bastante grande para contener una fortuna.

—Ojalá. Son libros para Dunya. Un regalo del djinn de la familia. —Dalila parpadeó y yo suspiré—. Puedo explicarlo en el barco. Tendremos que apañarnos con el dinero que tenemos de momento. Podemos buscar otros encargos más adelante. Pero ahora mismo, solo hay un lugar al que tengo intención de ir.

Estaba amaneciendo cuando soltamos el ancla en una playa apartada al sur de Salalah, los acantilados y el antiguo fuerte ocultaron nuestra llegada.

Pero no por completo. Tal vez hubiera apartado a mi hermano de la verdadera vocación de nuestra familia y a mi hija de mi antigua vida, pero mi madre había estado esperando la llegada de las velas del *Marawati* demasiado tiempo como para olvidar el aspecto de nuestro barco. Incluso antes de saltar a la orilla, pude verla cruzar la playa con su shayla ondeando en el viento.

Una figura mucho más pequeña y chillona se le adelantó.

Con un sollozo ahogado, corrí hacia adelante. Al instante estaba al lado de Marjana, tomé a mi hija en brazos y la estreché con fuerza. Presioné el rostro contra su pelo y las lágrimas me cayeron por las mejillas.

—Ay, mi amor —suspiré—. Mi querida niñita…

Marjana enterró la cara en mi cuello.

—Te he echado mucho de menos.

—Lo sé, mi vida, lo sé. —La levanté con facilidad llevándola con un brazo mientras salía del agua.

—Vaya, mamá... —comentó Marjana con la voz llena de asombro—. ¿Cuándo te has vuelto tan fuerte?

—¡Amina! —Mi madre corrió atravesando la distancia que nos separaba y se puso de puntillas para tirar de mí y poder besarme las mejillas—. ¡Alhambulillah! ¡Alabado sea Dios! —Se apartó y me dio un golpe en el hombro con demasiada fuerza para ser solo afectuoso—. ¿Sabes lo preocupada que estaba? ¿No podrías haber enviado una carta? ¿Es que el *Marawati* se cayó por el borde del mundo donde no había mensajeros?

Le di un abrazo tan fuerte a mi madre que dejó de gritar.

—Tuvimos algunas dificultades, me disculpo. Pero ahora mismo no tienes que preocuparte por eso. —Volví a besar a Marjana rozando mi nariz con la suya hasta que mi hija rio—. Estoy en casa.

Y, de momento, era lo único que importaba.

Había y no había una Nakhudha llamada Amina Al-Sirafi

Había y no había una nakhudha llamada Amina al-Sirafi que navegaba con una astuta tripulación por todo el océano Índico, buscando tesoros mágicos y talismanes, burlando a hechiceros y luchando contra criaturas legendarias incomprensiblemente poderosas. Esta es su historia y solo una de las muchas aventuras que espero relatar sobre ella.

Pero también había una escriba llamada Dunya. Una escriba renacida en la cocina de un barco entre Adén y Salalah.

Me pasé una mano por el pelo recién cortado, esa longitud me resultaba desconocida. Iba vestida con un thawb a rayas que me había elegido Majed sugiriendo que sería el tipo de prenda que llevaría un joven erudito de buena cuna, pero sin ser rico. Me puse un gorro en la cabeza y enrollé un turbante a su alrededor. No tenía espejo, pero, si Dios quería, parecería un joven nervioso e inofensivo, uno de los muchos muchachos de persuasión intelectual que se hacen a la mar para viajar a tierras nuevas.

Sin embargo, no necesitaba un espejo para saber que estaba sonriendo de oreja a oreja.

Salí de la cocina. La nakhudha había subido a bordo a su hija. Todavía estábamos anclados frente a la casa de su familia y había llevado a varios parientes al *Marawati*, en aparencia insegura al principio (algo que nunca me atrevería a expresar en su presencia) y luego con más entusiasmo. Marjana observaba en la cubierta una manada de delfines jugar en el agua bañada por el sol mientras la gata Payasam, sentada sobre su espalda, jugueteaba con las borlas de la faja bien tejida de la niña.

La nakhudha —sentada en su banco— y sus compañeros discutían sobre un mapa. Nunca había estado con un grupo de gente que discutiera tanto y en voz tan fuerte. Acercarse a ellos era muy intimidante, pero Amina debió darse cuenta de mi llegada, puesto que levantó la mirada y me atravesó con sus ojos negros.

—Jamal —me llamó y me llevó un momento darme cuenta de que me estaba llamando a mí, todavía tenía que acostumbrarme a mi nuevo nombre. No estaba seguro de que fuera a encajar del todo, no estaba seguro de que esta persona fuera realmente yo. Dunya era el nombre que habían elegido mis padres fallecidos y sospechaba que siempre le tendría cierto cariño. Ahora, como Jamal, me sentía tan libre como aterrorizado, dando los primero pasos de un viaje con el que solo me había atrevido a soñar.

Pero estaba en ello. Y de momento, era suficiente.

—¿Has encontrado algún lugar para tus manuscritos? —preguntó la nakhudha removiendo una olla de estofado de pescado que había traído el cocinero.

Titubeé. No sabía qué hacer con la bolsa de manuscritos e instrumentos que el djinn de mi familia le había dado a Amina. No sabía ni que tuviéramos un djinn en la familia. Pero, teniendo en cuenta nuestras desventuras, sospeché que Amina habría tenido suficiente dramatismo al-Hilli por el momento, así que solo dije:

—Sí, nakhudha.

Marjana vino saltando hacia nosotros.

—Mamá, ¿es verdad que tu cicatriz es por luchar contra un príncipe de Ormuz?

Amina resopló y se sirvió un poco del fragante estofado en un cuenco de madera.

—¿Quién te ha dicho eso?

—El tío Tinbu.

—No era un príncipe —repuso Amina con tono burlón—. Solo era un ladrón de caballos con delirios de grandeza.

Tinbu chasqueó la lengua en desacuerdo.

—Tenía una corona, ¿verdad?

—Una corona con gemas hechas de pasta —intervino Dalila—. No me creísteis cuando intenté advertiros antes de venderlas y tuvisteis suerte de poder conservar la cabeza tras el error. La sultana hizo que tiraran por la ventana a los últimos mercantes que la engañaron.

Marjana tenía ahora los ojos abiertos de par en par.

Me acerqué sacando un trozo de pergamino y un estilo.

—¿Te importaría contarnos la historia?

Amina puso los ojos en blanco al ver mis artículos.

—Sé lo que estás haciendo, escriba. Me convertirás en un personaje ridículo de uno de tus cuentos con mechones sueltos y versos de poeta.

—Nunca me atrevería a comprometer tu... voz única —prometí tomando una tablilla de escribir y arrodillándome cerca de sus pies—. Pero ¿cómo si no conocerá el mundo tu leyenda?

Lo había dicho en broma, pero Amina se quedó extrañamente quieta al oír la palabra con una expresión que no fui capaz de descifrar en el rostro mientras miraba su cucharón.

Finalmente, levantó la mirada.

—¿Vas a contarlo con mis palabras?

—Con tus palabras —acepté.

—¿Aunque sean groseras?

Hice una pausa.

—Supongo que suavizaré algún término o agregaré comentarios explicativos en temas clave... —Amina levantó el cucharón de un modo demasiado parecido al que levantaría una daga, así que cambié de opinión—. De acuerdo. Todas las palabras groseras se quedan.

Marjana estaba aún más emocionada. Tiró de la manga de su madre.

—¡Cuéntanos una historia, mamá! Por favor.

—Yo... vale, bien —aceptó al final la nakhudha, convencida por la súplica de los ojos de su hija—. Pero no hables de nada de esto con tu abuela, ¿entendido? Y solo si comes, que últimamente eres todo piel y huesos. —Acomodó a Marjana a su lado colocando un cuenco de estofado ante ella y, solo después de que la niña empezara a meterse comida en la boca, Amina al-Sirafi empezó su siguiente relato.

Pero esa, queridas hermanas, es una historia para otra noche.

GLOSARIO

barija (pl. bawarij): barco pirata, asociado frecuentemente en esa época con la India.

dunij (pl. dawanij): embarcación más pequeña usada a menudo como bote salvavidas o para llevar cargamento y pasajeros a tierra desde un barco anclado.

jahazi: barco de carga, particularmente en África Oriental.

muhtasib: funcionario del gobierno encargado de supervisar el comercio y los intercambios, así como de velar por el comportamiento público adecuado.

nakhudha (pl. nawakhidha): propietario de un barco, autoridad en el mar.

qaraqir: gran buque de carga y embarcación de transporte por aguas profundas.

qunbar y sunbuq (pl. sanabiq): buques de carga grandes.

NOTA DE LA AUTORA Y OTRAS LECTURAS

Podría decirse que el océano Índico se encuentra entre los mares más antiguos de la historia marítima, ha sido testigo de más de cinco mil años de humanos recorriendo sus costas y atravesando su extensión. Peregrinos y piratas, personas esclavizadas y realeza, comerciantes y académicos. En nuestra era estamos acostumbrados a pensar en continentes y fronteras terrestres, rara vez vemos los mares y sus litorales como lugares de cultura compartida. Pero antes de la llamada Era Europea de los Descubrimientos (una era que hizo más daño a las redes existentes en el océano Índico y a las poblaciones indígenas que cualquier incursión anterior) los puertos del océano Índico eran lugares bulliciosos y cosmopolitas donde se podían encontrar bienes y personas de todas partes.

Su historia medieval me ha fascinado desde que era estudiante universitaria. Primero descubrí los relatos de los famosos comerciantes de Geniza, miembros de una diáspora judía que se extendía desde el norte de África hasta la India. Había algo humano e identificable en esos relatos a menudo mundanos de la vida de las personas corrientes: de aquellos que no eran sultanes ni generales, sino padres que compraban regalos para las bodas de sus hijos, que se preocupaban por la familia política o por decisiones comerciales y se lamentaban sobre la repentina muerte de un hermano querido perdido en el mar... el tipo de conexiones que hacen que el pasado parezca vivo. Mi sueño siempre había sido escribir un libro ambientado en este mundo, aprovechar esas historias que habían resonado en lo profundo y, cuando empecé, estaba emocionada por tener finalmente una excusa laboral adecuada para lanzarme a la investigación. De hecho, creo que la frase de «será rigurosamente histórico excepto por la trama» salió de mi boca al menos una vez.

Lector, tengo la suerte de que una declaración tan ambiciosa no convocara al instante a mi propio Raksh. Porque, como me han recordado una y otra y otra y OTRA vez, la historia es un constructo, siempre cambiante y siempre subjetiva. No solo revela los sesgos del narrador, la audiencia y la intención, sino además muchas cosas que simplemente no sabes. Si bien la última década ha sido testigo de desarrollos sorprendentes en el estudio del mundo medieval del océano Índico, no me cabe duda de que, cuando este libro llegue a publicarse, algunos detalles que creía correctos habrán sido refutados.

Así pues, me he esforzado por hacerlo históricamente creíble, tratando de equilibrar el rigor académico con el espíritu de la narración. ¿Se habría dado cuenta Amina de que Adén estaba equilibrado sobre un volcán extinto sumergido? Es incierto, pero es un escenario demasiado fabuloso para ignorarlo. ¿Es la Luna de Saba una leyenda real? En absoluto: una no se pasa el tiempo leyendo historias sobre djinn y demonios y luego da instrucciones para convocar a esa criatura en una novela comercial. Sin embargo, nada me haría más feliz que te sintieras lo suficientemente intrigado por la historia subyacente que hay en el relato de Amina como para querer aprender algo más de este mundo, así que te comparto algunas de mis fuentes. No es una lista completa —eso sería otra novela entera—, sino más bien algunas lecturas agradables y accesibles que creo que los aficionados a la historia disfrutarán.

Empiezo por los relatos principales (estos tienen traducción en inglés, si lees en árabe tienes muchas mejores opciones). Ya he mencionado a los comerciantes de Geniza y, aunque se ha escrito una gran cantidad de libros sobre sus vidas, uno bueno es *India Traders of the Middle Ages: Documents from the Cairo Geniza*. Luego están los viajeros. Ibn Battuta es el más famoso, aunque es ligeramente posterior, pero sus hermosos recuerdos de Mogadiscio me ayudaron a crear las descripciones de la ciudad que aparecen en el libro. Ibn Jubayr es más contemporáneo y, aunque sus viajes lo mantuvieron hacia el norte, tenía muchas opiniones sobre los viajes marítimos en el mar

Rojo. Más cercano al mundo de Amina está el comerciante y aspirante a geógrafo Ibn al-Mujawir, cuyos viajes entretenidos —y en ocasiones escandalosos— a Adén, Socotra y la costa sur de Arabia han sido fundamentales. Desde la perspectiva de navegantes auténticos, tenemos *Accounts of India and China* de Abu Zayd al-Sirafi y *The Book of the Wonders of India*, una recopilación de historias de marineros atribuidas a Buzurg ibn Shahiriyar al-Ramhormuzi, un capitán que probablemente fuera ficticio.

Si ya cuesta descubrir información sobre la vida de las personas comunes durante el periodo medieval, es todavía más complicado encontrar relatos fiables sobre las vidas de los delincuentes, gente que a menudo se ganaba la vida cubriendo sus huellas. Mi fuente principal preferida es el libro anual de embaucadores del siglo XIII, *The Book of Charlatans* de al-Jawbari, de quien se ha abierto paso en este texto varias de sus artimañas. Para relatos sobre fechorías que caminan por la línea que separa la realidad de la ficción, *The Arabian Nights: A Companion* de Robert Irwin relata parte de la historia que hay detrás de los famosos pícaros y el primer volumen de *The Medieval Islamic Underworld* de C. E. Bosworth traduce y contextualiza varias odas y leyendas sobre el Banu Sasan. Menos caprichosa pero más reveladora es la actividad delictiva real registrada y estudiada en obras como *The Criminal Underworld in a Medieval Islamic Society* de Carl F. Petry y los artículos de Hassan S. Khalilieh sobre la piratería y las leyes islámicas en el mar. Sin embargo, para entender mejor la piratería en el océano Índico del medievo, se debe leer algo más. Se podría escribir un libro completo solo sobre el lugar de los piratas en el folclore moderno e histórico. Tanto romantizados como villanizados, pueden ser tergiversados como heroicos corsarios, luchadores por la libertad con justificación o esclavistas asesinos… todo depende de quién esté contando la historia. Pero en relatos primarios y en estudios históricos, gran parte de lo que leí pintaba una imagen de varios grupos de personas que a menudo eran parte integral de la sociedad litoral en la que vivían como mercaderes y marineros. Junto con los artículos de Khalilieh, también encontré muy esclarecedor el trabajo de académicos como Roxani Elene Margariti, Sebastian R. Prange y Lakshmi Subramanian.

Para reflejar la vida de ciudadanos no criminales y las ciudades en las que vivían, me basé en gran medida en *Aden and the Indian Ocean Trade* de Margariti, *Abraham's Luggage* de Elizabeth A. Lambourn, *Marriage, Money and Divorce in Medieval Islamic Society* de Yossef Rapoport, y *Women and the Fatimids in the World of Islam* de Delia Cortese y Simonetta Calderini. *The Rise and Fall of Swahili States* de Chapurukha M. Kusimba fue una guía excelente para el mundo del que provenían Majed y la madre de Amina y, sobre conflictos más lejanos, *The Race for Paradise* de Paul M. Cobb, *Las cruzadas vistas por los árabes* de Amin Maalouf, *The Mercenary Mediterranean* de Hussein Fancy y *The Society of Norman Italy* de Graham A. Loud y Alex Metcalfe me resultaron útiles para proporcionar contexto al personaje de Falco. Como fuente principal que ofrece una visión muy diferente y personal sobre las interacciones musulmanas y cristianas durante las Cruzadas, sugiero el *Libro de las experiencias* de Usama ibn Munqidh. Para quienes disfrutan escuchando contenido, sugiero los podcasts *New Books in the Indian Ocean World* y *Ottoman History Podcast*.

Nada me atormentaba tanto como investigar sobre el mundo náutico. Desde los detalles de los barcos hasta los horarios de navegación o la vida en el mar. Lo que pude deducir al principio parecía contradecir en gran medida otras fuentes. Si bien existe una buena cantidad de información posterior al siglo XIV, la historia marítima en la baja edad media y al final de las épocas clásicas está menos estudiada. Sin embargo, encontré algunas joyas. *Arab Seafaring* de George F. Hourani es un clásico del género y el relato de Tim Severing sobre el viaje de Simbad en el que se reconstruía un barco del siglo IX y se viajaba de Omán a Singapur analiza una tecnología anterior al *Marawati* de Amina, pero sigue siendo una delicia. Más útil (y mucho más reciente) es el trabajo de Dionisius A. Agius, en particular, su libro *Classic Ships of Islam*. Para este tema también me basé en gran medida en artículos académicos, siendo notables los trabajos de Ranabir Chakravarti, Inês Bénard y Juan Acevedo. *Islamic Maps* de Yossef Rapoport es un volumen magnífico y muy bien representado que me ayudó a visualizar y a entender mejor cómo había concebido Amina la geografía de su mundo. Para obtener una visión general más amplia de la historia del océano Índico, recomiendo *The Ocean of Churn: How the Indian Ocean Shaped Human History* de Sanjeev Sanyal, *Dhow Cultures of the Indian Ocean: Cosmopolitanism, Commerce and Islam* de Absul Sheriff, *Monsoon Islam: Trade and Faith on the Medieval Malabar Coast* de Sebastian Prange y *Oman: A Maritime History* de Abdulrahman Al-Salimi y Eric Staples.

Es difícil sobreestimar cuán frecuente era lo que ahora llamamos «magia» en el mundo medieval y más complicado aún es deshacernos de nuestros prejuicios modernos para entenderlo. Las predicciones astrológicas eran la ley del país en la que confiaban eruditos y sultanes, los rituales formaban parte de la vida cotidiana sin importar los antecedentes religiosos de una persona. No intentaré hacer una lista completa (sobre todo porque algunos de los estudios más fascinantes los están realizando actualmente jóvenes estudiosos) pero compartiré que me han parecido muy útiles *Islam, Arabs, and the Intelligent World of the Jinn* de Amira El-Zein y *Legends of the Fire Spirits* de Robert Lebling. Para una perspectiva diferente, recomiendo *Magic in Islam* de Michael Muhammad Knight y para quienes les gusten los podcasts y Twitter, Ali A. Olomi es una joya.

Gran parte de esta historia está inspirada en cuentos populares que es difícil saber por dónde empezar a recomendarlos, pero comenzaré con lo que me preguntan más a menudo: mi edición preferida de *Las mil y una noches* es la edición anotada. La traducción de Yasmine Seale es preciosa y el arte que la acompaña y la información sobre el contexto no tiene desperdicio. *Tales of the Marvelous and News of the Strange*, así como *Marvels of Creation* de al-Qazwini también son muy entretenidos. Puedes leer versiones en inglés de historias de las figuras épicas mencionadas en este libro en *The Tale of Princess Fatima* con la traducción de Melanie Magidow de Dhat al-Himma, *The Adventures of Sayf Ben Dhi Yazan* de Lena Jayyusi y *Diwan 'Antarah ibn Shaddad* de James E. Montgomery. Para leer aún más sobre mujeres guerreras, *Warrior Women of Islam* de Remke Kruk.

Finalmente, sería negligente no mencionar a los autores modernos que me iniciaron en este viaje: los incomparables Naguib Mahfouz, Radwa Ashour y Amitav Ghosh. Aunque recomiendo todos sus libros, para historias inspiradas por los cuentos populares aquí mencionados, sugiero *Las noches de las mil y una noches, Siraaj* y *En una tierra milenaria*.

¡Feliz lectura!

BIBLIOGRAFÍA

Ahsan al-taqasim fi ma'rifat al-aqalim, de Abu Abdallah Muhammad b. Ahmad al-Muqaddasi, traducido por G. S. A. Ranking and R. F. Azoo (Calcutta: Asiatic Society of Bengal, 1897).

The Book of Charlatans, de Jamāl al-Dīn 'Abd al-Rahīm al-Jawbarī, traducido por Humphrey Davies (New York: Library of Arabic Literature/NYU Press, 2022).

A Traveller in Thirteenth-Century Arabia: Ibn al-Mujawir's Tarikh al-mustabsir, editado por G. Rex Smith (London: The Hakluyt Society/Ashgate, 2008).

AGRADECIMIENTOS

Empecé a escribir *Las aventuras de Amina al-Sirafi* en marzo de 2020 y, si hay un libro que necesitó un esfuerzo conjunto para ser completado, es este. Conciliar una pandemia, la escuela primaria virtual y un manuscrito que requería una investigación mucho más profunda de lo que había anticipado originalmente es una experiencia que espero no tener que repetir nunca y una que no habría logrado sin la ayuda de mucha gente.

En primer lugar, gracias a todos los académicos e historiadores que se tomaron un tiempo para responder a mis preguntas, para recomendarme nuevos libros y fuentes o para buscar imágenes y hechos sobre espíritus lunares y barcos medievales. Particularmente, gracias a Laura Castro, también conocida como Plumas, a Thomas Lecaque, Sara Luginbill, Melanie Magidow, Roxani Margariti, Ali A. Olomi, Sebastian Prange y Amanda Hannoosh Steinberg: tenéis mi gratitud eterna. A mis brillantes revisores académicos, Fahad Ahmad Bishara y Shireen Hamza: ha sido un placer trabajar con vosotros y he aprendido mucho.

Una de las alegrías de llevar unos años trabajando en este campo es hacerme migas de compañeros escritores talentosos que no solo me mantiene cuerda durante las idas y venidas del mundo de la edición, sino que también te dicen cuándo es el momento de dejar ir escenas o personajes innecesarios y señalar escenas de batalla que desafían las leyes del tiempo, del espacio o el argumento. A mis maravillosos lectores beta y amigos: E. J. Beaton, Melissa Caruso, Roshani Chokshi, K. A. Doore, Kat Howard, Sam Hawke, Fonda Lee, Rowenna Miller y Megan O'Keefe… gracias, muchísimas gracias. ¡Que la tripulación del búnker prospere para siempre! También ha sido un privilegio trabajar con lectores de sensibilidad para este proyecto: Naseem Jamnia, Phoebe Farag Mikhail, Ardo Omer y Prity Samiha, os estoy profundamente agradecida por vuestro tiempo y vuestros consejos.

Nada de esto habría sido posible si Jen Azantian no me hubiera dado una posibilidad hace años y no hubiera continuado siendo una de las mejores agentes literarias del negocio: muchas gracias a ti y a todos los de ALA. Os debo una enorme gratitud a todo mi equipo editorial por poner mis libros en el mundo y ser tan increíblemente comprensivo con mi agenda cuando el Covid la interrumpió por completo: a mis editores, David Pomerico y Natasha Bardon y a todo el equipo de Harper Voyager US/UK, sobre todo a Robin Barletta, Danielle Bartlett, Mireya Chiriboga, Jennifer Chung, Kate Falkoff, Emily Fisher, Nancy Inglis, Amber Ivatt, Beatrice Jason, Holly Macdonald, Maddy Marshall, Vicky Leech Mateos, Mumtaz Mustafa, Shelby Peak, Amanda Reeve, Karen Richardson, Dean Russel, John Simko, Elizabeth Vaziri, Robyn Watts, Erin White y Leah Woods. Por diseñar unas portadas y un arte que me cortaron, literalmente, la respiración, gracias a Micaela Alcaino, Ivan Belikov y April Damon.

Muchísimas gracias también a todos los lectores que han apoyado mis libros y los han compartido con amigos, ¡espero que disfrutéis igual de esta nueva saga! Abrazos y mucho amor y aprecio a mi familia, sobre todo a mis padres y a mi abuela, quienes intervinieron cada vez que necesitaba ayuda y a mi madre, que me enseñó desde una edad temprana lo feroces que pueden ser las madres. Gracias a Shamik, el mejor compañero y esposo que podría desear, gracias por embarcarte en una nueva aventura literaria conmigo y descubrir cómo se habría visto el cielo en 1143... Algún día entenderemos las mecánicas que hay tras las mansiones lunares. ¡Y a Alia! Gracias por toda tu ayuda, bichito: dibujaste las mejores portadas y nunca habría podido crear a Payasam sin tu experiencia con los gatos.

Finalmente, gracias al Único que me ha bendecido con más de lo que merezco, espero haber hecho justicia a las vidas de los creyentes del pasado y rezo para que nuestra comunidad continúe encontrando la fe al reflexionar sobre Tus maravillas.